ОШО

МАСТЕР

Bhagwan Shree Rajneesh

The Great Zen Master

Reflections on the Transformation of
an Intellectual to Enlightenment

ОШО

МАСТЕР

РАЗМЫШЛЕНИЯ О ПРЕОБРАЖЕНИИ
ИНТЕЛЛЕКТУАЛА В ПРОСВЕТЛЕННОГО

«СОФИЯ»
2004

УДК 187.01
ББК 87.8
О-96

О-96 **Ошо**
Мастер
Перев. с англ. — М.: ООО ИД «София», 2004. — 592 с.

ISBN 5-9550-0038-0

Книга, которую вы держите сейчас в руках, — настоящее чудо. Интересуетесь вы дзэном или нет — не имеет никакого значения. Прочтите эту книгу. Впитайте ее.

Это какое-то таинство... поэзия слов, глубина переданного ими понимания; восторг открытия древней, но живущей среди нас красоты дзэна; могущество приглашения... Однако каким-то образом происходит нечто еще большее. Как говорит Бхагван об одном из древних мастеров:

Таков подлинный мастер, приводящий глубочайшую, чистую безмятежность вашего существа в созвучие с блаженством существования.

Не в начале бывает Слово. Слово приходит тогда, когда вы готовы его принять.

УДК 187.01
ББК 87.8

© Osho International Foundation, 1987, 1996
originally published as Ta Hui: The Great Zen Master.
© «София», 2004
© ООО ИД «София», 2004

ISBN 5-9550-0038-0

ОГЛАВЛЕНИЕ

ПРЕДИСЛОВИЕ 9
ПРОЛОГ 11
1. 13
   ОЧИСТИ УМ
2. 29
   ПРОЗРЕНИЕ
3. 49
   СИЛА
4. 67
   ДОВЕРИЕ
5. 85
   НЕ-ДОСТИЖЕНИЕ
6. 97
   НЕВИННОСТЬ
7. 115
   ИСТОЧНИК
8. 129
   ЗАБЛУЖДЕНИЕ
9. 145
   ИЛЛЮЗИЯ
10. 157
   ПРИВЯЗАННОСТЬ

11. 177
    ОПУСТОШЕНИЕ
12. 197
    НЕ-ДУАЛЬНОСТЬ
13. 219
    НИЧТО
14. 233
    ЯСНОСТЬ
15. 251
    ТАКОВОСТЬ
16. 265
    ПЕРЕД ПОИСКОМ
17. 283
    НИКАКОЙ ЦЕЛИ
18. 297
    НИКАКОЙ ВИНЫ
19. 315
    СИЯНИЕ
20. 331
    ОГОРЧЕНИЯ
21. 345
    ПОНИМАНИЕ
22. 355
    СВИДЕТЕЛЬСТВОВАНИЕ
23. 373
    ТАК БЛИЗКО
24. 387
    НЕИЗБЕЖНОЕ

25	399
ДВА ПРОБУЖДЕНИЯ	
26	413
БЕССЛОВЕСНОЕ	
27	427
ПРОСТО БЫТЬ	
28	443
БЕЗДУМЬЕ	
29	455
ВЕРА	
30	469
РАДИКАЛЬНОЕ	
31	483
ОСВОБОЖДЕНИЕ	
32	497
БЕССТАСТИЕ	
33	509
БЕЗМЯТЕЖНОСТЬ	
34	523
ПРОСВЕТЛЕНИЕ	
35	535
РАЗРЫВ	
36	549
СОСТРАДАНИЕ	
37	559
ЭТО МГНОВЕНИЕ	
38	575
ТРАНСФОРМАЦИЯ	

*Посвящается Свами Ананду Майтрейе,
еще одному интеллектуалу, который
стал просветленным 11 июня 1984 г.
и ушел в вечный сон 17 июля 1987 года.*

ПРЕДИСЛОВИЕ

Сезон дождей в этом году запаздывал. Быть может, по этой причине дожди, время от времени выпадавшие в июле и августе, были такими желанными, так глубоко освежали, так радовали наши сердца.

Для всех, кто присутствовал в те дни на беседах просветленного мастера Бхагвана Шри Раджниша, магия дождей просто отражала магию присутствия Бхагвана... казалось, сущее *обязано* было осыпать мир дождем, отвечая на изысканные дары, которыми Бхагван осыпал нас.

В каждой из этих бесед по сутрам Да Хуэя, учителя дзэн, жившего за 1500 лет до нас, мы переживали огромную свежесть, раскрытие каждого робкого побуждения к божественному, словно это было омовение, новое начало... вкус безмолвия и экстаза. Так и остались в памяти те дожди и беседы, слившиеся воедино.

Верно и то, что с дождем ли, без дождя — таков почерк мастера, во всяком случае, этого особого Мастера. Но это другая история...

Вернемся к книге: вот маленькое чудо. Каждая лекция сама по себе драгоценность, но, собранные вместе, они становятся бесценными — ибо показывают путь Да Хуэя от познания к *Знанию*, от ума к *не-уму*, а по существу — от учителя к *мастеру*; такое путешествие воодушевит любого искателя.

Вся история счастливо заканчивается просветлением Да Хуэя, но на своем пути он не раз попадает в ловушки. Да Хуэй — выдающийся, яркий молодой монах; его приветствуют как великого учителя: кажется, он так хорошо понимает и точно интерпретирует слова мастеров прошлого. Прельщенный всеобщим одобрением, Да Хуэй падает в глубокую яму самообмана и нечестности — неизбежный удел тех, кто пытается сохранить ложный образ.

Ошо ясно показывает, как Да Хуэй неверно понимает и неверно истолковывает сутры Будды и других мастеров — потому что говорит просто от своего знакомства с их словами, а не из собственного опыта.

Но именно в те минуты, когда кажется, что Да Хуэй вот-вот окончательно утонет в зыбучих песках слепой гордости, — проявляется его подлинный разум; и новый свет исходит от его сутр, когда он начинает говорить по существу, *экзистенциально*, — не из своего знания, а из своего опыта. Об этом прорыве Бхагван сказал так:

«Что касается пробуждения, то очень легко определить, говорит ли человек интеллектуально или экзистенциально. Сейчас Да Хуэй говорит экзистенциально, из своего опыта. Это было великое паломничество не только для него, это было такое же великое паломничество и для всех вас. Смотрите, как интеллект способен превратиться в просветление, как обычный ум может измениться в не-ум, как смертное может стать бессмертным — смотрите, это и *ваша* история».

Вершинами в этих беседах были для меня притчи дзэн. Давая нам контекст дзэна, его фокусировку на пустоте, его медитации на неразрешимом коане, а затем просто излагая сцену каждого эпизода, каждого диалога, Бхагван оживляет все изумительные ощущения мастера и ученика, и устанавливается совершенная по простоте фокусировка на просветлении, на переживании события — будь то щелчок пальцами, крик или вышвыривание из окна! Притчи эти стали так насущны, так остры, сострадательная восприимчивость мастера и отклик ученика так трогательны... изысканная тонкость дзэна приходит к нам *здесь сейчас*.

Это какое-то таинство... поэзия слов, глубина переданного ими понимания; восторг открытия древней, но живущей среди нас красоты дзэна; могущество приглашения... Однако каким-то образом происходит нечто еще большее. Как говорит Бхагван об одном из древних мастеров:

«Таков подлинный мастер, приводящий глубочайшую, чистую безмятежность вашего существа в созвучие с блаженством существования».

И еще были другие мгновения — совсем как когда начинается дождь. К нам приходит такое спокойствие... Бхагван начинает говорить снова, мягко и ласково: «Вы одно с этим безмолвием... и как изумительно это, как чудесно. Неужели вы думаете, что требуется что-то еще, чтобы радоваться, плясать и петь?»

Вкушайте это присутствие, это океаническое сознание, это высшее безмолвие. Если слова затронут тоску и стремление в вашем сердце, не сомневайтесь... мастер, который произнес их, пришел и к вам.

Если вы испытываете жажду, оставьте колебания: придите и разделите.

Ма Прем Таранга
Пуна, Индия
Декабрь 1987г.

ПРОЛОГ

Из «Записей Синего Утеса» учителя Да Хуэя — Юань У.

Учитель не пожелал предложить слово объяснения, но заставил Да Хуэя выразить собственный взгляд. В каждом случае Да Хуэй в совершенстве постигал утонченный смысл. Старый мастер воскликнул: *«Ты, очевидно, тот, кто пришел снова!»*

Юань У сказал Да Хуэю: «Нелегко было тебе добраться до этой ступени — очень плохо, что, умерев, ты не способен возвратиться к жизни. Без сомнения, слова и фразы — великая болезнь, но разве ты не читал:

Повиснув на скале,
отпусти — и согласись
принять опыт.

После исчезновения
возвращайся к жизни —
я не мог обмануть тебя».

Да Хуэй получил багряную тогу и имя «Будда Солнце» в знак императорской почести. Император Сяо Цзун даровал ему титул «Чаньский Мастер Великой Мудрости», от которого и происходит имя Да Хуэй.

Шел тысяча сто шестьдесят третий год; на девятый день восьмого месяца, после появления признаков болезни, Да Хуэй сказал собранию монахов, монахинь и мирян: «Завтра я ухожу».

Перед рассветом прислужник Да Хуэя спросил его о стихе. Серьезным голосом Да Хуэй произнес: «Без стиха я не мог умереть». Он взял кисть и написал:

Такое вот рождение
Такая вот смерть
Стих или без стиха
К чему суета?

После этого он выронил кисть и ушел.

1

ОЧИСТИ УМ

Возлюбленный Мастер,

Очисти ум (Ли Сянь Ченю)

*Б*удда говорил: если вы желаете знать мир буддовости, то должны сделать свой ум таким же чистым, как пустое пространство, и, оставив ложное мышление и всяческое схватывание далеко позади, дать своему уму беспрепятственно двигаться куда угодно. Мир буддовости — это не какой-то внешний мир, где есть официальный «Будда»: это мир мудрости пробудившегося мудреца.

Если вы решили, что желаете познать этот мир, то вам не требуются украшения, культивирование или реализация, чтобы достичь его. Вы должны соскрести пятна скорби от чужих ощущений, застрявших в вашем уме неизвестно с каких времен, и пусть ваш ум станет таким же широким и открытым, как пустое пространство, пусть он полностью освободится от цепких когтей различающего интеллекта, и пусть ваши ложные, нереальные, тщетные мысли тоже станут подобными пустому пространству. Тогда этому удивительному уму не понадобятся усилия — ему не будет преград, куда бы он ни обратился.

Бездумие (Хун По Чуну)

*Д*осточтимый древний говорил: «Чтобы найти быка, ищи его следы. Чтобы изучить путь, ищи бездумие. Там, где следы, должен быть и бык».

Путь бездумия легко разыскать. Так называемое бездумие не равнозначно инертности и неведению, которые свойственны земле, дереву, черепице или камню; оно означает, что ум отрегулирован и невозмутим во время контакта с ситуациями и встречными обстоятельствами, что он неизменно чист, ни за что не цепляется, движется без помех и препятствий; что он незапятнан, но не замкнут в своей незапятнанности. Вы смотрите на тело и ум как на грезы и иллюзии, но не обрекаете себя на вечную пустоту грез и иллюзий.

Только когда достигается подобное состояние, можно говорить о подлинном бездумии. Нет, это не бездумие пустой болтовни: если вы не обрели подлинное бездумие и просто исходите словоговорением, то чем это отличается от извращенного Чань «безмолвного озарения»?

«Стремись к корню, не беспокойся о ветвях».

Очищение, пустота такого ума и есть корень. Когда вы достигли корня, достигли главного, — тогда все виды языка и знания и вся ваша ежедневная деятельность, ваши реакции на людей и ваше приспособление к обстоятельствам в связи с многочисленными расстройствами и переживаниями — радостными или печальными, хорошими или плохими, благосклонными или враждебными — все это тривиальные дела, ветви. Если вы способны непринужденно осознавать и знать в то время, когда на вас обрушиваются различные обстоятельства, — значит, нет ни недостатка, ни излишка.

Да Хуэй, великий учитель дзэн, происходит из той же генеалогической линии, что и Бодхидхарма. Он родился через четыреста лет после того, как Бодхидхарма ушел в Гималаи, чтобы исчезнуть там в вечных льдах и вечном безмолвии.

Я назвал Да Хуэя великим *учителем* дзэн — не мастером... Это нужно как следует объяснить. Мастер — тот, кто просветлен. Но порой случается так, что мастер может быть просветленным, но недостаточно красноречивым, чтобы выразить то, что он познал. Это совершенно другое искусство.

Учитель не просветлен, но он очень выразителен. Он может высказывать то, что мастер, хоть и знает, не может облечь в слова.

Учитель может высказывать это, несмотря на то, что он не знает.

Учитель слышал... он жил с просветленными людьми, он впитывал их энергию, его осыпали их цветы. Он вкусил то, что они излучали, поэтому у него есть уверенность, что совершается нечто вроде просветления; но ему недостает своего собственного авторитета: его авторитет — заимствованный. А если учитель гениален, ему почти удается выразить такие вещи, о которых мастера говорить не умели, а может быть просто помалкивали.

Учитель полезен по-своему. Он более доступен людям — он принадлежит людям. Мастер — на высокой, залитой солнцем вершине. Даже если он крикнет оттуда, лишь эхо достигнет людских ушей. Но учитель живет среди людей, знает их жизнь, знает их язык, знает, как нужно выразить мысль, чтобы они смогли понять. Мастер всегда связан со своим переживанием, а учитель больше связан с людьми, и ему надлежит распространять послание.

А случается и так, что мастер вообще не может передать свое знание. Например, Рамакришна был просветленным человеком, но совершенно необразованным: он ничего не знал о великой литературе, не знал, что говорили другие просветленные люди. Он переживал красоту своего внутреннего существа, но был в полном неведении относительно того, как передать это другим. Ему пришлось попросить другого человека, Вивекананду, который не был просветленным, но был великим гением — очень разумным, рациональным, логичным, интеллектуальным, сведущим, хорошо образованным. Вивекананда стал выразителем знания Рамакришны. Он объездил мир, распространяя его послание.

Все то, что существует сегодня как «Миссия Рамакришны», — целиком работа Вивекананды; но сам он умер в ужасных страданиях. Агония была тем более мучительной, что он распространял добрые вести экстаза, но внутри был пустым. Все его послание было только словесным, но он справился с этим так талантливо, что многие стали считать его просветленным.

То же самое произошло с Да Хуэем. Когда ему было всего шестнадцать лет, он был на редкость разумным; и он оставил мир и уже через год послушничества был посвящен в монахи — ему было всего семнадцать... А потом он шел от мастера к мастеру, искал настоящего просветленного человека, который показал бы ему путь.

Он нашел своего мастера в Юань У. Похоже, это почти та же самая ситуация: Юань У знает, но не может высказать. Да Хуэй не знает, но может высказать. Просто живя с мастером, впитывая его энергию, наблюдая его грациозность — как он прогуливается, как садится, как подолгу молчит...

Изредка, время от времени, Юань У произносит слово или фразу. Его утверждения собраны в небольшую книжку «Записи Синего Утеса», но их почти невозможно понять. Они кажутся не связанными друг с другом, не относящимися друг к другу; они выглядят фрагментарно. Они не образуют систему.

Хотя его слова и запечатлены в «Записях Синего Утеса», Юань У никогда не обращался к людям. Он просто попросил Да Хуэя заглянуть в «Записи Синего Утеса» и выразить свое мнение, сказать, что он думает о них. Он не знал, удалось ли ему сказать то, что он хотел сказать, и передавало ли сказанное что-нибудь или же было просто пустым упражнением.

В каждом случае Да Хуэй в совершенстве постигал утонченный смысл. *Старый мастер воскликнул: «Ты, очевидно, тот, кто пришел снова!»*

Говоря это, он подразумевает: «Ты, очевидно, родился почти просветленным, недостает лишь капельку; похоже, ты достигнешь цели уже в этой жизни. Но понял ты мои высказывания безукоризненно».

Это была как бы его печать, когда он сказал: *«Ты, очевидно, тот, кто пришел снова!»* — ты не можешь быть новичком. Ты был на пути много, много жизней; хоть ты и не достиг конечной цели, ты очень близок.

Но мастер не мог быть обманут тем, что Да Хуэй только лишь понимает слова, которые понял бы любой разумный человек столь большого таланта. Юань У снова сказал Да Хуэю: *«Нелегко было тебе добраться до этой ступени»* — ты боролся упорно — *«очень плохо, что, умерев, ты не способен возвратиться к жизни»*.

Вам это станет понятным, если я сошлюсь на Иисуса, который говорит: «Если не родитесь снова, не поймете истину».

Есть две части пути. Первая часть — позволить своему эго умереть. Это напряженная, трудная, отчаянная часть, потому что вы знаете только свое эго, вам неизвестна ваша подлинная сущность. Вы прыгаете в бездну, не зная, останетесь ли вы в живых; *эту часть* Да Хуэй проделал. Но вторая часть — воскресение, рождение к своей новой индивидуальности, к своему подлинному существу — не состоялась.

«Нелегко было тебе добраться до этой ступени — очень плохо, что, умерев» — умерев как эго — *«ты не способен возвратиться к жизни. Без сомнения, слова и фразы — великая болезнь, но разве ты не читал»* — и вот, прекрасное выражение мастера:

Повиснув на скале, отпусти — и согласись принять опыт.

Вот самая важная часть в нем:

Повиснув на скале, отпусти.

Это принятие смерти эго. Но не делайте это с усилием, с напряжением. Не делайте это ради достижения чего бы то ни было основанного на жадности или амбиции; делайте это просто для того, чтобы обнаружить свою настоящую сущность.

Правильный путь действия — это... *согласись принять опыт.*

Юань У говорит Да Хуэю: ты не согласился принять опыт, поэтому только первая половина завершена. Эго умерло и оставило тебя в чистилище, потому что, отпуская, ты не был полон в этом отпущении. Отпущение тебе удалось, — но оно было управляемым; это не было добровольное, стихийное принятие. Ты не наслаждался им. Если бы ты наслаждался, тогда:

После исчезновения возвращайся к жизни — я не мог обмануть тебя.

Он был немногословным человеком. К сожалению, очень редко и очень немногие люди становятся просветленными, и большинство из этих немногих никогда ничего не говорят: а те, кто говорит хоть что-то, говорят только урывками, к тому же на таком языке... пока вы не просветлены, невозможно постичь смысл. А некоторые никогда не говорят ни единого слова. Они не оставляют никаких следов на прибрежных песках этого берега; они просто исчезают, уходят на другой берег.

Да Хуэй слышит сказанное мастером Юань У:
Повиснув на скале, отпусти — и согласись принять опыт...

Если ты можешь отнестись к этому падению в бездну как к празднованию, с радостным сердцем, тогда *после исчезновения возвращайся к жизни* — тогда проблемы нет: ты возвратишься к жизни. Фактически то, что ты прежде принимал за жизнь, не было жизнью; теперь же ты придешь к вечной жизни. Но мост между ними — это полное приятие.

Юань У, очевидно, заметил в глазах Да Хуэя какое-то сомнение, какой-то знак вопроса. Вот почему он добавляет: *«Я не мог обмануть тебя».*

Да Хуэй остался с мастером Юань У; он влюбился в мастера. Если мастер смог разглядеть в его уме даже небольшое сомнение и должен был сказать: *«Я не мог обмануть тебя»* — значит, он пришел к нужному человеку, тому самому, который смог заглянуть в глубину его существа и точными словами сказать, что с ним происходит. Половина его путешествия закончилась, но из-за того, что он не достиг состояния полного приятия, она не была завершена... «Теперь прими полностью — и воскресение произойдет само собой».

Естественно, Да Хуэй должен был усомниться; такова природа интеллекта — сомневаться, а он был очень разумным человеком, молодым, полным сил, и принадлежал к категории гениев. Он, очевидно, понял, что мастер разглядел даже невыраженное сомнение в его уме, что именно поэтому он сказал: *«Я не мог обмануть тебя».*

Он остался с мастером. Слушая мастера, впитывая его дух, его присутствие, постепенно он стал очень красноречивым, хотя просветление, пожалуй, было по-прежнему далеко... Оно даже еще отдалилось, потому что он начал принимать почести от людей — от самого императора и от правительства — как состоявшийся человек. Это очень опасно. Когда вы не состоялись, а правительство признает вас и вам даруют высокие почести, у вас может возникнуть обманчивое представление о самом себе. Вы можете начать думать: «Вероятно, я — просветленный».

Это может случиться по двум причинам. Первая: он узнал, переходя от мастера к мастеру, все, чему обучает дзэн. Так что если вы услышите только его слова, вам очень трудно будет обнаружить, что он не просветленный. Если вы не просветленный, вы не будете в состоянии заметить неизбежные изъяны, незначительные расхождения — неизбежные потому, что это не его собственный опыт; это просто осколки знаний других мастеров, которые он собрал — собрал с потрясающим искусством. Он почти обманул императорскую власть. Ему воздавали честь как «Будде-Солнцу», как «Солнцу Просветления».

Император Сяо Цзун даровал ему титул «Чаньский Мастер Великой Мудрости», от которого и происходит имя Да Хуэй.

«Да Хуэй» означает «Великий Мастер Мудрости».

Только в последнюю минуту он, кажется, достиг просветления, перед самой смертью, — но он не сказал при этом ничего, лишь написал небольшой стих. Поэтому я назвал его «Великий Учитель» — и он был, безусловно, великим учителем. Он повлиял на миллионы людей; он был великим лидером в том смысле, что каждый, кто вступил с ним в контакт, тут же становился интеллектуально убежденным. Но у него не было присутствия; и у него не было внутреннего безмолвия. По-видимому, только в последний момент он достиг цели, завершил путешествие.

Шел тысяча сто шестьдесят третий год; на девятый день восьмого месяца, после появления признаков болезни, Да Хуэй сказал собранию монахов, монахинь и мирян: «Завтра я ухожу».

Это первое указание на то, что ему известно, когда он умрет. Второе — *Перед рассветом прислужник Да Хуэя спросил его о стихе.*

Это древняя китайская традиция: когда великий мастер умирает, люди просят его написать стих — как последний дар миру, последнее слово.

Серьезным голосом Да Хуэй произнес: «Без стиха я не мог умереть». Он взял кисть и написал:

> *Таково рождение*
> *Такова смерть*
> *Стих или без стиха*
> *К чему суета?*

Это и есть в сжатом виде вся философия «таковости» Гаутамы Будды. *Таково рождение...* Нет смысла думать, *почему* это так: это есть.

> *Таково рождение*
> *Такова смерть...*

Нет причины тому, что вы умираете. Потрясающее приятие — это часть философии «таковости». Все, что происходит, человек понимания попросту принимает: таков порядок вещей, такова природа. Ни жалобы, ни недовольства.

> *Таково рождение*
> *Такова смерть*
> *Стих или без стиха*
> *К чему суета?*

После этого он выронил кисть и ушел.

Быть может, в тот момент, когда он писал этот стих, он завершил свое путешествие.

Речи, которые приводятся в этой книге дальше, он произносил, когда не был просветленным; но он очень ясно излагал материал обычным людям. Он жил среди мирян, он говорил с обыкновенными людьми, и говорил так, что они его понимали. Вся его деятельность была основана на том, что великие мастера недоступны людям; они доступны только самым близким ученикам или, возможно, только приверженцам — кто же позаботится о миллионах? Поэтому он и ходил среди людей, и люди были рады ему; потому и император почитал его как великого мастера, как солнце осознания.

Мастера не путешествуют, они не ходят к людям; они знают, что пропасть между ними и обычными людьми слишком велика, почти непреодолима. Пока кто-то не приблизится к мастеру с его согласия, у мастера нет способа преодолеть границы своего существа.

Но Да Хуэй не был мастером; он был очень красноречивым учителем. Он не выражал дзэна; он говорил о дзэне. Все, что он собрал... А собрал он, надо сказать, очень толково, очень логично. Только иногда я буду говорить вам, что он совершил ошибку, — которая естественна, потому что в себе он не имел того, с чем можно сопоставлять. У него нет другого критерия, кроме собственного разума, логики, рассудка. Но просветление — за пределами ума, за пределами рациональности, за пределами интеллекта. Такого окончательного критерия нет внутри него. Но он и вправду был чрезвычайно умен — хотя и слеп; он не видел света. Он описывает свет так, как будто у него есть глаза.

Он только *слышал* людей, у которых есть глаза. Но он собирал каждую крупицу информации самым систематическим образом. Так что не забывайте: он учитель, но не мастер. И я нахожу в этом абсолютное различие.

Учитель — это тот, кто передает знание, которое он собрал, заимствовал у других. Он может быть очень красноречивым. Если перед вами — и мастер, и учитель, то, пожалуй, вы скорее выберете учителя, потому что он более привлекателен для вашего интеллекта и ума.

Мастер выглядит немного безумным. Он прыгает от одного пункта к другому, не создавая систематической философии. Но мастер обладает реальным сокровищем, учитель же только слышал о нем, и как он ни талантлив, все равно остается бедняком.

Сутры:

Будда говорил: если вы желаете знать мир буддовости, — мир окончательного осознания, — *то должны сделать свой ум таким же чистым, как пустое пространство...*

Это еще один способ сказать, что вам следует двигаться за пределы ума, в состояние не-ума — потому что не существует такой вещи, как пустой ум. Вот почему я говорю, что у него будут изъяны. Пустой ум? Пустое пространство? Человек просветления сказал бы просто: «Вам следует двигаться за пределы ума к не-уму».

Есть очень известная книга рабби Джошуа Либмана. Миллионы экземпляров ее изданы на разных языках. Красивая работа; называется эта книга «Спокойствие ума». Естественно, каждый желает спокойствия ума.

Я отправил ему письмо в 1950 г., где писал: «Само название вашей книги показывает, что вы ничего не знаете о медитации. Спокойствие ума — это противоречие в терминах: когда есть ум, спокойствия быть не может; а если есть спокойствие, то ума не может быть. Они не могут быть вместе».

Фактически ум — это ваша тревога, ваша боль, ваши напряжения, мысли, эмоции, чувства, настроения, удачи и неудачи — все есть ум. Спокойствие возможно, только если вы выходите за пределы ума.

Поэтому я сказал ему: «Если вы и вправду искренни, в следующем издании вам надо изменить название. Спокойствие равнозначно не-уму».

Я показал ему это многими способами. Но таково положение наших интеллектуалов — он так никогда и не ответил, поскольку отвечать было нечего. Он, конечно, увидел, что то, что я говорю, — факт.

Но я могу простить Джошуа Либмана, потому что он ничего не знает о восточной медитации.

Он американский еврей, и медитация для них — что-то странное. Спокойствие ума?.. Возможно, мое письмо было единственным возражением против названия книги. Я сказал: «Когда название неправильное, я не могу читать книгу, потому что знаю прекрасно: если человек пишет книгу, и у нее даже название неправильное, значит, его книга никудышняя. Если вы когда-либо измените название... но не только название — вам придется исправлять всю книгу в соответствии с новым названием».

...и, оставив ложное мышление и всяческое схватывание далеко позади...

Сейчас он говорит именно то, что я подразумеваю под не-умом; но не-ум был еще немыслим для него. Он есть ум, и все то, что он понял, он понял через ум. И люди, которые слушают его, способны навести мост между его пониманием и своим пониманием потому, что все это умы. Ум может разговаривать с другим умом очень легко.

Так вот, он собрал эти слова — *пустое пространство* и *оставив ложное мышление и всякое схватывание далеко позади*. Но мне хочется, чтобы вы знали, как даже самые разумные люди могут попадать в ловушки. Он говорит: *оставив ложное мышление* — а как же насчет правильного мышления? Человек просветленный просто скажет: «оставьте *всякое* мышление». Мышление как таковое — вот проблема, ложное оно или нет. Ум может представить это так, что неправильное должно быть оставлено, а то, что хорошо, может быть сохранено. Но вы не можете отделить неправильное от правильного. Они — две стороны одной и той же монеты, и у вас не может быть монеты только с одной стороной; у нее будет и другая сторона.

Если вы защищаете правильное мышление — все, что, как вы думаете, правильно, — за ним будет оставаться неправильное мышление. Попробуйте, например, «любовь»; конечно, любовь не бывает неправильным мышлением; это одна из наиболее прекрасных эмоций, и мысль о любви — одна из великих мыслей. Но за любовью неизбежно скрывается ненависть, любовь может превратиться в ненависть когда угодно. Правильное мышление может стать неправильным мышлением когда угодно.

Если бы это был его собственный опыт, он бы не говорил: *оставив ложное мышление и всяческое схватывание далеко позади*; он бы сказал: оставив *всякое* мышление и всякое схватывание далеко позади, дать своему уму беспрепятственно двигаться куда угодно.

Но это качества не-ума.

Мир буддовости — это не какой-то внешний мир, где есть официальный «Будда»: это мир мудрости пробудившегося мудреца.

Он подобрал верные слова.

Если вы решили... На санскрите и на хинди слово, которое переведено как «решили», гораздо глубже и значительнее. Это слово «нишчайя». «Решили» несет оттенок упорства, непреклонности. У него есть качество чего-то такого, что относится к эго, вроде: «Я решил сделать это». Слово «нишчайя» не имеет этих оттенков.

«Нишчайя» — очень красивое слово. Оно подразумевает, что когда вы приходите к мастеру, то просто его присутствие, его аромат, его глаза, его жесты, его слова, его молчание вызывают у вас огромное внутреннее доверие. Это не ваше решение; это глубокое воздействие просветленного человека на ваше сердце.

Вместо «решили» мне хочется сказать, что вы доверились, вы в *нишчайя*, когда никакое сомнение не возникает. Все сомнения исчезли; вы чувствуете себя совершенно раскованно.

Эта *нишчайя*, или уверенность, что вы *желаете познать этот мир*, — непременно вызывает у вас тоску, стремление — но не желание. Эти слова могут означать одно и то же в словарях, но в действительности они очень далеки. Если вы достигли *нишчайя*, тогда — «Вот человек, которому я принадлежу, вот человек, которого я разыскивал целые жизни. Эти глаза я видел в безмолвиях моего сердца, это лицо я искал повсюду в стольких жизнях»... *Нишчайя* — это внезапно, это доверие, которое не знает сомнения. Это не вера: вера — всегда в доктрину. Доверие — всегда к личности.

Вы верите не в то, что мастер говорит; важно, что мастер *есть*, и именно это вызывает *нишчайю*, доверие в вас. Такое доверие начнет вырастать в глубокое стремление — вам тоже захочется вступить в тот же мир осознания, в тот же мир блаженства, в тот же рай, где обитает ваш мастер.

...вам не требуются украшения, культивирование или реализация, чтобы достичь его... ваше стремление будет просто становиться все глубже, глубже и глубже. Вы будете ожидать с огромной любовью. Вы не станете требовать у сущего: «Дай мне это состояние», — потому что любое требование от сущего уродливо. Вы будете просто ждать; вы не станете даже молиться. Вы просто почувствуете жажду, а сущее достаточно сострадательно. Вы не властны над ним, но если вы просто испытываете жажду, то обнаружите, что сущее удовлетворяет ее. Оно, во всяком случае, слышит отлично!

...вам не требуются украшения, культивирование или реализация, чтобы достичь его. Вы должны соскрести пятна скорби от чужих ощущений, застрявших в вашем уме неизвестно с каких времен, и пусть ваш ум станет таким же широким и открытым, как пустое пространство...

Какое противоречие! Если вы говорите, что ваш ум так же открыт, как пустое пространство, это больше не ум. Это как если бы вы говорили: «Когда ваш огонь такой же холодный, как лед», — тогда зачем называть его огнем? Называйте его льдом, и будет правильно! Но для интеллектуала это сложно; он ведь только собирает мнения. И никто не задаст вопрос — потому что никто не знает, что он тоже совершает ошибку.

...пусть ваш ум станет таким же широким и открытым, как пустое пространство... Сколько же там пространства? Вы знаете? Целая Вселенная — вот пустое пространство. Ум не обладает способностью быть настолько широким.

...освободится от цепких когтей различающего интеллекта, и пусть ваши ложные, нереальные, тщетные мысли тоже станут подобными пустому пространству.

Но он продолжает проводить различие: вы должны сохранять свои хорошие мысли.

В состоянии абсолютного безмолвия и спокойствия не бывает ни хороших мыслей, ни плохих мыслей. Мысли как таковые — это беспокойство, не важно, хорошие они или плохие. Грешник может держать плохие мысли в своем уме, а святой может держать хорошие мысли в своем уме, но оба — в уме. Нет существенной разницы между ними.

Истинный мудрец, будда, не имеет ума вообще.

Он живет без ума, он действует без ума.

Это исходит из самого его сокровенного существа; потому он и обладает качеством, свежестью, величием. Мысли всегда — пыльные и старые. Мудрец всегда действует заново, не от каких-нибудь старых мыслей. Он отвечает на ситуацию момента. Думать для него нет необходимости. Сравните, как ведет себя слепой человек: если он захочет выйти из этой аудитории, ему придется спросить: «Где путь?» А потом своей специальной тростью он отыщет дорогу и выйдет. Но вы никогда даже не задумываетесь об этом, если хотите выйти; вы просто видите путь наружу и идете. Не бывает размышления, связанного с этим, нет, конечно, и специальной трости.

Я слыхал о слепом человеке, которому сделали операцию на глазах. Он приехал со своей специальной тростью, а через несколько дней врач снял повязки с его глаз и сказал ему: «Теперь постепенно открывайте глаза. Ваши глаза совершенно здоровы; отныне вы сможете видеть».

Тот был ошеломлен тем, сколь многое он упустил — все краски, солнце, луну, звезды, человеческие лица — всего этого он был лишен. Он поблагодарил врача, но из-за старой привычки взял свою трость. Доктор сказал: «Для чего вы берете эту трость? Оставьте ее».

А тот сказал: «Как же мне найти дорогу без нее?»

Доктор сказал: «Вы идиот. У вас же есть теперь глаза, и нет нужды разыскивать дорогу; дорога будет видна и так. Положите свою трость на ту кучу».

Там было множество тростей для ходьбы. Все люди, которых он вылечил, приходили со своими тростями, а он коллекционировал их как сувениры, демонстрируя, скольких людей он излечил. И он сказал: «Это не только вы! Каждый слепой человек, когда я вылечиваю ему глаза, сейчас же хватает свою трость, чтобы двигаться к выходу».

Бессознательная привычка... слишком долго у него была эта специальная трость; он не может поверить в то, что жизнь возможна без нее.

Та же ситуация у всех, кто прожил с умом миллионы жизней. То был их проводник во всем, что бы они ни пожелали делать. Для ума немыслимо, чтобы можно было прожить хоть одно мгновение без него. И все же это только специальная трость для слепого человека.

Есть гораздо большее сознание за пределами ума — настолько широкое, настолько просторное, настолько безмолвное, что вам не требуется думать. Оно просто отвечает. В уме вы должны обдумывать, что делать и чего не делать. Это всегда вопрос выбора, «или-или».

Как только вы за пределами ума, нет вопроса «или-или». Вы просто знаете, что должно быть сделано, и делаете это, и никогда не бывает сожаления. Вы никогда не оглядываетесь назад, вы никогда не чувствуете, что сделали что-то неправильно, — вы не можете действовать неправильно.

Вот почему я не назвал Да Хуэя великим *мастером*. Я называю его просто великим *учителем*; возможно, в последний момент он стал просветленным, но — в последний момент. Его поучения были даны до этого события.

Тогда этому удивительному уму не понадобятся усилия — ему не будет преград, куда бы он ни обратился.

Он продолжает использовать слово «ум» для «не-ума». Из-за того, что он собирал без внутреннего критерия, вы столкнетесь со множеством противоречий. Во второй сутре, которая называется *Бездумие...* — что же здесь случилось с «умом», о котором он говорил в первой сутре?

Досточтимый древний говорил: «Чтобы найти быка, ищи его следы. Чтобы изучить путь, ищи бездумие. Там, где следы, должен быть и бык».

Бык — давний символ для заблудших душ в традиции дзэн, символ потерянной собственной сущности, о которой вы совсем забыли. Бездумие покажет вам путь, покажет вам душу; оно станет стрелой, и вам нужно только следовать за ним без всякого напряжения, без всякого усилия.

Путь бездумия легко разыскать. Так называемое бездумие не означает инертности и неведения, свойственных земле, дереву, черепице или камню; оно означает, что ум отрегулирован... Снова он употребляет слово «ум». Таковы трудности с учителем.

...оно означает, что ум отрегулирован и невозмутим во время контакта с ситуациями и встречными обстоятельствами; что он неизменно чист, ни за что не цепляется, движется без помех и препятствий; что он незапятнан... То есть ум все еще здесь. Тогда зачем он назвал сутру «*Бездумие*»? Ум опять вернулся. Он отрегулирован, но то, что отрегулировано, может быть разрегулировано в любой момент. Он *невозмутим*, но то, что невозмутимо, может и возмутиться.

...ни за что не цепляется... — но он есть. А цепляние — его давняя привычка; он может начать цепляться завтра, если не сегодня. Он может отцепиться.

...но неизменно чист... движется без помех и препятствий; что он незапятнан... Если он есть, то у него есть все возможности быть запятнанным. «Бездумие» — это правильное слово для объяснения чистого пространства, без каких-либо уверток.

...но не замкнут в своей незапятнанности. Вы смотрите на тело и ум как на грезы и иллюзии... Посмотрите, его ум беспрерывно колеблется; все эти утверждения он, очевидно, насобирал от различных людей. Некоторые могли быть просветленными, некоторые могли быть лишь учителями, некоторые могли быть просто учеными людьми. Он сделал хорошую коллекцию — но я вижу, что в ней есть несовместимости, потому что у меня есть критерий.

...Вы смотрите на тело и ум как на грезы и иллюзии...

Если ум и тело — иллюзии, зачем же тогда делать их широкими, делать их просторными, делать их нецепляющимися? Если они подобны грезам или иллюзиям — пробудитесь, и им конец. Такое бодрствование и есть бездумие.

...но не обрекаете себя на вечную пустоту грез и иллюзий. Только когда достигается подобное состояние, можно говорить о подлинном бездумии.

Он все запутал! Может, он и был полезен в том, что вел людей к мастерам, но сам он еще не понимает того, о чем говорит.

Нет, это не бездумие пустой болтовни: если вы не обрели подлинное бездумие и просто исходите словоговорением — именно это он делает, — *то чем это отличается от извращенного Чань «безмолвного озарения»?* Эти люди совершили массу ошибок из-за своей привязанности к определенной школе. Вон и он привязан к определенной школе — Махаяна тоже имеет различные секты. Сначала буддизм разделился на две секты, Махаяну и Хинаяну; потом и *они* начали делиться на различные секты. Всего у них теперь тридцать шесть сект. Непросветленный человек постоянно защищается, критикует другие секты.

В Китае была секта, которая называлась «Секта Безмолвного Озарения». Я не вижу в этом смысла — всякое озарение происходит в безмолвии.

Безмолвие и есть озарение.

Но люди сражаются из-за слов: поскольку они назвали это не просветлением, а озарением, то произошел разрыв. Но ведь так легко понять, что оба слова означают одно и то же. «Озарение» или «просветление» — оба просто декларируют, что тьма исчезла. Какое из названий вы предпочтете — несущественно.

«Стремись к корню, не беспокойся о ветвях» — он явно получил это от просветленного мастера. *«Стремись к корню, не беспокойся о ветвях»* — ведь если вы подрежете корень, все дерево усохнет. Но просто обрезка ветвей не поможет: наоборот, листва может стать гуще.

Очищение, пустота такого ума и есть корень.

Не просто очищение... Во-первых, нет способа очистить ум. Вы не можете управлять своим умом. Он продолжает сам по себе наполняться грезами, мыслями, эмоциями, чувствами, реакциями, печалью, счастьем — и нет способа очистить его. Как вы собираетесь очищать его? С одной стороны вы будете очищать его, а с другой стороны огромный поток будет продолжать вливаться. Единственный путь очистить его — выйти за его пределы, стать осознанием.

Наблюдайте ум, и ум исчезает.

Когда вы достигли корня, достигли главного, — тогда все виды языка и знания и вся ваша ежедневная деятельность, ваши реакции на людей и приспособление к обстоятельствам в связи с многочисленными расстройствами и переживаниями — *радостными или печальными, хорошими или плохими, благосклонными или враждебными* — *все это тривиальные дела, ветви.* Если вы способны непринужденно осознавать и знать в то время, как на вас обрушиваются различные обстоятельства, — значит, нет ни *недостатка, ни излишка.* Это одно из самых важных переживаний Гаутамы Будды. Он говорит, что если вы находитесь посредине между любыми двумя полярными противоположностями — ищите именно середину, *ни недостатка, ни излишка* — если вы точно посередине, вы выйдете за пределы.

Середина — это и есть за пределами. Если вы пойдете к крайности, то станете цепляться за нее; из крайности вы не можете выйти за пределы. Это стало великим вкладом в духовную науку, открытием для человечества — то, что середина за пределами. Просто держитесь в равновесии посередине, и внезапно вы увидите, что поднялись над обеими крайностями — ни хороший, ни плохой; ни обыкновенный, ни необычайный; ни знающий, ни невежда.

За пределами — это и есть его нирвана. Только думая об этом, вы уже испытываете грандиозное спокойствие. Только визуализируя это, вы чувствуете, как великое безмолвие нисходит на вас. И это только визуализация — что же будет происходить в действительности, если вы придете к середине? Вы и представить себе не можете этот экстаз, эту благодать, это благословение.

Я выбрал Да Хуэя, чтобы помочь вам понять различие между учителем и мастером, потому что многие религии потеряли своих мастеров. Например, джайнизм в Индии столетиями не имел ни мастеров, ни просветленных личностей вообще — только учителей.

Без просветленных существ религия лишается своей души. Всего лишь небольшой поток просветленных людей поддерживает дыхание религии и биение ее сердца, сохраняет ее живой, цветущей.

А просветленный человек — это не просто отдельный феномен; он распространяет свое озарение повсюду. Где бы он ни был, он несет некое энергетическое поле, и всякий, кто восприимчив, будет втянут в это энергетическое поле. Учитель не обладает энергетическим полем. Он просто механически повторяет, подобно попугаю.

Но Да Хуэй, несомненно, был великим учителем, потому что он собрал... он обошел дюжины просветленных мастеров. Он был очень молод, когда его инициировали в монашество, и он собирал, как пчела собирает мед, от тысяч цветов. С другой стороны, он был очень беден; он не вложил ничего от своей собственной сущности. Но я счастлив, что по крайней мере в конце, в самом конце своей жизни, он стал просветленным. Его небольшой стих, несомненно, прекрасен:

Такое вот рождение — просто случай в какой-то грезе. *Такая вот смерть* — просто случай в каком-то сне. *Стих или без стиха. К чему суета?*

Он вступил в мир окончательной безмятежности и безмолвия. Не важно, жизнь это или смерть. Не важно, следует ли он традиции и пишет стих или не пишет его.

После этого он просто выронил кисть и ушел... отошел в вечное существование. Не важно, *когда* вы становитесь просветленным. Даже если вы становитесь просветленным на последнем своем дыхании, это в высшей степени хорошо. Вы не потеряли ничего. Вы видите всю прожитую вами жизнь как грезу.

А как только вы видите всю свою жизнь как сон, она утрачивает всякое влияние на вас. Вы становитесь совершенно свободным — свободным от всяких ограничений тела и ума, свободным от всех ограничений вообще. Вы готовы вступить в беспредельное сознание самого сущего.

— Хорошо, Маниша?
— Да, Мастер.

2

ПРОЗРЕНИЕ

Возлюбленный Мастер,

Сторожи быка

Если уж вы изучаете этот путь, то никогда — в своих отношениях с людьми и реакциях на обстоятельства — вы не должны позволять неправильным мыслям задерживаться. Если вы не умеете видеть сквозь них, то, как только неправильная мысль появляется, вы должны быстро сконцентрировать ментальную энергию, чтобы отвести себя прочь от этой мысли. Если вы всегда поддаетесь таким мыслям и позволяете им беспрерывно тянуться, то это не только заграждает Путь, но и делает из вас человека без мудрости.

В давние дни Гуй Шань спросил Ленивого Аня: «Какую работу ты выполняешь за двадцать четыре часа в сутки?»

Ань сказал: «Сторожу быка».

Гуй Шань спросил: «Как же ты сторожишь его?»

Ань сказал: «Всякий раз, когда он забирается в траву, я вытаскиваю его назад за нос».

Гуй Шань сказал: «Ты и вправду сторожишь быка!»

Люди, которые изучают путь, в своем контроле над неправильными мыслями должны быть подобны Ленивому Аню, стерегущему быка; в этом случае само собой происходит полноценное созревание.

За чужой лук не берись

«**З**а чужой лук не берись, на чужого коня не садись, в чужие дела не вмешивайся». Такая банальная поговорка тоже может послужить поводом для вступления на Путь. Изучайте себя постоянно: что вы делаете с утра до вечера, чтобы помочь другим и помочь себе? Если вы замечаете хоть малейшую привязанность или теряете чувствительность, вы должны предостеречь себя. Не будьте беззаботными на этот счет!

В давние дни чаньский мастер Дао Линь жил на высокой сосне, на горе Чинь Ван; люди того времени звали его «Монах — Птичье Гнездо». Когда министр Бо Чжу-и был командующим Чень Тана, он предпринял специальное путешествие к горе, чтобы посетить мастера.

Бо сказал: «Там, где ты сидишь, чаньский мастер, очень опасно».

Мастер сказал: «Для меня опасность, может быть, и очень велика, министр, но для тебя еще больше».

Бо сказал: «Я — командующий Чень Тана: в чем здесь опасность?»

Мастер сказал: «Топливо и огонь объединились, сознанию и личности нет места. Как же ты можешь не быть в опасности?»

Бо также спросил: «В чем полный смысл буддийского учения?»

Мастер сказал: «Не совершать ничего дурного, практиковать все добродетели».

Бо сказал: «Даже трехлетний ребенок может сказать это!»

Мастер сказал: «Хотя трехлетний ребенок и может сказать это, восьмидесятилетний человек не может этого выполнить».

Тогда Бо поклонился и уехал.

«Сторожить быка» — самый древний символ в истории дзэна. В Китае есть десять картин; десятая картина послужила причиной великого спора. Мне хочется, чтобы вы поняли эти десять картин и спор, прежде чем мы приступим к проповеди Да Хуэя о присмотре за быком.

Эти десять картин чрезвычайно прекрасны. Первая: бык потерян. Человек, которому принадлежит бык, просто стоит, озираясь вокруг в дремучем лесу, и не видит, куда подевался бык. Он озадачен, он в смятении. Становится поздно, солнце садится; скоро наступит ночь, и тогда идти в лесную чащу и искать быка станет еще труднее. На второй картине он обнаруживает следы быка. Он чувствует себя немного счастливее: кажется, появилась возможность найти быка — он обнаружил следы. Он идет по следам.

На третьей картине он видит спину быка, стоящего в чащобе. Быка трудно увидеть, но владелец догадывается, что это спина *его* быка. На четвертой он добрался до быка; теперь он видит быка, всего целиком. Он радуется. На пятой картине он хватает быка за рога. Требуются громадные усилия, чтобы привести его назад домой, но человек побеждает. На шестой картине он верхом на быке возвращается к себе домой. Это замечательные картины! На седьмой картине бык привязан в стойле. На восьмой картине человек так преисполнен радостью, что принимается играть на флейте. Девятая картина — пустая рамка, ничто там не нарисовано.

На десятой картине, которая является причиной больших споров, человек идет с бутылкой вина к базару, почти пьяный. Посмотрите, он едва идет. Эта десятая картина вызвала огромную дискуссию, которая не прекращается уже две тысячи лет.

Одна секта, большая секта Махаяны, верит, что девятая картина — последняя. Она изображает не-ум; вы достигли цели. Бык есть ваша глубочайшая сущность, которую вы потеряли, а вся серия картин — это поиск вашей внутренней сущности. Вы нашли свою сущность на девятой. Это необъятное безмолвие и спокойствие. Это нирвана, это не-ум.

За пределами девятой... Люди, которые говорят, что это конец путешествия, считают, что кто-то прибавил десятую картинку, которая кажется совершенно неуместной. Но члены небольшой секты дзэн верят и в десятую картину тоже. Они говорят, что когда человек становится просветленным — это не конец. Это высочайший пик сознания, это величайшее достижение, но человек должен возвратиться к человеческому миру, к обычному миру. Он должен снова стать частью большого человечества. Только тогда он может поделиться, только тогда он может побудить других к поиску. И, конечно, когда он приходит с такой высоты, то совершенно опьянен экстазом. Та бутылка вина — это не обычное вино. Это просто символ экстатического состояния.

Когда эти картины повезли в Японию — это было двенадцать или тринадцать веков назад, — то взяли только девять картин. Десятая внушала беспокойство; ее оставили в Китае.

Я был в недоумении, когда впервые взглянул на японские картины. Они выглядят завершенными. Раз вы достигли нирваны, то чего же еще? Но потом я обнаружил в старой китайской книге десять картинок. Я был чрезвычайно счастлив, что у кого-то две тысячи лет назад было прозрение: будда — не будда, если он не может возвратиться к обыкновенным людям, если он не может стать снова всего лишь простым, невинным человеком, несущим свою нирвану, свой экстаз в бутылке с вином. Совершенно опьяненный божественным, он все же идет к базару.

Я видел, что тот, кто нарисовал десятую картину, был прав. До девятой — это просто логика. После девятой — десятая — великое постижение.

Я считаю, что до девятой человек только будда; с десятой он к тому же становится Зорбой. Это и была моя постоянная забота: я утверждал, что десятая картина подлинная, и если бы ее не было, то *я* нарисовал бы ее. Без нее переход в *ничто* выглядит немного унылым, выглядит уж слишком серьезным, выглядит пустым.

Столько усилий по нахождению себя, по медитации, выходу за пределы ума, постижению своего существа — и закончить в пустыне «Ничто»... нет, должно быть что-то большее; после этого должно быть что-то еще: там распускаются цветы, там возникают песни, там танец возможен снова — конечно, на совершенно другом уровне.

Но эти картины о поисках быка оказались чрезвычайно важными для объяснения всего пути, шаг за шагом.

Да Хуэй говорит: *Если уж вы изучаете этот путь...* Помните, я говорил о Да Хуэе, что он — учитель; ведь никакой мастер не станет использовать слово «изучение». Мастер скажет: «Если уж вы следуете этому пути, если уж вы на этом пути...» Изучение? — это не путь искателя; это путь любопытного студента, который хочет узнать что-то — больше информации, больше знаний, — но который на самом деле не заинтересован в собственной трансформации.

Но Да Хуэй — учитель. Хоть он и старается всеми возможными средствами принять позу, подобающую Мастеру, он не может обмануть никого, кто просветлен. Здесь и там — увертки; но он и представить себе не может, что они выявят его мастерство как всего лишь лицемерие. Абсолютно корректно было бы, если бы он сказал: «Я только учитель». Но он не говорит этого. Когда есть возможность быть признанным как мастер — даже император принимает его как Великого Мастера чань, — он хранит молчание. Он явно знал — потому что производит впечатление очень разумного человека, — он явно осознавал, что он не Мастер. Он очень хороший учитель, и мне хочется, чтобы вы в любой момент помнили, как он выдает свое неосознание.

Если уж вы изучаете этот путь... Изучение относится к студентам. Искатель не изучает путь, искатель увлекается. Он участвует во всем паломничестве. Он паломник, он не студент. У него нет желания узнать о пути; он хочет достичь цели — путем или не путем... Он хочет возвратиться к себе домой.

...то никогда — в ваших столкновениях с людьми и реакциях на обстоятельства — вы не должны позволять неправильным мыслям задерживаться. Снова увертка. Вопрос не в неправильных мыслях или правильных мыслях; все мысли неправильны, если это касается выхода за пределы ума. Он даже не осознает, что правильное и неправильное никогда не бывают разделены; они всегда вместе.

Можете вы отделить любовь от ненависти? Миллионы пытались, но ни одному не удалось, потому что это — против самой природы вещей.

Можете вы отделить темноту от света? Несмотря на то что они выглядят так различно, научные исследования света и темноты в отдельности доказали бы лишь нечто абсурдное. Различие между темнотой и светом только в степенях. Темнота просто означает меньше света, а свет означает просто меньше темноты.

Вот почему существуют животные вроде сов и других, для которых ночь — как день. Они обладают лучшими, чем у вас, глазами, поэтому даже при малом освещении — что выглядит для вас как темнота — для них все наполнено светом. Их глаза способнее ваших глаз. Днем они не могут открыть глаза — они так чувствительны, что дневной свет их ослепляет. При свете дня их глаза просто закрыты; естественно, они видят темноту. Когда для вас день, для сов это — ночь. А когда у вас ночь, для сов это — день, сплошной свет.

Так что различие между светом и тьмой только в степенях. Не может быть света без темноты, не может быть Бога без дьявола.

Странно то, что религии, которые верят в Бога, автоматически верят и в дьявола тоже. Они вынуждены, это просто логическая необходимость. А религии, которые не верят в Бога, не верят и в дьявола. Например, джайнизм не имеет Бога, поэтому там нет и дьявола. Просто нет и вопроса. Но все религии, которые верят в Бога, должны принять и его полярную противоположность — дьявола.

Откуда эта необходимость? Дело в том, что сущему всегда нужна полярность. Рождение поляризовано смертью, любовь поляризована ненавистью, сострадание поляризовано жестокостью. Оглянитесь на жизнь. Все имеет свою полярную противоположность, и если вы убираете полярную противоположность, то и другая тоже исчезнет. Они могут существовать только вместе.

Что такое хорошая мысль и что такое плохая мысль? И как вы можете разделить их? Только учитель не знает, что в последнем приближении к собственному существу необходимо, чтобы исчезли все мысли — не имеет значения, хорошие они или плохие. Мы не говорим здесь о морали; мы говорим здесь о подлинной религии.

Конечно, в основах морали есть хорошие мысли и плохие мысли, и все они произвольны. Например, для мусульманина иметь четырех жен — не плохая мысль, но для всех остальных людей в мире сама идея иметь четырех жен — уже плохая мысль.

Для древних индуистов даже женщина с пятью мужьями не была плохой мыслью; женщине, которая имела пятерых мужей, поклонялись, как одной из пяти великих женщин Индии! Конечно, пять мужей число не подходящее, потому что остается уикэнд — что делать с уикэндом? Каждый день в течение пяти дней бедной женщине приходилось менять мужей, а два дня были просто выходными. Так что уикэнд — это не что-то новое и американское; это очень древнее и индийское! Никто не осудил этого как уродливую ситуацию. Никакой индусский мыслитель, философ или теолог не осудил этого; это было приемлемо.

Юдхиштхира, старейший из пяти братьев, которые разделяли одну жену, считался индуистами одним из самых религиозных людей, когда-либо живших на Земле. Его нарекли Дхарма-радж — король религиозности. А этот парень, Юдхиштхира, был заядлым игроком; он играл до того, что поставил на кон все свое царство, всю свою казну, и в конце концов он поставил даже жену!

Все пятеро братьев присутствовали — и согласились. И никто не осудил этого. Юдхиштхиру до сих пор продолжают называть одним из величайших религиозных людей, — а он обошелся с этой женщиной хуже, чем с животным, как будто женщина была просто вещью, частью собственности, вроде мебели, которую можно и проиграть.

Так что же правильно?

Для мусульман Коран — это их священный источник, а Коран говорит, что Бог сотворил всех других животных человеку для пищи. Теперь, если Бог говорит так, нет вреда в том, чтобы есть животных. Исключая человека, всех животных можно забивать и есть безо всяких проблем. Вопрос о насилии даже не возникает. Затем есть джайны. Их монахи надевают себе на нос маску, потому что, когда вы выдыхаете, воздух становится горячим, а в атмосфере существуют очень крошечные невидимые живые клеточки, которые горячий воздух может убить. Чтобы защитить те клеточки, которые даже нельзя разглядеть, они все время держат свой нос под повязкой, чтобы к тому времени, как воздух выйдет через повязку наружу, он больше не был горячим; повязка препятствует и охлаждает его. Ну, кто же прав?

Есть индуистские монахи, которые обривают себе голову, усы, бороды — каждый волосок должен быть удален. Причина в том, что они считают волосы мертвыми частями тела. В чем-то они правы. Мертвые клеточки вашего тела отбрасываются беспрерывно разными путями. Вот почему, когда вы срезаете себе волосок, вам не больно. Если бы они были живыми, вы почувствовали бы боль. Так что волосы так же мертвы, как любой труп. Зачем носить мертвые волосы? Индуисты и их монахи удаляют их. Если вы посмотрите на разных людей, разные традиции, вы будете просто поражены. Но как решить, что правильно и что неправильно?

В Китае даже поедать змей не считается чем-то удивительным. Более того, это один из самых изысканных видов пищи. Нужно только отрубить змее голову, потому что в ней яд: небольшая железа с ядом находится у змеи во рту. Они отрубывают голову, а остальная часть — ну прямо вегетарианская. Если вы гость в китайском доме, они уж точно подадут вам ее, просто в знак приветствия, и те, кто ел, говорят, что это восхитительно.

Нет ни одного животного, птицы, насекомого, которое где-нибудь да не едят. Это вызовет у вас отвращение — что там за люди? Но традиционно они приняли это как правильное, а раз что-то признается правильным, оно становится правильным для той традиции, тех людей. Они просто посмеются над вами — вы упускаете такую замечательную пищу.

В древней Индии и даже теперь в Южной Индии храмы — это не что иное, как публичные дома. Таков был обычай, что каждый должен пожертвовать свою старшую дочь Богу, а Бог — это просто каменная статуя; священник эксплуатирует несчастную женщину сексуально — во имя Бога. Множество женщин собираются при храме, и богатые люди начинают посещать храм. Этих женщин назвали девадаси, слуги Божьи, но их настоящая функция — привлечь богатых людей к храму. Они функционируют как религиозные проститутки, и благодаря им храм становится все богаче.

Вы будете поражены, узнав, что всего несколько дней назад в Бомбее проводился осмотр проституток. Тридцать процентов оказались девадаси из храмов Южной Индии: дело в том, что если священнику попадается достаточно красивая, то выгоднее продать ее на бомбейском базаре, чем содержать при храме. Таким путем священник может получить приличную денежную сумму. Тридцать процентов девушек, которые были пожертвованы Богу, попали на базар проституток в Бомбее. И никакой индуист не возразил против этого — даже сегодня. Правительство не обращает никакого внимания. Так продолжается, потому что никто не хочет никого раздражать, никто не хочет никому досаждать. Каждый старается выглядеть хорошим в глазах остальных людей.

Миллионы женщин в этой стране были сожжены заживо! Они должны были умирать со своими мужьями; им приходилось прыгать на погребальный костер к умершему мужу. Это было названо традицией *сатти*. Тех женщин, которые выполняли такое самоубийство — очень мучительное самоубийство, — называли великими женщинами, очень религиозными женщинами.

Но подлинная идея за всем этим была не религиозной; не было ничего хорошего в ней. Подлинная идея за всем этим была такой, что мужчина не хотел, чтобы его жена, когда он умрет... кто знает? Вдруг она влюбится в кого-то еще. Он хочет сохранить ее как свою собственность даже после смерти. Так что единственный способ — ведь покидая ее, он не может доверять ей — заключается в том, что она тоже должна умереть вместе с ним, просто для удовлетворения его мазохистской, мужской шовинистической глупой идеи быть собственником.

Таких женщин почитали, им создавались мемориалы. Я спрашивал шанкарачарьев, ученых и мудрых индусских монахов: «В таком случае, почему же ни один мужчина за всю историю не прыгнул к своей жене, когда та умерла?» И им нечего было ответить. Они просто выглядели смущенными, они хотели переменить тему. Но со мной очень сложно переменить тему! Я сказал: «Если это что-то великое, тогда мужчина сам оказался *ниже*, чем женщины».

Но истина в том, что мужчина всегда считал, что он хозяин, а женщина — это имущество. Зачем ему умирать ради имущества? Он может иметь столько женщин, сколько захочет. Фактически, в древней Индии женщин продавали на базарах — как продавали их по всему миру — как рабов. И вы поразитесь тому, что великие индуистские святые, мудрецы — ведь никто не заглядывает за занавеску — даже они ходили в те места, где проводились аукционы женщин, и они покупали женщин.

Они имели жен, и наряду с этим они покупали женщин. Для этих купленных женщин пользовались особым словом. Для жены — это слово *патни*, а для купленной женщины — это слово *вадху*. Сейчас различие утрачено, поскольку сейчас нет аукциона женщин.

Но это признавалось совершенно правильным. Даже так называемые пророки, святые, которых вы бы посчитали вышедшими за пределы всех мирских вещей, оказались не настолько восприимчивыми, чтобы восстать против этого жестокого обычая распродажи женщин, приобретения их, совсем как вы приобретаете любую другую вещь на базаре. Что же правильно? И что неправильно?

Поэтому вопрос не в том, что *вы не должны позволять неправильным мыслям задерживаться*. Вы не должны позволять *мыслям* задерживаться — вопрос не в правильном, вопрос не в неправильном.

Другими словами: всякая мысль неправильна.

Все мысли нужно удалить из вашего ума, так чтобы экран ума был совершенно пуст, чтобы над вами было открытое, бескрайнее небо, чтобы ничто не двигалось в уме. Таков подлинный дзэн. Но так может сказать только просветленный мастер.

Да Хуэй собирал здесь и там все то, что ему казалось значительным. Но у него не было внутреннего критерия, чтобы судить, что такое подлинный путь самореализации. Он ходил ко всевозможным учителям, и он собирал всевозможные противоречивые мысли.

Он был разумным человеком, но один разум не способен постичь природу вашего существа. Не в состоянии.

Если вы не умеете видеть сквозь них, то, как только неправильная мысль появляется, вы должны быстро сконцентрировать свою ментальную энергию, чтобы отвести себя прочь от этой мысли.

Во-первых, всякая мысль неправильна.

Во-вторых, вы не должны отводить свою ментальную энергию, потому что ментальная энергия есть корень ваших мыслей. Это мать всех ваших мыслительных процессов, хороших или плохих. Ментальную энергию не нужно отводить. Вы должны выйти из ментальной энергии, из беспорядка ментальной энергии; вы должны вывести *себя* из нее.

Вы должны стоять снаружи своего ума — как наблюдатель. Что бы ни происходило в уме, вы даже не вмешивайтесь. Просто наблюдайте. Просто продолжайте смотреть на это, как будто это чей-то чужой ум, а вы не имеете никакого отношения к нему — это не ваше дело.

В этой безразличной отчужденности все мысли исчезают. А с исчезновением мыслей нет и ума, потому что ум — это не что иное, как коллективное наименование мыслей.

Да Хуэй не знает ничего о медитации. Он никогда не медитировал.

Если вы всегда поддаетесь таким мыслям и позволяете им беспрерывно тянуться, то это не только заграждает Путь, но и делает из вас человека без мудрости. Он ничего не знает о мудрости. Он пользуется не тем словом. Все, что он говорит... Только одно следует сказать: если вы дадите мыслям тянуться без перерыва, это не только преградит путь, но и сделает вас человеком без *знания* — а не «без мудрости».

Это тоже нужно видеть ясно. Знание абсолютно уместно в науке. Сам смысл слова «наука» — в знании, и все усилия науки — это продолжать заменять неизвестное известным. Конечная цель науки в том, чтобы однажды не осталось ничего неизвестного — все станет известным. Все будет сведено к известному. Это и есть тот пункт, где религия и наука расходятся. И различие это огромно.

Религия говорит, что в мире существует не только две категории — известного и неизвестного. Есть третья категория, которая более важна, чем другие две, и это категория *непознаваемого*, таинственного, чудесного. Вы можете жить этим, можете быть этим, можете радоваться этому, можете петь этому, можете танцевать с этим. Но вы не можете знать это. Знание невозможно.

Вступить в эту сферу непознаваемого и есть мудрость.

Мудрость — это не знание.

Мудрость — это невинность и глубокое чувство чудесного.

Глаза мудрого человека полны удивления; просто маленький цветок вызывает его удивление. Это же так таинственно — почему он тут?

Это произошло однажды ночью... Сократ не возвращался домой. Его жена была очень обеспокоена, все соседи беспокоились. Они озирались вокруг — куда же он подевался? Он был не таким человеком, чтобы ходить куда-нибудь; из школы, где он преподавал, он приходил обычно прямо домой. Такого никогда не бывало прежде, это было беспрецедентно. Падал снег, и все сильно беспокоились, не заблудился ли он где-нибудь в лесу.

Утром его нашли. Он стоял рядом с деревом, опираясь о дерево спиной, и глядел на небо. Когда до него добрались, он почти замерз, потому что снегу там было по колено.

Они растормошили его: «Что ты делаешь здесь?» Он сказал: «Что я делаю здесь? Ночь выдалась такой дивной, и звезды были так таинственны, что я просто продолжал смотреть, смотреть и смотреть. Много раз приходила мысль, что становится поздно, но я был почти загипнотизирован звездами и их красотой. Я знал, что шел снег, я дрожал, — но не мог пошевельнуться».

Вот такой человек и есть человек мудрости. В мире миллионы людей, которые продолжают бегать туда-сюда и никогда не глядят в небо. Оно прямо над ними сверху — бесплатно, без билета, не надо стоять в очереди перед кинотеатром — и такое великолепие! И вы владеете им, потому что никто другой не владеет им.

Ночь полнолуния — и ничто не шевельнется в вашем сердце?
Бутон розы раскрывается — и ничто не раскрывается в вашем существе?
Кукушка начинает петь свою песню — и вас не трогает кукушка?
Мудрость — это совершенно иная вещь, чем знание. Знание демистифицирует существование; мудрость дает ему тайну. Мудрость принадлежит мистикам; знание принадлежит ученым, философам, теологам, — но они не люди религии. Им неведом пульс Вселенной.

Только люди, которые вступают в сферу таинственного, открывают двери за дверями тайны и неожиданно обнаруживают себя не в обычном мире, который лишен смысла, а в сказочном краю, где все так значительно, так поэтично, так музыкально, так прекрасно.

Все это переживание и есть переживание религиозного существа. И такое переживание возможно лишь в том случае, если вы можете отложить свой ум в сторону. Ум — это коллекционер знания; он не интересуется тайной.

В давние дни Гуй Шань спросил Ленивого Аня: «Какую работу ты выполняешь за двадцать четыре часа в сутки?»

Ань сказал: «Сторожу быка».

Гуй Шань спросил: «Как же ты сторожишь его?»

Ань сказал: «Всякий раз, когда он забирается в траву, я вытаскиваю его назад за нос».

Гуй Шань сказал: «Ты и вправду сторожишь быка!»

Дзэн полон такими небольшими диалогами, они очень характерны для него. В этой небольшой притче передано всего несколько слов между двумя людьми, — но все, что должно быть сказано о дзэне, сказано.

Ань был известен в истории дзэна как человек ленивый. Его прозвали Ленивый Ань, потому что он никогда ничего не делал. Гуй Шань спросил его: *«Какую работу ты выполняешь за двадцать четыре часа в сутки?»* — ведь ты не делаешь ничего, просто сидишь молча.

Люди любили Ленивого Аня. Это был замечательный человек огромного *присутствия*. Само его пребывание делало это место почти святым, такой энергией он обладал — несмотря на то что никогда ничем не занимался. Люди обычно сами приносили ему пищу. Он никогда даже не ходил за подаянием — как делали все буддийские монахи, — но люди проявляли заботу о нем. Они беспокоились о нем. Если было холодно, они несли шерстяные одеяла; если лил дождь, мастерили какое-то укрытие.

Ань был до того ленивым, что не хотел даже ходить; людям приходилось нести его! Люди знали, что не было никакого смысла говорить что-нибудь ему, они просто делали все, что надо было делать. А он никогда никому не мешал и не спрашивал: «Куда это вы несете меня?» Даже этого было слишком много — спросить: «Куда это вы несете меня?» Это был особый характер.

Гуй Шань тоже был человеком великого понимания, поэтому он спросил: «Чем ты занимаешься двадцать четыре часа в сутки?» Ань сказал: «Сторожу быка». Он подразумевал те десять картин поиска быка. Только короткая фраза... он не сказал ничего больше.

Гуй Шань спросил: «Как же ты сторожишь его?»

Ань сказал: «Всякий раз, когда он забирается в траву, я вытаскиваю его назад за нос».

Гуй Шань сказал: «Ты и вправду сторожишь быка!»

Таков конец диалога. Но Гуй Шань выразил свое согласие с тем, что это и есть путь медитации. Когда ваше сознание начинает вовлекаться в ум, вытащите его обратно. Оставайтесь поодаль, стойте в стороне. Сохраняйте дистанцию между собой и умом... и нет необходимости делать ничего другого. Гуй Шань в действительности обрадовался тому, что Ленивый Ань вовсе не ленив: он проделывает громадную внутреннюю работу. Внешне, конечно, он выглядит ленивым, — но по его ауре, по его энергетическому полю можно заметить: некая свежесть окружает его, определенный аромат.

Он не делает ничего; и все же, где бы он ни был, люди проявляют заботу о нем по своему собственному желанию. Они внезапно чувствуют, что должны проявить заботу о Ленивом Ане; это так, словно он просто малое дитя, до того невинное, что любой тут же начнет заботиться о нем, — а ведь он был стариком. Никто никогда не говорил ему, что он должен делать. Он был занят тем, что может быть названо реальным деланием. Он постоянно делал только одну вещь: не позволял своему сознанию вовлекаться в заросли ума, где мысли растут, как трава, буйная трава. Он просто продолжал вытаскивать своего быка обратно.

И это не требует много времени. Раз ваше сознание привыкает не вовлекаться в ум, вам не придется тащить его снова и снова; быть вне ума — это так спокойно, так радостно, так благодатно, что сознание само начинает осознавать, что быть в уме — это быть в аду. Теперь — дело ваше. Если вы хотите быть в аду, можете быть; так или иначе, это не вынужденно, это не обязательно. Ад — не обязателен!

Люди, которые изучают путь... и снова он продолжает пользоваться словом «изучать» *...в своем контроле над неправильными мыслями* — снова он продолжает говорить неправильные вещи — *должны быть подобны Ленивому Аню, стерегущему быка.*

Он не понял того, что делает Ленивый Ань. Он не контролирует свои мысли. Он просто вытаскивает свое сознание из мира мыслей, из сферы и территории ума... *в этом случае само собой происходит полноценное созревание.*

За чужой лук не берись.
«За чужой лук не берись, на чужого коня не садись, в чужие дела не вмешивайся». Такая банальная поговорка тоже может послужить поводом для вступления на Путь.

Это древняя китайская поговорка: «За чужой лук не берись, на чужого коня не садись, в чужие дела не вмешивайся». Она потрясающе прекрасна, несмотря на то, что это всего лишь мудрость людей. Они говорят: «Не заимствуй ничего ни у кого». Полагайся на свои собственные ресурсы, потому что, если ты не полагаешься на свои собственные ресурсы, ты никогда не сможешь быть свободным, ты никогда не сможешь быть индивидуальностью. Ты будешь всегда оставаться рабом.

Да Хуэй говорит: *«Такая банальная поговорка тоже может послужить поводом для вступления на Путь».* Время от времени он говорит нечто такое, что явно взял от того, кто *знает.*

Изучайте себя постоянно... — но он тут же возвращается в свое обычное состояние. В этом-то и беда: если вы повторяете чье-то чужое знание, это не может продолжаться долго. Вскоре вы скажете что-нибудь такое, что разоблачит вас.

Он говорит: *«Изучайте себя постоянно».* Это не путь дзэна. Это путь психоанализа, которого не существовало в те дни и которого не существует на Востоке даже сегодня. И если Запад не будет непреклонным и предвзятым и раскроется к пониманию, психоанализ исчезнет даже на Западе.

Изучение себя не вызовет в вас перемены. Вы можете продолжать изучение себя бесконечно. Изучение — это только другое слово вместо анализирования: почему эта мысль, почему та? Какова причина этого? Почему это пришло ко мне? Что мне надо делать с этим? Вы попадете в сумасшедший дом.

Нет, это не путь Востока.

Восток говорит: «Оставайтесь осознающими себя постоянно».

А быть осознающим — не значит изучать себя.

Быть осознающим — это просто быть в стороне, но наготове. Что бы ум ни делал, пусть делает; что бы ни происходило в уме, пусть так и будет. Просто будьте вне этого. Вы не должны быть участником — вот все, что необходимо, и ум умирает своей смертью. С этим же своим изучением вы вступаете на территорию ума. А ум — это такой тонкий феномен... в тот миг, как вы вошли в него, он начинает эксплуатировать вашу энергию для своих собственных целей.

Таков опыт всех восточных мистиков. Не анализируйте, не изучайте, не обосновывайте, не осуждайте. Не делайте никакой оценки. Просто стойте в стороне, как будто дорога заполнена движением, а вы отступили в сторону с дороги и стоите там, и вам дела нет, кто уходит, кто приходит, кто хороший, кто плохой.

Это открытие осознавания было таким чудом: уличное движение попросту исчезает только из-за вашего выхода из него. Вы не должны исследовать, вы не должны контролировать, вы не должны ничего разгонять.

Вам не нужно делать вообще ничего — просто чистого осознания достаточно, чтобы убить ум.

...что вы делаете с утра до вечера, чтобы помочь другим и помочь себе? Если вы замечаете хоть малейшую привязанность или теряете чувствительность, вы должны предостеречь себя. Не будьте беззаботными на этот счет!

Он говорит прямо как учитель морали, католический священник! Он забыл, что если человек осознает себя, то что бы он ни делал — правильно, и он никогда не сделает ничего неправильного.

Это не вопрос выбора. Его осознания достаточно, чтобы вести его к правильному, и никогда — к неправильному. Он просто остается безвыборно бдительным и осознающим, и весь стиль его жизни меняется. Тогда все, что он делает, — всегда полезно. Тогда он — постоянное благодеяние всему миру.

Но это не является *его* решением.

Это просто его спонтанность. Это просто его природа — быть добрым. Как на розовом кусте цветут розы, на кусте осознания розы тоже цветут — розы доброты, розы красоты, розы милости, розы всевозможных благодеяний для других, для себя.

В давние дни чаньский мастер Дао Линь жил на высокой сосне, на горе Чинь Ван; люди того времени звали его «Монах — Птичье Гнездо». Когда министр Бо Чжу-и был командующим Чень Тана, он предпринял специальное путешествие к горе, чтобы посетить мастера.

Бо сказал: «Там, где ты сидишь, чаньский мастер, очень опасно».

Мастер сказал: «Для меня опасность, может быть, и очень велика, министр, но для тебя еще больше».

Бо сказал: «Я — командующий Чень Тана: в чем здесь опасность?»

Мастер сказал: «Топливо и огонь объединились, сознанию и личности нет места. Как же ты можешь не быть в опасности?»

То, что он говорит, потрясающе значительно. Он говорит: «Я сижу в птичьем гнезде на сосне. Вполне очевидно, что тут есть опасность падения, но осознаешь ли ты, что если упадешь со своего места, то будешь в гораздо большей опасности? И твое падение возможно в любой момент. Ты —

главнокомандующий, враг недалеко. Ты и твой враг соединены, как топливо и огонь. Вот огонь, совсем рядом с ним топливо; они могут соединиться в любой момент. В любой момент может быть взрыв. Ты сидишь на вулкане.

«Я, безусловно, в опасности — если упаду, скорее всего, я сломаю себе несколько костей. Но эта опасность невелика. Твоя опасность гораздо больше. *Сознанию и личности нет места*. Твое сознание так невелико; это и есть величайшая опасность в мире, потому что в любой момент ты можешь соскользнуть в бессознательное. Тогда, в бессознательности, все, что ты ни сделаешь, принесет тебе вред. А мое сознание абсолютно. Я могу сидеть в птичьем гнезде на этой высокой сосне; я знаю, я не упаду, потому что я бдителен. Даже когда сплю, я бдителен».

Однажды Ананда спросил Гаутаму Будду... Он обычно спал в той же комнате, чтобы заботиться обо всем, что Будде потребуется ночью, если тот вдруг почувствует недомогание. Будда был стар и немощен, но он работал тяжело, постоянно ходил пешком, до своего последнего дыхания. Гаутама Будда обычно спал в положении, которое называется позой льва, потому что точно так же спит лев. Но Ананду поразило то, что, когда Будда принимал эту позу, он оставался в ней всю ночь; он не двигал ногами, он не двигал рукой, он не шевелился вообще. Он оставался почти как статуя. Ананда поражался — один день, пожалуй, можно справиться, но день за днем, месяц за месяцем, год за годом?.. В конце концов он не смог сдержать своего любопытства. Он сказал: «Я должен спросить, ты спишь или нет? — потому что ты никогда не меняешь своего положения».

Будда сказал: «Тело спит, ум спит, но мое осознание вечно, оно не ведает никакого сна. И во-вторых: ты мечешься и ворочаешься, потому что пытаешься найти правильное положение. Я нашел его — зачем же мне метаться и ворочаться? Что ты делаешь, вскидываясь и ворочаясь так и эдак? Фактически ты стараешься найти подходящую позу. Я нашел ее, Ананда. Теперь нет необходимости изменять ее. А что касается осознавания, то даже ночью есть небольшое пламя осознания, вечно горящее внутри меня даже во сне».

Поэтому старый мастер был прав, когда сказал: *«Для меня опасность, может быть, и очень велика, министр, но для тебя еще больше».* Он говорит: «Твое осознание так мало, а твоя личность так фальшива. Ты считаешь себя главнокомандующим, но под своей униформой ты просто смертный. Всего лишь пуля покончит с тобой; всего лишь приказ от императора о твоей отставке или смещении с должности — и ты утратишь свою личность.

Никто не может отобрать мою личность у меня. Никто не может отправить меня в отставку — я уже в отставке. Никто не может повелеть мне: «Ты снят с должности». Куда еще ты можешь бросить меня? Я уже в таком положении, что никому не захочется поменяться местами со мной».

Люди редко приходят сюда. Ты странный парень — взвалить на себя такие хлопоты, чтобы подняться на эту гору, в это пустынное место, и поговорить с незнакомцем, который живет прямо на сосне и никогда не спускается. Моя личность в моих собственных руках. Твоя личность пожалована тебе; ее могут отнять — для тебя опасность, министр, гораздо больше».

Бо также спросил: «В чем полный смысл буддийского учения?»

Мастер сказал: «Не совершать ничего дурного, практиковать все добродетели».

Это абсолютно неправильно, и я не думаю, что это было сказано чаньским мастером Дао Линем; он не мог говорить так. Это явно добавление Да Хуэя, потому что это не учение Будды, — а ведь Бо просил *полное* учение буддийской философии, то есть только суть.

Суть буддийской философии — это просто *Випассана*: одним словом, медитация.

Все остальное вторично и несущественно. Все то, что говорит Да Хуэй, несущественно: *Не совершать никакого зла, практиковать все добродетели* — это не учение Будды.

Вот где Будда уникален — отличается от любого другого мастера в мире: его учение можно свести к единственному утверждению:

«Будь безмолвным, выходи за пределы ума, тогда все, что ты делаешь, — хорошо».

Бо сказал: «Даже трехлетний ребенок может сказать это!»

Мастер сказал: «Хотя трехлетний ребенок и может сказать это, восьмидесятилетний старик не может этого выполнить».

Это верно, поскольку единственный способ выполнить это не упомянут. Единственный способ выполнить это — безмолвие.

Из безмолвия распускаются все цветы.

Даже восьмидесятилетнему старику трудно не совершать никакого зла и практиковать все добродетели, потому что они — побочные продукты. Вы не можете *делать* ничего того, что является побочным продуктом. Вам нужно идти к корням.

Для примера я расскажу вам... я вспомнил маленький случай из жизни Мао Цзедуна, когда он был совсем молодым, а его отец уже умер. Его мать очень увлекалась выращиванием роз всех оттенков и разновидностей; она обладала большим эстетическим чувством и создала прекрасный сад вокруг своего дома.

Ее сестра сильно заболела — а мать очень заботилась о своих розах. Мао был совсем молод, не старше двенадцати лет. Он сказал: «Не беспокойся, мама. Ты можешь идти — ведь это всего на несколько дней; побудь со своей сестрой. О саде позабочусь я».

Мать ушла, а Мао проявил столько заботы, что вы и представить себе не можете; целый день с утра до вечера он смотрел за розами. Но это было очень странно, они умирали — деревья умирали, цветы умирали — он и представить не мог, что же ему сказать, когда мать возвратится. Весь ее сад выглядел необитаемым — а сын делал столько тяжелой работы. Прибыла мать. Она оглядела сад и рассмеялась, потому что Мао стоял там со слезами на глазах. Он сказал: «Я работал беспрерывно с утра до вечера». Мать сказала: «Я так и знала, что это произойдет, так что не беспокойся. Я подошла неслышно, встала у ворот и наблюдала, что ты делал».

Что же он делал? — он промывал водой каждый цветок, убирал пыль с него маленькой кисточкой. Естественно, все цветы... он проявлял огромную заботу, но ухаживая за цветами, вы должны позаботиться и о корнях. Вам не нужно волноваться о розах, они позаботятся о себе; позаботьтесь только о корнях. Он никогда не беспокоился о корнях — он и понятия о них не имел. Его никогда не интересовали корни; он просто мыл цветы.

Деревья умерли, цветы умерли, и бедный мальчик был в полнейшем расстройстве. Мать сказала: «Я видела... стоя за оградой, я просто хотела посмотреть, что же происходит, и я увидела, что ты погубил целый сад! Но нет нужды причитать и плакать».

Его мать сказала ему: «Это и есть то, что человеческие существа делают повсюду в мире. Каждый заботится о цветах, и никто не интересуется корнями. А все дело в корнях. Цветы появляются автоматически. Никакой особой заботы о них не требуется».

Поэтому без медитации даже восьмидесятилетний старик не может выполнить этого, хотя это так просто, что и трехлетний ребенок может сказать это. *Мастер сказал: «Хотя трехлетний ребенок и может сказать это, восьмидесятилетний старик не может этого выполнить». Тогда Бо поклонился и уехал.*

Это не законченное изречение. Он, очевидно, услыхал его от кого-то — из вторых, третьих рук, — потому что старый мастер Дао Линь не мог оставить без упоминания корни. Если не упомянута медитация, то там нет и речи об учении Гаутамы Будды. И он, должно быть, упоминал о ней, иначе Бо не откланялся бы перед уходом. Бо был совершенно удовлетворен, но в том разговоре нет никакой причины для удовлетворения.

Мой взгляд на вещи очень прямой. Я не вижу из этого разговора, почему Бо мог быть удовлетворенным, — но он явно был удовлетворен, потому что с большим почтением откланялся и уехал.

Несомненно, что-то упущено, что-то существенное упущено... и так всегда происходит. Человек, который не понимает, который не испытал медитацию сам, расскажет обо всех деталях, которые являются побочными продуктами, и забудет про медитацию.

Это случалось столько раз, в стольких традициях, что может считаться правилом. Например, Махавира... Его ученики, его последователи считали вот уже двадцать пять веков, что он учил ненасилию, что он учил нестяжательству, что он учил быть подлинными и правдивыми.

Вот это все и есть побочные продукты. Но джайнские монахи следовали этому, и я видел их лица: они не проявляли никаких признаков радости, осуществления, удовлетворенности, достижения какого-нибудь великого безмолвия, спокойствия или блаженства. Они выглядят совершенно сухими, мертвыми. Хоть они и следуют дисциплине как можно точнее, они просто упускают основу.

Все эти три вещи — ненасилие, нестяжательство, подлинность и правдивость — возникают без всякого усилия с вашей стороны... *если* вы преуспели в медитации.

Человек медитирующий не может лгать.

Человек медитирующий не может повредить никому; потому он и ненасильствен.

Человек медитирующий знает прекрасно, что все вещи преходящи. Вы приходите в мир ни с чем, и вам придется уходить из мира ни с чем; поэтому вы можете пользоваться вещами — но вы не можете владеть ими. Вы можете пользоваться вещами точно так же, как вы пользуетесь железнодорожным вагоном. Просто из-за того, что вы сидите в вагоне поезда, вы не станете заявлять, что вы владелец поезда! Вы воспользовались им на время; на одной станции вы входите, на другой станции вы выходите.

Жизнь надо принимать точно таким же образом. Все, что жизнь предоставляет вам... пользуйтесь этим, но не становитесь собственником. Не цепляйтесь ни за что, и тогда если что-то уходит из ваших рук — вы не огорчены, вы не расстроены; вы не станете думать о самоубийстве только из-за того, что обанкротились, или из-за того, что ваша жена сбежала с кем-то.

Я слыхал о мужчине, который пошел на почту и обратился к начальнику почты: «Пожалуйста, запишите, что моя жена сбежала». Начальник почты сказал: «Сожалею, что ваша жена сбежала. Наверное, вы так расстроены, что не замечаете того, что это почтовое отделение. Полиция как раз напротив — идите туда». Тот сказал: «Я не пойду туда, и я знаю, что это почта, потому и прошу вас принять заявление».

Начальник почты сказал: «Это странно. Вам известно, что это почтовое отделение, и все же вы пытаетесь мне сообщить, что ваша жена сбежала с кем-то».

Тот сказал: «Да, семь дней тому назад. И я не собираюсь в полицейское управление, потому что, когда она сбегала в последний раз, я сообщил об этом в полицейское управление, а те идиоты привели ее обратно. На этот раз

ПРОЗРЕНИЕ

я промолчал семь дней, чтобы дать им уйти как можно дальше. Но потом меня начала мучить совесть и я подумал: «Это неправильно. По крайней мере, я должен сообщить». Я и подумал, что лучше сообщить это на почтовом отделении. Примите заявление и освободите меня от угрызений совести».

Начальник почты сказал: «Вот так странно. Если так обстоят дела, тогда зачем волноваться? И хорошо, что она сбежала».

Тот сказал: «Я не волнуюсь за нее; меня волнует тот мужчина, с которым она сбежала. Что будет с беднягой? Я привык к ней; он — новичок. Она же прикончит его. Семь дней прошло, и ничего не слышно».

«И вы ничего не чувствуете — ну хоть что-нибудь?» — спросил почтмейстер.

«Я не беспокоюсь о своей жене; меня беспокоит тот мужчина, которого она захватила. Я не могу сообщить об этом в полицию — вы можете понять мою проблему, — но я молюсь каждый день в храме: "Помилуй того несчастного. Спаси ему жизнь"».

Люди живут в таком страдании. Но даже если они и несчастны (с женой или мужем), они не разойдутся. Они не предоставят свободу друг другу. Но зачем же продолжать мучиться? Причины-то нет никакой.

Эта жизнь для радости.

Если вы можете радоваться вместе — хорошо.

Если вы можете радоваться раздельно — еще лучше. Для этого требуется лишь некоторое углубление вашего сознания, и это приходит через медитацию. Тогда все ваши поступки, ваше поведение, ваша жизнь начинают изменяться сами собою; вы начинаете видеть вещи ясно. А сейчас вы видите вещи сквозь такую дымовую завесу, что ничто не кажется ясным.

Женщина пришла к врачу и спросила: «Что за рецепт вы дали моему мужу? Он был таким хорошим, таким послушным, и вдруг, после того как вы дали ему рецепт, он сбежал».

Врач сказал: «Я не давал ему никакого лекарства. Я просто выписал новые линзы для его очков, так что естественно — он должен был сбежать. Я вижу вас — этого достаточно. У него был раньше не тот рецепт, и он был не в состоянии увидеть вас. Как только он увидел вас отчетливо, он сбежал. Тут не о чем спорить».

Все, что вам необходимо, — это ясное зрение... в своей жизни, в своих поступках, в своих отношениях, во всем, что окружает вас. Просто ясный взгляд — и это изменит все, без всяких тяжких усилий с вашей стороны.

— Хорошо, Маниша?
— Да, Мастер.

3

СИЛА

Возлюбленный Мастер,

За чужой лук не берись

Если вы хотите сохранить умственную силу, не беспокойтесь о том, может или не может трехлетний ребенок сказать это, или же восьмидесятилетний старик — выполнить это. Просто не делайте никакого зла — и вы уже владеете этим правилом. Оно справедливо независимо от того, верите ли вы в него; пожалуйста, поразмышляйте над этим.

Если бы мирские люди, чье нынешнее поведение лишено озарения, могли исправиться и делать добро — хотя такая доброта еще не совершенна, — разве это было бы не лучше, чем развращенность и бесстыдство? О том, кто совершает зло под предлогом добра, учения говорят, что его мотивы не искренни и ведут к извращенным результатам. Если вы способны бесхитростным умом и прямым поведением достичь высшего просветления непосредственно, то это можно назвать деянием истинного человека силы. Заботы, которые приходят к вам из всех времен, есть лишь в настоящем: если вы можете понять их прямо сейчас, то эти заботы немедленно рассеются, как рассыпается черепица или тает лед. Если же вы не понимаете прямо сейчас, то еще пройдете через неисчислимые эпохи, а все по-прежнему будет как и было. Эта истина справедлива с древнейших времен и не изменилась ни на волосок.

Дела мирской суеты подобны звеньям цепи, цепляющимся одно за другое без перерыва. Если вы способны порвать с ними, сделайте это немедленно! Поскольку вы привыкали к ним с безначальных времен и дошли до того, что они сделались совершенно обычными, если вы не вступаете в борьбу с ними, то с течением времени, при вашем неведении и неосознании, они войдут глубоко внутрь вас. И в итоге, в последний день своей жизни, вы не сможете ничего поделать с ними. Если вы хотите избежать ошибки на закате своей жизни, то, начиная с этого момента, всякий раз как вы что-нибудь делаете, не давайте себе поскользнуться. Если вы собьетесь с пути в своих нынешних действиях, то невозможно будет не сбиться с пути, когда вы станете перед лицом смерти.

Бывают люди такого сорта, которые читают писания, повторяют имя Будды, каются утром, а вечером во весь рот злословят и очерняют других людей. На следующее утро они снова поклоняются Будде и снова раскаиваются, и так постоянно. Годами, до скончания жизни, они совершают этот ежедневный ритуальный круг — вот крайнее безумие. Такие люди далеки от понимания того, что означает санскритское слово «кшама» (раскаиваться в проступках). Оно означает «отрезать непослушный ум». Раз уж вы отрезали его, то никогда не возобновляйте; раз вы раскаялись, то не совершайте [порочных деяний] снова — в этом смысл раскаяния, согласно нашему Будде; и в этом добрые люди, изучающие Путь, не должны ошибаться.

Ум, различающий интеллект и сознание у изучающих Путь должны быть безмятежны и неподвижны двадцать четыре часа в сутки. Когда вам нечего делать, вы должны сидеть спокойно и удерживать ум от расползания, а тело от колебаний. Если ваша практика по совершенствованию продлится достаточно долго, естественно, тело и ум успокоятся и вы обретете некоторую направленность в пути. Благодаря совершенствованию безмятежности и неподвижности и в самом деле унимается смятенное, распыленное фальшивое сознание у существ, одаренных чувствительностью; но если вы цепляетесь за безмятежную неподвижность и считаете ее окончательным результатом, то вы — в тисках извращенного «безмолвного озарения» чань.

Да Хуэй напоминает мне случай из жизни Чарльза Дарвина. Праздновалось его шестидесятилетие. Соседские детишки тоже задумали кое-что преподнести ему. Великие люди, богатые люди собирались преподнести Дарвину множество подарков — он сделался к тому времени мировой известностью, — но у детей свой собственный способ смотреть на вещи.

Вся жизнь Чарльза Дарвина была посвящена изучению зверей, птиц, насекомых, рыб. Он исследовал шаги человеческой эволюции, выяснял, как произошел человек. Он никогда не верил в теорию творения. Никакой разумный человек не поверит в нее, просто потому что каждый день совершается что-то новое. Творение должно было быть замкнутым кругом: Бог создал все, и не могло быть вопроса ни о каких новых изобретениях, новых открытиях. Работа Бога обязана быть совершенной; следовательно, нет места для эволюции. Эволюция может происходить только тогда, когда мир несовершенен.

Дети нашли способ. Они собрали много насекомых, анатомировали их — взяли у какого-то насекомого голову, у какого-то другого насекомого лапки, еще у какого-то насекомого тело, и по кусочкам соединили и склеили совершенно новое насекомое, которого Бог не создавал. И они подошли к Чарльзу Дарвину со словами: «Мы принесли насекомое, которое вам, наверное, очень интересно будет увидеть. Мы никогда не видели такого. Как раз сегодня мы нашли его».

Чарльз Дарвин и сам был немного смущен: он объездил мир, но никогда не видел такого насекомого. Потом он пригляделся и увидел, что голова принадлежит другому насекомому — он разглядел склейку и разгадал детские ухищрения, — а дети спрашивали название жучка.

Чарльз Дарвин сказал: «Я знаю, как это называется. Это называется *обжучить*».

Да Хуэй напоминает мне... он дурачит. Обжучивает. Он походил от одного мастера к другому мастеру, он насобирал всякой всячины — что-то от одного, что-то от другого; он создал хорошую коллекцию и склеил ее прекрасно; но ему не провести того, кто знает истину. А все мастера, которых он посещал, не могли быть просветленными. Кто-то безусловно был просветленным, потому что у Да Хуэя есть несколько высказываний, на которые способен только просветленный человек. Но есть и несколько других, которые только непросветленные моралисты, святоши и подобные им люди могли сочинить. Они хорошие люди; они желают добра, их намерения благие, но они не знают, что только желать добра — не достаточно.

Вы должны находиться у самого первоистока своего существа, чтобы почувствовать эти три вещи: доброту, красоту и истину. В Индии мы назвали это переживанием *сатчитананда* — это общее выражение. Вот другое выражение, состоящее из трех понятий: *сатьям, шивам, сундерам*. Мне хочется, чтобы вы поняли оба выражения, потому что они содержат самую суть религиозного опыта.

Сатчитананда составлено из трех слов: *сат*, которое означает предельную истину; *чит*, которое означает предельное осознание; *ананда*, которое означает предельное блаженство. Это один набор, который обозначает переживание просветления. Но просветление безбрежно. Есть и другой набор: *сатьям*, что значит истина; *шивам*, что значит благо; *сундерам*, что значит прекрасное.

Почему такая разница? — это действительно важно понять. Первое выражение происходит от людей философской наклонности: истина, осознание, блаженство. Второй набор происходит от людей, которые, по существу, поэтичны. Истина остается в обоих наборах, но остальные два качества изменяются. Поэту красота более важна, чем что угодно другое, — а также свойство доброты.

Так что первый набор происходит от людей, которые стали просветленными, но были философского склада ума. А вторая группа происходит от людей, которые были поэтами. Единственная вещь, которая объединяет их, — это истина; а истина — это бескрайнее небо, оно содержит все великие переживания. Можете выбирать какой угодно вариант, в соответствии с вашей личной склонностью.

Да Хуэй наталкивался на явных моралистов, которые не знают источника добра, но ведут речь о добре. Они этичны, но не религиозны. Он контактировал и с просветленными мастерами. Я расскажу вам, как он создавал это надувательское учение. Различие так огромно, качество настолько иное... но даже человек с разумом Да Хуэя не смог понять, что они несовместимы. Вам не склеить их вместе — расстояние слишком велико. Но это послужит хорошей наукой для вас — вот почему я выбрал Да Хуэя. Вы сможете немного поучиться разборчивости; иначе вы будете попадать под влияние любой бессмыслицы.

Как раз недавно кто-то принес книгу об одной знакомой мне женщине. Это была самая обыкновенная женщина; она жила у свами Муктананды — обслуживала его, готовила ему пищу. После смерти Муктананды она заняла его место. Теперь ее зовут Гурумайи, женское имя Гуру: Гурумайи Чидвиласананда; за ней следуют многие люди. Эта книга была прислана мне, потому что женщина путешествует по всему миру и многие люди были под впечатлением от нее. Она — преемница Муктананды. Он сам был совершенный идиот — что же теперь сказать об этой женщине? Ведь нельзя же быть совершеннее, чем был Муктананда.

Но проблема в том, что люди просто слышат слова, и у них нет никакого критерия, чтобы проверить, говорят ли им другие люди из своего собственного опыта или насобирали слов из книг, от третьих людей и просто повторяют. Вы можете увидеть это очень отчетливо по Да Хуэю. Он — совершенный образец.

Если вы хотите сохранить умственную силу... Все учение Будды стоит на том, что вся сила, которая дана уму, дана вами. Ум не обладает своей собственной силой; она дается вами через отождествление. Благодаря вашему отождествлению себя с ним, ум становится могущественным. Это *ваша* сила.

Ум не имеет вообще никакой силы; ум — это как трость для ходьбы у слепого человека. Трость шагает, но сила исходит от слепого. Трость не может шагать сама собой, хоть и называется тростью для ходьбы. Идет слепой, и вся сила трости принадлежит слепому.

Ваш ум — то же, что трость для ходьбы у слепого человека.

Как только вы раскрываете глаза и понимаете суть отождествления, вы можете отнять свою силу от ума. Вы дали ее, а в тот момент, когда вы ее отнимаете, ум просто рушится. Поэтому, чтобы рассказывать об умственной силе, он, видимо, наслушался какого-то учителя.

Не беспокойтесь о том, может или не может трехлетний ребенок сказать это, или же восьмидесятилетний старик — выполнить. Просто не делайте никакого зла — и вы владеете этим правилом. Оно справедливо *независимо от того, верите ли вы в него; пожалуйста, размышляйте над этим.*

Теперь он продолжает совершать ошибки... Сопоставьте его слова с высказываниями любого просветленного человека. Прежде всего: *Просто не делайте никакого зла.* Никакое пробужденное существо в мире не говорило когда-либо так: «потому что пробуждение делает вас чистым». Вы продолжаете совершать дурные поступки из-за своего бессознательного. Дурные поступки не имеют никакой власти над вами.

Гаутама Будда обычно говорил, что если в доме виден свет — из окон, из дверей, — то воры держатся поодаль. Они знают, что хозяин еще бодрствует. Свет — достаточный указатель для вора, чтобы не идти на риск. Но если свет погасить, тогда вор может приблизиться; это подходящее время. В темноте он ухитрится стащить что-нибудь. Он обычно говорил, что все это относится и к человеческим существам. Если ваши глаза излучают свет, если само ваше существование демонстрирует озарение, если вы сияете... то зло не приблизится к вам. Тогда все, что вы делаете, исходит от вашей благодати, а благодать не может делать никакого зла.

Учить людей не делать зла — это совершенно абсурдно.

Если они бессознательны, они обречены делать зло. Они могут попытаться; они могут заставить себя делать добро и не делать зла, но это будет оставаться поверхностным. Они не могут даже осознать, что есть зло и что есть добро.

Однажды человек — очень богатый человек из Калькутты — пришел к Рамакришне. Он хотел сделать какой-то добрый поступок. Он старился, а так как был очень богат, то подумал, что хорошо бы пожертвовать тысячу золотых рупий — в то время были золотые рупии. Слово «рупия» происходит прямо от золота. Это санскритское слово, «раупья»; на хинди это стало называться «рупайя»; по-английски это «рупи» — но это происходит от золота. Теперь даже бумажный знак называется рупия; слово утратило всякий смысл, оно неуместно. Но так продолжают изменяться вещи, а мы продолжаем использовать старые слова для новых реалий, к которым они уже вовсе не относятся.

Сначала люди использовали лошадей. Это было самое быстрое транспортное средство, но до сих пор люди спрашивают: «Сколько лошадиных сил в твоем автомобиле?» Странно... лошади пропали, но наш прежний ум все еще ухитряется думать об автомобиле в терминах «лошадиной силы», и никто не задумывается над глупостью этого.

Этот человек принес тысячу золотых рупий. Он испытывал возвышенное чувство и думал: «Рамакришна будет поражен, никто не подносил ему такой дар. Я совершу великое доброе деяние. Это было для храма Рамакришны, где он жил, — в Дакшинешваре, поблизости от Калькутты.

Первым делом он высыпал из своей сумки всю тысячу золотых рупий перед Рамакришной... Ну и звон! Они наделали столько шуму, что все в ашраме собрались: «Что происходит?»

Рамакришна сказал: «Ты что же, хочешь выставить напоказ свой поступок? Ты ведь мог бы тихо передать сумку мне. Не было нужды высыпать всю эту тысячу рупий передо мной. Ты же сделал так, как будто старался заставить каждого в ашраме полюбопытствовать — прийти и посмотреть, что происходит. Это не добрый поступок. Это в тебе капризничает твое эго; но я принимаю рупии. Теперь сложи их назад в сумку».

Тот сложил их в сумку, и Рамакришна спросил: «Теперь эти рупии мои или твои?»

Человек сказал: «Конечно, они твои; я пожертвовал их тебе».

Рамакришна сказал: «Это хорошо. Я жертвую их Гангу. Поможешь мне немного?»

Человек спросил: «Какая нужна помощь?»

«Пойди — за храмом Ганг; брось всю сумку в Ганг. Теперь это *мои* деньги, а не твои, и тебе нет нужды волноваться из-за них».

Человек был потрясен: «Зачем я ввязался... Тысяча золотых рупий... Люди точно скажут, что этот человек безумен — жертвовать столько Гангу?»

Но ему велено, и он отправился к Гангу. Прошло несколько часов.

Рамакришна спросил: «В чем дело? Чтобы выбросить сумку, не нужно так много времени». Он отправил кого-то узнать, что произошло. Посланец вскоре вернулся: «Тот человек вынимает по одной рупии из сумки и бросает на каменные скалы у Ганга. Собралась большая толпа, потому что те рупии наделали много шуму — они ведь из чистого золота. Потом человек бросает одну рупию далеко в Ганг. Потом берет еще одну рупию, снова бьет ею об скалы... а людей собирается все больше и больше. Словом, он устроил грандиозное шоу».

Рамакришне пришлось пойти самому. Он сказал: «Ты не только эгоист, ты еще и глуп. Настоящие рупии или фальшивые, проверяют, бросая их на камень, чтобы услышать звук золота: если они не настоящие, то звук не тот. Но так делают, когда их собирают. Ты же выбрасываешь — какой смысл проверять, настоящие они или нет? Точно так же рупии подсчитывают, когда их собирают. А ты выбрасываешь рупии; не все ли равно — их там одна тысяча ровно, или одной рупией меньше, или одной рупией больше? Похоже, ты не понял, что под видом доброго деяния ты просто тешишься глупостью. Это не принесет тебе никакой благодати. Твоя тысяча рупий пропала напрасно».

Но именно так делается повсюду.

Возможно, мы думаем, что делаем добро. Возможно, мы думаем, что не делаем зла. Но думать можно все что угодно, и это не имеет никакого отношения ни к добру, ни к злу. Добро — это то, что приходит спонтанно от вашего осознания, а зло — это то, что никогда не придет спонтанно из вашего осознания. Человек осознания делает только добро. Его действия и его осознавание глубоко синхронизированы. Зло не может войти в освещенный дом такого человека.

Но моралисты не имеют понятия о просветлении или медитации. Они продолжают учить людей дисциплинам: делай это, делай то; это правильно, то неправильно.

И в конце концов Да Хуэй говорит: *пожалуйста, поразмышляйте над этим.*

Размышление никогда не может привести вас ни к какому заключению.

Тысячелетия философии... величайшие гении всего мира столько размышляли, да так и не пришли ни к какому выводу. Это была такая громадная растрата разума и гениальности. Они не могли даже и думать о мелких делах.

Иммануил Кант, великий немецкий философ — из высшей категории философов, — получил предложение от женщины: «Я люблю тебя. Я ожидала долго, в надежде, что, быть может, ты проявишь инициативу. Но ты, похоже, не проявляешь инициативу, поэтому я сама должна просить тебя жениться на мне».

Он сказал: «Ты могла бы попросить и раньше, но сначала мне нужно обдумать это. Я никогда ничего не делаю без обдумывания».

Он проконсультировался во всех библиотеках, прочитал все книги о супружестве; он собрал все «за», все «против». Трудно ему было: он проработал три года, но аргументов «за» и «против» оказалось поровну. Поэтому решение все не приходило... Наконец, на стороне «за» оказалось на один аргумент больше, чем на стороне «против». Он наткнулся на книгу, где говорилось, что всегда полезно пережить что-то, даже если опыт докажет ошибочность; зато это даст вам зрелость. Никогда не избегайте никакого опыта, поскольку избегание опыта — это избегание зрелости.

Это был единственный лишний пункт в пользу брака; без него обе стороны были равными. Видя, что нашел решение, Кант бросился к дому женщины и постучал в дверь. Старый отец девушки открыл дверь и спросил: «Что вам нужно?»

Иммануил Кант сказал: «Ваша дочь попросила меня жениться на ней, и я обдумывал. Конечно, это потребовало долгого времени; обдумывание — долгий процесс. Это заняло три года. Я трудился упорно день и ночь и в конце концов пришел к выводу, что должен жениться».

Старик сказал: «Это хорошо, но моя девочка вышла замуж давным-давно. У нее уже двое детишек. Она не могла ждать. Ведь за эти три года вы так ни разу и не появились у нас».

Кант сказал: «Я был очень увлечен обдумыванием — я изучил древние писания, все руководства по браку. Потребовалась громадная работа, чтобы прийти к заключению».

Иммануил Кант так и остался неженатым на всю жизнь.

Думание — это не способ найти истину. Недумание — вот способ. Думание всегда вызывает больше путаницы. Недумание приносит ясность, простор, чистоту и грандиозное прямое видение. Это не подсчет «за» и «против»; вы просто знаете, в каком направлении нужно идти. Это простое понимание.

Да Хуэй, видимо, слышал, как какой-то другой учитель велел своим ученикам поразмышлять об этом.

Если бы мирские люди, чье нынешнее поведение лишено озарения, могли исправиться и делать добро — хотя такая доброта еще не совершенна, — разве это было бы не лучше, чем развращенность и бесстыдство?

Это не слова того, кто достиг цели. Это слова очень поверхностной умственной деятельности.

О том, кто совершает зло под предлогом добра, учения говорят, что его мотивы не искренни и ведут к извращенным результатам. Если вы способны бесхитростным умом...

Но ум всегда остается умом, он никогда не бывает бесхитростным. У всех вас есть умы, поэтому вам не трудно понять, что ум всегда с извилинами. Он никогда не бывает прямым.

Восточные мистики используют собачий хвост в качестве символа ума. Они говорят, что, даже если продержать собачий хвост прямым в трубке из полого бамбука двенадцать лет, стоит только снять бамбук — и хвост опять свернется. Не стоит и ожидать, что он выпрямится: такова уж природа собачьего хвоста.

С умом такая же незадача — он перекручен. Он никогда не работает прямо, непосредственно, открыто. Он изворотлив, он лукав. Он старается найти такой путь, где он может претендовать на добро и вместе с тем наслаждаться всеми удовольствиями, которые предоставляет зло.

Я слышал о епископе, который сидел в исповедальне, а молодая красивая женщина пришла исповедоваться. Она сказала: «Отче, меня изнасиловали — и не один раз, а трижды за ночь». Епископ сказал: «Но если тебя изнасиловали, тебе незачем исповедоваться. Человек, который насиловал тебя, должен исповедоваться. Ты же не совершила никакого греха».

Женщина сказала: «Вы не понимаете. Я наслаждалась этим — вот почему я должна прийти на исповедь и молить Бога о прощении; так или иначе, я могла бы сделать что-нибудь, чтобы не быть изнасилованной. Тот, кто изнасиловал меня три раза за ночь, был один и тот же мужчина, а я не вопила и не кричала. Я действительно испытывала удовольствие от этого».

Отец сказал: «Это случай очень серьезный. Перейди на эту сторону комнаты, потому что ты должна объяснить мне точные детали того, что сделал тот мужчина. Похоже, он просто дьявольское отродье».

Потом отец поцеловал молодую девушку и спросил: «Делал он так?»

Девушка сказала: «Да, отче».

Тот сказал: «Он и впрямь дьявол». Он принялся играть с ее грудями и спросил: «Делал он и это тоже?»

Девушка ответила: «Да, отче». И отец сказал: «Такой человек должен быть приговорен к аду! А он велел тебе раздеться?» Девушка ответила: «Да, отче».

Тот сказал: «Такой человек заслуживает вечного адского огня! Разденься».

Отец предался с ней любовным утехам, а затем спросил: «Он делал и это тоже?» Девушка ответила: «Да, отче».

Тот сказал: «Пусть этот человек придет ко мне в исповедальню. Он должен исповедаться».

Но девушка сказала: «Он сделал еще одну вещь».

Отец воскликнул: «Как?! Еще одну?»

Девушка сказала: «Он наградил меня еще и гонореей. Я же говорила вам, это действительно очень дурной человек».

Ваши так называемые добрые люди продолжают совершать во имя добра всевозможные злые дела — так и должно быть. Это не их вина. Они были воспитаны ошибочным учением. Им велели делать это, делать то, но никто и никогда не заходил глубоко в их психологию — зачем они делают это? Где глубокий корень их дурных действий? И если этот корень не отрезан...

Природа человека сама по себе, в сущности, добрая. Вам лишь нужно удалить дикие сорняки, которые выросли в этой природе. Медитация — вот единственный способ убрать все зло без больших усилий, и тогда то, что остается, и есть добро. Тогда, что бы человек ни делал, ему не нужно задумываться, добро это или зло. Он просто делает это. Он испытывает глубокую гармонию с сущим и не может идти против этой гармонии.

Зло выступает против гармонии природы.

Оно творит диссонанс.

И только люди, которым неведома красота гармонии и радость гармонии, могут совершать злые действия. Но не говорите им: «Делай это. Не делай то».

Я слыхал, что Бог первым делом спросил вавилонян: «Хотите заповедь?»

Те спросили: «Какую заповедь?»

Бог сказал: «Не гляди на чужую жену с дурным помыслом».

Вавилоняне сказали в ответ: «Это невозможно. Оставь свою заповедь при себе, потому что если красивая женщина проходит перед нами, то не имеет значения, чья она жена. Дурной помысел возникает сам собой. Мы не можем поделать ничего; прежде чем мы хоть что-нибудь подумаем, помысел уже есть».

Бог пришел к египтянам и спросил: «Хотите заповедь?»

Те сказали: «Сначала мы хотим знать, какую заповедь».

И Бог сказал: «Всегда делай добро».

Египтяне сказали в ответ: «Пойди и дай эту заповедь другим, потому что если кто-то делает нам зло, то как же нам защищаться? Глаз за глаз... если он творит зло, мы сотворим еще больше зла; только так мы можем исправить его. Если он творит зло, а мы продолжаем творить добро, мы будем сокрушены. Прости нас, мы не хотим твоей заповеди. Оставь ее себе».

Тогда Он отправился к Моисею и спросил Моисея: «А ты хочешь заповедь?»

Моисей спросил: «Сколько стоит?» Его не волновало, какая это заповедь. Главное — сколько она стоит.

Бог сказал: «Она не стоит ничего».

Моисей сказал: «Тогда беру десять!»

Если это бесплатно, то почему не взять десять? Вот откуда у евреев десять заповедей. Но среди них нет заповеди для медитации. Все они — только моралистические, поверхностные поучения.

Если вы способны бесхитростным умом и прямым поведением достичь высшего просветления непосредственно, то это можно назвать деянием истинного человека силы. Все это попросту чушь. Это просто ставит вещи вверх дном.

Просветленный человек — это действительно человек силы; не власти над другими, а именно источник силы, и не той силы, которая господствует, порабощает, а глубинной крепости, выносливости, отваги. Это его собственный, внутренний источник. Он не имеет никакого отношения ни к кому другому. Это просто его сила, которая излучается повсюду вокруг него. Все, что он говорит, идет от той силы.

Тогда и поведение прямое, тогда и ум бесхитростный. Но невозможно сначала сделать ум бесхитростным и поведение прямым, а после этого сразу обрести высшее просветление.

Первым делом должно быть просветление, а все остальное — только побочный продукт. Чтобы росло дерево, прежде всего необходимы корни, хоть они и невидимы. Быть может, в этом и причина, почему мыслители упускают основной момент: корни невидимы, но, если они есть, дерево начинает расти. Появляется листва, прекрасная зелень, появляются цветы — психоделические, разноцветные, — появляются плоды, которые могут стать превосходным питанием; но все это появляется благодаря скрытым корням.

Обратное не верно: если сначала вы подвешиваете несколько цветков и плодов, добавляете немного листвы, связываете все это вместе — и надеетесь, что потом вырастут корни, — ничего не выйдет; не таков путь природы. Но это и есть то, чему научили людей: сначала станьте добрыми, сначала станьте моральными, сначала следуйте определенной дисциплине, — а затем вы достигнете просветления, и просветление даст вам великую силу.

Просветление само по себе есть сила.

Но оно должно прийти первым, оно не может быть вторым.

А все остальное последует.

Просветленный человек не может поступать неправильно, не может творить зла. Каждое его дыхание служит добру, каждое его действие служит божественному. Сам он полностью отдался целому — предоставляя целому использовать его каким угодно образом.

Вот различие между моралью и религией: религиозный человек морален, но моральный человек не религиозен.

Моральный человек — это всего лишь лицемер.

А проблема возникла из-за того, что мы видели таких просветленных людей, как Гаутама Будда, но нам не видимо их просветление. Их корни скрыты. Мы видим их поступки, их плоды, их цветы, их листву. И по естественной логике ума, если мы принимаемся за те же самые действия, что и они, то мы, значит, тоже станем просветленными.

Вы видите логическое заблуждение, но выглядит оно вполне разумным... Будда ест один раз в день, поэтому и вы едите один раз в день; у Будды одежда состоит из трех частей, поэтому и ваша одежда только из трех частей; Будда никогда не пользуется никаким транспортом, всегда ходит пешком от селения к селению, поэтому и вы всегда ходите пешком. Вы можете сымитировать каждое действие Будды без труда, вы можете повторить его слова точно таким же тоном, как он произносит их, но все же вы не станете просветленным, потому что упущены корни. И проблема корней в том, что они всегда скрыты; это — тайна.

Поэтому буддисты вот уже двадцать пять столетий беспрерывно имитируют; христиане имитируют Христа, и то же самое можно сказать об остальных религиях. Все они создали великих имитаторов, но внутри эти имитаторы точно такие же заурядные и непросветленные, как и первый встречный. Они берутся за дело не с того конца.

Заботы, которые приходят к вам из всех времен, есть лишь в настоящем... Это предложение он, очевидно, заимствовал у кого-то просветленного, потому что не сумел бы придумать его сам. Это очень содержательное предложение.

Заботы, которые приходят к вам из всех времен, есть лишь в настоящем: если вы можете понять их прямо сейчас, то эти заботы немедленно рассеются, как рассыпается черепица или тает лед. *Если же вы не понимаете прямо сейчас, то еще пройдете через неисчислимые эпохи, а все по-прежнему будет как и было. Эта истина справедлива с древнейших времен и не изменилась ни на волосок.*

Вот эти слова не могут исходить от учителя. Акцент на *сейчас* и скрытый за этим смысл безмерно великолепны. Он говорит, что, быть может, вы и совершили тысячи преступлений в прошлом, — но прошлого больше нет. Только воспоминания о прошлом остались в вашем уме. Быть может, вы и задумывали совершить много преступлений и зла в будущем, — но они только в уме. Теперь они все — ваше прошлое, ваше настоящее, ваше будущее — все в настоящем мгновении.

Это самое потрясающее изречение. Оно означает, что вам не нужно избавляться от своего прошлого, совершая добрые поступки. Оно означает, что вас не нужно наказывать за ваше прошлое — потому что это было бессознательное действие. Вы не осознавали. Если вы способны осознать прямо сейчас, то все то, что было тяжким грузом на вас, растает подобно льду. Теперь нет вопроса о том, чтобы делать добро, и нет вопроса о том, чтобы делать зло. Теперь остается одно: достичь глубокого понимания настоящего момента, осознать настоящий момент.

А это и есть медитация. Она не заботится о прошлом, она не заботится о будущем; она просто становится колонной света в настоящем. Внутри такой колонны света в настоящем все прошлое и будущее попросту исчезают. Они не имеют никакого действительного существования.

Это так, как будто вы проспали всю ночь, совершая хорошие поступки и дурные поступки — иногда убегая с женой соседа, иногда становясь святым, — но утром, проснувшись, вы знаете, что ничего такого не сделали. То было всего лишь сновидение, которое создало все эти грезы.

Для человека понимания все, сделанное вами, делалось в бессознательном состоянии; и единственный путь — это просто становиться сознательным, и вы пробудитесь. А все ваше прошлое исчезнет, точно как исчезают грезы, когда вы пробуждаетесь. Такое изречение, несомненно, могло быть почерпнуто только из источника просветления.

Дела мирской суеты подобны звеньям цепи, цепляющимся одно за другое без перерыва. Если вы способны порвать с ними, сделайте это немедленно! Вот почему я говорю, что он замесил хорошую мешанину. Он дурачил даже императоров своей мешаниной.

Время от времени он пользуется словами какого-нибудь просветленного. Но в то же время продолжает собирать всевозможные советы от учителей, которые собрали их от других. И все это настолько перепутано одно с другим, что очень трудно произвести четкое разделение.

Я хочу взять все целиком; ведь я мог бы вырезать всю бессмыслицу и оставить только то, что истинно. Но я хочу дать вам определенное видение — чтобы вы различали, исходит ли это от источника просветления или это просто интеллектуальная гимнастика. *Поскольку вы привыкали к ним с безначальных времен и дошли до того, что они сделались совершенно обычными, если вы не вступаете в борьбу с ними, то с течением времени, при вашем неведении и неосознании, они войдут глубоко внутрь вас. И в итоге, в последний день своей жизни, вы не сможете ничего поделать с ними.*

Видите, как он забывает сам себя? Если это может быть сделано сейчас, за одно мгновение осознавания, то почему вы не можете сделать этого в момент смерти? Это тоже будет *сейчас* и в одно мгновение.

И это легче будет делать в то время, чем сейчас, потому что сейчас вы можете отложить на завтра. Когда смерть стоит перед вами, нет и вопроса об отсрочке; вам приходится или сделать это, или не делать этого. А кому захочется уносить все свои кошмары с собой?

Да Хуэй сам стал просветленным всего за минуту перед смертью. Смерть может быть огромной помощью, она может быть замаскированным благословением, потому что там уже нет будущего, нет завтра. Вы не можете сказать: «Сегодня я занят, завтра я буду медитировать». Вам придется бросить все дела. Теперь единственно важная вещь — это быть готовым и осознающим, избавиться от всего своего прошлого и двигаться в смерть — невинным, чистым, ясным, необремененным. Тогда вы не умираете; вы вступаете в вечную жизнь.

Но Да Хуэй говорит как мыслитель, как учитель: *И в итоге, в последний день своей жизни, вы не сможете ничего поделать с ними.*

Ничего не нужно делать. Если человеку надо лишь осознать, он может осознать в любое время, будет ли смерть в следующий миг или нет. Но смерть может стать великим побуждением к тому, чтобы сделать это немедленно. Одна только мысль о «завтра» заставляет вас говорить: «Все в порядке, нечего спешить. Не сегодня, так завтра», — а завтра никогда не наступает. Это всегда сегодня. И вы приучаетесь откладывать на завтра.

Смерть заставляет вас впервые осознать, что теперь уже нет завтра. Если вы хотите достичь осознания, достигайте. И шок смерти помогает осознаванию.

Многие люди в минуту смерти становятся просветленными, хотя их просветление и остается неизвестным, потому что после него они просто умирают. Их просветление не поможет больше никому, потому что на это уже нет времени, но все же это великолепно — по крайней мере им удалось это для самих себя.

Если вы хотите избежать ошибки на закате своей жизни, то, начиная с этого момента, всякий раз как вы что-нибудь делаете, не давайте себе поскользнуться. Он продолжает прыгать то вверх, то вниз. Те несколько предложений были абсолютно верными. Теперь опять он приходит к *действию. Если вы собьетесь с пути в своих нынешних действиях, то невозможно будет не сбиться с пути, когда вы станете перед лицом смерти.*

Медитация — это вовсе не вопрос *действия*.

Медитация — это вопрос пробуждения.

Бывают люди такого сорта, которые читают писания, повторяют имя Будды, каются утром, а вечером во весь рот злословят и очерняют других людей. На следующее утро они снова поклоняются Будде и снова раскаиваются, и так постоянно. Годами, до скончания жизни, они совершают этот ежедневный ритуальный круг — вот крайнее безумие. Такие люди далеки от понимания того, что означает санскритское слово «кшама» (раскаиваться в проступках). Оно означает «отрезать непослушный ум».

Теперь то, что он говорит, абсолютно применимо к нему — он повторяет хорошие слова, он повторяет писания. Может быть, он поклоняется Будде, будучи буддийским монахом. То, что он говорит, похоже на его собственный опыт.

Это верно. Миллионы людей в мире делают то же самое — христиане они или евреи, индусы, буддисты или джайны — это не имеет никакого значения. Это одни и те же люди. Когда они в храме, они притворяются религиозными.

Такая одночасовая религия не поможет, потому что двадцать три часа аннулируют ее постоянно. В двадцать три раза дольше они нерелигиозны. Эта одночасовая религия — просто самообман.

И смотрите, как он продолжает путать. Санскритское слово «кшама» не означает раскаиваться в проступках. *Кшама* означает прощение, прощение других и прощение себя тоже — прощение, потому что вы были бессознательны и другие бессознательны. Это прощение даст вам некоторое осознание.

Каждый год у джайнов бывает один день, *Кшамавани*, день прощения, когда даже враги должны встретиться друг с другом и простить друг другу. И чудо состоит в том, что после того, как этот день прошел, враги по-прежнему враги; ничего не произошло, это только ритуал.

Мы можем создать ритуал из чего угодно великого. Вы наступаете кому-то на ногу и говорите: «Прошу прощения». Вы на самом деле подразумеваете это, или это всего лишь социальная условность? Да, это делает жизнь спокойной, но это не исходит из самого вашего существа. Вы даже и не думаете об этом.

Но, безусловно, он подхватывает предложение, которое услышал не от обычных учителей: *Оно означает «отрезать непослушный ум».* Вы можете заметить противоречие. О человеке, живущем в раскаянии, не может быть сказано, что он «отрезал свой ум».

Раскаяние — это всегда по поводу прошлого. Это чувство вины: «Я поступил неправильно».

«Отрезать ум» означает, что прошлого больше нет: «Это была темная ночь, и я был без сознания. Все, что происходило, было только моим сном; теперь у меня нет никакой связи с этим старым прошлым». Не иметь никакой связи с умом — значит не иметь никакой связи с прошлым.

Ваш ум — это ваше прошлое.

Все прошлое постоянно собирается в уме. Отрезая от себя ум, вы отрезаете свое прошлое и начинаете заново, как новую тетрадь.

Это и есть то, что сказали великие мастера: умирай каждый миг для прошлого и возрождайся для нового, для свежего, для того, что приходит; умирай каждый миг, потому что прошлое создается каждый миг.

Ваше настоящее все время становится прошлым — зачем же продолжать собирать ненужный груз? Лучше каждый миг продолжайте отрезать себя от прошлого. Не носите на себе никаких вмятин из прошлого, оставайтесь доступны и открыты будущему. Скоро будущее тоже станет прошлым.

В тот самый миг, когда что-нибудь становится прошлым, отрезайте себя от него. Тогда вы сможете умереть совсем как невинное дитя; тогда ваша смерть будет точно как рождение: нет прошлого, невинный ум.

А это и есть правильная смерть, потому что это не окончание жизни, но начало более великой жизни — она не будет упакована в тело, а будет распространена по всему сущему: вы будете танцевать в деревьях, вы будете улыбаться в цветах и сиять в звездах. Ваша свобода будет тотальной, и у вас не будет никаких границ.

Раз уж вы отрезали его, то никогда не возобновляйте; раз вы раскаялись, то не совершайте порочных деяний снова — в этом смысл раскаяния, согласно нашему Будде.

Он не знает Будду.

Будда не учит раскаянию; он просто учит осознаванию.

Раскаяние — это опасная техника. Точно как католическая исповедь. Каждая религия ухитрялась создать некую дешевую замену, так чтобы каждый мог ею пользоваться и чувствовать себя хорошо. Вы идете в церковь, вы исповедуетесь священнику и думаете, что вы освобождены. Теперь священник расскажет Богу, и вы прощены. Но в действительности, когда вы выходите из исповедальни, происходит так, что вы снова готовы совершать те же самые поступки. Нет проблемы. На следующей неделе вы сможете снова исповедаться. Индуисты ходят к Гангу для омовения. Каждые двенадцать лет огромное собрание — быть может, величайшее в мире — происходит в Праяге.

Индуисты со всей страны, и даже из-за рубежа, запросто приходят туда, чтобы окунуться в Ганг: считается, что в тот миг, когда вы погружаетесь в Ганг, все ваши грехи, даже все ваши дурные деяния — смываются.

Я ходил к Праягу множество раз, но никогда не погружался в Ганг. Я люблю плавать, и я плавал во многих реках, но никогда в Ганге. Я обычно просто стоял там с семьей. Домашние говорили: «Странно: ты так любишь плавать, ты всегда ходишь на реку, когда бываешь в других городах, а здесь, где вся страна приходит окунуться...»

Я отвечал: «В этом-то и причина. Столько грехов плавает здесь, где столетиями люди окунаются. Это очень опасно. Я стараюсь держаться подальше от этого места, потому что если их грехи действительно отмыты здесь... насколько нам известно, не меньше десяти тысяч лет миллионы и миллионы людей смывают здесь свои грехи. Это самое грязное место во всем мире. Я не могу войти туда».

Один человек был сильно шокирован — ведь он всегда хвастался, что живет возле Ганга и окунается в него каждый день. Я сказал ему: «Вы идиот. Каждый день! Вы, наверное, собрали столько грехов, что теперь и сам Бог не сможет помочь вам».

Он сказал: «Но никто же не думал об этом».

Я сказал: «А кто вообще думает? Люди просто продолжают делать то, что делают другие. А вы — доктор, образованный человек, хорошо известный в своем кругу, — по крайней мере вы не должны быть так суеверны и глупы. Если грехи можно отмывать в Ганге, то это просто означает, что вы снова готовы совершать грехи. В чем тогда проблема? Продолжайте, совершайте столько грехов, сколько вам захочется. Ганг вон там — идите и окунайтесь».

До чего же ловко эти религиозные священники эксплуатируют людей, давая им надежду, обучая их простым трюкам, чтобы обманывать даже Бога.

Когда вам нечего делать, вы должны сидеть спокойно и удерживать ум от расползания, а тело от колебаний. Если ваша практика по совершенствованию продлится достаточно долго, естественно, тело и ум успокоятся и вы обретете некоторую направленность в пути. Благодаря совершенствованию безмятежности и неподвижности и в самом деле унимается смятенное, распыленное фальшивое сознание у существ, одаренных чувствительностью; но если вы цепляетесь за безмятежную неподвижность и считаете ее окончательным результатом, то вы — в тисках извращенного «безмолвного озарения» чань.

Эта небольшая школа безмолвного озарения — одна из высоко развитых методологий по осознанию, но Да Хуэй не принадлежит к этой небольшой линии озаренных людей.

Ум всегда замышляет что-то делать.

Когда вы делаете что-то, ум питается этим. Когда вы не делаете ничего, ум начинает умирать.

Ум почти как велосипед. Если вы нажимаете на педали, велосипед продолжает движение. Если вы прекращаете жать на педали, он может проехать несколько футов по инерции, но в конце концов он должен рухнуть. Уму требуется беспрерывная деятельность. Делать что-то — это и есть педалирование, которое поддерживает деятельность ума.

У школы «безмолвного озарения» чань, против которой постоянно высказывается Да Хуэй, качество гораздо выше, чем Да Хуэй может понять. Эти люди просто сидят молча. Они не делают ничего — ни хорошего, ни плохого. Они просто не делают ничего. Если кто-то предлагает пищу, они могут взять ее; если никто не предлагает пищи, они остаются голодными, но они не делают ничего с этим.

А сущее так сострадательно, что, если некий человек просто сидит молча, он создает поле безмолвия вокруг себя. Кто-то обязательно притягивается к нему. Никакой адепт «безмолвного озарения» чань не умирал от голода или холода. Кто-то приходил укрыть его, кто-то приносил пищу, кто-то приносил воду. Ни один человек из этой родословной не умер; и они достигли высочайших вершин озарения.

Кажется, Да Хуэй испытывает некоторую зависть из-за того, что эти люди не делают ничего и все же им поклоняются. Эти люди не делают ничего; все же их считают живыми буддами. Его собственные наклонности — это моральные деяния, добрые деяния, служба людям. Он интеллектуал. Но, кажется, прежде чем умереть, он устал от своего интеллектуального подхода, потому что так и не обрел ничего.

В последний момент своей жизни он, очевидно, понял, что растратил жизнь попусту, скитаясь в пустыне, где ничего не растет. Это понимание в один миг изменило весь его характер, все его существо. Всю свою жизнь он был только учителем, но умер он как мастер. Если бы он прожил немного дольше, то, возможно, он попросил бы прощения у людей, которые принадлежали к «безмолвному озарению» чань. Мы не знаем. Быть может, в глубине своего существа он и просил прощения.

Но он выглядит завистником; вот он учит, он делает добро, он служит людям; он идет от города к городу, приводит людей к стопам Гаутамы Будды, — а эти просто сидят молча. У них нет никаких записей, потому что они не говорят ничего. Все их существо — вот их высказывание. Они сами и есть будды. Зачем им распевать имя Будды, зачем им поклоняться Будде, зачем им ходить к храму Будды?

Моя симпатия — не с Да Хуэем. Моя симпатия — с теми людьми «безмолвного озарения» чань. Они — самая соль земли.

— Хорошо, Маниша?
— Да, Мастер.

4

ДОВЕРИЕ

Возлюбленный Мастер,

За чужой лук не берись

Активно старайтесь очистить свой ум, тогда вы не собьётесь с пути; если вы не собьётесь с пути, правильное осмысление возникает само собой. Когда правильное осмысление возникает само, внутренняя истина адаптируется к явлениям; когда внутренняя истина адаптируется к событиям и вещам, события и вещи сливаются со своей внутренней истиной. Когда явления сливаются со своей внутренней истиной, вы накапливаете силу; когда вы чувствуете накопление, это дает вам власть для изучения пути. Достигая власти, вы накапливаете неограниченную силу; накапливая силу, вы приобретаете неограниченную власть.

Эти вещи могут быть усвоены блистательными, сообразительными людьми, но, если вы полагаетесь на свою блистательность и остроту ума, вам не удастся продержаться долго. Легко проницательным и смышлёным людям войти, но трудно удержаться. Это из-за того, что обычно их вхождение не очень глубоко и власть ограничена. Стоит разумным и сообразительным услышать, как духовный друг касается этого вопроса, как их глаза немедленно оживляются, и они уже пробуют достичь понимания с помощью своего различающего интеллекта. Подобные люди сами создают себе помехи и никогда не достигнут момента пробуждения. «Когда дьяволы извне накличут беду, этому ещё можно пособить»; но эта опора на интеллектуальное различие держится лишь до поры до времени: «Когда собственная семья создаёт бедствие, то его уже не отвратить». Вот это и подразумевал Юн Цзя, когда сказал: «Потеря богатства дхармы и утрата добродетели — всё это берёт своё начало от различающего интеллекта ума».

Концептуальное различение ума

Заграждение пути умом и его концептуальным различением — хуже, чем ядовитые змеи и свирепые тигры. Почему? Потому что ядовитых змей и свирепых тигров можно избежать, в то время как разумные люди делают концептуальное различение ума своим домом, так что не бывает ни единого мгновения — ходят они, стоят, сидят или лежат, — чтобы они не имели дел с ним. С *течением времени, не видя того и не отдавая себе в том отчета, они становятся одним целым с ним — и не потому, что они хотят этого, а потому, что с безначального времени они придерживались этой единственной маленькой дороги, пока она не стала укатанной и привычной. Хоть они и видят ее временами и желают сойти с нее, однако не могут. Потому-то и говорится, что ядовитых змей и свирепых тигров еще можно избежать, но от концептуального различения ума вам, поистине, сбежать некуда.*

Огромная проблема с такими людьми, как Да Хуэй, — это их собственный интеллект. Даже если они и высказываются против интеллекта, это не что иное, как их собственный интеллект. Интеллект способен вызывать иллюзию того, что вы выходите за пределы интеллекта, но эта иллюзия может быть легко обнаружена.

То, что Да Хуэй говорит в этих сутрах, он, очевидно, услыхал из очень верного источника. Но сам он только интеллектуал; поэтому все то, что проходит через его интеллект, изменяет свою форму. Эта перемена так неуловима, что, если человек не стал просветленным сам, он никогда не заметит, где интеллект обманул его.

Прислушайтесь к тому, что он говорит: *Активно старайтесь очистить свой ум.* Кто вы? Знаете ли вы самого себя как нечто отличное от ума? Если вы знаете самого себя как нечто отличное от ума, то ум уже очищен. Вопрос активного старания очистить свой ум и не возникает. Ум есть, потому что вас нет; вы крепко спите, вы не бдительны. Темнота есть, потому что вы не принесли ни единой свечи, — а всего лишь небольшой свечи достаточно, чтобы рассеять огромную темноту. Вот как ум превратно истолковывает — и тем не менее чувствует, что вы идете по верному пути.

Просветленный человек может сказать вам: «Рассейте всю темноту». Но единственный путь рассеять темноту — это принести свет. Интеллектуал поймет, что разгонять темноту означает бороться с темнотой, выбрасывая ее из дома. Но разве удастся вам опорожнить свою комнату от темноты, просто вынося ведра, наполненные темнотой? Единственным, чего вы достигнете, будет чудовищное расстройство, усталость, отвращение ко всей этой затее. Но если бы у вас было понимание того, что это не от ума, но из-за его пределов... *Такое* понимание приходит только благодаря медитации, а этот человек не говорит о медитации вообще.

Только благодаря медитации тот ваш внутренний свет, который бездействовал, становится вдруг активным и живым. Это вечный источник света. Раз есть свет, темнота автоматически рассеивается. Даже сказать «рассеялась» — неправильно, потому что темноты не существует: это только отсутствие света. Темнота не имеет своего собственного существования; поэтому вы ничего не можете делать непосредственно с ней. Всякий раз как вы хотите заняться темнотой, вам придется делать что-то со светом. Если вам нужна темнота, выключите свет. Если вам не нужна темнота, включите свет. Но вы можете действовать только со светом, потому что свет имеет позитивное существование. Темнота — это просто отсутствие света; и таково же состояние нашего ума.

Ум — это ваше отсутствие. В тот момент, когда вы присутствуете, ума нет.

Поэтому абсолютный акцент всех будд всех веков был вот таким: «Придите к сознанию, станьте присутствием, и уже не будет места для ума и всех его составляющих: алчности, гнева, заблуждения, грез, галлюцинаций, амбиций — всей этой груды».

Если вы начинаете слушать таких людей, как Да Хуэй, и работаете в соответствии с их идеей, вы попадаете во все большую и большую неразбериху. Он говорит: *Активно старайтесь очистить свой ум.* Он дает вам неверное направление без малейшего намерения повести вас по неверному пути. Но намерения не существенны. Существенно, в истинном ли направлении дано указание.

Ничего не может быть сделано непосредственно с помощью ума.

Он говорит: «*Активно старайтесь очистить свой ум, тогда вы не собьетесь с пути*»; но первое условие не может быть исполнено. Вы будете двигаться неправильно все время. Но он допускает, что первое условие можно осуществить.

Ни один просветленный никогда не говорил, что вы можете делать что-нибудь непосредственно с помощью ума, но, допустив такую идею, он продолжает и продолжает... *тогда вы не собьетесь с пути; если вы не собьетесь с пути, правильное осмысление возникает само.* Опять-таки, это осмысление.

Медитация — это не осмысление.

Медитация — это состояние не-ума.

Осмысление — это все еще разумность. Вы можете быть очень разумны — это не означает, что вы знаете медитацию. Великий современный британский философ Джоад был глубоко взволнован идеями Георгия Гурджиева и его ученика, доктора философии Успенского. Он был болен, когда читал книгу Успенского об учении Гурджиева. Он был одним из великих философов века.

Джоад говорил одному из своих друзей: «Я слыхал, Успенский в Лондоне, но я не в достаточно хорошем состоянии, чтобы пойти и поговорить с ним. Доктора велят мне отдыхать в постели. Но я не могу ждать, потому что может быть, что я просто отсчитываю свои последние дни, любой день может стать последним. Сходите к Успенскому и объясните ему мое положение... и если он сможет прийти, это будет очень любезно с его стороны. Я хочу поговорить с ним, потому что мне не понятно, что такое не-ум. За пределами ума я не могу помыслить ничего».

Джоад всю свою жизнь работал умом, и он знал, что такое ум, но он никогда не выходил за его границы. «На самом деле, — говорил он другу, — люди, которые идут за пределы ума, отправляются в приют для умалишенных. Мы говорим, что сумасшедшие люди не в своем уме! А этот странный человек, Гурджиев, продолжает говорить о не-уме. Пойдите и уговорите Успенского! Быть может, зная мое имя, он и придет».

Успенский пришел, и Джоад сказал ему: «Я не могу понять вообще, что такое этот не-ум. Я могу понять ум, я могу даже понять осмысление, но не-ум просто за пределами моего восприятия».

Успенский сказал: «Это самое простое дело. Я сижу здесь. Вы просто закройте глаза и помните одну вещь: все то, что проходит перед вашим внутренним взором, есть ум, а то присутствие, перед которым проходит ум, есть не-ум».

Джоад еще никогда не делал ничего подобного. Он закрыл глаза... полчаса прошло, час прошел, а его лицо выглядело так спокойно, так безмятежно. У Успенского было еще одно свидание, поэтому он разбудил его и сказал: «Прошу прощения, что беспокою вас, — вы ушли действительно глубоко».

И Джоад сказал: «Я безмерно благодарен. Не могу выразить свою признательность... я никогда не думал о возможности наблюдать ум; это, несомненно, означает, что я не есть ум. Наблюдатель безусловно отличается от наблюдаемого. И вместо того, чтобы объяснять мне интеллектуально, вы дали мне само переживание. Оно было так прекрасно и так безмолвно. Эти последние дни в постели мне нечего больше делать. Я собираюсь продолжать наблюдать свой ум.
Возможно, Гурджиев прав, и возможно, восточные мистики правы. А для меня это самое подходящее время. Если я могу отправиться из ума внутрь самого себя, в мое свидетельствование, в мое наблюдение, — которое они называют не-ум, — быть может, я уйду из жизни не чувствуя того, что жил бессмысленно».

Всего через десять дней он умер. Но перед смертью он продиктовал секретарю небольшое заявление для передачи Георгию Гурджиеву и Успенскому.

Он сказал: «Я умираю с великой признательностью — вы показали мне путь. Теперь смерть не имеет значения, теперь ничто не имеет значения. Я вкусил нечто от запредельного, от вечного. Ум был барьером. Я полагал, что ум — это все, что мы имеем, и я никогда не думал, что ум — просто инструмент, подобный любому другому инструменту».

У вас есть характеры, у вас есть руки, у вас есть ноги; если ваша рука отрезана, это не означает, что вы уничтожены. Вы больше, чем полная сумма ваших частей, — таков смысл не-ума. Вы не арифметическая сущность, вы духовное существо.

Мне хочется повторить, так, чтобы вы запомнили это: вы больше, чем полная сумма ваших частей, а то, что больше полной суммы своих частей, и есть ваше настоящее существо. Машина — не более чем полная сумма; машина в точности равняется полной сумме ее частей.

Только жизнь больше, чем ее полная сумма. И когда жизнь становится сознательной, это еще больше.

А когда жизнь становится абсолютным озарением, это ошеломляюще больше. Полная сумма ваших частей остается далеко позади, это совсем маленькая, крошечная вещь.

Вы становитесь так же бескрайни, как само небо.

Но Да Хуэй все еще не понимает. Он по-прежнему говорит как мыслитель. *Когда правильное осмысление возникает само, внутренняя истина адаптируется к явлениям; когда внутренняя истина адаптируется к событиям и вещам, события и вещи сливаются со своей внутренней истиной. Когда явления сливаются со своей внутренней истиной, вы накапливаете силу.*

Это тоже должно быть понятно. Сила в устах Да Хуэя — это не та же самая сила, о которой может вести речь Гаутама Будда.

Сила — согласно уму — это всегда власть над другими. Ум беспрерывно старается доминировать, порабощать, господствовать над другими, потому что ум не имеет своей собственной силы. Вся его сила заимствована. Что имеет премьер-министр любой страны в качестве своей власти? Просто голоса, которые он выпросил. Он на самом деле величайший нищий в стране. Вся его власть принадлежит людям; у него нет никакой собственной власти.

Поэтому когда ум говорит о силе, он говорит о политике, он говорит о господстве, он говорит о погоне за наживой; он говорит об увеличении вашей империи богатства, власти, престижа любым путем, о том, как вы можете стать доминирующей фигурой.

Но сила, о которой говорит пробужденный, — это не власть над другими. Он говорит об этом как о внутреннем взрыве, подобном атомному взрыву. Это не та сила, которая приходит извне; это та сила, которая скрыта глубоко внутри атомной клеточки. Из-за того, что атом взорвался, сила распространяется повсюду.

Очень странная информация попала ко мне на днях... Японский ученый все время вел наблюдение, изучая эффекты атомной энергии и ее радиации внутри и вокруг Хиросимы и Нагасаки. Сорок лет прошло с тех пор, как там произошел атомный взрыв, когда была сброшена атомная бомба на Нагасаки и Хиросиму. Этот ученый действительно рисковал своей жизнью; никто не приходил в Хиросиму, потому что все там наполнено радиацией, но он отправился туда и прожил несколько недель, просто чтобы увидеть, какой эффект может иметь радиация.

А когда он возвратился, то преподнес огромный сюрприз своим коллегам ученым. Он выглядел на десять лет моложе и здоровее, чем когда-либо.

Все они были поражены, потому что никто не думал... всегда полагали, что радиация убивает, но он обнаружил, что радиация убивает только в определенном большом количестве. Это вопрос степеней. В малых количествах она может помочь уничтожить болезнь, дать человеку более долгую жизнь, сохранять его молодым до самой смерти. Теперь он изготовил небольшую керамическую бумагу с очень малой радиационной дозой в ней. Он считает, что держать это в своей комнате достаточно для того, чтобы оставаться здоровее и моложе!

Я всегда говорил, что энергия нейтральна: то, что может разрушать, может также и созидать; мы просто должны выяснить, как она разрушает и как она созидает. Этот японский ученый сослужил громадную службу грядущему человечеству: если нации согласятся и если их глупые политики не помешают этому, то всю атомную энергию и ядерное оружие, которое они собрали, можно поставить на службу жизни — принести больше здоровья миру, рассеять болезни, рассеять голод, рассеять старость, дать человеку жить дольше и оставаться моложе.

Сила атомной бомбы — это не сила, приходящая извне; это сила атома, который был бездействующим, спящим, и был пробужден. Если это возможно через атом — который является частью электричества, всего лишь небольшой частицей, — то что же возможно, если мы сможем взорвать живую сущность человека? Небольшая частица его сознания, если она взрывается, принесет очень много света и очень много энергии.

Возможно, мистики, которые всегда говорили о силе, говорили о силе, которую они чувствовали внутри себя. Она не имеет ничего общего с чьим бы то ни было доминированием. Их сила использовалась как сострадание, их сила использовалась для осыпания цветами других людей. Их сила не использовалась ни для какой разрушительной цели на службе смерти.

Но само слово «сила» опасное, потому что обычно его ассоциируют с политикой. Когда Да Хуэй пользуется словом сила, он не понимает того, что мистики использовали его в другом смысле, совершенно противоположном. Он говорит: *Когда явления сливаются со своей внутренней истиной, вы накапливаете силу; когда вы чувствуете накопление, это дает вам власть для изучения пути. Достигая власти, вы накапливаете неограниченную силу; накапливая силу, вы приобретаете неограниченную власть. То, как* он говорит, ясно показывает: неограниченная власть — над кем? Зачем этот акцент на власти?

Сила, исходящая из медитации, не приходит как власть. Она приходит, как будто цветы осыпают вас; она приходит как благоухание, она приходит как любовь, она приходит как сострадание. Она приводит все великие качества и все великие жизненные ценности внезапно к их цветению. Это весна вашего сознания. Все вдруг становится зеленым, все становится прохладным; ветерок наполняется ароматом, потому что вы взрываетесь цветами, которые невидимы для глаза. Но те, у кого есть сердце и смелость открыться этому, будут несомненно чувствовать эту весну. Они почувствуют ее песню, они почувствуют ее танец.

Но слово «власть» не должно использоваться. Оно ассоциируется с дурными людьми — они запятнали его.

Эти вещи могут быть усвоены блистательными, сообразительными людьми... — и сам он не кто иной, как блистательный, сообразительный человек, — *но если вы полагаетесь на свою блистательность и остроту ума, вам не удастся продержаться долго. Легко проницательным и смышленым людям войти, но трудно удержаться. Это из-за того, что обычно их вхождение не очень глубоко и власть ограничена. Стоит разумным и сообразительными услыхать, как духовный друг касается этого вопроса, как их глаза немедленно оживляются, и они уже пробуют достичь понимания с помощью своего различающего интеллекта.*

Да Хуэй понимает неправильно. Ум обладает только одной силой, и это различающий интеллект; у него нет другой силы. Благодаря своему различающему интеллекту ум очень полезен в науке — и абсолютная помеха в духовном росте. Здесь не нужен никакой интеллект. Все, что вам необходимо, — это глубокое доверие к сущему и глубокое благоговение перед жизнью.

Интеллект никогда не доверяет, он всегда сомневается. Духовному росту сомнение препятствует больше, чем что бы то ни было иное, но как же вам обрести доверие? Сомнение естественно для ума; доверие не принадлежит к уму. Как же вам прийти к доверию?

Вот почему все духовные учения подчеркивают глубокую интимную связь с тем, кто идет впереди вас. Вам необходимо связаться с тем, кто уже пробудился. Само его пробуждение станет основанием, аргументом для вас, рассеет всякое сомнение и рассеет весь ум. Вам надо войти в контакт с человеком, который живет как не-ум, который живет как безмолвие. Его безмолвие сияет. Оно заразительно.

Если вы приближаетесь к такому человеку, то неизбежно попадаете в сеть его лучащейся любви, его сияющего осознания. Только такое переживание создаст доверие в вас, даст вам почувствовать, что если это прекрасное цветение может произойти с одним человеком... и я тоже человек. Оно будет напоминать вам ваш собственный потенциал: нет нужды сомневаться; если этот человек может расцвести таким прекрасным цветком... я тоже человек.

Присутствие просветленного человека придаст вам огромное достоинство, огромную гордость, которая — не от эго... гордость оттого, что вы человеческое существо, наполненное потенциалом бытия будды.

И если доверие возникло в вас, вы на пути.

Доверие — это другое название пути.

Сомнение — это название заблуждения.

Интеллект — это не что иное, как другое название сомнения. Сомнение — прекрасный инструмент для науки, но оно никак не поможет выйти за пределы ума. Чтобы выйти за пределы ума, вам необходимо доверие, и доверие обладает своей собственной красотой. Сомнение не обладает красотой, оно уродливо. Оно не дает вам целостности, оно всегда удерживает вас в подозрении.

Как только доверие возникло в вас — вы уже вне опасностей ума.

Но Да Хуэй не понял, хоть он и бывал то у одного мастера, то у другого; он побывал у многих мастеров. Возможно, это и вызвало у него всю эту путаницу. Из тех многих мастеров некоторые могли быть просто учителями, другие, возможно, даже и учителями не были, а просто любили давать советы, независимо от того, знают ли они что-нибудь или не знают. Люди получают удовольствие, давая советы, потому что, советуя, они становятся выше вас; вы невежественны, а они — знающие.

Я принимал участие в работе психологического отделения университета. В отделении было четыре других психолога, и все они практиковали психоанализ, кроме меня. Я никогда не верил ни в какого рода анализ, ни в какого рода психологию, потому что я вообще ничего не хочу делать с помощью ума. Но вы поразитесь: они давали указания больным людям — а сами страдали от точно тех же проблем.

Я единственный был у них под руками, поэтому все они спрашивали меня: «Как быть вот с этой проблемой, она никогда не оставляет нас?»

Я сказал: «Вы же великие психоаналитики; вы даете указания людям, вы помогаете людям».

Они сказали: «Не делайте посмешища из нас! Мы знаем технику, мы изучили психоанализ, и мы советуем».

Но я сказал: «Если вы не можете следовать своему собственному совету, какое вы имеете право давать его кому-то другому?»

Я пересказал им древнюю суфийскую историю. Женщина очень переживала за своего маленького ребенка — у нее был только один ребенок, а муж умер. Она была богата, но утратила всякий интерес к жизни. Она жила лишь ради этого ребенка, и, безусловно, при таких обстоятельствах дети портятся;

ребенок не ел ничего, кроме сладостей. Врачи говорили: «Это плохо, все его здоровье будет испорчено». Но ребенок не слушался.

Женщина бывала у суфийского мистика, поэтому однажды она подумала: «Он не слушается меня, но, возможно, он послушает мистика, потому что это человек такой излучающий, что каждый, кто приближается к нему, оказывается под впечатлением».

Она взяла ребенка и сказала мистику: «Он не слушается никого. Врачи говорят ему, что его здоровье испортится, и я повторяю это ему каждый день. Вся его пища состоит только из сладостей; иначе он предпочитает оставаться голодным. Это мой единственный ребенок, мой муж умер, и я живу только ради малыша. Я не могу видеть его голодным, поэтому мне приходится давать ему сладости, хорошо зная, что даю ему отраву: белый сахар — это белый яд. Вот я и привела его. Скажите ему что-нибудь! Вы человек божий, может быть, ваши слова окажут другое воздействие».

Мистик взглянул на ребенка. Он сказал: «Сын мой, я не в состоянии ответить тебе прямо сейчас, потому что сам люблю есть сладости. Возвращайся через две недели. Две недели я не буду есть сладостей, если справлюсь с этим. Только после этого я смогу советовать; а пока я неподходящее лицо для советов».

Женщина поверить не могла этому. Это могло оказаться даже опасным... Но на ребенка это произвело огромное впечатление. Он коснулся стоп мистика. Он сказал: «Меня водили ко многим людям; моя мать продолжает брать меня то к этому, то к другому мудрецу, и все они тут же принимаются советовать. Вы первый искренний человек. Я приду через две недели, и все, что вы скажете, я сделаю. Я доверяю вам».

Человек, который признается перед ребенком... «Вот сейчас у меня не подобающее состояние, чтобы даже советовать тебе, потому что мне самому нравятся сладости; поэтому за две недели я испытаю свой совет на себе самом, а тогда приходи. Если я не справлюсь, то скажу: прошу прощения, я не могу советовать тебе. Если же сумею удержаться, тогда я скажу: «Не беспокойся, если удалось мне, старику, — ты так молод, так силен и так разумен — тебе тоже удастся. Только попытайся!»

Мать была в шоке. Если мистик скажет через две недели, что ему не удалось, то все дело кончено; тогда больше не к кому ей вести ребенка.

Через две недели они пришли снова. Мистик сказал: «Сын мой, это трудно, но не невозможно. Мне удалось не есть сладостей две недели, и я обещаю, что всю свою жизнь я не прикоснусь к сладостям снова. Как ты думаешь, могу я советовать тебе? Только если ты позволишь мне посоветовать, я сделаю это».

Ребенок сказал: «Не нужно ничего говорить. Я получил послание. И я благодарю вас. Такой человек, как вы, который готов отказаться от сладостей на всю жизнь только ради того, чтобы посоветовать мне свое средство, заслуживает доверия. Я доверяю вам. Я тоже обещаю вам, что не буду есть сладостей с этой минуты никогда больше».

Я обычно говорил таким психологам: «Когда вы советуете другим людям, то задумываетесь ли хоть когда-нибудь, что совет исходит от человека, который сам страдает от той же проблемы?»

Так и наш Да Хуэй, очевидно, ходил к ученым людям, к знающим, к учителям всех сортов. Время от времени, возможно, он случайно встречал и пробужденного человека, мастера, мистика, и он брал из всех этих источников; поэтому время от времени у него встречается утверждение, которое кажется абсолютно верным. Но большая часть из собранного им — всевозможные клочки из источников, таких же невежественных, как и он сам; но они любили советовать, точно так же, как любил советовать и он.

Мне не хочется, чтобы мои люди помнили это: никогда не советуйте, если это не ваш опыт. Во всем мире совет — это единственная вещь, которую каждый дает и никто не берет; так зачем беспокоиться? Каждый получает удовольствие, давая совет, но никто никогда не принимал его; поэтому каждый знает: совет предназначен для других — не для себя.

Мне хочется, чтобы мои люди запомнили: никогда не советуйте, если это не было вашим собственным достоверным переживанием. Тогда действительно вы можете просто сказать: «Это был мой опыт. Не обязательно это окажется верным и для тебя — можешь экспериментировать. Если ты чувствуешь, что это приносит больше гармонии в твою жизнь, больше радости, — можешь двигаться дальше. Если же чувствуешь, что это не приносит ничего... ведь индивидуальности так различны; то, что годится для меня, может не подойти тебе; то, что лечит меня, может быть просто ядом для тебя».

Человек абсолютно бдительный всегда заботится о том, какой совет давать, а какой не давать. Даже если он и дает совет, это всегда обусловлено — обусловлено экспериментом. Он предложит это только как гипотезу: «Попробуй немножко — возможно, это сработает. Если сработает — хорошо. Если не сработает, не продолжай. Мне помогло, это верно, но это не значит, что оно поможет всем на свете».

Люди различны; каждая индивидуальность уникальна, и каждой индивидуальности необходим уникальный путь, который соответствует ей.

Подобные люди сами создают себе помехи и никогда не достигнут момента пробуждения. «Когда дьяволы извне накличут беду, этому еще можно пособить»; но эта опора на интеллектуальное различие держится лишь до поры до времени: «Когда собственная семья создает бедствие, то его уже не отвратить».

Он дает хороший совет, но он не обладает опытом. Я так уверен, что он не имеет опыта, потому что столько предложений, столько сутр четко указывают на невежество.

Вот это и подразумевал Юн Цзя, когда сказал: «Потеря богатства дхармы и утрата добродетели — все это берет свое начало от различающего интеллекта ума».

То, что он говорит, правильно, но сам он не тот человек, который может сказать это. Все его понимание основано на интеллекте.

Утверждение Юн Цзя абсолютно справедливо: «*Потеря богатства дхармы и утрата добродетели — все это берет свое начало от различающего интеллекта ума*». Юн Цзя был просветленным мастером. Он говорит, что благодаря уму мир становится нерелигиозным; благодаря уму все великое исчезло. Это совершенная истина для Юн Цзя; это был его собственный опыт. Но Да Хуэй только повторяет это. Слова прекрасны, предложение прекрасное — он собирает прекрасные цветы отовсюду.

Заграждение пути умом и его концептуальным различением — хуже, чем ядовитые змеи и свирепые тигры. Просто не верится, что человек говорит то, чего он не переживал! И он не вышел за их пределы.

Почему? Потому что ядовитых змей и свирепых тигров можно избежать, в то время как разумные люди делают концептуальное различение ума своим домом, так что не бывает ни единого мгновения — ходят они, стоят, сидят или лежат, — чтобы они не имели дел с ним. С течением времени, не видя того и не отдавая себе в том отчета, они становятся одним целым с ним — и не потому, что они хотят этого, а потому, что с безначального времени они придерживались этой единственной маленькой дороги, пока она не стала укатанной и привычной. Хоть они и видят ее временами и желают сойти с нее, однако не могут. Потому-то и говорится, что ядовитых змей и свирепых тигров еще можно избежать, но от концептуального различения ума вам, поистине, сбежать некуда.

Все, что он *говорит*, — правильно, но *он* — не правилен. Это нужно понимать ясно: неправильный человек может говорить правильные вещи, хотя правильный человек не может никогда сказать неправильную вещь. Для правильного человека сказать неправильную вещь невозможно, но для неправильного человека говорить правильные вещи очень возможно, потому что это скрывает его неправильность. Это становится покрывалом для его невежества.

В мире миллионы учителей, священников, монахов, принадлежащих к разным религиям и разным путям; все они повторяют прекрасные слова, но поскольку эти слова исходят от *них*, они утрачивают всю красоту.

Те же самые слова говорились Заратустрой, Лао-цзы, Иисусом Христом, Гаутамой Буддой; одни и те же слова, но человек, который говорит, — не тот же самый. А те слова имеют значение, только если они поддержаны экзистенциально, живой индивидуальностью, стоящей за ними. Те слова живут, только если они исходят от живого источника. Поэтому — вот мое настояние: никогда не беспокойтесь об умерших святых, никогда не беспокойтесь о священных писаниях.

Старайтесь найти живого мастера.

Живой мастер вмещает в себе все писания и всех умерших святых. Все, что приходит к вам через живого мастера, идет прямо в ваше сердце.

Живой мастер никогда не делает промаха.

Замечательная история для окончания. В городе проходил карнавал, и Мулла Насреддин попросил всех своих учеников пойти с ним. Ему хотелось взять их на карнавал, чтобы научить нескольким вещам; таков был его обычный метод — брать своих учеников в реальные ситуации. Стоило им прийти, и вся толпа тут же заинтересовалась ими, потому что все знали: там, где появляется Насреддин, обязательно происходит что-нибудь интересное.

Он был там со своими пятьюдесятью учениками, они следовали за ним. Он зашел прямо в палатку, где люди ставили деньги; если они попадали стрелой в яблочко мишени, владелец палатки давал им втрое больше денег, а если промахивались, то теряли свои деньги. Многие люди пробовали, но это не так легко, если вы не лучник.

Мулла Насреддин пошел туда, поставил десять рупий на кон и взял лук и стрелу. Воцарилась глубокая тишина. Его пятьдесят учеников встали позади него, а огромная толпа смотрит и рассуждает: «Никогда мы не думали, что Мулла Насреддин тоже лучник. Ну-ка, посмотрим, что случится!» Он выстрелил, и стрела упала далеко за мишенью.

Все засмеялись! Он сказал: «Погодите!» Затем обернулся к своим ученикам и произнес: «Видите, вот это стрела человека слишком амбициозного. Он всегда промахивается, метит слишком далеко». Даже владелец палатки заинтересовался...

Насреддин взял еще одну стрелу, выстрелил, и стрела упала прямо перед ним. Опять люди засмеялись. Он сказал: «Да перестаньте же, идиоты! Я привел сюда моих учеников, чтобы научить их кое-чему». Он обернулся к ученикам и объяснил: «Смотрите, вот стрела человека нерешительного, ни то ни се: хочется или не хочется? умирать или не умирать? Из-за этого "или-или" ему постоянно не везет; он никогда не попадает в яблочко».

Люди притихли: «Он прав».

Он вынул третью стрелу. Владелец палатки тоже молчал: «У этого человека есть какие-то идеи, он не ошибается». А Мулла попал в «яблочко», забрал свой задаток — десять рупий — и потребовал еще двадцать.

«Что такое?!» — вскричал владелец палатки.

Мулла сказал: «Это стрела Муллы Насреддина: он никогда не промахивается. Давай сюда двадцать рупий!»

Люди смеялись, но владельцу палатки пришлось отдать двадцать рупий. Ученики тоже говорили: «Это уже слишком! Конечно, если бы он промахнулся снова, то опять нашел бы какое-то объяснение; это же просто случайность. Но он великий человек, в этом нет сомнения».

Он был в состоянии найти столько объяснений, сколько потребуется. Если вы продолжаете стрелять, то однажды попадете; а как только попадете — это и есть стрела Муллы Насреддина.

Мулла Насреддин ушел со своими тридцатью рупиями и учениками. Он сказал: «Пойдемте насладимся сладостями, фруктами. Берите эти двадцать рупий. Оставьте мне десять, потому что только те десять принадлежат мне; остальные двадцать родились от хитрости».

Так называемые учителя, вроде Да Хуэя, продолжают говорить, и среди стольких слов время от времени одна стрела попадает в цель. Но я хочу продемонстрировать вам, как человечество было обмануто учителями.

Император Китая оказал почести Да Хуэю как великому чаньскому мастеру, великому дзэнскому мастеру, и с тех пор его признавали как великого мастера дзэн. Если император удостоил его титулом, кто же поспорит с этим?

Вот и теперь, почти тысяча лет миновала, и никто не поднимает вопроса, что это не слова человека просветленного. Главное — научить вас некоторому осознаванию и ясности, так, чтобы когда вы слушаете кого-то или читаете что-то, вы почувствовали, исходит ли это от просветленного источника или от темного источника — от того, кто знает, как насобирать красивых слов, кто знает, как обманывать даже императоров. Но императоры — это не что иное, как человеческие существа — точно как и вы!

За тысячу лет даже люди дзэна не призвали Да Хуэя к ответу. Об этом тоже стоит задуматься. Каждая традиция продолжает защищать своих людей; правы они или ошибаются, дело не в этом. Дело в том, что они принадлежат своей традиции; они должны быть правы. Это запутало всю мировую атмосферу. Это вызвало такой беспорядок во всем человечестве — похоже, люди не заинтересованы в том, чтобы возрастало сознание человечества; они больше интересуются своей собственной линией, своим собственным наследием и доказательством того, что это правильно. Естественно, никто больше не вмешивается. Возможно, я единственный человек, кто продолжает поиски. Для меня безразлично, индуист этот человек, мусульманин, христианин, буддист, иудей или джайн.

По-моему, все человечество едино.

ДОВЕРИЕ

А все наследие прошлого есть ум.

Мне хочется сделать четкое различие на будущее, с тем чтобы всех тех, кто неправ, знали как неправых, а тех, кто прав — к какой бы традиции они ни принадлежали, — объявили бы правыми. По существу, выражаясь другими словами, мне хотелось бы, чтобы было только две традиции в мире: люди, которые правы, и люди, которые ошибаются, — для упрощения вещей. Тогда грядущим поколениям не придется беспокоиться; но пока что получается приводящая в замешательство путаница. Вам нельзя называть что-нибудь неправильное неправильным, потому что оно относится к вашему наследию.

Случилось так, что в моей деревне между нашим домом и храмом был участок земли. По некоей технической причине мой отец мог выиграть этот участок в случае суда — только по технической причине. Земля была не наша, земля принадлежала храму. Но техническая причина заключалась вот в чем: на карте храма не было показано, что участок относится к их территории. То была какая-то ошибка конторских служащих муниципалитета; они включили эту землю в собственность моего отца.

Естественно, в суде не могло быть сомнений: храм не имел прав на эту землю. Каждый знал, что это была их земля, и мой отец знал, что это была их земля. Но земля была драгоценной, она находилась прямо на главной улице, и любая техническая и юридическая экспертиза была на стороне моего отца. Он передал дело в суд.

Я сказал ему: «Послушай, — а мне было тогда, наверное, не больше одиннадцати лет, — я пойду в суд защищать храм. У меня нет ничего общего с храмом, я никогда даже не заходил внутрь храма; как бы там ни было, тебе прекрасно известно, что земля не твоя».

Он сказал: «Ну что ты за сын такой? Ты будешь свидетельствовать против собственного отца?»

Я сказал: «Это же не вопрос отца и сына; в суде это вопрос о том, что истинно. И там будет не только твой сын; твоего отца я тоже убедил».

Он воскликнул: «Что?!»

У меня была глубокая дружба с моим дедушкой, так что мы посоветовались. Я сказал ему: «Ты должен поддержать меня, потому что мне только одиннадцать лет. Суд может не принять мое свидетельство, я ведь не взрослый, так что ты должен поддержать меня. Тебе известно совершенно точно, что земля не наша».

Он сказал: «Я с тобой».

Тогда я заявил отцу: «Послушай две стороны — твоего отца и твоего сына... Просто забери назад это дело; иначе ты попадешь в большую неприятность, ты проиграешь. Только технически ты можешь требовать. Но мы не намерены поддерживать техническую ошибку муниципального сотрудника».

Он сказал: «Ты не понимаешь простую вещь, не понимаешь, что такое семья... тебе нужно поддерживать свою семью».

Я ответил: «Нет, я буду поддерживать семью, только если семья права. Я буду поддерживать того, кто прав».

Он переговорил с моим дедом, а тот заявил: «Я уже пообещал твоему сыну, что буду с ним».

Мой отец сказал: «Значит, мне придется забирать дело назад и терять ценный участок земли!»

Дед сказал: «Что с этим поделаешь? Твой сын намерен создать тебе неприятности, и, видя, что его никаким путем не отговорить, я согласился с ним — просто чтобы укрепить его позицию; так что ты можешь забирать дело назад; лучше забрать, чем потерпеть поражение».

Мой отец сказал: «Ну и странная семья! Я работаю для всех вас. Я работаю для тебя, я работаю для моего сына — я не работаю ради себя. Если у нас будет хорошая лавка на той земле, у тебя будет более комфортная старость; он получит лучшее образование в лучшем университете. И вы же идете против меня».

Мой дедушка сказал: «Я не иду против тебя, но он взял с меня обещание, и я не пойду против своего слова — по крайней мере что касается его, — потому что он опасен, он может доставить мне неприятности. Так что я не могу обмануть его; я буду говорить все то, что говорит он. А он говорит истину — и тебе известно это».

И моему отцу пришлось забирать дело назад — с неохотой... но он вынужден был его забрать. Я попросил дедушку принести сладостей, чтобы мы могли раздать их соседям. Мой отец вернулся к здравому уму, это надо отпраздновать. Дед сказал: «Похоже, это то, что нужно».

Когда отец увидел, что я раздаю сладости, он спросил: «Что ты делаешь? — для чего? Что произошло?»

Я сказал: «Ты возвратился к своему здравомыслию. Истина победила». И я дал конфету ему тоже.

Он рассмеялся. И сказал: «Я понимаю твою точку зрения, и мой собственный отец на твоей стороне, и я подумал, что лучше мне тоже быть с вами. Лучше забрать дело назад, и не будет проблемы. Но зато я выучил урок: я не могу полагаться на свою семью. Когда случится какая-то беда, они не станут поддерживать меня только потому, что связаны со мной как с отцом, сыном, братом. Они намерены поддерживать все то, что истинно».

И с тех пор другой ситуации никогда не возникало, потому что он никогда не делал ничего, с чем мы должны были проявить несогласие. Он оставался правдивым и искренним.

Много раз потом он говорил мне: «Это было так здорово с твоей стороны; я ведь собирался отобрать эту землю и совершил бы преступление сознательно. Ты предотвратил меня, и не только от того преступления, ты предотвратил меня и от дальнейших. Каждый раз, когда бывала сходная ситуация, я неизменно решал в пользу истины, какова бы ни была потеря. Но сейчас я вижу: истина — это единственное сокровище. Ты можешь потерять всю свою жизнь, только не теряй свою истину».

Это и есть то, чему я хочу, чтобы вы научились из поучений Да Хуэя: опыту видения — что правильно и почему это правильно, что неправильно и почему это неправильно, — а также знанию того, что даже правильное становится неправильным, когда исходит от неправильного ума, от неправильной личности.

Истине необходимо родиться из переживания истинности. Это очень нежный цветок, но и самое драгоценное сокровище в жизни, потому что оно приносит освобождение, приносит свободу, приносит вам ваше собственное бессмертие.

Но никогда не будьте заимствующими, никогда не полагайтесь на чужое знание. Малая частица собственного опыта гораздо более важна, чем все Веды, все Кораны, все Библии, все Талмуды. Небольшое переживание своей внутренней сущности более ценно, чем все будды всех времен.

Истина должна быть вашей собственной.
Только тогда она — живая, с бьющимся сердцем.

— Хорошо, Маниша?
— Да, Мастер.

芝蓮生

5

НЕ-ДОСТИЖЕНИЕ

Возлюбленный Мастер,

Достигать нечего

Деловые люди часто направляют ум, который предполагает, что нужно чего-то достичь, на поиск дхармы, где достигать нечего. Что я подразумеваю под «умом, который предполагает, что нужно чего-то достичь»? — Это интеллектуально рассудительный ум, тот, который взвешивает и решает. Что я подразумеваю под «дхармой, где достигать нечего»? — Она неощутима, неисчислима, к ней нет возможности применить разум или рассудок.

Разве не читали вы о старом Шакьямуни на ассамблее лотоса истинной дхармы? Три раза Шарипутта искренне умолял его проповедовать, но тому просто не с чего было начать. А потом, используя всю свою силу, он смог сказать, что эта дхарма не есть то, что можно понять мыслью или различением. Это старый Шакьямуни разрешил этот вопрос окончательно, он открыл врата надлежащим средствам, и это стало начальным пунктом учения об истинной природе реальности.

Когда Сюэ Фэн, истинно пробужденный мастер, услышал из поучения Чжоу, мастера писаний несокрушимой мудрости, о Дэ Шане, он отправился к его жилищу. Однажды он спросил Дэ Шаня: «Согласно обычаям школы, которая пришла из глубочайшей древности, какая доктрина используется для обучения людей?» Дэ Шань сказал: «В нашей школе нет словесного выражения, у нее нет никакой доктрины, чтобы учить людей».

Позднее Сюэ Фэн спросил также: «Принадлежит ли мне какая-либо доля в деле внедрения этой древней школы?» Дэ Шань тут же поднял свой посох и ударил Сюэ Фэна, говоря: «Что ты говоришь?» От этого удара у Сюэ Фэна наконец разлетелась вдребезги лакированная колыбель его неведения. Отсюда мы заключаем, что в этой секте разумом и рассудком, мыслью и суждением не пользуются вообще.

Досточтимый древний говорил: «Трансцендентальная мудрость подобна громадной массе огня. Подойдешь, и он обожжет тебе лицо». Если вы колеблетесь в мысли и умозрении, вы тотчас впадаете в концептуальное различение. Юн Цзя сказал: «Потеря богатства дхармы и разрушение добродетели — все это берет начало от концептуального различения ума».

НЕ-ДОСТИЖЕНИЕ

Если у вас есть намерение исследовать этот путь до конца, то вы должны принять твердое решение и дать обет до конца своих дней не сдаваться и не отступать, пока вы не достигнете великого покоя, великого прекращения, великого освобождения. В будда-дхарме заключено не много, но способных людей всегда трудно найти.

Один из величайших даров Гаутамы Будды человечеству — понятие о том, что религия не предназначена для достижения чего-то. То, чего вы хотите достичь, вы уже имеете, поэтому любая попытка достичь — это просто глупость. Вы обрели свое озарение внутри, вы достигли своего просветления, вы готовы взорваться в любой момент, — но проблема в том, что вы никогда не здесь и сейчас. Вы скитаетесь и разыскиваете по всему миру, и этот поиск, эта постоянная потребность достижения несет в себе определенную психологию.

Ум пуст, а пустота причиняет боль, подобно ране. Ум не может оглянуться назад, он может глядеть только вперед. Чтобы заполнить свою пустоту, он продолжает добиваться денег, власти, престижа, респектабельности. Но ничто не удовлетворяет его, потому что его пустота безгранична. Он может иметь любые деньги — все же необходимо больше. Он может захватить любую власть — все же необходимо больше.

Это постоянное стремление ума ко все большему и большему означает, что он никогда не успокаивается. Он не может быть спокойным; он должен достичь большего. Никто за всю историю человечества так и не сказал, что его ум удовлетворен; такого заявления не найти в анналах истории.

Ум означает неудовлетворенность, ум означает жалобы, ум означает неосуществленную жадность, ум означает незавершенное желание. Ум, по самой своей природе, есть нищий.

Диоген спросил у Александра: «Тебя удовлетворило завоевание стольких земель?»

Тот сказал: «Нет, пока я не завоюю весь мир, я не буду удовлетворен».

Диоген сказал: «Запомни мои слова. Даже если ты завоюешь весь мир, ум потребует больше, но нет другого мира для завоевания, — а ум требует больше. Ты попадешь в такое досадное положение, какого сейчас и представить себе не можешь».

В день, когда Александр умирал, он вспомнил Диогена. Он уже завоевал весь известный мир, и он умирал в полном разочаровании, потому что ум его не был доволен.

Ум, по самой своей природе, не может быть довольным.

Фактически, это название вашего недовольства.

Перед смертью Александр велел своим генералам и министрам: «Когда вы понесете мой гроб к могиле, пусть мои руки высовываются из гроба».

Они спросили: «Что это за странная идея пришла тебе в голову? Так не годится — этого никогда не делали! И какой смысл в этом?»

Тот сказал: «Я хочу, чтобы каждый знал, что даже Александр уходит с пустыми руками. Усилия на протяжении всей жизни, без единого момента отдыха, гонка за все большим и большим, а окончательный результат — всего лишь пустые руки. Поскольку миллионы людей станут вдоль дороги, чтобы наблюдать процессию, это будет для них подходящий момент увидеть и подумать. А когда они спросят, скажите им, почему мои руки высовываются — я ухожу таким же несбывшимся, как и приходил».

Гаутама Будда совершенно ясен в подобной ситуации: если вы остаетесь в уме, то не сможете выбраться из ловушки «больше и больше». Единственный способ выбраться из этой ловушки — выбраться из ума.

Ум — это величайшая болезнь.

Да Хуэй в странном положении. Иногда он поднимается высоко и улавливает нечто чрезвычайно значительное, но это по-прежнему интеллектуально. Его слова не звучат достоверно, потому что тут же он говорит что-нибудь еще и сразу все портит. У него, безусловно, гениальный дар понимания людей, и он побывал у многих учителей и многих мастеров.

Во-первых, когда кто-то идет ко многим учителям и многим мастерам, то определенно одно: он еще не нашел человека, с которым ему следует быть. При виде нового человека колокольчики его сердца не начинают звенеть. Он все еще в поиске.

Это тоже происходит благодаря уму, который хочет все большего и большего. Он понял этого учителя, теперь он хочет чего-то большего. Он уходит к другому учителю. Да Хуэй продолжал и продолжал разыскивать учителей всю свою жизнь, однако все это странным образом было похоже на одно и то же путешествие — ничего нового. Да, время от времени он сталкивался с мастером, но у него не было глаз, чтобы распознать его. Поэтому он хотя и собирал его слова, но перемешивал их со словами тех, кто не познал ничего.

Вся его философия — это всякая всячина, но мы можем вытаскивать оттуда прекрасные бриллианты, которые попали в грязь. Бриллиант по-прежнему бриллиант, даже если он в грязи.

Эту сутру, *Достигать нечего*, он, видимо, услыхал от кого-то, кто действительно знает. Но он не был способен толком понять, почему достигать нечего. Это возможно понять, только когда вы просветлены. Это возможно, только когда вы увидите, что все то, чего вы хотели достичь, уже дано вам; оно присуще природе вашей самости — вот почему тут нечего достигать.

Он говорит: *Деловые люди часто направляют ум, который предполагает, что нужно чего-то достичь, на поиск дхармы, где достигать нечего, — но он не открывает причины, почему нечего достигать.* Истину нужно достигать, блаженство нужно достигать, красоту нужно достигать, бессмертие нужно достигать: ум может думать только в терминах достижения.

Я говорил с тысячами людей, и много раз люди приходили сказать мне: «Ты настаиваешь на медитации, но никогда не говоришь, чего мы достигнем этим. Даже если мы медитируем, мы должны твердо знать, чего собираемся достичь».

Я отвечал: «Вы не понимаете. Медитация не для достижения; медитация просто для того, чтобы обнаружить, кто вы есть. Обнаружите вы это или нет, вы одни и те же извечно. Это не достижение, это только обнаружение, открытие».

Да Хуэй, слушая мастеров, начинает выступать против ума — но своеобразно, так, как это может делать только человек ума. Вы можете заметить это по его языку, по его формулировкам... *Что я подразумеваю под «умом, который предполагает, что нужно чего-то достичь»?* — Это интеллектуально рассудительный ум, тот, который взвешивает и решает. Что я подразумеваю под «дхармой, где достигать нечего»? Однако он и сам не сознает, почему там нечего достигать — да потому, что у вас уже есть это!

Я говорил много раз, что моя функция в том, чтобы отнять у вас все то, чего вы не имеете, и дать вам все то, что у вас уже есть. Всего лишь тонкий слой бессознательного прячет ваши сокровища. Но поскольку ум беспокоится по поводу своей пустотности, своего неведения, то, естественно, он принимается искать и добиваться, как бы где-то стать кем-то. Но он никогда не может быть кем-то. Сразу за его пределами — уже бог, уже будда, уже пробужденный. Это очень странная ситуация: император настолько окружен нищими, что постепенно вы начинаете видеть только нищих и не можете разглядеть императора за ними.

Она неощутима, неисчислима, к ней нет возможности применить разум или рассудок. Мое затруднение с Да Хуэем состоит в том, что я вижу, как он просто повторяет, словно попугай. Он и сам не понимает того, что говорит. Он достаточно разумен, чтобы уловить слова, высказанные пробужденными, и у него хорошая память — он может повторить их. Но я не чувствую вообще, чтобы он понимал то, что говорит.

Разве не читали вы о старом Шакьямуни на ассамблее лотоса истинной дхармы? Три раза Шарипутта искренне умолял его проповедовать, но тому просто не с чего было начать. А потом, используя всю свою силу, он смог сказать, что эта дхарма не есть то, что можно понять мыслью или различением. Это старый Шакьямуни разрешил этот вопрос окончательно, он открыл врата надлежащим средствам, и это стало начальным пунктом учения об истинной природе реальности.

Даже когда он рассказывает об инциденте такой огромной значимости, как этот... Каждый год Гаутама Будда обычно проводил специальную ассамблею, называемую лотосовой ассамблеей подлинной религии. Это было особое событие, когда все странствующие монахи могли собраться вместе, тысячи монахов. На одной ассамблее действительно произошел этот инцидент.

Шарипутта был одним из его наиболее близких учеников, и Шарипутта был председателем на лотосовой ассамблее. Он просил Гаутаму — умолял его три раза — проповедовать, но Гаутама Будда хранил молчание. Да Хуэй не понял, что молчание и есть его проповедь.

Это была ассамблея людей, которые могли понять, почему он хранит молчание. Будда высказал все то, что было необходимо высказать: «Станьте молчаливыми, и вы узнаете это». Он не произносил этого, потому что при высказывании оно загрязняется, портится; он просто продемонстрировал его своим собственным молчанием. И, конечно, когда Будда хранил абсолютное молчание, сидя с закрытыми глазами, вся ассамблея затихла, как будто там никого не было, — воцарилась полная тишина.

Шарипутта просил снова и снова, а Будда оставался молчаливым. Фактически, он *проповедовал*, он давал золотой ключ; он благословлял всю ассамблею своим молчанием.

Это напоминает мне Иисуса. Понтий Пилат, римский губернатор Иудеи, захотел отпустить Иисуса, потому что увидел, что тот невиновен, он не нанес никому никакого вреда. Он говорил вещи, которые задели традиционных людей, — но то была их проблема. И они не были способны убедить его... Это было бы по-человечески.

Если вы не согласны со мной — прекрасно. Несогласие не означает, что вы должны распять меня; это не аргумент, это не доказывает вашу правоту. Фактически наоборот: это доказывает вашу неправоту! Ведь вы не смогли ответить человеку, вы разгневались — вы настолько разгневались, вы до того жаждете крови, что убили человека.

Распяв Иисуса, его современники скрепили печатью его истину, признали его истину. Распятие — это признание того, что они признали свое поражение. Но прежде чем это произошло, Понтий Пилат пытался поговорить с Иисусом... и Иисус отвечал на все его вопросы. Наконец Понтий Пилат спросил: «Что есть истина?»

Иисус взглянул ему в глаза и промолчал. Понтий Пилат спросил снова: «Что есть истина?» — и так три раза. А Иисус продолжал глядеть ему в глаза, не говоря ни слова. Те, кто не понимает, могут подумать, что Иисус не знает истины; иначе почему же он молчит? Но такова реальность: он молчит потому, что это единственный язык, на котором можно выразить истину.

Да Хуэй не уловил сути дела. Он считает так: *А потом, используя всю свою силу, он смог сказать, что эта дхарма не есть то, что можно понять мыслью или различением*. Будда никогда не говорил так; это не часть подлинной истории. Он оставался молчаливым. Ассамблея была распущена в тот день, а Шарипутта объявил ассамблее: «Я задавал ваш вопрос — это не был мой вопрос. На мой вопрос он ответил давным-давно. Это был ваш вопрос, *вы* хотели узнать. Я спросил от вашего имени три раза, и он ответил три раза. Я удовлетворен, и я благодарю его. Ассамблея распускается на сегодня».

То, что говорит Да Хуэй, на самом деле говорится для того, чтобы заполнить какими-то словами трещину собственного непонимания. Этого никогда не происходило: *А потом, используя всю свою силу, он смог сказать, что эта дхарма не есть то, что можно понять мыслью или различением.* Это собственное изобретение Да Хуэя, а причина этого изобретения состоит в том, что он и сам очевидно испытывал смущение по поводу инцидента с тремя паузами. Ему не удалось понять, что Будда высказался и больше нечего говорить.

Ассамблея была распущена, а Шарипутта понял, что это и был ответ. Есть вещи, которые невозможно высказать, но можно понять. Истина — одна из таких вещей.

Это старый Шакьямуни разрешил этот вопрос окончательно, открыв врата надлежащим средствам, и это стало начальным пунктом учения об истинной природе реальности. Опять он сбивается на истинное учение о природе реальности. Не может быть никакого учения об истинной природе: всякое учение философствует, всякое учение размышляет, всякое учение диаметрально противоположно реальности. Правда, Будда учил сорок два года, но то, что он говорил, не есть истина. Тогда зачем же он учил?

Он учил, только чтобы привлечь людей, которые попали в ловушку своего интеллекта. Если их убедить интеллектуально, они приблизятся к нему, они станут близкими с ним. И в такой близости бывает передача, в такой близости молчание может быть услышано. Поэтому сорокадвухлетнее учение не должно оцениваться по внешнему виду... оно служило только приспособлением.

Я не учу вас ничему вообще.

Я просто готовлю вас слушать мое молчание.

Несомненно, учение может быть использовано для создания тишины, точно как и звук может быть использован для создания тишины. Но звук — это не настоящая музыка... настоящая музыка — между звуками: промежутки, интервалы. Да Хуэй совершенно не уловил сути дела.

Когда Сюэ Фэн, истинно пробужденный мастер, услышал из поучения Чоу, мастера писаний несокрушимой мудрости, о Дэ Шане, он отправился к его жилищу. Однажды он спросил Дэ Шаня: «Согласно обычаям школы, которая пришла из глубочайшей древности, какая доктрина используется для обучения людей?»

Дэ Шань сказал: «*В нашей школе нет словесного выражения, у нее нет никакой доктрины, чтобы учить людей*».

Позднее Сюэ Фэн спросил также: «Принадлежит ли мне какая-либо доля в деле внедрения этой древней школы?» Дэ Шань тут же поднял свой посох и ударил Сюэ Фэна, говоря: «*Что ты говоришь?*» Он этого удара у Сюэ Фэна наконец разлетелась вдребезги лакированная колыбель его неведения.

Однако Да Хуэй неспособен точно передать инцидент, рассказать, что случилось. Вы думаете, неведение можно разогнать, ударив его посохом?

Дэ Шань был одним из самых известных мастеров Китая, и Сюэ Фэн был тоже поистине пробужденным мастером, поэтому не может быть речи о его неведении, о том, что его разогнали ударом посоха.

Сюэ Фэн отправился к Дэ Шаню и спросил его: «*Какая доктрина используется для обучения людей?*»

Мастер сказал: «*В нашей школе нет словесного выражения, у нее нет никакой доктрины, чтобы учить людей*».

Сюэ Фэн также спросил: «*Принадлежит ли мне какая-либо доля в деле внедрения этой древней школы?*» И тут мастер схватил свой посох и ударил его, со словами: «*Что ты говоришь?*»

Это был просто розыгрыш между двумя просветленными людьми; это не имеет ничего общего с разрушением неведения. Невозможно разрушить чье-либо неведение ударом посоха; это было бы слишком легко! Я могу просто вызвать каждого из вас и хорошенько огреть палкой — ваше неведение рассеивается, вы становитесь просветленными?..

Нет, это был просто розыгрыш. Мастер бьет для того, чтобы показать Сюэ Фэну: «Тебе не обмануть меня... ты спрашиваешь иначе, ты спрашиваешь так, чтобы я сказал что-то неправильное. Я уже ответил тебе: мы не имеем никакой доктрины, и мы не имеем никакого выражения в своей школе. Это совершенно безмолвная школа. Мы не говорим, мы не читаем писаний, мы не поклоняемся Будде — мы просто сидим молча на этой горе. Мало-помалу ум исчезает. У него нет ничего — ни работы, ни возможности для амбиции, ни возможности достижения чего бы то ни было — он исчезает».

А поскольку тот спрашивает опять — хотя Дэ Шань уже ответил полностью, но теперь надо спросить снова, по-другому, похитрее...

В дзэне была традиция, что мастера приходили друг к другу — дзэн очень радостная, игривая, несерьезная религия, — и как только Дэ Шань понял, что Сюэ Фэн пытается поднять тот же самый вопрос снова, под другим углом зрения, он стукнул его своим посохом и сказал: «Что ты говоришь? Разве ты не слышал — у нас нет никакого словесного выражения, у нас нет никакой доктрины, — так каким же образом ты можешь служить? Каким образом ты можешь принимать участие во внедрении этой древней школы? Единственный путь — стать частью этой школы... ты не можешь быть переносчиком, миссионером, потому что у нас нет никакого послания, у нас нет никакой доктрины. Ты можешь участвовать в школе, ты можешь стать частью ее, но быть частью ее означает просто погрузиться в абсолютное безмолвие».

Но Да Хуэй не смог понять, что произошло, вот и наговорил... Такого рода перевод производит в западном мире очень странное впечатление. Люди думают, что, быть может, там был особый метод битья посохом, поскольку ведь это же совершенно абсурдно, чтобы от битья посохом все неведение рассеивалось.

Не тот случай. Сюэ Фэн уже пробужденный мастер, он просто разыгрывает. Но у Дэ Шаня прямое видение... невозможно разыграть его, невозможно поймать его каким-то таким способом, чтобы он пошел против своих же слов. Он бьет Сюэ Фэна посохом только для того, чтобы сказать ему: «Довольно! Я сказал все, теперь обратить твои вопросы в молчание я могу единственным способом — дать тебе по голове. Нам не нужна твоя голова, нам не нужен твой ум».

Ударяя его по голове, Дэ Шань говорит: «Твоего ума не должно быть здесь и в помине. Эти люди живут в состоянии не-ума, вот это и есть наша школа».

Отсюда мы заключаем... Вы видите: слова, которые использует Да Хуэй, — это слова школьного учителя. *Отсюда мы заключаем, что в этой секте разумом и рассудком, мыслью и суждением не пользуются вообще.*

Заключаем? Он по-прежнему ведет себя как студент, который изучает, наблюдает — что за доктрина у этой школы, что за философия у той школы? Сам он не участник.

Досточтимый древний говорил: «Трансцендентальная мудрость подобна громадной массе огня. Подойдешь, и он обожжет тебе лицо». Если вы колеблетесь в мысли и умозрении, вы тотчас впадаете в концептуальное различение. Юн Цзя сказал: «Потеря богатства дхармы и разрушение добродетели — все это берет начало от концептуального различения ума».

Если у вас есть намерение исследовать... Вслушайтесь только в его слова. Это же слова человека, который пишет тезисы; это не слова мастера, который знает свою собственную озаренную природу.

Если у вас есть намерение исследовать этот путь до конца, то вы должны принять твердое решение и дать обет до конца своих дней не сдаваться и не отступать, пока вы не достигнете великого покоя... Просветленные мастера никогда не использовали таких фраз, таких абзацев, таких длинных сложных предложений. Это интеллектуальный подход.

Один дзэнский мастер сидел на берегу моря; подошел человек и сказал ему: «Я разыскивал тебя, но в жизни столько обязательств, что я никак не мог прийти к тебе. Это просто совпадение, я шел мимо и увидал тебя. И я подумал: «Эту возможность я не должен упустить». Я хочу попросить — разъясни мне самым простым способом главное содержание своей религии».

Мастер продолжал сидеть подобно мраморной статуе, не говоря ничего, даже не мигая глазами. Человек немножко испугался. Он спросил громко: «Ты услышал меня или нет?»

Мастер рассмеялся и сказал: «Этот вопрос я должен задать *тебе*. Ты услышал меня или нет?»

Человек ответил: «Но ты не говорил ничего».

Мастер сказал: «Вот это и есть мое учение: нечего говорить — только переживать».

Человек сказал: «Это не поможет мне. Дай мне немного больше; быть может, я не смогу прийти к тебе снова».

Тогда мастер написал на песке пальцем: «*Дхьяна*... — медитация».

Человек сказал: «Совершенно правильно, но мне это мало о чем говорит. Не объяснишь ли ты это немножко больше?»

Тогда мастер написал: «ДХЬЯНА» — большими буквами.

Человек сказал: «Меньшие буквы или большие буквы — мне это не поможет».

Мастер сказал: «Я не могу лгать ради того, чтобы помочь тебе. Я прошел, насколько позволяет истина. За пределами этого — пожалуйста, прости меня. Я рассказал тебе все, из чего состоит моя религия: молчание — это ее цветение, а медитация — ее корень. А теперь иди себе».

Дзэнские мастера и любые просветленные мастера не разговаривают как интеллектуалы, как интеллигенция. У них свои особые способы... очень своеобразные. Лишь те, кто готов раскрыть им свои сердца, могут наполниться их энергией, могут позволить нескольким лучам света проникнуть в свое существо, могут быть осыпаны их цветами — потому что передача происходит не словами. Она возможна, только когда оба, мастер и вопрошающий, оказываются на одной и той же длине волны, в одном и том же состоянии молчания.

Да Хуэй говорит: великое освобождение, великий покой, великое прекращение... И тут же продолжает: *В будда-дхарме заключено не много, но способных людей всегда трудно найти*.

Он выражает свое собственное понимание. Все это возможно в подходе Гаутамы Будды к действительности; но фактически это богатейшая религия в целом мире. Никакая религия не поднимается к таким высотам, таким вершинам, и никакая религия не смогла дать столько просветленных существ миру. Большинство религий остались очень светскими, очень мирскими.

Будда стоит совершенно отдельной вершиной, если говорить о росте человеческого сознания; он величайший вкладчик. Большинство просветленных людей вышли из его прозрения, и глупо говорить: *В будда-дхарме заключено не много.*

А почему он говорит это? — Потому что будда-дхарма, религия Гаутамы Будды, состоит не из великих философских трактатов, а из простых вещей: это — безмолвие, не-ум, медитация, тотальная жизнь, свидетельствование. Всего на двух руках... десяти пальцев достаточно, чтобы сосчитать всю будда-дхарму.

Естественно, для интеллектуала это не много. Но интеллектуал не понимает, что у него может быть огромная гора, состоящая только из камней — она велика... по весу; но всего один «Кохинор» куда более ценен, чем вся эта гора. Многие религии предлагают великие доктрины...

Будда повторял много раз: «Я только палец, указывающий на Луну, и вот мое настояние: не глядите на мой палец, поглядите на Луну. Мой палец не значит ничего; реальность в Луне. Забудьте мой палец, и посмотрите на Луну».

Поэтому какую бы малость он ни высказывал, он настаивал, что это только стрела, показывающая вам путь и направление. Естественно, для интеллектуала, философа это не много.

Весь подход Да Хуэя таков, что все у него перемешано. Рассортировать то, что он взял от просветленных людей, что — от ученых людей и что создал сам, для меня не представляет труда, но это будет трудно для вас.

Вот по какой причине я выбрал эту книгу. Вы должны помнить, что всякий раз, когда вы читаете или слушаете кого-то, вы должны быть очень бдительны. Обладает ли этот человек присутствием, глубиной, безмолвием, полномочием, которые исходят из его собственного опыта? Или это просто знающая личность? Спрашивайте людей: «А вы знаете это сами?» — и вы тотчас увидите: если они в растерянности хоть на миг или смущены, значит, они не предполагали, что вы спросите это.

С самого детства это была любимая моя игра. Я никогда не играл с ребятами моего возраста. Все свое время я проводил в разного рода играх. Один свами, Сварупананда, часто захаживал в город, и он обычно останавливался у одного из друзей моего отца. Этот друг был очень богат и хорошо известен как человек мудрый; все святые обычно останавливались в его гостинице. Но он был очень сердит на меня, потому что каждый раз, когда он договаривался о собрании своих святых, я неизменно оказывался в переднем ряду.

Я всегда брал с собой дедушку, — а мой дед был, даже в преклонном возрасте, человеком весьма колоритным. Бывало, он подзадоривал меня, приговаривая: «Давай! Отмочи что-нибудь!»

А я обычно выжидал: «Пускай он заговорит, пускай скажет что-то, чтобы я мог придраться». И в середине беседы я поднимался и задавал всего один вопрос: «Это ваше собственное переживание, ваш собственный опыт? И помните, вы в храме Божьем (эти собрания обычно происходили в самом прекрасном храме города), так что вам нельзя лгать!» И человек обычно терялся, а я говорил: «Ваша нерешительность говорит обо всем! Либо вы знаете, либо вы не знаете. Где же место для колебаний?»

Интеллектуалы могут говорить о чем угодно. Хватайте их за горло и спрашивайте: «Это ваш собственный опыт?» — и загляните в их глаза. Вас поразит, что из сотни вы найдете, пожалуй, одного человека, который высказывается из какого-то опыта; у других все заимствовано. А все, что заимствовано, это попросту чепуха. Эти люди навредили человечеству больше других, потому что они говорят красивые слова, но те красивые слова мертвы. А из-за таких людей становится трудно разыскать настоящего мастера, ведь столько фальшивых учителей повсюду в мире.

Это величайшая нечестность, какую человек может допустить по отношению к человечеству. Вы можете обманывать людей в деньгах, в этом нет ничего особенного; вы можете заниматься всевозможными махинациями, оставаясь при этом человеком... по мне, все в порядке, потому что не имеет значения, в одном кармане деньги или в каком-нибудь другом; деньги в кармане — вот и все. Не велика потеря, во всяком случае.

Но люди без опыта, которые пытаются быть мастерами, действительно вредят вам духовно. Они дают вам слова, а слова эти мертвы, они не значат ничего — и они препятствуют вам в поисках настоящего человека. Когда есть столько фальшивых людей, увеличивается возможность того, что вас захватит какая-то фальшивая личность. А фальшивая личность всегда более приятна и более убедительна: она разговаривает так, чтобы поддержать ваши предрассудки.

Мастер не заботится о ваших предрассудках... он приходит, чтобы уничтожить их. Он не бывает хорошим, как фальшивые люди, он должен быть жестким. Только те, кто имеет настоящее стремление — подобно жажде — стать просветленными, достичь источника своей жизни, могут перенести жесткость, странное поведение мастера. Он не намерен приспосабливаться к вам. Вам нужно приспособиться к нему. Фальшивый мастер всегда готов приспосабливаться к вам — к тому, чем наполнено ваше эго.

Но настоящий мастер не станет приспосабливаться к вам. Он стремится разрушить ваше эго полностью, он стремится отобрать ваш ум полностью. Он оставляет вам только чистое пространство. В том безмолвном, чистом пространстве — ваша реализация.

Это не достижение, это только открытие.

— Хорошо, Маниша?
— Да, Мастер.

6

НЕВИННОСТЬ

Возлюбленный Мастер,

Достигать нечего

Только если человек действительно обладает даром мудрости и силой воли, он способен сделать шаг назад и поразмыслить.

Юн Цзя также говорил: «Истинная природа неведения идентична природе просветления. Изначальная внутренняя природа — это естественный истинный просветленный». Если вы мыслите подобным образом, то внезапно, в том месте, куда мысль не может достигнуть, вы увидите тело реальности, в котором нет ни единой вещи, — это место, где вы можете выбраться из рождения и смерти. Сказанное мною прежде — что с намерением достичь чего-то нельзя искать дхарму, в которой достигать нечего, — это тот же самый принцип.

Люди дела всю свою жизнь ограничивают себя мыслью и суждением: стоит им услышать человека знаний, его слова о дхарме, в которой нечего достигать, как в их сердцах возникает сомнение и замешательство, они боятся попасть в пустоту.

Стоит сказать вам, чтобы вы не думали, и вы уже в замешательстве — вам не за что ухватиться. Вы далеки от понимания того, что именно это отсутствие чего бы то ни было, за что можно ухватиться, — это и есть ваше время отпустить свое тело и свою жизнь.

Если правильная полнота сознания присутствует постоянно и вопрос страха рождения и смерти не возникает, тогда за долгие дни и месяцы то, что было незнакомым, естественно становится знакомым, а то, что было черствым, естественно становится свежим. Но что является черствым? Это остроумие, разум, то, что думает и судит. Что является незнакомым? Это просветление, нирвана, подлинная таковость, природа будды — это там, где нет мысли или различения, куда вычисление и расчет не могут добраться, где у вас нет возможности пользоваться своими ментальными приспособлениями.

Сегодня особенный вечер, потому что один из нас ушел на другой берег.

Свами Ананд Майтрейя был безусловно человеком огромного мужества. Мы с ним познакомились где-то около 1960 г. Он к тому времени был членом парламента уже двенадцать лет и очень близок к премьер-министру Индии, Пандиту Джавахарлалу Неру. Но когда он услышал меня, он просто бросил всю свою политическую карьеру.

Пандит Джавахарлал Неру пытался переубедить его, говоря: «У вас все шансы стать главным министром своего штата» — он был из Бихара, земли Будды.

Но Майтрейя сказал: «Я хочу, чтобы одну вещь вы поняли твердо: амбиция — это ад, и я не собираюсь оглядываться; политика для меня закончена. Все амбиции для меня закончены».

И с той поры он уже был со мной.

Он никогда не задал ни одного вопроса. Он никогда не сомневался, его доверие было абсолютным. За эти годы тысячи людей пришли ко мне; многие потерялись, но он оставался непоколебимым. Он не мог понять, как это люди находят противоречия в моих словах.

В 1984 г. Майтрейя достиг просветления, но он избрал молчание — и оставался безмолвным. Он даже не рассказал мне, что произошло с ним.

Но в тот день, когда это случилось, я созвал небольшое собрание из нескольких саньясинов на «Rancho Rajneesh» в Америке. Я объявил о том, что будет три специальных сообщества: первое — из махасаттв, великих существ, которым было предопределено стать просветленными в этой жизни; второе — из самбудд, которые уже стали просветленными; и третье — из бодхисаттв, которые тоже станут просветленными... хотя это, возможно, и займет чуть больше времени, чем у двух других категорий, но, несомненно, еще до их смерти.

Я включил в списки имя Майтрейи — он был ошеломлен. Он хотел сохранить это полностью в тайне, не говорить ничего и никому о своем просветлении. Как только он вышел с собрания, то сказал нескольким людям: «Это очень странно, я ведь не говорил, я старался скрыть это — но он как-то заметил. И не только заметил, он объявил меня просветленным».

И его отклик был поистине откликом огромной любви. Он сказал: «Бхагван действительно плут».

Все эти годы, перед своим просветлением и после просветления, он просто оставался самым обыкновенным — без эго, без желания, без жадности.

Как раз перед тем, как я возвратился в Пуну, Майтрейя сказал мне в Бомбее: «Я взял десять тысяч рупий с бихарского счета в Патне; это все, что у меня есть, но теперь мне не потребуется это». Несомненно, он осознавал, что время его ухода близится. И он передал деньги Нилам для ашрама. Он умер, не имея ничего, никакой собственности. И он перешел, очень медленно, очень тихо, из сна в вечный сон.

Я называю этот вечер особенным, потому что один из нас перебрался из мира смертных в мир бессмертных. Он уже не родится снова. Он обрел освобождение и свободу, о которых мы говорили. Это момент великого празднования и радости. Такое случается очень редко. Миллионы людей, возможно, когда-то подойдут к этому безмолвному взрыву света и исчезнут в океане сознания, окружающем сущее.

Мне хочется посвятить эти беседы Свами Ананд Майтрейе, который ушел из сна в вечный сон. Но он не был спящим! Он уходил полностью пробудившимся. Он уходил с полным осознанием. Сохраните его в своей памяти, потому что он действительно показал вам путь. Он жил радостно, хотя и не имел ничего, и умер умиротворенно, блаженно.

Вот что значит найти свою судьбу. Те, кто живет в страдании и умирает в страдании, продолжают упускать свою судьбу. Это неудачники, а из-за того, что они терпели неудачу столько раз, они привыкли и терпят ее снова и снова. Но даже если хоть один среди вас достигает успеха — то это ваш общий успех. Это доказывает, что то, о чем мы говорили, не просто философия — это подлинный путь к самореализации.

Майтрейя будет потерян... Недавно ночью, когда я в последний раз видел его, то испытал некое странное чувство... как будто он собирается уйти очень скоро. То же самое переживали и многие другие люди; было так, как будто он собирался и готовился к вечному паломничеству. Он ушел так, как и подобает уходить человеку — радостно, экстатично.

Вы должны запомнить, что все его переживание основывалось на двух вещах: первое — он был захвачен доверием ко мне... Странным языком я пользуюсь. Вы, может, и не слыхали никогда выражения «быть захваченным доверием». Быть захваченным любовью (влюбляться) случается каждый день. Быть захваченным доверием случается очень редко.

И во-вторых, ни единого момента с тех пор, как он встретил меня, он не упускал, уходя в медитацию при каждой возможности. Его смерть была не концом жизни, а высшей кульминацией огромного доверия и медитативности. Там, где доверие и медитация встречаются, человек обретает свой потенциал во всей его славе и великолепии.

Теперь сутры:
Только если человек действительно обладает даром мудрости и силой воли, он способен сделать шаг назад и поразмыслить.

Да Хуэй — это странная смесь. Возможно, он даже и не осознает, что те слова, которые он использует, не подходят. Например, мудрость — это не дар; разум — вот дар.

Мудрость — это вся ваша сущность. Мудрость — это вы. Это не дар, не способность, это ваша целостность, которая становится сияющей.

Но Да Хуэй — интеллектуал, он пытается, как только может, учить людей чему-то такому, чему даже достигшие затруднялись учить. И он вмешивается в человеческие умы: «дар мудрости», — а затем он употребляет еще одно слово — «сила воли».

Сила воли есть не что иное, как другое название силы эго. У человека мудрого нет воли, точно так же, как нет у него и ума, — потому что желать означает удерживать себя отдельно от сущего. Это довольно тонко, но попытайтесь прочувствовать это. Сам момент вашей воли означает, что вы всегда желаете вопреки тому, что есть. Вы хотите, чтобы то, что есть, было каким-то другим.

У человека просветленного нет воли. Вселенской воли достаточно, нет нужды иметь индивидуальную волю. Он сдал свою индивидуальную волю вселенной, теперь он движется туда, куда река уносит его. Он даже не плывет, он просто сплавляется.

Воля — это борьба, сражение. «Воля к власти» (*Will to Power*) — это название книги Фридриха Ницше. Она была опубликована после его смерти, потому что даже сам Ницше не мог представить, как ему предстать перед миром после публикации этой книги. Она будет раскритикована, потому что воля к власти означает беспрерывную борьбу, насилие — за деньги, за силу, за положение. Жизнь превращается в поле боя, нет больше радости. Это попросту конкуренция — и самая ужасающая конкуренция, поскольку каждый пытается достичь одного и того же места.

Да Хуэй пользуется этими словами, не понимая природы медитации: не существует силы воли, не существует дара мудрости. А он продолжает говорить: *Только если человек действительно обладает даром мудрости и силой воли, он способен сделать шаг назад и поразмыслить.*

Человек мудрый не размышляет. Размышление, рефлексия — это еще одно название для думания, высшая форма созерцания. Но каким бы высоким оно ни было, это есть форма мышления. Человек, у которого есть глаза, знает, что такое свет; он никогда не думает о том, свет это или нет. Если же человек размышляет о том, свет это или нет, определенно одно: он без глаз. Глаза не должны думать. Глаза просто знают, спонтанно знают, что свет есть.

То же самое верно, когда вы вышли за пределы ума. Тут нет и речи ни о каком размышлении; вы просто-напросто видите, как обстоит дело. И поскольку это природа вещей, то это не может быть иначе; потому-то и возникает потрясающее принятие, названное Буддой *татхата* — «таковость». Вы не можете поделать ничего. Такова просто природа вещей.

Все, что требуется от вас, — это расслабиться, быть в покое и принимать реальность как она есть — тотальное «да», не удерживающее ничего. Естественно, в этом состоянии таковости не может быть никакого страдания и не может быть никакого мучения. Там есть только огромное безмолвие и потрясающая радость. Все ваше существо непрерывно окружает музыка; вы недвижимы, и все же в танце — танец без движений и песня без слов.

Но Да Хуэй еще не осознает этого. Он продолжает цитировать мастеров, с которыми встречался.

Юн Цзя также говорил: «*Истинная природа неведения идентична природе просветления. Изначальная внутренняя природа — это естественный истинный просветленный*». Он цитирует Юн Цзя, но я не вижу, что ему понятно то, что тот говорит, или то, что он цитирует, потому что следующие предложения демонстрируют его невежество. Он не понимал Юн Цзя.

Он говорит: *Если вы мыслите подобным образом, то внезапно, в том месте, куда мысль не может достигнуть, вы увидите тело реальности, в котором нет ни единой вещи, — это место, где вы можете выбраться из рождения и смерти.*

Видите противоречие?

Во-первых, утверждение Юн Цзя чрезвычайно важно. Он говорит: «*Истинная природа неведения...*» Что такое истинная природа неведения? Возможно, вы никогда не задумывались над этим.

Что есть истинная природа неведения?

Истинная природа неведения — невинность.

Она не знает ничего; потому она совершенна, чиста, незапятнанна.

Юн Цзя говорит: «*Истинная природа неведения идентична природе просветления*» — потому что просветленный человек тоже не знает ничего. Он тоже невинен, совсем как малое дитя. Очень странное утверждение... оно может смутить многих, кто мыслит только интеллектуально. Вопрос неизбежно возникает в их уме: если истинная природа просветления та же самая, что и истинная природа неведения, тогда зачем беспокоиться? Вы уже невежественны. Теперь медитировать и созерцать, концентрироваться и стоять на голове, заниматься йоговскими позами и поститься, идти в пещеры и в Гималаи, отрекаться от мира... Зачем весь этот цирк, если природа просветления точно такая же, как и природа неведения? В некотором смысле она такая же; в некотором — нет.

Что касается невинности, то она одинакова. Но невинность ребенка портится, а невинность просветленного человека не подвержена порче — в этом различие. Ребенок станет знающим; он не может противиться. Нет способа сохранить ребенка навсегда невежественным. Невинность ребенка скоро будет утрачена. Фактически, предпринимаются все усилия для того, чтобы он поскорее набрался знаний, стал взрослым, зрелым.

Но мудрец прошел через все эти стадии знания, зрелости; он обошел весь круг. Он не подвержен порче. Никто не может велеть ему: «Тебе надо попытаться узнать нечто».

Он узнал все и отбросил это. Он отбросил не только знание, он отбросил саму способность знать — ум. Он увидел, что вся игра попросту тщетна; его невинность теперь не подвержена порче. Поэтому тут есть сходство — и есть огромное, непреодолимое различие.

Да Хуэй цитирует это великое изречение, но, читая последующие утверждения, я не чувствую, что он понимал это. *Если вы мыслите подобным образом,* — говорит он... Это не мышление. Вы не можете *мыслить подобным образом*. Мышление всегда ведет к знанию, никогда к невинности. Так что в тот момент, когда он говорит: *Если вы мыслите подобным образом* — он упускает весь смысл. И вы можете видеть, как очень интеллектуальные люди ведут себя самым глупым образом.

Послушайте все предложение: *Если вы мыслите подобным образом, то внезапно, в том месте, куда мысль не может достигнуть...* — и он просит вас думать, и думать о том месте, куда мысль не может достигнуть, — *вы увидите тело реальности, в котором нет ни единой вещи,* — *это место, где вы можете выбраться из рождения и смерти.* Человек не выбирается из рождения и смерти; человек просто пробуждается и от смерти, и от рождения.

Дело обстоит не так, что сначала вы осознаете... а затем уже предпринимаете что-то, чтобы выбраться из круга рождений и смерти. Нет, в тот момент, как вы осознаете, вы уже вне этого круга. Это одновременно. Совсем как утром, когда вы встаете, — разве вы делаете что-то, чтобы выбраться из своих снов? Как только вы поднимаетесь, вы уже вне сновидений; в противном случае могло бы оказаться весьма затруднительным узнать, видите ли вы сон или же пробудились. Если бы требовалось какое-то усилие, чтобы выбираться из своих сновидений, кто бы совершал это усилие? Вы крепко спите, вы видите сон — кто же будет выбираться из сновидений?

У вас, вероятно, бывали иногда сны, когда вам снится, что вы пробуждены. И лишь когда вы действительно пробуждаетесь, вы обнаруживаете: «Боже мой, это был только сон, а я-то думал, что бодрствую». Пробуждение и выход из сновидений могут быть только одновременными.

Эта жизнь, это рождение, эта смерть, весь этот круг событий — в котором мы продолжаем и продолжаем движение из одной жизни в другую, — только лишь из-за того, что мы духовно спим.

Медитация будит вас. Это просто метод пробуждения, и в тот момент, когда вы пробуждены, вы уже вне всего этого круга рождения и смерти.

Но Да Хуэй по-прежнему говорит о том, чтобы «выбираться из рождения и смерти». Вам не нужно выбираться. Даже если вы захотите забраться назад, вы не сможете войти.

Я слыхал... как-то ночью Мулла Насреддин увидел ангела, который сказал: «Ты был столь добродетелен, Мулла, я собираюсь преподнести тебе дар». И он дал ему банкноту в одну рупию.

Мулла сказал: «Ты шутишь? За мои добродетели — всего одна рупия в награду! Я не могу принять ее, это же унизительно».

Торгуясь, ангел говорил: «Ладно, две. Три. Четыре...» В конце концов они дошли до девяноста девяти рупий.

Мулла сказал: «Послушай, всего из-за одной рупии... не порть картину. Давай просто банкноту в сто рупий. Так это будет выглядеть правильно, завершенно. Девяносто девять выглядят как-то неполноценно». Но он произнес так громко: «Давай одну сотню!» — что его жена проснулась. Она подумала: «Что он такое говорит и с кем беседует?» Она встряхнула его, и он проснулся.

Мулла сказал: «Идиотка! Ты не понимаешь, что я получал сотню рупий от ангела. Целую ночь я торговался и торговался, это был такой скупой ангел. Я еще никогда не видел такого скупца. Он застрял на девяносто девяти, и тут ты разбудила меня. Принеси мои очки. Я опять засну, но мне нужны очки, потому что я подозреваю... тот ангел до того скуп... сотенная банкнота может быть фальшивой. Быстро!»

Бедная женщина подумала: «До чего же это глупо: во сне не нужны очки». Но не желая ссориться среди ночи и беспокоить соседей, она принесла очки, и Мулла надел их. И начал: «Давай! Куда же ты подевался? Ладно, девяносто девять. Меня устроит даже девяносто девять». И таким образом он понизил цену снова, но ангела нигде не было видно. Когда сон нарушен, невозможно восстановить его. Наконец он сказал: «Ладно, одна рупия. Не прячься».

Его жена выслушала все это. Она сказала: «Не растранжиривай свою ночь. Можешь взять рупию у меня, только спи уже. Ты не добьешься, чтобы тот сон продолжился снова, и, ради Бога, сними эти очки; иначе ты поломаешь их во сне. Я не могу заснуть рядом с тобой, зная, что ты в очках. Я тревожусь... что с тобой происходит?»

Тогда Мулла сказал: «Ладно, давай мне рупию. Фактически, это ты расстроила все дело. Я уже собирался вытрясти из того парня сотню рупий. Ведь я дотянул его с одной рупии до девяноста девяти, оставалось добрать всего одну рупию... Я убедил бы его! Ты разбудила меня и расстроила все дело, а тем временем этот жмот сбежал. Теперь, когда я закрываю глаза, — его нет, нигде не видно».

Вы не можете продолжить тот же самый сон снова. Раз вы пробуждены, войти в тот же самый сон невозможно — и это в отношении обычного пробуждения. Когда же вы поистине пробуждены, все ваше существо сознательно, нет и речи о том, как выбираться из рождения и смерти. Вы вне этого. Теперь, даже если вы хотите возвратиться туда, это невозможно.

Маленький мальчик, не больше семи лет, спорил со своим отцом: «Ты сказал вчера: всегда помни, нет ничего невозможного! И ты сказал, что это утверждение Наполеона Бонапарта. А я тебе говорю, что нашел одну невозможную вещь».

Отец спросил: «Ты обнаружил что-то невозможное? Что же это?»

Мальчик сказал: «Это прямо в нашей ванной комнате».

Отец сказал: «Так покажи мне».

Мальчик принес тюбик зубной пасты и сказал: «Это невозможно — даже если Наполеон Бонапарт захочет, у него не выйдет это — когда выдавил пасту, загнать ее назад. Я пытался изо всех сил, она обратно не входит. Если уж паста выдавлена из тюбика, никакой Наполеон Бонапарт не сможет запихнуть ее назад. Попробуй! Ты большой почитатель Наполеона Бонапарта. Сделай этот пустяк. Как раз на днях ты хвалился, что нет ничего невозможного в мире, а у тебя в ванной комнате есть невозможная вещь».

Вот самая невозможная вещь в мире: когда вы пробуждаетесь, вы уже не можете возвратиться к своей бессознательности. Тут просто нет дороги. Даже если вы захотите, даже если попытаетесь, ничего так и не получится. Как не можете вы вернуться во времени, не можете вернуться во вчера, в позавчера, — точно так же вы не можете возвратиться в состояние бессознательности.

Все ваши проблемы жизни и смерти — от бессознательности.

Так что хотя тут и самые пустяковые ошибки, они показывают глубокое заблуждение Да Хуэя. Он прислушивался к мастерам, но он только интеллектуал. Он не переживал... Поэтому очень легко обнаружить его промахи.

Сказанное мною прежде — что с намерением достичь чего-то нельзя искать дхарму, в которой достигать нечего, — это тот же самый принцип.

Люди дела всю свою жизнь ограничивают себя мыслью и суждением: стоит им услышать человека знаний, его слова о дхарме, в которой нечего достигать, как в их сердцах возникает сомнение и замешательство, они боятся попасть в пустоту.

Во-первых, он пользуется выражением «человек знаний», которое никогда не применяется к тому, кто просветлен. Его можно называть человеком мудрости, его можно называть Знающим, человеком Знания, его можно называть человеком невинности, — но его нельзя называть человеком знаний. Знания всегда принадлежат уму. В чем разница между знаниями и Знанием? Знание — это актуальное переживание в моменте. Знания — это когда

Знающий погибает, когда Знающий становится прошлым. Знания черствы; Знание свежо.

Знающий — это роза, танцующая на солнце и все же соединенная с корнями глубоко под землей, живая. Знания — это цветок розы, который вы положили в ваше святое писание. Он еще сохраняет форму, но цвет поблек, аромата больше нет, и нет способа заставить его танцевать на солнце, под ветром, под дождем. Он мертв, это труп.

Знание, Знающий — это живой опыт.

Знания — это труп.

Человек просветленный может быть назван человеком Знающим, переживающим, но не человеком знаний, не знатоком. Это тонкие различия, но они помогают отчетливо понять: Да Хуэй не имеет никакого опыта в тех вещах, о которых ведет речь. А говорить о вещах, в которых вы не имеете опыта, — одно из величайших преступлений: вы загромождаете людям головы всей вашей бессмыслицей.

Стоит сказать вам, чтобы вы не думали, и вы уже в замешательстве — вам не за что ухватиться. Видимо, он говорит это о себе. Скажите любому мыслителю: «Ты не должен думать; только тогда ты сможешь войти в храм медитации» — и он не сможет понять эту идею: как, без думания? Он немедленно вообразит, что без думания он провалится во тьму, в пустоту, в неведение, в глупость; что без думания он пропадет. Думание — это единственный свет, который у него есть. Он говорит это о других, но у меня есть ощущение, что это его собственный опыт.

Стоит сказать вам, чтобы вы не думали, и вы уже в замешательстве — вам не за что ухватиться. Вы далеки от понимания того, что именно это отсутствие чего бы то ни было, за что можно ухватиться, — это и есть ваше время отпустить свое тело и свою жизнь.

Если правильная полнота сознания присутствует постоянно... Порой он выражается до того глупо, что изумляешься, как это его приняли за великого мастера. Он говорит: *Если правильная полнота сознания...* — как будто возможна неправильная полнота сознания. Неправильной полноты сознания не существует. Полнота сознания — это просто осознание. Это неудачное слово, но по существу оно означает осознание.

Будда пользовался словом, которое переводилось на китайский, японский, корейский языки. Это слово *саммасати*. *Самма* означает «правильный», а *сати* — «удержание в памяти». *Саммасати* переведено как «правильная полнота сознания». Но о *саммасати* можно сказать, что в нем нет противоречия. *Саммасати* на языке пали означает то же, что на санскрите *самьяк смрити*. От языка к языку вносятся небольшие нюансы. *Самьяк смрити* — коренное слово, и означает оно «уравновешенное вспоминание». На пали это слово преобразуется в *саммасати*; здесь оно тоже означает «правильное вспоминание». Воспоминание может быть и ошибочным.

Бывает два рода воспоминаний — правильное и ошибочное. Правильное вспоминание связано с вашим собственным существом, когда вы вспоминаете себя. Когда вы осознаете себя — это и есть *саммасати*. Когда же вы вспоминаете другие вещи — это не настоящее вспоминание. Вы можете вспоминать тысячу и одну вещь, но если вы не вспоминаете себя, ваше вспоминание ошибочно. Если же это переведено как «полнота сознания», то все слово приобретает новое значение. Не может быть никакого ошибочного полного сознания. Всякая полнота сознания истинна.

Полнота сознания не имеет ничего общего с умом; она просто означает, что вы сознательны, бдительны, что вы осознаете. Если вы идете по улице в состоянии полноты сознания, это означает, что вы осознаете свою ходьбу. Если я двигаю рукой в полноте сознания, значит, я двигаю ею осознанно, а не как робот.

Если правильная полнота сознания присутствует постоянно и вопрос страха рождения и смерти не возникает, тогда за долгие дни и месяцы то, что было незнакомым, естественно становится знакомым, а то, что было черствым, естественно становится свежим.

То, что он говорит, настолько глупо, что даже называть это глупостью не достаточно; он нуждается в более сильном выражении. Он высказывает то, что может быть совершенно верным для интеллектуала, но это не верно как переживание. И вы можете видеть это, если хоть немного осознаете. Во-первых, как только кто-то становится осознающим, он становится осознающим на все двадцать четыре часа. Дело обстоит не так, что становишься осознающим, потом теряешь это, а потом становишься осознающим снова, — нет, это не так.

Осознание — это точно как биение сердца. Когда вы спите, сердце бьется, когда вы работаете, сердце бьется, когда вы разговариваете, сердце бьется. Делаете вы что-то или не делаете, сердце беспрерывно работает. Когда ваше осознание становится непрерывным глубинным течением, только тогда оно достойно называться осознанием. Поэтому говорить *«Если правильная полнота сознания присутствует постоянно»* — да ведь она только постоянно и присутствует — *и вопрос страха рождения и смерти не возникает...* — это бессмысленно.

Человек осознающий не знает проблемы страха в отношении рождения и смерти. Раз осознание возникло, вы свободны от страха рождения и смерти; вопроса тут вообще не может возникнуть. Вопрос, колебание, сомнение может возникнуть лишь в случае простого интеллектуального убеждения, а не актуального переживания. Да, тогда сомнения могут появиться; фактически, они просто *обязаны* появиться.

А дальше Да Хуэй высказывает все новые и новые ошибочные утверждения: *Тогда за долгие дни и месяцы то, что было незнакомым, естественно становится знакомым.* Он думает об осознании так, как если бы это была привычка, которую вы должны практиковать непрерывно, тогда через месяцы и дни, мало-помалу, это будет становиться знакомым.

Осознание — это не постепенный феномен. Он не приходит мало-помалу, в рассрочку. Это взрыв, он всегда неожидан; он приходит к вам во всей полноте. Так не бывает, чтобы он приходил понемногу и вы постепенно знакомились с ним.

Сделав ошибочное утверждение, он и дальше ошибается: *а то, что было черствым, естественно становится свежим.* То есть то, что было несвежим, спустя дни и месяцы посвежеет.

Вы видите противоречие? То, что свежо, может потерять свежесть за месяцы. Он же говорит, что то, что было черствым вначале, спустя дни и месяцы свежеет. Он не осознает, что даже малое дитя, которому нет никакого дела до просветления, может сказать, что это глупо. С течением времени свежие вещи делаются несвежими, но не наоборот.

То же самое верно в отношении осознания. Оно продолжает и продолжает быть свежим потому, что оно никогда не стареет. Для сознания времени не бывает — ни дней, ни месяцев, ни лет, ни жизней.

Осознание возникает за пределами времени и за пределами ума.
Оно никогда не станет черствым, и оно никогда *не бывало* черствым.
Сначала вы не осознавали этого; теперь вы осознаете это.
Это остроумие, разум, то, что думает и судит. Что является незнакомым? Это просветление, нирвана, подлинная таковость, природа будды — это там, где нет мысли или различения, куда вычисление и расчет не могут добраться, где у вас нет возможности воспользоваться своими ментальными приспособлениями.

Для вас важно понять Да Хуэя, поскольку он типичный представитель тысяч интеллектуалов в мире, которые продолжают морочить самих себя, потому что могут последовательно, логически *размышлять* над переживаниями, которые не происходили с ними. Возможно, на них повлияли люди действительно переживавшие, и это оказало столь сильное воздействие, что они поверили в то, что такие вещи, безусловно, случаются. Затем они проводят интеллектуальную систематизацию — и могут без конца систематизировать, — но по-настоящему они не знают ничего.

Эти люди — теологи, эти люди — религиозные лидеры, эти люди — философы, эти люди — великие профессора. Эти люди господствуют в человечестве, а между тем это плохие люди: плохие, потому что они нечестны, плохие, потому что они не признают, что это не их переживание. Они просто-напросто продолжают фабриковать красивые слова и теории и вызывают в человеческих умах иллюзию, что, возможно, они и есть подлинные пророки, просветленные люди.

Я расскажу вам действительный случай, который произошел как раз в начале этого века. Один молодой человек, Раматиртха, был профессором математики в Лахорском университете, и он определенно был гениален. Он стал известен благодаря одному случаю — пожалуй, никто больше на такое не был способен... На экзаменах лист с вопросами приходит с пометкой: «Ответьте на любые пять из семи вопросов».

Когда он был студентом, это была его постоянная практика: он обычно отвечал на все семь вопросов с пометкой: «Экзаменуйте любые пять вопросов». Он всегда отвечал на все семь вопросов совершенно правильно, у него не было проблем — это вы можете выбирать себе любые пять, по которым захотите экзаменовать. Когда он закончил аспирантуру, он был первым в университете в математике, он был золотым медалистом — его сразу же зачислили профессором. Это был интеллектуал большого калибра. Как раз тогда Вивекананда вернулся из Америки.

Вивекананда был монах и ученик Рамакришны — просветленного, но необразованного человека. Рамакришна не был достаточно красноречив, чтобы высказываться о своем переживании, поэтому он избрал Вивекананду, который был очень разумной личностью, сливками бенгальской интеллигенции. Вивекананда впечатлял людей во всем мире, куда бы он ни поехал; теперь он возвратился из Америки и собирался обойти Индию. Он прибыл в Лахор, в университет, где Раматиртха был профессором, и Раматиртха оказался под столь сильным впечатлением от Вивекананды, что немедленно пожелал быть инициированным от него.

Вивекананда сам был просто интеллектуалом, но очень сильной личностью, очень внушительной личностью. Он тотчас же привлек Раматиртху, поскольку оба они были интеллектуалами, так что сразу же возникла гармония, синхронизация между их умами. Вивекананда посвятил его в саньясу, и Раматиртха отправился в мировое турне сам.

Раматиртха оказался еще красноречивее Вивекананды, еще поэтичнее, еще выразительнее, — но не по внешности (Вивекананда выглядел исполином, он обладал огромным телом); Раматиртха был гораздо выше в интеллектуальном отношении. Он особенно увлекался стихами — персидскими, арабскими и урду; все эти стихи уникальны по своему мистицизму — все они принадлежат суффийской традиции мистиков.

Так что Раматиртха владел некоторым новым пространством, о котором Вивеканада не имел представления. Он тоже производил очень сильное впечатление на людей, куда бы ни поехал. А с умом бывает любопытная ситуация: если люди под впечатлением от вас, то мало-помалу возникает обратный эффект. Поскольку они под впечатлением от вас, то вы тоже попадаете под впечатление от самого себя: «Я, очевидно, несу некое великое послание; иначе почему столько людей без ума от меня?» Он уверовал, что стал просветленным. Толпа, которая следовала за ним повсюду, убедила его, что он просветленный.

Когда он возвращался в Индию, то представлял себе, что его ожидает великий прием... Естественно — просветленный человек возвращается домой, после того как произвел впечатление на весь мир... Он направился прямо в Варанаси, который был цитаделью индуизма испокон веков и где у ученых индуистов бывает свой совет, решающий, кто просветленный, а кто нет. Никто из тех ученых людей не просветленный, но они чрезвычайно компетентны во всем, что касается писаний. Поэтому Раматиртха сначала обратился к этому совету, чтобы добиться признания.

Как по мне, то даже идея добиваться признания у кого-то означает, что вы не уверены относительно собственного достижения — вы просите признания у непросветленных! Кто их уполномочил признавать или не признавать вас?

Первым делом, ваша просьба определенно показывает, что вы не просветленный. Во-вторых, вы просите людей, которые сами не являются просветленными, — этим только подкрепляется тот факт, что вы не понимаете, что такое просветление.

Оно никогда не нуждается ни в чьем признании; это самоочевидное явление. Даже если весь мир говорит, что вы не просветленный, это не имеет значения. И даже если весь мир говорит, что вы просветленный, а этого нет, вы не становитесь просветленным.

Нечто очень странное произошло там: один ученый на совете спросил Раматиртху (все-таки была явная глупость со стороны Раматиртхи ходить на совет): «Вы знаете санскрит?» А Раматиртха не знал санскрита, потому что он родом из той области, которая теперь в Пакистане. Это мусульманская область; язык ученых людей там — арабский, персидский, урду. Это не та часть, где санскрит имеет какое-нибудь влияние. Раматиртха же был очень глубоким знатоком в персидской и арабской литературе, — а несомненно, суфийская литература обладает красотой, которой нет в санскритской литературе. Санскритская литература очень суха, вроде математики. Суфийская литература — это очень чистая поэзия. У нее есть определенный колорит, потому что весь суфизм, как на основании, покоится на любви. Суфии — единственные в мире люди, которые думают о Боге как о возлюбленной, как о подруге. Естественно, они писали прекрасные стихи для возлюбленной. Бог — не мужчина, а прекрасная женщина! Никакая поэзия не может достичь высот суфийской поэзии.

Раматиртха проиграл. Он сказал: «Нет, я ничего не знаю о санскрите. Я вышел из той части страны, для которой санскрит очень далек; там даже на хинди не разговаривают».

Все те ученые рассмеялись и сказали: «Вы полагаете, без знания санскрита можно стать просветленным? Сначала изучите санскрит».

Я могу простить всем тем идиотам, но я не могу простить Раматиртхе, потому что он принялся за изучение санскрита! — только чтобы добиться признания от непросветленных людей в том, что он просветленный.

Мне всегда нравились его лекции, но я постоянно находил в них места, которые решительно демонстрировали, что этот человек только интеллектуал. У него нет своего собственного переживания. Он знает прекрасную поэзию, он может говорить очень поэтично; ему известны замечательные суфийские притчи, он может толковать те притчи очень ярко. Но сам он нищий — его чаша пуста.

В таком же положении находится и Да Хуэй. Если вы поймете Да Хуэя, то это поможет вам понять многих других, которые сидят в той же самой лодке.

Раматиртха отправился в Гималаи, в небольшой штат под названием Тихри Гархвал. Король того штата был под очень сильным впечатлением от Раматиртхи, поэтому выстроил для него специальное бунгало в горах, и там Раматиртха изучал санскрит, для того чтобы быть признанным.

Однажды случилось... у Раматиртхи был секретарь, некий Сардар Пуран Сингх, бывший великий пенджабский писатель, несомненно, очень утонченный писатель: его проза — это почти поэзия. Он был в таком восхищении от Раматиртхи, что бросил свою работу, стал его секретарем и взял на себя заботу о его здоровье, о его письмах и корреспонденции со всего мира...

Однажды, выглядывая из окна, Раматиртха увидел, что к дому приближается его жена. Он был женат, но отрекся от своей несчастной супруги и стал саньясином. Жена была настолько бедной, что делала любую работу в деревне — молола людям пшеницу, стирала одежду. Она даже не могла купить билет для поездки... Когда она узнала, что Раматиртха в Тихри Гархвале, то продала несколько украшений, которые ей были подарены к свадьбе. Она просто хотела прикоснуться к стопам Раматиртхи.

Она не пришла жаловаться — она была действительно довольна. На Востоке это традиция: если муж становится саньясином с мировой известностью... если даже жена жила в отвратительных условиях, все равно она была очень счастлива, что имя ее мужа попало в коридоры истории.

Когда Раматиртха увидел, что приближается его жена, он велел Сардару Пурану Сингху: «Закрой окно, закрой дверь и выйди на веранду. Подходит моя жена. Скажи ей, что меня здесь нет, что я отправился в уединение в лес, и никому не известно, когда предполагается мое возвращение. Избавься как-нибудь от нее».

Сардар Пуран Сингх был очень искренний человек. Он сказал: «Это странно, ведь я видел, вы принимаете людей — и мужчин и женщин, —

навещающих вас. Почему же вы препятствуете своей собственной жене, от которой вы отреклись? Теперь она больше никак не связана с вами. Ваше препятствование ей означает, что в глубине ваш ум все еще верит тому, что она ваша жена. Почему вы проводите различие между другими женщинами и ею? И почему вы так опасаетесь?

Несомненно, эта бедная женщина ничего не может сделать вам. Очевидно, есть что-то внутри вас, чего вы боитесь. Я не собираюсь закрывать окно или дверь. И я не могу лгать женщине. Вы должны решить: либо вы увидитесь с ней, либо я больше не ваш секретарь и больше не ваш ученик. Я ухожу».

Раматиртха не мог позволить Пурану Сингху уйти — он зависел от него во всем. Поэтому он сказал: «Ладно, если ты настаиваешь, я приму ее». И его жена вошла со слезами радости и просто коснулась земли, даже не его стоп. А Пуран Сингх записал в своем дневнике: «Даже я прослезился. Женщина была так почтительна. Она не считала его больше своим мужем. Он стал настолько божественным для нее, что даже прикоснуться к его стопам значило загрязнить его».

Пуран Сингх коснулся стоп жены Раматиртхи. Он сказал: «По-моему, ваша религиозность и ваше понимание выше, чем у Раматиртхи». А Раматиртхе стало так стыдно... вы не поверите, что он сделал: он немедленно сменил свою одежду. Он был одет в оранжевую мантию индусского саньясина. Он сбросил ее и надел одежду Сардара Пурана Сингха — обычную одежду, не для саньясина. Сардар Пуран Сингх спросил: «Что вы делаете?»

Раматиртха ответил: «Мне так стыдно. Я не просветленный; я даже не достоин называться саньясином. Прозрение пришло ко мне, хоть и поздно; но все же хорошо, что оно пришло ко мне. Я верил, что я просветленный, что отрекся от мира. Нет, увидев свою жену, я увидел и всю свою похоть, всю свою подавленную сексуальность. Я не достоин этой оранжевой одежды». А потом он вышел из бунгало и бросился со скал в Ганг — Ганг протекал совсем рядом, спускаясь с гор. Он совершил самоубийство.

Но лицемерие общества таково, что те же самые ученые люди, которые отказались признать его просветленным, стали говорить, что он «отказался от своего тела», — а не совершил самоубийство, не совершил преступление. Они действительно назвали это *джал самадхи*: «Он бросился в воду и стал един с сущим».

И до сих пор еще существует «Лига Раматиртхи», и есть последователи... и его книги публикуются, а люди читают те книги, чтобы стать просветленными.

Интеллект может обманывать вас, может обманывать других.

Остерегайтесь интеллекта.

Остерегайтесь ума.

Будьте очень внимательны; не поддавайтесь впечатлению так легко. Никогда не поддавайтесь впечатлению через интеллект. Если же вдруг возникает связь прямо от существа к существу — это другое дело.

— Хорошо, Маниша?
— Да, Мастер.

7
ИСТОЧНИК

Возлюбленный Мастер,

Смотри на луну, забудь указывающий палец

Вы должны видеть луну и забыть о пальцах. Не развивайте понимание, основанное на словах.

Досточтимый древний говорил: «Будды втолковывали все премудрости, чтобы спасти все умы; у меня нет ума вовсе, так какая польза от всех этих поучений?» Только относясь подобным образом к чтению писаний, люди решительные получат некоторое представление о намерении мудрецов.

Рассказы и поговорки

Сегодня в чаньских общинах, обмениваясь вопросами и ответами, люди пользуются необычайными словами и удивительными поговорками древних — считается, что это подходящий материал для упражнений в различении, а также для поддразнивания студентов. Эти люди далеки от сущности.

Когда люди, увлекающиеся медитацией, читают письменные поучения и рассказы об обстоятельствах, при которых досточтимые древние вступали на путь, они должны просто опустошить свои умы. Не разыскивайте неповторимое чудо, не ищите просветления в звуках, именах и вербальных значениях. Если вы все же пытаетесь это делать, то препятствуете собственным правильным знаниям и восприятиям и никогда не вступите на путь.

Пан Шань сказал: «Это все равно что швырнуть в небо меч: стоит ли гадать, долетит он или нет?» Не будьте беспечны! Вималкирти говорил, что истина простирается за пределы глаз, ушей, носа, языка, тела и интеллекта.

Дэ Шань мог увидеть, как монах входит в дверь, и тотчас ударить его своим посохом; Линь Цзи мог увидеть, как монах входит в дверь, и тотчас закричать! Все почтенные адепты называют это «поставить лицом к лицу», «сообщить прямо»; но я называю это «вывалять в грязи» и «обдать водой». Даже если вы и способны воспринять это всем своим существом под воздействием удара или крика, вы уже не человек силы — фактически, вас с головой кто-то окатил помоями из ведра. Чего же больше, если от крика или удара вы принимаетесь разыскивать чудеса или добиваетесь утонченного понимания; это и есть величайшая из глупостей.

Да Хуэй странный парень, но он представляет всех тех людей, которые пытаются постичь природу своего Я через интеллектуальное усилие. Трудности с такими людьми состоят в том, что у них хороший интеллект. Они могут схватывать слова от мастеров, могут повторять их; они могут обманывать людей и могут обманываться сами.

Это одна из самых глупых сутр среди всех его поучений, и я объясню вам, почему я так говорю.

По мере того как я вникаю в Да Хуэя, я все чаще задумываюсь: следует ли называть его великим учителем или просто псевдоучителем. Мастером, безусловно, он не является; учителем, может быть, он и был, но в некоторых вещах он даже ниже статуса учителя. Он, скорее всего, псевдоучитель. Он не достиг квалификации традиционного учителя, просто передающего знания от мастеров массам.

Он не может даже понять, что происходило в школе дзэна. Это настолько особое явление, что для его постижения требуется редкостная прозорливость, и если у вас не было собственного опыта, вас всегда будут преследовать некоторые сомнения.

Например, дзэн — это единственная школа в мире, где мастера раздают оплеухи ученикам, бьют их посохами или даже буквально вышвыривают из окна. Мало того, один мастер просто вскочил на ученика; сидя у того на груди, он спросил: «Дошло?»

Дзэнский мастер таинствен в своей работе. Люди, которые просто читают анекдоты дзэн, не могут найти в них никакого смысла, потому что не знают скрытой истории, которая в этих анекдотах не передается. Это незримая передача энергии между мастером и учеником. Попробую дать вам хотя бы представление, чтобы вы могли увидеть глупость Да Хуэя...

Чтобы понять человека, которого Линь Цзи вышвырнул из окна, а затем вскочил на него и спросил: «Дошло?», необходима полная предыстория и некое глубинное течение, проходящее через нее. Этот ученик проработал почти год над коаном, над самым известным коаном в дзэне — «звук хлопка одной ладони».

Ведь не бывает никакого звука хлопка одной ладони. Вы можете попытаться хлопнуть одной рукой — звук невозможен. Звук создается только при столкновении двух предметов; если предмет лишь один, звука не будет.

Итак, первым делом нужно понять, что дзэнский коан — это не обычная головоломка, которую можно разрешить. Он требует другого подхода — не решения, но растворения.

Бедный студент ушел, сел под деревом, думал, думал, медитировал — что может быть звуком хлопка одной ладони? Слышите кукушку?.. Он услыхал кукушку из дальней бамбуковой рощи. Он сказал: «Вот оно!» — это так прекрасно, это умиротворяет, несет такую радость. Он прибежал назад и сказал мастеру: «Я услышал его. Это песня кукушки».

Мастер дал ему оплеуху и сказал: «Идиот! Я же велел тебе обнаружить звук хлопка одной ладони! Что общего у бедной кукушки с этим? Возвращайся и медитируй».

Тот был чрезвычайно озадачен, потому что его ум исследовал звуки — что это за звук? Однажды он услышал шум ветерка в верхушках сосен и решил: «Должно быть, это оно!» И бросился назад...

Так продолжалось целый год. Он находил какой-то звук — скажем, журчание воды — и бежал к мастеру. Пришло время, когда мастер перестал выслушивать его ответы. Лишь завидя ученика, он отвешивал ему оплеуху и говорил: «Пошел вон».

Тот недоумевал: «Но я ведь даже не сказал ничего...»

Мастер говорил: «Пока ты продолжаешь разыскивать, ты не найдешь его. Уходи. Я знаю, ты снова принес какой-то дурацкий звук!»

Такой вот был студент...

Через год, когда он снова пришел, мастер увидел, что оплеуха не поможет — он уже и так лупил его целый год беспрерывно! Он просто схватил его и вышвырнул из окна. Это было трехэтажное здание...

Это был настоящий шок для студента. Он ждал затрещины, но быть вышвырнутым из окна в канаву... В довершение к этому, мастер вскочил на него сверху, так что несколько уцелевших было костей сломались при этом. У него были множественные переломы! А мастер сидел сверху и спрашивал: «Дошло?» Шок был так велик, что его ум остановился — это было совершенно неожиданно.

Ум останавливается только тогда, когда возникает что-то неожиданное — настолько неожиданное, что ум не может это себе представить... и останавливается.

Абсолютное безмолвие... и слезы радости в глазах ученика.

Он коснулся стоп мастера и спросил: «Почему вы ожидали целый год? Вы могли бы сделать это в самый первый день».

Мастер сказал: «Это бы не сработало. Я должен был ждать подходящего момента, когда ты созреешь. Ты усердно потрудился своим умом. Твой ум устал, совершенно устал; он потерял всякую надежду на то, что существует хоть какая-то возможность найти ответ. И вот наступил момент, когда, если что-то неожиданное происходит с тобой, ум может остановиться — всего на один миг. Но этого довольно, чтобы услышать звук хлопка одной ладони».

Слова обманчивы. Это не звук хлопка одной ладони; это тишина, когда ум останавливается. Любой человек, выслушав этот анекдот и не зная всего скрытого процесса, — просто посторонний человек — непременно подумает, что все это просто-напросто глупо. Но ученик стал просветленным — а это и есть тот результат, который определяет, было средство верным или ошибочным.

Да Хуэй просто интеллектуал, поэтому иногда он повторяет красивые слова. Но здесь-то он и выдал себя, поскольку не смог уловить никакого смысла в рассказах и анекдотах. Я теперь поговорю о них.

Вы должны видеть луну и забыть о пальцах. Это так легко повторить, потому что тысячелетиями после Гаутамы Будды это было одним из самых важных утверждений: будда только указывает пальцем на луну.

Его «палец» означает все то, что он говорит, все то, что он делает, но это лишь указание — намек. Вы не должны слишком сильно привязываться к пальцу, потому что не в пальце суть. То, что он говорит, то, что он проповедует, — не суть; это только указание. Вы не должны привязываться к философии, вы не должны становиться буддистом. Вы должны смотреть на луну.

И если вы хотите смотреть на луну, то самое главное — забыть вообще о пальце. Если ваши глаза сфокусированы на пальце, как же вы увидите луну? Пока вы не переведете глаза с пальца на далекую луну в небе, это невозможно.

Будда говорил: «Не привязывайтесь к тому, что я говорю, не привязывайтесь ни к какой доктрине, которую я проповедую; не привязывайтесь к моей личности. Все это просто пальцы, показывающие на луну. Забудьте меня, не занимайтесь поклонением мне; посмотрите на луну. А если вы уже смотрите на луну, то я не имею значения вообще».

Это очень содержательное изречение, и нужна большая смелость, чтобы дать его собственным ученикам: «Не беспокойтесь о том, что я говорю. Я не проповедую никакую доктрину, я не вручаю вам систему веры или философии. Все это средства, чтобы указать истину. Она за пределами всех слов, но слова можно использовать как палец, показывающий на нее. Они не могут выразить ее, но они могут указать ее».

Очень легко повторить это, но я не думаю, что Да Хуэй понимал то, что он повторял. *Вы должны видеть луну и забыть о пальцах. Не развивайте понимание, основанное на словах.* Но на самом деле именно это он и делает. Все его понимание основывается на словах.

Досточтимый древний говорил: «Будды втолковывали все премудрости, чтобы спасти все умы; у меня нет ума вовсе, так какая польза от всех этих поучений?»

Цитата совершенно правильна, но что Будда подразумевает под спасением? — возникшее в вас понимание, что никакого ума в вас нет, что вы являетесь не-умом. И тогда нет и вопроса о спасении. Но пока вы привязаны к уму — вы в оковах, и вас необходимо вызволить из них.

Поэтому досточтимый древний прав, когда говорит: *«Будды втолковывали все премудрости, чтобы спасти все умы; у меня нет ума вовсе»* — он спасенный человек — *«так какая польза от всех этих поучений?»*

Безусловно, когда вы спасены, пользы от них нет. Если вы видите луну, какая польза в пальцах? Когда ваша болезнь излечена, какая польза от лекарств? Или вы собираетесь поклоняться пузырьку с лекарством? Вы что же, намерены таскать его с собой везде, поскольку это пузырек с лекарством? Дело кончено, его работа завершена.

Это почти так, как если у вас в ноге застряла колючка: вы берете еще одну колючку и извлекаете первую. Вторая колючка точно такая же, как и первая, но вам удалось вытащить ею первую колючку. Теперь что вы собираетесь делать со второй колючкой? Быть может, вложите ее в рану, вызванную первой колючкой, — лишь потому, что она спасла вас от той первой колючки? Это было бы полной глупостью — тогда у вас, по-видимому, что-то было не так с самого начала. Нет, раз первая колючка извлечена, вы отбрасываете обе разом.

Именно так обстоит дело со всеми учениями. Досточтимый древний говорит правильно, но Да Хуэй не понимает, что он говорит. Он говорит: *«Только относясь подобным образом к чтению писаний, люди решительные получат некоторое представление о намерении мудрецов».* Да Хуэй говорит, что вы сможете понять то, что сказал мудрец, только если читаете писания; только если вы человек настойчивый и решительный, человек постижения, вам удастся понять намерение мудрецов.

Все те слова, которые он использует, не нужны для понимания мудрецов. Нужен опыт. Не понимание ваше — потому что всякое понимание интеллектуально; не ваша решимость — потому что всякая решимость от ума; не ваше чтение писаний — потому что все это ваша интеллектуальность; все это не поможет вам понять столь глубокое изречение: «Как только вы увидели луну, забудьте о пальцах».

Такого рода утверждение можно проверить только опытом. Да Хуэй не имеет опыта вообще, и это становится совершенно ясным, когда он переходит к рассказам и поговоркам.

Любой интеллектуал, даже сегодня, будет осуждать дзэнские истории или просто посмеется над ними, полагая, что, вероятно, это просто шутки, потому что в них нет никакого смысла для ума.

Сегодня в чаньских общинах, обмениваясь вопросами и ответами, люди пользуются необычайными словами и удивительными поговорками древних — считается, что это подходящий материал для упражнений в различении, а также для поддразнивания студентов. Эти люди далеки от сущности.

Когда люди, увлекающиеся медитацией, читают письменные поучения и рассказы об обстоятельствах, при которых досточтимые древние вступали на путь, они должны просто опустошить свои умы.

Он даже не осознает, что продолжает высказывать вещи, которыми он противоречит себе же. Посмотрите: *Когда люди, увлекающиеся медитацией, читают...* Человеку, который занимается медитацией, нет необходимости читать писания, потому что все, что содержится в писаниях, только далекое эхо чьей-то медитации. А если вы сами медитируете, значит, вы у самого источника. Почему же вас должно волновать отдаленное эхо, испорченное, искаженное интерпретациями интеллектуалов, учителей, педагогов, комментаторов?

Ведь вы сами находитесь у самого источника, у самого корня, откуда произошли все писания. Человеку медитации нет нужды читать писания и поучения из писаний, но именно это советует Да Хуэй. Потом тут же он говорит: «*...и рассказы об обстоятельствах, при которых досточтимые древние вступали на путь, они должны просто опустошить свои умы*».

Как же вам опустошить свой ум, когда вы читаете писания, поучения и рассказы о том, как древние мудрецы вступали на путь? Вы же наполняете ум, а не опустошаете его.

Медитация опустошает ум; изучение чего угодно только наполняет его. Они диаметрально противоположны друг другу. Но Да Хуэй в одном предложении сваливает противоположное в одну кучу, так и не осознав, что то, что он делает, представляется совершенно идиотским каждому, кто знает, что такое медитация.

Не разыскивайте неповторимое чудо, не ищите просветления в звуках, именах и вербальных значениях. Как же вы собираетесь читать писания, если вы не разыскиваете вербальные значения? Какие другие значения там есть? В писаниях только слова и ничего больше; вы можете воспринимать писания только как вербальные значения.

Если вы все же пытаетесь это делать, то препятствуете собственным правильным знаниям и восприятиям и никогда не вступите на путь.

Он понятия не имеет, что знания-то и представляют проблему. Нужно освободиться от них. Знания не дадут вам восприятия; знания помешают вашему восприятию. Устранение знаний очищает восприятие, совсем как когда тучи уходят, бывает абсолютно ясное небо.

Все это неизбежно случается с человеком, который насобирал всего там и сям и который сам не входил в медитацию. Нет никаких признаков, что у него был хоть какой-то вкус к медитации.

Пан Шань сказал... Он цитирует людей, потому что ходил к учителям, мастерам; он, должно быть, конспектировал то, что они говорили. Он цитирует многих людей. *Пан Шань сказал: «Это все равно что швырнуть в небо меч: стоит ли гадать, долетит он или нет?»* Не будьте беспечны! Вималкирти говорил, что истина простирается за пределы глаз, ушей, *носа, языка, тела и интеллекта.*

Это просто забавно! Этот человек цитирует Вималкирти: «Пока вы не вышли за пределы интеллекта и всех ваших чувств, у вас не будет восприятия реальности, вы не узнаете природы своего Я». Но это никак не надоумит его, что он попросту работает через интеллект.

Дэ Шань мог увидеть, как монах входит в дверь, и тотчас ударить его своим посохом; Линь Цзи мог увидеть, как монах входит в дверь, и тотчас закричать! Все почтенные адепты называют это «поставить лицом к лицу», «сообщить прямо»; но я называю это «вывалять в грязи» и «обдать водой». *Даже если вы и способны воспринять это всем своим существом под воздействием удара или крика, вы уже не человек силы — фактически, вас с головой кто-то окатил помоями из ведра. Чего же больше, если от крика или удара вы приметесь разыскивать чудеса или добиваетесь утонченного понимания; это и есть величайшая из глупостей.*

Из-за того, что он не может понять, из-за того, что у него нет собственного опыта, он называет это *величайшей из глупостей.* Я постараюсь объяснить вам подробно, что эти люди делали. Они добивались огромных успехов, и они не были глупыми людьми. Да Хуэй сам — *величайшая из глупостей.*

Дэ Шань — знаменитый и великий мастер. Монах мог войти в дверь и тут же получить от него удар посохом. Вы должны понять ситуацию. Мастер видит ученика; он дает ему определенный коан, неразрешимую головоломку. После этого, как только ученик найдет верный ответ, он должен прийти и сообщить мастеру. Но в действительности на коан нет ответа; поэтому, когда ученик только входит, чтобы дать ответ, — зачем тратить время? Он обычно просто крепко ударяет его. Он яснее ясного дает понять, что все ответы неправильны, поэтому нет необходимости выслушивать ваш ответ. Это выглядит вроде бы очень странным — вы не дали ответа, а он уже бьет вас; если бы вы ошиблись, он мог бы ударить вас... а вдруг вы были правы? Но в том-то и дело: не бывает верного ответа, только молчание.

Поэтому не один раз еще студент получит удар — много, много раз. А потом несколько дней он не будет показываться, и Дэ Шань осведомится: «Где же он?» И отправится на то место — это был большой монастырь, прекрасный дзэнский сад — и обнаружит ученика, сидящего под деревом в глубоком молчании. Его лицо показывает, что ум больше не функционирует, что нет никаких колебаний внутри, что все безмятежно и спокойно.

И тот же самый Дэ Шань, который бил этого ученика, коснется его стоп. Как только Дэ Шань коснется его стоп, ученик откроет глаза и спросит: «Мастер, что вы делаете?»

Дэ Шань скажет: «Я касаюсь твоих стоп, потому что ты нашел ответ. Я подозревал, что случилось что-то, ведь ты много дней не приходил. Так бывает, что студенты перестают приходить только тогда, когда они нашли, — потому что о чем говорить? — ответа не существует. И они наслаждаются своим безмолвием так потрясающе... они забыли коан, они забыли мастера, они забыли все. Они живут в таком экстазе, что все остается где-то далеко».

Дэ Шань обычно находил учеников, и всегда оказывалось, что он прав, — его битье помогало. Его битье, в конце концов, заставляло их осознать, насколько он сострадает и как любит их — он не ударит понапрасну. Его удары снова и снова демонстрировали только одно: какой бы ответ вы ни нашли, он неправилен. Нет нужды выслушивать его, потому что нет возможности правильно ответить.

Ударяя, он делает очевидным, что правильного ответа не существует; ум абсолютно бессилен дать ответ.

Мало-помалу ученик забывает о коане, забывает о звуке, потому что это не приводит ни к чему, кроме синяков от посоха мастера. Но в тот момент, когда он забывает об умс, коане, мастере и о поисках какого бы то ни было ответа, он проваливается в глубину, в полное безмолвие. То безмолвие и есть ответ, но вы не можете сказать ничего об этом. И оно настолько удивительно, таинственно... вы настолько удовлетворены, что нет необходимости в признании мастером того, что вы нашли ответ. Все это становится тривиальным.

Но Да Хуэй не понимает этого вообще, и, возможно, никто — даже величайший философ в мире — не в состоянии понять, в чем здесь дело. Это выглядит просто абсурдом: сперва вы даете ему коан, а потом даже не слушаете его ответ. Но такова стратегия, стратегия великой любви и великого сострадания.

Мастер касается его стоп и просит прощения за все удары, которые он нанес... ему приходилось делать это: «Не было другого способа разрушить твой упрямый ум, разрушить твое цепляние за ум, разрушить представление, что ты можешь найти ответ посредством ума. Не только тебе больно от моего посоха, мне еще больней. За все это я касаюсь твоих стоп и прошу у тебя прощения».

Дэ Шаня любили его ученики, хоть он и бил их своим посохом; у Да Хуэя нет понимания и в помине.

Линь Цзи мог увидеть, как монах входит в дверь, и тотчас закричать! Любой интеллектуал сделает посмешище из этого. Какой смысл? — вы назначаете прием студенту, ученику в своей комнате, и вдруг орете безо всякой причины.

В детстве мне довелось повстречаться с одним человеком. Его звали Сардар Чанчал Сингх. Он был заодно с Субхашем Чандра Бозе, великим индийским революционером, который бежал от суда британского правительства. Замаскировавшись, он сперва отправился в Германию повидать Адольфа Гитлера, потому что хотел предложить: «Вы сражаетесь с британцами. Мы тоже сражаемся с ними, и нам нужна ваша помощь. Если вы окажете нам помощь, Британская Империя может быть атакована с двух сторон. Мы можем атаковать изнутри, а вы можете продолжать атаковать снаружи».

Его политика была абсолютно ясной... и вы будете поражены, Адольф Гитлер никогда еще не представлял своим военным никакого человека так, как он представил Субхаша Чандра Бозе. Он сказал военным: «Почитайте этого человека больше, чем почитаете меня, потому что я фюрер только небольшой нации; этот человек — революционер и лидер огромного континента». И он назначил для Субхаша — хоть у того и не было никакого политического положения — почетный караул.

То был план Адольфа Гитлера и Субхаша Чандра Бозе... они решили, что Субхашу Чандра Бозе будет лучше отправиться в Японию. В Японии находились тысячи индийских солдат, которые воевали за британское правительство против Японии.

Это была очень умная политика: Субхаш Чандра отправлялся в Японию, а Гитлер сообщал Японии — ведь Япония была союзником Германии против британцев, против американцев... Он сообщал им: «Предоставьте Субхашу переговорить со всеми индийскими солдатами, которые содержатся в японских тюрьмах. У меня полная уверенность в том, что этот человек справится» — это действительно был человек огромной харизмы — «и убедит тех солдат: "Вы сражаетесь за Британскую Империю, которая сохраняет ваше рабство в неприкосновенности. Вместо этого — пойдемте со мной, мы создадим армию и будем сражаться *против* Британской Империи"».

Это было так логично и просто, что пленные согласились. Во-первых: если они согласны, они больше не пленные; они становятся гостями Японии. Во-вторых, может они и сражались за британцев, но в глубине души они были против империи; просто они продали свои души за хлеб с маслом.

Как только Субхаш сказал им: «Вы продали свои души...» — тут же все лагеря пленных были открыты. Новая армия — Индийская Национальная Армия — была создана Субхашем Чандра Бозе. Сардар Чанчал Сингх был одним из приближенных коллег Субхаша. Он тоже был из пленных. У него и раньше был высокий пост в Индийской армии, теперь он тоже получил очень высокий пост в Индийской Национальной Армии, которая готовилась атаковать из Японии.

Успех сопутствовал им вплоть до Рангуна; они разбили британские войска. Даже Калькутта боялась, что после Рангуна следующая атака может быть на Калькутту. Все британцы уехали из Калькутты, все, у кого было достаточно денег, все уехали оттуда. Калькутта стала уязвимым пунктом. Именно в это время Германия потерпела поражение. Атомные бомбы сбросили на Хиросиму и Нагасаки, поэтому Япония тоже капитулировала.

Субхаш оказался в странном положении. Оба союзника, которые поддерживали его, были разгромлены. У него была небольшая армия, — но хотя он и побеждал, сколько же могло это продолжаться? Он не мог даже достичь Калькутты, которая была его родным городом. И ему пришлось бежать из Рангуна...

Что с ним произошло, осталось тайной. Рассказывают, что его видели в Советском Союзе; есть слухи, что он живет в Тибете; эти рассказы, похоже, были сочинены им же самим... Самолет, которым он летел из Рангуна, упал в Тайпее и сгорел. Пилот и еще кто-то — никому не известно, кем был другой человек, — были сразу же сожжены, безо всякой пресс-конференции или медицинской экспертизы. Они и так уже обгорели в катастрофе, а поскольку оба оказались индусами, то их отправили на погребальный костер.

Самое вероятное, Субхаша где-то сбросили, а самолет умышленно подожгли, чтобы создать у Британской Империи уверенность в гибели Субхаша; так или иначе, это был враг номер один, которого следовало хватать мертвым или живым. Так что то был хороший замысел: он погиб, теперь нет смысла... и даже тело сожгли.

Тайпей дал сообщение, что его отправили на погребальный костер, — но это было впустую, тела уже сгорели, они не были опознаны. Их даже не сфотографировали — что было абсолютно необходимо для человека со статусом Субхаша, крови которого так жаждала Британская Империя. Им следовало сделать фотографии, им следовало вызвать медиков для экспертизы тел. Им следовало, наконец, доставить тело в Британскую Империю. Но, как мне кажется, это не было тело Субхаша; это была просто маскировка. Таким же было мнение и Сардара Чанчала Сингха.

Он случайно встретил меня в ресторане в Джабалпуре. Его освободили из индийской тюрьмы... После того как Субхаш ушел, все люди Индийской Национальной Армии снова попали в тюрьмы — только теперь уже в британские. Но по их судебному делу велась борьба, и Чанчала Сингха освободили. Он искал работу, и я предложил ему: «Если вы изучали какие-нибудь боевые искусства в Японии, я могу организовать группу студентов колледжа и университета. Вы сможете обучать их боевым искусствам, а они будут платить вам достаточно, чтобы выжить, пока вы не найдете другую работу».

Я рассказал вам о Чанчале Сингхе, потому что он научился от кого-то кричать точно таким же образом, как кричал Линь Цзи, — и я слыхал его крик! Я не знаю Линь Цзи — он, должно быть, был еще резче в своем крике... но даже если этот человек, Чанчал Сингх, кричал на вас, ваш ум останавливался немедленно. Если вы собрались нанести ему удар мечом — и он кричал, — ваша рука останавливалась.

Его крик был настолько глубоким, так сильно проникал в вас, что, чем бы вы ни занимались, вы просто-напросто останавливались. Мы пробовали приводить борцов — бить его, ударить кулаком в нос. Это были опытные боксеры, но в тот момент, когда он кричал, их руки просто останавливались около его носа... Что-то странное было в этом звуке.

Бывало мы использовали его просто шутки ради. Кто-то мочился, а мы просили: «Чанчал Сингх, а ну-ка крикни как следует». Он издавал крик — и мочеиспускание прекращалось. Человек озирался вокруг — что случилось?

Я хорошо знаю, что есть множество историй о Линь Цзи, о том, как его крик пробуждал людей, но то был не обычный крик. То был определенный тренинг, который проникает в глубочайшую сердцевину вашего существа. Все дело в том, что человек спит. Хороший крик может разбудить его.

Даже сегодня в школе Линь Цзи крик используется. Но его не используют на каждом ученике, а только когда ученик упорно поработал со своим умом и его ум устал. Те коаны так утомительны, потому что, как вы знаете, они абсурдны. Но если мастер говорит: «Найди ответ», — а вы пришли к мастеру, чтобы пробудиться, — то вы обязаны исполнять всякое задание, которое он дает вам.

Такие крики производились, только когда ум почти на грани отказа и мастер понимает, что теперь пора. Ученик входит в комнату Линь Цзи, не ожидая, что тот закричит львиным рыком безо всякой причины... вскакивает и кричит, будто собирается убить ученика. Ученик останавливается... весь его ум останавливается. И на какое-то мгновение он может увидеть природу своего Я.

Продолжительность не имеет значения. Если вы знаете природу своего Я хотя бы мгновение, все становится легким. Теперь вы знаете путь. Теперь вы знаете себя; вы можете достигать этого снова и снова. И крик больше не требуется каждый раз; он был только одним из возможных средств.

Но Да Хуэй осуждает это, потому что ему непонятно глубокое сострадание, непонятна психология, ясность за всем этим. Он оказывается обычным интеллектуалом. Лишь в одном он прав — когда употребляет слова *величай-*

шая из глупостей. Но эти слова относятся к нему самому, а не к Линь Цзи и не к мастеру Дэ Шаню.

Эти мастера пользовались абсолютно новыми методами для пробуждения людей.

Их вклад огромен. Дзэн произвел просветленных людей больше, чем любая другая школа любой другой религии. Даже в одном монастыре вы можете найти многих просветленных людей. И это единственный живой поток, который не остановился где-то в прошлом; он до сих пор жив. Все еще есть люди, подобные Дэ Шаню и Линь Цзи, но они пребывают в безвестности.

Америка развратила японскую атмосферу полностью; Япония могла бы быть совершенно другим миром. Весь ее гений концентрировался на стремлении стать просветленным. Теперь же, под американским правлением, вся их энергия отвлечена к деньгам. А это люди большой целостности, настолько большой, что и их деньги сейчас имеют наивысшую ценность. Даже доллар, американский доллар оставлен далеко позади. Это одна из богатейших наций в мире, и их деньги более надежны, чем любая другая национальная валюта. Но это не успех; это страшный провал.

Америка испортила университеты Японии. То, чему обучают теперь в их университетах, заимствовано от Америки; они полностью имитируют Америку, конкурируют с Америкой. Безусловно, они напугали Америку: несмотря на высокое налогообложение их продукции, она все же способна конкурировать на американском рынке с американской продукцией, которая не облагается налогом вообще. Налогообложение поднимается все выше и выше, чтобы спасти американский рынок от полного захвата Японией.

Но хотя американцы и подняли налогообложение на весь импорт, Япония по-прежнему очень хорошо конкурирует на всех фронтах американского рынка. А Америка совершенно неспособна конкурировать на японском рынке.

Японцы трудятся усердно, трудятся тотально, трудятся интенсивно. Их единственная проблема в том, что у них недостаточно земли, чтобы строить больше фабрик. Всего несколько дней назад они добились успеха в сооружении искусственного плавучего острова. На этом искусственном острове они построят фабрики. Если они преуспели на одном острове, то создадут много других островов. Они создают землю впервые.

Да Хуэй не понимает. А это и есть признак глупого человека: не понимая чего-нибудь, он критикует это. Интеллектуалы очень охотно критикуют все то, что находится вне пределов их разумения.

Но существуют методы, работающие независимо от того, понимаете вы их или нет. Смотреть нужно на окончательный результат. Пусть японские монастыри канули во тьму — все же есть люди, которые работают со средствами, вызывающими пробуждение.

Да Хуэй абсолютно неправ. Я думал было назвать его тексты «Поучениями великого учителя»; но, по мере того как я вникаю в его сутры, мне все больше хочется изменить заглавие книги. Ее следует назвать: «Дзэнские поучения псевдоучителя Да Хуэя».

— Хорошо, Маниша?
— Да, Мастер.

ЗАБЛУЖДЕНИЕ

Возлюбленный Мастер,

Просветление и заблуждение

«*Будда*» — это лекарство для разумных существ; когда заболевание разумных существ устранено, лекарство больше не нужно.

Если вы хотите обрести единство, откажитесь от будд и от разумных существ, от тех и других разом!

Досточтимый древний говорил: «Восприми ничто посреди вещей».

«Я сформировал хранилище таковости с тонким озарением, которое ни уничтожается, ни рождается; и хранилище таковости есть только озарение возвышенного просветления, сияющего на весь космос».

Тем не менее и те и другие, в конечном счете, — пустая ложь. Если некто отказывается от силы действий, чтобы ухватить силу пути, то я могу сказать, что такой человек не понимает всех будд, их умения использовать средства сообразно обстоятельствам ради объяснения истины. Почему? Разве не читали вы, как старый Шакьямуни сказал: «Если вы привержены к аспекту истины, то вы привязаны к себе, личности, живым существам и жизни; если вы привержены к аспекту неистины, то вы привязаны к себе, личности, живым существам и жизни». Таким образом сказано: «Будда лишь использует текущие обстоятельства для наставления разумных существ».

Как только источник болезни был указан ему старым адептом, Чжан Чо, знаменитый ученый прежних дней, понял достаточно, чтобы сказать:

Попытка устранить страсть отягощает заболевание; бросаться к истинной таковости тоже ошибочно. Не существует препятствия житейским обстоятельствам человеческой судьбы; «Нирвана» и «Рождение и смерть» — в равной мере иллюзии.

Будьте как спокойствие воды, как ясность зеркала, так что приблизится ли добро или зло, красота или уродство, — вы не сделаете ни малейшего движения, чтобы избежать их. Тогда вы будете знать воистину, что не содержащий ума мир спонтанности непостижим.

Да Хуэй в этих сутрах подходит очень близко к истине. Но даже быть близко к истине не означает достичь ее. Даже близость — это дистанция.

Все то, что он говорит, могло бы быть высказано просветленным существом, и тогда смысл сказанного был бы совершенно иным. Он очень умно повторяет изречения древних просветленных людей, но они звучат фальшиво, они не кажутся живыми. Как будто что-то мертвое внутри них. Он не показывает, что сказанное им есть его собственное переживание; в нем нет авторитетности.

Но мы попытаемся понять, потому что изречения, которые он заимствует у других, значительны сами по себе. Увы, сам он не переживал их! А опыт создает такое огромное различие. Слепой человек может описать все качества света; он может описать всю красоту радуги, но в его описании нечто существенное будет упущено. И любой, кто знает свет и знает краски радуги, сейчас же почувствует, что человек слеп. Возможно, он слышал о свете, но он не видел его.

Я покажу вам, насколько иначе звучало бы то же самое изречение у человека просветленного.

Первая сутра:

«Будда» — это лекарство для разумных существ; когда заболевание разумных существ устранено, лекарство больше не нужно.

Это совершенно верно относительно лекарства, но будда — не лекарство. Будда — это состояние, когда вы излечены и лекарство не требуется. Будда — это ваша сокровенная природа.

Человек, который знает благодаря опыту, сказал бы: «Медитация — это лекарство для разумных существ. Когда заболевание разумных существ устранено, лекарство больше не нужно. Медитация больше не требуется тому, кто просветлен». Но употребление слова «будда» вместо слова «медитация» показывает страшную путаницу в уме этого человека. Может быть, он услыхал, как кто-то говорил, что раз заболевание прошло, то лекарство не нужно. Это верно, но разве будда — лекарство? Будда — ваша абсолютная помощь. Это ваша внутренняя вечная природа — вы не можете отбросить ее. Это вы, в своем самом сокровенном подлинном существе.

Медитация — это метод, и метод для особой цели. Когда цель достигнута, в методе нет никакой нужды. Вы думаете, я медитирую? Заболевание проходит, и в тот же самый момент, одновременно, медитация тоже исчезает.

Я уже говорил вам, что слова «медитация» и «медицина» происходят от одного и того же корня. Медицина для лечения тела, а медитация для лечения сознания, но их функция — лечение. Раз лечение состоялось, они больше не нужны; но использовать слово «будда» — абсолютный абсурд. Вот так человек, пытающийся понимать интеллектуально, неизбежно совершает небольшие ошибки; и он не в состоянии представить себе, где же он совершает ошибку. Он очень внимателен, но одна внимательность не поможет. Требуется сознание.

Если вы хотите обрести единство, откажитесь от будд и от разумных существ, от тех и других разом! Та же самая ошибка продолжается. Это верно: если вы хотите обрести единство, вы должны отбросить дуальность всех видов. Дуальность между невежественным и знающим, дуальность между рождением и смертью — дуальности всех видов должны быть отброшены.

Но буддовость — это другое название единства. Не существует ничего противоположного будде. Это не часть мира дуальностей, это истинная трансценденция за пределы дуальностей. Всякая дуальность исчезнет... и тогда вы узнаете единство, тогда вы узнаете свое просветление, тогда вы будете буддой. Будда не должен быть отброшен, как должны быть отброшены другие дуальности, потому что это не часть какой-нибудь дуальности. Разве встречался вам кто-нибудь, кто является небуддой? Каждый — будда; одни спят, другие бодрствуют, но нет ни одного разумного существа, которое может быть названо небуддой. Это слово «будда» не имеет противоположного себе, потому у него точно такой же смысл, как и у единства.

«Я сформировал хранилище таковости с тонким озарением, которое ни уничтожается, ни рождается; и хранилище таковости есть только озарение возвышенного просветления, сияющего на весь космос».

Он снова цитирует кого-то: это утверждение в кавычках. Но это беда общая для всех интеллектуалов в мире: они могут отлично цитировать.

Вся эта цитата расходится, однако, с прежними сутрами. То есть если они верны, то эта цитата не может быть верной. Эта цитата может быть верной лишь с моими изменениями: вместо «будды» — «медитация», вместо «отбрасывания будд и разумных существ, чтобы обрести единство», — «отбрасывание всех дуальностей, чтобы обрести буддовость», поскольку «буддовость» — это еще одно название единства. Если такие поправки сделаны, тогда эта цитата правильна.

Я прочту ее снова, чтобы вы смогли понять, почему я говорю, что она может быть верной только с поправками в прежних сутрах.

«Я сформировал хранилище таковости с тонким озарением, которое ни уничтожается, ни рождается; и хранилище таковости есть только озарение возвышенного просветления, сияющего на весь космос».

Ну что это за озарение возвышенного просветления, если не буддовость? — просто другое название. И если даже это должно быть отброшено, тогда что же остается?

Дуальности нужно отбрасывать — но не единство. Рождение и смерть нужно отбрасывать — но не жизнь. Жизнь вечна, она по ту сторону рождения и по ту сторону смерти. Теперь он признает, что тонкое озарение... а что такое озарение, как не состояние буддовости? Все это только различные названия — озарение, просветление, осознание, буддовость, — но он, похоже, не понимает, что все это названия одного и того же переживания.

Это тонкое озарение — ни разрушается, ни рождается... Есть только одна вещь, которая ни разрушалась, ни рождалась, — и это сам принцип жизни. Рождение происходит в ней, смерть происходит в ней — тысячи раз, — но жизнь продолжается. Рождение и смерть — это незначительные инциденты в вечном течении жизненных энергий. Рождение — не начало, и смерть — не конец... просто незначительные инциденты в бесконечности жизни и сущего.

Тем не менее и те и другие, в конечном счете, — пустая ложь. Теперь это его собственное утверждение, без кавычек, и сразу же он опускается в свое интеллектуальное состояние... *Тем не менее и те и другие, в конечном счете, — пустая ложь. Если некто отказывается от силы действий, чтобы ухватить силу пути, то я могу сказать, что такой человек не понимает всех будд, их умения использовать средства сообразно обстоятельствам ради объяснения истины как она есть.* Назвать и тех и других, в конечном счете, пустой ложью, — значит сказать, что невежественные люди лживы и пробужденные люди тоже лживы, неведение есть ложь и озарение тоже ложь; тогда что же остается такого, что можно назвать истинным? А если нет ничего истинного, то нет и критерия, чтобы называть что-нибудь ложью. Ложь возможна, только если есть нечто, что не является ложью; если нет не-лжи, то и ложь не может существовать.

Да Хуэй говорит, что и то, и другое ложно: неложь и ложь, истинное и неистинное — все ложь. И он полагает, что это великое изречение. Он просто-напросто показывает свое полное невежество! Все интеллектуалы — люди невежественные, с огромными заимствованными знаниями, с прекрасными словами, с внушительным философским жаргоном — но без понимания и без переживания истины.

Разве не читали вы, как старый Шакьямуни сказал: «Если вы привержены к аспекту истины, то вы привязаны к себе, личности, живым существам и жизни; если вы привержены к аспекту неистины, вы привязаны к себе, личности, живым существам и жизни». Таким образом сказано: «Будда лишь использует текущие обстоятельства для наставления разумных существ».

Это немного утонченно, но понять можно. Он цитирует Гаутаму Будду, но в цитате кое-что упущено.

Если вы привержены к аспекту истины... Если вы привержены к любому аспекту, истинному или ложному, вы привержены к части — а часть никогда не целое. Часть становится препятствием к обретению целого. Поэтому Будда прав, когда говорит: «Не цепляйтесь к аспекту истины и не привязывайтесь к нему». Он также говорит: «Не цепляйтесь к аспекту неистины».

Но помните слово «аспект», которое Да Хуэй позабыл. Он *не* говорит, что и истину, и неистину нужно отбросить. Если и истину, и неистину отбросить, то что же остается? И как вы собираетесь назвать это?

Будда говорит совершенно другое, а Да Хуэй понимает неверно — естественно, поскольку интеллектуал и не способен на большее. Будда говорит: «Не цепляйтесь ни к какому аспекту, будь то аспект истины или аспект неистины. Просто не цепляйтесь».

Его требование — нецепляние, неприверженность, поскольку каждая приверженность, каждое цепляние будет держать вас в зависимости, будет держать вас в неведении. Даже если вы чувствуете: «Это верно» — не цепляйтесь. Вопрос не в истине или неистине, вопрос в приверженности. Он акцентирует на неприверженности... не цепляйтесь даже к истине!

Это не значит, что истину нужно оставить. Это просто означает, что оставить нужно приверженность. Приверженность создает всевозможные виды зависимости, заточение. Неприверженность несет вам свободу — а истина может жить только в абсолютной свободе.

Вам не удержать истину в зависимости, в любого рода заточении. Вы не можете схватить истину, потому что истина почти как открытое небо. Вы можете получить его в свою раскрытую руку — целое небо ваше, все звезды ваши, — но не пытайтесь сжать кулак. В тот самый миг, когда вы сжимаете кулак, все небо ускользает из вашей руки.

Его требование: не привязываться. Несомненно, не быть привязанным к неистине — это просто понять; поэтому он разъясняет: даже если вы привязаны к истине, эта привязанность становится отравой, которая убьет и саму истину.

Так что оставайтесь в стороне — неприверженным, просто свидетелем. Тогда вся истина в вашем распоряжении, а вся неистина просто-напросто исчезает. Ее никогда и не было. Это была ваша собственная проекция — это вы создали ее.

Но Да Хуэй полагает, что Будда говорит: «Истину и неистину — обе нужно отбросить». *Такого*, безусловно, Будда никогда не говорил; не говорит он этого и в приведенном изречении.

Для поддержки своей идеи Да Хуэй снова говорит: *Таким образом сказано: «Будда лишь использует текущие обстоятельства для наставления разумных существ».*

Это верно, что Будда пользуется текущими обстоятельствами, произвольными выражениями — но не по какой-то особой причине. Невозможно перевести истину в знания, в слова, в язык — поэтому он использует только преходящие обстоятельства, приближаясь насколько возможно к истине. Но все это — временно.

Когда вы приходите в царство истины, вам следует оставить все эти выражения, слова, теории, доктрины и писания. Они уже помогли вам. Когда палец показывает на луну, он, несомненно, помогает, но палец — не луна. А когда вы увидели луну, палец не нужен. Нет нужды цепляться за палец; нет нужды поклоняться пальцу за то, что он показал вам луну. Это было бы просто дуростью.

Палец, указывающий на луну, подобен стрелкам на дорожных километровых столбах — они показывают, сколько вам осталось до того места, куда вы едете, и сколько вы проехали от того места, которое оставили. Но вы никогда не кланяетесь таким стрелкам; даже никогда не скажете им: «Благодарю вас, сэр».

Все это временные средства, и чрезвычайно полезные. Все слова, употребляемые просветленными людьми, чрезвычайно полезны — но в них нет сущности истины. Они только стрелки, указывающие в ее направлении. Но без них, пожалуй, вы так и не посмотрите на луну.

Если бы будды не были настойчивы, постоянно подчеркивая: «Вы спите — просыпайтесь!», если бы они не применяли всевозможные средства, чтобы разбудить вас, возможно, вы так никогда и не проснулись бы. Но раз вы проснулись, вы не поклоняетесь будильнику. Будильник был очень полезен, он разбудил вас, однако вещь полезная — это не та вещь, которой вы должны быть благодарны.

Как только источник болезни был указан ему старым адептом, Чжан Чо, знаменитый ученый прежних дней, понял достаточно, чтобы сказать...

Называть Чжан Чо словом «ученый» неправильно, он не ученый. Да Хуэй — ученый. Чжан Чо — будда, он узнал реальность. И мы видим в его утверждении огонь, озарение, празднование — и неуловимое присутствие истины. Даже если вы и не переживали этого, если вы сможете всего на миг утихнуть и прислушаться к тому, что говорит Чжан Чо, вы увидите разницу между словами ученого и словами человека просветленного.

Вот слова Чжан Чо: *«Попытка устранить страсть отягощает заболевание».*

Меня осуждали годами за то, что я говорил: «Не подавляйте ничего того, что естественно для вас». Это стало всемирным обвинением против меня в умах священнослужителей всех религий без исключения. Они полагают, что я поддерживаю людские биологические инстинкты. А я просто делаю то, что говорит Чжан Чо: *Попытка устранить страсть отягощает заболевание.*

Все те люди, которые проповедовали безбрачие, антижизненное поведение, контролирование секса, контролирование голода, контролирование всего того, что природа требует от вас исполнять, — они не помогли никому. Это только создавало извращенных людей, больных людей — психологически, духовно, физически; этим были порождены извращения всех видов.

Чжан Чо очевидно был человеком абсолютно просветленным, потому что тысячелетия тому назад он высказывал именно то, что мир даже сегодня не желает понимать.

Попытка устранить страсть отягощает заболевание; бросаться к истинной таковости тоже ошибочно... — потому что невозможно желать таковости.

Бросаться означает желать: вы желаете поскорее достичь состояния таковости, в котором сможете расслабиться, отдохнуть и принимать все, что бы жизнь ни приносила вам.

Дело не в том, чтобы броситься к какому-то месту; это просто вопрос расслабления сию минуту.

Это не желание и не цель; это не место назначения, которого вы должны достичь.

Это простое понимание... и вы уже — где бы вы ни были — способны пережить прекрасный опыт таковости.

Чжан Чо прав, когда говорит: *Бросаться к истинной таковости тоже ошибочно*. Потому что вы не можете сделать цель из нее, не можете сделать предназначение из нее. Это не может быть объектом вашего желания и вашей воли. Это просто чистое понимание, безмолвное понимание: что бы ни принесла вам жизнь — радуйтесь этому. Без жалобы, без недовольства, не требуя большего... наслаждайтесь ощущением самого момента безмолвия.

И в этот самый миг таковость — ваша. Идти больше некуда.

Таковость — это ваша природа.

Не существует препятствия житейским обстоятельствам человеческой судьбы. Я теперь говорю монахам — индусским монахам, джайнским монахам, христианским монахам, — что отказ от мира есть попросту малодушие. Он не демонстрирует вашего понимания, он просто демонстрирует ваш страх. Это эскапизм.

Не существует препятствий житейским обстоятельствам...

Если вы живете в таковости, по принципу «пусть себе», то в мире нет ничего, что может побеспокоить вас. Не существует препятствия, потому что вы способны принимать все — даже препятствие. Вы поглотите его без всякого недовольства. Вы просто скажете: «Таков мой жребий, такова моя судьба». Вы не попросите, чтобы это было иначе. Так зачем же бежать от мира? Убегание означает, что вы пожелали другое место, где вам будет полегче. Но вам никогда и нигде не может быть легче.

Я слыхал о человеке, который был очень раздражительным от природы и очень скор на расправу. Он не задумывался ни на миг, что он делает, и всю свою жизнь раскаивался в этом. Он стал бедствием для целого города; он спросил монаха, который посетил город: «Что мне делать? Все, оказывается, бойкотируют меня. Я понимаю, из-за своего темперамента я раздражаюсь очень быстро. Это происходит так бурно, что я не успеваю даже подумать об этом, как уже действую согласно своему гневу. Потом я раскаиваюсь — мне не следовало говорить того, мне не следовало делать этого. И вот теперь я сделал весь город своим врагом».

Монах сказал: «Это не твоя вина. Этот мир никогда никому не позволяет жить мирно, тихо, молитвенно. Нужно отвергнуть его; это мир сплошных грехов и сплошных грешников. Ты что, думаешь... все великие основатели религий отвергли мир — разве они были дураки? Откажись от этого мира! Идем со мной!»

Логика была ясной. Очень легко сбросить ответственность на плечи других людей: мир неправ, вы совершенно правы, но что же вам делать, если весь мир неправ и заводит вас на неверные пути? И отовсюду идет побуждение делать неправильно.

Монах убеждал его: «Иди ко мне. Я собираюсь в Гималаи. Живи тихо в пещере — никто не будет раздражать, и гнев исчезнет. Как ты будешь гневаться, когда нет никого другого, кроме тебя?» Это так убеждало, и так лестно было думать: «Это не я был неправ, это весь мир неправ. Вот почему все великие религиозные учители отвергали его, уходили в уединение, в изоляцию. Если уж они не справлялись с этим миром... Я человек маленький, где же мне справиться с ним?» Так он отверг мир и ушел в лес.

Сидя под деревом, он чувствовал себя очень хорошо; он думал, что это правильно: «Те, кто отверг мир, узнали вечный покой». И как раз в этот момент ворона сверху обгадила его. Вы можете отвергать мир, но среди ворон тоже бывают монахи, которые отвергли мир и живут в горах...

Он тотчас же вскочил! Он очень разозлился, совсем забыл об отречении и принялся швырять камни в ворону. Мастер, который привел его, вышел из своей пещеры и спросил: «В чем дело?»

И он разозлился на мастера: «Дело в вас, да! Вы говорили, чтобы я отверг мир, и гнева не станет. И я сижу здесь тихо, ничего не делаю, никакой провокации с моей стороны — а ворона прилетает и гадит на меня!»

Мастер, который привел его, задумался; он привел очень опасного человека, который может разгневаться в любой миг, по любому поводу. И он сказал: «Лучше... прости меня за то, что я предложил тебе идею отречения. Возвращайся в мир».

Человек сказал: «Я не могу вернуться в мир. Я настрадался там довольно, и я страдаю здесь. Я намерен покончить с собой!»

Мастер сказал: «Дело твое, но я не советую этого, потому что не хочу брать на себя ответственность». Человек ушел. Как раз поблизости была деревня, и он собрал дров для своего погребального костра на берегу реки.

Жители деревни сбежались полюбопытствовать: «Что происходит, что ты делаешь?»

Он сказал: «Я собираюсь покончить с собой. Я подожгу эти поленья и прыгну в огонь, заживо. Довольно так довольно — я увидел мир, я испытал отречение. Теперь единственное, что осталось, — это посмотреть, можно ли со смертью получить покой!»

Деревенские сказали: «Твоя идея, наверное, правильная, но сделай одолжение: не разжигай свой погребальный костер здесь, ведь когда ты загоришься... Мы, бедные люди, живем здесь. Будет зловоние, и дым попадет к нам в хижины. Ты не ушел бы куда-нибудь в другое место?»

Теперь он действительно разгневался. Он произнес: «Это странный мир. Они не дают жить, они не дают умереть! Я не могу даже выбрать место для своей смерти!»

Если вы начинаете думать таким образом — что ответственны другие, что проблема в мире, проблема в других людях, — значит, вы смотрите из самой неправильной перспективы. У Чжан Чо перспектива абсолютно верная, когда он говорит: *Не существует препятствия житейским обстоятельствам человеческой судьбы: «Нирвана» и «Рождение и смерть» — в равной мере иллюзии.*

Он говорит, что люди полагают, что когда они достигнут нирваны, то не будет ни рождения, ни смерти, ни страданий, ни проблем. Нирвана, по их разумению, — это просто золотой рай. Но нирвана, как ее представляют невежественные люди, не может быть истинной нирваной; потому Чжан Чо и ставит «нирвану» в кавычки.

Он не имеет в виду реальное состояние нирваны; он подразумевает представление невежественных людей о нирване. По своему неведению, они тоже размышляют о нирване, но это не может быть истинная нирвана. Их нирвана, их рождение и смерть — в равной мере иллюзии. Когда они выйдут за пределы всех иллюзий, то обнаружат пространство, которое Будда называет нирваной. Это вовсе не то, что они думали.

Это обычно происходило почти каждый день в жизни Гаутамы Будды, поскольку он был первым человеком, использовавшим негативный термин для обозначения высшего состояния... В Индии джайны используют для высшего состояния слово *кайвалья*. Это означает — быть абсолютно одиноким в своем чистом сознании; вот такое понятие свободы. У индуистов есть слово *мокша*, которое по существу означает абсолютную свободу. Все это позитивные термины. Будда, возможно, единственный во всей истории использует для обозначения высшего состояния слово негативное. Нирвана означает ничто, пустоту. Буквально это слово переводится как «затухание свечи».

Когда вы тушите свечу, что остается? Просто темнота... Темнота? Люди хотят обрести вечный свет, а не вечную темноту. Люди хотят быть частью рая со всеми удобствами и роскошью, которых они лишены здесь; они не желают входить в состояние пустоты. Люди хотят стать богами; они не желают становиться просто чистым ничто.

Поэтому каждый день люди говорили Гаутаме Будде: «Если ты будешь и дальше пользоваться словом «нирвана», никто не последует за тобой; ибо кому нужна пустота, кому нужно ничто, кому нужна вечная темнота?»

Будда говорил: «То, чего вы хотите, — от вашего неведения. Это из вашей неосознанности приходит желание. Поэтому ваш рай, ваши небеса, ваша мокша есть не что иное, как проекции вашего неведения. Все, что я говорю, — это просто отрицание ваших проекций.

Под пустотой я подразумеваю, что всего того, что вы представляете себе, там не будет, а то, что там *будет*, — ни вам представить, ни мне описать. Я имею в виду, что всего того, что вы считаете удобствами, роскошью, удовольствиями, счастьем, там не будет, а то, что там будет, вам даже и во сне не снилось. Потому я пользуюсь словом «ничто». Просто чтобы отрицать *вас*!

Я не говорю о негативном состоянии. Я говорю о самом позитивном состоянии, но это позитивное состояние за пределами выражения, за пределами слов. Так что единственный способ — это отрицать вас. Если вы сможете понять, что ваш ум, ваше *Я*, ваша личность — все это пропадет... если вы сможете принять эту потрясающую идею вступления в абсолютно неведомый мир, только тогда вы вкусите нечто от медитации. И, в конечном итоге, сможете вкусить то, что я называю нирваной, просветлением, озарением».

Употребить слово «нирвана» было чрезвычайно мужественно с его стороны. Люди хотят осуществления своих желаний — им нужны утешения, им нужен опиум, им нужны замечательные возможности — ради этого они готовы поститься, готовы придерживаться аскезы, готовы делать любого рода глупости, какие вы только потребуете, — в надежде, что это лишь вопрос нескольких дней, а после этого... вечный карнавал, цирк, кино, любовные утехи. Подспудно, в их бессознательном есть такие проекции. Будда отрубает эти проекции одним взмахом меча. Он говорит: «Ничего из всего этого вздора! Вы приобретаете вечный покой, безмолвие и безмятежность — которые ближе всего можно выразить словами пустота, ничто, затухание свечи, нирвана». И я понимаю, что он был прав.

Людей нельзя поддерживать в их иллюзиях. Они прожили миллионы жизней в своих иллюзиях, а религии продолжают поддерживать и питать эти иллюзии: «Вы получите это, вы получите то. Именно те самые желания, которые вам не удалось удовлетворить здесь, вы сможете удовлетворить там, в высшем состоянии».

Это очень опасная игра, а священнослужители разыгрывают ее со всем человечеством. Такие священнослужители есть уродливейшая профессия, величайший обман, величайшее жульничество.

Будда — великий противник духовенства. Он решительно против всех тех людей, которые стараются переубедить вас.

Мне припомнилось... Однажды я ехал в университет и красивая женщина помахала рукой, чтобы я остановился; я остановил машину. Она приблизилась и протянула мне прекрасный буклет. На лицевой стороне буклета был изображен очень красивый дом на берегу океана, а на другой стороне — дремучий сосновый лес. И надпись на картинке: «Хотите иметь такой дом?»

Я сказал: «Странно, такой дом в этом городе?» Я заглянул внутрь; я подумал, что, возможно, это просто продажа или что-то в этом роде, я заинтересовался. Я бы с удовольствием приобрел такой дом — дом действительно великолепный и расположен в сказочном месте.

Я прочитал надпись на обороте: «Если вы последуете Иисусу Христу, то в раю этот дом достанется вам».

В этом вся история религий. Они говорят вам, что вы получите это, вы получите то. Будда — единственный человек, который говорит: «Вы не получите ничего. Все, что у вас есть, будет отобрано». Он даже не допускает *вас* как личность. Вы будете просто сознанием, без всякого представления *Я*.

На языке пали, которым он разговаривал, *атта* означает самость. Так же, как на санскрите *атман* означает самость, высшее *Я*, — *атта* тоже означает высшее *я*. Будда употреблял слово *анатта* — *не-Я*; он использовал только отрицания. И все же этот человек, очевидно, обладал невероятной харизмой, потому что убеждал людей лишиться всего, отбросить все и вступить в вечное ничто.

Он убеждает своим безмолвием, своей благодатью, своей милостью. Люди чувствовали: «Если этот человек вошел в ничто и из ничто приходит таким цветущим и таким благоухающим, тогда нет нужды беспокоиться... это ничто оказывается лучше, чем все наши представления и мечты».

Ваша нирвана — это не нирвана Гаутамы Будды.

Чжан Чо, безусловно, человек просветленный. Его изречение совершенно ясно. Три вещи говорит он: прежде всего — не пытайтесь исключить страсть, потому что это отяготит заболевание — и это за две тысячи лет до Зигмунда Фрейда.

Бросаться к истинной таковости тоже ошибочно. Это же наперекор всем религиям, которые хотят, чтобы вы были алчными к жизни после смерти, к небесам, где вы будете вознаграждены, где ваши добродетели будут вознаграждены, — но, оказывается, не существует критерия, в какой же мере будут вознаграждены добродетели.

Я слыхал, индусские святые говорят, что если вы жертвуете одну рупию святому здесь — разумеется, святому — а поблизости нет другого святого, кроме него самого, — то вы получите на небесах десять миллионов рупий в награду. Это напоминает какую-то лотерею: всего за одну рупию! Не рискнуть ли одной рупией? Чем плохо иметь там кругленький счет; и когда вы туда доберетесь, на вашем счете уже будут миллионы рупий. Теперь наслаждайтесь всей роскошью, которая не досталась вам на земле!

В индуистских писаниях так и записано, что в миллион раз больше: всякое доброе деяние, совершенное вами, воздастся в миллион раз на небесах. Это же просто эксплуатация человеческих желаний, человеческого разума. Гаутама Будда, возможно, единственный великий учитель, который не эксплуатировал никого.

Да Хуэй продолжает цитировать великих просветленных людей, но он, похоже, не понимает, что ученость и просветление — не одно и то же. Есть столько ученых — их можно покупать по дюжине на рупию. Они повсюду, все университеты заполнены, все церкви заполнены, все синагоги заполнены ими — великие рабби, великие пандиты, великие епископы и кардиналы, — но это все ученые. Они изучили многое, они приобрели много знаний — но не приобрели много бытия.

Мудрость принадлежит тем, чье существо расширяется до своих высших пределов.

Но полезно посмотреть, как интеллектуальный человек, гений, может совершать ошибку за ошибкой; что же говорить о людях обычных? Если они ошибаются, им нужно прощать; ведь даже гении продолжают совершать ошибки!

Возможно, основная беда интеллектуалов в том, что они не могут представить себе ничего больше и лучше разума. Медитация, безусловно, гораздо выше всего того, что разум только может представить себе.

Во всем мире столько ученых людей, но эти ученые люди не интересуются медитацией. Они полагают, что изучения достаточно: «Узнай больше! Есть столько всего, что следует узнать», — и с каждым годом знания продолжают расти так быстро, что идти в ногу с ними становится почти невозможно. У кого же будет время для медитации?

Я бывал у стольких ученых людей в этой стране, и я спрашивал их: «После всего того, что вы узнали, не приходила ли вам в голову мысль о медитации?»

Они говорили: «С какой стати? Не бывает ничего лучше разума...»

Это задевает их, их эго ранено, когда они слышат, что есть нечто превыше разума — медитация.

Вспоминаю один случай... Я был студентом, но любил ходить на конференции и другие мероприятия, поговорить на разные темы. Проводилась встреча по поводу дня рождения Нанака, основателя сикхизма. Председателем встречи был главный судья верховного суда Мадхья Прадеша, а я там выступал. Я был простым студентом, а этот человек, которого звали Ганешвар, — это был редкостный человек. Мне больше никогда не встречался ни один человек такого уровня.

Он был главным судьей, а я был всего лишь студентом в аспирантуре. После моего выступления он просто объявил собравшимся почти десяти тысячам сикхов: «Теперь говорить больше нечего. Я, по крайней мере, не могу сказать ничего лучше того, что было сказано этим молодым человеком, поэтому я не буду произносить президентское обращение, чтобы не портить того, что он сказал вам. Я предпочел бы, чтобы вы отправились домой, молча размышляя над его словами, медитируя над ними».

Сикхи были поражены, каждый был поражен, а когда я сходил с трибуны, главный судья, Ганешвар, коснулся моих стоп. Я сказал: «Что вы делаете? Вы ровесник моего отца. Вы ученый человек, вы брамин».

Он произнес: «Не имеет значения — ни то, что я брамин, ни мой возраст, ни мой престиж, ни то, что я главный судья. А имеет значение то, что все сказанное вами исходило от глубочайшего существа. Я не ожидал... я председательствовал на многих встречах и слушал многих ученых людей, но все то, что они говорят, заключено в кавычки. В первый раз я услышал человека, который говорит прямо, без всяких кавычек, — который говорит от своего собственного авторитета. Поэтому не препятствуйте мне. Я проявляю свою признательность, касаясь ваших стоп».

Там были судьи, потому что главный судья председательствовал на встрече, и адвокаты из верховного суда пришли, потому что главный судья был там, — все они были в шоке! Но Ганешвар стал регулярным посетителем моего дома. Это стало почти обычным делом — его машина постоянно стояла перед моим домом.

Люди, чьи дела слушались в верховном суде, стали приходить ко мне. Я говорил: «Не могу помочь вам».

Они просили: «Только слово от тебя, и он не сделает ничего против».

Я отвечал: «Не могу сделать ничего подобного. Он приходит сюда с таким почтением ко мне, что я не могу поднимать такие банальности».

Это стало проблемой. Мне пришлось держать слугу перед домом, чтобы отсылать тех людей восвояси, иначе каждый подходил к дому со словами: «Я в большой беде, всего лишь маленькая поддержка от тебя вызволит меня из нее».

После ухода в отставку с должности судейского главы он стал проректором Сагарского университета. К тому времени я уже был профессором в Джабалпурском университете и однажды приехал в Сагар выступить на публичной конференции всех религий. Он узнал, что я прибыл, и пригласил меня в университет, где был теперь проректором. Когда-то я был студентом того университета, поэтому проректор назначил встречу всех профессоров и всех студентов. Пришли все. Меня беспокоило только одно — что он может повторить тот поступок снова. Там были профессора, которые учили меня, и там были тысячи знакомых студентов моложе меня курсами — и он повторил свой поступок.

Как только я вышел на трибуну, он встал, коснулся моих стоп и сказал: «Изучать — это одно дело, а узнать на своем собственном опыте — лицом к лицу — это совершенно другое дело. За свою долгую жизнь я занимал высокие должности и встречал многих ученых людей, и я могу заявить с абсолютной уверенностью, что учение не несет трансформации их существу. Трансформация существа приходит через какую-то другую дверь — не через дверь ума».

Это был огромный шок! Многие их них были моими учителями, многие из них еще студентами знали меня, когда и я был студентом в этом университете, — а их проректор касается моих стоп... Мои прежние профессора собрались, когда я сел после выступления, и говорили: «Вот так странное явление. Мы никогда и не предполагали...»

Я сказал: «Я учился у вас, но вы никогда не заглядывали в меня, вы никогда не заглядывали в мои глаза. Вы никогда не задумывались над вопросами, которые я вам задавал. Вы думали лишь об одном — что я вам только неудобства создаю, поскольку у вас не было ответа, а сказать «Я не знаю» у вас не хватало мужества.

Интеллектуалы очень слабы в одном пункте. Они не в силах сказать: «Я не знаю».

Только просветленное существо может сказать: «Я не знаю».

Его невинность и его просветление — синонимы.

— Хорошо, Маниша?
— Да, Мастер.

9

ИЛЛЮЗИЯ

Возлюбленный Мастер,

Великое дело

Это дело подобно яркому солнцу в голубом небе — оно сияет ясно, неизменно и неподвижно, не ослабевая и не усиливаясь. Оно сияет повсюду в ежедневной деятельности каждого, проявляясь во всем. Если вы пытаетесь схватить его, вам это не удается; если пытаетесь потерять его, оно всегда остается с вами. Оно безбрежно, беспрепятственно и совершенно пусто. Как тыквой, плывущей по воде, им нельзя управлять, его нельзя подчинить. С давних времен, когда добрые люди пути обрели его, они появляются и исчезают в море рождений и смерти, способные воспользоваться им сполна. Тут не бывает нехватки или излишка: как при обработке сандалового дерева, каждая крупинка — это оно.

Поскольку для него не существует места, Будда — иллюзия, и дхарма — иллюзия: три мира, двадцать пять состояний бытия, органы чувств, органы действий и сознание — совершенно пусты. Когда вы добираетесь до этой сферы, там нет места даже слову «будда»: если даже слово «будда» не применимо, то где же тогда истинная таковость, природа будды, просветление или нирвана? Так великий Фу сказал: «Опасаясь, что люди воспримут все как аннигиляцию, мы временно устанавливаем пустые наименования».

ИЛЛЮЗИЯ

Во всех сутрах до сих пор Да Хуэю так и не удалось утвердить себя как просветленное существо. Он старается усердно, он использует самые логичные и интеллектуальные методы, но они пусты; в них нет никакого веса. Например, когда он говорит: «Все чувства, природа *Я*, дхарма — все это иллюзорно» — нужно спросить его: «Кому ты говоришь?» и «Кто говорит?» Он пользуется словом «иллюзорный», не понимая его глубинного смысла.

Никому, кто не осознает интеллектуального потенциала и природы «не-ума», не удастся определить, подлинен этот человек или фальшив.

Прежде чем сосредоточиться на его сутрах, мне хочется вспомнить замечательный случай с Ади Шанкарачарья, первым шанкарачарьей, который основал четыре храма — четыре центра шанкарачарьев для всех четырех направлений. Возможно, во всем мире он — самый знаменитый из тех философов, которые пытались доказывать, что все иллюзорно. Без сомнения, он был великим логиком, поскольку неизменно побеждал других философов; он обошел страну и разгромил все другие философские школы. Он утвердил свою философию как единственно правильный взгляд, единственно верную перспективу: что все есть *майя*, иллюзия.

Шанкарачарья жил в Варанаси. Однажды рано утром — было еще темно, потому что традиционно индуистские монахи совершают омовение перед восходом, — он совершал омовение. И когда он уже уходил, какой-то человек коснулся его — нарочно, не случайно — и сказал: «Прости меня, пожалуйста. Я шудра, я неприкасаемый. Прошу прощения, но тебе придется совершить еще одно омовение, чтобы очиститься». Шанкарачарья очень рассердился.

Он сказал: «Это было не случайно: ты сделал это нарочно. Ты понесешь наказание в аду».

Человек сказал: «Когда все иллюзорно, то, выходит, только ад остается реальным». Это захватило Шанкарачарью врасплох. Человек сказал: «Перед тем как совершать омовение, тебе придется ответить на мои вопросы. Если нет, то каждый раз, как ты выйдешь после омовения, я буду касаться тебя».

Место было уединенным, вокруг никого, и Шанкарачарья сказал: «Ты, похоже, очень странный тип. Что у тебя за вопросы?»

Тот сказал: «Мой первый вопрос таков: Мое тело иллюзорно? Твое тело иллюзорно? А если две иллюзии коснутся друг друга, какая в этом проблема? Почему ты собираешься принять еще одно омовение? — Ты не практикуешь того, что проповедуешь. Как в иллюзорном мире может быть различие между неприкасаемым и брамином? — чистый и нечистый? — когда оба иллюзорны, когда оба созданы из того же самого вещества, что и грезы? Что за суматоха?»

Шанкарачарья, который побеждал великих философов, не смог ответить этому простому человеку, потому что любой ответ расходился с его философией. Если он скажет, что их тела иллюзорны, тогда нет смысла сердиться по этому поводу. Если скажет, что они реальны, тогда он признает по меньшей мере реальность тел... но тогда возникает проблема. Если человеческие тела реальны, то тела животных, тела деревьев, тела планет, звезд... тогда все реально.

А человек сказал: «Я знаю, ты не можешь ответить на это — это будет конец всей твоей философии. Я задам тебе еще один вопрос: я шудра, неприкасаемый, нечистый, но где моя нечистота — в моем теле или в моей душе? Я слышал, ты заявляешь, что душа абсолютно и навсегда чиста и невозможно сделать ее нечистой; так как же может быть различие между душами? Обе чисты, абсолютно чисты, и не бывает степеней нечистоты — чтобы кто-то был более чистый, а кто-то менее чистый. Неужели возможно, что моя душа сделает тебя нечистым и тебе придется совершать еще одно омовение?»

Это оказалось еще более сложным. Но он никогда не попадал в такую неприятность — настоящую, практическую, а в некотором смысле и научную. Вместо того чтобы спорить о словах, шудра создал ситуацию, в которой великий Ади Шанкара признал свое поражение. А шудра сказал: «Теперь тебе нет смысла делать еще одно омовение. Ведь здесь нет реки, нет меня, нет тебя; все — сон. Пойди в храм — это тоже сон — и помолись Богу. Он тоже сон, поскольку он есть проекция ума, а ум иллюзорен, а иллюзорный ум не может проектировать ничего реального».

В том, что говорит здесь Да Хуэй, есть нечто подобное. Он не понимает глубокого значения. Исследуем каждую сутру подробнее.

Это дело — дело просветления — *подобно яркому солнцу в голубом небе — оно сияет ясно, неизменно и неподвижно, не ослабевая и не усиливаясь. Оно сияет повсюду в ежедневной деятельности каждого, проявляясь во всем. Если вы пытаетесь схватить его, вам это не удается; если пытаетесь потерять его, оно всегда остается с вами. Оно безбрежно, беспрепятственно и совершенно пусто.*

Эти слова он, должно быть, позаимствовал, потому что это слова человека, который знает. Каждое отдельное предложение безупречно истинно.

Это дело — дело просветления, или освобождения, или самореализации — *подобно яркому солнцу.* Таково переживание тысяч мистиков; когда они достигают высшего пика своего сознания, бывает взрыв света, нечто подобное атомному взрыву.

Один из великих мистиков, Кабир, говорит: «Сияние столь сильное, что кажется, тысяча солнц вдруг взошло вокруг меня. Куда бы я ни смотрел, солнце, которое я привык видеть, кажется совершено тусклым — так велика яркость этой тысячи солнц. Это очистило каждую фибру и клеточку моего существа, словно я прошел через огонь, как золото при выплавке. Все, что золотом не является, уничтожает огонь, и только чистое золото остается.

«В этом переживании тысячи солнц я впервые узнаю, что такое чистота — ее благоухание, ее свежесть, ее абсолютная новизна. Она не бывает несвежей, она не бывает прошлым, не бывает настоящим, не бывает будущим. Ее нельзя поделить на временные отрезки. Она всегда есть; это истинная природа самого существования».

Да Хуэй цитирует эти слова без кавычек — одна из тактических уловок всех интеллектуалов мира. Они постоянно воруют из всех источников, делая вид, что это их собственный опыт. Но им это не удается — раньше или позже, как шило из мешка, вылезает их глупость.

Это дело подобно яркому солнцу в голубом небе — оно сияет ясно, неизменно и неподвижно, не ослабевая и не усиливаясь. Оно сияет повсюду в ежедневной деятельности каждого, проявляясь во всем. Если вы пытаетесь схватить его, вам это не удается; если пытаетесь потерять его, оно всегда остается с вами. Оно безбрежно, беспрепятственно и совершенно пусто.

Эти предложения, безусловно, украдены у кого-то, кто знает. А говорю я, что они краденые, потому, что по мере нашего вникания в следующие сутры становится ясно, что он не замечает, как они выдают его невежество. *Как тыквой, плывущей по воде, им нельзя управлять, его нельзя подчинить. С давних времен, когда добрые люди пути обрели это, они появляются и исчезают в море рождений и смерти, способные воспользоваться им сполна. Тут не бывает нехватки или излишка: как при обработке сандалового дерева, каждая крупинка — это оно.*

Первое, в чем он ошибся: просветленных людей не называют и нельзя называть добрыми людьми. Можно стать добрым человеком, не будучи просветленным; фактически, можно стать добрым человеком, даже не веря, что существует сознание, душа или Бог. Вы думаете, среди атеистов не было добрых людей? Эпикур из Греции был великим атеистом, но вам не сыскать человека добрее; в его жизни вы не найдете ничего предосудительного.

В Индии была большая школа атеистов под названием *чарваки*. Они не верили ни в иной мир, ни в Бога, ни в реинкарнацию, ни в существование души. Это были чистые материалисты, но они производили таких добрых людей, что даже теистические индуистские писания упоминают их зачинателя с великим почтением как Ачарью Бреспати — великого мастера Бреспати. Они не согласны с его идеями, но они не могут не почитать его характер, его доброту.

Просветленный человек — вне пределов добра и зла. Нельзя ограничивать его словом «добро». Он — ни добро, ни зло, он просто осознающий. Добро проходит перед ним и зло проходит перед ним, а он остается безучастным. Все, что он делает, он делает, не следуя никакому этическому кодексу, никакой морали; он попросту следует своему собственному осознаванию. Поэтому добро — не цель для него, это лишь побочный продукт его осознания. Он не занимается благодеяниями и не ожидает никакой награды. Он просто сознателен; у него есть глаза.

Вы считаете, что за то, что у вас есть глаза и вы можете видеть деревья и солнце, вас надо награждать? Или за то, что вы видите дверь и можете выйти или войти, думаете, вам положена какая-то награда? Человек осознающий просто-напросто *имеет глаза*.

Моралист не имеет собственных глаз. Он практикует то, что традиционно называется добром. Ему точно не известно, добро это или нет; люди только *называют* это добром. Он родился среди людей, которые верят, что это добро, и благодаря исполнению этого его уважают, почитают — его эго осуществилось, и он продолжает заниматься этим. Все устроено прекрасно; здесь осуществлено эго, а там, в ином мире, после смерти, он будет осыпан великими наградами. Что ж, и в самом деле неплохой бизнес.

Просветленный человек не получает награды. Он обладает величайшим сокровищем в мире: тотальным осознанием. Теперь ничто не может быть добавлено к его богатству. Он — ни хороший, ни плохой. Вот где Да Хуэй проявляет свое невежество в отношении просветленных людей.

Во-вторых, он говорит: *Они появляются и исчезают в море рождений и смерти*. Это же совершенно неправильно. Если человек просветлен, он никогда не возвращается во чрево; он выходит за пределы рождений и смерти. Добрые люди обязательно рождаются, обязательно умирают — но не просветленный. Сама основа просветления — это освобождение от колеса рождений и смерти и вступление во всеобщую жизнь — бесформенную, бестелесную. Тело — это ограничение, тюремное заточение. Сознанию не требуется тело; оно может быть просто чистым, бесформенным пространством.

Если человек достиг просветления, он никогда не возвращается в другое тело. И когда Да Хуэй говорит, что «он возникает и исчезает в море рождений и смерти», то тем самым он показывает свое невежество в вопросе о просветлении.

Последнее предложение, безусловно, прекрасно и значительно, но это опять краденое; оно украдено у самого Гаутамы Будды. Будду всегда спрашивали: «Имеет ли переживание пробуждения у разных людей один и тот же вкус, один и тот же цвет, или это различно?» И он отвечал двумя изречениями. Первое: «Море безбрежно, но вы можете попробовать его где угодно и оно всегда соленое; у него один и тот же вкус». И второе: «Как при обработке сандалового дерева, каждая крупинка — это оно». Вы можете разрезать сандаловое дерево на много частей, но каждая часть будет обладать одним и тем же ароматом: он не различается у разных кусочков.

Это знаменитое выражение Гаутамы Будды. Да Хуэй просто использовал его. *Тут не бывает нехватки или излишка: как при обработке сандалового дерева, каждая крупинка — это оно.*

Поскольку для него не существует места, будда — иллюзия и дхарма — иллюзия. Причина, которой он объясняет, почему будда — иллюзия и почему дхарма — природа просветления — иллюзия, состоит в том, что вы не можете найти им места. Вы можете найти место для пространства? Вы можете найти место для времени? Является ли время иллюзорным? Является ли пространство иллюзорным?

Только потому, что вы не можете определить их местоположение... Они бесформенны, поэтому определить им место невозможно. Если вы берете в качестве критерия то, что все, у чего нельзя определить местоположение и на что нельзя указать, не является реальным, — тогда только те вещи, у которых есть границы, будут реальными, а вещи, которые не имеют никаких границ, не будут реальными. Тогда ваше тело будет реальным, поскольку его местоположение можно определить, но ваше сознание будет нереальным, поскольку его местоположение не может быть определено.

Да Хуэй не понимает полного смысла того, что говорит. С самого начала он вел речь о деле просветления, и там он вовсе не упоминал, что говорит об иллюзорном деле. Это было «яркое солнце в голубом небе, сияющее ясно, неизменно и неподвижно, не ослабевая и не усиливаясь. Оно сияет повсюду». У того, что сияет повсюду, конечно же не может быть местоположения. Вы можете определить местоположение вещи, которая существует где-то, но у вещи, которая существует повсюду, не может быть места.

...проявляясь во всем. Если бы оно проявлялось в каких-то вещах, установить его местоположение было бы возможно, но если оно проявляется во всем... Если скалы — тоже будды, крепко спящие, не имеющие никакого качественного отличия от просветленных существ... Те осознают, а скалы крепко спят, но спать или бодрствовать — не составляет никакой разницы для их основной реальности.

Во всех этих утверждениях... Вот он говорит: *Если вы пытаетесь схватить его, вам это не удается* — вам не схватить его, ведь оно так безбрежно и так бесформенно. *Если пытаетесь потерять его, оно всегда остается с вами.* Вы не можете потерять его, потому что оно повсюду; куда бы вы ни пошли, вы найдете его. Оно внутри вас, оно снаружи вас. Утверждения совершенно верные, но это не его опыт.

Следующие сутры показывают, что он не может дурачить, не может обманывать: *Поскольку для него не существует места, будда — иллюзия.* Внезапно то, что сияло в голубом небе, подобно яркому солнцу, становится иллюзорным. И даже природа осознания, то есть дхарма, становится иллюзорной.

Три мира — ад, земля и небеса, — двадцать пять состояний бытия, органы чувств, органы действий и сознание — совершенно пусты. Он не оставляет ничего, что являлось бы реальным. Тогда к кому же он обращается? Их уши иллюзорны, их глаза иллюзорны; точно то же и с самим Да Хуэем. Все чувства иллюзорны. Вид людей, с которыми он беседует, сам факт беседы... если все иллюзорно, то он просто безумен. Какой смысл писать эти сутры? Для кого он пишет эти сутры? И если все иллюзорно, то как вы полагаете, бумага, на которой эти сутры написаны... только чернила и бумага реальны? — несмотря на то, что писавший человек был иллюзией?

Когда вы добираетесь до этой сферы, там нет места даже слову «будда».

Но это не делает будду иллюзорным, это только делает слово неприменимым. В таком опыте никакое слово не применимо. Все слова используются лишь для ориентировки. Когда человек становится пробужденным, он не может сказать ничего о своем опыте пробуждения. Это верно: там нет даже места для слова «будда».

Если даже слово «будда» не применимо, то где же тогда истинная таковость, природа будды, просветление или нирвана? А он вел речь об «этом деле» в начале сутр, где оно простиралось через все пространство. Вы не могли схватить его, потому что оно было слишком обширно, и вы не могли потерять его, потому что как вы потеряете его? Куда бы вы ни шли, вы найдете его. Вы в нем, вы *есть* оно.

Те утверждения были совершенно верными. Но теперь он говорит: *Если даже слово «будда» не применимо, то где же тогда истинная таковость?* Где же теперь великая идея истинной таковости, или природы будды, или просветления, или нирваны? Теперь все отрицается.

В этих небольших сутрах он проделал немалую работу! То, что он говорит в начале, и говорит очень ясно, он отрицает в конце. Это просто интеллектуальная гимнастика. Это верно, слово «будда» произвольно — не потому, что существование того, ради чего мы пользуемся словом «будда», иллюзорно, а потому, что переживание так велико, что даже слово «будда» не может вместить его.

Неверно, что опыт таковости иллюзорен; на самом деле это одна из величайших дисциплин осознания, создававшаяся в течение тысячелетий.

Если человек может высказывать, чувствовать и переживать природу таковости, *татхаты*, его не затронет страдание, его не затронет удовольствие, его не затронет неудача, его не затронет успех. Он просто скажет: «Таково положение дел. Так происходит в природе. Я — только свидетель. Вот успех проходит передо мной, подобно облаку. Скоро последует неудача, совсем как ночь следует за днем. Этот момент — удовольствие, скоро он принесет страдание, но я совершенно в стороне — они даже не касаются меня. Я за пределами их хватки».

ИЛЛЮЗИЯ

Это один из величайших подходов к реальности, доступных пониманию человека: идея «таковости». А Да Хуэй называет это иллюзорным! — и тогда выходит, что и просветление иллюзорно, и природа будды иллюзорна, и нирвана иллюзорна. Нужно спросить Да Хуэя: как же ты можешь называть что-то иллюзорным, если в сущем нет хоть чего-нибудь реального; с чем же тогда сравнивать?

Вы можете назвать что-то иллюзорным только благодаря тому, что что-то другое реально. Но если нет ничего реального, тогда нет и ничего иллюзорного тоже. Они должны существовать вместе. Он не говорит о том, что реально; фактически, все великое и реальное он называет иллюзорным. Что же теперь реально? Если же он говорит, что не бывает ничего реального, тогда он не имеет права называть что-нибудь иллюзорным.

Так великий Фу сказал: «Опасаясь, что люди воспримут все как аннигиляцию, мы временно устанавливаем пустые наименования».

Он продолжает цитирование просветленных людей без контекста. То, что сказал великий мастер Фу, не означает того, что желает этим сказать Да Хуэй. Он вкладывает это в контекст: он называет все иллюзорным — просветление, буддовость, таковость, нирвану, — а потом цитирует мастера Фу: *опасаясь, что люди воспримут все как аннигиляцию*, если им сказать, что все иллюзорно...

Вот почему будды *не* говорили такого. Они для того и говорили о просветлении, таковости, природе будды и нирване, чтобы люди не восприняли это как тотальный негативизм, абсолютную пустоту, аннигиляцию.

Мы временно устанавливаем пустые наименования.

Все эти наименования пусты, но подразумевает Фу совершенно другое. Того, что Да Хуэй желает приписать ему, он не подразумевает.

Он говорит: «Мы даем временные, пустые названия — но эти пустые названия даются реалиям, а не иллюзиям. Они условные и пустые, потому что не могут вместить безбрежной реальности нирваны, просветления, таковости, природы будды. И лишь для того, чтобы дать небольшую подсказку, мы используем условные, пустые названия».

Но когда человек приходит к переживанию сам, он становится способным увидеть, что все названия были только временными.

Сказать им с самого начала, что все иллюзорно... Они уже и так в страдании, в глубоком мучении, а он говорит им, что нет возможности выбраться из этого, потому что все, что могло бы вывести их за пределы, — иллюзорно! Но самое странное то, что он не называет иллюзорным человеческое страдание: ведь их печаль иллюзорна, их эго иллюзорно, их интеллект иллюзорен, их ум иллюзорен — а он не упоминает об этом.

А если все поистине иллюзорно, тогда чего бояться? Если иллюзорные люди боятся, что в этом плохого? Люди не существуют — так пускай они боятся! Несуществующие люди опасаются аннигиляции; их же и так уже нет — какая еще аннигиляция может случиться с ними?

Нет, люди таки *реальны*, хотя их представление о самих себе не реально. Они должны найти свою подлинную реальность, и эта подлинная реальность так огромна, что нам приходится давать ей временные наименования — временные, потому что, когда вы достигли ее, вы видите, что эти наименования были просто утилитарными. Они не определяют и не ограничивают переживание. Вот что подразумевал мастер Фу, когда сказал: *Мы временно устанавливаем пустые наименования*.

Но если нет никого, если мастер Фу иллюзорен, а люди, о которых он заботится — и которые, возможно, опасаются аннигиляции, — не существуют, тогда в чем проблема? Все решено: не нужно никакой проповеди, не нужно никаких писаний, не нужно никакой медитации, не нужно выходить за пределы своего мучения, тревоги, страдания. Вас самих не существует; как же вы можете быть несчастными? Неужели вы слыхали, чтобы кто-то, кого не существует, очень сильно беспокоился, что кто-то другой, кого никогда не существовало, страдает от мигрени? Сама эта идея очень глупа.

Весь метод Да Хуэя состоит в том, чтобы собрать все великие утверждения от разных мастеров, скомпилировать их и создать обманчивое впечатление у людей, что он сам просветленный. Но до просветления здесь далеко.

Он живет в очень ложном состоянии. Он обманывает других, но это не так уж важно; он обманывает себя. И так обстоит дело не только с Да Хуэем; все то же самое можно сказать о девяноста девяти процентах так называемых религиозных писаний.

Я говорю обо всем этом вздоре, чтобы дать вам осознать: когда вам опять повстречается такого же рода вздор где бы то ни было еще — остерегайтесь! Не попадитесь на него. Просветленных людей так почитали, что интеллектуалы испытывали огромную зависть и пытались всеми способами имитировать изречения просветленных людей. Есть тысячи трактатов, созданных интеллектуальными людьми, — и они достаточно талантливы. У них есть проницательность, логика, здравомыслие... они могут обмануть миллионы людей без малейшего усилия.

Да Хуэй обманул даже китайского императора, который удостоил его титулом: «Великий дзэнский мастер». Фактически само слово «Да Хуэй» означает «Великий дзэнский мастер». Если он смог обмануть императора, то что говорить об обычных людях?

Я рассказываю о Да Хуэе, просто чтобы дать вам осознать.

Не попадитесь. Будьте очень внимательны.

Когда вы читаете что-то или слушаете что-то, будьте бдительны и смотрите, исходят ли те слова из пространства реализации... или же это просто игры ума? И всякий раз, когда вы обнаружите любого рода игры ума, отбрасывайте их прочь.

Как раз недавно я рассматривал изображение одного дзэнского мастера, который прославился в Японии своими поступками. На этом изображении он разрывает писания и отшвыривает их; писания летают везде по воздуху, а он продолжает рвать их. И он прославился этой выходкой!

Вглядываясь в изображение, я все пытался выяснить, не написаны ли там сутры Да Хуэя...

— Хорошо, Маниша?
— Да, Мастер.

固執

10

ПРИВЯЗАННОСТЬ

Возлюбленный Мастер,

Чтение по просьбе Вэй Чана

Не приходилось ли вам слышать, как умудренный человек говорит: «Даже если бы и было что-то, превосходящее нирвану, то я сказал бы, что оно тоже подобно сну, иллюзии».

Если посреди сноподобной иллюзии вам удается видеть ее как она есть, понимать ее как она есть, работать с ней как она есть и воздействовать на нее как она есть, тогда вы способны использовать метод «согласования с реальностью», чтобы покорить себя, и, возбуждая в себе огромное сострадание, применять всевозможные искусные приемы, посредством которых вы можете также покорять все разумные существа.

Поведение в ситуациях

Старый желтоликий (Будда) говорил: «Когда ум не хватается тщетно за прошедшее, не стремится ни к чему в будущем и не останавливается ни на чем в настоящем, тогда вы постигаете сполна, что все три времени пусты и недвижимы». Вы не должны думать о прошлых событиях — хороши они или плохи; если же вы думаете, это преграждает путь. Вы не должны рассматривать будущие события; рассматривать их — это несусветная путаница. Настоящие события прямо перед вами: приятны они или неприятны, не фиксируйте на них свой ум. Если вы фиксируете свой ум на них, это будет беспокоить ваше сердце. Принимайте все в свое время, отвечая по обстоятельствам, и вы окажетесь в естественном согласии с этим принципом.

Неприятными ситуациями управлять легко; приятными ситуациями управлять трудно. Для того, что происходит против желания, все сводится к одному слову: терпение. Успокойтесь и поразмышляйте минутку — и скоро это пройдет. А вот приятные ситуации, поистине, не оставляют вам пути к бегству: подобно магниту и железу, бессознательно, то и это собираются в одном месте.

Да Хуэй стоит перед чем-то очень фундаментальным, когда речь идет об интеллекте и разуме человека. Это чрезвычайно важно: иметь ясное представление о том, что интеллект не есть разум. Интеллект от ума: он зависит от памяти, он функционирует посредством заимствованных знаний. Все системы образования в мире построены на интеллектуальном развитии; поэтому все они зависят от памяти. Экзаменуют в наших школах, колледжах и университетах не разум — они лишь тестируют, насколько хороша у вас память. Но память — не показатель разума. Память механистична. Компьютер располагает лучшей памятью, чем гениальный человек, но у компьютера нет разума.

Ум человека есть не что иное, как биокомпьютер, развивавшийся в течение очень длительного периода времени. А разум — это когда память умолкает и интеллект не функционирует, когда весь ум успокаивается.

Разум — это нечто за пределами ума.

В английском языке есть трудность, поскольку одно и то же слово используется для обоих — а они совершенно различны. В санскрите и во всех восточных языках различные названия для каждого: интеллект называется *бодхи*, способность к знаниям; а разум называется *праджня*, способность знать — а не просто иметь знания.

Знания всегда мертвы; это информация. И все наши системы образования делают со студентами именно то, что мы делаем с компьютерами, — насыщают их все большим и большим количеством информации. Но никакой компьютер не может ответить на вопрос, к которому он не был заранее подготовлен. Интеллект может ответить только то, что уже знает; это черствое, вчерашнее.

Разум — это отклик на новую ситуацию, не из ваших прошлых воспоминаний, а из вашего настоящего осознания, из настоящего момента. Вы не функционируете как компьютер, не разыскиваете ответ в своем хранилище памяти; скорее, вы просто раскрываете свое осознание ситуации и позволяете себе спонтанный отклик.

Другими словами, разум — это спонтанная ответственность.

Слово «ответственность» тоже было неправильно понято. Его нужно разбить надвое; иначе со временем оно утрачивает свой первоначальный смысл. Оно становится почти эквивалентом долга. Но его смысл иной. Представьте слово «ответственность» в виде двух слов — тогда оно становится «способностью отвечать» или «умением отвечать». Разум есть умение ответить — а это обязательно спонтанно. Отклик поражает даже вас самих — ведь он так нов: вы не повторяете ничего из прошлого.

Между разумом и интеллектом существует вечный конфликт. Человек интеллектуальный считает себя разумным, ведь он знает так много. Он накопил огромное наследие знаний, он загружен всевозможной информацией. Человек разумный — невинен; он действует от мгновения к мгновению, его действия обладают свежестью и красотой. Но чтобы обнаружить разум, необходимо выйти за пределы ума. Путь к этому — медитация.

Проблема Да Хуэя — это проблема всех интеллектуалов мира. Они не могут подумать — им не хочется думать, — что есть нечто высшее, превосходящее интеллект.

Он не случайно называет Гаутаму Будду «Старым Желтоликим»; это бессознательный сарказм. И так не только в этом отрывке; в другом месте он произносит нечто похуже, чем «Старый Желтоликий». Он может и не осознавать, насколько это неуважительно, — но интеллектуал всегда неуважителен по отношению к человеку разумному. Подсознательно он испытывает определенный комплекс неполноценности, и он мстит всякими способами.

Интеллектуал пытается имитировать человека разумного, человека мудрого, человека просветленного — и он способен на это, он красноречив. Он обладает большими способностями в сфере языка и слов. Он может быть лучшим докладчиком, лучшим писателем, лучшим оратором. Он способен одурачить весь мир, просто повторяя все то, что сказали просветленные люди.

Порой случалось и так, что имитатор наносил поражение первоисточнику.

Однажды несколько друзей устроили празднование дня рождения английскому актеру. Они объявили всенародный конкурс: кто сымитирует этого актера лучше?

От каждого большого города будут отобраны желающие, а затем финальное соревнование состоится в Лондоне. Победитель получит большой приз.

Приняли участие многие актеры. Тот актер подумал, что хорошая была бы шутка — самому войти в конкурс от небольшого городка. Разумеется, он был уверен, что победит — он же оригинал, все остальные имитируют его. Но к удивлению всех, а особенно его самого, он оказался вторым. Когда стало известно, что он был настоящим, никто не мог поверить в случившееся — как же могли все экзаменаторы быть введены в заблуждение имитатором?

Но я заглядываю глубже в психологию этого события: имитатор готовится, репетирует, проделывает много домашней работы. Оригинал же просто стоит там в своей спонтанности и реальности — он не готовился, он не репетировал, он прямо как есть. Но тот, кто впервые идет на большой конкурс, мог работать месяцами. Естественно, он обманул экзаменаторов.

И так происходило тысячу и один раз — когда кто-то, вроде Да Хуэя, всего лишь интеллектуала, тысячелетиями считался великим мастером дзэнского учения — а он всего-навсего повторяет других.

ПРИВЯЗАННОСТЬ

Мне хочется, чтобы вы поняли, что все может быть сымитировано — кроме просветления. Вы можете говорить те же слова, но в них не будет того огня. Ваши жесты могут быть теми же, но в них не будет той же грации. Вы можете действовать так, как будто вы просветленный, но это «как будто» — большой разрыв, почти несоединимый. Это становится очевидным в случае Да Хуэя.

Он говорит: *Не приходилось ли вам слышать, как умудренный человек говорит: «Даже если бы и было что-то, превосходящее нирвану, то я сказал бы, что оно тоже подобно сну, иллюзии».* Это верно, что люди, достигшие высшей реализации — вы можете называть ее нирваной, освобождением, самореализацией, — те, кто достиг этого, вполне могут сказать, что оно создано из того же самого материала, что и сон. Это самый прекрасный сон, самая совершенная греза — но никак не более того.

Причина, по которой просветленный человек называет свое просветление только сном, очень фундаментальна. Он старается сказать: «Это тоже опыт, а я отделен от любого своего опыта; опыт ли это страдания, мучения, боли, или благодати, или просветления — не составляет различия. Они относятся к одной и той же категории переживаний.

Я не есть переживание, я — переживающий. Я всегда трансцендентен любому переживанию, происходящему со мной. Я только свидетель, *сакши*. Точно так же, как я видел черные облака, я вижу белые облака. Точно так же, как я видел облака, я вижу безоблачное небо — но я отделен. Мое сознание не есть опыт. Все переживания проходят перед моим сознанием, но я всегда свидетель. Поэтому опыт ли это страдания, агонии или экстаза, различия не составляет».

Но так может говорить только человек, который обрел это блаженство, это благословение, — может говорить, что и это тоже сон, прекрасная греза, *самая* прекрасная греза, но невозможно быть тождественным ей. Потому и говорится, что, когда человек становится буддой, он вообще забывает о буддовости; он снова становится обычным человеческим существом. И тогда круг завершен.

Он начинал с обычного человеческого существа, но то было состояние бессознательности, вроде лунатика, сомнамбулы. Теперь он возвратился к тому же самому состоянию, с одним только различием: теперь он больше не спит, он бодрствует.

Будда полностью пробужден, но, по сравнению с кем угодно еще, он не особенный. Он не святее вас, он не выше вас. Вы спите, а он бодрствует — это не составляет качественного различия. Фактически человек, который спит, демонстрирует, что у него есть способность к пробуждению. Если бы вы не были способны спать, вы не были бы способны и пробуждаться; обе способности принадлежат к одной и той же сфере. И если просветленный человек снова не становится обычным человеком — значит, он осуществлял только свое эго. Тогда его просветление недостоверно; его просветление — это лишь интеллектуальное понимание, но не опыт.

Да Хуэй цитирует какого-то древнего провидца: *«Даже если бы и было что-то, превосходящее нирвану,* — что-то, превосходящее просветление, — *то я сказал бы, что оно тоже подобно сну, иллюзии».* Потрясающе содержательное изречение... Если посреди сноподобной иллюзии вам удается *видеть ее как она есть, понимать ее как она есть, работать с ней как она есть и воздействовать на нее как она есть, тогда вы способны использовать метод «согласования с реальностью», чтобы покорить себя.*

Вот здесь он говорит не то. Пока он цитировал древнего провидца, он был совершенно прав, поскольку то были не его слова, он лишь повторял. Это были слова того, кто познал на опыте. Теперь же он излагает свое собственное понимание, показывает свою собственную интеллектуальную хватку — и говорит совершенно не то.

Он говорит: «Если вы можете быть свидетелем этой сноподобной иллюзии, тогда вы можете использовать метод согласования с реальностью, чтобы покорить себя». Человек, который пришел к знанию, что даже просветление есть иллюзия, уже не может пользоваться идеей «себя» — у него не может быть такого понятия как «Я есмь».

У свидетеля нет никакого понятия ни о каком эго.

Свидетель *есть*, но нет идеи «Я есмь».

Свидетель просто подобен зеркалу: оно отражает. Все то, что проходит перед ним, оно отражает — без всякой реакции, без всякой привязанности, без всякого отождествления. Прекрасное лицо или уродливое — все это только отражения, без всякого различения. Когда прекрасное лицо уходит прочь, зеркало не пытается помешать ему, уцепиться за него. И когда уродливое лицо подходит к нему, оно не хочет избавиться от него, не закрывает свои глаза. У него нет ни оценки, ни суждения; оно остается просто свидетелем в любом случае.

Человек просветленный не имеет проблем, связанных с *Я* — *Я* было утрачено задолго до этого. Вы не сможете обрести просветление прежде, чем утратите свое *Я*. Таков неизбежный шаг к обретению просветления. Позвольте мне сказать это таким образом:

Вы не можете быть просветленным.

Когда вас *нет*, просветление *есть*.

Вы должны дать дорогу для нисхождения просветления, для этого великого пробуждения, когда заполнится все ваше небо, заполнится все ваше сознание.

Если есть *вы*, то все, что бы и где бы ни происходило, — лишь умственная гимнастика. Вы можете ухитриться создать иллюзию всего, кроме просветления. Вы можете увидеть Иисуса Христа — вы можете создать иллюзию; ваш ум располагает любыми способностями. Сделайте только надлежащее оформление — три недели поста и изоляции, с непрерывным повторением имени Иисуса Христа, — и вы увидите Иисуса Христа вместе с собой в пещере. Вы начнете разговаривать с Иисусом Христом — и говорить будете не только вы, он тоже будет отвечать вам! А там нет никого, кроме вас.

Все религии мира настаивали на посте. Причина в том, что, когда вы поститесь, ваша способность улавливать различие между реальным и нереальным утрачивается через три недели. Вашему уму требуется постоянная подпитка определенными протеинами; как раз через три недели поста эти протеины заканчиваются. Ум сохраняет некий неприкосновенный запас, и такой неприкосновенный запас заканчивается через три недели — если вы не вегетарианец. Если же вы вегетарианец, то в течение недели все ваши протеины израсходуются, потому что вегетарианская пища — это пища недостаточная, по крайней мере для ума. Не случайно ни один вегетарианец не получил Нобелевской премии! Это странно; должно бы быть наоборот. Вегетарианцы полагают, что, поскольку они едят чистейшую пищу, они должны иметь чистейшие умы, но даже те три человека из Индии, которые получили Нобелевские премии, не были вегетарианцами.

Вегетарианство, пост и изоляция — все это стратегии для приведения вашего ума в такое состояние, когда вы не сможете отличить, реально ли то, что вы видите, или нереально. Так бывает с детишками. В раннем возрасте, когда они просыпаются, то принимаются плакать за тем, что было у них во сне. Они спрашивают: «Куда все подевалось? Оно же было вот здесь, со мной». Детям понадобится некоторое время, чтобы подрасти и понять, что увиденное ими во сне — это греза, а то, что они видят, когда пробуждаются, — это не греза.

Различение между грезой и реальностью нуждается в определенном развитии ума. А что происходит при этом развитии? Те протеины, которые составляют ваш интеллект...

Все религии согласны в том принципе, что пост — это нечто духовное, но причина психологична, не духовна: пост — это превосходный способ создавать иллюзии. Вы задумывались когда-нибудь над тем... что христианин никогда не видит Кришну? Когда он медитирует в изоляции, постится в своем монастыре, Кришна никогда не приходит к нему, Будда никогда не приходит к нему. И к буддисту Иисус никогда не приходит. Похоже, эти люди тоже проводят дискриминацию между христианами, буддистами, индуистами... Сначала они выясняют, а действительно ли буддист этот человек — стоит ли заходить к нему?

Это ваша предрасположенность. Никто не приходит, некому приходить! Эти люди исчезли в универсальном сознании. У них больше нет никакого тела, никакого средства передвижения — даже если бы они хотели, они не могут прийти. Но вы можете создать иллюзию — и вот вам средства: пост, изоляция...

Когда вы с людьми, это одно дело; когда вы сами, это другое дело. Вы замечали разницу? — когда вы у себя в ванной, вы иной человек, чем когда вы на базаре. В ванной, будь вам даже семьдесят лет, вы можете строить рожи перед зеркалом. Но если вы узнаете, что хотя бы маленький ребенок глядит в замочную скважину, вы тотчас же превратитесь в серьезную, зрелую, умудренную, семидесятилетнюю личность!

Всего лишь зрачок пятилетнего мальчишки в замочной скважине может вызвать такую огромную перемену.

Жизнь Альберта Эйнштейна была полна неожиданностей. Величайшей неожиданностью для него было открытие и осознание того, что если вы наблюдаете за поведением электронов, то они ведут себя не так, как когда никто не наблюдает за ними. Странно! Мы обычно уподобляем электроны мертвым людям — просто вещество; но они оказываются весьма живыми и весьма сенситивными.

Они не принадлежат к нашему обществу, они не принадлежат к нашей культуре, им не надо беспокоиться о том, что мы думаем о них, но что-то происходит... когда они сами, они ведут себя одним способом, а когда они чувствуют, что кто-то наблюдает, то сейчас же становятся джентльменами! Альберт Эйнштейн был так поражен, потому что это предполагает наличие у электронов определенного рода осознания. Они не просто электрические частицы; они имеют свое собственное сознание.

Возможно, вы не осознаете, что, когда проходите мимо дерева, оно изменяет свое поведение. Оно становится прямее, прекраснее, выпускает больше аромата из цветов. Кто-то подходит; ему нужно проявить себя как можно прекраснее.

Я преподавал в университете, и рядом с моим факультетом была длинная аллея прекрасных цветов — гюльмахар. Такой цветок не найти в холодных странах; это цветок из самых теплых стран. А когда он зацветает, то вся листва исчезает, и только красные цветы... как будто все дерево воспламенилось, в огне. Это самое прекрасное зрелище. Весь этот факультет окружали деревья гюльмахар.

Я привык парковать свой автомобиль под одним из деревьев гюльмахар, и почти все знали, что это дерево нужно оставлять для моего автомобиля, потому что я парковал свой автомобиль там годами. Даже когда я не ездил в университет, то посылал обычно туда свой автомобиль! Автомобиль был припаркован — все были спокойны, что я в университете. Я говорил своему шоферу: «Понаслаждайся садом» — в университете прекрасный сад, — «а через два-три часа пригони автомобиль назад, но сначала пусть проректор увидит его». Кабинет проректора располагался как раз возле дерева, и он мог видеть из своего окна, что мой автомобиль стоит на месте.

Это он обратил мое внимание... я не присматривался внимательно к другим деревьям, но однажды, как раз когда я парковал свой автомобиль, он вышел из кабинета и остановил меня словами: «Это же чудо! Все остальные деревья гюльмахар» — а там было около пятидесяти деревьев — «погибли без всякой причины; видимо, какая-то эпидемия погубила те деревья. Только *ваше* дерево все еще живет, все еще зеленеет, все еще цветет. У него, наверное, какая-то связь с вами!»

Я сказал: «Странно... никогда не думал об этом».

Увидев, что остальные деревья погибли, я поинтересовался у садовника: «Что случилось? Почему все деревья погибли?»

Он сказал мне: «Понять не могу. Вся возможная забота оказывается, но они просто продолжают умирать».

Деревья стояли совсем голые, без листвы, без цветов. Проректор сказал мне шутя: «Вы, наверное, что-то делаете; только ваше дерево живет».

Через два года после того, как я оставил университет, я приехал туда снова, и первое, что я сделал, — посмотрел на свое дерево: но оно погибло!

Я собирался выступать, поэтому проректор вышел встретить меня. Он сказал: «Посмотрите! Я же говорил вам, что вы что-то делали с тем деревом. Оно оставалось живым еще семь лет после того, как остальные деревья погибли, но в тот день, когда вы покинули университет, ваше дерево начало умирать. За два месяца оно погибло. Мы испробовали все, но нам не удалось спасти его. И я тоже любил это дерево, — добавил он, — оно ведь было прямо перед моим окном».

Возможно, то дерево каким-то образом сблизилось со мной, и просто ради дружбы оно оставалось живым все эти семь лет. Теперь ученые узнают, что деревья очень восприимчивы. Когда подходит дровосек, чтобы срубить дерево, оно дрожит, и его дрожь можно прочесть на графике, наподобие кардиограммы. Маленький прибор крепится к древу, и он демонстрирует, как дерево чувствует — счастливо ли оно, здорово ли... В тот миг, как дерево замечает приближающегося дровосека... дровосек еще не начинал рубить дерево, но если в его уме есть идея срубить дерево, график внезапно сходит с ума, теряет всю гармонию. Всего мгновенье назад все было гармоничным на графике, а теперь кривая мечется вверх и вниз. Видно, что дерево дрожит; видно, что его сердце обеспокоено.

Странно — оно оказывается восприимчивым к *мысли* человека. Он еще не делал ничего для рубки дерева, была только идея. Возможно, дерево более восприимчиво, чем мы. А если дровосек проходит мимо без такого намерения, график остается неизменным.

Беспокоится и волнуется не только то дерево, которое он собирается рубить, другие деревья вокруг него тоже начинают испытывать беспокойство и волнение — потому что одному из них собираются нанести вред. Оказывается, тончайшие вибрации от ума человека, собирающегося рубить или не рубить, улавливаются деревьями.

Все сущее чрезвычайно восприимчиво.

Все соткано из сознания.

Если вы переживаете это универсальное сознание, то вас нет — вы остались далеко позади. Следовательно, задача «покорения себя» и «возбуждения в себе огромного сострадания»... Эти утверждения Да Хуэя — абсолютная бессмыслица.

Он говорит: *и возбуждая в себе огромное сострадание...* Человеку просветленному нет нужды возбуждать в себе сострадание; он обнаруживает, что оно уже есть. Оно приходит с просветлением как побочный продукт.

Мы должны практиковать это. Если вы хотите быть сострадающими, вы должны дисциплинировать себя, вы должны практиковать... вы должны практиковать *вопреки* себе, потому что, по-существу, вы насильственны и жестоки. В подсознании вы носите всех животных, которых проходили в эволюции.

Но человек просветленный не практикует сострадание. Он даже не думает о сострадании, он просто находит его. Как только его эго исчезнет и как только он постигнет окончательную универсальную жизненную силу как свою собственную — он уже не только *часть* этого. Здесь есть нечто очень трудное для понимания.

У доктора философии Успенского в его большой работе об учении Георгия Гурджиева «В поисках чудесного» есть одно утверждение. В математике, которую мы знаем, — а Успенский был математиком по профессии — часть никогда не равна целому. Это простая математика. Как может часть равняться целому? Часть всегда меньше, чем целое.

Но живя с Гурджиевым, медитируя с ним, он констатирует, что наступает момент, когда становится реальной более высокая математика, где часть может быть равна целому, а иногда часть может быть и больше, чем целое. Рассуждая логически, это абсурд, но глядя на это из перспективы иной, не логической, из перспективы не-ума, я поддерживаю это абсолютно. Есть высочайшая математика, которая принадлежит к не-уму, где часть есть целое.

Поэтому когда человек исчезает в целом, то нельзя сказать, что он только часть; он — одно с целым. Он — это целый космос. Проблемы сострадания к кому-нибудь и не возникает — потому что никого другого не осталось вне его! Деревья внутри него, животные внутри него, океаны внутри него, звезды внутри него; все то, что *есть*, внутри него. Кому же он будет сострадать? Но он испытывает огромное сострадание.

Это так, как будто вы сидите в своей комнате и больше нет никого. Если вы человек любви, то, несмотря на то что в комнате никого нет, вы по-прежнему будете излучать любовь, по-прежнему будете излучать сострадание; несмотря на то, что в комнате никого нет, если вы человек истины, вы по-прежнему будете излучать истину.

Итак, запомните две вещи: человек просветленный обнаруживает, что с просветлением многие вещи приходят как побочные продукты, и сострадание — одна из самых важных. Но не осталось никого, по отношению к кому он может быть сострадательным.

Это загадочное, мистическое сущее. Когда есть миллионы людей для проявления сострадания к ним, это так трудно для вас; вам нужно практиковать его, вам нужно пройти через строгости, вам нужно дисциплинировать себя, вам нужно мучить себя. А когда сострадание приходит к вам само собой, не остается никого, кому вы можете сострадать!

Эти незначительные мелочи показывают, просветлен человек сам или же просто повторяет слова других просветленных людей. Да Хуэй говорит: «Покорить себя» — после просветления. Это как если бы кто-то подошел и сказал вам, когда вы внесли свет: «Теперь выставь темноту». Это изречение точно того же сорта. Если свет есть... Темнота была лишь отсутствием света; вы не найдете ее.

Я всегда любил одну древнюю притчу. Когда Бог создал мир, темнота однажды пришла к Богу, очень ворчливая и недовольная, и заявила ему: «Ты должен сделать что-то! Твое Солнце с утра до вечера надоедает мне понапрасну. Куда бы я ни шла, раньше или позже является оно и мне приходится убегать. Я не могу найти покоя, я не могу расслабиться, мне приходится постоянно быть начеку. Солнце может появиться в любой миг.

Я не причинила Солнцу никакого вреда; фактически, мы даже не познакомились друг с другом. Дело здесь не во вражде, дело не в дружбе! Просто растолкуй своему Солнцу, что это дурное поведение — и к тому же, так обращаться с леди — совсем не по-джентльменски! Такое примитивное поведение пора прекратить».

Бог был совершенно убежден, что так продолжаться не должно. Он сказал: «Надо было сообщить мне раньше» — и сейчас же отправил гонцов, чтобы они привели Солнце на суд. Солнце просто-напросто изумилось, услыхав, что какая-то леди, называемая темнотой, пожаловалась на него: «Я не знаю никакой такой леди — я никогда не сталкивалось с ней, я никогда не видело ее! Какой же вред я могу причинить, не видя ее?»

Бог был очень сердит, но Солнце сказало: «Прежде чем так гневаться и кричать на меня, пожалуйста, дай мне возможность тоже сказать что-то. Мне неизвестна никакая леди, которая бы пострадала от меня. Лучше всего для тебя будет привести и поставить ту леди передо мной. По крайней мере, я увижу, что за персона жалуется на меня». И с той поры Бог пытается... но он может привести в суд только одного — или Солнце, или леди, — но никогда обоих вместе. Поэтому дело так и стоит на очереди.

Вы не должны осуждать бюрократию, которая существует в нашем мире, где очереди продвигаются так медленно. Альберт Эйнштейн говорил, что свет обладает высочайшей скоростью, а я говорю вам, что очереди обладают самой низкой скоростью. Я не думаю, что Богу когда-либо удастся свести на суде обе стороны. Это дело не может быть решено.

И в точности то же самое: когда приходит просветление, эго уже вышло. Когда просветление приходит, то вместе с ним, словно его тень, входит сострадание, входит истина, входит красота, входит милость, входит благодать. Все то, что вы разыскивали и что никогда не удавалось, просто изливается на вас.

Один из учеников Гаутамы Будды — первый из его учеников, ставший просветленным, — был Манджушри. История эта прекрасна... Однажды он медитировал ранним утром, и на восходе солнца, с прохладным утренним дуновением, он стал просветленным. Предание гласит, что все сущее начало осыпать его цветами. Что за цветы? Это не могли быть просто известные нам цветы; это были цветы сострадания, любви, красоты, милости, истины, подлинности.

Эти цветы осыпают вас по своему собственному желанию.

Это все сущее радуется вашему просветлению, потому что ваше просветление — не только ваше; оно поднимает выше сознание всего сущего. С каждым просветленным человеком все сущее становится более просветленным. Все сущее радуется и празднует.

Да Хуэй понятия не имеет о просветлении и о том, что возникает как побочный продукт. «Покорить себя, возбудить в себе сострадание, применять искусные приемы, посредством которых вы можете также покорять все разумные существа...» Это тоже очень важно понять.

Гаутама Будда рассказывал много историй из своих прошлых жизней, — в них столько красоты и значения. В одной из своих прошлых жизней он услыхал о человеке, который стал просветленным; его звали Дипанкар Будда. Слово *дипанкар* означает «тот, кто может зажечь свечу вашего существа»; слово «фонарщик» — вот точное значение дипанкара. *Дип* значит «лампа», а дипанкар означает «зажигающий лампу». Гаутама Будда не был просветленным в той жизни. Тысячи людей ходили посмотреть на Дипанкара Будду, и просто из любопытства он тоже пошел.

Когда он увидел Дипанкара Будду — он не имел намерения... Он пришел туда лишь из любопытства, но в тот момент, когда он увидел того человека, его красоту — те глубокие глаза, напоминавшие ему океанские глубины, — и определенное поле энергии, вибрирующее вокруг того человека... сам не ведая, что делает, с катящимися из глаз слезами, он коснулся стоп Дипанкара Будды.

Он сам не мог поверить в то, что сделал... и зачем? Он не собирался касаться его стоп, и откуда взялись эти слезы, и почему он чувствует себя таким безмерно счастливым? Ничего явного не произошло, но что-то незримое затронуло его сердце, колокольчики в его сердце начали звенеть. Неуловимая музыка прикоснулась к нему.

И в ту же самую минуту, когда он стоял перед Дипанкаром Буддой, Дипанкар Будда склонился и коснулся стоп Гаутамы Будды — который не был просветленным в той жизни. Он поверить не мог в то, что произошло. Он спросил: «Что ты делаешь? Если я касаюсь твоих стоп, то это совершенно правильно, я невежественен. Но ты достиг окончательного сознания — тебе не положено касаться моих стоп».

И Дипанкар Будда сказал нечто такое, что Гаутама Будда вспомнил, когда сам стал буддой. Первым, что он тогда вспомнил, было утверждение Дипанкара Будды много жизней назад: «Не беспокойся. Вчера я тоже был невежественен, сегодня я просветленный; сегодня ты невежественен, завтра ты будешь просветленным. Не велика разница — это лишь вопрос времени. Когда станешь просветленным, вспомни».

Как только кто-то становится просветленным, все сущее становится просветленным для него — по крайней мере, потенциально. Он не может воспринимать себя как что-то особое. А именно это пытается сказать Да Хуэй — что вы должны создавать средства и методы, с помощью которых все остальные разумные существа смогут тоже стать просветленными.

Действительно пробужденный человек не делает ничего, чтобы просветлять кого-то. Само его присутствие, безусловно, производит чудеса, само его существо магично, но что касается его самого... его больше нет. Кто же будет делать что-то?

В последний день своей жизни Гаутама Будда сказал — когда его ученики воздавали дань ему, потому что он оставлял свое тело: «Не испытывайте благодарности ко мне, потому что я не делал ничего. Фактически, с того дня, как случилось просветление, меня не было в сущем. Нечто происходило вокруг меня — это дело другое. Но я не деятель; деятель умер, деятель ушел задолго перед тем, как пришло просветление».

Многое, конечно, происходило, сотни людей становились просветленными вокруг Гаутамы Будды, но он не предпринимал ничего, чтобы сделать их просветленными. Он был просто доступен, подобно источнику. Если вы жаждете, то достаете воду из источника и пьете — но источник не делает ничего.

Изречения Да Хуэя показывают очень ясно, что он не вкусил самого переживания — он только слыхал о нем. А дальше он говорит: *Старый*

Желтоликий (Будда) говорил: «Когда ум не хватается тщетно за прошедшее, не стремится ни к чему в будущем и не останавливается ни на чем в настоящем, тогда вы постигаете сполна, что все три времени пусты и недвижимы».

Утверждение Будды верно, но саркастическое упоминание Будды как «Старого Желтоликого» очень уродливо, оно показывает ум Да Хуэя. Хотя Да Хуэй и цитирует Гаутаму Будду, в этом не видно почтения. Интеллектуалы очень остроумны в критике, но совершенно неспособны проявить почтение. Критиковать очень легко, потому что это приносит удовлетворение эго. Оказать почтение очень трудно, поскольку при этом необходимо отодвинуть свое эго в сторону.

Да Хуэй притязает на то, что сам он просветленный человек, но все же не может оказать почтение Гаутаме Будде. Назвать Гаутаму Будду «Старый Желтоликий» — это просто невообразимо. Но его эго каким-то образом оказалось задетым. И самым неуловимым способом, через заднюю дверь, оно мстит.

Цитата из Гаутамы Будды прекрасна: *«Когда ум не хватается тщетно за прошедшее, не стремится ни к чему в будущем и не останавливается ни на чем в настоящем, тогда вы постигаете сполна, что все три времени пусты и недвижимы».*

Это очень важное изречение, особенно для нас, потому что впервые, на научной основе, время больше не такое, как оно мыслилось когда-то. После Альберта Эйнштейна, время стало четвертым измерением пространства.

Время неподвижно, точно так же, как неподвижно пространство. Оно ни уходит куда-то, ни приходит откуда-то. Это только на нашем языке мы продолжаем говорить, что время проходит. Фактически, проходим *мы*, время стоит неподвижно.

У времени нет движения. Тут не только научные, но и логические затруднения. Если время движется, к примеру, наподобие реки... если время движется, тогда должно быть что-то неподвижное с обеих сторон реки. Река движется только по контрасту с двумя неподвижными берегами. Если нет двух берегов, неподвижных, как же может река двигаться?

Порой, бывало, вы сидите в поезде, а еще один поезд стоит на соседнем пути, и вдруг вы чувствуете, что ваш поезд начал двигаться. Вы смотрите на платформу и начинаете понимать, что ваш поезд не движется, потому что платформа по-прежнему на месте. Это *другой* поезд движется. Но если бы платформы там не было... Подумайте только, если бы с другой стороны не было ничего — только пустое пространство, — как бы вы тогда узнали, ваш поезд движется или это другой поезд движется?

Можно взять еще один пример. Если два поезда в пространстве или два самолета в пространстве движутся параллельно в одном направлении, никто и не почувствует, что есть какое-нибудь движение: ведь для того, чтобы чувствовать движение, вам требуется что-то статичное, для контраста. Если вы говорите, что время движется, то покажите относительно чего.

Время неподвижно.

Только ум движется.

Эти категории — прошлое, настоящее и будущее — это не категории времени; все это категории ума. То, чего больше нет перед умом, становится прошлым. То, что есть перед умом, — это настоящее. А то, что еще только предстанет перед умом, — это будущее.

Прошлое — это то, чего уже нет перед вами.

Будущее — это то, чего еще нет перед вами.

А настоящее — это то, что перед вами и ускользает из вашего поля зрения. Скоро оно будет прошлым.

Будда говорит: Если вы не цепляетесь за прошлое... потому что привязанность к прошлому — абсолютная глупость. Его нет больше, вы причитаете за пролитым молоком. Что ушло — то ушло! И не цепляйтесь к настоящему, потому что оно тоже уходит и скоро станет прошлым. Не цепляйтесь к будущему — надежды, воображения, планы на завтра, — потому что день завтрашний будет становиться сегодняшним, будет становиться вчерашним. Всему предстоит стать вчерашним днем.

Все уплывает из ваших рук.

Привязанность будет попросту создавать страдание.

Вам придется предоставить всему идти своим чередом.

Вам не удастся помешать процессу выхода вещей из вашего поля зрения, поэтому лучше просто наблюдать, просто свидетельствовать и позволить вещам быть там, где они хотят быть, — в прошлом, в настоящем, в будущем. Не расстраивайтесь, потому что все должно кануть в прошлое.

Лишь одно остается с вами: это ваше свидетельствование, это ваше наблюдение. Такое наблюдение и есть медитация.

Ум цепок — он цепляется, он откладывает впрок, он владеет. Под знаменем памяти он собирает все прошлое. Под знаменем планирования будущего он цепляется за надежды, желания, амбиции — и страдает. Ум постоянно напряжен, постоянно мучается — он всегда в суматохе.

Будда говорит: Если вы можете просто оставаться тихим и свидетельствовать, любое страдание, любое волнение, любое напряжение исчезнет. И будут тишина и ясность, о которой вы даже не помышляли. Эта ясность принесет вам пробуждение; свидетельствование таково, что когда оно созревает, то в конце концов становится пробуждением.

Свидетельствование можно назвать зерном, а просветление можно назвать цветами. Но начинайте со свидетельствования, и тогда оно станет расти. Продолжайте питать его, продолжайте заботиться о нем, продолжайте поливать его, усиливать его всеми возможными способами — и однажды оно расцветет. Тот день будет величайшим днем вашей жизни.

Вы не должны думать о прошлых событиях — хороши они или плохи. Это комментарий Да Хуэя на изречение Будды — и вы можете видеть разницу. *Вы не должны думать о прошлых событиях...* Будда не говорит ничего относительно думания; он попросту говорит, не привязывайтесь! *...хороши они или плохи —* Будда не говорит ничего о хорошем или плохом.

Если же вы думаете, это преграждает путь. Будда не рассказывает ни о какой преграде на пути. Его утверждение очень простое. Он говорит, что, если вы не цепляетесь за прошлое, настоящее и будущее, тогда все пусто и неподвижно. Тут нечего больше сказать. Добавлять что бы то ни было еще — излишне.

Вы не должны рассматривать будущие события. Не думает ли Да Хуэй, что он обогащает утверждение Будды? *Рассматривать их — это несусветная путаница.* Он сам в несусветной путанице. Утверждение Будды было совершенным — безупречно совершенным. К нему нечего добавить.

Настоящие события прямо перед вами: приятны они или неприятны... Он попросту привносит свой собственный ум, вместе с хорошим и плохим, с приятным и неприятным. *...Не фиксируйте на них свой ум. Если вы фиксируете свой ум на них, это будет беспокоить ваше сердце.* Теперь он действительно в несусветной путанице!

Свидетель — не ум и не сердце.

Ум — это та часть, которая думает, а сердце — это другая часть того же самого ума, она чувствует. Чувствование и думание, мысли и эмоции... но свидетельствование изолировано от тех и других. Думаете ли вы — наблюдатель наблюдает... Мысль проходит — или вы раздражены — наблюдатель по-прежнему наблюдает. Эмоция проходит, совсем как проходят тучи, и вы видите их.

Вы ни хороши, ни плохи.
Вы ни приятны, ни неприятны.
Вы ни мышление, ни эмоции.
Вы ни ум, ни сердце.

Но Да Хуэй говорит: *Если вы фиксируете свой ум на них, это будет беспокоить ваше сердце. Принимайте все в свое время, отвечая по обстоятельствам, и вы окажетесь в естественном согласии с этим принципом.* Каким принципом? О каком принципе он говорит? Будда не давал никакого принципа. Он просто-напросто объяснил простую вещь: если вы привязываетесь, вы страдаете; если вы не привязываетесь, вы обретаете спокойствие и тишину.

Будда не моралист и не пуританин. Он не интересуется, что хорошо и что плохо. Весь его интерес очень прост — вот он: вы не должны быть спящим. Духовно вы должны бодрствовать, и тогда все остальное устроится. Вам не нужно делать больше ничего.

Неприятными ситуациями управлять легко. Теперь этот ненормальный продолжает... *Неприятными ситуациями управлять легко; приятными ситуациями управлять трудно. Для того, что происходит против желания, все сводится к одному слову: терпение. Успокойтесь и поразмышляйте минутку — и скоро это пройдет. А вот приятные ситуации, поистине, не оставляют вам пути к бегству: подобно магниту и железу, бессознательно, то и это собираются в одном месте.*

Полезно размышлять над изречениями тех, кто прибыл домой, но ваши размышления должны хоть как-то обогатить их. Если же вы стягиваете то, что они говорили, на более низкий уровень, то вы совершаете преступление. Лучше не высказывать ничего, если вы не знаете. Но такова беда с интеллектуалами: они должны сказать хоть что-нибудь. Все, что говорит Да Хуэй, так обычно, так бессмысленно, что это никоим образом не поможет вам войти в пространство просветления. Наоборот, он привносит то, что безусловно будет сбивать вас с пути.

Следует очень четко понимать, что нравственность не есть религия, хотя религия и нравственна. Нравственному человеку не требуется быть религиозным, но религиозный человек неизбежно нравствен; он не может быть иным. Нравственный человек может даже не иметь никакого отношения к религии: он может быть атеистом, он может быть агностиком — и все же оставаться нравственным. Но у религиозного человека нет возможности быть безнравственным. Самого его сознания достаточно, чтобы дать ему верное направление. Он не полагается на указания великих религиозных основателей или религиозных писаний; его руководство — в его собственном осознании.

А поскольку он живет согласно своему собственному свету, в его жизни есть радость. Его нравственность — не бремя. Его нравственность — не что-то навязанное ему. Его нравственность — это нечто вроде переполняющей радости, безграничного ликования. Он любит, потому что у него столько любви. Он не может ненавидеть, потому что ненависть исчезла из его существа.

Мне вспоминается одна великая женщина — Рабийя ал-Адабийя, женщина-суфий. Великий суфийский мистик, Хасан, гостил у Рабийи. Утром ему понадобился святой Коран. Он не захватил своего, полагая, что у Рабийи должен быть святой Коран и этого довольно.

Рабийя дала ему свой. Он раскрыл его и был шокирован, потому что Рабийя сделала много исправлений в святом Коране! Для любого фанатичного религиозного человека, любого фундаменталиста, не может быть ничего более святотатственного.

Мусульманин не представляет, как это можно исправлять Божье единственное послание, *последнее* послание. Бог ведь не собирается посылать еще одно улучшенное издание своего святого письма. Последнее, что он прислал, был святой Коран. Мусульмане говорят, что есть только один Бог, только один пророк — Мухаммед — и одно святое писание — Коран. А эта старая женщина, Рабийя, делает исправления — она убрала несколько строк полностью!

Хасан сказал: «Рабийя, кажется, кто-то испортил твою книгу».

Рабийя ответила: «Никто не портил мою книгу. Я просто исправила ее».

Хасан сказал: «Не понимаю. Я всегда считал тебя великой религиозной женщиной. Не могу представить себе, что ты способна сделать подобную вещь».

Она ответила: «Мне пришлось сделать это. Взгляни на то, что я вычеркнула!» Вычеркнутое предложение в Коране было таким: «Когда видишь дьявола, возненавидь его». И она вычеркнула это.

Рабийя сказала: «С тех пор как я испытала свою сокровенную сущность, у меня не осталось никакой ненависти. Даже если дьявол встанет передо мной, мне нечего предложить ему, кроме любви. Я должна исправить Коран. Это же *моя* книга; она должна соответствовать *моему* опыту! Мухаммед не обладает монополией. Я не потерплю в своей книге ничего такого, что противоречит моему опыту».

Человек просветленный так полон любви, так полон радости, что делится этим. Он делится безо всякого усилия — это не усилие, это не деятельность. Вот почему такие люди, как Лао-цзы, говорят: «бездеятельное действие» и «безусильное усилие».

Но люди, подобные Да Хуэю, не могут понять этого. Для них «безусильное усилие» и «бездеятельное действие» выглядят алогичными, абсурдными утверждениями. Как может быть бездеятельное действие? Как может быть усилие без всякого усилия? Но я знаю, что, коль скоро вы пробуждены, вы не делаете ничего — все начинает происходить. Это просто спонтанное излияние, совсем как розы появляются на розовых кустах, без всякого усилия.

Любовь и сострадание, добро и красота, милость и благодать просто продолжают и продолжают приходить, от избытка. Совсем как дождевая туча изливается без всякого усилия, пробужденный человек изливается тоже без всякого усилия. А красота не-усилия — и тем не менее потрясающих событий — так величественна! Это предельное великолепие в сущем.

Гаутама Будда сказал... Сорок два года беспрерывно он говорил, а в конце сказал: «Я не вымолвил ни единого слова». И он прав, потому что не делал никакого усилия, чтобы говорить. Это была просто изливающаяся дождевая туча, это был розовый куст, приносящий розы без усилия, без действия. Будда должен был говорить, ведь он был так переполнен. Вся та поэзия, вся музыка, все, что исходило от него, было просто спонтанным.

Моралист предпринимает усилия; он старается делать хорошее, он избегает делать плохое. Вся его жизнь — это беспрерывное: «Делай это», «Не делай того». Он всегда расщеплен, он всегда обеспокоен — а правильно ли то, что он делает... действительно ли правильно? Или — кто знает... а вдруг не правильно? Моралист действует в смятении. Он полагается на других, которые, возможно, и сами пребывают в смятении.

Последние слова Гаутамы Будды на этой земле были: «Будь светом себе самому. Не беспокойся о том, что говорят другие, не беспокойся относительно традиций, ортодоксов, религий, нравов. Просто будь светом себе самому».

Всего лишь маленького света достаточно — и вы можете пройти с таким маленьким светом десять тысяч миль без всякого затруднения. Ваш свет может падать только на четыре фута впереди вас — продолжайте движение. По мере вашего движения будет двигаться и свет впереди, и если вы способны видеть на четыре фута вперед, этого довольно.

Вы можете идти сколько захотите. Вы можете продолжать вечное паломничество просто со своим собственным маленьким светом.

Не живите заимствованным светом.

Не живите заимствованными глазами.

Не живите заимствованными представлениями.

Живите в соответствии со своим собственным светом, и ваша жизнь будет — всякое и каждое мгновение — все большей радостью, большей благодатью, большим экстазом.

— Хорошо, Маниша?
— Да, Мастер.

11

ОПУСТОШЕНИЕ

Возлюбленный Мастер,

Спокойствие и смятение

Мирские страсти подобны пылающему огню; когда же они закончатся?

Прямо среди шума и гама вы не должны забывать дело бамбукового стула и тростниковой подушечки (медитацию). Обычно (для медитации) вы настраиваете свой ум на неподвижную точку концентрации — но вы должны быть способны правильно пользоваться этим среди шума и гама...

Вималкирти сказал: «Это похоже вот на что: высокогорное плато не производит лотосов; такие цветы создает грязь болотистых низин».

Старый варвар (Будда) сказал: «Истинная таковость не лелеет свою собственную природу, а в соответствии с обстоятельствами приемлет все явления...»

Не привязывайся к спокойствию (Кун Хуэю)

Когда ты достиг умиротворенного спокойствия тела и ума, ты должен сделать искреннее усилие. Не впадай сразу же в умиротворенное спокойствие. В Поучениях это называется «Глубокая яма освобождения» — она очень опасна. Ты должен поворачиваться произвольно, как тыква, плывущая по воде: независимая и свободная, неподвластная ограничениям, она проходит сквозь чистоты и нечистоты, не встречая препятствий и не утопая. Только тогда ты немного познакомишься со школой монахов заплатанной рясы. Что пользы в том, что ты можешь баюкать на руках неплачущего ребенка?

Не молись для облегчения

Линь Цзи сказал: «Если вы сможете успокоить ум, который неистово мечется от мгновения к мгновению, вы не будете отличаться от старого Шакьямуни Будды».

Он не дурачил людей.. Даже Бодхисаттвы седьмой стадии ищут будда-знаний, и умы их не удовлетворены: поэтому такое состояние называется «недугом». В самом деле, этому нельзя помочь: невозможно применить никакие внешние средства.

Несколько лет тому назад был некий мирянин, Сюй, который смог обрести раскрытие; он прислал мне письмо, выражая свое понимание, где сказано: «Пустой и открытый в своей ежедневной деятельности, нет ни одной вещи против меня; наконец я постигаю, что все вещи в трех мирах являются фундаментально несуществующими. Поистине, это мир и счастье, жизнерадостность, и все остальное отброшено».

Соответственно, я проинструктировал его стихами:

Не увлекайся чистотой: чистота делает людей усталыми. Не увлекайся жизнерадостностью: радостное ликование делает людей безумными. Когда вода принимает форму сосуда, она становится соответственно квадратной или круглой, короткой или длинной.

Что касается отбрасывания или неотбрасывания, пожалуйста, подумай над этим серьезнее. Три мира и мириады вещей не являются убежищем — где же тогда какой-нибудь дом?

Если же ты именно таков, то это огромное противоречие. Нужно уведомить мирянина Сюя, что его собственная родня создает бедствие. Раскрой широко глаза тысячи мудрецов и не молись ради облегчения.

Опустошение ума и объектов

В ежедневной деятельности студента на пути опустошать объекты легко, но опустошить ум трудно. Если объекты пусты, а ум не пуст, ум будет преодолен объектами.

Просто опустоши ум, и объекты опустошатся сами собой. Если ум уже опустошен, но ты затем вызываешь другую мысль, желая опустошить его объекты, то это означает, что этот ум еще не пустой и снова увлекается объектами. Если с этой болезнью не покончено, то нет и способа выбраться из рождений и смерти.

Вы видели стих, который мирянин Пан преподнес Ма-цзы?

В десяти направлениях одно и то же братство: все и вся изучают не-делание. Вот место, где избирают будд: умы пусты, они отвечают успешно.

Да Хуэй в беспрерывной дилемме. Вот его дилемма: он хочет быть признанным как просветленный человек, но это лишь его амбиция, его страстная жажда; это не его опыт.

Всякий раз, когда он цитирует кого-либо просветленного, цитата имеет огромный смысл. Но когда он сам принимается комментировать цитату, слова, исходящие от интеллектуала, не имеют смысла, — того смысла, который они имеют, когда исходят от просветленного существа. И вы можете видеть, как его подсознание непрерывно производит саркастические замечания, порой до того уродливые и недостойные, что невозможно поверить, будто этот человек начал хотя бы улавливать смысл просветления.

Я продемонстрирую вам, как крепко спит этот человек — он разговаривает во сне. Он умен и хитер. Ему удается дурачить непросветленных людей, поскольку им не с чем сопоставлять его утверждения. Они не располагают никаким собственным опытом в качестве критерия, чтобы решить, стоит ли слушать то, что он говорит, или же он просто делает много шуму из ничего.

Первая сутра: *Мирские страсти подобны пылающему огню; когда же они закончатся?* И это говорит человек, который в своих предыдущих сутрах сказал, что все иллюзорно — мир иллюзорен, чувства иллюзорны, ум иллюзорен — даже Будда иллюзорен!

Если все иллюзорно, то откуда же берутся эти мирские страсти, которые подобны пылающему огню? Они не иллюзорны. Он забыл, потому что это не было его собственным пониманием. Он просто цитировал. Но ему действительно известно, что его страсти подобны пылающему огню; он не вышел за пределы страстей.

Высказываться даже о Будде как об иллюзии не только глупо — это чрезвычайно вредно. Если люди, читая эту сутру, вспомнят, что даже Будда иллюзорен, просветление иллюзорно, они будут удивлены: какой же смысл попусту бегать от одной иллюзии к другой иллюзии?

Одна иллюзия не может быть лучше, чем другая иллюзия. Иллюзии — это просто иллюзии; тут нет качественного различия.

Прямо среди шума и гама вы не должны забывать дело бамбукового стула и тростниковой подушечки. Он не может сказать вам прямо: «Не забывайте медитацию». Слово «медитация» каким-то образом задевает всех интеллектуалов, потому что это нечто за пределами хватки интеллекта. Они хотят быть на вершине всего — и вдруг чувствуют, что есть кое-что большее за пределами их охвата. Поэтому вместо того, чтобы просто воспользоваться словом «медитация», он говорит: «Не забывайте дело бамбукового стула и тростниковой подушки».

Может быть, он считает себя очень умным, но это всего лишь его бессознательная демонстрация самого себя — своего антагонизма с медитацией. Он вообще не является человеком медитирующим.

Обычно (для медитации) вы настраиваете свой ум на неподвижную точку концентрации... Это же абсолютно неправильно! Вот почему я говорю, этот человек — человек не медитирующий.

Концентрация — это не медитация; концентрация — это способность ума. Концентрируется ум; медитация — это отсутствие ума. Ум не имеет никакого отношения к медитации. Он просто не знает медитации, и не существует внутренней возможности для ума когда-либо войти в контакт с медитацией. Точно так же я говорил прежде, что темнота не может войти в контакт со светом, потому что темнота — это всего лишь отсутствие; так же обстоит и с умом.

Ум — это отсутствие медитации.

В то мгновение, когда в вас возникает медитация, ума уже нет нигде.

Суфийский мистик Джуннаид, который сам в конце концов стал великим мастером, жил со своим старым мастером. Однажды рано утром мастер сказал ему: «Выгляни наружу и посмотри, темно ли еще».

Джуннаид ответил: «Ладно» — и взял лампу.

Он собрался было выйти, но мастер сказал: «Подожди! Если ты возьмешь лампу, как же ты узнаешь темно там или нет? Оставь лампу здесь».

Джуннаид был еще только учеником. Он сказал: «Если ты говоришь так, то я оставлю лампу, но как же я увижу без нее, темно там или нет? Нужно немного света, чтобы разглядеть что-нибудь». Это верно в отношении чего угодно, но не темноты. Если вы, разыскивая темноту, войдете с лампой в дом, то вы темноту не найдете. То же самое верно в отношении ума и медитации.

Да Хуэй думает, что медитация — это настройка ума на неподвижную точку концентрации. Точка концентрации находится в пределах способности ума; это имеет свои преимущества. Вся научная работа исходит из способности концентрировать ум, фокусировать ум, не позволяя ему никуда сдвинуться, стоять только на одной точке.

В древней истории Махабхараты — великой индийской войны, которая происходила пять тысяч лет тому назад, — был знаменитый лучник Дроначарья. Все принцы ходили учиться искусству стрельбы из лука к нему. Его самым близким учеником был Арджуна, чья способность концентрации и послужила причиной этой близости, потому что стрельба из лука зависит от концентрации.

Однажды Дроначарья экзаменовал своих учеников. Он спросил одного ученика, Юдхиштхиру, старшего брата Арджуны... Дроначарья подвесил мертвую птицу на дереве, и правый глаз мертвой птицы был мишенью. Он велел Юдхиштхире — тот стрелял первым, как старший, — «Возьми лук и стрелу, но, прежде чем ты выстрелишь, я должен спросить тебя кое-что». Тот приготовил лук и стрелу, а Дроначарья спросил его: «Что ты видишь?»

Он ответил: «Я вижу все — все деревья, всех птиц».

Второго человека вызвали и спросили: «Что ты видишь?»

Тот сказал: «Я вижу только птицу».

Третьим был Арджуна. Дроначарья спросил его: «Что ты видишь?»

Арджуна сказал: «Только правый глаз птицы».

Тогда Дроначарья велел всем троим выпустить свои стрелы. Стрела Юдхиштхиры прошла очень далеко; нельзя было даже назвать это промахом — дистанция между его стрелой и птицей была очень велика. У второго человека стрела прошла немного ближе, но все же не попала в правый глаз — она ударила в птицу. Но стрела Арджуны ударила точно в правый глаз птицы. А правый глаз птицы на отдаленном дереве — это такое крохотное пятнышко...

Но Дроначарья сказал: «Уже ваши ответы подсказали мне, кто поразит мишень. Если вы видите так много деревьев, вы не сфокусированы. Если вы видите только птицу, вы частично сфокусированы. Но все же вы не сфокусированы на правом глазу. Вся птица очень велика по сравнению с правым глазом. Но когда Арджуна сказал: «Я не вижу ничего другого, кроме правого глаза», — мне стало ясно, что его стрела достигнет цели».

В науке, в стрельбе из лука, в других искусствах концентрация может принести огромную пользу — но это не медитация. Вот почему я непрерывно настаиваю на том, что Да Хуэй — интеллектуал: он даже понятия не имеет, что такое медитация.

Медитация выходит за пределы ума. Она не имеет ничего общего с умом — кроме разве того, что пребывает за его пределами. Это не способность ума, это трансцендентально уму. Когда вы можете видеть без участия ума между вами и сущим, вы в медитации. Это не концентрация. Это совершенно безмолвно. Это не фокусирование... это абсолютно несфокусированное осознание.

Но вы должны быть способны пользоваться этим правильно среди шума и гама. Такая вот беда с этим человеком — он собирал от каждого источника, не зная толком, связаны эти утверждения друг с другом или не связаны. Концентрацию невозможно практиковать среди шума и гама; для концентрации необходимо пространство, где вас ничто не потревожит. Вот почему люди, которые верят в концентрацию, оставляют мир и уходят в горы, в пещеры, в пустыню, где ничто не отвлекает их. Они могут просто переключить свои умы на Иисуса Христа или Гаутаму Будду или Кришну... и ничего больше.

Пустыня всегда была одним из самых удобных мест для концентрации; это даже лучше, чем горы, потому что в горах так много всего, на что можно смотреть: там птицы, там звери, там деревья, там прекрасные снежные пики — масса возможностей для отвлечения. А в пустыне, сколько ни смотри, все пустыня и пустыня...

А медитация может быть возможна даже на базаре, потому что ей не нужно концентрироваться ни на чем. Медитация не может быть нарушена, она всеобъемлюща. Концентрация же эксклюзивна: она исключает все и просто удерживает ум на одной точке.

Медитация всеобъемлюща. Проезжает автомобиль... ум, пребывающий в медитации, полностью осознает гудок. Начинают петь птички... ум полностью осознает их пенье. Не может быть отвлечения: ничто не отвлекает. Все — ума больше нет — попросту наблюдается. Вы только осознаете, что есть гудок, что автомобиль проходит мимо, — но это не отвлечение.

Отвлечение приходит, только когда вы стараетесь сконцентрироваться; тогда чего угодно — маленького муравья, ползущего по вашей ноге, — будет достаточно, чтобы отвлечь вас. Но когда вы в медитации, вы просто знаете, что муравей ползет у вас по ноге. Если это вам нравится, вы позволяете; если вам это не нравится, вы сбрасываете его. Но не бывает отвлечения — ваше безмолвие остается неприкосновенным. Как могут шумы на улице отвлекать вас? Вы просто слушаете их — они не оказывают никакого воздействия на вас. Они приходят и уходят, а вы остаетесь просто свидетелем.

Медитация возможна в базарном шуме и гаме...

Да Хуэй услышал рассказ какого-то медитирующего человека, но сам он никогда не медитировал; все, что ему известно, — это концентрация ума.

Вималкирти сказал: «Это похоже вот на что: высокогорное плато не производит лотосов; такие цветы создает грязь болотистых низин». Он цитирует Вималкирти, но он не комментирует это. Он просто бросается именами, украшая свои сутры. Не думаю, чтобы он понимал, что имеет в виду Вималкирти.

Вималкирти был одним из самых загадочных людей, входивших в контакт с Гаутамой Буддой. Он так никогда и не стал саньясином — он оставался мирянином, — но даже Гаутама Будда уважал его. Он обычно приходил послушать Гаутаму Будду, он медитировал, но он не видел никакой необходимости отвергать мир, становиться саньясином и нищенствовать. Он был настолько гениальным, что стал первым просветленным мирянином. Первым саньясином, который стал просветленным, был Манджушри, а первым просветленным мирянином был Вималкирти.

Но Вималкирти был очень загадочной личностью. В течение нескольких дней он не приходил, и Будда заинтересовался: не заболел ли он, или случилась какая-нибудь неприятность? Почему он не приходит? И он попросил, чтобы кто-то из учеников при случае зашел к Вималкирти — тот жил в городе — разузнать о его здоровье и почему он не приходит.

Но из десяти тысяч саньясинов никто не хотел идти, по той простой причине что даже поздороваться с Вималкирти было опасно! Он обычно делал из этого повод для большой дискуссии: «С кем ты здороваешься? Ты уверен, что я тебе не приснился? Ты можешь представить мне какое-нибудь доказательство того, что это не сон, а реальность?»

Обычно он загонял каждого в такой угол — по *любому* поводу. Если же вы ничего не говорили, а просто старались избежать его, он мог сказать: «Эй, куда ты идешь? Разве можно куда-то идти? Истина прямо здесь и сейчас. Куда же ты идешь?» Он измучил почти каждого.

Наконец один ученик сказал: «Я пойду. Все, что он сделает, я переживу, но потом ему придется выслушать и мои вопросы».

Когда ученик пришел, то сказал: «Гаутама Будда прислал меня разузнать о твоем здоровье. Когда я шел сюда, как раз перед домом твоя семья сообщила, что ты болеешь».

Вместо того чтобы ответить ему, больной Вималкирти сказал: «Болею? О ком ты говоришь? Меня не существует вообще, как же я могу болеть? Чтобы быть больным, сначала надо существовать — как ты думаешь? Я исчез давным-давно в моих медитациях. Так что возвращайся и передай Гаутаме Будде: Вималкирти больше нет — нет и вопроса о болезни или здоровье».

Ученик был в большом недоумении, потому что, если он скажет Гаутаме Будде, что Вималкирти нет больше, тот решит, что, видимо, он умер. Поэтому он обратился к Вималкирти: «Такое высказывание может быть неверно понято. Если я просто скажу, что Вималкирти больше нет, очевидным смыслом будет то, что Вималкирти умер».

Тот сказал: «Это и есть верный смысл! Вималкирти умер. Это было фальшивое имя, которое исчезло от медитации. Когда я был рожден, я не был Вималкирти, а когда я был рожден в медитации, то снова стал безымянным, бесформенным — это совершенно верно. Ты можешь так и сказать, что Вималкирти умер».

Ученик сказал: «Это уже слишком, ведь ты жив, и я попаду в затруднительное положение. Завтра ты можешь появиться перед Буддой, и он спросит меня: "Что же ты говорил?"»

И таким образом целая сутра — «Хридайя Сутра» Вималкирти — разворачивалась между учеником и Вималкирти. Он настолько ясен, что вы не можете ухватить его. Он настолько огромен, что, что бы вы ни сказали, вы уже попались.

Цитаты из Вималкирти — просто для украшения сутр Да Хуэя; но он не комментирует их. Возможно, он их и не понимает.

Вималкирти сказал: «Это похоже вот на что: высокогорное плато не производит лотосов; такие цветы создает грязь болотистых низин». Лотос происходит из грязи, из заболоченной земли. Это, быть может, лучший цветок — величайший цветок, самый ароматный и самый изящный. Никакой другой цветок не сравнить с ним — и притом он рождается из грязи.

Вималкирти говорит: «Пусть тебя не беспокоит неведение человека, его гнев, его жадность, его похоть, его жажда власти, его привязанность к вещам, его агрессивность, его насилие... Не беспокойся — это грязь, из которой возникает лотос просветления. Принимай это все, потому что цветок лотоса не может родиться на высокогорье, на плато. Поэтому тебе следует благодарить все свое неведение, свой гнев, свою жадность, свой секс!..»

Всему тому, что осуждалось религиями, Вималкирти велит выражать благодарность, потому что только из этого рождается будда, появляется цветок лотоса. Но Да Хуэй не дает никакого комментария на это. Это странно. Если вы не намерены давать никакого комментария, то нет необходимости и цитировать. Напротив, он продолжает говорить самым отвратительным образом: *Старый варвар...* — он называет Гаутаму Будду «старым варваром».

Китайцы, точно так же как и все остальные, думают, что они самые культурные люди. Когда Марко Поло достиг Китая, он записал в своем дневнике: «Об этих людях не подумаешь, что это человеческие существа. Они только выглядят как человеческие существа, но они низшей разновидности. Они едят змей, они едят собак — нет ничего, что бы они пропустили: они едят все!

Они выглядят очень странно, и их понятия очень странные. Высокие скулы делают их уродливыми, но они считают, что высокие скулы чрезвычайно красивы. В их бородах всего несколько волосков, вы можете сосчитать их: самое большее, двенадцать! В усах тоже совсем немного волос, можно пересчитать по пальцам. Очень странные люди! Кажется, они только еще становятся человеческими существами».

Император Китая, который пригласил Марко Поло ко двору, велел своему историку записать о нем: «Мы слыхали, что эти люди верят, будто человек происходит от обезьян. Мы не могли поверить в это, потому что не видели этих людей» — Марко Поло был первым человеком Запада, посетившим Китай. Император продолжал: «Но они совершенно правы! Что касается *их*, то обезьяны и есть их предки. Они выглядят как обезьяны».

Но такова ситуация повсюду. Индийцы считают себя чистейшими ариями, немцы считают *себя* чистейшими ариями. Слово «арий» санскритское — оно означает «высочайший». Каждый считает...

Но использовать слово «варвар» по отношению к Гаутаме Будде — и это делает человек, который считает себя его учеником, — это просто немыслимо. Если уж Гаутама Будда варвар, то тогда в целом мире никто и никогда не был культурным человеком. Даже теперь Будда самый культурный человек, самый благородный. Он так прекрасен, что Фридрих Ницше осуждал его за изящество и красоту. Он выглядел слишком женственным, по понятиям

Ницше: настоящий мужчина обязан быть крепким, выкованным из стали. А грация, красота... это женские качества.

Ницше осудил Гаутаму Будду: «Я не могу верить в его учения. Они опасны, они превратят весь мир в женский мир. Я хочу, чтобы мужчина сохранял свою мужественность и не попадал под впечатление от таких людей, как Гаутама Будда».

Ницше любил воина — это был его идеальный мужчина — острый, как лезвие меча, твердый, как сталь, не боящийся ни убивать, ни быть убитым; все это просто мужские игры.

Гаутама Будда учит ненасилию — не убивайте никого. Он учит состраданию, он учит любви и он учит медитации — которая сделает вас благородными, любящими, сострадательными, но ваша мужественность исчезнет. Вы можете стать цветком розы, но не мечом. Фридрих Ницше мог ошибаться, но его оценка справедлива. Он не может назвать Гаутаму Будду варваром. Возможно, не существует другого человека, столь же культурного, как Гаутама Будда. Но Да Хуэй называет его «старым варваром».

Будда сказал: «Истинная таковость не лелеет свою собственную природу, а в соответствии с обстоятельствами приемлет все явления». Цитата справедлива. Будда говорит, что истинная таковость всегда готова изменяться с обстоятельствами. У нее нет сопротивления, потому что сопротивление означает эго, сопротивление означает: «У меня собственная воля. Я буду идти своим путем».

Принять жизнь в ее тотальности, как она есть, означает расслабиться и позволить жизни заботиться о вас; тогда, куда бы она ни повела вас, идите с ней. Это и есть его самое фундаментальное учение таковости.

Такой человек всегда умиротворен. Что бы ни происходило, у него не возникает проблем; он просто движется с этим в тотальной готовности. Он не только не оказывает сопротивления, наоборот, он приветствует жизнь, в какой бы форме она ни пришла. Он приветствует смерть — даже смерть не может обеспокоить его. Нет ничего, что может обеспокоить его, потому что он движется вместе со всем, принимает все...

Он совсем как листок, падающий с дерева. Если ветер подхватывает его, он поднимается; если ветер увлекает его к северу, он движется на север; если ветер бросает его наземь, он остается на земле. Он не говорит ветру: «Это очень противоречиво — только что ты начал двигаться на север, а теперь уже двигаешься на юг. Я не хочу на юг, мне нужно на север». Нет, листку никуда не нужно, у него нет собственного места назначения.

Сущее обладает своим собственным предназначением, а человек медитирующий делает предназначение сущего и своим предназначением. Он вообще не производит разделения. Если сущее чувствует, что пришло время умирать, значит, пришло время умирать. Способность к принятию тотальна. Такой человек не может быть в страдании, в агонии, в мучении — он отсек самый корень всех этих вещей.

Когда ты достиг умиротворенного спокойствия тела и ума, ты должен сделать искреннее усилие. Это уже слова Да Хуэя. Всякий раз, когда он цитирует, цитата великолепна. Но как только он переходит к собственному разумению, он опускается очень низко. Он говорит: *Когда ты достиг умиротворенного спокойствия тела и ума...*

Во-первых, такой человек, как Гаутама Будда, не станет пользоваться словом «достижение», потому что это не достижение — это только открытие. Во-вторых, он не скажет: «умиротворенное спокойствие тела и ума». Он скажет: «трансценденция тела и ума» — ибо только так вы можете успокоиться. Тело и ум не могут успокоиться по самой своей природе. В-третьих, он говорит: «Ты должен сделать искреннее усилие». Медитирующий не делает *никакого* усилия.

Все представления Гаутамы Будды о медитации настолько уникальны и так потрясающе прекрасны, что понимание их оказалось проблемой для других религий: ибо каждая религия полагает, что искреннее усилие необходимо. Но идею Гаутамы Будды прекрасно представляет хайку Басё: «Сижу молча, ничего не делаю... Весна приходит, и трава растет сама собой». Нет и речи ни о каком усилии; вы попросту сидите, ничего не делая...

Если вы хотите сделать что-то, усилие необходимо. Но если вы в состоянии не-делания, то ни в каком усилии нет нужды... А если для не-делания требуется усилие, что же это будет за не-делание? Усилие — это делание, а из делания вы не можете сделать не-делание. Вам нужно отвергнуть делание.

Сидите молча, ничего не делая... весна приходит. Не ваше усилие приводит весну; она приходит своим чередом. Она всегда приходила. А когда приходит весна, вам не нужно тянуть траву и делать искреннее усилие, чтобы она росла, — она растет по собственному желанию. Трава растет сама собой...

Никто, кроме Будды, не пришел к этому величайшему открытию: медитация — это самая простая вещь. Лишь расслабьтесь — только не на американский манер! Я не могу простить человека, который написал книгу «Вы должны расслабиться!». Это «должны» уничтожает всю идею расслабления, но таковы американские понятия — «вы должны расслабиться». И книга продавалась очень хорошо, ведь каждый желает расслабиться. Она хорошо написана, но этот человек не знает ничего о расслаблении. Оно не может быть долгом.

Для расслабления нужно очень простое понимание... нет усилия, нет делания — вы только сидите молча и позволяете своему телу расслабиться.

Некуда идти, нечего делать, нечего достигать — и нет смысла пребывать в напряжении — потому что все уже есть внутри вас.

Расслабление становится возможным безо всякого усилия. Вы сидите там, куда хотите добраться, — какой же смысл делать усилия? Вы всегда были в том пространстве, где хотите быть, вы просто не заглядывали внутрь. Нет достижения, нет стремления, нет желания, некуда больше идти... расслабление наступает само собой.

Расслабление, ради которого нужно стараться, — не велика радость. Вокруг него обязательно возникает тонкое напряжение — вы удерживаете свое расслабление. Вы можете сидеть молча, неподвижно, но подспудно вы очень напряжены, вы удерживаете себя в спокойствии — не шевелитесь. Это не спокойствие, это подделка. Спокойствие должно быть естественным. А как оно может быть естественным?

Вся философия Будды приводит к истинной ситуации, в которой это случается само собой. Нечего достигать — нет Бога, нет небес, нет ада. Все, что необходимо, уже дано вам, вы обладаете этим внутри себя. Вы не грешник, который должен постоянно молиться, чтобы избавиться от своих грехов. Вы столь же чисты, как сам Будда. Единственное различие — и оно не унижает вас никоим образом — в том, что вы не осознаете этого, а Будда осознает.

Поэтому все, что требуется, — это сидеть молча, ожидая весны, ожидая подходящего момента... когда ваше расслабление достигает своего высшего пика, когда ваше молчание становится абсолютным, весна приходит. А «трава растет сама собой» — это лишь символ. Это символ того, что вы, ваш потенциал, начинаете расти сами по себе, спонтанно. Это естественный феномен, это внутренняя способность — вам не нужно делать ничего.

Поэтому, когда Да Хуэй говорит, что вы должны сделать искреннее усилие, он полностью упускает все послание Гаутамы Будды.

Не впадай сразу же в умиротворенное спокойствие. В Поучениях это называется «Глубокая яма освобождения». Как только он цитирует, то, именно потому что это не его слова, он прав. Но как только он высказывает что-нибудь свое, он ошибается. Сейчас все безусловно правильно — это цитата.

«Глубокая яма освобождения» — опасность для всех искателей, для всех людей пути: суть ее в том, что вы можете позариться на малое сокровище. Всего лишь немного молчания, немного расслабления, немного покоя — и вы можете подумать, что пришли домой. Это они называют «глубокой ямой освобождения». Вы успокоились задолго до того, как расцвели.

Поэтому будьте бдительны, не устраивайтесь нигде. Продолжайте расти — позвольте своему потенциалу расти. Не позволяйте себе чувствовать: «Я пришел, я прибыл». Ваш потенциал необъятен, и ваше сокровище несметно.

Поэтому продолжайте, продолжайте и продолжайте... и вы будете находить все больше и больше покоя, больше глубоких пространств, больше ярких переживаний. Вы обнаружите, что ваша подобная пустыне жизнь постепенно превращается в прекрасный зеленый сад. Вы обнаружите множество цветов, распускающихся внутри вас. Продолжайте... нет конца вашему росту.

Никогда нельзя дойти до конца своего роста. Это всегда приближение — но только приближение. Вы не можете дойти до конца дороги, потому что сущее бесконечно, и вы — одно с сущим. Ваше путешествие, ваше паломничество — тоже бесконечное.

Ты должен поворачиваться произвольно, — теперь это слова Да Хуэя, — *как тыква, плывущая по воде: независимая и свободная...* Тыква не независима и не свободна! Тыква не может двигаться против течения — как она пойдет! Она просто движется по течению. Куда бы ни направилась река, туда же плывет и тыква — какая же это независимость? Тыква хочет остановиться в каком-то месте — и не может, потому что река непрерывно движется. Какая же это свобода?

Нет, это пример совершенно неудачный. Вы можете сказать, что тыква расслаблена, можете сказать что тыква больше не сопротивляется, можете сказать что у тыквы тотальное принятие — куда бы река ни повлекла ее. Но вы не можете говорить, что она независима и свободна. Это было бы совершенно абсурдным представлением. Какая независимость может у нее быть? Она не может идти против течения, не может остановиться, когда захочет... Если река движется на юг, то и она должна двигаться на юг; она не может сказать: «Нет, я не хочу идти на юг». Нет у нее ни свободы, ни независимости.

Он очевидно слыхал про тыкву — что человек должен расслабиться, как тыква в реке. Она замечательно грациозна, потому что там нет сопротивления, нет напряжения, нет борьбы. Фактически она становится почти едина с рекой. У нее нет идей, отличных от реки, у нее нет усилий, отличных от реки, у нее нет ничего, что вы можете назвать «силой воли». Она полностью сдалась реке. Она обладает огромным покоем и молчанием, принятием и таковостью.

Тыкву использовал Будда как пример таковости, *татхаты*. Но не для свободы и независимости.

...неподвластная ограничениям, она проходит сквозь чистоты и нечистоты, не встречая препятствий и не утопая. Но это не доказывает ее независимости! Когда река движется в нечистоту, тыкве приходится войти в нечистоту. Когда воды реки чисты, тыкве приходится двигаться в чистых водах. Это просто показывает, что Да Хуэй не понял идеи тотальной отдачи себя природе.

В такой отдаче *вы* исчезли — кто же собирается быть независимым, кто собирается быть свободным? Это не значит, что вы становитесь невольником, и это не значит, что вы становитесь зависимым.

Это и есть тонкости переживания отдачи.

Вы становитесь едины с сущим.

Вы ни зависимы, ни независимы — вас нет больше. А проблемой были *вы*... так вот, поскольку вас больше нет, нет и проблемы.

Только тогда ты немного познакомишься со школой монахов заплатанной рясы. Нет, он не прав. И снова он пользуется саркастическими замечаниями... монахи заплатанной рясы. Будда обычно говорил своим ученикам: «Люди выбрасывают одежду, когда она бесполезна, ветха или слишком изношена. Собирайте такие куски одежды и ставьте заплаты на рясах; сшивайте такие куски одежды и делайте рясу. Таким образом вы не обремените людей своими рясами».

Это была замечательная идея сама по себе. Будда прилагал все усилия, чтобы его люди не обременяли бедняков, не паразитировали на них, потому что он заботился обо всем: «Вам не следует брать себе пищу из одного дома, вы должны брать пищу из пяти домов — всего небольшой кусочек из одного дома, еще один небольшой кусочек из другого дома — и таким образом вы не в тягость.

Вы не должны оставаться более трех дней на одном месте; вы не должны просить пищу из одного и того же дома, если находитесь три дня в городе; и вы должны собирать выброшенные платья, одежды. А когда наступят дождливые дни, в течение четырех месяцев вы не сможете передвигаться и вынуждены будете оставаться на месте, тогда делайте одежды для себя, для других саньясинов. У вас достаточно времени. Так что в отношении одежды вы совсем не иждивенцы, а что касается пищи, то вы будете обременять людей незначительно».

Действительно, каждый рад дать какую-то пищу. Даже в беднейшей семье, если неожиданно приходит гость, его могут принять. И он зависит не от одной семьи, а от пяти семей — и принимает пищу только раз в день. Поэтому Будда, насколько это было возможно, минимизировал нагрузку на людей, и люди принимали их охотно. Они хотели поделиться чем-нибудь с монахами — и это было не обременительно.

Иногда люди давали монахам одежду, и Будда сказал так: «Если кто-то дает вам одежду, вы должны резать ее на части, потому что не должно быть так, что одни монахи пользуются заплатанными мантиями, а другие монахи пользуются одеждой, на которой нет заплат. Это будет вызывать ненужную конкуренцию». Он очень заботливо создавал коммуну равных, без каких-либо конфликтов — и он преуспел в этом. Конфликтов не было. Даже самая новая одежда резалась и сшивалась снова, поэтому выглядела так же, как и у любого другого. Но ссылка Да Хуэя на «школу заплатанной мантии» саркастична, непочтительна.

Что пользы в том, что ты можешь баюкать на руках неплачущего ребенка? Он говорит, что просто быть молчаливым — немного тишины, немного покоя — польза невелика. Все равно что баюкать на руках неплачущего ребенка — что пользы? Здесь он прав.

Вам нужно идти к глубочайшему экстазу.

Молчание — это лишь начало.

Спокойствие — это лишь начало, а не конец.

Линь Цзи сказал: «Если вы сможете успокоить ум, который неистово мечется от мгновения к мгновению, вы не будете отличаться от старого Шакьямуни Будды». Он не дурачил людей.

Утверждение Линь Цзи ясно: если вы сможете успокоить ум, который неистово мечется от мгновения к мгновению, вы не будете отличаться от старого Шакьямуни Будды.

Единственное различие между вами и пробужденным в том, что над вами продолжает доминировать неистовый, постоянно беспокойный ум. Будда преодолел это: он привел свой ум к покою. Это единственное различие. Но Линь Цзи не саркастичен — это был великий мастер. Он говорит: «Старый Шакьямуни Будда»; Шакья — это его род; поэтому его зовут Шакьямуни — человек из рода Шакья, достигший совершенного молчания.

Действительно, Да Хуэю нужен был такой мастер, как Линь Цзи. Он говорит, что Линь Цзи не дурачил людей. Почему он говорит это? Быть может, он бессознательно знает, что *сам* дурачит людей. Ему нужен такой человек, как Линь Цзи.

Линь Цзи был самым странным мастером. Я говорил вам о нем... он колотил людей, он бил своих учеников без всякой причины. Однажды он вышвырнул ученика из окна трехэтажного дома, а потом прыгнул на него сверху. Сидя на груди ученика, он спросил у него: «Дошло?» Самое удивительное, что ученик сказал: «Да, сэр!» — потому что это было настолько неожиданно...

Линь Цзи бил его — к этому он привык. Он знал, что, когда бы ни пришел, — получит хорошую трепку. Но даже битье такого человека, как Линь Цзи... он был так прекрасен, так очарователен. Он бил с любовью, в этом не было гнева. Он старался всеми способами пробудить ученика, и в конце концов ему пришлось вышвырнуть его из окна — ошеломить его совершенно: «Да что же это происходит!»

Потом, когда он увидел, что Линь Цзи прыгает из окна вслед за ним, его ум не мог не остановиться! Сидя на его груди, Линь Цзи спросил: «Дошло?» В то мгновение ученик был так безмятежен... ум не может сообразить, что происходит, поэтому вынужден успокоиться в такое мгновение. И глаза мастера, и его доброта, и его слова: «Дошло?». Ответ пришел не из ума, а от самого его существа. Он сказал: «Да, сэр». Да Хуэю нужен был такой человек, как Линь Цзи. Возможно, тогда он и пришел бы к состоянию не-ума, хоть на одно мгновение. И это изменило бы весь его подход — от интеллектуального к медитативному.

Даже Бодхисаттвы седьмой стадии ищут будда-знаний, и умы их не удовлетворены: поэтому такое состояние называется «недугом». В самом деле, этому нельзя помочь: невозможно применить никакие внешние средства.

Снова это цитата, и цитата правильная: действительно, тут нет способа помочь, потому что нельзя *сделать* ничего для понимания; и, естественно, чем же тут поможешь.

С другой стороны: если вы прекращаете старания, если вы прекращаете делание, если вы прекращаете усилия, — это случается само собой. Но вы не можете *помочь* этому, вы не можете ухитриться быть буддой. Если вы ухитряетесь быть буддой, это только лицемерие; вы будете лишь актером и ничем больше.

Несколько лет тому назад был некий мирянин, Сюй, который смог обрести раскрытие; он прислал мне письмо, выражая свое понимание, где сказано... Здесь вы видите, что обычный мирянин пришел к великому пониманию истины. Ответ, который Да Хуэй посылает ему, настолько зауряден и неуместен, что не остается сомнений: нельзя и сравнивать Да Хуэя с каким-нибудь дзэнским мастером. Он не способен даже понять опыт, пережитый мирянином, обыкновенным человеком, понять тот способ, которым человек выразил свое переживание.

Мирянин Сюй послал Да Хуэю письмо с такими словами: *«Пустой и открытый в своей ежедневной деятельности, нет ни одной вещи против меня; наконец я постигаю, что все вещи в трех мирах являются фундаментально несуществующими. Поистине, это мир и счастье, жизнерадостность, и все остальное отброшено».*

Соответственно, я проинструктировал его стихами. Сюю не нужна никакая инструкция от Да Хуэя, но Да Хуэй выставляет себя великим учителем.

Сюй выразил свое переживание, которое совершенно созвучно Гаутаме Будде и дзэнским мастерам. Инструкция, которую послал Да Хуэй, абсолютно неуместна.

Сначала он говорит: *Не увлекайся чистотой.* Но в письме тот бедняга ничего не говорил насчет чистоты! *Не увлекайся чистотой: чистота делает людей усталыми. Не увлекайся жизнерадостностью...* Сюй не говорил ничего об этом. Он просто сказал, что жизнерадостность пришла к нему; он не сказал, что увлекается ею.

ОПУСТОШЕНИЕ

Радостное ликование делает людей безумными. Инструкция Да Хуэя опасна... потому что он считался великим дзэнским мастером, которого признал император.

Бедный Сюй, наверное, был расстроен полученной им инструкцией!

Когда вода принимает форму сосуда, она становится соответственно квадратной или круглой, короткой или длинной. Что касается отбрасывания или неотбрасывания, пожалуйста, подумай над этим серьезнее. Ему не нужно слово «подумай». *Три мира и мириады вещей не являются убежищем — где же тогда какой-нибудь дом?* Сюй не говорил обо всех этих вещах, по которым Да Хуэй инструктирует его.

Если же ты именно таков, то это огромное противоречие. Нужно уведомить мирянина Сюй, что его собственная родня создает бедствие. Раскрой широко глаза тысячи мудрецов и не молись ради облегчения.

Он не молится ради облегчения, его ничто не беспокоит, у него нет никакого противоречия, он не ищет никакого убежища!.. Мне хочется прочесть слова Сюй снова, чтобы вы увидели, насколько неуместна эта инструкция. Но только чтобы быть учителем, Да Хуэй должен говорить что-то...

Да Хуэй даже не понял утверждения мирянина: *«Пустой и открытый в своей ежедневной деятельности, нет ни одной вещи против меня».*

Когда вы пусты и открыты, как может что-нибудь быть против вас? Сопротивление приходит, когда вы выступаете со стремлением, с определенным эго, с неким желанием — тогда бывает сопротивление. Но если вы пусты и открыты, естественно, сопротивление невозможно.

«Наконец я постигаю, что все вещи в трех мирах являются фундаментально несуществующими». Необходимо понимать, что означает слово «несуществующий» в наследии Гаутамы Будды. Это просто значит — ничто не устойчиво, все изменяется. Вот определение Буддой существующего: «то, что всегда остается одним и тем же». Есть лишь одна вещь, которая существует: это свидетельствующая самость, свидетельствующее сознание. Оно остается всегда одним и тем же... в прошлом, настоящем, будущем, от вечности к вечности — одно и то же. Это единственная существующая вещь. Все остальное изменяется; каждый момент оно изменяется, а то, что изменяется, есть несуществующее. Это не означает, что этого нет; это просто означает, что, в то время как вы видите это, оно уже изменяется. Пока вы слушаете меня, вы уже изменяетесь — ваша смерть приближается.

Этот мир преходящ. Слово «несуществующий» в философии Будды попросту означает «то, что является преходящим, то, что постоянно изменяется» — на что вы не можете полагаться. Единственная вещь, на которую вы можете положиться, это ваше свидетельствующее сознание. Оно никогда не изменяется. Это самый центр циклона. Но об этом в своей великой инструкции Да Хуэй не говорит ничего.

«*Поистине, это покой и счастье, жизнерадостность, и все остальное отброшено*». Сюй не говорит: «Я люблю эти вещи», не говорит: «Я желаю их». Он говорит: «Я обрел их, они есть». И инструкция Да Хуэя совершенно не к месту: *Не увлекайся чистотой* — меня изумляет, как это он не видит, что сказанное им не имеет отношения к письму мирянина, — *чистота делает людей усталыми. Не увлекайся жизнерадостностью: радостное ликование делает людей безумными. Когда вода принимает форму сосуда, она становится соответственно квадратной или круглой, короткой или длинной*.

Что касается отбрасывания или неотбрасывания, *пожалуйста, подумай над этим серьезнее*.

Думание — это очень невысокая активность; это от ума. Медитация есть высочайшее внутри вас; она за пределами ума. Мирянин коснулся чего-то запредельного уму, но Да Хуэй стягивает его вниз, говоря: *Пожалуйста, подумай над этим серьезнее. Три мира и мириады вещей не являются убежищем* — где же тогда какой-нибудь дом? Но тот бедняга не просил ни о каком доме или убежище.

Если же ты именно таков, то это огромное противоречие. Сюй не сказал, что он именно таков! Он просто говорит, что это его осознание, его сознание. Он может видеть это, он осознает свою пустотность, свою открытость. И он обнаружил, что с того самого мгновения, когда он стал пустым и открытым, ничто не сопротивляется ему:

«И как только я вошел в эту пустотность и открытость, я постиг, что все вещи в трех мирах являются фундаментально несуществующими. Поистине, это мир и счастье, жизнерадостность».

Он просто констатирует переживание своей медитации.

Да Хуэй не смог понять это; его инструкция — полнейший вздор. В конце концов он говорит: «*И не молись ради облегчения*». Каждому ясно, что он говорит, лишь бы принять позу великого инструктора.

В ежедневной деятельности студента на пути... Да Хуэй не понимает различия между студентом, учеником и преданным. Студент никогда не на пути. *В ежедневной деятельности студента на пути опустошать объекты легко, но опустошить ум трудно*. Кажется, это его собственный опыт; ведь опустошить ум — это простейшая вещь. Вещь трудна, когда необходимо огромное усилие, чтобы сделать ее, но чтобы опустошить ум, усилие не нужно вообще. Как же это может быть трудным?

Если объекты пусты, а ум не пуст, ум будет преодолен объектами.

Просто опустоши ум, и объекты опустошатся сами собой. Если ум уже опустошен, но ты затем вызываешь другую мысль, желая опустошить его объекты, то это означает, что этот ум еще не пустой и снова увлекается объектами. Если с этой болезнью не покончено, то нет способа выбраться из рождений и смерти.

ОПУСТОШЕНИЕ

Вы видели стих, который мирянин Пан преподнес Ма-цзы?
В десяти направлениях одно и то же братство: все и вся изучают не-делание.

Да Хуэй не понимает нигде, что искатель не изучает. Только студент изучает. Искатель впитывает, поглощает. Он впитывает присутствие мастера, он предоставляет энергии мастера трансформировать свою энергию. Студент собирает информацию; искателя не интересует информация: его единственный интерес — трансформация. Это совершенно различные вещи.

Все и вся изучают не-делание. Как можете вы изучать не-делание? Либо вы можете быть в состоянии не-делания, либо не можете быть. Но изучение невозможно.

Вот место, где избирают будд: умы пусты, они отвечают успешно.

Гаутама Будда не станет использовать слово «успешно». Когда нет вас, не бывает ни успеха, ни неудачи. Успех — это проекция эго. Неудача — это когда такая проекция не достигает цели и ваше эго испытывает боль.

Будда не знает ни успеха, ни неудачи. Он просто знает одну вещь: свое осознание. И это осознание всегда было тут, и успех ни при чем. Проспи он хоть еще несколько жизней, оно оставалось бы здесь. Спящее или бодрствующее, оно всегда здесь.

Если вы спите, вы можете увидеть тысячу и один сон; если вы просыпаетесь, эти сны исчезают. Так что единственная разница в том, что спящий человек видит сны, а человек пробужденный перестает их видеть. Но разница невелика... сны всего лишь сны, они менее реальны, чем даже мыльные пузыри.

Позволять таким людям, как Да Хуэй, и его сутрам быть священным писанием — это огромное заблуждение со стороны людей, следовавших по пути дзэна. Возможно, они совершили ту же самую ошибку, которую продолжают совершать другие религии: если они видят что-то неправильное в своих писаниях, они игнорируют это, или пытаются залатать, или интерпретируют таким образом, чтобы создать видимость порядка.

Но я не такой человек, чтобы делать лоскутное одеяло. Я не такой человек, чтобы интерпретировать кого-то, лишь бы создать ощущение, что все в порядке. Когда все правильно, я поддерживаю абсолютно; когда неправильно — я абсолютно против.

У меня есть обязательство перед истиной.

У меня нет обязательства ни перед кем другим.

Даже если Иисус Христос или Будда, или Махавира, или Лао-цзы — великие мастера — совершат нечто такое, что противоречит моему опыту истины, я буду критиковать их. Это не означает, что я против них. Это просто означает, что я тотально за истину, и если я обнаруживаю, что кто-то где-то ошибается, в заблуждении, то со всем должным уважением я вынужден указать на это, с тем чтобы в будущем это никого не привело в заблуждение.

Но этот Да Хуэй называет Будду «старым варваром» — только я не потерплю! Эту часть я просто выброшу прочь!..

— Хорошо, Маниша?
— Да, Мастер.

12

НЕ-ДУАЛЬНОСТЬ

Возлюбленный Мастер,

Иллюзия

*Ч*то касается «пустой иллюзии», то она является иллюзией, когда создается и когда переживается тоже; она является иллюзией, когда вы знаете и осознаете и когда вы теряетесь в заблуждении тоже. Прошлое, настоящее и будущее — это все иллюзии. Сегодня, если мы понимаем свое зло, мы принимаем иллюзорное лекарство, чтобы излечить в равной мере иллюзорную болезнь. Когда болезнь излечена, лекарство больше не нужно и мы снова те же самые, что и прежде. Если вы полагаете, что существует кто-то еще или некая особая доктрина, то это взгляд заблуждающегося постороннего.

Пока длился щелчок пальцев Майтрейи, Судхана смог даже забыть медитативные состояния, взлелеянные в нем всеми его учителями: насколько же сильнее энергия безначальной привычки к пустой лжи и злым деяниям! Если вы считаете реальными ошибки, которые совершили в прошлом, тогда мир, предстающий прямо перед вами сейчас, весь реален, и даже официальное положение, богатство и статус, благодарность и любовь — все это реально.

Не-дуальность

*Е*сли ваш ум не убегает от поисков, или мыслит ложно, или связывается с объектами, тогда этот самый горящий дом страсти сам по себе есть место убежища от трех миров. Не говорил ли Будда: «Не пребывая ни в каком положении или зависимости, не испытывая никакого различения, ясно видишь безбрежное хозяйство реальности и постигаешь, что все миры и все вещи равны и недуальны».

Хотя бодхисаттва «далеко продвинутого» уровня ведет себя вроде бы так же, как и отстающие, он не забывает о буддийских учениях; хотя он и выглядит рядовым участником всех мирских дел, он непрестанно практикует все пути, ведущие за пределы мира. Это реальные, целесообразные средства внутри горящего дома страсти...

Лишь преодолев весь путь, вы можете сказать, что несчастье само по себе есть просветление, а неведение тождественно великой мудрости. Внутри чудесного ума изначального безбрежного покоя —

чистого, ясного, совершенного озарения — нет ни единой вещи, которая могла бы создать препятствие. Это подобно пустоте космического пространства...

Одна из самых фундаментальных проблем, которая должна предстать перед каждым, идущим по пути к просветлению, заключается в том, что, когда вы становитесь просветленными, все, через что вы прошли, выглядит иллюзорным. Это совсем как при пробуждении, когда целая ночь сновидений сразу становится нереальной; вы даже не думаете о них. Но пока вы спите, сновидения очень реальны.

Странным образом, пока вы бодрствуете, вы можете сомневаться, реально или нереально то, что окружает вас.

По крайней мере, сомнение возможно. Кто знает — вдруг вы видите просто сон? Но во время вашего сновидения даже сомнение невозможно. Вы не можете усомниться: «То, что я вижу, возможно, нереально». Сновидение оказывается более глубоко укорененным в уме, чем наша так называемая реальность.

Реальность, по крайней мере, позволяет сомневаться. Сновидение не позволяет сомневаться. Фактически это единственный критерий различий между ними. Если вы можете сомневаться, значит, вы бодрствуете. Если вы не можете сомневаться, значит, вы крепко спите. Очень странный критерий, но это единственный критерий.

Поскольку все религии направлены против сомнения, они уничтожили самый фундаментальный критерий, доступный человеку. Все религии мира, без исключения, настаивают на вере. А вера — это противоположность сомнению. Человек может натренировать себя до такой степени, что сомнение не возникает — но тогда он утрачивает единственный критерий для различения между тем, что реально, и тем, что нереально.

Сновидения не могут подвергаться сомнению — а реальность может.

В жизни Чжуан-цзы произошел один замечательнейший эпизод. Как-то утром он сидел в своей кровати — очень печальный, очень серьезный... а печаль и серьезность были абсолютно противны его природе, его философии. Это был очень веселый человек. Он писал самые абсурдные истории с очень глубоким смыслом — нелогичные, иррациональные, но притом указывающие истину.

Его ученики собрались и забеспокоились: «Такого никогда не случалось, он никогда не бывал печальным. Он, человек смеющийся, выглядит таким серьезным. Быть может, он болен, или что-то произошло?»

Наконец какой-то ученик спросил: «В чем дело, мастер?»

Чжуан-цзы сказал очень серьезно: «Проблема почти за пределами моего понимания, и я не думаю, что вы каким-то образом сможете помочь мне, но все же я расскажу вам. Ночью мне приснилось, что я стал бабочкой».

Все ученики рассмеялись и сказали: «Незачем быть серьезным по такому поводу. Это было только сном, поэтому тебе не нужно так переживать... сейчас ты бодрствуешь, сон закончился».

Он сказал: «Сначала выслушайте всю историю. Когда я проснулся этим утром, странная идея возникла в моей душе: Если Чжуан-цзы может стать бабочкой в своем сновидении, почему же не может бабочка стать Чжуан-цзы в своем сновидении? Кажется, нет логической причины, почему бабочке не может присниться, что она — Чжуан-цзы».

Ученики по-прежнему говорили: «Тебе нет нужды беспокоиться о бабочках! Пускай они смотрят сны, какие захотят увидеть, но зачем ты скорбишь?»

Чжуан-цзы сказал: «Вы все еще не уловили проблемы. Проблема для меня теперь — кто же я? Не бабочка ли я, которой снится, что она — Чжуан-цзы? Поскольку Чжуан-цзы смог быть во сне бабочкой, как же мне убедиться, что я не просто бабочка, которой снится, что она — Чжуан-цзы?»

Ученики и сами опечалились, потому что это действительно оказалось неразрешимой проблемой. И она оставалась неразрешимой почти двадцать пять веков. К сожалению, я не был там, среди его учеников, потому что, по-моему, вот главный критерий: пока вы были бабочкой в своем сне, была ли у вас какая-нибудь проблема? Было ли там какое-нибудь сомнение? Теперь же, когда вы бодрствуете, вы можете сомневаться — кто знает, вдруг вы бабочка.

Это единственное различие между сном и реальностью: реальность позволяет вам сомневаться, а сновидение не позволяет сомневаться. Очевидно, вы Чжуан-цзы, так что не беспокойтесь. Безусловно, вы не были бабочкой, это был сон — потому что он не давал вам сомневаться.

По-моему, способность сомневаться есть одно из величайших благ человечества. Религии всегда враждовали, потому что они подрезали самые корни сомнения; и была причина, почему они поступали так: потому что они требовали от человека веры в определенные иллюзии, которые они проповедовали.

И вот человек верит, что, если он молится убежденно, искренне... тогда Кришна может посетить его или Иисус может появиться перед ним. Это — способы вызова сновидений в то время, когда вы бодрствуете, когда ваши глаза открыты. Но поскольку вы бодрствуете, вы можете сомневаться. Поэтому сперва сомнение должно быть уничтожено, иначе Иисус может предстать перед вами, а вы начнете сомневаться — кто знает, возможно, это только иллюзия. Где доказательство, что это не моя иллюзия?

Есть тысячи людей в сумасшедших домах во всем мире, которые верят в свои иллюзии так глубоко, что разговаривают с людьми, которых вы не видите — только они могут их видеть. Они не только говорят, они получают и ответы — они работают за двоих! Самое удивительное: когда они говорят от одной стороны — от себя, — у них свой собственный голос, а когда они отвечают от имени Иисуса Христа, их голос изменяется. Он обладает другим качеством, другим авторством. Вы можете видеть, что они выполняют и то, и другое — вопрос и ответ — и что рядом нет больше никого. Но поскольку они не могут сомневаться, их иллюзия становится реальностью.

Позвольте мне сказать вам:

Если вы можете сомневаться, даже реальность становится иллюзорной.

Почему такие люди, как Гаутама Будда, так настаивали на том, что все сущее — исключая ваше свидетельствующее *Я*, исключая ваше осознание — просто преходяще, создано из той же самой материи, что и грезы? Они не говорят, что этих деревьев тут нет. Они не говорят, что этих колонн тут нет. Пусть вас не вводит в заблуждение слово «иллюзия».

В английском языке нет точного перевода слова *майя*; в английском нечто либо реально, либо оно иллюзорно. Майя как раз между ними двумя: она выглядит реальной, но она не реальна. Она кажется реальной, но она не реальна. В английском нет слова, которое точно передает майю. И это слово было переведено как иллюзия; но иллюзия — слово неподходящее. Иллюзия не существует. Существует реальность. Майя как раз между ними — она почти существует. Обратимся к повседневной деятельности: ее можно принять за реальность. И только в высшем смысле, с вершины вашего озарения, она становится нереальной, иллюзорной.

Проблема в том, что все, что становится иллюзорным при переживании просветления, не могут представить себе иллюзорным люди непросветленные. Как вы можете подумать, что ваша жена, ваш муж, ваш дом, ваш автомобиль, ваши соседи... что все это просто сновидение?

Это не сновидение в том смысле, как вы знаете сны; потому слово *майя* должно быть сохранено непереведенным, ведь *майя* не означает сон. Оно просто означает, что вещи не вечные не могут быть признаны реальными. Они родились, они есть, и они постоянно умирают. С того самого мгновения, когда что-то родилось, оно начинает умирать — какая же это реальность?

Ваше рождение было началом смерти. С тех пор вы не занимались ничем, кроме умирания, — каждый день, беспрерывно, — хотя процесс этот очень медленный. Семьдесят или восемьдесят лет может потребоваться вам, чтобы достичь своей могилы, но вы двигались в этом направлении с тех пор, как оставили свою колыбель... последовательно... не беря ни единого выходного, никогда не сбиваясь с пути. Тут нет способа сбиться с пути! Что бы вы ни делали, куда бы вы ни шли, вы движетесь в направлении кладбища. Когда-то вас не было... однажды вас снова не станет — несмотря на то, что вы просуществовали семьдесят лет.

Ваш сон тоже существует, пока он есть. Он может длиться только семь минут, или семьдесят минут — это не составляет никакой разницы. Сон родился, он остается здесь... он воздействует на вас, как воздействует на вас что угодно реальное, а потом он умирает.

Такова же природа нашей так называемой реальности. Возможно, этот сон продолжается дольше, в большем масштабе. Но миллионы людей прошли здесь до нас, а мы не знаем даже их имен. Мы не знаем, что они влюблялись, что они сражались, что они убивали, что их убивали, что они совершали самоубийства, что они становились премьер-министрами, президентами, супербогачами... и все они исчезли, словно были не чем иным, как письмом на воде — или, самое большее, письмом на песке. Оно немного задерживается, потом приходит резкий ветер, и все написанное исчезает.

Согласно людям просветленным, то, что просто написано на воде... или пусть это написано на песке, или это может быть написано на граните и сохраняться тысячелетиями — разница лишь во времени; другого различия нет. Разница только в среде — вода, песок или гранит. Написано всегда одно и то же: когда-то его не было, на какое-то время оно появляется, однажды оно опять перестает быть.

Все приходит из ничего и все движется в ничто — это и есть смысл майи. Это не означает «нереальное», потому что написанное на песке тоже реально. Даже написанное на воде имеет собственную реальность, хотя оно и очень мимолетно — вы еще и не написали, а оно исчезло! Написанное на граните будет сохраняться тысячелетиями. Все же определенно одно: все это реально, но однажды оно пришло из ничего, и однажды оно возвратится в ничто. Таков смысл слова майя. Это не равнозначно иллюзии.

Человек просветленный видит все сущее как майю.
Оно приходит в существование, оно исчезает. Это не вечная действительность, которая никогда не начинается и никогда не кончается.

Весь поиск истины есть поиск того, что остается всегда и всегда одно и то же. Оно не приходит в существование и не уходит из существования. И тысячи искателей пришли к тому же самому выводу: что есть только одна вещь — только одна вещь во всем сущем, которая остается всегда одной и той же, — это ваше осознание.

За исключением осознания, все есть майя.

Только осознание — наблюдатель внутри вас — принадлежит вечной реальности — и есть *единственная* реальность.

Оно никогда не рождается... никогда не умирает. Оно всегда было и оно всегда будет.

Опыт просветления делает это совершенно ясным. Но перевести это на язык, понятный людям, у которых еще нет этого опыта, всегда было великой проблемой, порождавшей множество заблуждений.

Например, если вы называете мир иллюзорным, то люди думают: «Тогда какая разница между хорошим и плохим? Святой ты или вор, это все одно и то же — просто сон. Убиваешь ты кого-то или спасаешь тонущего — это все одно и то же, оба действия иллюзорны, поэтому нет ничего, что может быть названо моральным, и ничего, что может быть названо аморальным». Это очень беспокоит общество и очень беспокоит людей, которые должны управлять обществом и его делами. Действительно, нет способа перевести переживание просветления на языки спящих людей. Приходится использовать их слова, а их слова имеют собственные оттенки значений. Стоит вам сказать что-то, как вы уже чувствуете, что облекли истину в слова, которые будут превратно истолкованы.

Наша страна оставалась в рабстве две тысячи лет, и одной из самых основных причин этого была идея, что все иллюзорно. Свободна страна или порабощена — не составляет большого различия. Индией управляли столь незначительные варварские племена — а ведь это такой обширный континент; это же просто невероятно, чтобы такой большой страной могло управлять незначительное племя. Но причина была в том, что Индия никогда не оказывала никакого сопротивления. Она никогда не сражалась. Она попросту признавала рабство как часть сна. Свобода — это сон, и рабство — это сон...

Люди, приезжающие из развитых стран, не могут поверить этому — такая страшная бедность, и этот бедный народ совершенно доволен. Богатые люди в развитых странах в таком сильном мучении, беспокойстве, страхе... такая большая неудовлетворенность. А люди на Востоке, особенно в Индии, не имеют ничего — и при этом кажутся вполне довольными.

Причина в том, что люди, подобные Гаутаме Будде, Махавире, Неминатхе, Адинатхе, — длинная последовательность просветленных людей — рассказывали о своем опыте: когда они приходят к предельной высоте своего сознания, вся жизнь оказывается просто миражом... это просто майя, магическое создание, лишенное субстанции. Они были совершенно правы, но они забыли одну вещь: люди, к которым они обращались, — не просветленные.

Порой даже величайшая истина может стать бедствием. Так было и в нашей стране. Бедность признавалась, рабство признавалось, поскольку это все только сны — нет нужды переживать из-за них. Это может стать опасным. Это и оказалось опасным; поэтому я и не говорю, что этот мир — сон. Я вижу, что такие толкования оказались очень опасными.

Тут не было умысла со стороны просветленных людей, но все же ответственность ложится на их плечи. Они говорили эти вещи людям, которые не были готовы понимать их. Было совершенно очевидно, что те люди могут понять превратно — они и понимали превратно.

Индия жила в бедности без всякой революции. Сама идея революции неуместна — никто никогда не восстает против сновидений. Просто признают, что сна не существует, что сон не имеет ни малейшего значения. Но для невежественных людей это не безразлично — голод имеет значение!

Я оказался в чрезвычайном затруднении — как высказать высшую истину людям? Вопрос в том, какой эффект будет произведен в их умах и в их жизни... если сказать голодающему человеку, когда он умирает от истощения: «Не беспокойся — все это только сон».

Мне вспоминается одна история... В Древнем Китае колодцы делали без всякой ограды. Была большая ярмарка, и один человек упал в колодец; было так шумно, что, сколько ни кричал тот человек из колодца, никто не слышал его.

Случайно буддийский монах проходил мимо колодца, и поскольку он привык к тишине, ему удалось расслышать даже в ярмарочном гаме, что кто-то кричит из глубины колодца. Он подошел ближе, и тонущий сказал: «Пожалуйста, спаси меня».

Буддийский монах сказал: «Нет смысла. Каждый должен умереть; это лишь вопрос времени. Оставайся спокойным. Великий Гаутама Будда сказал, что жизнь — это только сон, поэтому, если ты во время сна упал в колодец, не кричи понапрасну. Успокойся».

Человек сказал: «Я готов выслушать все твои поучения — но сперва вытащи меня!»

Он поверить не мог тому, что кто-то станет читать ему столь странную проповедь в такой ситуации, когда он гибнет!

Но буддийский монах сказал: «Наш мастер Гаутама Будда говорил: Никогда не вмешивайся в чужую жизнь! Так что я лишь одним могу помочь тебе — дам реальное поучение: если ты сможешь быть тихим и умиротворенным во время смерти, то будешь рожден на более высокой ступени сознания».

Человек сказал: «Я просто хочу выбраться из этого колодца — а не рождаться на более высокой ступени!..»

Но буддийский монах продолжал свой путь.

Конфуцианский монах услышал человека и заглянул внутрь. Тонущий сказал: «Ты не буддист?» — а конфуцианцы очень прагматичны. Они не просветленные существа и не идеалисты. Они очень моралистичны, реалистичны, практичны. Они не верят ни в какую иную жизнь после смерти. Они не верят, что сознание имеет изолированное существование. Поэтому тонущий сказал: «Как хорошо. Я рад, что пришел конфуцианец, потому что только что буддийский монах прошел мимо, посоветовав мне успокоиться и мирно умереть».

Конфуцианский монах сказал: «Не беспокойся! Я пойду к людям и подниму революцию в стране».

Человек спросил: «Зачем?»

Конфуцианец сказал: «Наш мастер Конфуций говорил, что вокруг каждого колодца должна быть ограда. Вопрос не только в твоей жизни; это вопрос миллионов человеческих жизней. Ты не должен беспокоиться о своем крошечном я. Думай о грядущих поколениях и чувствуй удовлетворенность от того, что встретился со мной. Я вызову великий переворот во всей стране, так что каждый колодец будет огражден».

Человек сказал: «Это совершенно прекрасно, но что же со мной? К тому времени как революция достигнет цели и каждый колодец будет огражден, я погибну».

Конфуцианец сказал: «Мне очень жаль, но я верю в социальные перемены. Нас интересует общество, а не индивидуальности...»

Как раз вслед за ним подошел христианский миссионер с ведром и веревкой и, прежде чем человек успел сказать что-нибудь, спустил вниз ведро со словами: «Мы поговорим позже. Сначала тебя надо спасти. Садись в ведро, и я вытащу тебя».

Выбравшись из колодца, человек сказал: «Ты единственная религиозная личность. Тот тип только что ушел поднимать революцию — а мне погибать здесь! Другой пожелал мне родиться на более высокой ступени сознания... Но ты действительно религиозен. Только один вопрос: зачем ты носил это ведро с веревкой?»

Христианский миссионер сказал: «Я всегда рядом и готов к любой критической ситуации, потому что Иисус Христос говорил: Если вы спасаете людей, если вы служите людям, безмерной будет ваша награда в Царстве Божьем! Поэтому не думай, что я заинтересован в твоем спасении; мой интерес в том, чтобы совершить больше добрых дел. Я буду бороться с тем конфуцианцем, потому что его революция не даст людям падать в колодцы. Это означает, в конечном итоге, что мы не сможем спасать их, а без их спасения нет пути к Царству Божьему. Я спас тебя — научи же и своих детишек падать в колодцы... а я всегда рядом. Можешь позвать меня — и я всегда готов к любой критической ситуации. Это и есть все мое служение людям».

Религии вообще не интересовало человечество в целом. Я не могу сказать голодным людям: «Ваш голод просто сон», как не могу сказать жаждущему человеку: «Умри с миром. Не проси воды, не требуй ничего, потому что это будет оказывать плохое влияние на твою будущую жизнь».

Вы можете понять мое затруднение. Я абсолютно осознаю, что все иллюзорно, и все же мне не хочется давать людям эту идею в качестве системы веры, потому что такая система веры, без опыта, будет разрушать всю их жизнь всеми способами. Я хотел бы, чтобы они вступили на путь и постигли сами, что это означает — что жизнь является просто сном, или майей, — и освободились от этих иллюзорных страданий, мучений, боли.

Помогайте и остальным восходить к тому же медитативному сознанию. Но не давайте людям идей в качестве верований — которых у них нет как своего опыта, — потому что они начнут поступать в соответствии с ними, и их действия станут чрезвычайно опасными для них же самих.

Индия настрадалась достаточно от своих просветленных людей. Никакая наука не могла развиваться на этой земле. Математика была впервые открыта здесь, но она не могла произвести Альберта Эйнштейна. Многие научные изобретения получили свое начало на Востоке. Первые печатные прессы родились в Китае три тысячи лет назад, первые денежные банкноты — две тысячи лет назад.

Но наука не могла прогрессировать, поскольку если господствует идея, что все иллюзорно, то какой же смысл в исследовании и анализе иллюзорного мира? Поэтому там были потрясающие гении, но все они были преданы только одной задаче — найти свое собственное внутреннее сознание. У них не было интереса к внешнему миру.

Идея медитации и просветления вызвала интроверсию; прямо противоположное произошло на Западе. Запад экстравертен. Он смотрит только наружу — внешнее реально, а внутреннего не существует; оно иллюзорно. Но в некотором смысле, оба суть одно и то же. Восток признает одну половину, внутреннюю, и отрицает другую половину, внешнюю; Запад признает одну половину, внешнюю, и отрицает другую половину, внутреннюю.

Запад стал научно, технологически богатым, но утратил свою душу. Он обеднел духовно. Восток был духовно богатым, но он упустил всю хватку во внешней реальности и стал настолько бедным, что к концу этого столетия, вероятно, половина населения Индии — то есть пятьсот миллионов человеческих существ — умрет. И такое положение будет не только в Индии, но и во всех восточных странах, которые остаются бедными. Это не случайно. Мне абсолютно ясно, почему так произошло: человека никогда не обучали целому.

Я стою за целого человека. Его окружение я не буду называть иллюзорным, я назову его «изменяющейся реальностью»; его внутренний мир — это «неизменная реальность». Только такое различие я признаю. Переменная реальность обладает своей красотой, точно так же как и неизменная реальность обладает своей красотой. И обе должны осуществиться.

Человеку религиозность так же необходима, как необходим ему научный подход. Наука — для внешнего, объективного мира, а религия — для внутреннего, субъективного мира. Если обе они могут расти одновременно, как два крыла птицы, тогда есть целостность. И, по-моему, когда человек целостен, только тогда он святой.

Наши ученые нецельны, наши святые нецельны. Целостный человек еще не пришел в мир. Каждое мое усилие — заставить вас осознать, что мир нуждается крайне, безотлагательно в рождении цельного человека, — человека, который не расщеплен на внутреннее и внешнее. Лишь такой человек может сделать существование прекрасным, может сделать свое осознание великим светом, великой радостью.

Я с самого начала против того, чтобы называть мир иллюзорным. Это изменчивая реальность, это поток. Действительно, если бы это не была изменчивая реальность, было бы очень скучно. Ее беспрестанная перемена климата, переходы дня в ночь, ночи в день; беспрерывная смена жизни смертью, смерти жизнью поддерживает заинтересованность, поддерживает приключение, постоянно влечет к исследованию неведомых территорий.

То же самое верно относительно внутреннего мира.

Если бы он тоже изменялся, то вы не были бы одной и той же личностью два дня подряд. Вчера вы заняли у кого-то деньги; на следующий день — вы уже не тот, от кого предполагается возврат. Занимал кто-то другой — вы не та личность. А если и внутреннее, и внешнее оба беспрерывно изменяются, тогда по отношению к чему вы увидите, что они изменяются? — перемена требует чего-то неизменного в качестве опоры.

Ваше осознание есть центр циклона.

Все вокруг вас продолжает изменяться; только вы, в сокровенной внутренней сущности, остаетесь всегда одним и тем же. Вот с таким пониманием я и буду вести речь о сутрах Да Хуэя.

Что касается «пустой иллюзии», то она является иллюзией, когда создается и когда переживается тоже... Он не прав в этих словах — у него нет опыта просветления. Он остается интеллектуалом. Он никогда не поднимается к высотам разума, по крайней мере до сих пор. Возможно, в следующих сутрах ему удастся войти в более высокие сферы, взлететь немного выше. Но, похоже, он совсем плохо осознает то, что высказывает, да еще с претензией, что он знает, о чем говорит.

Первым делом, *что касается «пустой иллюзии»...* Это же повторение терминов. Иллюзия очевидно пуста. Нет необходимости называть ее пустой иллюзией; это излишне, это ненужное повторение. Иллюзия *означает* пустая. Иллюзия означает, что в ней нет субстанции, — так зачем же называть ее пустой иллюзией? Разве есть иллюзии не пустые? Что это будут за иллюзии, если они не пусты, и как вы можете называть их иллюзиями, если они обладают субстанцией? Сновидения не обладают никакой субстанцией.

Такими терминами он может пользоваться только благодаря тому, что он слушал многих мастеров, читал многие писания; но это не его собственный опыт.

...она является иллюзией, когда создается, и когда переживается тоже. Это совершенно абсурдно! Она является иллюзией, лишь когда вы не осознаете. В тот миг, когда вы осознаете и переживаете ее, она исчезает. Вы спали, и вы пробудились — вы что же, думаете, что сновидение продолжается,

когда вы бодрствуете? В момент пробуждения сновидение закончено. Ваше осознание и ваши сновидения не могут продолжаться одновременно.

В тот момент, когда кто-то становится просветленным, все то, что являлось сном, исчезает. Он находит только чистое сознание повсюду во вселенной, просто океан сознания. Все формы, которые обычно являлись прежде, исчезли... лишь бесформенное, универсальное сознание. Сна нет нигде, иллюзии нет нигде. Благодаря такому переживанию он и говорит, что люди, которые живут бессознательно, живут в иллюзии. Там, где они видят формы, форм нет; там, где они видят великие вещи, нет ничего, нет субстанции.

Какая субстанция в ваших амбициях, какая субстанция в вашей жадности? Какая субстанция в вашей похоти, какая субстанция в вашем стремлении к власти? Даже если вы становитесь самым могущественным человеком в мире, Александром Великим, — какая субстанция в этом?

Когда Александр Великий отправлялся в Индию, он повстречал одного великого человека, Диогена. В их диалоге есть один замечательный пункт. Диоген спросил его: «Что ты собираешься делать после того, как завоюешь весь мир?»

Тот сказал: «После того как я завоюю весь мир, я собираюсь расслабиться, совсем как ты».

Диоген принимал солнечную ванну, обнаженный. Он жил обнаженным и, лежа на песке на берегу реки, наслаждался утренним солнцем и прохладным ветерком. Диоген рассмеялся и сказал: «Если после завоевания всего мира ты просто собираешься расслабиться, как я, то почему тебе не расслабиться прямо сейчас? Неужели необходимо завоевывать весь мир для того, чтобы расслабиться? Я вот не завоевывал мира».

Александр почувствовал замешательство, поскольку то, что говорил Диоген, было верно. А Диоген добавил: «Зачем тебе тратить свою жизнь на завоевание мира — только чтобы расслабиться наконец, как это делаю я. Но этот берег достаточно велик — ты можешь приходить сюда, и твои друзья могут приходить. Целые мили, и с прекрасным лесом. И я не владею ничем. Если тебе нравится то место, где я лежу, я могу перелечь!»

Александр сказал: «Возможно, ты прав, но сначала я должен завоевать весь мир».

Диоген сказал: «Дело твое. Но помни одну вещь: думал ты когда-либо о том, что не существует другого мира? Как только ты завоюешь этот мир, ты попадаешь в затруднение».

Говорят, Александр сразу погрустнел. Он ответил: «Я никогда не думал об этом. То, что я так близок к завоеванию мира, просто удручает меня... мне ведь только тридцать три года, а другого мира для завоевания нет».

Диоген сказал: «Но ты же думал расслабиться. Если бы был еще один мир, я думаю, сначала ты завоевывал бы его и только *потом* — расслаблялся. Ты никогда не расслабишься, потому что ты не знаешь одной простой вещи о расслаблении: оно или сейчас, или никогда. Если ты понимаешь это — тогда ложись, брось эти одежды в реку. Если же не понимаешь, то забудь о расслаблении. И какой смысл в завоевании мира? Что ты собираешься приобрести этим? Кроме растраты своей жизни, ты не приобретаешь ничего».

Александр сказал: «Мне хотелось бы увидеть тебя снова, когда я вернусь. Прямо сейчас я должен идти, но я с удовольствием посидел бы и послушал тебя. Я всегда мечтал встретить тебя — я слышал столько рассказов о тебе. Но я никогда еще не встречал такого прекрасного и впечатляющего человека, как ты. Могу я сделать что-нибудь для тебя? Только слово, намек от тебя — и это будет исполнено».

Диоген сказал: «Если бы ты немножко отодвинулся... потому что ты закрываешь солнце. Это будет достаточной признательностью — и я останусь благодарным всю мою жизнь».

Когда Александр уходил, Диоген сказал ему на прощание: «Запомни одну вещь: тебе никогда не вернуться домой, потому что твои амбиции чересчур велики, а жизнь слишком коротка. Тебе никогда не удастся удовлетворить свои амбиции, и ты никогда не сможешь вернуться домой». И на самом деле случилось так, что Александр не смог достичь дома. Он умер, когда возвращался из Индии, прямо в пути.

Последние две тысячи лет был очень популярен вымышленный рассказ. Рассказ этот обладает неким значением и историчностью, потому что в тот же самый день умер и Диоген тоже. Оба умерли в один день — Александр на несколько минут раньше, а Диоген через несколько минут после него; потому и родился рассказ...

Когда они пересекли реку на границе между этим миром и царством Божиим, Александр оказался впереди Диогена всего на несколько футов; он услышал смех позади. Этот смех показался ему знакомым, и — он поверить не мог этому — то был Диоген. Ему стало очень стыдно, потому что на этот раз он тоже был обнажен. Чтобы как-то скрыть свое смущение, он сказал Диогену: «Это, очевидно, беспрецедентное событие — что на этой реке победитель мира, император, встречается с нищим» — известно, что Диоген обычно нищенствовал.

Диоген рассмеялся и сказал: «Ты совершенно прав, но в одном пункте ты ошибаешься».

Александр спросил: «Что же это за пункт?»

Диоген произнес: «Император не там, где ты думаешь, и нищий не то, что ты думаешь. Нищий передо мной. Ты потерял все — ты и есть нищий. Я проживал каждый отдельный миг с такой тотальностью и интенсивностью, настолько богато, настолько исчерпывающе, что меня можно назвать только императором, а никак не нищим».

Эта история кажется вымышленной, потому что кто может знать, что там произошло? Но она оказывается многозначительной. В тот миг, когда вы узнаете, что жизнь и существование — мимолетный феномен... Нет, это не значит, что вам следует отвергать их; это только значит: прежде чем они пронесутся, выжимайте сок из каждого мгновения.

Вот в чем я отличаюсь от всех просветленных людей мира. Они скажут: «Отвергните их, потому что они изменчивы». А я скажу: «Поскольку они изменчивы, выжимайте сок побыстрее. Прежде чем они исчезнут, вкушайте их, пейте их, наслаждайтесь ими. Прежде чем эти мгновения улетят прочь, сделайте их праздником, танцем, песней. То, что они мимолетны, не означает, что вам следует отвергать их. Это только означает, что вы должны быть очень бдительны, так чтобы ничто не смогло ускользнуть, не будучи выжатым полностью».

Этот мир должен быть прожит, насколько это возможно, интенсивно и тотально — и это не противоречит вашей осознанности. На самом деле вам нужно очень интенсивное осознание, чтобы вы не упустили ни единого мгновения. Поэтому осознание и наслаждение этой жизнью могут расти вместе одновременно. Таково мое видение целостного человека.

Она является иллюзией, когда создается и когда переживается тоже; она является иллюзией, когда вы знаете и осознаете... — это абсолютно неверно: когда вы знаете и осознаете, то все, что есть иллюзия, исчезает... *и когда вы теряетесь в заблуждении тоже.* Заблуждение — это только когда вы потерялись в нем. Если же вы стоите в стороне как наблюдатель, как свидетель, то это лишь мимолетное явление. Таков смысл слова *майя*, которое неправильно переводится как иллюзия.

Вы знаете это — все мимолетно. Либо вы можете отвергать его, что люди и делали в прошлом... Но я против отвергания. Какой смысл в отвергании? Это нечто такое, что отвергает вас самих и каждое мгновение движется к аннигиляции... Будет лучше — и это обогатит вас, сделает вас более зрелым — ухватиться за него, пока оно не ушло, прожить его.

И человек, который живет каждое мгновение, бдительный наблюдающий, знает совершенно точно, что цепляться тут не за что — уходит все, уйдет и это тоже — у него нет страдания, нет сожаления, нет жалобы, нет недовольства жизнью. Жизнь мимолетна — мимолетна в своей таковости. Это ее природа — а ваша природа абсолютно и вечно та же. Почему же не наслаждаться этим?

Это верно. Цветок розы, что расцвел утром, погибнет к вечеру. Но надо ли уничтожать его утром, из-за того что он погибнет вечером? Это будет полной глупостью. Но такой была вся история всех ваших религий.

НЕ-ДУАЛЬНОСТЬ

Я говорю вам: *из-за того что* цветок розы, который расцвел утром и танцует под солнцем, воздухом и дождем, уйдет к вечеру... прежде чем он уйдет — танцуйте с ним, радуйтесь с ним, дайте его аромату стать частью вас. Не цепляйтесь за него! Когда он здесь, будьте благодарны сущему. Когда он уйдет, оставит у вас прекрасную память, замечательное воспоминание. Но беспокоиться не о чем, потому что будет появляться все больше и больше роз.

Нужно учиться искусству жить с осознанием. По-моему, таким может быть определение религии: искусство жить осознаванием — не отвергая, но радуясь.

Прошлое, настоящее и будущее — это все иллюзии. Сегодня, если мы понимаем свое зло, мы принимаем иллюзорное лекарство, чтобы излечить в равной мере иллюзорную болезнь. Когда болезнь излечена, лекарство больше не нужно и мы снова те же самые, что и прежде. Если вы полагаете, что существует кто-то еще или некая особая доктрина, то это взгляд заблуждающегося постороннего.

Он сам и есть посторонний. Он не знает, что говорит. Он попросту повторяет избитые слова всех просветленных людей. Я говорю, что это не его опыт, потому что он совершает массу ошибок, которые это подтверждают. Человек опыта не может совершать такие ошибки.

Пока длился щелчок пальцев Майтрейи, Судхана смог даже забыть медитативные состояния, взлелеянные в нем всеми его учителями: насколько же сильнее энергия безначальной привычки к пустой лжи и злым деяниям! Если вы считаете реальными ошибки, которые совершили в прошлом, тогда мир, представший прямо перед вами сейчас, весь реален, и даже официальное положение, богатство и статус, благодарность и любовь — все это реально.

Он цитирует очень важный отрывок, но не комментирует его. Это странно. Он продолжает бросаться большими именами и событиями ради того, чтобы продемонстрировать свою ученость, свои познания. Однако это случай такой огромной важности, что рассказать о нем и не сделать никакого комментария к нему означает, что он не понимал его смысла.

Пока длился щелчок пальцев Майтрейи, Судхана смог даже забыть медитативные состояния, взлелеянные в нем всеми его учителями.

А история такова. Судхана учился у многих учителей, изучил множество техник медитации. А потом он вошел в контакт с просветленным мастером, Майтрейей.

В то мгновение, когда он касался стоп Майтрейи, Майтрейя глядел на него — и щелкнул пальцами. И произошло нечто странное. Судхана просто стал тихим. Он никогда еще не бывал в таком пространстве, хотя и практиковал медитацию, жил у многих мастеров. Всего лишь щелчок пальцев...

Возможно, он был как раз на грани. Так бывает. Просто небольшой толчок — это может быть все что угодно. Как раз когда он поднимался после касания стоп и Майтрейя щелкнул пальцами, он, вероятно, посмотрел на Майтрейю — что тот делает?

На миг он забыл свой ум, все свои медитации.

На миг произошел разрыв, и этот разрыв открыл двери вечности.

Это может быть что угодно. Если личность как раз на грани, то человек, который понимает, может заглянуть внутрь вас и увидеть, что вы на самом пределе... небольшой толчок — и вы перемещаетесь в совершенно новое измерение.

Такой простой жест — щелчок пальцев — и Судхана стал просветленным. Он пришел задать множество вопросов, но теперь все вопросы были излишни. Он просто касался стоп Майтрейи как новоприбывший; а после этого незначительного жеста ему пришлось коснуться стоп Майтрейи снова — чтобы поблагодарить его.

Ни единого слова не сказал Майтрейя, ни единого слова не сказал Судхана... и все произошло.

Когда Судхана ушел, Майтрейя сказал остальным своим ученикам: «Посмотрите, вы работаете так упорно, и я столько колотил вас...» И он сказал им, что Гаутама Будда был прав, когда говорил, что некоторые люди подобны лошадям, которые не сдвинутся, пока вы не стукнете их как следует, а другие люди подобны другим лошадям — лишь слабого толчка достаточно, чтобы они двинулись. А бывают лошади, которым не нужно даже это; всего лишь тени вашего хлыста будет достаточно.

«Я слышал об этом, — сказал Майтрейя, — но я впервые увидел человека, который относится к третьей категории лошадей. Только тень хлыста — даже не хлыст, — и он двинулся в другой мир».

Да Хуэй упоминает об этом великом случае, но без всякого комментария. Очень странно, что можно говорить о столь великих событиях и не комментировать их вовсе. Возможно, он не понял его. Возможно, он относится к первой категории лошадей!

Если ваш ум не убегает от поисков, или мыслит ложно, или связывается с объектами, тогда этот самый горящий дом страсти сам по себе есть место убежища от трех миров.

То, что он говорит, правильно: не нужно никуда ходить. Ум всегда заинтересован в том, чтобы идти куда-то. Ум — это американец, он всегда идет куда-то, неважно куда. Важно просто идти.

Я слышал об одной паре... Муж ведет машину очень быстро, а жене не по себе. Она все время убеждает его: «По крайней мере, ты бы посмотрел на карту! Может быть, мы не по той дороге едем?»

А муж огрызается: «Замолчи! Ты что, не видишь, как быстро мы едем? Не имеет значения, куда мы едем, главное сейчас — скорость, вот и наслаждайся скоростью».

Рассказывают, что, когда Рональд Рейган посещал Грецию, он пошел осмотреть старый вулкан. Он заглянул глубоко внутрь вулкана и сказал проводнику: «Боже мой, там как в аду».

Проводник ответил: «О, вы, американцы, побывали-таки везде!»

Ум — американец, это совершенно точно; иначе какая нужда двигаться куда бы то ни было. Где вы ни находитесь — это и есть место вашего просветления.

...место убежища от трех миров — ада, земли и небес. В христианстве, иудаизме, исламе (все три эти религии родились вне Индии) небеса — это предел. Но религии, рожденные в Индии, не считают небеса пределом. Освободиться от всех трех — вот их конечная цель. И этот четвертый мир называется *мокша* — подлинное освобождение.

Небеса есть не что иное, как курорт. Вы заработали немного денег, и вот вы едете лечиться на курорт. Небеса, в соответствии с восточными религиями, являются всего лишь курортом. Вы заработали немного добродетели, вы жертвовали на благотворительные дела, бегали по сиротским приютам и делали другие подобные вещи; такие вещи абсолютно необходимы, иначе вам не попасть на небеса, — потому что кто же вам откроет банковский счет на небесах? Бертран Рассел был прав, когда сказал, что если в мире не будет бедности, если все заживут уютно, счастливо, радостно, то все так называемые святые исчезнут. Кому нужны их услуги? Эти святые сами нуждаются в том, чтобы были бедные, были сироты, были нищие — тогда они смогут зарабатывать добродетель. Добродетель — это разновидность валюты, которая используется на небесах.

В соответствии с индийскими религиями, когда вы достигаете небес, вы живете там столько, сколько выдержит ваш счет, а когда счет заканчивается, вы возвращаетесь на землю — и снова бизнес: зарабатывание добродетели. Все это называется «тремя мирами». Некоторые люди, занимающиеся дурными делами, открывают свои счета в аду. Они тоже возвращаются. Когда их счета истекли и их помучали достаточно, они снова возвращаются.

Эта земля, этот мир — просто такое место, откуда люди расходятся во всех направлениях — и снова возвращаются. Когда счет истекает, они вынуждены возвращаться сюда. Это замкнутый круг.

Восточные религии называют его кругом рождений и смерти. И чтобы быть тотально свободными от него, у них есть другое название — которого нет в распоряжении религий, рожденных вне Индии, — мокша, или нирвана. Это означает, что теперь вы ушли навсегда, возврата нет. Вы никогда уже не возвратитесь назад.

Вы можете оставить все три мира и уйти прямо из того места, где вы есть. Вам нет нужды куда-то ездить — в Гималаи, в пещеры, в монастыри. Что вам всем нужно делать — так это двигаться внутрь, к своему осознанию.

Не говорил ли Будда: «Не пребывая ни в каком положении или зависимости, не испытывая никакого различения, ясно видишь безбрежное хозяйство реальности и постигаешь, что все миры и все вещи равны и недуальны».

Хотя бодхисаттва «далеко продвинутого» уровня ведет себя вроде бы так же, как и отстающие, он не забывает о буддийских учениях; хотя он и выглядит рядовым участником всех мирских дел, он непрестанно практикует все пути, ведущие за пределы мира. Это реальные, целесообразные средства внутри горящего дома страсти...

Лишь преодолев весь путь, вы можете сказать, что несчастье само по себе есть просветление, а неведение тождественно великой мудрости. Внутри чудесного не-ума... (Это я говорю «не-ума»; Да Хуэй продолжает говорить «ума» — и это абсолютно неправильно: все учение Гаутамы Будды основано на не-уме, на выходе за пределы ума.)

...внутри чудесного не-ума изначального безбрежного покоя — чистого, ясного, совершенного озарения — нет ни единой вещи, которая могла бы создать препятствие. Это подобно пустоте космического пространства... Он говорит: Вы можете жить в мире и все же быть не от мира. Вы можете жить в мире и не позволять миру жить в себе. Все, что для этого необходимо, — немного наблюдательности.

Небольшая история под конец... Точно так же, как вы слыхали имя Клеопатры — одной из самых прекрасных женщин Египта, — на Востоке есть равнозначное Клеопатре имя прекрасной женщины, современницы Гаутамы Будды, Амрапали.

Будда остановился в Вайшали, где жила Амрапали. Амрапали была проституткой. Во времена Будды в нашей стране был обычай: самой прекрасной женщине не позволялось вступать в брак ни с одним человеком, потому что это вызовет ненужную ревность, конфликт, борьбу. Поэтому самая прекрасная женщина должна стать *нагарвадху* — женой всего города.

Это вовсе не было неуважением; наоборот, подобно тому как в современном мире мы провозглашаем прекрасных женщин «женщиной года», те женщины пользовались всеобщим уважением. Они не были обычными проститутками. Они делали то же, что и проститутки, но их посещали только самые богатые люди — короли, принцы, генералы — высший слой общества.

Амрапали была очень красива. Однажды она сидела у себя на террасе и увидела молодого буддийского монаха. Она никогда еще не влюблялась ни в кого, несмотря на то что ежедневно имитировала любовь к этому королю, к тому королю, к тому богачу, к тому генералу. Но она внезапно полюбила человека — буддийского монаха, у которого не было ничего, кроме чаши для подаяний; он был совсем юноша, но потрясающего присутствия, осознанности, изящества. А как он ходил... Она сбежала вниз и попросила монаха: «Пожалуйста — сегодня прими *мою* пищу».

Другие монахи тоже шли вслед за ним, потому что повсюду, куда бы ни переезжал Будда, десять тысяч монахов всегда окружали его. Остальные монахи поверить не могли случившемуся. Они завидовали, злились и испытывали все человеческие чувства и слабости, когда увидели, что юноша вошел во дворец Амрапали.

Амрапали сказала ему: «Через три дня начнется сезон дождей...»

Буддийские монахи не странствуют четыре месяца во время сезона дождей. Эти четыре месяца они живут на одном месте; восемь месяцев они постоянно передвигаются, они не могут останавливаться больше чем на три дня в одном месте. Удивительный психофеномен, если вы наблюдали себя... Можете понаблюдать: чтобы привязаться к какому-то месту, вам нужно по крайней мере четыре дня.

Например, в первый день в новом доме вам может не спаться, на второй день это станет немного легче, на третий день будет еще легче, а на четвертый день вы приспособитесь спать совершенно как дома. Поэтому, если вы буддийский монах, вам нужно уйти прежде, чем это наступит.

Амрапали сказала: «Всего через три дня начинается сезон дождей, и я приглашаю тебя остановиться в моем доме на четыре месяца».

Юноша сказал: «Я спрошу своего мастера. Если он позволит мне, я приду».

Когда он выходил, там собралась толпа монахов, они спрашивали его, что произошло. Он ответил: «Я получил свою еду, и женщина попросила меня остановиться на четыре месяца, в сезон дождей, в ее дворце. Я сказал ей, что спрошу своего мастера».

Люди по-настоящему разозлились — одного дня было и так слишком много; но четыре месяца подряд!.. Они бросились к Гаутаме Будде. Еще раньше, чем юноша добрался до собрания, там уже стояли сотни монахов и твердили Гаутаме Будде: «Этого человека нужно остановить. Та женщина проститутка, а монах, остающийся четыре месяца в доме проститутки...»

Будда произнес: «Не шумите! Пусть он подойдет. Он ведь не дал согласия останавливаться; он согласился, только если я позволю ему. Пусть он подойдет».

Юноша подошел, коснулся стоп Будды и поведал всю эту историю: «Эта женщина проститутка, знаменитая проститутка, Амрапали. Она просила меня остановиться на четыре месяца в ее доме. Каждый монах остановится где-то, в чьем-то доме, на эти четыре месяца. Я сказал ей, что спрошу своего мастера, и вот я здесь... как скажешь».

Будда посмотел ему в глаза и сказал: «Можешь останавливаться».

Это был шок. Десять тысяч монахов... Там стояла великая тишина — но и великий гнев, большая зависть. Они не могли поверить тому, что Будда позволил монаху остановиться в доме у проститутки. Через три дня юноша отправился жить к Амрапали, а монахи каждый день стали приносить сплетни: «Весь город в возбуждении. Разговор только один — про буддийского монаха, который остановился у Амрапали на целых четыре месяца».

Будда сказал: «Вам надлежит хранить молчание. Четыре месяца пройдут, и я верю моему монаху. Я заглянул ему в глаза — там не было желания. Если бы я сказал нет, он не почувствовал бы ничего. Я сказал да... он просто пошел. И я верю в моего монаха, в его осознание, в его медитацию.

Почему вы так взволнованы и переживаете? Если медитация моего монаха глубока, тогда он преобразит Амрапали, а если его медитация не глубока, то Амрапали может изменить его. Теперь это вопрос выбора между медитацией и биологическим влечением. Подождите четыре месяца.

Я верю моему юноше. Он работал прекрасно, и у меня есть полная уверенность, что он выйдет из этого огненного испытания абсолютным победителем».

Никто не поверил Гаутаме Будде. Его ученики думали: «Он доверяет чрезмерно. Этот человек слишком юн; он чересчур неопытен, а Амрапали слишком уж прекрасна. Он напрасно рискует». Но делать было нечего.

Через четыре месяца юноша пришел, коснулся стоп Будды... а следом за ним шла Амрапали, одетая как буддийская монахиня.

Она коснулась стоп Будды и сказала: «Я старалась изо всех сил соблазнить твоего монаха, но он соблазнил меня. Он убедил меня своим присутствием и осознанием, что реальная жизнь — у твоих стоп. Я хочу отдать все свое имущество коммуне твоих монахов».

У нее был очень красивый сад и замечательный дворец. Она сказала: «Ты можешь сделать его местом, где десять тысяч монахов смогут останавливаться в каждый сезон дождей».

И Будда обратился к собранию: «Теперь вы удовлетворены?»

Если медитация глубока, если осознание ясное, ничто не может нарушить их. Тогда все эфемерно. Амрапали стала одной из просветленных женщин среди учеников Будды.

Таким образом, все дело вот в чем: где бы вы ни были, становитесь более концентрированными, становитесь более бдительными, живите более сознательно. Идти больше некуда. Все, что должно случиться, должно случиться внутри вас, — и это в ваших руках. Вы не марионетка, и ваши веревочки не в чьих-то чужих руках. Вы абсолютно свободная индивидуальность. Если вы решаете оставаться в иллюзиях, то можете оставаться в них многие и многие жизни. Если вы решаете выйти — то единственного решительного момента достаточно.

Вы можете выйти за пределы всех иллюзий в это самое мгновение.

— Хорошо, Маниша?
— Да, Мастер.

13

НИЧТО

Возлюбленный Мастер,

Давать нечего

Народу никогда ничего нельзя было дать — только людей, которые могли указать ему дорогу. Досточтимый древний говорил: «Какое-либо достижение — это лай шакала; никакого достижения — это рык льва».

Будда был тем, кто овладел искусством адаптации: в течение сорока девяти лет более чем в трехста шестидесяти ассамблеях, где он учил дхарме, он наставлял людей согласно их индивидуальным способностям. Так, он проповедовал единым голосом во всех сферах, а в это время разумные существа извлекали пользу в соответствии со своим складом. Это похоже вот на что: «Один порыв восточного ветра, и сгибаются мириады былинок». Дхарма, проповедованная Буддой, подобна этому.

Если бы у него было намерение принести пользу во всех сферах, тогда это было бы эгоистическое проповедование дхармы. Желать заставить мириады существ обрести избавление в соответствии с их складом — разве это не невозможно, в конце концов? Разве вы не читали, как Шарипутта на ассамблее, где проповедовалась совершенная мудрость, спросил у Манджушри: «Разве не все будды, татхагаты пробуждены к сфере истины?»

И Манджушри сказал: «Нет, Шарипутта. Даже будд нельзя найти: как же тогда могли бы существовать будды, которые пробуждаются к сфере истины? Даже сферу истины нельзя обнаружить: как же тогда она могла бы постигаться буддами?»

Видите, как ловко эти двое подстрекают друг друга. Когда же настраивали они свои умы на что-нибудь? Все будды, все патриархи с древнейших времен владели подобным стилем помощи людям. Это уже их далекие потомки утратили суть школы и учредили собственные индивидуальные секты, которые занимаются странными вещами и стряпают чудеса.

Это прекрасно, когда Да Хуэй просто цитирует слова пробужденных. Но как только он привносит себя, вся слава и великолепие сразу теряются. Он упорно силится показать, что он просветленный, но он не может скрыть — ему не скрыться от глаз, которые способны заглянуть глубоко в самое его Я. Это будет великое событие — когда он осуществит свои претензии.

Ему не трудно будет стать просветленным. Все, что ему нужно узнать, — это что он не знает; и это станет немедленной трансформацией. Он знает слишком много, а его опыт есть абсолютный нуль, но я надеюсь, что мало-помалу он приближается к пониманию этого, потому что сейчас он не прибавляет повсюду собственные изречения, он лишь цитирует будд.

Первая сутра очень древняя, она происходит даже не от Гаутамы Будды. Наверное, все пробужденные подчеркивали тот факт — должны подчеркивать, ведь это так реально и так важно, это нужно рассказать людям, — что мастер не может дать вам ничего. Если бы мог, он дал бы вам все. Но что касается просветления — это полностью ваша индивидуальная, частная территория. Никто не может вторгаться туда.

Тогда в чем цель мастера? Его цель — отнять у вас вещи, о которых вы думаете, что это и есть вы. Его цель негативна — он попросту отнимает ваши ложные концепции. А когда все ложные концепции отняты у вас, тогда то, что реально, озаряется во всей своей красоте. Он не дает вам ничего, но он устраняет все препятствия, все помехи, за которые вы цеплялись.

В тот миг, когда вы становитесь просветленными, вы узнаете, что это переживание всегда было с вами — просто ваши глаза были закрыты. Мастер старается любым путем, произвольными средствами, пробудить вас. А когда вы пробуждены, ничего не нужно говорить, потому что вы видите сами. Переживание просветления в точности одинаково.

Да Хуэй цитирует древнюю сутру:

Народу никогда ничего нельзя было дать — только людей, которые могли указать ему дорогу.

Настоящие слова Будды: «Я могу показать вам путь, но вы должны пройти по нему. Я не могу пройти по нему за вас. Не в том дело, что я не хочу, но это просто не в природе вещей».

...могли указать ему дорогу. Достоточтимый древний говорил: «Какое-либо достижение — это лай шакала; никакого достижения — это рык льва».

В пути бывает множество моментов, когда вы чувствуете: «Я достиг, я добился». Запомните критерий: всякий раз, когда у вас возникает идея: «Я добился» — вы, без всякого сомнения, сбились с пути. Сама идея: «Я добился»

— означает достижение эго. Вот вы пришли, и некая цель достигнута. Может быть, это и прекрасное переживание, но тем не менее оно иллюзорно; потому-то досточтимый древний и говорит:

«Какое-либо достижение — это лай шакала; никакого достижения — это рык льва».

В пути приходит такой момент, когда искатель исчезает и желание дотигнуть чего-то покидает вас. Если вас нет, кто же будет достигать? Когда вы настолько просты и невинны, что не можете даже произнести: «Я», то нет и проблемы достижения — потому что нет достигающего ума. Но это и есть достижение: утрата всего, даже искателя. Вы нашли то, что разыскивал искатель, но теперь нет никого, кто мог бы заявить об этом.

Тогда и приходит львиный рык: простое бессловесное признание. Вы взрываетесь радостью, пляской — утрачено все. А когда вы пребываете в состоянии предельного ничто, то, с другой стороны, все обретено.

Но такие слова уже неприменимы, вы не можете сказать: «Я достиг». Это и есть простое признание, что оно всегда было с вами; отсюда и рык льва.

Будда был тем, кто овладел искусством адаптации: в течение сорока девяти лет более чем в трехстах шестидесяти ассамблеях, где он учил дхарме, он наставлял людей согласно их индивидуальным способностям.

Утверждение Да Хуэя верно. Будда не верит в коллективный ум, он верит в индивидуальное сознание. Возможно, он первый человек, заявивший, что само существование Бога лишает человека индивидуальности. Его причина отрицания Бога не теологическая — он не атеист.

Его отказ от Бога означает утверждение, что индивидуальное сознание есть высочайшая точка развития сущего: нет ничего выше этого.

Все религии считают, что Бог создал мир — он создал мужчину, он создал женщину и все то, что есть в мире. Для Будды это самая оскорбительная, унижающая идея. Если Бог может сотворить, он может и разобрать в любой момент; все вы — лишь марионетки в руках у кукловода. И тогда все разговоры об индивидуальности, о свободе и просветлении — впустую. Бога необходимо изъять как гипотезу, потому что он является величайшей помехой вашей индивидуальности.

Ницше признал это через двадцать пять столетий; контекст иной, но постижение то же самое. Он сказал: «Бог умер, и теперь человек свободен!» Если Бог по-прежнему жив, человек не может быть свободным — как вы можете быть свободными?

Чего стоит одна идея всех религий — что бог сотворил человека из грязи... Таков смысл слова «humus», от которого происходит слово «human». Таково же и значение Адама — Адам означает грязь.

Бог создал Адама из грязи, а потом вдохнул в него жизнь.

Это почти как создание игрушки. Какая свобода, какая индивидуальность, какое освобождение может существовать для куклы?

Будда отбросил гипотезу Бога на двадцать пять столетий раньше, чем это стало великой мятежной идеей. Ницше был только мыслителем, он не мог повлиять на многих людей. Но Будда отбросил Бога в пользу человеческого сознания: оно может развиваться беспрепятственно, так что личность человека священна и никто не может входить туда. Религии говорят, что Бог следит за вами каждое мгновение. В поле зрения Бога у вас нет ничего личного.

Я слыхал о монахине, которая мылась в ванной за закрытой дверью, но никогда не раздевалась.

Другие монахини стали подозревать: «Она что, немного тронулась?» Наконец они спросили ее: «В чем дело? Двери закрыты, ты можешь снять свою одежду».

Она сказала: «Но Бог всевидящ. Он видит каждый миг в любом месте. Вы что же, предлагаете мне стоять голой перед Богом?»

Но бедная женщина не понимала, что если глаза Бога могут проникать сквозь стены, то они могут проникать и сквозь одежду, они могут проникать и сквозь ваш скелет.

Сама идея Бога бесчеловечна, и Будда был первым человеком, признавшим тот факт, что, пока существует Бог, человек будет оставаться рабом. Бог должен быть полностью отброшен как бесполезная гипотеза. Тогда человек абсолютно свободен, индивидуален, обладает своим собственным личным миром сознания и осуществления.

Любой мастер, достойный называться мастером, всегда берет каждого индивида и обучает его в соответствии с его потенциальными возможностями, в соответствии с уровнем, на котором тот находится. Порой это создает несоответствия, противоречия, но их нельзя избежать, потому что невозможно говорить с каждым отдельно.

Например, я должен говорить со всеми вами. И я обращаюсь не только к вам; то, что я говорю вам, разойдется по всему миру, достигнет всех моих людей. Когда я разговариваю с вами, я также разговариваю и с ними. Что касается меня, они настолько же присутствуют здесь, как и все вы. Но это создает проблему: я высказываю нечто такое, что может быть доступно одному, но неприменимо к кому-то другому. В своих прошлых жизнях они вырастали различными индивидуальностями и подошли к различным уровням.

Вчера вечером мы видели, как Майтрейя ничего не сказал Судхане, а только щелкнул пальцами — это было совершенно абсурдно, не связано ни с чем... но он щелкнул пальцами, и нечто случилось благодаря такому пустяковому жесту: Судхана стал просветленным. Он был уже готов к этому, стоял прямо на пограничной полосе — и этот простой жест подтолкнул его. Но бывают же твердолобые! Вы продолжаете колотить их, а они считают это вроде как бы массажем... Вы продолжаете высказывать им самые глубокие истины, а они воспринимают это как большое развлечение.

Просветление для них — только предмет любопытства. Они не хотят становиться просветленными, но они хотят понять — авось когда-нибудь это станет подходящей областью для исследования.

Один великий мастер из Шри Ланки умирал. Он созвал всех своих учеников, и его последние слова были: «Вы проучились почти полстолетия, но вы продолжаете слушать, накапливать знания, и ничего, похоже, не изменяется в вашем существе. Поэтому, как последнее средство... я решил, что тех, кто хочет стать просветленными, я возьму с собой. Я умираю; они должны будут умереть со мной. Так что, если кто-то действительно заинтересован в этом, поднимитесь на ноги!»

Тысячи монахов... И они стали оглядываться друг на друга: «Вы — старший, вы должны встать. Вы великий знаток, должны встать. Вы такой умудренный в писаниях, вы так замечательно поучаете, теперь пора — поднимайтесь!» Но никто не поднимался.

Старик сказал: «У меня мало времени». Тогда один человек поднял руку — но тоже не встал. Старик сказал: «Одного поднятия руки недостаточно. Встань».

Тот человек сказал: «Простите меня, но мне нужно сделать сначала много других вещей. Я поднимаю руку, чтобы выяснить, — потому что вы уйдете, а я не знаю больше никого, кто может показать мне путь. Скажите мне коротко! Если однажды моя работа закончится, мои запутанные дела устроятся. Я смогу следовать, но прямо сейчас... пожалуйста, простите меня. Не поймите превратно мою руку — вот почему я не стою, только рука поднята. Я не хочу становиться просветленным прямо сейчас, но я хотел бы знать верный путь».

Старик сказал: «Полстолетия я рассказывал о верном пути, а ты так и не понял. Как же ты поймешь за несколько минут? — ведь мое время пришло. Но это дало мне замечательное прозрение: твое любопытство, твои вопросы были не ради просветления. Это был род духовного развлечения».

Так что бывают разные люди... Есть люди, которые готовы; им требуется лишь небольшая помощь, лишь тень хлыста. А есть люди, которые даже не сдвинулись бы ни на дюйм от своего состояния, пусть хоть все будды прошлого, настоящего и будущего пытаются сделать их просветленными. Никто не может сделать вас просветленным, пока это не станет вашей собственной, внутренней потребностью.

Индивидуальности различны, поэтому Гаутама Будда всегда давал инструкции индивидуально. Он говорил на больших ассамблеях тысяч монахов, но он отвечал отдельно каждому индивидууму на его вопрос. Или говорил что-то человеку, который даже и не осознавал, что это говорится ему. Но тот, кто готов, уловит тотчас же, независимо от того, понимает ли он, что это специально для него... С этого начнется работа в его существе.

Из-за различий в индивидуальностях учение не может быть философской системой. Оно не может быть логически непротиворечивым. Оно должно быть многомерным.

И Да Хуэй прав, когда говорит: «*...он наставлял людей согласно их индивидуальным способностям*». Он ведет речь о Гаутаме Будде. Кажется, он приближается понемногу к здравому смыслу. Он больше не называет его желтолицым, старым варваром...

...во всех сферах, а в это время разумные существа извлекали пользу в соответствии со своим складом. Это похоже вот на что: «Один порыв восточного ветра, и сгибаются мириады былинок».

Когда я вхожу и вижу, как вы склоняетесь, я вспоминаю выражение Гаутамы Будды: «Один порыв восточного ветра, и все травы склоняются».

Человек просветленный есть не что иное, как порыв восточного ветра. Одного его присутствия достаточно для тех, кто способен к какому-то осмыслению, кто не предубежден, кто открыт и доступен, как открытое небо, и кто невинен, как деревья, как травы... Невозможно не склониться. Вы же не каменные статуи. Но бывают идиоты на свете...

Всего несколько дней назад здесь побывали семьдесят человек из *The Times of India*. Это огромная организация газетчиков, самая крупная сеть в Индии — и старейшая. Владельцы были все здесь, кроме одного человека, главного хозяина; он любил меня с давнего времени, еще с тех пор, когда он был маленьким ребенком и я останавливался в их доме в Калькутте.

Он хотел стать саньясином — он бывал в нашем ашраме и прежде, по нескольку дней медитировал здесь, но его отец очень сильно настроен против меня. По двум причинам его отец против меня. Во-первых, мальчик этот его единственный сын, и они — одна из самых больших вершин среди супербогатых людей Индии. Он опасался, что его сын станет саньясином, тогда кому принимать его великую империю?

И страх, что он может взяться помогать движению его деньгами... А во-вторых, он был сердит на меня... хотя мы даже не поссорились и не обидели друг друга. Он настолько опасался меня, что, когда я останавливался в их доме — поскольку его жена всегда интересовалась мною, — он обычно тут же выезжал из города. Пока я не уезжал из его дома, он не возвращался. Просто случайная встреча — и может произойти неприятность...

Второй причиной антагонизма по отношению ко мне было то, что его жена спросила меня: «Когда жена перестает любить мужа, правильно ли спать с ним вместе?»

Я сказал: «Это же проституция! В этом нужно быть очень искренними. Если вы не любите его, вам следует сказать об этом. Не пытайтесь притворяться — по крайней мере в таких делах, как любовь».

Тогда она спросила меня: «А если жена любит кого-то другого?..»

Я сказал: «Любовь есть высший закон, и над вами не должен господствовать никакой более низкий закон морали и общества. Когда вы следуете высшему закону, ничего дурного не может случиться».

Она задавала эти вопросы не просто из любопытства или ради кого-то другого; она спрашивала о себе. Муж разгневался на меня за то, что я поддерживал его жену; он был обеспокоен — жена уже под впечатлением от меня, сын под впечатлением, и дочь под впечатлением...

Поэтому он предупредил сына, пояснив ему: «Если ты станешь саньясином, я откажусь от тебя. Моими деньгами ты не имеешь права помогать движению, которое мне не нравится, человеку, который нарушил нашу старую традицию, нашу религию, нашу мораль и который развращает умы молодых». Теперь сын стал директором группы газетчиков *The Times of India*, и дочь тоже — помощником директора.

Так вот, они были здесь, мать была здесь, и семьдесят человек из штата. Они настаивали на встрече, желая получить ответы на свои вопросы. Я согласился, учитывая длительную связь с их семьей. Но когда я вошел, я был поражен: все семьдесят человек сидели, словно каменные статуи. Они сидели со сложенными руками и не смогли даже ответить на мое приветствие. Я первый приветствовал их, но они не подняли руки. Было забавно, что из-за тех семидесяти человек... Жена, которая теперь фактическая хозяйка всего дела, так как муж совершенно одряхлел и не может делать ничего вопреки жене, и она теперь королева целой империи, созданной ими... так вот, даже она сидела как каменная статуя, переживая из-за тех семидесяти человек — что, если они увидят ее? А приветствие — дело самое обычное; даже на улице, когда вы видите незнакомца, поприветствуйте его... Единственным, кто приветствовал меня, был Самир — молодой человек, желавший стать саньясином.

Девушка Нандита приветствовала меня очень странным способом: с одной стороны сидел Самир, приветствовавший меня совсем как обычный саньясин, посредине между ними сидела ее мать — сидела как мертвая, — а позади них еще семьдесят мертвецов. Девушка хотела приветствовать меня, но не смогла проделать все как следует. Она пошла на компромисс; она лишь подняла свои руки — только до сих пор. Она не смогла свести их вместе — тоже компромисс. Зато когда эти трое увидели меня на следующий день, они все коснулись моих стоп. Такие вот бывают у людей публичные лица и такие частные лица!

Но я действительно огорчился из-за этих семидесяти человек. Они прибыли просто послушать меня: вопросы — ответы... и я посвятил всю встречу их вопросам. Если они не могут даже приветствовать меня, вы думаете, они поймут меня? Восточный ветер приходит — только мертвые деревья останутся неподвижными. Все живые деревья будут склоняться.

Вот вам передовые журналисты страны — и с такими предвзятыми умами! Я ответил на их вопросы, но у них нет мужества опубликовать собственное интервью в своих газетах! Они опасаются правительства, они опасаются публики, и, возможно, они опасаются сами себя — «Что скажут другие?»... потому что вы выслушивали весь тот разгром журналистов — и не произнесли ни слова...

Глядя на них... в конце концов я решил не глядеть на них, потому что зрелище было таким жалким... Я просто вообще забыл о них. Я глядел на моих людей — они непредвзяты, открыты, доступны: и если восточный ветер придет к ним, они порадуются в его прохладе.

В Индии восточный ветер — символ особый, в нем есть свой смысл. С востока приходит наиболее прохладный ветер, он здорово успокаивает сердце, прекрасно освежает все ваше существо. Но он не может ничего принести трупу, не может дать ему ни прохлады, ни свежести. Напротив, труп передаст прохладному ветру свое отвратительное зловоние.

Будда говорит: *«Один порыв восточного ветра, и сгибаются мириады былинок». Дхарма, проповедованная Буддой, подобна этому.*

Если бы у него было намерение принести пользу во всех сферах, тогда это было бы эгоистическое проповедование дхармы.

Будда проповедует безо всякого намерения. Он проповедует тем же способом, что и цветы, выпускающие свой аромат — безо всякого намерения. Даже в лесной глуши, куда никто никогда не заходит, когда цветок раскрывает лепестки, он выпускает свой аромат. Здесь нет ожидания кого-то, кто оценит. Это не умышленно. Это спонтанно.

Да Хуэй, по крайней мере в этом пункте, прав — и он прав, возможно, потому, что сам он учит с целью изменить людей, *принести пользу во всех сферах*. И он начинает немного осознавать тот факт, что сам он не знает этого; он слыхал об этом, и он достаточно умен, чтобы суметь оформить это интеллектуально — систематизированно, логически и рационально. Но нельзя дурачить себя долго. Раньше или позже человек понимает: то, что я говорю, не является моим опытом, потому что мои поступки не подтверждают, что они исходят от просветленного существа.

Желать заставить мириады существ обрести избавление в соответствии с их складом — разве это не невозможно, в конце концов? Разве вы не читали, как Шарипутта на ассамблее, где проповедовалась совершенная мудрость, спросил у Манджушри... Эти двое — очень близкие ученики Гаутамы Будды, возможно, самые ученые. Но они отбросили всю свою ученость. Диалог между ними нужно изучать очень подробно, очень бережно, потому что это пример того, как буддийские просветленные люди беседовали друг с другом веками. В буддизме это нечто особенное, ни в какой другой религии такое невозможно. Оба они существа просветленные.

Шарипутта спросил: *Разве не все будды, татхагаты пробуждены к сфере истины?* Он знает ответ, но он просто спрашивает у Манджушри, который только что стал просветленным.

Манджушри сказал: *Нет, Шарипутта. Даже будд нельзя найти: как же тогда могли бы существовать будды, которые пробуждаются к сфере истины?*

Вопрос был именно такой, чтобы испытать, насколько глубоко Манджушри вошел в свое просветление. И Манджушри демонстрирует потрясающее прозрение. Он говорит: «Когда вы становитесь просветленным, вас нет больше. Вы не находите будду. Вы больше не личность, вы только присутствие. А если будды нет, как же тогда можно обнаружить какую-нибудь истину? Кто будет обнаруживать? Искателя, исследователя, открывателя больше нет — кто же обнаружит истину?

«*Даже сферу истины нельзя обнаружить: как же тогда она могла бы постигаться буддами?*» То, что не может быть обнаружено, безусловно, не может быть и постигнуто.

Да Хуэй не понимает замысла этого небольшого диалога. Он думает: *Видите, как ловко эти двое подстрекают друг друга.* Ловкость здесь ни при чем; дело не в подстрекании друг друга! Шарипутта просто старается выяснить, какова же глубина просветления у Манджушри — и он совершенно удовлетворен.

Просветление означает: вы становитесь только присутствием — и это самое присутствие и есть истина. Тут нет двух лиц — открывателя и открытого; искатель растворился, а осталось только чистое осознание — без индивидуальности, без личности, без эго. Это самое присутствие и есть истина. Не бывает иной истины, кроме вашего осознания.

Но Да Хуэй не говорит, что Шарипутта чрезвычайно удовлетворен тем, что Манджушри достиг этой глубины. Его вопрос — не любопытство; его вопрос был задан для измерения глубины. Манджушри только что прошел через трансформацию; а это было обычной практикой среди учеников Будды: когда кто-то становится просветленным, все остальные просветленные задают ему странные вопросы — но не потому, что они не знают ответа; они хотят услышать ответ от человека, который только что вступил в вечный источник жизни.

Но Да Хуэй оставил диалог незавершенным. Шарипутта доволен сверх ожидания, и он говорит Манджушри: «Вот ты и достиг! Теперь больше нет ничего, идти дальше некуда. Ты обнаружил свою подлинную реальность». Поскольку Да Хуэй не говорит этого, он, по-моему, не понял цели диалога.

Когда же настраивали они свои умы на что-нибудь?

Он все еще не может представить пространство не-ума. Он остается в уме. Время от времени он подходит к самой границе ума, но потом снова возвращается; он не переступает ее. Например, этот диалог мог бы помочь ему выйти из ума.

Нет будд в просветлении; нет постижения истины в просветлении, но лишь чистое присутствие, чистая жизнь, чистое сознание — но это и есть то, что мы называем буддой, то, что мы называем истиной.

Но у Да Хуэя подход через интеллект и ум, поэтому он заканчивает комментарием: *Видите, как ловко эти двое подстрекают друг друга. Когда же настраивали они свои умы на что-нибудь? Все будды, все патриархи с древнейших времен владели подобным стилем помощи людям.*

Они не помогают людям. В этом диалоге нет и речи о помощи, потому что оба они просветленные.

Есть миллионы диалогов... таких прекрасных. Мне хочется иногда просто рассказать о тех диалогах, которые происходили между просветленными людьми.

Например, Линь Цзи стоит на мосту со своим мастером. Он говорит: «Мастер, а верно ли, — поскольку Будда говорит, что все есть поток, — что мы стоим на мосту, который находится в потоке? Это опасно. Река движется, это верно, но мост не движется».

Мастер стукнул Линь Цзи и сказал ему: «Идиот! Река не движется, движется мост. Медитируй над этим!» И Линь Цзи пришлось медитировать над этим, и он понял: в определенной тишине мост тоже движется, но очень медленно. Говорить, что река движется, бессмысленно, потому что сам смысл слова «река» — движение; сказать «движение движется» — это абсурд. Но мост, который выглядит устойчивым и неизменным, стареет. Однажды он разрушится. Это не проворный бегун — очень медленное движение, настолько медленное, что его нельзя заметить.

Он возвратился к мастеру и сказал: «Прости меня. Река не движется, движется мост. Река означает движение, поэтому нет смысла говорить, что она движется. Настоящий вопрос — это мост».

И мастер сказал: «Тебе удалось увидеть. При правильном взгляде даже горы движутся, даже звезды движутся, потому что все пребывает в потоке. Река движется так быстро, что ты можешь увидеть это, но в том, что ты можешь видеть, не велико достижение... до тех пор пока ты не начнешь замечать, что происходит и такое, чего ты не осознаешь».

Это уже их далекие потомки утратили суть школы и учредили собственные индивидуальные секты... Он сам принадлежит к индивидуальной секте, и он говорит: *Это уже их далекие потомки утратили суть школы...*

Он знает это по своему собственному внутреннему ощущению: он тоже утратил суть, и он тоже стал частью секты... *которая занимается странными вещами и стряпает чудеса.*

Но, кажется, он становится немного бдительнее к ситуации; для этого есть все возможности, потому что, каким бы спящим человек ни был, он должен пробудиться раньше или позже.

Я бы очень хотел видеть, что Да Хуэй... прежде чем он закончит свои сутры, я бы очень хотел иметь право сказать вам, что он пришел домой.

Он много блуждал; он сходил с пути много раз; он совершал огромные ошибки, но все это можно простить, если он возвратится домой. Если он постигнет хотя бы в последней сутре сущность просветления, тогда все остальное можно простить.

Человек очень слаб, очень уязвим. Да Хуэй — не исключение. Когда он назвал Гаутаму Будду «варваром», он был дальше чем когда-либо от постижения — он заблудился в джунглях. Назвать Будду варваром означает, что для человека уже нет надежды — никогда. Будда является великой надеждой в том смысле, что он показал, что сокрыто в человеческом существе, и он показал это более ясно, чем кто бы то ни было в мире.

Бертран Рассел вспоминает... Он прожил долгую жизнь, почти целое столетие, и повидал многое — это была долгая жизнь, полная великих перемен, революций, войн.

Его воспитывали с самой фанатичной христианской подготовкой, но он был человек потрясающего разума и отваги. Он отбросил всю эту подготовку, потому что он заглянул в Библию с открытым умом — не как христианин — и обнаружил столько глупых утверждений, что должен был написать книгу: «Почему я не христианин».

Но он отмечает в своей автобиографии: «Хотя я и отверг почти всю свою подготовку, эта задача невыполнима — даже после отброшенной подготовки кое-где до сих пор еще остались следы. Я осознал эти следы, когда читал Гаутаму Будду; я был безмерно удовлетворен — он является величайшим человеком, который ступал по земле. Но тут внезапно я ощутил в себе неудобство — как это кто-то может быть выше, чем Иисус Христос. И я был ошеломлен: а я-то полагал, что я больше не христианин!

Он критиковал Иисуса по многим пунктам, и с такой ясной логикой, что ни один христианский теолог не был в состоянии ответить ему! У него очень ясные вопросы.

Например, он говорит: «Иисус много говорит о сострадании, любви: возлюбите ваших врагов, возлюбите ваших ближних — что является даже более трудным, потому что враги живут где-то далеко — вам обычно нет дела до них; но ближние — это самые близкие враги, они беспрерывно изводят вас теми или иными способами».

Христиане зовут Иисуса князем миролюбия, но Бертран Рассел находит в Библии инциденты, которые доказывают, что Иисус не был человеком миролюбивым. И он попадается на очень глупых инцидентах, которые нельзя ни оправдать, ни объяснить.

Однажды они проголодались — он и его последователи, — потому что горожане отказали им в пище. Иисус был так разгневан, что когда приблизился к фиговому дереву... то был не сезон фиг, и на дереве не было никаких плодов, но он был настолько слеп в гневе, что проклял дерево: «Ты навсегда усохнешь, потому что единородный сын Божий подошёл к тебе, а ты не приготовило плодов — не приветствуешь его».

Бертран Рассел говорит: «Интеллектуально я понимаю прекрасно, что Гаутама Будда является, видимо, высочайшим выражением; Иисус несравним с ним. Но где-то глубоко внутри я ничего не мог поделать... самое большее, что мне удавалось, — сказать, что оба они равны. Я не мог поместить Иисуса Христа ниже, чем Гаутаму Будду, зная прекрасно, что Гаутама Будда гораздо выше». Но это лишь интеллектуальное понимание. Религиозная подготовка уходит в бессознательное, а бессознательное впадает в беспокойство, пока вы не удовлетворите его. Только когда он согласился, что, возможно, оба они равного статуса, беспокойство исчезло.

И это говорит человек очень разумный, гениальный — не только по отношению к миру, но и по отношению к себе тоже. Он наблюдает, как функционирует его ум. Его интеллект говорит, что это совершенно точно, но его бессознательное ощущает беспокойство. Бессознательное в девять раз больше сознания, и ощущать беспокойство бессознательного — это своего рода болезнь, тошнота. Чтобы успокоиться, он соглашается, что оба, Будда и Иисус, равны, — и тотчас же беспокойство исчезает.

Да Хуэй интеллектуал. Назвав Будду варваром, раньше или позже он должен сообразить, что зашёл слишком далеко — и что это слишком уродливо.

Я надеюсь, что он возвратится. Даже если он вернётся в последний миг своей жизни, все остальное можно простить. Прощать — это по-человечески... Древняя поговорка гласит: «Человеческое — это заблуждаться, а божественное — это прощать». Я хочу немного изменить её: «Человеческое — это заблуждаться, еще более человеческое — это прощать». Зачем без нужды вставлять сюда божественное? Научный ум всегда старается использовать как можно меньше гипотез.

Маниша спросила вчера вечером, видя, что Да Хуэй не обрел великое сокровище просветления: «Мы можем закончить лекции по Да Хуэю сегодня вечером?..

Я сказал: «Нет, потому что это будет несправедливо. Я громил его. Если он способен возвратиться домой, мне бы хотелось сказать о нем и доброе слово; поэтому я пройду через все сутры».

Я не знаю, что еще встретится в них. Но человек, пусть даже он интеллектуал... если он не останавливается, то рано или поздно он должен будет признать, что колесит по кругу. Есть намного большее, чем этот беспрерывный круг, но это намного большее можно увидеть, только если вы выйдете за пределы круга, как свидетель. И, я думаю, он способен — потому что каждый способен.

Вопрос лишь в том, когда вы обратитесь внутрь, когда вы отбросите свои претензии и лицемерие.

Так что я подожду две недели — она говорит, там наберется сутр еще на две недели. Если он собьется с пути, он будет бит. Но по моему ощущению, человек заинтересованный может сообразить в какой-то момент, что то, чем он занимается, есть лишь интеллектуальная гимнастика, — и это может оказаться поворотным пунктом в его жизни. Если так случится, то вся эта серия по Да Хуэю станет чрезвычайно важной, поскольку она будет историей каждого человека: скитания, потеря пути, возвращение на путь, падения снова и снова, — но все же он наконец становится светом самому себе.

Я тоже почувствую облегчение, потому что мне не нравится никого бить. Если я увижу, как он возвращается с пониманием просветления на собственном опыте, я тоже буду чувствовать себя хорошо: «Этого человека стоило бить. Ты не колотил простого, обыкновенного идиота — он был необыкновенным!»

Я не знаю, что произойдет за эти две недели. Все зависит от Да Хуэя — сколько раз он намерен сбиться с пути, и есть ли у него потенциал к постижению, или он умрет без постижения.

Будет досадно, если он умрет без просветления. Мне хотелось бы этого празднования... и я надеюсь, что этот человек *способен*. В любой миг может наступить поворотный пункт, и в любой миг его внутреннее пламя может ярко вспыхнуть. Поэтому вам придется потерпеть Да Хуэя по крайней мере еще недели две.

— Хорошо, Маниша?
— Да, Мастер.

14

ЯСНОСТЬ

Возлюбленный Мастер,

Полная ясность

Я даю тебе имя Чжань-Жань, — «полная ясность». Патриарх сказал: «Пока существует ментальное различение и расчетливое суждение, все восприятия собственного ума — это сновидения. Если ум и сознание недвижимы и потухши и в них нет ни единой будоражащей мысли — это называется правильным осознанием».

В наши дни есть такие шарлатаны, чья собственная точка зрения не подлинна: они просто обучают людей контролировать свой ум и спокойно сидеть, сидеть до тех пор, пока дыхание не прекратится. Я называю это жалким жребием. Я прошу вас медитировать именно этим способом, но если я и обучаю вас так, то только потому, что нет другого выбора...

Болезнь новичков

Буддийский ученик Чень, ты постиг, что личное существование ложно и что вещи иллюзорны. Посреди иллюзорной фальши ты был в состоянии созерцать поговорку: «Собака не обладает природой будды; и ты прислал мне письмо, в котором выразил свое понимание. Хотя в главном твой базис уже правилен, у тебя все еще есть неясности относительно великой дхармы — это общая болезнь новичков, вступающих на путь.

Старый Шакьямуни Будда сказал: «Этот путь — хорошо, и не этот путь — тоже хорошо; этот путь или не этот путь — все хорошо».

Берись прямо за корень, не беспокойся о ветвях. Пройдет долгое, долгое время, и все образуется; не переживай, что ты не можешь обрести единство. Работай дальше над этим!

Я вижу затруднения, сквозь которые продирается Да Хуэй. Он может интеллектуально понять путь осознания; он может, кроме того, интеллектуально объяснить его другим. Но сам он по-прежнему остается только философом. Он не преобразовал себя в мистика.

Философ говорит об истине.

Мистик является истиной.

И есть глубокое различие — разговаривать об этом или быть этим.

Безусловно, люди, которые достигли состояния, когда они сами суть истина, тоже могут говорить, но их слова вибрируют на совершенно ином уровне и можно очень хорошо видеть, что они не исходят от ума.

Они исходят от абсолютного ничто.

Они несут с собой что-то от ничто.

Вы не можете ухватить это, но можете почувствовать... очень тонкое благоухание... вы не можете увидеть его, но можете вдыхать его запах. Возможно, вы не в состоянии доказать это, но сами вы знаете — это абсолютно достоверно.

Затруднение Да Хуэя в том, что с самого начала он принимает точку зрения интеллектуала. Если бы он был просто заурядным интеллектуалом, удовлетворенным своим интеллектом и своими концептуализациями, тут не было бы проблемы. Но есть какая-то его часть, которая не просто хочет жить заимствованным знанием. Какая-то часть его стремится понять, пережить и знать эту тайну непосредственно.

В этом его дилемма, и он беспрерывно перескакивает от одной части к другой части. По мере нашего дальнейшего изучения его сутр я все больше ощущаю надежду, что его мистическая часть — это победная основа. Его интеллект тащится позади — хотя еще не сдается. Первая сутра:

Я даю тебе имя Чжань-Жань — «полная ясность». Патриарх сказал: «Пока существует ментальное различение и расчетливое суждение, все восприятия собственного ума — это сновидения. Если ум и сознание недвижимы и потухши и в них нет ни единой будоражащей мысли, — это называется правильным осознанием».

Прежде всего: ясность всегда бывает полной. Иной ясность быть не может. Полная ясность — это понятие не имеет смысла. Это вроде того как кто-то говорит вам: «Я люблю тебя очень, очень сильно». На самом деле вы не можете любить меньше и не можете любить больше. Любовь не относится к миру количества; поэтому «меньше» и «больше» — неуместны. Вы можете или любить или не любить. Как вы можете любить меньше, и как вы можете любить больше? Тем не менее люди продолжают говорить: «Я люблю тебя очень сильно», — не видя огромного заблуждения: любовь — это качество, а не количество. Качество либо присутствует, либо не присутствует. «Больше» или «меньше» принадлежит миру количества.

Английское слово *matter* (материя) и французское слово *metrer* происходят от санскритского слова *матра*, что означает «количество». То, что можно измерить, есть материя; материя просто означает измеримое — а то, что не может быть измерено, то, что за пределами территории количества, есть сознание.

Он говорит: *Я даю тебе имя Чжань-Жань*. Он, очевидно, посвящает кого-то в саньясу и дает ему имя Чжань-Жань, которое означает «полная ясность». Но он не понимает того, что ясность всегда полная; она не бывает никогда меньше и никогда больше. Ничто не может быть добавлено к ней, и ничто не может быть отнято от нее.

Это и есть трудности интеллектуального понимания. Кажется, что вам все понятно, и все же вы продолжаете где-то упускать суть. Интеллектуалы стараются всеми силами быть настолько же глубокими, как и мистики, но их глубина смехотворна.

Я вспомнил одну древнюю притчу. Великий лучник — он был к тому же королем своей страны — проезжал через деревню в своей золотой колеснице и с изумлением увидел, что на каждом дереве установлена мишень и стрела или много стрел попали точно в яблочко. Это был круг, и каждая стрела была точно в центре; не было ни единого промаха, и почти на каждом дереве в мишени было по нескольку стрел. Он поверить не мог, что в этой небольшой деревушке был такой великий лучник. Он остановил свою колесницу и осведомился о лучнике. Человек, у которого он спрашивал, рассмеялся. Он сказал: «Да это же идиот! Не стоит и думать о нем!»

Но король сказал: «Ты не понимаешь. Возможно, он идиот — меня это не интересует; но он более искусный лучник, чем я, это уж точно. Мне хочется увидеть его».

Собралась толпа, завидя короля; все смеялись и говорили: «Пустая затея. Тот парень действительно дурак».

Но король не мог понять, как это идиот умудряется делать такие хорошие выстрелы, совершенно безупречные. Он сказал: «Прекратите смеяться и позовите этого человека!» Юношу привели к нему; тот выглядел глупым, недоразвитым. Король был тоже озадачен. Он спросил юношу: «В чем твой секрет?»

Юноша спросил: «Какой секрет?»

Король показал ему, что каждая стрела вонзилась точно в середину круга.

Юноша рассмеялся. Он сказал: «Я не могу лгать тебе. Истина в том, что сначала я пускаю стрелу, а потом уже черчу круг. Естественно, сто процентов... Неважно, куда летит стрела; куда бы она ни залетела, я черчу круг после выстрела. Каждый, кто проезжает через эту деревню, поражается великому искусству. Я помалкиваю, я никогда не рассказываю правды никому, но ты — король и я не могу лгать тебе».

Таково в точности положение интеллектуалов. Они выдающиеся лучники — только сперва они пускают стрелу, а затем рисуют мишень. Для тех, кто не знает их метода и их стратегии, их искусство выглядит совершенством.

И вот, нарекая ученика именем «полная ясность», он даже и предположить не может, что делает что-то не то. Он не знает из опыта, что такое ясность, иначе он никогда бы не давал это имя — «*полная ясность*». Ясности достаточно самой по себе.

Патриарх сказал: «Пока существует ментальное различие и расчетливое суждение, все восприятия собственного ума — это сновидения. Если ум и сознание недвижимы и потухши и в них нет ни единой будоражащей мысли — это называется правильным осознанием».

Когда он цитирует, то почти всегда прав — но лишь до тех пор, пока это цитата. Это не его слова. Я перехожу к его словам — и вы сразу увидите, как интеллектуал опускается гораздо ниже мистика и его опыта. Вот его собственные слова:

В наши дни есть такие шарлатаны, чья собственная точка зрения не подлинна: они просто обучают людей контролировать свой ум и спокойно сидеть, сидеть до тех пор, пока дыхание не прекратится. Я называю это жалким жребием. Я прошу вас медитировать именно этим способом — который он называет жалким, — но если я и обучаю вас так, то только потому, что нет другого выбора...»

Вы видите глупость нашей интеллектуальной попытки понять то, что за пределами? Он обучает людей медитации этого рода — и считает, что он прав. А когда другие обучают точно такого же рода медитации, то это «жалкий жребий», эти люди «шарлатаны».

До чего же трудно спасти его. Во-первых, если это та же медитация, которую сам он преподает, то на каком основании он называет шарлатанами других — тех, кто преподает ту же самую медитацию? Он никоим образом не объясняет, почему они не подлинны — ведь их учение о медитации такое же самое, как и его собственное.

И во-вторых, он говорит: «Мне приходится обучать этим способом *только потому, что нет другого выбора*». Это тоже абсолютно неверно: есть сотни методов медитации — но он никогда не медитировал. Однако среди интеллектуалов всегда есть определенное соперничество, своего рода состязание, своего рода ревность.

Вы, очевидно, видели собак, облаивающих друг друга без всякой причины; они просто не в силах противиться искушению. Как только собака видит другую собаку, то немедленно обе они принимаются лаять.

Я слышал историю об одном псе... Он привык жить в Варанаси, святом месте индусов. Но все шли в Нью Дели, поэтому он спросил: «В чем дело? Почему все идут в Нью Дели?» И он выяснил, что те, кто были представителями народа, шли в Дели, чтобы стать членами парламента. Тогда и он собрал большую стаю собак — а он был самым большим псом и мог лаять лучше всех остальных собак, — и, естественно, он был избран лидером. Он предупредил собак из Дели заранее: «Меня выбрали от Варанаси, и я иду. Это займет почти целый месяц, потому что я буду идти пешком от Варанаси до Нью Дели». Но он прибыл через три дня.

Собаки из Нью Дели были просто ошеломлены. Они поверить не могли, что путешествие в один месяц... «Как же тебе удалось проделать его в три дня?» Он сказал: «Вы не знаете нашего народа! Собаки не оставляли меня в покое нигде. Эти три дня я бежал безостановочно. Собаки из одной деревни сопровождали меня лаем, а к тому времени, когда я добирался до другой деревни, новая стая собак уже сопровождала меня. Времени не было ни на что — ни отдохнуть, ни поспать, ни поесть, ни попить. Весь путь я бежал и бежал».

Собаки сказали: «Это одно из наших важнейших свойств. Так и сказано в наших святых писаниях, что интеллектуалы рождаются собаками». Это их прежняя привычка — облаивать друг друга... Они позабыли все, но лай — это сама их душа.

Итак, этот человек, как видите, называет других шарлатанами. Я не знаю, какое слово перевели как шарлатаны (phony). Одно определенно: во времена Да Хуэя в Китае не было телефонов. Слово «phony» (фальшивый, обманщик, шарлатан) происходит от телефона, потому что голос по телефону становится неестественным. Он теряет качество живости; отсюда и слово «phony». Это слово не китайское; это слово американское — а в Америке фальшиво все.

Какое же слово было переведено как «phony»? Это было, наверное, что-нибудь вроде «недостоверный», «неискренний». Но называть других недостоверными, неискренними, шарлатанами, не приводя никакой причины, потому что они обучают людей *контролировать свой ум и спокойно сидеть, сидеть до тех пор, пока дыхание не прекратится*. Я называю это жалким жребием. Я прошу медитировать вас именно этим способом, но если я и обучаю вас так, *то только потому, что нет другого выбора*...

Если тут нет другого выбора, тогда зачем называть тех несчастных шарлатанами? Они тоже не имеют никакого другого выбора. Так что, во-первых: интеллектуалы занимают весьма эгоистическую, задиристую позицию, всегда готовы начать словесный бой. Это не подобает мистику.

Во-вторых, метод тех людей он называет шарлатанством, обучением неправильному методу, но поскольку сам он никогда не медитировал, он не понимает, что же правильно, а что ошибочно. Метод обучения этих людей — и точно так же обучает он сам — контроль своего ума. Медитация не имеет ничего общего с контролированием ума — потому что всякое контролирование означает своего рода подавление, а то, что подавлено, будет мстить. Как только вы немного расслабитесь, ум, который был под контролем, тотчас же поднимается и начинает активно баламутить все внутри вас.

Медитация — это не контроль, потому что контроль создает напряжение, а медитация основывается на расслаблении. В медитации есть несколько существенных вещей, каков бы ни был метод. Но эти несколько основных положений необходимы при любом методе.

Первое — расслабленное состояние: не борьба с умом, не контроль ума, не концентрация.

Второе — просто наблюдение со спокойным осознанием всего, что происходит, без всякого вмешательства... просто наблюдайте ум, молча, без какого-либо суждения, без какой-либо оценки. Вот эти три основы: расслабление, наблюдение, никакого суждения.

Мало-помалу великое безмолвие нисходит на вас. Всякое движение внутри вас прекращается. Вы есть, но без ощущения «я есть»... только чистое пространство.

Есть сто двенадцать методов медитации; я говорил обо всех этих методах. Они различны по своей организации, но основные принципы остаются неизменными: расслабление, наблюдательность, позиция не-суждения.

Так что, прежде всего, его метод неправилен. Он учит тем же самым методом; он говорит: «поскольку нет другого выбора». Он понятия не имеет о существовании громадного выбора: сто двенадцать методов, которым никак не меньше десяти тысяч лет.

Первым человеком, собравшим все эти методы, был Шива, и его статуи найдены в Хараппе и Мохенджодаро. Эти города процветали семь тысяч лет назад. Это, видимо, были самые культурные города той эпохи, потому что их улицы были очень широкими; в домах были пристроенные ванные комнаты, а в ваннах использовалась горячая и холодная проточная вода; и еще были там плавательные бассейны, такие же большие, как олимпийские плавательные бассейны.

В этих городах единственный предмет, который мы можем определить и который существует до сих пор, — статуя Шивы, или Шивалинга, фаллический символ Шивы. Это единственная вещь, которая объединяет нас с Хараппой и Мохенджодаро. Благодаря ей историки сделали вывод, что Шива не был арием, поскольку те города существовали раньше, чем арии пришли в Индию.

Но у Шивы есть, в его книге *Вигьяна Бхайрава Тантра*, сто двенадцать методов медитации. Можно создавать и другие методы — я создал много новых методов, — лишь бы там были основные составляющие. Вы можете изменять средство в соответствии со временем, в соответствии с индивидуальностями, но не можете упустить эти три основы — расслабление, наблюдательность и позицию не-суждения.

Так что фактически именно эти три вещи и составляют единственный метод медитации; все остальные есть вариации одной и той же темы.

Все, чему обучал Да Хуэй, неправильно. Остальные, те другие учителя, кого он называет шарлатанами, очевидно, тоже были интеллектуалы; и он не может понять простую вещь: как можно называть их шарлатанами и жалкими, если его собственное обучение построено по тому же самому методу?

И он не осознает, что существует множество альтернатив, — он никогда не медитировал. Ему неизвестна *Вигьяна Бхайрава Тантра* Шивы. Если человек медитирует только с тремя этими основами, он может создавать столько методов для различных ситуаций, сколько сам пожелает. Но у него должен быть собственный опыт. А для того, чтобы судить других, которые делают то же самое, надо быть совершенно слепым. Он не понимает, что говорит.

Буддийский ученик Чень, ты постиг, что личное существование ложно и что вещи иллюзорны. Посреди иллюзорной фальши ты был в состоянии созерцать поговорку: «Собака не обладает природой будды»; и ты прислал мне письмо, в котором выразил свое понимание. Хотя в главном твой базис уже правилен, у тебя все еще есть неясности относительно великой дхармы — это общая болезнь новичков, вступающих на путь.

Это старое выражение Линь Цзи и других дзэнских мастеров; возможно даже, что оно возникло во времена самого Гаутамы Будды. Этот вопрос испокон веков задавали ученики. Дело в том, что буддизм утверждает: всякое живое существо имеет природу будды; всякое живое существо может стать буддой. Естественно, встает вопрос: обладает ли и собака природой будды? Все великие мастера сказали «да», а те, кто сказал «нет», не понимают совершенно.

Тут есть над чем поразмыслить. Почему собака не должна иметь природы будды? Если всякое живое существо обладает природой будды, почему же собаки должны быть такими исключительными? Только потому, что в ваших умах само слово «собака» осуждается, вы и подумать не можете, что собака способна обладать природой будды: «Боже мой, тогда какой же смысл обладать природой будды? Даже собака может иметь это. Не стоит беспокоиться! Годы медитации, долгое паломничество, и в конце концов все, чего вы достигаете, — просто собачья природа». Естественно, те, кто не понимает, сразу же говорили «нет» — и Да Хуэй согласен с теми людьми, которые говорят «нет».

Но посмотрите: dog (собака) — это же просто god (бог), произнесенный наоборот. Кому угодно я всегда готов подтвердить — собака обладает таким

ЯСНОСТЬ

же большим потенциалом быть буддой, как и сам Гаутама Будда. Не может быть и речи о том, чтобы несчастных собак исключать, когда все существа — ослы, обезьяны и даже янки — включены в список. Собака — это бедное невинное животное. Нет ничего неправильного в собаке. Возможно, ей придется пройти долгий путь, чтобы стать буддой, но это ведь только вопрос времени. Однажды и собака тоже станет просветленной. В каком-то рождении, где-то в будущем...

Вы должны ясно понимать, что в вечности времени не имеет значения, становитесь вы просветленным сегодня, завтра или послезавтра, в этой жизни или в другой жизни. В вечности времени это неважно вообще. В вечности времени никто не впереди и никто не позади, потому что у времени нет начала и у времени нет конца.

Поэтому когда бы вы ни стали просветленным, вы всегда ровесники всем буддам. Они могли стать просветленными на тысячелетия раньше. Если вы становитесь просветленным сегодня, то внезапно обнаруживаете себя в другой шкале времени, где вы — ровесник всем буддам, прошлым, настоящим и будущим. Поэтому человек, испытавший пробуждение, не станет отрицать у собак присущего им сокровища. Они ведь живые существа.

Старый Шакьямуни Будда сказал: «Этот путь — хорошо, и не этот путь — тоже хорошо; этот путь или не этот путь — все хорошо». Берись прямо за корень, не беспокойся о ветвях. Пройдет долгое, долгое время, и все образуется; не переживай, что ты не можешь обрести единство. Работай дальше над этим!

Он называет вопросы такого рода — обладает ли собака природой будды — *общей болезнью новичков, вступающих на путь*. Это естественное человеческое любопытство. Но, по крайней мере, кто-то вступил на путь. Такие вопросы ничего не означают для тех, кто не вступил на путь вообще. Это не болезнь; это просто любопытство.

Если всем живым существам присуща такая же способность к пробуждению, как и человечеству, то это делает существование поистине коммунистическим. Что касается меня, то я считаю коммунизм правильным, лишь когда это связано с высшей природой живых существ. Только на этой высшей стадии возможно равенство. Раньше этого коммунизм представляет утопию и никогда не будет осуществлен.

Только двое будд равны; невежественные же люди не могут быть равными. Невежественные люди психологически неравны; следовательно, вся идеология Карла Маркса и его последователей о равенстве людей психологически ошибочна. Нет двух равных людей. У них есть все различия, которые только можно себе представить, и чтобы принудить их к равенству, вам придется разрушить демократию, вам придется разрушить свободу выражения, вам придется уничтожить человеческую индивидуальность, их достоинство человеческого существа, саму их гордость. Это очень странный вид равенства. Каждого принуждают — и все становятся равными!

Жил в Греции один властелин; он был немного чокнутым. Он сделал замечательную золотую кровать в специальном доме для гостей, великолепном дворце. Лишь немногие гости останавливались у него и уже не выходили живыми, потому что всех их ожидала одна беда: гость должен был соответствовать размеру кровати. Если же он оказывался чуть длиннее, то ноги или голову ему обрубали по размеру. Или если он был чуть короче, тогда применялось растягивание — его тянули в разные стороны; у короля было четверо силачей, они и совершали растягивание. Но в любом случае гостя убивали. При растягивании ему могли оторвать голову — ведь они тянули его голову, чтобы подогнать его к размеру кровати — или же отрывали ноги. Властелин верил в священные писания всего мира: а все они предполагают, что человек создан для них, а не они для человека. И эта кровать создавалась не для человека, наоборот, каждый гость должен был соответствовать кровати. Когда слух об этом достиг остальных друзей и королей, никто больше не стал принимать его приглашение. Он постоянно приглашал в гости, но никто и не собирался приезжать, потому что никто из приехавших никогда не возвращался и никто не знал, что происходило с гостями.

Фактически этот властелин практиковал некую разновидность коммунизма, подгоняя всех к единому размеру. Именно это происходило и в Советском Союзе на протяжении семидесяти лет.

Всего семьдесят лет назад, перед революцией, Советский Союз был одной из стран-исполинов; Россия дала миру великую плеяду гениев. Но за эти семьдесят лет им не удалось выдвинуть ни одного гения масштаба Льва Толстого, Максима Горького, Антона Чехова, Федора Достоевского, Ивана Тургенева — ни единого за семьдесят лет. Все эти пять человек жили до революции, а Максим Горький прожил еще какое-то время после революции.

Если вы захотите выбрать имена десяти величайших писателей всего мира, среди всех языков, то эти пять безусловно войдут в десятку. Вы не сможете вычеркнуть ни одного из них из списка десяти, и весь остальной мир получит только пять мест, а пять будут отданы русским. И даже те пять от всего остального мира будут на самом деле несравнимы с величием русских писателей. Что же случилось?

После революции каждого подгоняли под один размер. Ум больше не свободен. Вы не можете сказать ничего, что не одобрено правительством, вы не можете написать ничего, что не одобрено правительством. Нет свободы мышления. Нет индивидуального выражения ни в чем. Все стало однородным — люди исчезли. Только толпа существует, только количество, нет индивидуальностей.

Когда Хрущев пришел к власти и держал речь на своем первом съезде коммунистической партии, он разоблачил Иосифа Сталина, рассказав, что тот убил почти миллион человек после революции. Каждого, кто пытался быть самим собой и не желал становиться зубчиком колеса, немедленно убивали...

В России не позволяется иметь никакого собственного мнения. Во всем приходится зависеть от правительства, и целая страна становится концентрационным лагерем, а не демократией. Пресса, радио, телевидение — все принадлежит правительству. Вы не можете получить информацию, которую не пропускает правительство. Советский Союз живет словно во тьме относительно всего мира, всего, что происходит на свете. А ведь Советский Союз — страна не малая: это одна шестая всей земной суши.

Хрущев выступил с речью на первом съезде и рассказал, каким жестоким убийцей был Иосиф Сталин. Во имя коммунизма он поубивал всех гениальных людей, довел всех до одинаковой бедности. Безусловно, наступило определенное равенство: каждый одинаково беден. Каждый одинаково подавлен. Каждый одинаково порабощен. Каждый одинаково дрожит от страха. В любой момент смерть может постучаться в дверь... В России имя смерти — КГБ.

Когда Хрущев рассказывал это всей коммунистической партии, один человек из задних рядов сказал: «Вы же были коллегой Иосифа Сталина всю его жизнь. Почему вы не протестовали?»

Настала полная тишина.

Мгновение Хрущев глядел на то место, откуда исходил голос, потом сказал: «Товарищ, встаньте, пожалуйста, чтобы я мог разглядеть вас получше». Никто не вставал. Он снова сказал: «Встаньте, чтоб я мог видеть, кто задает этот вопрос».

Он просил три раза. Никто не встал и никто не задал вопрос снова. Он сказал: «Теперь вы понимаете, почему я молчал? Почему вы молчите? Потому что, если вы встанете, вам конец. Я молчал, потому что хотел жить».

Для создания равенства все человеческие ценности были уничтожены.

Нет... что касается людей — им необходима свобода быть *не*равными, равная возможность быть *не*равными. Возможность должна быть предоставлена всем поровну, — но возможность для роста в своей уникальности, в своей собственной индивидуальности: короче говоря, возможность быть неравными, — но возможность равная для всех.

Только в тот день, когда люди станут просветленными, когда не будет ничего, кроме чистого сознания, — станет возможен коммунизм; в противном случае такой день — это просто утопия.

Само слово «утопия» весьма замечательно. Оно означает «то, чего нигде нет».

Только в просветлении есть возможность равенства, и для просветленного человека все существа — пусть даже они еще не просветленные — станут просветленными однажды. Так что всякое существо — всякое живое существо, до деревьев включительно, где бы ни была жизнь в любой форме, — все они на пути, движутся, развиваются, восходят. А цель одна и та же: стать пробужденными, стать абсолютной чистотой, сознанием, благодатью, экстазом. Так что это не болезнь — задать такой вопрос. Это совершенно естественное любопытство.

Я коммунист в том, что касается внутреннего, присущего человеку потенциала, и я не коммунист в том, что касается человеческой действительности. Человеку нужно представить всяческую поддержку, все возможности расти своим собственным способом. Навязанное равенство разрушительно, разрушительно для всего ценного. Должны быть большие деревья, высокие деревья, достигающие звезд, и должны быть небольшие кусты; вместе они обогащают сущее. Должны быть лотосы, должны быть розы и должны быть ноготки. Это разнообразие, различие, неравенство делает жизнь богаче, делает жизнь более живой и приятной. Только представьте, что каждый подвергнут пластической хирургии и теперь у всех один и тот же тип носа; у всех одинаковые носы! У всех один и тот же тип глаз, у всех один и тот же тип лица — это станет до того скучным, что люди будут ходить с закрытыми глазами, устав смотреть на одни и те же носы, одни и те же глаза, одни и те же лица. Это будет, возможно, самый адский мир. И прекрасно, что бывают длинные носы и короткие носы и что они и дальше появляются во всех размерах и формах.

Неравенство в человечестве является психологической истиной.

Равенство есть духовная истина.

Не нужно путать.

Собака имеет природу будды, точно как и всякий другой. Это не болезнь новичка, вступающего на путь. Это чисто человеческое любопытство — все ли живые существа обладают одним и тем же потенциалом к цветению в предельном экстазе, которого достигали только очень немногие люди — Гаутама Будда, Лао-цзы, Заратустра. Я считаю это абсолютно нормальным, никакой не болезнью.

Да Хуэй цитирует Гаутаму Будду, и это нуждается в каком-то объяснении, потому что иначе вы не поймете это. И я не думаю, что Да Хуэй понимает это, поскольку он не дает объяснений по этому поводу. *Старый Шакьямуни Будда сказал: «Этот путь — хорошо, и не этот путь — тоже хорошо; этот путь или не этот путь — все хорошо».*

Он не поясняет, зачем понадобилось цитировать это изречение. Он просто-напросто швыряется именами, цитатами; это одна из стратегий интеллектуалов — продемонстрировать свою осведомленность. Но я не думаю, что он понимает хотя бы смысл этого, потому что это одна из наиболее трудных вещей для понимания.

Аристотель считается отцом западной логики. Его логика — простейшая логика: черное есть черное, белое есть белое; да значит да, нет значит нет. Все четко разделено. Это называется двухчастная логика. Гаутама Будда верил — и я думаю, что он обладает гораздо большим пониманием, чем Аристотель, — в трехчастную логику. Только если вы можете понять его трехчастную логику, лишь тогда это изречение становится ясным для вас. Например, если бы кто-то спросил Гаутаму Будду: «Существует ли Бог?» — в соответствии с трехчастной логикой он ответил бы: «Да, Бог существует. Нет, Бог не существует. И да, и нет: Бог существует, и Бога не существует». Логика Аристотеля двухчастна: либо Бог существует, либо Бога не существует. Тут нет и речи о третьей возможности — что оба ответа, возможно, верны.

В определенном смысле, под определенным углом зрения, можно говорить с абсолютной истинностью, что Бог существует, — например, если вы подразумеваете, что сущее разумно, что сущее не материально, что сущее по сути создано из сознания и даже материя является только формой спящего сознания — сознания в состоянии комы. Если вы можете подразумевать под Богом «универсальное сознание» — он существует. Но вы можете подразумевать под Богом «лицо, которое сотворило мир»; тогда Бога не существует.

Но ведь возможно представить Бога как сознание, и при этом не как творца, но как саму творческую функцию сущего. Все это зависит от нас и от того, что мы подразумеваем под Богом, потому что Бог лишь гипотеза, слово; смысл должен быть дан нами. Если Бог не творец и не личность, но сам феномен творчества и сознания, — тогда правильны оба утверждения: Бог существует и Бога не существует.

Это была трехчастная логика. И Гаутама Будда обязательно склонит будущий мир к трехчастной логике. Аристотель уже устарел. Но современник Гаутамы Будды, Махавира, пользуется семичастной логикой, и он будет окончательным победителем в том, что касается логики, потому что он учел все возможные альтернативы. Три альтернативы — это еще не все возможности.

Например, вот четвертая альтернатива Махавиры: возможно, Бога нет. И пятая: возможно, Бог существует и не может быть определен; он вводит неопределенность как пятую альтернативу. И шестая: возможно, Бог не существует и также не может быть определен. И седьмая: возможно, ничего не может быть сказано, только то, что это не может быть определено.

Он охватил все возможности и интерпретации. Даже Гаутама Будда избегал заходить так далеко; он оставался в разумных пределах. Теперь, возвращаясь к его изречению, вы можете понять его: *Старый Шакьямуни Будда сказал: «Этот путь — хорошо, и не этот путь — тоже хорошо; этот путь или не этот путь — все хорошо».*

Три утверждения... это делает переживание более таинственным. Аристотель демистифицирует сущее. Делить его просто на жизнь и смерть, на день и ночь, на правильное и неправильное, на добро и зло, на бога и дьявола —

все это немного по-детски, несколько недоразвито. Жизнь куда сложнее, чем это. Он берет только две крайности — и забывает середину.

Будда называл свой путь срединным путем, поэтому он должен был точно рассчитывать срединную точку, где противоположности встречаются, где противоречия растворяются друг в друге и делаются дополняющими. Тогда это становится трехчастной логикой: две крайние возможности и одна срединная, где крайности сходятся и сливаются в единстве. Его подход не только более мистичен, он также и более научен.

Современная физика приближается к Гаутаме Будде и совершенно отказывается от Аристотеля, а вместе с ним и от Евклидовой геометрии, поскольку она была побочным продуктом аристотелевой логики. Аристотель и Евклид господствовали на Западе две тысячи лет, но современная физика находит вещи более сложными, чем они полагали. Гаутама Будда, возможно, ближе к реальности, поскольку он выбрал более мистический подход. Он расширяет наше восприятие реальности.

Мое личное предчувствие таково, что в конце концов современной физике придется признать не только Гаутаму Будду, но и Махавиру, потому что его семичастная логика абсолютно завершена. Нельзя прибавить больше ничего. Не может быть восьмичастной логики; семью возможностями охвачено все. Ничего не упущено, все учтено; она всеобъемлюща.

Махавиру признали — причем ученые даже не знали, что они признают человека, который жил двадцать пять столетий назад, современника Гаутамы Будды, — признали потому, что он проповедовал теорию относительности. Махавира был первым человеком, проповедовавшим теорию относительности.

Альберт Эйнштейн был бы чрезвычайно счастлив, если бы кто-то представил ему теорию относительности Махавиры. Она трактует не о физике, она изучает человеческое сознание, но это тот же способ видения. И Альберт Эйнштейн пустился бы в пляс, если бы услышал семичастную логику Махавиры, потому что он испытывал очень много затруднений с Аристотелем. Реальность велика, а логика была мала: она никаким образом не была в состоянии помочь в дальнейшем исследовании, помочь более глубоко проникнуть в материю и энергию. Она была хороша для повседневной работы на базаре, но она не была достаточно хороша для более глубоких сфер.

Но я думаю, что сам Да Хуэй не имел понятия, зачем он процитировал это изречение... может быть, просто мистифицировал людей, прикидывался, что понимает эту странную логику трехчастности, — потому что он ничего не говорит об этом. Цитата вне контекста. Все, что говорится, должно иметь какой-то смысл, какую-то связь. Эта же цитата не имеет отношения к предыдущей сутре. Он просто вставил ее.

Вот мое ощущение: он попросту мистифицировал людей, притворившись, что знает значительные вещи, которые им не понять. Это одно из важных свойств человека: он считает, что все то, чего он понять не может, должно быть верным. Из-за этого философы писали таким стилем, чтобы вы подолгу читали большие фразы, длинные предложения, объемистые разделы — такие большие, чтобы к тому времени, когда вы подходите к концу раздела, вы забывали начало.

Например, немецкий философ Гегель был мастером мистификации в области абсолютно бессмысленных идей, и вся его стратегия состояла просто в написании больших слов — помпезных, напыщенных. Одно предложение растягивалось на целую страницу, и к тому времени, как вы подходили к концу предложения, вы не имели никакого понятия, что же было в начале, что было в середине...

Гегель считался великим философом — до тех пор, пока его не поняли! Когда же его поняли, его отодвинули в сторону просто как фокусника, который пытался лишь мистифицировать людей. И он преуспел. По крайней мере, в своей жизни он насладился роскошью быть великим философом. Только после его смерти ученые постепенно разглядели это все и обнаружили, что он не говорит ничего. Он говорит очень много, но, если вы сконденсируете это, — ваши руки пусты. В нем нет ничего.

Когда бы я ни думал о Гегеле, я всегда вспоминаю человека из моей деревни. Он был почти невменяем; он вызубрил весь оксфордский словарь и писал письма президенту, премьер-министру, губернатору. Жил он как раз рядом с моим домом.

Время от времени он заходил ко мне показать свои письма — двадцать, тридцать, пятьдесят дурацких отпечатанных на машинке страниц, но ни единого осмысленного предложения. Он ничего не знал о языке; он выучил весь словарь, и в этом-то и была беда. Он просто-напросто без конца писал большие слова; эта писанина не имела никакого смысла.

Он замучил меня, и тогда я сказал: «Сделай одну вещь. У меня мало времени, а твои письма такие длинные, и к тому же это будет полезно, потому что такое большое письмо президент не возьмется прочесть. Поэтому с письмом ты должен написать небольшое краткое содержание всего строк на десять-двенадцать, самое большее».

Он сказал: «Вот это хорошая идея. Я напишу краткое содержание. Это не проблема».

Он тут же отправился писать содержание, а письмо оставил со мной.

Я был поражен; это что-то странное, как же он собирается писать краткое содержание? Но он не видел проблемы: словарь с ним... И появилось еще десять строк полнейшего абсурда. Я сказал: «Это совершенно прекрасно. Это объясняет все! И я могу сказать, что теперь президент возьмется прочесть. Двадцать страниц — это слишком много. Ты пишешь такую большую философию».

Но никто не отвечал на его письма. Он, бывало, заходил ко мне со словами: «Вот и месяц прошел, а ответа нет, и даже уведомления, что они получили мое письмо! А я ведь трудился так упорно».

Я сказал ему: «Не думаю, что у этих политиков хватит ума понять твою великую философию».

Он сказал: «Это верно. Ты единственный человек, который понимает меня. Никто, похоже, не понимает».

Каждый день он отправлялся на почту с новым письмом, и почтальону надоело. Однажды почтальон встретил меня в библиотеке и попросил: «Вы не можете остановить этого человека? Я никогда не читал никаких его писем, но даже держать их на столе — мучение. Чувствуешь, как внутри тебя так все и выворачивается; прочтите две-три строчки — и этого достаточно, чтобы свести с ума кого угодно».

Я сказал: «Очень трудно остановить его, потому что я единственный человек, кто понимает его. Если у вас какое-нибудь затруднение, я скажу ему, и он сможет объяснить».

Он сказал: «Я не хочу, чтобы вы напоминали ему об этом вообще! Он же придет с еще более длинными объяснениями».

Время от времени я приезжал в свой городок, и он поджидал меня. Я любил этого человека. Он был безумным, но очень хорошим, очень приятным и совершенно безобидным.

Я сказал ему: «Ты сделал одну вещь неправильно».

Он спросил: «Что?»

Я сказал: «Тебе надо было родиться в Германии, и ты мог бы быть известным в истории как великий философ. Я изучал всех этих великих немецких философов; они все невменяемые!»

Человек, который считался одним из величайших немецких философов этого столетия, Мартин Хайдеггер, начинал много книг, но так и не завершил ни одной, потому что к тому времени, как он добирался до половины, он забывал, о чем уже писал. Поэтому первый том мог публиковаться, и люди ждали второго тома, который так никогда и не выходил.

Это продолжалось всю его жизнь; он никогда не завершил ни одной книги. Когда его спрашивали об этом, он говорил: «Правда, я и сам позабыл, что написал. Это так сложно, что лучше уж начать новую книгу, вместо того чтобы перечитывать старую. Пускай другие читают... Я не желаю связываться с этим».

Вы устроите себе грандиозное развлечение, если прочтете что-то из Мартина Хайдеггера.

Его великий «разум» виден и из того, что он был последователем Адольфа Гитлера, — который безусловно был сумасшедшим! Величайший философ следует идиоту... это не говорит ничего об Адольфе Гитлере, зато говорит кое-что о Мартине Хайдеггере! Я прокопался через все его труды. В конце ваши руки оказываются пустыми. Вы не улавливаете ничего из того, что он хочет высказать и зачем он хочет высказать это. К чему весь этот долгий гимнастический процесс без всякого вывода? Но такие люди производят впечатление на широкие массы.

Я уже понял, что все то, чего люди понять не в силах, они считают великим. Поскольку мы не понимаем, то, естественно, это должно быть чем-то очень чудесным, очень таинственным. Но истина всегда проста: она таинственна потому, что проста.

Истина всегда очевидна.

Она чудесна потому, что очевидна, а не потому, что сложна, и не потому, что далека. Она так близка, что у вас возникает склонность забывать ее. Она внутри вас, поэтому вам даже недосуг взглянуть на нее.

Истина проста, очевидна, незатейлива. Все, что требуется, это просто молчаливое осознание — и тогда великое понимание нисходит на вас, и это понимание не превращается в знания, но углубляет вашу невинность, углубляет таинство жизни.

— Хорошо, Маниша?
— Да, Мастер.

15

ТАКОВОСТЬ

Возлюбленный Мастер,

Зри Татхагату повсюду

Откуда мы приходим, когда рождаемся? Куда уходим после смерти? Если вы знаете, откуда мы приходим и куда уходим, то вас можно назвать студентом Будды.

Кто тот, кто знает о рождении и смерти? И кто тот, кто испытывает рождение и смерть? С другой стороны: кто тот, кто не знает, откуда мы приходим и куда уходим? Кто тот, кто внезапно постигает, откуда он приходит и куда уходит? И кто тот, кто, созерцая эти слова, хлопает глазами, неспособный понять, и его живот ходит ходуном вверх-вниз, как будто огненную массу поместили в его сердце? Если вы хотите знать, просто присмотритесь к нему в той точке, где он неспособен понимать. Если вы сумеете распознать его, тогда вы узнаете, что рождение и смерть, несомненно, не имеют к нему никакого отношения.

Всякий раз, когда вы читаете писания или рассказы о древних досточтимых, вступивших на путь, и ваш ум не понимает отчётливо, и это сбивает с толку, подавляет, кажется безвкусным — словно вы грызёте железный костыль, — значит, самое время приложить усилие; главное, вам нельзя сдаваться. Это место, где концептуальное знание не действует, куда мысль не добирается, где различение отрезано, а дорога рассудка уничтожена. Там, где вы всегда можете объяснить причины и применить различение... все это принадлежит к эмоциональному сознанию. Время от времени люди принимают этого вора за своего сына. Не дайте застигнуть себя врасплох!

Кажется, что Да Хуэй подходит совсем близко к истине, но каким-то образом снова и снова упускает ее. В этой сутре начальная часть чрезвычайно важна, потому что это не цитата. Он высказывается сам. И то, что он говорит, является одной из самых древних медитаций, которая помогла многим на пути к окончательному прибытию, к самой вершине их сознания.

Откуда мы приходим, когда рождаемся? Это не нужно спрашивать вербально; вербально это бессмысленно, но если вы испытываете экзистенциально... Мы здесь; безусловно, мы должны прийти откуда-то, и, безусловно, мы уходим куда-то. Это абсолютно определенно — приход и уход. Если это становится чем-то наподобие жажды во всех фибрах вашего существа, если каждая клеточка внутри вас становится вопросительным знаком, тогда эта медитация работает.

Откуда мы приходим, когда рождаемся? Куда уходим после смерти? Если вы знаете, откуда мы приходим и куда уходим, то вас можно назвать учеником Будды.

Я не буду использовать слово *студент*; это слишком ординарно и соответствует лишь интеллектуальному подходу. *Ученик* использует все свое существо для приближения к высшим вопросам жизни. Ученик заинтересован только в осуществлении, а не просто в знаниях об этом. Студент заинтересован в знаниях об этом. А это очень разные интересы. Знания об этом — одна вещь, а знание этого — не *об* этом... Слово «об» означает вокруг да около, но никогда не в сути.

Я когда-то знал старика, Махатму Бхагвандина. Только двое людей считались в Индии махатмами, великими душами: Махатма Ганди и Махатма Бхагвандин. Махатма Бхагвандин познакомился со мной чисто случайно, и он что-то почувствовал ко мне, поэтому всякий раз, когда он уезжал из моего города куда-то еще, он обычно останавливался у меня, хотя бы на один, два, три дня — сколько мог себе позволить.

Это был очень красивый старик; и я никогда не встречался с человеком, который превосходил бы его знаниями. Он казался просто ходячей Британской Энциклопедией. Что бы вы ни спросили — он знает. Я никогда не слышал, чтобы он произнес: «Я не знаю». И я убедился, что то, что он говорит, всегда правильно — и это о самых странных вещах, к которым он не имел никакого отношения. Обычно я ходил с ним каждое утро на прогулку, и он рассказывал о латинских наименованиях деревьев. Он знал так много обо всем... как будто всю жизнь не занимался ничем, кроме сбора информации. Однажды я сказал Махатме Бхагвандину: «Вы знаете латинские названия всех деревьев, мимо которых мы проходим, но я не думаю, что вы знаете себя самого». Он был шокирован — но он был очень терпеливым человеком и попытался понять, почему я так сказал.

Я продолжал: «Вы похожи на ходячую Британскую Энциклопедию, но еще никто не слыхал, чтобы комплект Британской Энциклопедии стал просветленным; такое невозможно. Вы знаете все, но я подозреваю, что это способ избежать знания самого себя».

Он промолчал. Он не сказал ничего. Мы добрались домой, он принял ванну, а после ванны сказал: «Вы правы. Но подскажите мне, как забыть все это знание».

Я сказал:

«Нет необходимости забывать его. Только не надо похваляться им, вытаскивая его снова и снова, рассказывая его людям. Не будьте эксгибиционистом, а всей той энергии, которую вы затрачиваете на сбор информации, достаточно, чтобы произвести трансформацию в вашей жизни.

Есть только два важных вопроса: Откуда вы приходите? Куда вы уходите? Почему эти два вопроса важны? — потому что они заставляют вас осознавать свое внутреннее существо, которое путешествует от рождения к рождению в новых жизнях. А раз уж вы стали внимательны к такому величайшему феномену в жизни — своему собственному существу, — тогда не имеет значения, знаете ли вы что бы то ни было еще».

Потом многие годы у меня не было случая повидать его. Я проводил лекции в Нагпурском университете, и один человек, который знал меня и знал Махатму Бхагвандина, сказал мне: «Он здесь и он очень болен. Вероятнее всего, он не выживет». Сразу после лекции я бросился к нему. Я не мог поверить своим глазам! Я знал его очень здоровым человеком, и всего четыре или пять лет я не видел его. А теперь это был просто скелет, беспрерывно кашляющий. Даже разговаривать ему было трудно. Кашель мучил его продолжительными приступами... Во время разговора, посреди фразы, он мог надолго закашляться.

Я сказал: «Вам не нужно ничего говорить».

Но он настаивал: «Нет, я должен поговорить, потому что я уже не выживу, и я безмерно скорблю, что не смог сделать того, о чем вы говорили мне. А теперь я понял, что все мои знания были тщетными; они не помогают. Я умираю таким же невежественным, каким родился».

Я сказал:

«Это уже великое достижение — то, что вы умираете невинным и полностью осознающим, что знание бесполезно. А время все еще есть... потому что вы еще живы.

Это может продлиться несколько дней или, возможно, несколько месяцев... никто не знает. Почему вам не начать медитировать о том самом, что приближается с каждой минутой: Куда вы уходите? Откуда вы пришли? И кто есть вы?»

Он сказал со слезами на глазах: «Я сделаю это».

Я должен был уезжать, поэтому я оставил его. Всего через три дня он умер. Но его друг, Пунам Чандрика, который был с ним до конца, сообщил мне: «Вы будете чрезвычайно счастливы: он справился. Он умирал не кашляя, но смеясь». И это была его последняя весть мне: что он знает, откуда он пришел, куда уходит и кто этот путешествующий парень. Он узнал его. Он умер с огромной радостью. Во время своей смерти он сильно страдал, но он умер смеясь, улыбаясь. Тело страдало, и ум знал, что тело страдает, но благодаря тому, что он понял сокровенную свою сущность, это не имело никакого значения. Он знал теперь, что источник его жизни вечен.

Медитация, о которой упоминает Да Хуэй, одна из старейших. Только он пользуется неподходящим словом: «студент». Он должен был употребить слово «ученик». Студент просто имеет дело со словами, теориями, философиями. Ученик более вовлечен: он хочет познать собственными глазами, он хочет испытать собственным сердцем.

И кто тот, кто знает о рождении и смерти?

Это и есть центральный пункт в медитации. Рождение и смерть — это только средства, потому что ни рождение не истинно, ни смерть не истинна. Мы были до рождения — так как же рождение может быть истинным? И мы будем после смерти — так как же смерть может быть истинной? Только одно истинно: сознание, которое приходит с вами через рождение и уходит с вами через смерть — быть может, рождение есть дверь, и смерть тоже! Возможно, это одна и та же дверь, просто ваше направление меняется. Когда вы вступаете через эту дверь в жизнь, ваше направление — навстречу жизни, а когда вы покидаете жизнь, вы уходите через ту же самую дверь, только ваше направление — наружу. Нет необходимости в двух дверях: и одна дверь сослужит прекрасно. Когда вы входите через эту дверь, вы читаете слово К СЕБЕ, а когда выходите той же дверью, с другой стороны только слово другое: ОТ СЕБЯ.

Но реальный вопрос таков: Кому тянуть к себе, и кому толкать от себя?

Кто тот, кто знает о рождении и смерти? И кто тот, кто испытывает рождение и смерть? С другой стороны: кто тот, кто не знает, откуда мы приходим и куда уходим?

Это одна и та же сущность. Пробужденный знает это, спящий не знает этого.

Кто тот, кто внезапно постигает, откуда он приходит и куда уходит?

Здесь он подходит очень близко к реальности просветления, потому что просветление всегда внезапно. Может, вы и готовились к нему годами, но в те годы вы не были просветленным; это выглядит не так, что мало-помалу вы становитесь просветленным. Подготовка может быть долгой, многие жизни, но когда вы становитесь просветленным — это происходит в один момент.

Это всегда внезапно. Один момент — вы были неведающим; следующий момент — вы весело смеетесь... вы видите: «Я — то же самое лицо, которое проходило через все виды страданий, кошмаров, тревог, унижений, неудач, и вот вдруг я вне всего этого, как будто по волшебству все облака исчезли и солнце сияет ярко».

В дзэне есть две школы. Одна называется постепенной школой, а другая — внезапной школой. У постепенной школы есть небольшое недопонимание сути дела; в других отношениях у них нет ничего неправильного. Они включают в просветление период подготовки, период блужданий — как будто все те блуждания помогают, как будто они бывают причиной просветления. Они признают, что просветление происходит внезапно, но что эта внезапность была заработана целыми жизнями дисциплины, медитации и добродетели, поэтому они включают подготовительный период. Поэтому они и утверждают, что это процесс постепенный.

Но слово «постепенный» не подходит, поскольку постепенное просветление тотчас же придает тот смысл, что вы получаете его в рассрочку: одна часть, а потом через несколько лет еще одна часть... постепенно собираются все эти части — и вот однажды вы получаете полное просветление.

Я не согласен с идеей постепенности.

Просветление внезапно.

На подготовку к нему могут уйти жизни, или могут не уходить жизни, — это зависит от вас. Если вы подлинно заинтересованы быть просветленным, это может произойти без всякой подготовки, потому что ваше внутреннее существо уже и так просветленное — суть дела просто в том, чтобы обратиться внутрь.

У меня был один коллега в университете, который очень любопытствовал по поводу просветления. Даже в то время, когда я преподавал в университете, я разъезжал по стране в поисках людей, которые когда-нибудь станут моими... Но его интерес к просветлению был типичным интересом студента. Однажды он пришел ко мне, и я сказал: «Этот день очень необычен».

Он спросил: «Что ты имеешь в виду?»

Я сказал: «Сегодня, если ты захочешь быть просветленным, я могу устроить это».

Он взглянул обеспокоенно. Он сказал: «Но у меня жена и дети...»

Я сказал: «Просветление не запрещает тебе иметь жену и детей».

Он сказал: «Если этот день с таким странным качеством, то я лучше приду в какой-нибудь другой день».

Но я спросил: «Как же насчет просветления?»

Он сказал: «Прости меня, я только любопытствую. Я люблю тебя и чувствую близость к тебе, но просветление, прямо сейчас... Столько всего надо сделать, а кроме того, как ты думаешь, буддой я буду выглядеть адекватно?»

Я сказал: «Не переживай из-за этого. Просветление не имеет ничего общего с тем, выглядишь ты как будда или нет. Безусловно, ты будешь особенным буддой». У него были очень странные глаза — один смотрит сюда, другой смотрит туда. Я сказал: «Не беспокойся, потому что я не считаю это помехой для просветления. Людям действительно будет очень забавно видеть будду...»

При разговоре с вами он глядел в другом направлении. Я сказал: «Будет немного странно, когда ты произносишь проповеди, но твои глаза можно фиксировать. Ты не беспокойся; это я беру на свою ответственность. Сначала стань просветленным».

Он сказал: «Не только в глазах дело. Есть много вещей... у меня вставные зубы. Ты думаешь это будет выглядеть нормально, когда у будды вставные зубы? А если кто-то узнает?..»

Я сказал: «Не беспокойся об этих пустяках».

Но он поднялся. Он сказал: «Я пойду домой. Сначала я должен спросить свою жену. Я никогда не делал таких странных вещей, не спросив ее; она очень практичная женщина».

Я сказал: «Будь по-твоему, но так никогда не случалось за всю историю, чтобы тот, кто становится просветленным, сначала спрашивал разрешения у своей жены. Ты становишься просветленным; потом ты просто идешь и объявляешь о своем просветлении».

Он сказал: «По крайней мере, дай мне время подумать».

Тогда я сказал: «Но такой день может не наступить снова так быстро. Сегодня все готово».

Он сказал: «Я могу подождать. Ничего страшного, если это произойдет на два-три года позже».

И с того дня он начал избегать меня. Если я находился в комнате отдыха, он не входил. Он сначала убеждался, что меня нет в университете, и только после этого мог ходить повсюду свободно. Он выяснял, что меня нет в библиотеке, а затем сам отправлялся в библиотеку.

Однажды я пришел к нему домой. Я сказал: «Этот день настал снова».

Он взмолился: «Боже мой, я сторонился тебя все это время, и всего за три месяца день настал снова? Моя жена категорически против этого!»

И тут вышла его жена и сказала: «Вы не должны делать его просветленным. С ним уже и так хлопоты, неприятности. Если он станет просветленным, вся наша семейная жизнь будет расстроена. Даже в своем невежестве он не такой, каким положено быть мужу, а если он станет просветленным, я представляю себе беды за бедами. Оставьте его в покое! Он избегал вас три месяца, по моему совету. Теперь это уже слишком — вы начали приходить к нам в дом».

Вы не поверите, но на следующий день он поехал в столицу и добился себе перевода из нашего университета в другой университет. Два или три дня я искал его, а затем отправился снова к нему домой, и сосед сказал: «Они уехали!»

Я спросил: «Из-за чего?»

Он сказал: «Из-за вас».

Я сказал: «Я просто пытался сделать его просветленным».

Просветление — это такая простая вещь, что никому нет необходимости беспокоиться о нем. Но оно стало настолько... Испокон веков религии утверждают, что это такой грандиозный феномен, он не для обычных смертных, он лишь для тех, у кого есть особое соизволение от Бога. Обычным смертным не следует и пытаться, потому что это попытка достичь невозможного. Это годится для Гаутамы Будды, потому что он воплощение Бога. Это годится для Кришны, потому что он воплощение Бога, но люди обычные — это не воплощение Бога.

И я всю свою жизнь переубеждаю людей, что Гаутама Будда не был воплощением Бога — пока не стал просветленным. Сначала к нему пришло просветление, после этого вы признали его воплощением Бога. Так же и Кришну не принимали за воплощение Бога, до тех пор пока он не стал просветленным. Так что вся ваша логика ошибочна. Постарайтесь стать просветленным, и тогда люди примут вас как воплощение Бога.

Если вы пребываете в уверенности, что для вас это невозможно, то, конечно, это невозможно; в противоположном случае — это ваша внутренняя природа. И поскольку это ваша внутренняя природа, то ее переживание может быть внезапным, без какой-либо подготовки. Подготовка нужна для чего-то такого, что не является вашей природой. Подготовка означает воспитание, образование.

Просветление есть ваша природа.

Вы уже просветленный; вы только не знаете. Все, что требуется, — это простой взгляд внутрь. Да Хуэй прав, когда говорит: *Кто тот, кто внезапно постигает, откуда он приходит и куда уходит? И кто тот, кто, созерцая эти слова, хлопает глазами, неспособный понять, и его живот ходит ходуном вверх-вниз, как будто огненную массу поместили в его сердце? Если вы хотите знать, просто присмотритесь к нему в той точке, где он неспособен понимать.*

Это очень содержательное предложение, вы не должны забыть его. Да Хуэю не удалось составить много содержательных предложений, он только цитирует. Но в этой сутре он не цитирует совсем. Кажется, что-то просочилось; кажется, у него появился проблеск. Потому что то, что он говорит, может быть сказано только человеком, у которого по крайней мере был проблеск. Возможно, он еще не просветленный, но, несомненно, он увидел что-то за пределами ума.

Я повторяю предложение, поскольку оно очень важно: *Если вы хотите знать, просто присмотритесь к нему в той точке, где он неспособен понимать.*

Ум останавливается, когда он не может понять чего-то. В этом и состоит все искусство коана: дается абсурдная головоломка, вы вертитесь и мечетесь, находите такой ответ и сякой ответ, и все ошибочно с самого начала, потому что головоломка по существу своему неразрешима.

Я расскажу о человеке, который покупал игрушки своим детям. Он был великим математиком и заинтересовался картинками-головоломками. Картинки предназначались малышам, но он, как ни пытался собрать их, потерпел неудачу. Он не мог поверить... если он, математик такого уровня, не в силах сложить головоломку, то как же с ней справятся малыши? Он спросил продавца, который наблюдал и смеялся: «Почему вы смеетесь? И что это за игрушки вы понаделали? Я профессор математики и не могу собрать их. Как же мои малыши будут их складывать?»

А продавец сказал: «Вот потому-то я и смеюсь — ведь эта головоломка не предназначена для решения. Это тренировка детей, подготовка их к последующей жизни, к тому, что жизнь — это головоломка без решения. Так что она просто приучает их: не расстраивайтесь, если вы не можете решить задачу. Вы будете встречать свою жизнь на тысячах путей, и множество ее задач не сможете решить».

Вы когда-нибудь задумывались об этом? Вы решили свою проблему любви? Вы решили свою проблему тишины, спокойствия? Вы решили свою проблему отодвигания ума в сторону — чтобы просто провести выходной без ума? Вы научились — каким угодно образом — быть ненапряженным хотя бы несколько минут каждый день, быть без мыслей несколько минут каждый день?

Что же вы решили? Вы просто-напросто живете со всеми своими нерешенными проблемами, и они становятся все более обременительными. К моменту смерти вас будут обременять горы нерешенных проблем.

Человек, создавший такую картинку-головоломку, не был лишен некоторого прозрения.

Да Хуэй говорит: «Как только ум не может понять чего-то, естественно, оно выходит за его пределы». Ум останавливается, не зная, что делать! Это великое мгновение, потому что вы узнаете нечто, пребывающее вне пределов ума. Благодаря тому что ум временно прекращает весь свой шум — его беспрерывной суматохи больше нет, — вы можете заглянуть на мгновение в свое подлинное существо.

Я говорю, что это очень содержательное утверждение человека, который до сих пор просто интеллектуализировал, философствовал. Впервые он приближается к медитации, и хотя это только самый малый проблеск, но медитация даже как проблеск есть великое начало. Вы получили зерно, теперь оно может расти. Предоставьте ему подходящую почву, и как только наступит весна, ваши цветы затанцуют в воздухе, затанцуют внутри вашего существа.

Если вы сумеете распознать его, тогда вы узнаете, что рождение и смерть, несомненно, не имеют к нему никакого отношения.

Если вы сумеете увидеть себя хоть на миг, вы будете знать, что никогда не рождались и никогда не умирали. Да, рождения и смерти случались вокруг вас — но не с вами. Это тело умирало, этот ум умирал; это тело рождалось, этот ум рождался снова — но вы оставались вечно одним и тем же.

Всякий раз, когда вы читаете писания или рассказы о древних досточтимых, вступивших на путь, и ваш ум не понимает отчётливо, и это сбивает с толку, подавляет, кажется безвкусным — словно вы грызете железный костыль, — значит, самое время приложить усилие.

Это время сделать усилие, чтобы пробудиться, это замечательная возможность...

Главное, вам нельзя сдаваться. Это и есть момент... сделайте усилие, пробудитесь. Главное, не сдавайтесь, потому что такие мгновения приходят редко. Они приходят только тогда, когда вы наталкиваетесь на что-то слишком большое для вашего ума. Ум остается в своего рода благоговейном страхе. Это открывает вам небольшое окошко, небольшое отверстие, чтобы выглянуть за пределы ума. Приложите все усилия и не сдавайтесь!

Это место, где концептуальное знание не действует, куда мысль не добирается... Здесь впервые он говорит о безмыслии, о трансценденции концептуального знания...

...где различение отрезано, а дорога рассудка уничтожена. Впервые во всех этих сутрах он предпринимает квантовый скачок от резонирования к миру тайн.

Там, где вы всегда можете пояснить причины и применить различение... все это принадлежит к эмоциональному сознанию. Время от времени люди принимают этого вора за своего сына. Не дайте застигнуть себя врасплох! Как только вы можете пояснить вещи, как только вы можете привести доводы, как только вы чувствуете облегчение... значит, наступил опасный момент. Как только случается прямо противоположное — ум ощущает абсолютный дискомфорт; как только нечто не поддающееся постижению встает перед ним — он, естественно, останавливается. Нет почвы для мышления, для рационализации, для объяснений; эта вещь слишком велика, и ум в первый раз осознает свою незначительность.

Отсюда и совет Да Хуэя: *Там, где вы всегда можете пояснить причины и применить различение... все это свойственно эмоциональному сознанию. Время от времени люди принимают этого вора за своего сына. Не дайте застигнуть себя врасплох!*

До сих пор он сам делал то же самое — принимал этого вора за своего сына. Но какая-то перемена произошла. Невозможно предвидеть, когда это случится. Это приходит неожиданно, как дуновение, — и вы чувствуете прохладу, чувствуете свежесть, чувствуете себя помолодевшим. Всякая усталость исчезает.

Поэтому даже те люди, которые интересуются дзэном интеллектуально, всегда в опасности: опасность состоит в том, что их интеллектуальный интерес может в любой момент обернуться экзистенциальным стремлением к переживанию.

У Гаутамы Будды есть выражение: «Не мешайте людям читать писания; не мешайте людям слушать учителей, которые не знают ничего; потому что не раз случалось так, что учитель был только учителем, а ученик оказывался мастером».

Есть замечательная история об одном тибетском монахе, Марпе. Тибет знает только двух великих монахов — Марпу и Миларепу. Миларепа уже здесь; Марпа тоже придет, раньше или позже!

Там был великий учитель с глубочайшими знаниями, но без опыта. Его окружали тысячи студентов. Он был влиятельным.

Марпа в это время искал мастера. Увидев так много людей вокруг этого человека — то был самый знаменитый учитель тех дней... а Марпа был человек очень простой. Он пришел, склонился к стопам мастера и сказал: «Я пришел сюда. Теперь дело за тобой; можешь делать со мной все, что захочешь. У меня не будет собственной воли, отличной от твоей, и у меня не будет никакой мысли, отличной от твоей. У меня не будет собственной жизни, каким-либо образом отдельной от тебя; я хочу быть просто твоей тенью». Среди тысяч учеников этот учитель становился все эгоистичнее. Когда Марпа сказал так, тот посвятил его в саньясу.

Марпа был безмерно невинным и доверчивым. Уже через несколько дней там произошел большой переполох. Саньясины увидели, как он прыгнул с высокой горы в ущелье. Им пришлось спускаться в долину, потребовались лошади, чтобы добраться до него. Он просто прыгнул. Почти невозможно остаться в живых после такого прыжка. Но они все искали, три часа кружили у подножья горы, и когда наконец нашли его в долине, он сидел под деревом, без единой царапины. Они глазам поверить не могли: «Что это за человек такой?» И тут же они стали ему завидовать. Они принялись докладывать учителю: «Этого Марпу не годится держать здесь. Он пытается повлиять на твоих студентов; многие становятся его учениками. Скоро все покинут тебя, если ты не вышвырнешь его вон».

Учитель спросил: «Но какие же у него такие качества, что люди так сильно увлекаются им?»

И они сказали: «Качества? Он чудотворец. Он идет через огонь и не сгорает. Он сидит обнаженный под снегопадом и, похоже, не ощущает холода. Он прыгает с тысячефутовых скал в ущелье. Только чтобы сходить в город за подаянием, нам приходится преодолевать трехчасовый путь; туда и назад — шесть часов только ради одной еды. Целый день потерян. А этот парень проделывает этот маршрут за несколько минут! А вчера... это было уже слишком: он ходил по воде!»

Мастер... то есть учитель — сказал: «Позовите его!» И он спросил Марпу: «В чем твой секрет?»

Марпа сказал: «Мой секрет? Я лишь твоя тень. Твое имя, вот мой секрет. Как только я хочу сделать что-то, я просто беру твое имя и молю тебя: «Храни меня», — а потом просто делаю это. Пользуясь твоим именем, я могу гулять по рекам, могу спрыгивать с высочайших гор, могу проходить сквозь огонь — нет ничего невозможного. Ты так велик; одного твоего имени достаточно!»

Учитель подумал про себя: «Если мое имя может делать такие чудеса, то я, должно быть, дурак, что никогда не пытался делать чудеса сам. Я мог бы быть величайшим мастером во всем Тибете». Тогда он сказал: «Это очень хорошо. Ты владеешь верным секретом». И он сказал всем ученикам: «Вот что значит доверие».

И он попытался пройтись по воде сам. Если его имени достаточно... разумеется, для него прогулка по воде не должна быть проблемой.

Но стоило ему сделать шаг, и он стал тонуть. Марпе пришлось прыгнуть в воду и вытащить его.

И учитель сказал: «Это странно — мое имя срабатывает, а сам я тону».

Марпа сказал: «Ты все разрушил. Теперь твое имя не поможет. Это было не твое имя — это было мое доверие. А теперь, увидев тебя тонущим, как смогу я доверять твоему имени? Ты уничтожил мою невинность. Я пришел сюда научиться быть более доверяющим, быть более невинным. Вместо того чтобы помочь, ты почти уничтожил всю мою надежду».

Но Марпа стал великим мастером. Имя его учителя не известно. Марпе удалось трансформировать весь Тибет, вывести его на путь Будды.

Как видите, порой происходило так, что учителя, может, и не знали, но если ученик доверял, его доверие творило чудеса. Будда сказал: «Дайте людям читать писания, дайте им слушать учителей...» Быть может, учителя и не знают, что писания — мертвые слова; но кто знает, если эти люди доверяют, их доверие может воскресить мертвые слова. Их доверие может черпать вдохновение от людей, у которых нет ничего, что могло бы вдохновлять.

В конце концов, это доверие к самому себе; но требуется некоторое время, чтобы обрести доверие к самому себе.

Легко доверять кому-то другому. Но раз уж вы поняли, что такое доверие, — тогда зачем доверяться индивидуальностям? Почему не довериться всему сущему? И тогда вся ваша жизнь становится таинством, и вокруг вас начинают происходить вещи, которых вы не делаете.

Что-то произошло, потому что Да Хуэй переменил свой тон. Он перестал цитировать других. Впервые он говорит по своему собственному понятию, и говорит вещи огромной важности: осознайте самого себя, осознайте, кто вы есть. А подходящий момент для осознания — это когда ваш ум по какой-то причине заходит в тупик, не может функционировать — окошко открывается, и вы можете увидеть самого себя.

Если вы увидели самого себя, вас никогда уже не поймают ловушки ума.

Если вы увидели самого себя — пусть даже это только проблеск, — истинное паломничество началось.

— Хорошо, Маниша?
— Да, Мастер.

深察者

16

ПЕРЕД ПОИСКОМ

Возлюбленный Мастер,

Перед поиском

Ты дал понять, что хочешь, чтобы я письменно обучил тебя прямым сущностям. Сама эта мысль о поиске обучения прямым сущностям уже надевает на твою голову горшок с клеем. Хотя мне и не следовало бы добавлять еще один пласт мерзлого снега, тем не менее, если есть вопрос, он не должен оставаться без ответа. Я требую, чтобы ты сразу же отказался от всякой радости, которую ты когда-либо испытывал при чтении слов писаний — самостоятельно или по наущению и подсказке других.

Будь совершенно без знаний и без понимания — как прежде, подобно трехлетнему ребенку. Хотя врожденное сознание и есть, оно не действует. Теперь созерцай, что предшествует появлению мысли о поиске прямых сущностей: наблюдай и замечай. Когда почувствуешь, что твоя хватка все больше и больше слабеет, а душу все сильнее и сильнее охватывает беспокойство, — не сдавайся и не ослабляй натиска: это и есть лобное место для тысяч мудрецов. Студенты зачастую сходят с пути в этой точке. Если твоя вера бескомпромиссна — продолжай созерцание: что же предшествует появлению мысли о поиске обучения прямым сущностям. Внезапно ты пробудишься от своего сновидения, и не будет никакой ошибки в этом вопросе.

Да Хуэй высказывает несколько важных вещей. Первая — что сознание трехлетнего ребенка есть, существует, но не создает мышления. Оно остается совсем как зеркало, отражающее все вокруг ребенка; но ребенок не принимается размышлять — хорошо это или плохо, красиво или уродливо.

Важно понять, почему упоминаются три года: если вы попытаетесь двигаться обратно в своих воспоминаниях, то остановитесь у трехлетнего возраста. Вы не можете перейти этот предел. Причина в том, что только в трехлетнем возрасте мысли начинают будоражить сознание и впечатления начинают откладываться в памяти.

До трех лет ребенок точно как мудрец, только с одним различием: эта невинность естественна, и она должна быть утрачена, потому что ребенок не осознает свою красоту, свое богатство, свое великолепие. Он не узнает, какого ценного сокровища ему предстоит лишиться, пока не начнет размышлять. Фактически он хочет мыслить как можно скорее, поскольку повсюду вокруг себя видит людей, которые могут думать лучше, более красноречивы, достигают более высокого положения, большего престижа, большего уважения. Весь этот мир поддерживает процесс мышления. Для удовлетворения любой амбиции мышление абсолютно необходимо.

С того момента, когда ребенок осознает, что мышление является самым существенным средством для того, чтобы быть кем-то в мире, кем-то особенным, с именем и репутацией, — тут же он начинает учиться как можно быстрее и трансформирует свое сознание и свою энергию в мысли, в память, в воображение, — не ведая, что теряет самую драгоценную свою природу, самое драгоценное медитативное сознание.

Это правда, точно так же говорит Иисус: если не родитесь снова, вам не обрести Царства Божьего. Он не имеет в виду, что сперва вам надо умереть, а затем родиться опять; он только использует метафору. Вам надлежит умереть как мыслителю, как уму, и вы должны возродиться только как невинное сознание, совсем как ребенок.

Когда человек завершает весь круг от детства до просветленного человека, он приходит к тому же самому естественному Я, только с одним различием: ребенок не осознавал его, а просветленный есть только осознание и ничто иное. Он познает эту ценность, он наслаждается этим потрясающим блаженством, он испытывает экстаз высшего и вечного.

Ребенок был просто невинным в негативном смысле — он был невинен, потому что не ведал; а мудрец невинен потому, что он мудр. Все неведение рассеялось.

Неведение ребенка не было медитативным; оно было только нефункционирующим сознанием; оно просто ожидало подходящего времени и возраста, чтобы начать функционировать. Возможно, это и есть причина... все животные в мире рождаются завершенными; только человеческий ребенок рождается незавершенным. Поэтому человеческий ребенок более зависим и беспомощен, чем любое животное в мире.

Детеныши животных могут выживать без семьи, без матери, без отца; они найдут какой-то выход. Но невозможно и подумать, что человеческий ребенок способен найти какой-то способ выжить сам по себе.

Причина очень странная; возможно, вы никогда не думали об этом. Причина в том, что человеческое дитя рождается незавершенным. Ему приходится рождаться незавершенным, поскольку мать не может носить ребенка еще три года: это означало бы непрерывных четыре года... Девять месяцев — предел для матери; больше носить ребенка невозможно, ее чрево не приспособлено для этого.

Так что каждый ребенок рождается на три года раньше, чем он должен был бы родиться. Эти три года он вне чрева, но почти полностью зависим от матери, от отца, от семьи — теперь это и есть чрево вокруг него. Через три года он предпринимает несколько шагов из круга этого семейного чрева, и в первый раз он начинает проявлять признаки индивидуальности.

До трех лет дети почти всегда ссылаются на себя в третьем лице: «Ляля проголодалась»; «Ляля хочет спать»; «Ляля хочет пить». Они не говорят: «Я хочу пить», это Я еще не сформировалось. Этому Я потребуется некоторое время, поскольку это не что иное, как центр ума. Тело сформировано; ум все еще в процессе формирования. Уму потребуется три года, чтобы прийти к той точке, откуда он начинает функционировать как индивидуальный.

Так что тело рождается, когда ребенок прожил девять месяцев в материнской утробе, а ум рождается, когда ребенок прожил три года вне утробы. Вот почему мы можем вернуться в воспоминаниях только до трехлетнего возраста. А дальше вдруг вырастает китайская стена...

Те три года мы прожили, и за те три года несомненно произошли тысячи событий. Однако они не оставили никаких отпечатков, никаких следов на нашей системе памяти: система памяти не была к этому готова. У ребенка есть все способности к индивидуальному существованию; ему просто требуется некоторое время, прежде чем весь этот механизм будет готов к функционированию.

Мудрец прожил как ум, выстрадал как ум, прошел через весь ад ума, — и выучил урок: пока не выйдешь за пределы ума, жизнь будет беспрерывной агонией.

Ум есть агония.

Когда такой опыт приобретается и укореняется глубоко внутри вас, из вашего личного переживания возникает новая попытка, новое начало, новое рождение... рождение медитации. Точно как в девять месяцев рождается тело, как в трехлетнем возрасте рождается ум... Однажды — это зависит от того, насколько разумно вы наблюдаете свои переживания, как вы смотрите на источники своего несчастья и страдания; и если вы достаточно разумны, то, возможно, в тридцатипятилетнем возрасте — вы начнете испытывать глубокое побуждение выйти за пределы ума. Семь лет между тридцатью пятью и сорока двумя готовят вас к совершению квантового скачка. Если все идет естественно, без препятствий и помех со стороны общества и организованных религий, то сорокадвухлетний рубеж становится третьим рождением — рождением медитации, нового начала за пределами ума.

Не с каждым это происходит в сорок два, потому что общество не хочет, чтобы это случилось. Это самая опасная вещь для общества, если люди станут выходить за пределы ума, потому что выход за пределы ума означает выход за пределы социального уклада, выход за пределы организованной церкви, выход за пределы священных писаний, выход за пределы всех насущных интересов, выход за пределы рабства, выход за пределы любого рода эксплуатации и притеснений — и обретение своего достоинства как подлинного сознания.

Это сознание нельзя заточить, нельзя убить, нельзя сжечь. Даже ядерное оружие совершенно бессильно, если речь идет о сознании.

Общество не желает, чтобы индивидуальности были так могущественны сами по себе. Каждое общество хочет, чтобы вы оставались зависимыми от него.

Вашу независимость урезают всеми возможными способами. А вместе с вашей независимостью урезается ваша индивидуальность, смерть приходит раньше, чем приходит медитация. Жизнь растрачивается впустую.

Если вы не достигли медитации, вы, собственно, не жили.

Я слыхал о человеке, который стал осознавать, что был жив, только когда умер. Внезапное пробуждение... «Боже мой, я был жив, но теперь слишком поздно». Пожалуй, это относится не к одному тому человеку — это может быть отнесено к каждому человеку, который умер без медитации. Мертвые не рассказывают историй; этот человек был просто исключением. В мире всегда бывает несколько исключительных людей.

Пока вы живете, вы по-настоящему не сознаете, как драгоценна жизнь. Действительно, это один из трюков ума: чем бы вы ни обладали, вы не знаете его ценности, пока не лишитесь этого.

Жил великий король, который завоевал многие земли и собрал несметное богатство, но был очень безрадостным и несчастным. Он не знал ни единого мгновения радости, блаженства... Он стал расспрашивать людей: «Какая цель всего моего богатства и всего моего королевства? Я не могу даже спать. Мой ум так переполнен напряжениями, тревогами, там нет места ни для чего другого. Есть кто-нибудь в моем королевстве, кто мог бы помочь мне?»

Люди были наслышаны о суфийском мистике, и они сказали: «В твоем королевстве есть суфийский мистик, очень странный человек. Он помог многим людям, но с ним нужно быть начеку, потому что он непредсказуем, он может выкинуть что угодно. Но одно несомненно: что бы он ни сделал, в конце концов выясняется, что тому была причина. Вначале это будет выглядеть абсолютно иррациональным. Если у тебя хватит смелости, попробуй сходить к нему».

Король сказал: «Вы думаете, я трус? Я захватил великие земли; вся моя жизнь была жизнью воина. Может ли жалкий суфийский мистик устрашить меня? Я пойду... и пойду сам, без телохранителей, без армии, без советников».

Но он взял с собой большую сумку, полную бриллиантов, рубинов и изумрудов, просто чтобы показать суфийскому мистику: «Это лишь образец. Вот сколько у меня денег, но это никак не помогает мне. Сначала я думал, что, когда у меня будут деньги, я стану отдыхать и наслаждаться. Но теперь деньги есть, а я живу в аду».

Суфийский мистик сидел под деревом. Король отправился туда, сошел со своего коня, коснулся стоп суфийского мистика и спросил его: «Ты можешь помочь мне?»

Суфийский мистик сказал: «Чего ты хочешь? Я помогу тебе немедленно».

Король уже слыхал, что это человек странный — ну кто бы еще сказал вам: «Я помогу тебе немедленно». Он собирается что-то делать... Король немного испугался: кому приятно, когда помогают *немедленно*... Он сказал: «Это не к спеху, но...»

Суфийский мистик произнес: «Скажи мне, чего ты хочешь. Не расточай моего времени. Ты говоришь, что тебе нужно; я даю это тебе — и дело с концом».

Король возразил: «Ты не понимаешь. Я хочу покоя ума».

И пока он произносил «покоя ума», суфийский мистик выхватил его сумку с изумрудами, бриллиантами и рубинами и убежал. Король подумал: «Боже мой, что это за человек? Он мистик или вор?»

Он побежал — за всю свою жизнь он никогда еще не бегал. Селение было ему неизвестно, улочки узкие. Суфия там знали прекрасно: он жил в селении. Король кричал: «Хватайте вон того вора», — а люди смеялись, потому что привыкли, что каждый день происходит не одно так другое. А это выглядело в самом деле забавно: король горячится, пыхтит и кричит: «Хватайте его! Почему вы только смеетесь?» — и продолжает бежать, потому что тот чудак уносит все его деньги, и уносит очень быстро.

Суфийский мистик задал ему хороший круг по всему селению, показал всем, что он, мистик, впереди, а король догоняет, потея. Наконец мистик добрался до того же самого дерева и уселся там в ожидании короля. Король подошел очень усталый, вспотевший, и мистик отдал ему сумку. Король взял сумку, повесил ее на грудь и вымолвил: «Боже мой!»

Суфий произнес: «Ты обрел спокойствие ума? Не говорил ли я тебе, что помогу немедленно?»

Король сказал: «Странный у тебя способ... но это правда, я чувствую себя очень умиротворенно, как не чувствовал еще никогда в жизни. И странно — ведь эти деньги всегда были при мне, а я никогда еще не чувствовал себя таким счастливым, как теперь».

Суфий сказал: «Я разрешил твою проблему. Твоя проблема в том, что у тебя есть все; тебе необходима какая-то дистанция, тебе нужно лишиться этого; только тогда ты поймешь, чем обладал. И это верно не только в отношении твоих денег. Это еще более верно в отношении самой твоей жизни: поскольку она у тебя есть, ты стал воспринимать ее как нечто само собой разумеющееся. Она слишком очевидна, она твоя. Тебя вообще не беспокоит, что она может не быть твоей завтра или даже в следующую секунду».

Приходит день, и вы осознаете, что смерть уничтожит все возможности для роста... Жизнь — это великая возможность расти, но, вместо того чтобы расти, вы просто накапливали ненужный хлам, который весь будет отнят. Люди только стареют, но стареть не означает расти, развиваться.

Очень немногие люди растут.

Старение вещь естественная; каждое животное стареет, в этом нет ничего особенного. Это горизонталь. Рост — это вертикаль. Только очень немногие люди растут; и медитация — единственный путь, который идет вертикально. Ум перемещается горизонтально.

Да Хуэй излагает несколько очень важных утверждений.

Первая сутра: *Ты дал понять, что хочешь, чтобы я письменно обучил тебя прямым сущностям. Сама эта мысль о поиске обучения прямым сущностям уже надевает на твою голову горшок с клеем.* Похоже, он освобождается от своего интеллектуального жаргона. Он начинает осознавать нечто большее, чем ум. Он оспаривает саму идею обучения через кого-то другого, а также через письмо, через слова, через язык. Во-первых, от кого-то другого, во-вторых, посредством языка...

Хотя мне и не следовало бы добавлять еще один пласт мерзлого снега... поскольку все, что я говорю, будет становиться дополнительными знаниями для тебя, оно будет только укреплять власть твоего ума. А необходимо ослаблять власть ума, с тем чтобы ты смог выйти за его пределы без помех с его стороны. В этом заключалась проблема всех просветленных людей. Да Хуэй прав, когда он говорит: *... тем не менее, если есть вопрос, он не должен оставаться без ответа.*

Почему он не должен оставаться без ответа? Потому что каждый вопрос — если ответ дан кем-то не просто имеющим знания — может быть превращен в поиски. Правильный ответ не тот, который ценится в школах, колледжах и университетах; правильный ответ тот, который превращает ваш вопрос в поиск. Правильный ответ не тот, который приведен в книгах и который вы повторяете подобно попугаю.

Если вы спрашиваете просветленного человека, то правильный ответ не имеет ничего общего с вашим вопросом. Просветленный только использует вашу энергию, вложенную в этот вопрос, и превращает ее в поиск; это становится вашей жаждой. Вот почему Да Хуэй прав, когда говорит: *если есть вопрос, он не должен оставаться без ответа*.

Нельзя упускать возможности превратить вопрос в поиск. Ваш ответ должен быть таким, чтобы вопрос не разрешался, а еще больше углублялся в поиске; чтобы он становился менее интеллектуальным и более экзистенциальным. Вопрос о воде благодаря вашему ответу должен превратиться в глубокую жажду.

Все пробужденные люди испокон веков отвечали только таким образом; они не дают правильных ответов — правильных ответов не бывает. Ваши вопросы используются для того, чтобы спровоцировать в вас поиск, глубокое стремление. Если ответ таков, то это правильный ответ.

Я требую, чтобы ты сразу же отказался от всякой радости, которую ты когда-либо испытывал при чтении слов писаний — самостоятельно или по наущению и подсказке других.

Он возвращается к собственному существу. Он не пользуется больше цитатами. Он говорит о том, что всего несколькими сутрами раньше делал сам; теперь он высказывается против этого. Он говорит: *Я требую, чтобы ты сразу же отказался от всякой радости, которую ты когда-либо испытывал при чтении слов писаний — самостоятельно или по наущению и подсказке других.*

Почему пробужденные люди всегда были против писаний? Это великое заблуждение встречается повсюду в мире. Пробужденные против писаний по совершенно иной причине, чем представляют люди. Люди полагают, что те против писаний потому, что писания ошибочны; на самом деле они против писаний потому, что если вы увязли в словах писаний, то никогда не узнаете свою собственную истину. Писания могут быть правы — не в этом дело. Быть может, они *действительно* правы, — но они правы не для вас; они были правы только для тех людей, которые испытали и выразили что-то из собственного опыта.

Для вас же это лишь мертвые слова, и если вы слишком увлекаетесь собиранием трупов вокруг себя, то скоро утонете в мертвых словах. Это случается со всеми учеными: их великое усердие попросту становится самоубийством. Они работают упорно, но прибыль равна нулю.

Писания могут исходить от людей пробужденных; но в тот миг, когда кто-то говорит... Это уже не то, чем был его собственный опыт. А когда это написано, оно отдаляется еще больше. Вот почему ни один просветленный человек в целом мире не написал ничего собственноручно; они только говорили — потому что сказанное слово и написанное слово качественно различаются.

Сказанное слово обладает теплом; написанное слово — абсолютно холодное, ледяной холод. Сказанное слово несет в себе биение сердца мастера. Сказанное слово — это не просто слово: оно все еще дышит, когда достигает вас, у него все еще есть свой привкус. Оно исходит от источника безмерной радости и света; оно неизбежно несет что-то от того аромата, некое излучение от того света, некую вибрацию — она может быть невидима, но будоражит ваше существо.

Слушать мастера — одно дело, а читать точно те же слова — совершенно другое, потому что живого присутствия мастера больше нет за словами. Вы не увидите его глаз, вы не увидите его жестов, вы не ощутите в словах того же самого влияния... вы не почувствуете тех безмолвных промежутков.

Присутствие мастера, его харизма, его энергия теряются в написанном слове. Написанное слово совершенно мертво. Никакой мастер никогда не писал — за исключением Лао-цзы, да и то под императорским давлением.

Всю свою жизнь он отказывался писать, а перед смертью собрался оставить Китай и отправиться в Гималаи для своего последнего отдыха. Император Китая приказал пограничным войскам: «Если Лао-цзы будет проходить через эту область» — а то были единственные ворота к Гималаям, он обязательно должен был пройти там, — «задержите его. Хорошенько позаботьтесь о нем, но объясните, что он не выйдет из Китая, пока не опишет весь свой опыт. Это приказ императора».

Бедный Лао-цзы знать не знал, что ему готовится. Он просто направился к тому месту, где легче всего было выбраться из Китая. Там ожидала целая армия, и его тут же схватили.

Почтительно, с большим уважением, ему сказали: «Это императорский приказ. Прости нас, мы хотим не мешать тебе, а только должны исполнить приказ — поэтому не можем позволить тебе выйти из Китая. Мы подготовили особую резиденцию для тебя, со всем комфортом и роскошью, согласно указаниям императора. Оставайся и опиши все, что ты испытал, и какую истину ты реализовал, что она привлекла так много людей».

Он так хотел поскорее достичь Гималаев — его смерть приближалась, и он хотел умереть в Гималаях... Гималаи обладают вечным безмолвием, спокойствием, которого не найти нигде больше. При таких обстоятельствах он и написал «Дао дэ цзин», небольшую брошюру.

Таково единственное исключение за всю историю — когда просветленный человек что-то написал. Но начало книги гласит: «Истину нельзя написать. Так что запомните: все, что я пишу, не есть истина. Я попытаюсь всеми силами быть возможно ближе к истине, но приблизительная истина — не истина». Поэтому он начал свою книгу с утверждения: «Все написанное очень далеко от живого опыта».

Вот почему все пробужденные люди были против писаний.

Но широкие массы всегда превратно понимали их. Если я скажу что-то против Вед, индуисты сердятся; если я скажу что-то против Библии, христиане сердятся.

Но я не против Вед или Библии; я против вашего увязания в тех мертвых словах. Когда-то они были живыми, но теперь те люди, чье присутствие было необходимо, чтобы давать им жизнь, поддерживать их пламя горящим, сами исчезли в универсальном сознании. Лишь их следы остались на песке времени. Вы можете называть их святыми следами, но в этом нет никакого смысла. Вы можете поклоняться им, можете приобрести их фотографии, можете развесить те фотографии. Вы можете проделывать всевозможные глупости, которые проделываются всеми церквами, всеми мечетями, всеми храмами, всеми синагогами.

Человек, который знает, должен как-то высказаться против всего того, что происходит. Да Хуэй прав, когда говорит: «Перестань находить какую бы то ни было радость в писаниях; это опасно, это отравляет».

Будь совершенно без знаний и без понимания — как прежде, подобно трехлетнему ребенку. Хотя врожденное сознание и есть, оно не действует.

Родитесь снова ребенком.

Величайшее достижение в жизни — если в своем преклонном возрасте вы можете снова стать ребенком. Вы завершили круг, вы возвратились домой, вы заново открыли природу своего Я. Каждый ребенок приходит с этим, но сначала ему предстоит лишиться этого. Только тогда он узнает, что он утратил, добывая деньги, власть, почести, — которые вообще бесполезны. Он утратил себя, он продал себя на базаре за несколько слитков золота.

Тот, кто понял это, перестает накапливать знания и отбрасывает все накопленные так называемые знания. Нужно пользоваться простым критерием: все, что не является вашим опытом, не истинно. Это может быть опыт Гаутамы Будды, это может быть опыт Иисуса, это может быть опыт Лао-цзы, — но это не *ваш* опыт.

Когда Будда ест — *его* голод исчезает, а не ваш. Если Будда находит истину — *его* темнота исчезает, а не ваша темнота. Никто не может помочь никому другому.

Я не считаю это бедствием; я считаю это одной из величайших привилегий человека: по крайней мере, в этом мире есть одна вещь, которая является абсолютно вашей, — никто не может ни дать ее вам, ни отнять ее у вас. Она не может быть украдена, нет способа уничтожить ее... но вы должны найти ее сами. Нет короткого пути к ней, и нельзя по дешевке приобрести ее.

Вам предстоит войти в свою собственную уединенность, в свою собственную субъективность, в самый центр своего существа, где ничто не шелохнется и все абсолютно неподвижно.

В той неподвижности вы снова найдете свое утраченное детство.

А найти его опять — это такое празднование, каждая клеточка вашего существа начинает танцевать.

Да Хуэй говорит: «Если вы можете достичь того самого состояния сознания, когда оно было, но не действовало...» *Теперь созерцай, что предшествует появлению мысли о поиске прямых сущностей: наблюдай и замечай.*

Он дает вам существо медитации. Любая мысль, возникающая в вашем уме... вместо того чтобы разыскивать ответ, постарайтесь обнаружить, откуда она возникает и каким было состояние вашего внутреннего существа, когда она еще не возникла.

Вы будете находить снова и снова ту же самую невинность, то же самое детское состояние сознания, тот же золотой период. Всякая мысль, если вы проследите, будет вести вас к одному и тому же состоянию. И тогда мысль уже не ваш враг, тогда ум не ваш враг; напротив, он становится объектом исследования.

Наблюдай и замечай. Просто наблюдайте. Мысль возникает и мысль исчезает. Она возникает из ниоткуда. Прежде чем она возникает, есть абсолютное безмолвие, а потом она исчезает в безмолвии снова — в *ничто.* Вначале есть *ничто,* в конце есть *ничто...* и это *ничто* является вашим чистым сознанием.

Библия гласит: «В начале было слово. И слово было у Бога, и слово было Бог». Возможно, что в начале и был звук — но не слово, потому что «слово» означает смысловой звук. Кто же придаст ему смысл?

И в самом деле, с научной точки зрения, когда вы идете лесом и слышите шум водопада, там нет смысла, но есть звук. Вы будете удивлены, узнав научное толкование: этот звук есть там только потому, что там есть вы; без ваших ушей нет и звука.

Так что это будет удивительным для вас: если нет никого вокруг водопада, то нет и звука, потому что звук требует ушей. Таким же самым образом существует свет — в тот момент, когда мы все ушли, света нет, потому что свет требует глаз. Без глаз нет и света.

Когда вы покидаете свою комнату, думаете вещи остаются теми же самыми? Синее остается синим, а красное остается красным? Забудьте весь этот вздор. В тот миг, когда вы выходите из комнаты, все краски исчезают... Это очень магический мир — вы закрываете комнату, и все краски пропали, потому что краскам нужны глаза. Без глаз и цвет не может существовать. Взгляните сквозь замочную скважину... они возвращаются.

Это чудо происходит каждый день. В самом деле, даже если вы сидите в своей комнате и закрываете глаза, все цвета исчезают. Не пытайтесь подсмотреть краешком глаза, исчезли они или все еще там — они возвратятся немедленно!

Говорить, что в начале было слово, абсолютно неправильно. Звук — было бы лучше, но тоже неправильно. Молчание было бы еще лучше, чем звук, но молчание тоже требует ушей, точно так же, как ушей требует звук. Вы думаете, когда вы отсутствуете в своей комнате, там молчание? Это невозможно. Там нет шума, это верно, но нет и молчания тоже. Шум и молчание, оба они, это опыт ушей.

Тогда что же *было* в начале?

Не молчание... не звук... не слово.

Гаутама Будда и его подход оказываются гораздо более научными: там было только *ничто*. Это *ничто* является самим нашим существом. Мы вышли из того *ничто*, и мы исчезнем в том *ничто* однажды.

Так что подружитесь с тем *ничто*, потому что ему предстоит быть вашим вечным домом. Подружиться с *ничто* — это и есть все то, что подразумевалось под медитацией. А когда вы отслеживаете свои мысли, мало-помалу они исчезают и лишь чистое *ничто* окружает вас. Вы пришли к началу мира, которое к тому же есть и конец мира. Вы пришли к истоку, и вы пришли к цели.

В этом состоянии только ваше осознание и есть истина. Вот почему Будда и все те люди, которые пробудились к окончательной истине, не признают гипотезу Бога. В том *ничто* они не находят никакого Бога, если только вы не хотите назвать *ничто* Богом; тогда проблемы не будет, — но это будет давать очень неверное представление о том, что такое *ничто*.

Я и сам пришел к заключению, что вместо того, чтобы говорить: «Бога нет» — поскольку это будет напрасно задевать людей и не поможет никоим образом, — лучше сказать: «Есть божественность». Просто качество... Это *ничто* не пустое; это *ничто* полное, переполненное. Оно есть сплошное сознание, а сознание — это божественное качество; вы можете называть его *божественностью*. И все сущее создано из одного и того же вещества. Вы можете называть его *ничто*, можете называть его *божественностью* — вопрос лишь в том, предпочитаете вы негативное описание или позитивное описание, — но оба слова означают одно и то же.

Когда почувствуешь, — говорит Да Хуэй — *что твоя хватка все больше и больше слабеет, а душу все сильнее и сильнее охватывает беспокойство...* Когда вы следите за своими мыслями, и это *ничто* начинает окружать вас, всегда есть возможность того, что ваше сердце дрогнет. Вас может охватить беспокойство, испуг.

Не пугайтесь и не беспокойтесь. Это происходит только из-за вашей прежней привычки: вы никогда еще не переживали *ничто*; на самом деле нет ничего более счастливого, нет ничего более умиротворяющего, нет ничего более живого.

...Не сдавайся и не ослабляй натиска: это и есть лобное место для тысяч мудрецов. Это имеет отношение к известному высказыванию Гаутамы Будды. Он говорил своим ученикам: «Если я повстречаюсь тебе на пути — немедленно, не колеблясь, отруби мне голову. Вероятнее всего, я повстречаюсь тебе». А дело в том, что ученики любили его так сильно и мастер изливал столько любви на них, что стоило им достичь безмолвия, как для ума появлялись все возможности разыграть свой последний трюк. Последний трюк — приход самого мастера... и это мешает увидеть *ничто*.

Гаутама Будда абсолютно прав: «Руби мою голову немедленно — потому что меня там нет, просто ум разыгрывает последнюю игру, это его последнее прибежище».

Это произошло в жизни Рамакришны... Он был поклонником матери-богини Кали, и он познакомился с просветленным странствующим монахом, Тотапури. Тотапури сказал ему: «Хотя ты и значительно продвинулся, сейчас ты застрял. Ты застрял с этой богиней... потому что богини нет вообще; это просто твое воображение».

Рамакришне уже поклонялись тысячи людей, но, когда Тотапури сказал ему эти слова, он тут же признал, что монах прав. И он сказал Тотапури: «Помоги мне — потому что, когда я закрываю глаза, все остальное исчезает. Только мать-богиня остается, она так прекрасна, она так сияет, что я совершенно забываю, что мне нужно войти в *ничто*. Она так прекрасна и так чарующа, что я пропал в ее красоте и в ее энергии. А когда я пробуждаюсь, я плачу, потому что хотел выйти за ее пределы, но она словно окружает меня — как граница, как тюрьма, со всех сторон».

Тотапури сказал: «Сядь передо мной и посмотри на этот кусочек стекла».
Рамакришна спросил: «А при чем здесь этот кусочек стекла?»
Тотапури сказал: «Я прослежу за твоим лицом, потому что я знаю — я следил за тобой: когда ты видишь мать-богиню внутри себя, твое лицо делается таким прекрасным, таким блаженным, что я тут же узнаю, что ты столкнулся со своей иллюзией, которую сам же и выращивал в себе годами. Я немедленно рассеку твой лоб этим кусочком стекла, и, как только я сделаю надрез и польется кровь, ты тоже наберись храбрости и сруби голову матери-богине».

Рамакришна сказал: «Это очень трудно. И, кроме того, где мне взять меч?»

Тотапури рассмеялся и сказал: «Если ты можешь вообразить мать-богиню, разве не можешь ты вообразить меч? Все это воображение. И если ты не сделаешь этого, я не собираюсь оставаться здесь больше. Так что не упусти свой шанс, иначе в этой жизни тебе, скорее всего, не повстречать другого Тотапури».

Рамакришна закрыл глаза, и как только он стал сияющим, радостным и его лицо стало показывать, что он видит нечто потрясающе прекрасное, Тотапури рассек ему точно то место, которое на Востоке называется третьим глазом. Разрез прошел от верха лба до носа. Из разрезанной кожи струилась кровь; и Рамакришна набрался храбрости, выхватил свой меч — он понять не мог, откуда появился этот меч, — и срубил голову матери-богине. Это было очень трудно, ведь он многие годы любил мать: он плясал и пел, он декламировал, он долго творил эту иллюзию — ведь не бывает никаких ни матерей-богинь, ни отцов-богов, кроме как в человеческом воображении, кроме как в человеческой детской фиксированности на матери и отце.

Он отрубил голову и не мог поверить этому: мать развалилась на две части, голова в одну сторону, тело в другую сторону. И было так, словно открывалась дверь — дверь в *ничто*, в бесконечность... Шесть дней он оставался в этом состоянии. Через шесть дней он открыл глаза — в его глазах стояли слезы, — и первыми словами, которые он сказал Тотапури, были: «Последний барьер рухнул. Я благодарю тебя. Ты проявил огромное сострадание».

То был последний день. Он никогда больше не входил в храм матери-богини; он никогда больше не упоминал имени матери-богини. И он стал совершенно другим человеком — таким безмолвным, таким умиротворенным, таким радостным, как будто не существовало ни одной тревоги в мире.

Он прожил еще почти три года после этого опыта, и те три года были его самым драгоценным временем. Люди, которые сидели рядом с ним... а он жил не так уж давно, он жил всего лишь в прошлом столетии, в последние годы прошлого века. Так что всего сто лет назад он был здесь, и у меня есть знакомые в Бенгалии, чьи дедушки сидели с Рамакришной, и эти знакомые все еще помнят своих дедушек, рассказывавших им о Рамакришне.

Те три года он не разговаривал... Время от времени он мог рассказать небольшую историю, время от времени он танцевал, но обычно он сидел молча с сотнями учеников, и все они наслаждались и разделяли высшее *ничто*.

Студенты зачастую сходят с пути в этой точке. Начинающие, конечно, пугаются, когда наталкиваются на *ничто*. Естественно, возникает страх, им кажется, что они тонут, что это *ничто* собирается поглотить их. Это верно: оно поглотит... но лишь то, что не есть вы. Только ваша ложная личность исчезнет; как раз ваше подлинное существо и останется в своей кристально ясной чистоте.

Тут нечего бояться. Но на таких стадиях нужен мастер.

Это последняя стадия, где требуется мастер — он не позволит вам отступить, но даст хороший толчок, просто небольшое ободрение: «Не беспокойся, я тоже побывал на этой стадии; тут нечего бояться. Это не смерть. Это *ничто* не является смертью; это *ничто* есть чистейшая жизнь».

Если твоя вера бескомпромиссна — продолжай созерцание: что же предшествует появлению мысли о поиске обучения прямым сущностям. Внезапно ты пробудишься от своего сновидения, и не будет никакой ошибки в этом вопросе.

Позвольте этому *ничто* овладеть вами... и все ваши сновидения исчезают; ваш сон, ваш духовный сон не может продолжаться далее.

Здесь я должен пояснить вам кое-что. Тысячелетиями считалось, что сновидение есть своего рода нарушение сна, но последние открытия говорят прямо противоположное. Сновидения не нарушают ваш сон; наоборот, они защищают и улучшают ваш сон. Они не дают вашему сну прерываться.

Например, вы испытываете голод и спите — и возникает сновидение: вы идете в кухню, открываете холодильник и достаете хороший кусок сладкого, или мороженое, или все что вам нравится — ведь во сне нет проблемы, берите все, чего вам хочется... Сновидение очень щедро — берите, сколько вам хочется, потому что сновидения не слушаются докторов.

Так это сновидение защитило ваш сон, иначе голод беспокоил бы вас. Теперь вы чувствуете, что взяли из холодильника достаточно, и сон продолжается.

Недавние научные исследования сновидений и сна прояснили многие вопросы. Из восьми часов, как ни странно, вы смотрите сны почти шесть часов; только два часа вы спите, да и эти два часа — несколько минут здесь, несколько минут там... На шесть часов сновидений — всего несколько разрозненных фрагментов сна.

Во многих психологических лабораториях ставился такой эксперимент. Человека беспокоили, как только у него начиналось сновидение. Это очень легко заметить: если вы сидите рядом со своей женой, или со своим мужем, или приятелем, — следите, когда его глаза задвигаются под веками; это и означает, что у него начинается сновидение. Поэтому всегда видно, снится ли человеку что-нибудь: если снится, то, естественно, он видит какие-то сцены, почти как в фильме, и его глаза начинают двигаться. Когда же он спит без сновидений, его глаза не движутся.

Эксперимент проводился так: как только человеку снился сон, его будили, прерывали его сновидение. Ему позволяли спать, но не позволяли видеть сны. И всех удивило, что, хоть он и проспал свои два или три часа — а больше он и не мог проспать, — он оказывался усталым, истощенным, его не обновлял такой сон; утром он не чувствовал себя окрепшим. Ученые не могли поверить этому; все считали, что, хотя его сновидения и прерывались, его сон был полноценным. Действовала устаревшая идея, что именно сон без сновидений обновляет, восстанавливает жизненную силу.

Тогда сделали еще один эксперимент. Человека беспокоили только тогда, когда он засыпал без сновидений, — его будили; но сновидений он мог видеть сколько угодно — это время было неприкосновенным. И странная вещь: утром этот человек оказывался свежее, чем когда-либо. Он не спал, строго говоря, вообще — целую ночь он проводил в «кинотеатре» — и не был уставшим.

Таким образом, выяснились две вещи: во-первых, сновидения не нарушают сна, а защищают и караулят его; во-вторых, сновидения более необходимы вашему здоровью, чем глубокий сон, потому что сновидения выбрасывают весь мусор, накопленный вами за целый день. Они очищают все ваше существо — шесть часов весенней уборки! — поэтому утром вы чувствуете себя свежим.

Почему я рассказываю вам об этом эксперименте? Потому что все это применимо и к духовному сну. В тот момент, когда ваши сновидения исчезают в медитации (мысли, образы — все это сновидения) — когда все они исчезают, ваш духовный сон не может продолжаться; ваши сновидения защищали его. И насколько это истинно на обычном ментальном уровне, настолько же истинно это и на духовном уровне, вплоть до подробностей. Как только сновидения исчезают, это означает, что медитация созрела.

И после того, как сновидения пропали, внезапно вы чувствуете новое пробуждение. Вы просыпаетесь каждое утро; но когда вы проснетесь от своего духовного сна, вы сразу поймете разницу; поймете также, почему на Востоке мы разделяем сон на четыре стадии. Первая стадия — так называемое бодрствование; вторая стадия — сновидение; третья стадия — сон; а четвертая стадия — действительное пробуждение.

Так называемое бодрствование все мы знаем; каждое утро мы встречаемся с ним, когда просыпаемся. Но просветленный человек знает *действительное* пробуждение. Оно обладает каким-то качеством нашего обычного пробуждения, но обычное пробуждение очень незначительно, это очень тонкий слой.

Пробуждение Гаутамы Будды тотально. В таком тотальном пробуждении сияющее осознавание окружено позитивным *ничто*. Оно не пусто, оно переполнено. Вместо *ничто* Гаутама Будда обычно говорил «не-вещественность». *Вещи* исчезли... а то, что осталось, — неописуемо. Мы пытаемся выразить это как благодать, как экстаз, как вечную радость, но это лишь дальнее эхо реальности. Слова не представляют ее в точности — здесь нет способа.

На наш язык мы не можем перевести опыт окончательного пробуждения, но несколько намеков можно дать.

Все советы Да Хуэя молодому искателю важны: *вера бескомпромиссна...* Она и должна быть бескомпромиссной, но нужно запомнить: это не вера в церковь, это не вера в святое писание; это просто вера в самого себя.

Функция мастера не в том, чтобы создать веру в него; он создает в вас веру в *самих себя*. Подлинный мастер выращивает в вас все большее и большее доверие к вашей собственной индивидуальности, к собственному потенциалу, к собственной смелости, к собственной высшей способности квантового скачка от ума к не-уму.

Все это может быть критерием для взвешивания: если кто-то хочет, чтобы вы верили в него, он шарлатан. А если кто-то помогает вам поверить в себя самих — он друг.

Истинный мастер — друг. Он не выше, он не святее тебя; он просто друг. Ему есть что разделить... он хочет иметь много друзей, потому что его источники обильны. Но все его усилия направлены на то, чтобы помочь вам стать на собственные ноги. Он не создает веру в Бога, веру в какого-то спасителя, веру в какого-то священника, веру в посланников, веру в священные писания; он создает в вас веру в себя самих. А человек, который помогает вам создавать веру в себя, очевидно, не может быть обманщиком, потому что он не может эксплуатировать вас.

Эксплуатация возможна, только если он создаст веру в самого себя же; если он требует: «Сдайся мне; верь мне. Я освобожу тебя, я избавлю тебя. Я спаситель. Я пастух, а ты лишь овца».

Если что-то вроде этого говорится вам... остерегайтесь таких пастухов. Это просто-напросто обманщики, эксплуатирующие вашу беспомощность, эксплуатирующие ваше неведение.

Друг будет помогать вам спасать самих себя, каждому стать собственным спасителем.

Последние слова Гаутамы Будды были: «Будь светом самому себе». Это самые содержательные слова, произнесенные когда-либо каким-либо человеком.

— Хорошо, Маниша?
— Да, Мастер.

酒伯

17

НИКАКОЙ ЦЕЛИ

Возлюбленный Мастер,

Не ожидай просветления сознательно

Счастлив ты или сердит, в тихих или шумных местах, ты постоянно должен вспоминать изречение Чжао Чжоу: «Собака не обладает природой будды». Прежде всего, не ожидай просветления сознательно. Если ты сознательно ожидаешь просветления, ты говоришь: «Сию минуту я обманут». Если ты ждешь просветления, цепляясь за иллюзию, то хоть ты и проходишь через неисчислимые миллиарды лет, ты по-прежнему не в состоянии обрести просветление. Когда ты вспоминаешь это изречение, пробуди свой дух и всмотрись в этот принцип.

Постоянно помни две вещи — ты не знаешь, откуда мы являемся при рождении, и не знаешь, куда мы деваемся со смертью, — и удерживай их на кончике своего носа. Ешь ты или пьешь, в тихих или шумных местах, ты должен делать добросовестные усилия ежеминутно; постоянно, как будто ты безнадежно задолжал кому-то миллионы, твое сердце мучительно переживает, и убежать некуда.

Когда ищешь рождение, его нельзя найти; когда ищешь смерть, ее нельзя найти, — в такие мгновения пути добра и зла отрезаны напрочь.

Не читал ли ты, как в прежние дни Мастер Цзы Ху сказал: «Приход Патриарха с Запада означает лишь то, что зимой холодно, а летом жарко, что ночью темно, а днем светло». Это просто означает, что ты понапрасну вносишь смысл туда, где нет смысла, создаешь заботу там, где нет заботы, навязываешь «внутри» и «снаружи» там, где нет внутри и снаружи, и говоришь бесконечно о том и о сем там, где ничто не существует.

«Никакая речь не есть истинная речь, и никакое слушание не есть истинное слушание».

Таким образом, я являюсь тобой, а ты являешься мною: мы не двое — ты и я, — поскольку не существует дуальности, нет различения и нет разделения.

Хорошие новости: Да Хуэй наконец подходит все ближе и ближе к сути. То, что он говорит теперь, — не простые знания. Похоже, сутры собирались его учениками с того времени, когда Да Хуэй начал учить как интеллектуал, до того момента, когда он стал просветленным.

Таким образом, эта серия чрезвычайно важна — она даст вам весь процесс перемены ума в не-ум, растворения интеллекта в разуме, потери существования слов в бессловесности.

Все звуки умолкают... все разделения исчезают... даже разделения между мастером и учеником больше нет. Вся эта серия показательна в том смысле, что она покажет вам путь на различных его этапах.

Большинство просветленных людей говорят лишь после своего просветления. Дистанция между ними и вами огромна — они вверху, на солнечной горной вершине, а вы в темных долинах вашей жизни. Эта дистанция так велика, что рассчитывать на возникновение какого-либо взаимопонимания между вами очень трудно.

Но ваш диалог с Да Хуэем начинается тогда, когда он сам в темной долине, и диалог этот продолжается по мере того, как он сам карабкается на гору. Он еще не на вершине, но становится все более определенным, что ему удастся достичь ее. Он уже совсем близок к цели.

Поскольку диалог с ним начинался в то время, когда он был просто одним из вас, то эта непрерывность и постепенность перемен в его существе может иметь огромное значение для понимания не только его, но и вашего собственного путешествия.

Быть может, император Китая познакомился с ним тогда, когда Да Хуэй был уже просветленным — почему и дал ему почетный титул: «Великий Мастер Дзэна». Мы должны посмотреть, удалось ли ему путешествие, или он сбился с пути... ведь заблудиться можно в самый последний момент. Ему остается всего один шаг, но что-то — какая-то идея, какая-то случайность, какое-то происшествие — может увести его прочь.

Есть на Востоке старая пословица о том, что люди сбиваются с пути тогда, когда они почти добрались. Очень странная пословица, но в ней скрыта большая психологическая проницательность. Как только человек почувствует, что он близок к цели, он начинает утрачивать то осознание, которое необходимо для финального прыжка. У него появляется мысль: «Теперь я почти наверняка достигну, это вопрос лишь еще нескольких шагов...» Даже одного шага довольно, чтобы увести вас в сторону, если вы слишком уверены. Если вы остаетесь открыты, уязвимы, если вы осознаете, что все еще можно потерять, — тогда меньше вероятность, что вы потеряете это.

Путешественникам хорошо известно, что, когда они приближаются к своей цели, у них возникает чувство крайней усталости — как раз перед целью. Они прошли тысячи миль, но еще ни разу не чувствовали себя такими усталыми. И поскольку теперь они видят свою цель, она уже почти достигнута, то спешка ни к чему; они могут присесть, они могут отдохнуть — и это очень опасная ситуация.

Внутреннее путешествие таково, что вы не можете отдыхать и ждать: дело в том, что цель — это не нечто мертвое, это не мишень, которая будет оставаться неподвижной.

Даже если вы отдыхаете у стен храма своей высшей реализации, вы можете уснуть снова. Прежние привычки — а привычки умирают тяжело! — могут поглотить вас. И вот добрый старый сон приходит под именем усталости, нашептывая вам: «Отдохни, ведь ты уже прибыл; завтра утром ты сможешь войти в храм. Не торопись сейчас...» До сих пор всегда была спешка, а вот теперь вам почти удалось это, вы можете отдохнуть, можете глубоко погрузиться в сон... и ваш сон уведет вас так далеко в сторону, что, когда вы откроете глаза, — храма уже не будет.

Поэтому мы должны увидеть весь процесс эволюции от студента к ученику, к увлеченному, к мастеру — от простого интеллектуального усилия к пониманию, что такое просветление, а затем к переживанию этого своим собственным существом.

Да Хуэй может оказать вам больше помощи, чем кто-либо другой, потому что всех просветленных людей записывали только после их просветления. Да Хуэй оказался исключением. Поскольку он был великим учителем, самым красноречивым, ученики решили, что он уже просветленный, и начали собирать его сутры.

Тем временем он рос... и вы можете видеть этот рост. Мало-помалу Да Хуэй становится все яснее. Он больше не в уме, он высказывает такие вещи, которые находятся за пределами ума, и дает указания к высшей реализации в совершенно точном направлении.

Эта сутра — *Не ожидай просветления сознательно* — огромной важности. Даже ожидание есть форма желания, очень тонкая, очень мягкая. Желание немного грубо, примитивно, бесхитростно; ожидание более изощренно, более культурно — но подспудно это по-прежнему желание. Желание приукрасилось, но не изменилось.

Просветление возможно, только когда желания нет вовсе, ни в какой форме, внутри вас. Вы даже не ждете этого. Вы просто-напросто раскованны и позволяете вещам случаться. У вас нет определенного желания, чтобы что-то двигалось в определенном направлении, чтобы некие вещи достигли кульминации в точке просветления. У вас нет больше ничего подобного. Вы просто позволяете всему идти своим чередом, наблюдаете течение переживаний, но не привязываетесь ни к чему, не беспокоитесь о прошлом и не ожидаете никакого особенного будущего.

Не ожидайте сознательно просветления, иначе вы упустите его.

А что же делать? Да просто жить в состоянии *будь что будет* — никуда не идти, ничего не разыскивать, никакой цели не достигать, не рассчитывать на великое переживание. Живите себе попросту повседневной жизнью в полной расслабленности, как будто настоящее мгновение и есть все: никакой заботы о следующем мгновении. Когда вы в этой очищенности — от желания, от ожидания, от размышлений о будущем — просто наслаждаетесь мгновением, которое досталось вам во всей полноте, — просветление приходит. Оно приходит всегда через черный ход. Если вы ожидаете его, то ожидаете у парадной двери. Оно приходит так тихо, что если вы вознамерились услышать его шаги, то прозеваете. Это перемена настолько тихая, что вы узнаете о ней только тогда, когда она произошла... «Боже мой, что случилось? Я уже не тот человек».

Это прекрасная фраза, очень правдивая. А то, что следует дальше... Все сутры Да Хуэя должны быть отчетливо поняты — исключая одно высказывание, приведенное им раньше и повторенное снова: оно, похоже, происходит от какой-то его бессознательной вины — он назвал Будду «бледнолицым» и «варваром».

По мере того как он уходит все больше и больше внутрь, в собственное сознание, он должен осознавать, что дурно вел себя, что не был благодарен великому мастеру — он ведь ученик Гаутамы Будды. Хоть он и пришел на пятнадцать столетий позже, он из той же линии, из той же родословной, и он не должен был произносить такие слова. Но те слова были сказаны, когда он был только интеллектуалом; они не несут никакой ценности, это только исторический документ.

Лишь одно высказывание показывает, что он чувствует, что сделал что-то не то, — и для устранения той ошибки он делает еще одно ошибочное высказывание. Скверно, когда человек не понимает и начинает раскаиваться.

Если вы понимаете, сожаления не будет: прошлое есть прошлое. Вы были непросветленны — как можно ожидать от непросветленного человека чего-нибудь лучшего, чем то, что он сделал? Его нужно простить. Он был тот же человек, что и вы, но вы теперь на более высокой вершине. Теперь вы можете видеть лучше, ваш кругозор обширнее. Тогда вы были в темной долине, где не могли видеть отчетливо, — быть может, у вас и были высказывания, которые, как вы чувствуете сейчас, не были правильными.

Если понимание полное, то вы просто посмеетесь над глупостью интеллектуалов, над собой, над теми прошлыми днями — раскаяния не будет. Но если некоторое раскаяние есть, то вы попытаетесь сделать прямо противоположное — чтобы компенсировать. Вот тут-то он и совершает еще одну ошибку. Это единственное выражение в сегодняшних сутрах, где он еще не полностью свободен от прошлого.

Счастлив ты или сердит, в тихих или шумных местах, ты постоянно должен вспоминать изречение Чжао Чжоу: «Собака не обладает природой будды».

Почему он настаивает на этом изречении: *«Собака не обладает природой будды»?* Это изречение не подлинное. Вот изречение Чжао Чжоу: «Собака *обладает* природой будды».

Да Хуэй не хочет делать еще одного унизительного высказывания о Будде — он уже и так делал унизительные высказывания, — поэтому он изменяет утверждение Чжао Чжоу... а оно и не было унижающим! Просто в его уме, кающемся уме, выглядит унизительным то, что собака обладает природой будды. Как будто вы относите Будду к одной категории с собаками. Но на самом деле вы помещаете собак в одну категорию с буддами. Будда не оскорблен; только собака поднята к своему потенциалу, окончательной славе.

Это утверждение не о Будде; это утверждение о природе будды. В правильном переводе природа будды означает пробуждение. Если бы он просто думал о пробуждении, то утверждение Чжао Чжоу о том, что у собаки тоже есть способность пробудиться, не создавало бы этой проблемы — что он делает унижающее утверждение по отношению к Будде. Чтобы избежать неловкости, он изменяет изречение и говорит: *«Собака не обладает природой будды».*

Это — чувство вины, и оно движется к своему концу. Оно исчезнет; по мере того как Да Хуэй будет расти и отбрасывать многие вещи, это тоже будет отброшено. Но сейчас это единственное утверждение, где он по-прежнему ошибается.

Прежде всего, не ожидай просветления сознательно. Абсолютно верно! *Если ты сознательно ожидаешь просветления, ты говоришь: «Сию минуту я обманут».* Очень красивый аргумент. Испытайте его аргументацию: *Если ты сознательно ожидаешь просветления* — это означает, другими словами, что вы признаете, что сию минуту вы не просветленны, вы обмануты; иначе нет необходимости ожидать просветления.

Его аргументация потрясающе проницательна.

Он говорит, что если вы ожидаете просветления, то в каждый момент своего ожидания вы утверждаете, что обмануты. Когда вы беспрерывно настаиваете: «Я обманут, я обманут, я обманут» — хоть вы и не высказываетесь, но именно это происходит на самом деле, — вы гипнотизируете себя, вы обрекаете себя быть непросветленным существом. Как тогда может просветление случиться с вами? Вы создаете толстую стену, и каждый момент ожидания делает стену все толще и толще.

Вы видите красоту его аргумента? Естественно, ожидая просветления, вы признаете тот факт, что вы еще не просветленные. А в то время как вы продолжаете и продолжаете ждать, продолжается и обработка вашего бессознательного — что оно еще не пробуждено, еще не пробуждено, еще не пробуждено... Эта мысль может стать тем огромным барьером, который воспрепятствует вашему просветлению.

Если ты ждешь просветления, цепляясь за иллюзию, то, хоть ты и проходишь через неисчислимые миллиарды лет, ты по-прежнему не в состоянии обрести просветление. Когда ты вспоминаешь это изречение, пробуди свой дух и всмотрись в этот принцип. Какой принцип здесь действует? Ожидая просветления, вы, не ведая того, бессознательно применяете определенный принцип самогипноза.

Как раз здесь, в Пуне, лет двадцать тому назад, молодой человек, преподаватель университета, пришел ко мне. Он пожелал частной беседы; он не хотел ничего говорить о своей проблеме при других. Позже я, естественно, понял, отчего ему было так неловко рассказывать об этом. Он с самого детства приобрел привычку — очень странную привычку, потому что мужская физиология не позволяет этого — ходить как женщина.

Мужчина не может ходить как женщина по той простой причине, что у него нет матки. Именно матка в женском теле делает походку иной; без матки это не удается никому. Но, очевидно, что-то произошло в его детстве, чего он не знал. Возможно, он родился в доме, где были одни девочки, его сестры, а он был единственный мальчик. И, естественно, дети учатся через подражание: если его окружали одни девочки, то, может быть, он и начал двигаться тем же способом, что и они, да так и привык.

Все смеялись над ним — преподаватель универсчитета, а ходит как женщина! Все студенты смеялись... Он бывал у врачей, но они говорили: «Что мы можем поделать? Болезни никакой нет, никакая и медицина не поможет. В твоем теле нет патологии. Операция тоже ничего не даст».

Он побывал у психоаналитиков в Бомбее и Нью Дели, и они не могли поверить, потому что такой случай им еще никогда не встречался. Ни один из их советов не был психоаналитическим советом — в психоанализе нет прецедентов на такой случай. Во всех открытиях психоанализа мне не попадался ни один подобный случай, который лечили бы психоаналитики. Так что, естественно... совет, данный психоаналитиком, был просто банальным советом. Ему предложили: «Вы должны упорно стараться ходить как мужчина. Будьте внимательны».

Это совет общего характера. «Что тут поделаешь? Вам нужно изменить свою привычку, создать новую привычку. Поэтому, когда вы идете на утреннюю прогулку или на вечернюю прогулку, упорно старайтесь ходить как мужчина».

Это и вызвало беду: чем больше он старался идти как мужчина, тем больше его ум гипнотизировался и он ходил как женщина. Он очень старался... как никто! Вы пробовали когда-нибудь *не* ходить как женщина?

Но если вы очень сознательно и упорно пытаетесь идти как мужчина, то, не понимая механизма гипноза, вы еще больше гипнотизируете себя и начинаете ходить как женщина. Вы упорно пытаетесь — и терпите провал, и с каждой неудачей ваш самовнушенный комплекс углубляется. Так что все советы великих психоаналитиков оборачивались для него еще большей бедой. Его походка стала напоминать женскую больше прежнего.

Когда он пришел ко мне, у меня было несколько друзей, но он попросил: «Я не могу рассказать вам свою проблему. Я хочу абсолютной конфиденциальности».

Тогда я сказал: «Ладно, можете пройти ко мне в комнату». Я повел его в свою комнату, и он запер дверь. Я сказал: «Что же за проблема у вас, что вы так сильно опасаетесь?»

Он сказал: «Это так неловко... я хожу как женщина».

Я сказал: «Вам не следует смущаться из-за этого. Фактически вы совершили чудо. Физиологи не могут поверить, что это возможно: чтобы ходить по-женски, необходима матка, иначе ничего не получится. А у вас нет матки...»

Он вымолвил: «Как бы то ни было...»

Я сказал: «Вас просто недооценивают. Кто сказал, что это неловко? Вы могли бы выиграть состязание, могли бы стать первым во всем мире мужчиной, идущим по-женски... никакой мужчина не может состязаться с вами!»

Он сказал: «Что вы говорите? Вы пытаетесь утешить меня».

Я сказал: «Ничуть. Я просто стараюсь пояснить вам... Вы слушали психоаналитиков и других советчиков, которые велели вам делать упорные и сознательные усилия, чтобы ходить по-мужски, — а что же получилось в результате?»

Он сказал: «В результате получилось то, что я хожу еще более по-женски, чем прежде».

Я сказал: «Теперь выслушайте мой совет. Старайтесь упорно ходить как женщина...»

Он сказал: «Вы же выставляете меня в совершенно глупом виде».

Я сказал: «Попробуйте прямо здесь, в этой комнате, передо мной. Сделайте сознательное усилие, чтобы пойти как женщина. Я хочу посмотреть, как вы пойдете... потому что это физиологически невозможно. Это лишь психологическая обусловленность, и ее можно сломать — но не через противоположную крайность».

Он был испуган, но я сказал: «Попробуйте, прямо по комнате, — но будьте сознательны и делайте это как можно более по-женски».

И он потерпел неудачу, у него не получилось. Он воскликнул: «Боже мой, этого не может быть!»

Я сказал: «Теперь выходите, отправляйтесь в университет, и идите сознательно по-женски. Смотрите на женщин, как они ходят... найдите самую лучшую женщину, и ходите точно как она».

А через семь дней, когда я уезжал, он снова пришел и сказал мне: «Вы сотворили чудо. Я все упорнее пытался идти как женщина... я не мог сделать этого. Люди даже начали странно поглядывать на меня, потому что они ждали от меня женской походки, а я иду по-мужски. Я изо всех своих сил стараюсь идти по-женски — и ничего не выходит!»

Я сказал ему: «Это способ прорваться через ваш самогипноз. Самогипноз является бессознательным. Если вы сознательно проделаете ту же самую вещь, то самогипноз прекратится. Он не может выдержать света сознания».

Да Хуэй говорит: *пробуди свой дух и всмотрись в этот принцип*. Почему ты не просветленный? Вопрос не ставится так, что ты *должен* быть просветленным; но как ты упустил возможность быть просветленным? Каков принцип твоей неудачи в этом? Желать этого, ждать этого — вот это и есть тот принцип, который создает такие трудности для просветления.

Если вы отбросите саму эту идею и просто наслаждаетесь мгновением, просветление приходит. Тут нет ничего такого, что приходит извне; это нечто такое, что в вашем умиротворенном, тихом *будь-что-будет* возникает внутри вас. В этот момент вы не желаете ничего, не ждете ничего, у вас нет никаких амбиций — это означает, что внутри у вас совершенно нет напряжения.

Будь-что-будет — это правильная подготовка, позволяющая вам внезапно обнаружить, что вы всегда были просветленным. Просветление есть ваша природа. Вы создаете гипноз, что вы обмануты, что вы не просветленный.

Делая усилие, чтобы достичь просветления, вы удаляетесь прочь от него. Отбросьте всякое усилие.

Постоянно помни две вещи — ты не знаешь, откуда мы являемся при рождении, и не знаешь, куда мы деваемся со смертью, — и удерживай их на кончике своего носа. Он говорит: вместо того чтобы озадачивать себя просветлением, вам следует помнить только две вещи, которые постичь вы не в силах: это коаны. Вот первый из них: откуда вы приходите?

Маленький мальчик спрашивал отца: «Скажи мне, па, откуда я здесь появился?» Отец немного смутился, но — в конце концов, он был человеком образованным и считался очень передовым — он поведал целую историю о том, как он занимался любовью с матерью мальчика. Мальчик уставился на отца широко раскрытыми глазами и думал: «Что за ерунду он говорит? Я задал простой вопрос — откуда я прибыл? — а он рассказывает мне вещи, которые не имеют никакого смысла». Но он молча слушал.

Отец потел и все рассказывал ему: «Я занимался любовью с твоей матерью...» — и как это делается... Мальчишка думал о том, что задал простой вопрос, но он дал отцу изложить всю его сексологию. Когда отец закончил, то спросил, отирая пот: «Ну как, ты все понял?»

Мальчик сказал: «Ты не сказал ни одного слова в ответ на мой вопрос. Джонни Джонс из моей школы говорит, что он — из Нью-Джерси, а я хочу знать, откуда я. Я буду выглядеть дураком, рассказывая всем мальчишкам из моего класса то, что ты наговорил мне. Они сделают меня посмешищем, скажут: "Ты полный идиот. Кто-то приехал из Нью-Джерси, кто-то прибыл из Нью-Йорка, кто-то еще из Вашингтона — но ты очень странный парень. Каким же это маршрутом ты следовал?"».

Вы не можете обнаружить, откуда вы приходите, и вы не можете обнаружить, куда вы уходите. Тогда зачем он велит вам сделать это своей единственной заботой? Затем, чтобы занять ум абсолютно. В нем не будет желаний; там будут исследования, вопросы. И совершенно безуспешные — это точно. Коаны составляются таким образом, что успех невозможен. Если вы можете ответить, значит, вы одержимы умом; если же вы не справляетесь, тогда ум — терпя полный провал — перестает функционировать.

Откуда вы приходите и куда вы уходите? Это специально, чтобы остановить функционирование ума. Ум не может... Ум пришел после вашего рождения, поэтому он не знает, откуда он приходит. И ум попадает в кому перед вашей смертью, поэтому он никогда не узнает, куда уходит, так что и рождение, и смерть — оба остаются за пределами ума. Сталкиваясь с такими невозможными вопросами, ум утомляется, совершенно утомляется и — прекращает работу.

В таком состоянии, когда ум перестает функционировать, внутри вас может возникнуть посетитель, которого вы даже и не ждали. Вы можете увидеть свое сияющее существо со всеми возможными благословениями.

Вся стратегия в том и заключается, чтобы привести ум в состояние нефункционирования. Желание держит его функционирующим, ожидание держит его функционирующим, амбиция держит его функционирующим. Ради денег ваши амбиции или же ради просветления — это не составляет никакого различия для ума. Силу вы разыскиваете или разыскиваете истину — это не составляет различия. Объект не проблема.

Уму необходимо желание, амбиция, надежда.

Ум всегда проектирует в будущее, и если вы можете остановить проектирование ума...

Дзэн обнаружил самый лучший путь. В мире были тысячи других традиций, было множество способов останавливания ума, но ничто не может сравниться с дзэном. Он — самый научный, самый психологический и — самый быстрый.

Возьмите любой коан... а этот коан очень красив: откуда вы приходите и куда вы уходите? И ум останавливается — вы так утомляете его, и продолжаете утомлять день за днем... Потому Да Хуэй и говорит: *и удерживай их на кончике своего носа*. Не забывай этот коан ни на миг.

Это тоже важно — то, что он говорит: *и удерживай их на кончике своего носа*. Может быть, вы не знаете, но Восток знает тысячи лет, что прежде, чем вы умрете — за шесть месяцев, — вы перестанете видеть кончик собственного носа. Знайте — когда вы не сможете увидеть кончик своего носа, значит, путешествие подходит к концу. А почему вы перестаете видеть кончик своего носа?

Когда человек умирает, вы, очевидно, видели, ему немедленно закрывают глаза. Никто не умирает с закрытыми глазами, поскольку для того, чтобы держать глаза закрытыми, необходима энергия, а у мертвого человека нет энергии. Мертвого человека больше нет, так кому же держать их закрытыми? Никакой человек не умирает со сжатым кулаком. Каждый ребенок рождается со сжатыми кулаками, и каждый старик умирает с раскрытыми руками, потому что для сжатия кулака нужна энергия, нужно усилие; с раскрытой рукой вам не нужна никакая энергия. То же самое верно относительно глаз: каждый умирает с открытыми глазами.

Тогда почему мертвецам немедленно закрывают веки? Причина в том, что увидеть мертвого человека с открытыми глазами — очень травмирующее переживание, так как его глаза закатываются кверху: вы можете разглядеть только белки глаз. Вид глазных белков может вызвать у вас кошмары — вы никогда не видели таких глаз.

Поэтому просто чтобы уберечь других — там дети, там женщины, там другие люди — зачем же понапрасну волновать их? — глаза нужно закрыть. Но разворачивание глаз кверху начинает происходить уже за шесть месяцев; мало-помалу глаза начинают сдвигаться кверху. Это занимает около шести месяцев — полный выход за поле зрения — и под конец вы видите только белизну.

Сказанное им — *удерживай их на кончике своего носа* — имеет двойное значение. Одно состоит в том, что вы должны помнить постоянно; а второе состоит в том, что просветление должно произойти прежде, чем вы перестанете видеть кончик своего носа, — потому что просветление требует огромного взрыва энергии.

Если глаза начинают закатываться, значит, скоро вы умрете. В течение шести месяцев вас не станет. Это самый замечательный симптом для запоминания: пока вы способны видеть кончик своего носа, позвольте просветлению случиться. Но вашей заботой не должно быть просветление непосредственно; вашей заботой должно быть нечто такое, что вовлекает ваш ум в пустое упражнение, упражнение, которое не может прийти ни к какому разрешению.

Ешь ты или пьешь, в тихих или шумных местах, ты должен делать добросовестные усилия ежеминутно; постоянно, как будто ты безнадежно задолжал кому-то миллионы, твое сердце мучительно переживает, и убежать некуда.

Когда ищешь рождение, его нельзя найти; когда ищешь смерть, ее нельзя найти — в такие мгновения пути добра и зла отрезаны напрочь.

Этот же самый человек говорил в предыдущих сутрах о свершении добрых дел, о стяжании добродетели, о том, как не увлекаться дурными делами, и о всяких подобных вещах. Теперь он говорит, что *в такие мгновения* — когда ваш ум прекратил функционирование — *пути добра и зла отрезаны напрочь.* Вы за пределами добра и зла.

Фридрих Ницше написал книгу с таким именно названием — *«По ту сторону добра и зла».* Несмотря на то что в его книге нет глубины мистики, она обладает огромной силы интеллектуальным проникновением. У него есть некое прозрение. Это еще не за пределами ума, но он упорно прилагает все усилия, чтобы найти место за пределами добра и зла — поскольку это и есть место *нирваны.*

Вот что такое просветление: когда вы ни хороши, ни плохи — просто невинны.

Не читал ли ты, как в прежние дни Мастер Цзы Ху сказал: «Приход Патриарха с Запада означает лишь то, что зимой холодно, а летом жарко, что ночью темно, а днем светло».

Вы можете видеть глубокую перемену в сознании Да Хуэя. Он цитировал и прежде, но те цитаты выглядели вне контекста. Теперь он тоже цитирует, но цитата точно подходит к тому, что он хочет объяснить; такие цитаты не кажутся приведенными только для демонстрации своей эрудиции.

Этот вопрос касается Бодхидхармы. Бодхидхарма пришел из Индии в Китай, и это стало традицией среди учеников Бодхидхармы — потому что он был первым патриархом дзэна в Китае: «Приход Патриарха с Запада... Какой за этим смысл? Зачем Бодхидхарма пришел в Китай?

Это спросили и у самого Бодхидхармы: зачем патриарх проделывал такой долгий путь? Такое утомительное путешествие — три года потребовались ему, чтобы достичь Китая; просветленный человек... зачем ему так утруждать себя, идти в Китай? И то, что он сказал, стало потрясающе важным выражением таковости.

«Приход Патриарха с Запада означает лишь то, что зимой холодно, а летом жарко, что ночью темно, а днем светло». Примите вещи такими, как они есть. Очень простое выражение, но огромного значения: *...зимой холодно, а летом жарко; ночью темно, а днем светло.* Чтобы учить этому, Бодхидхарма должен был прийти в Китай.

Ты понапрасну вносишь смысл туда, где нет смысла, создаешь заботу там, где нет заботы, навязываешь «внутри» и «снаружи» там, где нет внутри или снаружи, и говоришь бесконечно о том и о сем там, где ничего не существует.

Теперь Да Хуэй разговаривает языком мастера: вещи явлены такими, как они есть.

Коль скоро это простое изречение понято, вы перестаете желать, вы перестаете хотеть, чтобы вещи были другими. Все, из чего состоят ваши молитвы, это — чтобы зимой не было холодно, чтобы летом не было жарко; все ваши молитвы требуют, чтобы природа не была тем, чем она есть. Ваши молитвы — это ваши жалобы, ваши недовольства, ваши расстройства. Человек, который понял, что таковы и есть вещи — что цветок розы есть цветок розы, а шип есть шип, и ничего не поделаешь с этим...

Понимание этого приносит вам огромное расслабление — *когда вы уже не вносите понапрасну смысл туда, где нет смысла, не создаете заботу там, где нет заботы, не навязываете «внутри» и «снаружи» там, где есть только одно существование, где нет внутри, где нет снаружи, — и не говорите бесконечно о том и о сем там, где ничто не существует.*

«Никакая речь не есть истинная речь, и никакое слушание не есть истинное слушание». Таким образом, я являюсь тобой, а ты являешься мною. Мы не двое — ты и я, — поскольку не существует дуальности, нет различения и нет разделения.

В этой недуальности, в этом бессмысленном великолепии существования, в этом состоянии незаинтересованности — ничего не ожидая, ничего не желая, — вы становитесь так невинны, так открыты и так уязвимы, что величайшее переживание просто возникает в вас. Вы подготовили почву.

Просветление — не цель; это ваша внутренняя потенциальная возможность.

Когда вы раскованны, лотос просветления открывает свои лепестки. И не только вы, но все сущее радуется в этом потрясающем переживании.

В нем нет смысла, но есть огромное великолепие.

В нем нет смысла, но есть огромная значительность.

В нем нет смысла, но есть огромная удовлетворенность, и осуществление, и ощущение, что вы пришли домой.

— Хорошо, Маниша?
— Да, Мастер.

18

НИКАКОЙ ВИНЫ

Возлюбленный Мастер,

Созерцание «Нет»

Монах спросил Чжао Чжоу: *«Обладает собака природой будды или нет?»* Чжао Чжоу сказал: *«Нет».* Это единственное слово *«Нет»* является ножом для отделения сомневающегося ума от рождения и смерти. Рукоять этого ножа — только в твоей руке; никто другой не может владеть ею вместо тебя: чтобы добиться успеха, ты должен ухватиться за нее сам. Ты соглашаешься ухватиться за нее сам, только если ты можешь отказаться от своей жизни. Если ты не можешь отказаться от своей жизни, держись пока там, где твое сомнение остается ненарушенным; внезапно ты согласишься отказаться от своей жизни, и тогда с тобой свершится. Лишь тогда ты поверишь, что тишина — это то же самое, что и шум, что шум — это то же самое, что и тишина, что разговор — это то же самое, что и молчание, и что молчание — это то же самое, что и разговор. Тебе не придется спрашивать ни у кого больше, и естественно, ты не станешь воспринимать путаную речь фальшивых учителей.

В своей ежедневной деятельности, двадцать четыре часа в сутки, тебе не следует держаться за рождение, смерть и путь будды как за существующие, не следует тебе и отрицать их как несуществующие. Лишь созерцай это: Монах спросил Чжао Чжоу: *«Обладает собака природой будды или нет?»* Чжао Чжоу сказал: *«Нет».*

Это, видимо, недоразумение со стороны Да Хуэя. Быть может, это как-то связано с его бессознательным, поскольку он высказывался в саркастической манере против Гаутамы Будды. Теперь маятник отклонился в другую крайность — потому что ответом Чжао Чжоу было не «Нет», а «Да».

Такое бывает, когда вы неосознанно пытаетесь избавиться от вины, и тогда вы способны читать то, чего нет, или пропускать то, что есть. Ваш ум никогда не читает того, что есть на самом деле; он беспрерывно интерпретирует согласно своим собственным предубеждениям. Одно не вызывает сомнения — что Да Хуэй чувствует вину за дурное поведение. Он был непочтителен к человеку, который не причинил ему никакого вреда.

Но для непочтительности была причина: Да Хуэй был интеллектуалом, он был человеком умным. А все люди, ограниченные своими умами, обязательно обижаются на таких людей, как Гаутама Будда, непоколебимость которых заключается в том, что ум ошибается, а не-ум прав.

Все интеллектуалы обязательно осудят такую позицию, ведь им нужно защищать себя. Они не знают ничего о не-уме; они знают только, что такое ум. Но они добились почестей, уважения, престижа и власти благодаря уму, и если кто-то говорит, что ум — не власть, а зависимость, что ум — не престиж, а полнейшая глупость, что ум — вовсе не ваша честь, а всего-навсего признак того, что вы относитесь к низшим человеческим существам...

Реальная власть принадлежит человеку не-ума; поэтому интеллектуалы всегда чувствовали обиду на мистиков.

Да Хуэй начал свое путешествие как интеллектуал.

Несмотря на то что он был частью традиции, созданной в Китае Бодхидхармой от имени Гаутамы Будды, где-то в его бессознательном была мстительность, которая вырывалась снова и снова в саркастических замечаниях, вроде «старый бледнолицый», «варвар».

Назвать Гаутаму Будду варваром — это просто нелепость, и со временем он, очевидно, понял, что он наделал. Теперь он хочет расставить все по местам, но он так торопится все сделать правильно, что начинает неправильно читать тексты — со всеми добрыми намерениями. Помня об этом, вы должны понимать, что он говорит:

Монах спросил Чжао Чжоу: «Обладает собака природой будды или нет?»

Это древняя стратегия. Чжао Чжоу был не единственным, кого спрашивали; тысячам других мастеров после Гаутамы Будды задавали тот же самый вопрос, и ученики получили тот же самый ответ. Ответ всегда был: «Да» — потому что Гаутама Будда уже ответил: «Да».

Тот же вопрос был задан и ему: «Обладает собака природой будды или нет?» — поскольку он учил, что все существа обладают природой будды.

Очень естественно спросить: «Все существа?.. Ты имеешь в виду собак, ослов, буйволов? Ты действительно подразумеваешь *все* существа?»

Если бы он указал все человеческие существа, то и тогда это было бы сомнительным. Как же насчет Адольфа Гитлера? Как же насчет Рональда Рейгана? Но он говорит — все живые существа; и тогда естественно возникает вопрос, и не только о собаках, но и о более низких категориях животных. А как может Гаутама Будда сказать «Нет»? Это будет противоречить всей его фундаментальной позиции относительно жизни, это будет противоречить его благоговению перед жизнью.

Существует жизнь в форме собаки или в форме Гаутамы Будды — не в этом дело. Это жизнь. Просто форма постоянно изменяется; жизнь внутри, абсолютная и вечная, точно такая же, как и в Гаутаме Будде. Его «Да» согласуется с его благоговением перед жизнью. Для него нет Бога, кроме жизни.

Поэтому когда вы задаете вопрос: «Обладает собака природой будды или нет?» — то, даже не спрашивая Гаутаму Будду, я могу ответить за него: Да! Собака обладает природой будды. Такова самая сущность его философии. И этот мастер Чжао Чжоу — просветленный мастер; он не может сказать «Нет».

Но, кажется, Да Хуэй не может сказать «Да» — потому что это опять напомнит ему: «Я делаю то же самое снова. Я называл его «бледнолицым», я называл его «варваром», а теперь я делаю еще хуже. Я приравниваю его к собаке!»

Именно из-за своих прошлых высказываний он прочитывает «Нет» там, где стоит «Да». Это должно быть великим уроком для вас: вы способны прочесть то, чего нет. Только из-за того, что вы *хотите* прочитать что-то, вы *можете* прочитать это. Вы можете постоянно упускать то, что есть, если не желаете этого видеть. Ваш ум не только вместилище, не только средство приема информации, это к тому же еще и непрерывный цензор.

Научная работа об уме почти немыслима; говорят, он не позволяет войти девяноста восьми процентам информации, удерживая ее снаружи, и допускает внутрь только два процента, которые ему подходят. Девяносто восемь процентов...

Если ум не слышит или слушает одним ухом и дает выходить из другого уха — это ум мужчины. Что касается женщины, то она слушает в оба уха и позволяет услышанному выйти через рот. В этом и все различие — но оно существует. Ум удерживает только два процента, которые соответствуют его ожиданиям, его обусловленности, его предубеждениям.

И так на самом деле случилось с Да Хуэем. Он читает «Нет» — но это невозможно! Я не могу сказать «Нет». Как же может Гаутама Будда говорить «Нет»? И как может Мастер Чжао Чжоу говорить «Нет»? Каждый, кто знает, что жизнь и потенциал всякого живого существа вырастают однажды —

когда-то, где-то — в окончательное сияющее существо, обязательно скажет «Да». Поэтому я буду читать «Да» вместо «Нет».

«Обладает собака природой будды или нет?» Чжао Чжоу сказал: «Да». Это единственное слово «Да» является ножом для отделения сомневающегося ума от рождения и смерти. Рукоять этого ножа — только в твоей руке; никто другой не может владеть ею вместо тебя: чтобы добиться успеха, ты должен ухватиться за нее сам. Ты соглашаешься ухватиться за нее сам, только если ты можешь отказаться от своей жизни.

Много важного заключено в этих нескольких предложениях. *Это единственное слово «Да» является ножом для отделения сомневающегося ума от рождения и смерти.* Если вы не знаете, то как можете вы поверить, что вы были прежде, чем родились? И как можете вы поверить, что будете после своей смерти? Но если Гаутама Будда говорит: «Да, собака обладает природой будды», — то значит Будда признает, что жизнь вечна и что формы продолжают меняться.

Эволюция не есть нечто обнаруженное Чарльзом Дарвином. Эволюция — это восточная концепция, открытая мистиками; и на Востоке они действительно ушли глубже. Чарльз Дарвин — это лишь поверхностное; он считал, что человек происходит от обезьяны, и над ним смеялись во всем мире.

Идея выглядит странной... но идея мистика не выглядит странной. Он не говорит, что человек происходит от обезьяны; он говорит, что сущность сознания прошла через множество форм, проходила она и через форму обезьяны тоже.

По-моему, не каждый человек происходит от обезьяны; разные люди путешествовали различными эволюционными линиями. Все происходят от разных животных, и в этом одна из причин того, что они так неравноценны. Человек, произошедший от обезьяны, обязательно имеет какие-то черты, какие-то характеристики обезьян. Другой человек, произошедший от лошади, имеет другие характеристики.

В мире есть миллионы животных, и каждая личность шла через различные формы. Это не шоссе, где все человечество идет из одного и того же места. Если бы дело обстояло так, все люди были бы равноценны. Кто-то гениален, кто-то рожден идиотом — несомненно, они происходят от различных источников.

Сам Гаутама Будда помнит свои прошлые жизни: в одной жизни, как он говорит, он был слоном, и после той жизни он родился как человек. А причина, почему слон родился как человек... он рассказывает прекрасный эпизод.

Лес, в котором жил слон, внезапно загорелся. Была летняя ночь, дул сильный ветер, и весь лес оказался в огне. Слон, как и другие животные, бросился убегать из леса. Из-за того, что огонь пылал вокруг, было очень трудно выбраться оттуда, особенно такому большому животному, как слон.

Наконец он добрался до большого дерева, которое еще не было охвачено огнем, и, чтобы передохнуть немного, он стал под деревом и осмотрелся — в каком направлении ему двигаться, чтобы выбраться из огня. Как только он поднял ногу, чтобы двинуться, неожиданно маленький кролик забился прямо под его ногу, приняв ее за убежище. Разумеется, кролик не мог разглядеть слона — слон слишком велик.

Темной ночью каждое животное боится и дрожит; и кролик дрожал, он боялся за свою жизнь. А слон раздавит кролика, если опустит ногу. Если же он не опустит ногу, то ему не сдвинуться; а огонь подходит все ближе! И слон, в конце концов, решил принести в жертву собственную жизнь, но не убивать кролика. Именно из-за этого решения сознание перескочило из формы слона в человеческую форму.

Люди происходят от разных источников по различным причинам. Теория реинкарнации является по существу более научным подходом к эволюции, чем учение Чарльза Дарвина. Хорошо известно, что различные животные обладают различными характерами. Вероятно, вы читали басни Эзопа или *Панчатантру* — самую древнюю книгу притч; исследователи полагают, что басни Эзопа все взяты из *Панчатантры*. В истории никогда и не было никакого человека с именем Эзоп; все это притчи из *Панчатантры*, рассказанные Гаутамой Буддой, которого также называли Бодхисаттвой.

Когда слово «Бодхисаттва» пришло из Индии — Александр оказался первым, кто привез имя Будды Западу, — оно стало произноситься «Бодхисат». Это всегда проблема: каждый раз, когда слово переходит из одного языка в другой, а затем в третий язык, оно изменяет свою форму. «Бодхисат» стал «Эзопом» — но до этого он прошел по крайней мере через пять или шесть языков. Все эти истории рассказаны самим Буддой. Все истории повествуют о животных; животные разговаривают; и каждая история имеет огромный смысл. Загляните в мир животных: слон, например, обладает гораздо более сильной памятью, чем любое человеческое существо. Он никогда не забывает; просто не в его природе забыть что-нибудь. Слон узнает своего хозяина даже через тридцать лет.

Случилось так... Двоюродный брат Гаутамы Будды, Девадатта, сильно завидовал Гаутаме, его просветлению и тысячам его учеников. Сам он был очень интеллектуальным человеком, и он стал учеником Гаутамы Будды в надежде, что Гаутама выберет его своим преемником. Во-первых, он был двоюродным братом Гаутамы Будды, то есть самым близким родственником; во-вторых, он был настолько разумным, насколько вообще можно себе представить человека, — самым эрудированным, самым ученым.

Время шло, и Будда начал стариться. Наконец, однажды вечером Девадатта сказал ему: «Пора тебе объявить имя своего преемника, потому что ты стареешь. Без преемника твои ученики распадутся на небольшие группы после твоей смерти».

Будда спросил: «У тебя есть кто-то на примете?»

Девадатта попал в большое затруднение. Он и не думал, что так обернется разговор; но он был очень честолюбив.

Наконец он, хотя и чувствовал неловкость, заявил: «Да, я предлагаю себя. Я принадлежу той же самой семье; мы одной и той же крови, и я уловил все то, что ты сказал. Я великолепно могу представлять тебя, и я не думаю, что кто-нибудь еще может быть соперником мне».

Будда сказал: «Сама эта идея эгоистична. Я могу выбрать только того, кому никогда и в голову не приходило быть избранным, кто настолько невинен, что не смог бы даже и подумать об этом. Безусловно, ты не можешь быть моим преемником, так что забудь вообще об этом». Но Девадатта не мог примириться с этим: ситуация выглядела для него унизительной. Он восстал против Будды и увел пятьсот учеников за собой; но это не было большой потерей. У Будды были тысячи учеников, и когда пятьсот ушли с Девадаттой, то это не нанесло заметного ущерба огромной коммуне, которую создал Гаутама Будда.

Эти пятьсот тоже были людьми амбициозными, они желали завоевать высокое положение, желали, чтобы их провозгласили просветленными — хотя они не были просветленными, — и испытывали зависть к людям, провозглашенным просветленными. Эти люди вступили в великую коммуну Гаутамы Будды с эгоистичной амбицией — и они ушли.

Но Девадатта не мог сидеть спокойно; он не для того ушел, чтобы просто удалиться в Гималаи. Он принялся устраивать заговоры против Гаутамы Будды. Он предпринимал много попыток убить его. И вот о чем я, собственно, хотел рассказать. Он поймал бешеного слона, не зная, что слон этот прежде был другом Гаутамы Будды, когда тот был еще ребенком. Он принадлежал королевскому дворцу Гаутамы Будды и был настолько убит горем, когда Гаутама Будда покинул дворец, что просто сбежал в лес и стал вести себя как безумный — шок был слишком велик. Слон любил ребенка, они и вправду были большими друзьями. Они всегда ходили рядом; в большом саду возле реки их постоянно встречали вместе.

Почти сорок лет спустя Девадатта обнаружил этого безумного слона в лесу. Ему удалось поймать его, и он подумал, что это замечательная возможность: он отведет его туда, где Гаутама Будда медитирует под деревом, и оставит там... потому что тот слон убил уже многих людей... Девадатта не знал, что слон обезумел из-за того, что Гаутама Будда покинул его сорок лет назад.

Итак, слон бросился на Гаутаму Будду — и мог бы убить его. Но как только он узнал Будду, все его безумие прошло. Он склонился, коснулся стоп Будды своей головой и устроился у его ног, положив голову ему на колени. Сорок лет разлуки!.. Будда открыл глаза и не мог поверить в то, что это его старый-старый друг... Он уже забыл о нем! И Девадатта не мог поверить глазам. Он решил, что это чудо. Он так перепугался, что после этого прекратил всякие попытки убить Гаутаму Будду. Но он и понятия не имел, что произошло на самом деле. Это было не чудо; просто у слона прекрасная память.

Личность, которая переходит из тела слона в тело человека, будет обладать потрясающей памятью. Точно так же каждый вид животных обладает своими особыми талантами. Я говорю это впервые — что каждое человеческое существо происходит от своего животного. Идея Чарльза Дарвина — что все происходят от обезьян — ошибочна. Если бы это было так, тогда все проявляли бы одни и те же характеристики — а мы знаем, что это не так.

Собака может родиться как человеческое существо либо пройти через несколько других жизнеформ — может стать львом, может стать оленем, а потом появиться в виде человеческого существа. Но если человек приходит от льва, то будет обладать огромной смелостью; у него хватит смелости, чтобы восстать. Если же он придет от овцы, то станет христианином — скорее всего католическим, — потому что овца не способна ни на что больше. Нельзя сказать, что Иисус Христос ошибался, когда говорил: «Я пастух, а вы мои овцы», — он, очевидно, догадался, что все эти ребята произошли от овцы.

Идея Чарльза Дарвина верна, но не в деталях; детально ему не удалось разработать ее. Я согласен с ним по тому существенному пункту, что человек развивался из животных, но я не согласен, что все человеческие существа развились от одного животного — обезьяны, человекообразной обезьяны, или шимпанзе. Человеческие существа приходят от разных источников. Это собрание всех видов животных, и если вы понаблюдаете людей, то сможете обнаружить, откуда происходит каждая личность. Требуется лишь немного наблюдательности, внимания, и вы сможете почувствовать, что этот человек, оказывается, имеет отношение к определенному биологическому виду.

Да Хуэй говорит: *Это единственное слово «Да» является ножом для отделения сомневающегося ума от рождения и смерти.* Теперь вы видите: «Нет» не сделает этого, только «Да» может сделать это.

Если бы Чжао Чжоу сказал: «Нет. Собаки это собаки, а будды это будды, и между ними нет моста», — тогда собаки умирают собаками, тогда нет эволюции для собак. Тогда слоны умирают слонами — и для слонов нет эволюции. Это, похоже, уже слишком. Это монополистическая идеология человека — что, мол, только человек обладает способностью развиваться — и никто больше...

Я слыхал, что где-то в Швеции на железнодорожной станции есть памятник собаке. Памятнику не более ста лет. Хозяин собаки обычно приходил на эту железнодорожную станцию каждый день и уезжал поездом в соседний город. Собака приходила вместе с ним и глядела вслед, пока поезд не уходил за горизонт. Когда поезд исчезал, она возвращалась домой, но всегда снова была на станции точно к тому часу, когда хозяин возвращался вечером. Однажды хозяин так и не вернулся. С ним случился сердечный приступ, и он умер. Собака ждала — сообщение прибыло, но как объяснить собаке? Собака искала хозяина в каждом купе поезда. Все железнодорожники действительно опечалились из-за собаки. Они знали ее много лет. Это происходило ежедневно и никогда не нарушалось: она всегда приходила вовремя, и если поезд опаздывал, садилась именно там, где обычно останавливалось купе хозяина.

Ее пытались прогнать прочь, но она возвращалась снова и снова и садилась только там. Один поезд проходил, другой поезд... и она искала в каждом поезде, в каждом купе, и из глаз ее катились слезы. Семь дней подряд... Собака обегала каждый поезд, слезы беспрерывно текли из ее глаз; и она отказывалась есть. Весь штат железнодорожной станции был чрезвычайно озабочен; они поверить не могли, что у собаки может быть такая сильная любовь. Даже человеческие существа не проявляют такой сильной любви.

Собака умерла на том же месте, где она привыкла встречать своего хозяина каждый день годами. Штат станции собрал пожертвования, и собаке воздвигли памятник, а вся история записана на мраморном постаменте, где установлена мраморная статуя собаки.

Это не просто история одной собаки... Много собак проявили себя безмерно любящими, преданными, многие даже пожертвовали жизнью ради своих хозяев.

Закрыть врата эволюции для всех других видов живых существ и держать их открытыми только для человеческого рода просто уродливо. Какая разница между человеческими существами и остальными животными, за исключением тел? Форма ваших тел различна, но *бесформенное* сознание внутри вас одно и то же.

Если бы Чжао Чжоу сказал «Нет», — то все последующие утверждения не были бы правильными. Они могут быть верны только с моей поправкой — с «Да». Тогда *это единственное слово* становится *ножом для отделения сомневающегося ума от рождения и смерти. Рукоять этого ножа — только в твоей руке; никто другой не может владеть ею вместо тебя: чтобы добиться успеха, ты должен ухватиться за нее сам. Ты соглашаешься ухватиться за нее сам, только если ты можешь отказаться от своей жизни.*

Если вы готовы отказаться даже от своей жизни, вы взойдете на высший пик своего сознания. Вот почему этот путь называется *лезвием бритвы* — это рискованно. Вам придется рисковать всем, чтобы найти то высшее великолепие. Его нельзя найти, не рискуя всем ради него: вы не можете припрятать что-то. Ничего не пряча — если вы готовы отказаться от своей жизни, вы можете найти это в тот же момент.

Если ты не можешь отказаться от своей жизни, держись пока там, где твое сомнение остается ненарушенным.

Он снова предлагает прекрасную медитацию. Если вы не можете отказаться от жизни из-за своих сомнений, потому что — кто знает? Вы откажетесь от своей жизни — а ничего не случится, никакого просветления... тогда вы не можете даже пожаловаться! Вы не сможете пойти в полицейский участок и сообщить, что эти люди обманывают, что они говорят: «Откажись от своей жизни!» Вот я отказался от своей жизни — и никакого просветления, ничего!

Раз ваша жизнь потеряна, она потеряна; вы не можете жаловаться. Риск тотален. Вы не можете припрятать немножко, так чтобы в случае неудачи вы по крайней мере могли информировать остальных: «Не верьте таким вещам. Я отказался почти на девяносто девять процентов от своей жизни. Всего один процент я сохранил, чтобы информировать остальных, как предостережение». Но таким способом ничего нельзя достичь: либо вы рискуете на сто процентов, либо не рискуете вообще.

Но если вы сомневаетесь, то есть другие пути. Не следует впадать в безнадежность. *Если ты не можешь отказаться от своей жизни, держись пока там, где твое сомнение остается ненарушенным.*

Просто оставайтесь внимательны к своему сомнению. Оно не сможет всегда оставаться на экране вашего ума. В этом-то и красота всех медитаций: их можно, в конце концов, свести к наблюдательности. От любого направления вы можете прийти к наблюдательности. Просто наблюдайте сомнение и продолжайте смотреть на него. Оно не останется там навсегда. Даже если оно остается несколько секунд, это будет великое достижение. Скоро оно рассеется дымом, оставляя безмолвное пространство вместо себя.

Внезапно ты согласишься отказаться от своей жизни — как только сомнение исчезает без всякого усилия с вашей стороны. Если вы подавляете сомнение, оно будет оставаться. Не подавляйте, только наблюдайте — и оно исчезнет в разреженном воздухе, а вы внезапно будете готовы отказаться от своей жизни.

И тогда с тобой свершится. Лишь тогда ты поверишь, что тишина — это то же самое, что и шум, что шум — это то же самое, что и тишина, что разговор — это то же самое, что и молчание, и что молчание — это то же самое, что и разговор.

Если уж вы готовы отказаться даже от своей жизни, которая является нашей глубочайшей потребностью... Мы можем отказаться от денег, мы можем отказаться от семьи, мы можем отказаться от чего угодно, — но когда приходится отказываться от жизни, то эту последнюю вещь нам хочется сохранить.

Дело обстоит не так, что вам действительно нужно совершить самоубийство... Требуется лишь ваша добровольная готовность... и чудо случается. Нет вопроса о том, чтобы вы на самом деле отказались от жизни — нужна лишь ваша готовность: «Я готов отказаться». Но не пытайтесь обмануть — ведь это означало бы, что в глубине души вы знаете, что нет реальной нужды отказываться от жизни. Здесь обман недопустим.

Если вы готовы добровольно отказаться от жизни, тогда внезапно все дуальности жизни исчезают; тогда и тишина, и шум будут выглядеть в точности одинаково: как тишина не обладает никакой привлекательностью для вас, так и шум не вызывает никакого беспокойства. Тогда жизнь и смерть — одно и то же: как жизнь не искушает вас цепляться за нее, так и смерть не заставит вас убегать от нее.

Тебе не придется спрашивать ни у кого больше, и, естественно, ты не станешь воспринимать путаную речь фальшивых учителей.

В своей ежедневной деятельности, двадцать четыре часа в сутки, тебе не следует держаться за рождение, смерть и путь будды как за существующие, не следует тебе и отрицать их как несуществующие.

Суть сказанного в том, что все эти категории — существования и несуществования, жизни и смерти, страдания и счастья — все эти категории принадлежат уму. Человек, готовый отказаться от жизни, естественно, готов отказаться и от ума, поскольку ум — лишь малая часть вашей жизни. Это не вся жизнь.

Если вы готовы к прыжку, то прыжок больше не требуется. Необходима только ваша готовность... но ваша готовность должна быть тотальной, и в такой готовности вы можете жить своей обычной жизнью, делая все то, что вы делали всегда.

Ваше делание и ваше не-делание больше не будут противоположны; ваш разговор и ваше пребывание в молчании не будут противоположны; этот мир и отречение от него не будут противоположны. Где бы вы ни были, что бы вы ни делали, вы будете делать это без всякого беспокойства и без всякого цепляния — абсолютно уравновешенно.

Слово, которым Будда пользуется для такого переживания, — *саммасати* — «правильное воспоминание». Вы просто наполнены памятью своего собственного вечного существа. В тот момент как вы отвергли дуальность, вы вступили на путь вечного, вы стали бессмертны.

Лишь созерцай это: Монах спросил Чжао Чжоу: «Обладает собака природой будды или нет?» Чжао Чжоу сказал: «Да».

Зачем созерцать это? Если собака обладает природой будды — очевидно, вы тоже обладаете; и если собака однажды собирается стать буддой, то и ваша цель тоже недалеко. Тут подразумевается много чего: если у собаки есть природа будды, значит, и у вас есть она, значит, и у ваших врагов есть она, значит, и у всех живых существ есть она — поэтому нет вопроса о высшем или низшем.

Вопрос только в том, когда человек решается пробудиться. Дело ваше: хотите еще поспать — перевернитесь и укройтесь одеялом. Но даже и тогда, когда вы спите под одеялом, наслаждаясь прекрасным утром, вы — будда. Это ваше дело.

Будда решил сидеть под деревом; вы решили лежать в кровати; здесь нет существенного различия. Если Будда может стать просветленным под деревом, вы можете стать просветленным под одеялом. В сущности, так будет еще лучше, потому что вы раскроете новую возможность для грядущего человечества; в противном случае люди будут считать, что всегда нужно сидеть под деревом. Особенно, холодной зимой, в сезон дождей или во время каких-либо неприятностей они будут все откладывать реализацию природы будды.

Я говорю вам, что тут нет проблемы: вы можете жить в полном уюте под своим одеялом, под ним же и стать буддой. Тут нет проблемы, потому что становление будды не имеет ничего общего с сидением под деревом, это не является предпосылкой; не должны вы и сидеть в позе лотоса — что общего у буддовости с позой лотоса? А если поза лотоса существенна, тогда собаки не смогут... это невозможно! Как может собака ухитриться сесть в позу лотоса?

Разумеется, все это возможно и под одеялом, и, я думаю, большинство из вас предпочтет именно одеяло. Просто случайно оказалось так, что бедный Гаутама Будда сидел под деревом. Он и понятия не имел, что то же самое может произойти под одеялом. Между прочим, об этом же спрашивала его жена...

Через двенадцать лет, когда он возвратился во дворец — он знал, что его отец очень гневался, — он был единственным сыном, он родился, когда отец уже совсем состарился, и все надежды отца возлагались на него. Старик только и ждал, чтобы передать ему управление всем царством, сам он устал и хотел удалиться от дел, — и тут как раз Гаутама Будда сбежал из дворца.

Всего за день перед тем, как Гаутама Будда ушел, у его жены родился ребенок. Это вполне человеческая история, очень красивая: прежде чем оставить дворец, он лишь хотел увидеть, хотя бы раз, лицо ребенка, символ их любви с женой. Он вошел в покои жены. Она спала, а ребенок был укутан одеялом. Он хотел откинуть одеяло и увидеть лицо ребенка, потому что, быть может, он уже никогда не возвратится снова.

Он уходил в неизвестное паломничество. Ничего нельзя было предвидеть из того, что случится в его жизни. Он рисковал всем — своим царством, своей женой, своим ребенком, собой — в поисках просветления, в поисках того, о чем он только слышал как о возможности и что случилось прежде с несколькими людьми, искавшими этого. Он был так полон сомнений, как никто из вас, но момент решения настал... В тот самый день он увидел смерть, увидел старость, увидел болезнь, и в тот же день он увидел в первый раз саньясина. Это стало главным вопросом для него: «Если есть смерть, тогда просто расточать время во дворце опасно. Прежде чем смерть придет, я должен найти то, что за пределами смерти».

Он твердо решил уйти. Но человеческий ум, человеческая натура... Он только хотел увидеть лицо — он ведь даже не видел лица своего собственного ребенка. Но он испугался, что если откинет одеяло, если Яшодхара, его жена, проснется — она могла проснуться в любую минуту, — она спросит: «Что ты делаешь среди ночи в моей комнате? Да ты, кажется, готовишься идти куда-то?»

Колесница стояла за воротами, все было готово; он уже уходил, и он сказал своему вознице: «Подожди минуту. Дай мне увидеть лицо ребенка. Быть может, я уже никогда не возвращусь».

Но он так и не смог посмотреть из-за страха, что, если Яшодхара проснется, поднимется крик, причитания: «Куда ты уходишь? Что ты делаешь? Что это за отречение? Что это за просветление?» Никогда не знаешь, чего ожидать от женщины — она может разбудить весь дворец! Придет старый отец, и все дело будет испорчено. И он просто-напросто убежал...

Через двенадцать лет, когда он стал просветленным, первое, что он сделал, — возвратился в свой дворец попросить прощения у отца, у жены, у сына, которому теперь должно быть двенадцать лет. Он знал, что они рассердятся. Отец был очень сердит — он первым встретил его, и целых полчаса он не переставал бранить Будду. Но потом вдруг он осознал, что наговорил столько всего, а его сын просто стоял, как мраморное изваяние, словно ничто не могло тронуть его.

Отец смотрел на него, и Гаутама Будда сказал: «Это то, чего я желал. Пожалуйста, осуши свои слезы. Посмотри на меня: я не тот самый мальчишка, который покидал дворец. Твой сын давным-давно умер. Я выгляжу похожим на твоего сына, но все мое сознание теперь другое. Ты только посмотри».

Отец сказал: «Я вижу. Полчаса я бранил тебя, и это достаточное доказательство того, что ты изменился. Я знаю, каким нетерпеливым ты был раньше, — ты не мог бы стоять так спокойно. Что произошло с тобой?» Будда ответил: «Я расскажу тебе. Позволь мне сначала увидеть мою жену и моего ребенка. Они, должно быть, ждут — они, наверное, слышали, что я пришел».

И первым, что его жена сказала ему, было:

«Я вижу, что ты преображен. Эти двенадцать лет были огромной мукой, но не потому, что ты ушел; я мучилась из-за того, что ты не сказал мне. Если бы ты просто рассказал мне, что намереваешься искать истину, неужели ты думаешь, что я помешала бы тебе? Ты оскорбил меня очень сильно. Эту рану я носила двенадцать лет.

Все было не так, как уходят на поиски истины — такому радуются; и не так, как уходят, чтобы стать просветленным, — я ведь не стала бы мешать тебе. Я тоже принадлежу к касте воинов. Думаешь, я так слаба, что кричала бы, плакала и удерживала тебя?

Все эти двенадцать лет моим единственным мучением было то, что ты не доверял мне. Я позволила бы тебе, я бы проводила тебя, вышла бы к колеснице. Сначала я хочу задать единственный вопрос, сидевший в моем уме все эти двенадцать лет: все достигнутое тобой... а ты, несомненно, достиг чего-то.

Ты больше не та самая личность, которая покидала этот дворец; ты лучишься иным светом, твое присутствие совершенно ново и свежо, твои глаза чисты и ясны, как безоблачное небо. Ты стал так прекрасен... ты всегда был красив, но эта красота, кажется, не из нашего мира. Некая благодать запредельного низошла на тебя. Мой вопрос состоит вот в чем: не было ли возможности достичь здесь, в этом дворце, всего того, что достигнуто тобой? Может ли дворец помешать истине?»

Это потрясающе разумный вопрос, и Гаутаме Будде пришлось согласиться:

«Я мог бы достичь этого и здесь, но тогда я понятия не имел об этом. Теперь я могу сказать, что мог бы достичь этого здесь, в этом дворце; не было нужды идти в горы, не было нужды ходить куда бы то ни было. Я должен был идти внутрь, а это возможно где угодно. Это место такое же хорошее, как и всякое другое, но теперь я могу сказать, что в тот момент я и понятия об этом не имел.

И ты должна простить меня, потому что нельзя сказать, чтобы я не доверял тебе или твоей отваге. Фактически я сомневался в самом себе: если бы я увидел, что ты проснулась, если бы увидел ребенка, я мог бы заколебаться: что я делаю, я оставляю свою красавицу жену, ту, чья вся любовь и преданность принадлежат мне? И оставляю своего ребенка в первый день его жизни... если я готов оставить его, тогда зачем я давал ему рождение? Я бегу от своих обязательств.

Если бы проснулся мой старый отец, это стало бы невозможным для меня. Не то чтобы я не доверял тебе; на самом деле я не доверял себе. Я знал, что будут колебания; я не был тотален в отречении. Часть меня говорила: "Что ты делаешь?" — а часть говорила: "Пришло время сделать это. Если не сделаешь сейчас, это будет становиться все более и более трудным. Твой отец готовится короновать тебя. Когда ты коронован как король, это будет еще труднее"».

Яшодхара сказала ему: «Это единственный вопрос, который я хотела задать, и я безмерно счастлива, что ты был абсолютно правдивым, сказав, что можно достичь и здесь, можно достичь где угодно. Твой сын, который стоит сейчас здесь, мальчишка двенадцати лет, постоянно расспрашивал о тебе, а я говорила ему: «Подожди. Он возвратится; он не может быть таким жестоким, он не может быть таким недобрым, он не может быть таким бесчеловечным. Однажды он возвратится. Возможно, все то, что он ушел постичь, требует времени; когда он постигнет это, то первое, что он сделает, — вернется». Вот твой сын, и я хочу, чтобы ты сказал мне, какое наследие ты оставляешь своему сыну? Чего ты добился, чтобы дать ему? Ты дал ему жизнь — а что еще?»

Будда не имел ничего, кроме чаши для подаяний, и он позвал своего сына, имя которого было Рахул. Я скажу вам, почему его звали Рахул; такое имя дал ему Гаутама Будда... Он подозвал Рахула поближе и передал ему чашу для подаяний со словами: «У меня нет ничего. Это мое единственное имущество; отныне и впредь я буду пользоваться своими руками как чашей для подаяний, чтобы брать свою пищу, просить свою пищу. Передавая тебе эту чашу для подаяний, я посвящаю тебя в саньясу. Это единственное сокровище, которое я нашел, и мне хочется, чтобы ты нашел его тоже».

Он обратился к Яшодхаре: «Ты должна быть готова стать частью моей коммуны саньясинов» — и он инициировал свою жену. Старик пришел и наблюдал всю эту сцену. Он обратился к Гаутаме Будде: «Почему же ты оставляешь в стороне меня? Ты не хочешь разделить то, что нашел, со своим старым отцом? Моя смерть совсем близко... посвяти меня тоже».

Будда сказал: «Я на самом деле только затем и пришел, чтобы забрать всех вас с собой, ибо то, что я нашел, — гораздо большее царство, царство, которого хватит навсегда, которое не может быть завоевано. Я пришел сюда, с тем чтобы вы смогли почувствовать мое присутствие, с тем чтобы вы смогли почувствовать мою реализацию, а я бы смог убедить вас стать моими друзьями-спутниками». Он посвятил всех троих.

Он дал своему сыну имя Рахул, потому что по индийской мифологии, когда бывает лунное затмение... Индийская мифология говорит, что у Луны есть два врага. В мифологии Луна является личностью, богом, и у нее два врага: один — Раху, другой — Кету. Лунное затмение происходит оттого, что Раху и Кету захватывают луну. Они пытаются убить ее, но каждый раз Луна вырывается из их захвата.

Гаутама Будда назвал своего сына Рахул, потому что думал: «Теперь этот мой сын будет моей величайшей помехой, он будет моим величайшим врагом. Он будет препятствовать моему уходу в Гималаи. Любовь к нему, привязанность к нему станут моими цепями». Вот почему он дал ему имя Рахул.

Все они отправились в лес за городом, где остановились его саньясины. На первой же проповеди, обращённой к саньясинам в тот вечер, он сказал:

«Моя жена Яшодхара задала мне чрезвычайно важный вопрос. Она спросила меня: "Не было ли возможности стать просветленным во дворце, будучи королем?" И я сказал ей правду: "Это не зависит ни от места, ни от времени. Можно стать просветленным где угодно — но тогда рядом не было никого, кто бы сказал это мне. Я и понятия не имел, где искать, кого спрашивать, куда идти. Я просто прыгнул в неведомое". Но сейчас я могу сказать, что где бы вы ни были, если у вас хватит смелости рискнуть всем ради того, чтобы стать бдительным и осознающим, просветление обязательно случается».

Потому и я говорю, что мастер Чжао Чжоу не мог сказать «Нет». Это не ответ человека просветленного. Ответом может быть только «Да». И даже если мастер Чжао Чжоу сам скажет мне: «Я сказал "Нет"» — я не приму этого. Я не послушал бы даже Гаутаму Будду, потому что «Нет» идет против всей его философии. Вся его философия — это огромное благоговение ко всякой жизни. Стало быть, каждое живое существо в любой ситуации обладает способностью расцвести в просветление.

Это должно быть великим воодушевлением для вас: не только какие-то особые люди становятся просветленными; даже собака обладает природой будды. Все религии делали прямо противоположное. Они осуждали вас: вы рождены во грехе; вам не вызволить себя; пока Бог не пошлет спасителя, вы будете жить в несчастье, грехе и страдании.

Будда наделяет человека абсолютным достоинством, свободой — чего никто другой до него не делал. Он отбрасывает идею Бога — с тем чтобы возвести ваше достоинство и вашу свободу на предельную высоту. Он устраняет Бога, чтобы сделать Богом вас. Никогда еще не было другого человеческого существа, которое любило бы остальные человеческие существа так, как любил их Гаутама Будда, — и не только человеческие существа, но и все живые существа. Его любовь безгранична.

Поэтому, когда я делаю какое-нибудь исправление, я абсолютно уверен, что мое исправление будет одобрено каждым просветленным. Я не намерен идти ни на какой компромисс. Это может быть мастер Чжао Чжоу, это может быть Да Хуэй, это может быть Гаутама Будда — я не пойду ни на какой компромисс, потому что мой собственный глубочайший опыт говорит: «Да!» И тогда меня не переубедит уже никто — никакая история, никакое священное писание.

Я выступал на буддийской конференции в Бодх Гайя. Один из наиболее ученых буддийских монахов Индии, Бхадант Ананд Каушальяян, был президентом конференции. Когда я пригласил его посетить мой лагерь, он сказал мне: «Я слушал вас несколько раз прежде: раз в Нагпуре, раз в Вардхе, а это уже третий раз. Вы странный человек: вы продолжаете рассказывать вещи, которых Будда не говорил. Я посвятил этому всю свою жизнь». А к тому времени это был уже старик, где-то около семидесяти лет. Если он еще жив, ему должно быть около ста лет.

«Будда не говорил этого; вы продолжаете рассказывать истории, которых я никогда не обнаруживал ни в каком писании; и беда в том, что ваша история всегда оказывается настолько к месту, что так и кажется — быть может люди, собиравшие писания, позабыли вписать ее? Она подходит, я не отрицаю этого; я не говорю, что она расходится с сутью писания, — но ее там нет! Вот в чем состоит моя проблема, — говорил он, — я не отрицаю истину вашей истории, но не могу подтвердить ее историчность. Можете ли вы что-нибудь посоветовать?»

Я сказал ему: «Тут нет загадки. Если я рассказываю историю о Гаутаме Будде, но ее нет в писаниях, то вставьте ее в ваши писания, потому что она должна быть там. Если я говорю что-то, сказанное Гаутамой Буддой, а вы не находите этого нигде, извольте вставить это в нужном месте, там, где оно должно было быть — и пропущено. Потому что все, что я говорю... я не историк, не ученый, но я говорю из того же самого пространства, что и Гаутама Будда. Так что можете принимать мои слова за достоверные без всякого опасения».

Он возразил: «Боже мой, даже если я сделаю так, никакой другой ученый не признает этого! Спустя двадцать пять веков канонизировано определенное писание — а вы требуете от меня добавлять что-то в него. Они же убьют меня».

Я сказал: «Лучше уж быть убитым; стоит пойти на это, если вы можете сделать писание более прекрасным, более истинным, более достоверным. Если вы скажете, что сказанное мною не верно, то я готов поспорить об этом».

Он ответил: «Нет, я не говорю этого. Но, пожалуйста, простите меня — я не могу вносить изменения в писания, потому что такого не допускает никакая религия».

Я сказал: «В том-то и беда — что все религии становятся тюрьмами. Каждая религия должна оставаться текущим потоком, и новым рекам должно быть позволено встречаться. Зачем превращать вашу религию в мертвые стоячие пруды? Пусть она будет рекой, и пусть непрерывно новые ручьи продолжают вливаться в нее. Новые люди будут становиться просветленными, и они будут приносить более свежие взгляды; река будет становиться все шире и шире, все больше и богаче. Но это еще не происходит, потому что люди слишком сильно ориентированы на прошлое и слишком опасаются менять что-нибудь. Причина — у них нет никакого опыта в том, о чем они говорят».

Я спросил Бхаданта Ананда: «У вас есть просветление, которое было у Гаутамы Будды? Если у вас его нет, тогда просто слушайте, что я говорю, потому что у меня оно есть».

Да Хуэй страдает от своих прежних ошибок, и он боится говорить «Да» — ведь это все равно что сказать, что природа будды и природа собаки одно и то же. По своей собственной вине он не может сказать истину.

Но у меня нет никакой вины. В сущности, у меня нет никакого прошлого. Все, что я говорю, есть точный отклик этого мгновения, и я не чувствую, чтобы этому противилась хоть какая-то часть меня. Я высказываюсь всем своим существом. Это переносит мои утверждения в совершенно иную категорию. Они не интеллектуальные, они не исторические, они не священное писание — они экзистенциальны.

Я говорю из того же самого пространства, откуда говорил Будда, откуда говорил Чжао Чжоу, откуда однажды обязательно заговорит Да Хуэй.

— Хорошо, Маниша?
— Да, Мастер.

19
СИЯНИЕ

Возлюбленный Мастер,

Присутствующее осознание и относительное осознание

Ен Тоу сказал: «В будущем, если вы захотите распространять великое учение, оно должно изливаться пункт за пунктом из вашей собственной души и покрывать небо и землю; только тогда это будет действие человека силы». То, что изливается из души человека по его собственному зову, есть его безначально присутствующее осознание, фундаментально полное самим собой. Как только вы вызываете иную мысль, вы впадаете в размышление. Осознание — это нечто такое, что есть прежде, чем были рождены ваши родители.

Это не имеет отношения к разуму или остроумию. На самом деле это лишь отрывистое восклицание, которое и есть критерий. Как только вы достигли этой сцены, любые ваши слова становятся основательными. Когда же они воистину основательны, то это и есть так называемое «излияние из собственной души, покрывающее небо и землю».

СИЯНИЕ

Истина никогда не передается миссионерским способом, а только посланием от сердца к сердцу: не обратить другого, но лишь разделить свое изобилие любви, сострадания, блаженства.

Это нужно помнить: миссионер — одно из самых уродливых существ в мире. Сам он не знает ничего; его сердце пусто, зато голова полна.

Он читал, он изучал... но все написанные слова, какими бы значительными они ни были, суть трупы. Ученый — это гробокопатель. Он выкапывает скелеты, он и живет среди скелетов.

Это психологическая проблема: человек, не познавший истины, хочет убедить себя, что знает ее, а единственный путь убедить себя, что он ее знает, — начать обращать людей. Такова система обратной связи. Когда все больше и больше людей поддаются влиянию его слов, его философии, то окончательный результат выходит такой, что он и сам убеждается, что, наверное, обладает истиной, — ведь не могло же столько людей быть идиотами.

Я слышал такую историю... Случилось — такое случается очень редко, всего раз в миллиард лет, — что журналист добрался до небесных врат. Вообще журналистам, уже по факту их профессии, предуготовлен ад; но всегда бывают случайности...

Журналист постучался в небесные двери, и святой Петр открыл замок. Однако, увидев журналиста, он сказал: «Простите, у нас квота только на двенадцать журналистов, и она исчерпана еще в начале вечности. Даже эти двенадцать абсолютно бесполезны здесь, поскольку на небесах ничего не происходит — нет убийств, нет изнасилований, нет грабежа, нет самоубийств. Когда-то был опубликован только первый номер нашей газеты — так он не устарел и сегодня». И правда, у хороших людей не случается историй. Чтобы случались истории, нужны плохие люди. Досадно, но это так и есть.

Святые всегда сидят в молчании. А молчание — это не новости; пока нет беспорядка, резни, войны, ядерного оружия, Рональда Рейгана — нет и новостей. Бернард Шоу так определял новости: когда собака кусает человека — это не новость, но когда человек кусает собаку — это новость. Все политики — это новости: это люди, кусающие собаку.

Но на небесах нет места для политиков. Святой Петр сказал журналисту: «Так что простите, вам придется пройти к другой двери, она как раз напротив. Тут только два места — ничего не поделаешь, выбор невелик...»

А вы знаете, журналисты народ очень настойчивый. И он настаивал: «По крайней мере, дайте мне двадцать четыре часа, ну, хотя бы только посмотреть. И через двадцать четыре часа, если у вас появится вакантное место, вы позволите мне остаться. А нет, так я уйду».

Это не слишком много, поэтому святой Петр сказал: «Двадцать четыре часа ты, так и быть, можешь оставаться на небесах».

Журналист первым делом распустил слух, что в аду собираются выпускать большую газету новостей и им там нужен главный редактор, им нужен редакционный совет, им нужны помощники редактора, им нужны всех сортов журналисты. Слух для журналиста — это совсем как вода для рыбы: он живет слухами, обманами, всевозможными вещами, которые, никоим образом не будучи подлинны, обладают качеством сенсационности.

Возникла большая суматоха, в особенности среди тех двенадцати журналистов. Они устали от небес, им наскучили мертвые святые... Святые не могут никак быть живыми, потому что все религии осуждали жизнь. Чтобы быть святым, вы должны отрезать свои корни от земли, вы должны стать сухой костью без соков. Чем вы мертвее, тем более великий вы святой. Любого малейшего фрагмента жизни довольно для вашего падения.

Те двенадцать журналистов веками бродили среди мертвых людей, но не могли заполучить никаких новостей — ничего не происходило. Когда до них дошел слух о газете, они взволновались. Через двадцать четыре часа, когда наш журналист подошел к выходу, святой Петр не открыл ему ворота. Он сказал: «Послушай, теперь я тебя не могу выпустить. Те двенадцать все ушли».

«Похоже, в аду взялись за выпуск очень большой газеты грандиозных масштабов, — подумал журналист, — так я тоже не хочу оставаться здесь». Несмотря на то что ему было все известно — ведь это он сам пустил слух, — теперь у него возникло подозрение: если столько людей верят этому — и даже святой Петр верит, — значит, в этом должна быть какая-то истина.

Миссионер постоянно ищет обращенных — чтобы убедить себя, что он обладает истиной. Его поиски обращенных — это, на самом деле, его собственная психологическая потребность. Он чувствует пустоту, ненаполненность, но если он управится с несколькими людьми — а это всегда возможно...

Есть люди, которые нуждаются в фигуре отца; сами они испытывают страх перед жизнью, беспомощность. Жизнь оказывается слишком большой, трудной, вот почему они создали Бога-отца в небесах. Но это так далеко... а телефонная связь все еще не доступна никому, за исключением нескольких ловкачей вроде Папы, Айятоллы Хомейни, Шанкарачарьи из Индии — у этих людей есть прямые линии, незримые. Но для обычного человека нет способа общения; ему требуется более зримая, более осязаемая персона, которая может заменить отца.

Лишь очень немногие люди в мире — взрослые и зрелые; большинство остаются детьми, и им нужен отец, чтобы защищать их. Не случайно католических священников называют отцами. Но у них нет жен, нет детей — я всегда удивлялся, как это они становятся отцами.

Эти католики странный народ: они верят в Деву Марию, которая дает рождение Иисусу Христу, не входя в контакт ни с каким человеческим существом, и становится матерью без отца. И вот вам уже миллионы католических отцов — у них нет жен, у них нет детей. Католицизм действительно таинствен.

Но название — «отец» — указывает, что внутри у вас есть необходимость в покровительствующем образе. Вы были воспитаны вашим отцом: он всегда был защитой, резервуаром знаний и мудрости. В ваших глазах он был величайшим человеком в мире, и вы могли расслабиться и положиться на него. Сейчас ваш отец уже, возможно, умер.

Физически вы состарились, но психологически возраст обычного человека не превышает тринадцати лет — и такой ребенок страстно желает защиты. Без защиты в этой огромной вселенной — неведомой, непредсказуемой, полной всевозможных болезней, расстройств и, наконец, смерти — человек живет в неизбежном и сильном страхе.

Я когда-то гостил в одном доме, и женщина из этого дома сказала мне: «У нас проблема с ребенком». У них не было туалетной комнаты при спальне; это были старомодные люди, и соответствующие строения у них были вне дома. Ребенок непоколебимо стоял на том, чтобы, когда он идет ночью в туалет, мать с отцом сопровождали его и стояли там при открытой двери, в противном случае он очень пугался.

Я сказал ему: «Почему тебе не сделать иначе; ты беспокоишь своих мать и отца, а возможно простое решение».

Он сказал: «Я согласен. Скажи мне, какое решение?»

Я сказал: «Ты можешь нести с собой лампу или факел».

Он рассмеялся.

Я спросил: «Почему ты смеешься?»

Он сказал: «В темноте я еще кое-как могу удрать от всяких привидений, но с лампой они сейчас же заметят меня. Ты предлагаешь замечательную идею, но меня сразу же поймают. Я не могу последовать твоему совету. Даже если мне придется идти в темноту, я готов, потому что в темноте я смогу увернуться от них. А с лампой все они увидят, где я, и все разом бросятся на меня».

Отец необходим. Миссионер удовлетворяет некоторые психологические нужды больного человечества. Он не заинтересован в том, чтобы дать вам истину; а главное — он не обладает ею.

Это в значительной мере некий обоюдный договор: вы счастливы, что обрели кого-то, кто будет защищать вас, будет посредником между вами и незримым богом; а у миссионера хорошее самочувствие от того, что так много людей верят в его истину — «Они не могут ошибаться. Я один могу ошибаться, но множество людей, вся церковная конгрегация, ошибаться не может. Должно быть, я обладаю истиной». Так что это двустороннее бессознательное соглашение.

Да Хуэй говорит нечто потрясающе важное. Если вы хотите передать людям послание о великой истине, истине просветления, помните одну вещь: это не должно исходить из вашей головы, это не должно быть интеллектуальным жаргоном. Вы будете так наполнены истиной в своем сердце, что она начнет изливаться через край.

И тогда не вы дающий, и вам незачем хвастать, что вы обратили столько людей. Не вы обращающий: сама истина творит магию трансформации. Вы только носитель.

Но первое дело для вас — быть исполненным истины, исполненным света, исполненным благоухания, быть в состоянии поделиться этим. Поистине, вы должны стать дождевой тучей, которая наполнена дождем и хочет излиться. Вы должны стать настолько обремененным своими высшими переживаниями свободы, радости, блаженства, истины, что у вас возникает желание пролиться — совсем как дождевая туча.

Это очень важное послание, и оно, очевидно, пришло к Да Хуэю как некий опыт. Он был интеллектуалом, и мы наблюдаем великую трансформацию: существо интеллектуальное трансформировалось постепенно в просветленное человеческое существо. Мы наблюдаем рождение великого будды, великого пробужденного.

Первая сутра: *Ен Тоу сказал: «В будущем, если вы захотите распространять великое учение, оно должно изливаться пункт за пунктом из вашей собственной души и покрывать небо и землю: только тогда это будет действие человека силы».*

Ен Тоу говорит, что ваше сердце не просто наполнено — оно будет настолько полным, что начнет излучать во всех направлениях; все небо заполняется вашим благоуханием, вашей харизмой, вашим присутствием. Те, кто имеет глаза, увидят это; те, кто имеет уши, услышат это; те, кто имеет сердце, почувствуют это; те, чья сущность бдительна и осознает, немедленно испытают это... и будут трансформированы, трансмутированы в совершенно новое бытие — за пределы несчастья, за пределы страдания, за пределы агонии — в мир экстаза.

Вы будете настолько полны, что и земля, и небо заполнятся вашим присутствием, заполнятся вашим светом, заполнятся вашей энергией, заполнятся вашим излучением.

Ен Тоу прав: в будущем, если вы захотите распространять истину, не становитесь миссионером. Это человеческая слабость — притязать на то, что вы познавший. Это тонкий способ унизить людей: вы знаете, а они не знают. Поэтому, даже если вы добились хоть небольшого интеллектуального понимания, вы тут же начинаете распространять его, потому что это дает огромную подпитку вашему эго. Вы начинаете становиться знатоком, а любой другой — невеждой.

Поистине, вы проваливаетесь в большую канаву. Лучше быть невеждой, чем эгоистом, потому что неведение естественно и может быть трансформировано в невинность очень легко. Но эго — это извращенность: лицу эгоистическому очень трудно понять что-нибудь, если для этого требуется уничтожить эго. Эго — его единственное сокровище; он не знает ничего другого в мире, кроме своего престижа, респектабельности, знаний, гонора.

Если вы захотите распространять... Вам нет необходимости распространять. Во всем мире были миллионы мистиков, испокон веков, которые принимали решение — не распространять. Я не могу сказать, что они поступали ошибочно; они были на девяносто девять процентов правы.

Они решили не распространять, потому что нет способа объяснить вам то, чего вы не испытывали. Если же испытывали, то нет необходимости объяснять это вам. Их логика ясна. На Востоке таких мистиков называли *архатами*. Они обрели окончательное просветление и остались безмолвными. Если кто-то приближается, чтобы испить от их источника, — добро пожаловать; но со своей стороны они не делают никаких попыток что-либо донести до людей.

Лишь немногие люди приняли решение в пользу одного процента: в буддизме их называют *бодхисаттвами*. Они приняли решение... Может оказаться невозможным достичь людских сердец: они так глухо закрыты, они уже выбрали... кто-то христианин, кто-то индуист, кто-то мусульманин, кто-то буддист. Они уже выбрали — ничего не зная. Их умы предвзяты и загрязнены, и предрассудки выполняют роль стен вокруг них. Они не дают войти ничему новому.

Но, быть может, время от времени вы обнаружите небольшую трещину в стене, и если человек — искатель, исследователь, открытый для встречи с любой истиной, тогда появляется возможность, если вы располагаете истиной, что его сердце сразу же забьется вместе с вашим сердцем. Это синхронизация. Внезапно он осознает, что пришел тот человек, которого он ожидал — и ожидал многие жизни.

Это не будет интеллектуальное убеждение, потому что вы даже не разговаривали. Это будет тонкий, незримый перенос — передача светильника. Тот человек просто должен быть открытым. Вы не можете заставить кого-нибудь открыться: чем больше вы стараетесь открыть, тем более закрытым он будет становиться. Это абсолютно в его собственных руках — быть открытым и уязвимым, стать доступным, как женское лоно, и дать себе рождение в новом пространстве, в новом сознании.

Человек истины может быть лишь спусковым крючком. Вот почему Ен Тоу говорит: *Если вы захотите...* Если вы захотите, вопроса не возникает. *Если вы захотите распространять великое учение...* А почему он называет это великим учением? Почему не просто учением? Это различие очень хорошо объяснил Гаутама Будда. Учение — от ума; это философия, теология, религия, но это от ума. Ум невероятно способен фабриковать системы мышления — очень логичные, очень рациональные — но он упускает основу, основу опыта.

Великое учение — то, которое возникло из вашего опыта. Его величие состоит также и в том, что вам не нужно делать никаких усилий, чтобы распространять его. Само его присутствие начинает звенеть колокольчиками в сердцах тех, кто достоин воспринять его, кто выработал определенного рода медитативность, кто выработал определенного рода сердечное безмолвие... чья почва уже готова, так что зерно просветления может быть засеяно. Учение — это просто рациональный подход к сущему, а великое учение — это экспериментальный подход к сущему.

«...*распространять великое учение, оно должно изливаться пункт за пунктом из вашей собственной души и покрывать небо и землю; только тогда это будет действие человека силы*».

Так много сконцентрировано в этой небольшой цитате из Ен Тоу. Комментарии и толкования к ней могут составить целое священное писание.

Оно должно изливаться... Вы не должны делать усилий, потому что ваши усилия будут разрушать его красоту, его чистоту. Ваши усилия означают, что вы не доверяете сущему и истине. И ваши руки очень малы; ваши усилия не могут быть достаточными для передачи истины.

Она должна струиться, пункт за пунктом. Вы должны быть просто свидетелем, не активным агентом; вы должны просто видеть истечение от своего сердца и радоваться.

И если оно достигает нескольких сердец, они объединяются в некий мистический союз. Вот что такое подлинная коммуна — где люди соединены невидимым течением энергии от сердца к сердцу. Тогда они изолированы как индивидуальности, но все же глубоко связаны друг с другом... Совсем как венок из цветов — каждый цветок индивидуален, но тонкая нить, невидимая для глаз, проходит через каждый из них и создает венок.

Собрание учеников должно быть венком. Но это возможно не посредством какого-то усилия, не посредством какого-то действия, но лишь через спонтанное течение, и это происходит само собой. Совсем как когда бутон розы раскрывается... думаете, он совершает какие-то усилия, чтобы распространять свое благоухание по ветру? Это происходит спонтанно. Это нечто абсолютно естественное.

Если ваше сердце стало розой и раскрыло свои бутоны, то благоухание начинает распространяться во всех направлениях. Это верный способ рассылать послания тем, кто достоин получать их, и только это можно назвать действием человека силы. Это нужно понять.

Обычно, полагаете вы, человек силы должен быть президентом страны, премьер-министром, великим генералом или личностью вроде Александра Великого. Ваше понятие силы — это всегда власть над другими. Это, прежде всего, бесчеловечно и уродливо.

Ни у кого нет права властвовать над кем-либо другим — ни у мужа над женой, ни у родителей над своими детьми, ни у любого политика над людьми. Свобода есть наше самое фундаментальное право, поэтому такие виды власти должны исчезнуть из нашего мира.

Такая власть породила тысячи войн, и такая власть стала нашим застоем. Человек не был в состоянии использовать все это время для своей эволюции, для улучшения земли, для организации более человеческого общества без разграничений на нации, религии, политические идеологии.

Вся наша энергия уходит на такие глупости! Убивать друг друга оказывается едва ли не главной целью человеческого существования на земле. За три тысячи лет было пять тысяч войн. Любой наблюдающий с другой планеты подумает, что человечество обезумело.

Есть один великий мыслитель нашей эпохи, Артур Кестлер, который думает точно так же — что что-то в развитии человеческого ума пошло неверно: гайки и болты или слишком затянуты, или слишком ослаблены. Все наши силы посвящены разрушению... что может быть безумнее? Все эти силы могут сделать нашу землю раем, но они делают ее только полем битвы.

Это значение слова «сила» — не то же самое, которое подразумевает Ен Тоу. На Востоке мы используем слово «власть» — не над другими, но над собой. Завоевание своих собственных незавоеванных просторов сознания, приведение своего потенциала к его полному расцвету сделает вас безмерно могущественными — не над кем-то еще, но просто источником силы самим по себе. Власть над другими на удивление бессильна: сместите президента любой страны с его места, и вся власть исчезает. Что же это за мир такой, где кресла могущественны, где кресла более важны, чем человек, где кресла делают человека могущественным, а не наоборот? Чем будет Рональд Рейган, не будучи президентом? — просто стариком. Что такое Ричард Никсон? Кого заботит, жив он или умер?

Перед русской революцией случилось так, что человек по имени Керенский стал премьер-министром России — огромная власть. Во время революции ему пришлось бежать из России, и людей долго интересовало, что же произошло с ним. Возможно, его убили — потому что никто не обнаружил ни следов, ни намека, куда он исчез. Он словно растворился в воздухе. В 1960 году выяснилось — почти через полвека после революции, — что он занимался бакалейной торговлей в Нью-Йорке. Разумеется, анонимно: он не рассказал никому, что был одним из самых могущественных людей в мире.

Странно это все... Но мистики знают иного рода власть.

Всякое место, где сидит мистик, становится святым; это место наполняется силой. Сила мистика не зависит ни от чьих голосов, не зависит ни от какого кресла, не зависит ни от какой должности. Сила мистика является его собственной, она не заимствована.

Каждый президент и каждый премьер-министр — это просто нищий, выпрашивающий голоса. Я слышал об одном американском политике, о том, как он участвовал в предвыборной кампании. Он постучался в дверь и стал целовать каждого ребенка — там было по крайней мере двенадцать детей с сопливыми носами! — но если хочешь власти, приходится терпеть все. Он испытывал сильнейшее отвращение ко всей этой затее, но он улыбался — точно как улыбается Джимми Картер.

Вы слыхали что-нибудь про улыбку Джимми Картера? Она исчезла. Я видел его последние фотографии, и там лишь одной детали не хватает — той улыбки. Его улыбка была от уха до уха... но то была не *его* улыбка, то было кресло. С уходом кресла ушла и улыбка тоже.

Бедный политик перецеловал всех детишек и женщину, которая жила там, потом сказал ей: «У вас замечательные дети. Я пришел сказать вам, что вы должны отдать ваш голос за меня». Он дал ей свою карточку, а женщина рассмеялась и сказала: «Я обдумаю это. Но эти дети не все мои; я просто няня. Все соседки ушли на митинг и оставили своих детей здесь, а я просто присматриваю за ними».

Он воскликнул: «Боже мой, почему же вы не сказали раньше? Теперь меня даже тошнит!.. Ох, эти паршивые дети с сопливыми носами. Я целовал их, а сопли пачкали мне лицо».

Но... приходится терпеть! Эти нищие становятся очень могущественными, когда добираются до должности, но их власть — самая уродливая, бесчеловечная и жестокая.

Сила мистика обладает тотально иным качеством и иным измерением. Его сила не зависит ни от кого другого. Его сила — это не сила нищего; его сила — это сила императора. Его сила возникает изнутри его собственного существа. Он становится сияющей звездой.

Все мистики — люди огромной силы. Быть в контакте с ними достаточно, чтобы затрепетать от неведомых возможностей своего собственного существа. Просто быть в присутствии человека истины уже достаточно; не нужно аргументов, чтобы убеждать вас, — само его присутствие есть аргумент, а его власть — убеждающая сила.

Один великий христианский миссионер, Стенли Джоунз, обычно останавливался у меня каждый раз, как проезжал там, где я жил. Он написал прекрасные книги и обычно произносил замечательные проповеди. Однажды я сказал ему: «Вы говорили так замечательно! Вы пользовались теми же словами, что и Иисус... но я не вижу могущества за ними, это просто старые граммофонные пластинки. Слова те же самые, но человек за словами не тот же самый. Вы приложили все усилия, чтобы сделать свое послание выразительным, но вы не обладаете могуществом».

Он был очень искренним человеком, и он сказал: «Возможно, вы и правы».

Я сказал: «Не возможно, а — я прав. Если бы у вас было могущество, которым обладал Иисус, вас бы уже распяли. Это же смехотворно — вы вешаете золотой крестик себе на шею. Иисус не вешал золотой крестик себе на шею; на его шее висел деревянный крест, крест такой тяжелый, что, несмотря на свой возраст тридцать три года и на то, что он был сыном плотника, привыкшим таскать большие бревна из леса в мастерскую отца, — он падал три раза: крест был очень тяжелым. Кого вы пытаетесь обманывать? Ваша шея должна быть на кресте — а не крест качаться на вашей шее, маленький крестик, который не убьет даже мышь».

То было преступление Иисуса... Вся еврейская земля полна была великими учеными, интеллектуалами, великими рабби — и этот один человек оскорблял их всех. Он не высказывался против них, он не сказал ни одного слова против кого-либо из них. Но уже его присутствия, его могущественной индивидуальности было достаточно, чтобы низвести их до пигмеев; и тогда все пигмеи объединились вместе, чтобы уничтожить этого человека.

Пигмеев в мире большинство, и они делают одно и то же испокон веков. Сократа они отравили за то, что тот был гигантом. Даже сегодня его аргументы очень актуальны, свежи, как эти утренние розы, цветущие под солнцем и танцующие в воздухе. Они убили Ал-Хилладж Мансура, хотя то, что он говорил, будет оставаться вечно истинным. Он лишь объявил простой факт: «Я — Бог, и ты — тоже Бог. Я знаю это, ты не знаешь этого. В любой момент ты можешь узнать это...»

Но пигмеи чувствуют себя очень комфортно и уютно, оставаясь пигмеями. Они не желают идти на риск, чтобы стать гигантами, потому что видели, что случается с гигантами — распятие, отравление, убийство... Их нервируют такие идеи. Лучше быть христианином, с одночасовой религией каждое воскресенье; лучше быть индуистом, лучше быть мусульманином. Лишь бы принадлежать к толпе... потому что у них нет могущества, а человек могущественный стоит один, подобно львиному рыку. Ему не нужно смешиваться с толпой.

То, что изливается из души человека по его собственному зову, есть его безначально присутствующее осознание... То, что начинает струиться в тот момент, когда вы узнаете свое осознание, которое безначально и бесконечно, которое есть вечность; как только вы осознаете неистощимость своих вечных истоков сознания — внезапно поток приходит к вам без всякого усилия.

Вы не миссионер; само ваше существо — миссия. Вы не пытаетесь убедить кого-нибудь своими аргументами; само ваше существо есть ответ — самоочевидный, не требующий ни доказательств, ни аргументов... *фундаментально полное самим собой.*

Просветленные существа, пробужденные души полны самими собой; у них нет нужды ни в чем ниоткуда. Это дает пробужденному человеку возможность абсолютной свободы от всякой зависимости, от всех цепей, от всех наручников. Можно посадить его в тюрьму, но нельзя поработить его сознание. Теперь он больше не отождествляет себя с телом. Он нашел свою настоящую индивидуальность. Отождествляться с телом — то же, что носить фальшивый паспорт.

Но Да Хуэй требует от вас осознания, чтобы не позволить возникнуть другой мысли. Что это за другая мысль? Когда вы впервые чувствуете себя в глубокой медитации, вы говорите: «Ага, вот оно!» — и вы упустили. Вы должны запомнить: нельзя пользоваться этим предложением ни в каком пункте, ибо в тот момент, когда вы говорите: «Вот оно», — появляется ваш ум. Ум — самая испорченная сила, он более ядовит, чем любая кобра. Он просто портит тишину и медитативное состояние.

В каждом уме есть тенденции попытаться сделать это, поэтому требуется яркое осознание, чтобы не дать возникнуть другой мысли. Будьте просто бдительны, осознавайте, будьте сознательны, будьте медитативны... Но нет необходимости размышлять об этом, или делать утверждения по этому поводу, или хотя бы говорить про себя: «Я прибыл».

Как только вы вызываете иную мысль, вы впадаете в размышление. Осознание — это нечто такое, что есть прежде, чем были рождены ваши родители.

Иисуса спрашивали: «За кого ты себя принимаешь? Ты же просто юноша, а на иудейской земле есть старые ученые рабби, которые посвятили всю свою жизнь исследованию писаний. За кого ты себя принимаешь? У тебя даже нет никакого образования, ты не можешь читать, не можешь писать, и ты слишком юн, чтобы быть мудрым».

И ответ Иисуса был одним из самых потрясающих ответов, которые когда-либо давались. Он сказал: «Я был прежде, чем был Авраам».

Авраам — старейшее имя в еврейской генеалогии. «Я был прежде, чем был Авраам». Это заявление могущества и самореализации. Он говорит: «Я безначален. Не смотрите на мое тело — возможно, оно и молодо, но я вечен».

Это не имеет отношения к разуму или остроумию. На самом деле это лишь отрывистое восклицание, которое и есть критерий.

Да Хуэй прошел долгий, очень долгий путь. Вначале, когда он был просто интеллектуалом, он смеялся над внезапным просветлением. Как может просветление быть внезапным? В сущем все постепенно... Деревья растут постепенно, человек растет постепенно. Не бывает так, чтобы из ничего внезапно возник куст с розами — весь цветущий и благоухающий. Сущее не верит во внезапность. Это постепенный процесс. Интеллектуально он вроде бы совершенно прав.

Но теперь он говорит, что это и есть критерий того, истинно ваше просветление или нет: *это лишь отрывистое восклицание, которое и есть критерий* — внезапное озарение, подобное удару молнии. Теперь он говорит из своего собственного опыта. Что же касается ума, то ум наблюдает: все и везде развивается постепенно, так с какой стати это исключение — почему просветление должно быть внезапным?

Причина ясна: просветление не есть нечто такое, что развивается в вас; это нечто уже завершенное, просто ждущее. Оно всегда было завершенным, с самого начала. Вам нужно только посмотреть на него — развернуться на сто восемьдесят градусов и посмотреть.

Вы не обнаружите маленький росток просветления, растущий медленно листок за листком, ветка за веткой. Нет, вы увидите сразу целиком завершенное озарение — потому что это ваша природа, потому что оно уже тут, потому что оно было всегда. Вы просто не смотрели на него; вы стояли, повернувшись спиной к нему. И оно не может расти — оно уже завершенное, оно полное, оно такое, как полагается. Единственная новость, которая должна произойти, — не с просветлением, а с вами. Вы не осознавали его; теперь вы увидели его, теперь вы осознаете его.

И это ваше осознание тоже внезапно. Вы не можете увидеть просветление своего существа постепенно, кусок за куском — в один день вы видите небольшое просветление, потом на другой день видите немного больше, и так далее. Если вы увидите хоть небольшую его часть, вас всего затянет внутрь, к полному его познанию.

Что же касается пробуждения, то очень легко узнать, говорит ли человек только интеллектуально или говорит экзистенциально. Сейчас Да Хуэй говорит экзистенциально. Это было великое паломничество не только для него, это было также и великим паломничеством для всех вас. Увидеть, как интеллект способен превратиться в просветление, как обычный ум может перемениться на не-ум, как смертное может стать бессмертным, — это и есть *ваша* история.

Да Хуэй приближается к концу своего паломничества. Быть может, вам еще далеко до места назначения, но прогресс Да Хуэя даст вам огромную поддержку, как бы далеки вы ни были от цели. Он тоже был очень далек, но если ему удалось, то почему вам не может удаться?

Как только вы достигли этой сцены... Посмотрите на слова, как они меняются. Интеллектуал не может сказать так; это просто вне его возможностей. Он может говорить о концепциях, может говорить о гипотезах, может говорить об идеологиях, но Да Хуэй говорит: *Как только вы достигли этой сцены...* Это всего лишь сцена: она уже была тут — вы просто не видели ее. Теперь вы открыли глаза и увидели ее.

Я слышал о малыше, который увидел входящего католического священника и подбежал к тому со словами: «Отче, моя собака родила шестерых щенят. И что меня восхищает — все они католики».

Отец сказал: «Это очень хорошо».

Через три недели отец пришел и увидел, что мальчик сидит на ступеньках и плачет. Он спросил: «Что случилось? Что с твоими шестью католиками?»

Тот ответил: «Вот потому-то я и плачу. Их глаза теперь открылись, и они уже больше не католики».

Чтобы быть католиком, индуистом или мусульманином, необходимо, чтобы ваши глаза были закрыты; но чтобы стать просветленным, вам необходимо раскрыть глаза. Это — сцена... самая прекрасная сцена, какую вы вообще можете увидеть или представить себе.

Как только вы достигли этой сцены, любые ваши слова становятся основательными. Из пробужденного сознания каждое слово — огненное, каждое слово — живое, каждое слово — основательное. Ему не требуется никакая поддержка от священных писаний, ему не требуется вообще ничья поддержка в мире. Это его собственный авторитет — в чем и состоит его основательность.

Когда же они воистину основательны, то это и есть так называемое «излияние из собственной души, покрывающее небо и землю». Когда вы утвердились в истине, вы наполняете весь космос своей истиной, своим экстазом, своим благоуханием. А всюду, где есть чуткие люди, они разыскивают человека, который достиг могущества и чьи слова стали основательными.

Вот и вы здесь — представители почти от каждой страны мира. Каждое правительство против меня, каждое правительство старается помешать людям добраться сюда. Правительство Индии старается помешать журналистам, ученым, профессорам, всевозможным средствам информации попасть сюда. Они спрашивают каждого туриста: «С какой целью вы собираетесь в Индию?»

Малейшее подозрение, что они собираются медитировать, — и их просьба отклоняется.

Это следует считать одной из самых удивительных вещей... Потому что медитирующие всегда едут в Индию, со всего мира, испокон веков. Она всегда была землей мистиков, будд и джайнов. Медитация — это ее единственный дар миру. Но дар этот — не малый; это величайший из возможных даров.

Теперь люди — так называемые политические лидеры, — которые ничего не знают о медитации, охотно предоставляют визы на посещение Тадж-Махала, Кхаджурахо, Конаракса, Аджанты, Эллоры. Но я получаю письма от людей, где говорится: «За то, что мы сказали, что хотим учиться медитации, наши заявления были отклонены». Им не позволяют приезжать.

Когда все правительства мира — с индийским правительством включительно — стараются помешать им, то люди все равно находят способы приехать. Что-то тянет их. Даже если весь мир против меня — не имеет значения. Люди, у которых есть немного чувствительности, восприимчивости к высшим состояниям сознания, обязательно приедут сюда.

Это и есть та сила, о которой ведет речь Да Хуэй.

Я не обладаю никакой силой в обычном смысле, но я располагаю силой внутри себя самого. Я наполнен своим собственным пробуждением, и я хочу разделить его с каждым. Я не спрашиваю, подготовлены ли вы, — кому нужны квалификации? Я пришел к неистощимому источнику, поэтому даже если неподготовленные люди будут пользоваться им — ущерба не будет. Я не теряю ничего.

Подготовленный или не подготовленный, заслуживающий или не заслуживающий... Важно одно: они приезжают издалека, со всего мира, и все правительства стараются помешать им. Но нечто незримое зовет их, и этот зов непреодолим.

Я не миссионер. Я не обращаю вас.

Я — миссия.

Если вы приблизитесь ко мне, вы будете преображены.

Это не будет обращение — из индуизма в ислам, из ислама в христианство... то просто перемена тюрем.

Да Хуэй подарил нам несколько прекрасных сутр этим утром. Позвольте им погрузиться глубоко в ваше существо. Они будут огромной помощью на Пути.

— Хорошо, Маниша?
— Да, Мастер.

20

ОГОРЧЕНИЯ

Возлюбленный Мастер,

Сила

...*Чувства — это проявления собственного ума. Если ты можешь понять таким образом все, тогда это называется знанием того, что нет ни себя, ни других. Небеса и ад находятся только в сердце человека и нигде больше.*

...*Когда ты начинаешь осознавать постепенное накопление силы среди огорчений повседневной деятельности — знай, это и есть тот путь, которым человек достигает буддовости.*

...*Когда ты видишь это так, как оно есть на самом деле, практикуй в соответствии с реальностью и поступай в соответствии с реальностью.*

...*Только если ты достиг этой ступени, ты можешь сказать, что нет небес, или ада, и тому подобные вещи. Юн Цзя сказал: «Нет ни людей, ни будд. Вселенная подобна пузырю в океане, все мудрецы подобны вспышкам молнии». Если бы Юн Цзя не достиг этой ступени, как смог бы он сказать это? Но, при всех этих словах, много есть таких, кто заблуждается...*

Эмоции и огорчение

...*Именно будучи огорченным, ты должен внимательно исследовать и выяснить, откуда возникает огорчение. Если тебе не удается доискаться первопричины его происхождения, тогда откуда же появляется прямо сейчас тот, кто огорчен? Как раз когда ты огорчен — это существующее или несуществующее, пустое или реальное? Исследуй до тех пор, пока твоему уму будет уже некуда двигаться. Если ты хочешь размышлять, то размышляй; если хочешь плакать, то плачь. Просто продолжай плакать и размышлять. Когда ты возбуждаешь себя до точки, где привычная энергия любви и аффекта в кладовой сознания истощена, тогда, естественно, это подобно воде, возвращаемой к воде: ты отдаешься своему изначальному существу — без огорчений, без мыслей, без горя или радости.*

«Войдя в мир, оставь мир полностью». Разве бывает отец, который не тревожился бы, когда его сын умирает? Если ты пытаешься подавить такие чувства насильно, не отваживаясь плакать или размышлять об этом, тогда это намеренно

противоречит естественному порядку, отрицает присущую тебе природу: это подобно попыткам перекричать эхо или маслом погасить огонь.

Да Хуэй, человек, который начинал поиск, исчез в поиске. Теперь тот, кто говорит, уже не прежний Да Хуэй; он прекратился. Старое ушло, и родилось новое. Все, что он говорит сейчас, имеет совершенно иное значение: оно не исходит из его ума, оно исходит из его опыта.

Одним из наиболее значительных переживаний является сила — не власть над другими, а просто громадная энергия, восходящая в вас из самой сердцевины вашего существа. Это не значит, что вы властвуете над другими, но вы могущественны. Власть над другими можно отобрать; это зависит от других, это не ваше. Вы лишь скрываете свое бессилие.

Каждый политик в мире психологически болен. Его болезнь — глубокий комплекс неполноценности, глубокое бессилие. Существует только два выхода из этого состояния бессилия: дешевле и проще всего — властвовать над другими. Но такой опыт иллюзорен: он, безусловно, дешев, но не реален. Реальная сила приходит только через опыт собственного существа.

Вот где политика и религия расходятся. Их поиск, по существу, один и тот же — поиск силы; но политика избирает самый дешевый, самый пластмассовый способ достижения силы, а религия ищет подлинного, реального, собственного.

Если вы независимы, абсолютно укоренены в собственном существе, то этим опытом силы можно поделиться. Если вы близки к человеку силы и не побоитесь открыться, вы сейчас же увидите огромную вспышку, огромный прилив врывается в ваше существо, как будто пламя перекинулось с одного светильника на другой. В традиции дзэна это было названо передачей светильника. Это передача силы, и это самое загадочное переживание.

Одним из учеников Гурджиева —кажется, он оставался с учителем дольше всех —был Беннет. Он нашел Гурджиева в Константинопольском лагере эмигрантов после русской революции. Гурджиев бежал из России. Он знал, что оставаться в России было бы крайне опасно для его жизни, и ученики, которые находились рядом с ним, тоже убеждали его, что пора бежать. Там было опасно во всех отношениях, а особенно из-за коммунистов, которые не верили ни в какую духовность, не верили, что в человеке есть нечто вечное, — а это было делом всей жизни Гурджиева.

Хаос царил по всей стране. Царь и правительство потерпели крах, были низложены. Коммунисты еще не были в состоянии установить порядок и мир. Все пребывало в хаосе; вся бюрократическая система была разрушена — то было время, когда люди, желавшие выбраться из России, получили эту возможность.

Гурджиев высадился в Константинополе и остановился в лагере для эмигрантов, где находились тысячи бездомных русских. Беннет обнаружил его в том эмигрантском лагере. Тогда мир впервые узнал о Гурджиеве. Беннет служил в армии; он помог Гурджиеву добраться до Парижа, и всякий раз, когда это было возможно, он приходил и жил у Гурджиева.

У Беннета в автобиографии есть одно воспоминание, касающееся силы. Он пришел повидать Гурджиева, будучи страшно усталым; уже несколько дней он чувствовал себя при смерти — казалось, все силы, необходимые для борьбы с болезнью, иссякли. Он был бледен, слаб и пришел просто повидаться с Гурджиевым в последний раз, полагая, что больше уже не увидит его.

Когда он вошел в комнату Гурджиева, Гурджиев сказал: «Что с тобой случилось, Беннет? Тебе еще не время умирать». Он положил руку на голову Беннета, и Беннет не мог поверить: огромный поток энергии стал перетекать из руки Гурджиева в тело больного. Беннет снова помолодел — буквально за несколько минут. Он открыл глаза — он не мог опомниться! Он взглянул на свои руки — вся его бледность исчезла. Он чувствовал себя молодым, словно возродившимся.

Но когда он посмотрел на Гурджиева, то испугался: учитель был очень бледен. Беннет еще никогда не видел его таким слабым, и он понял, что произошло: Гурджиев отдал себя, свою жизненную силу, свою энергию — ему, Беннету.

Гурджиев сказал: «Не беспокойся. Мне понадобится всего десять минут для восполнения». Он вышел в ванную, а когда возвратился через десять минут, то был таким же, как всегда, — полным энергии. Беннет захотел глубже понять, что же было ему передано.

Гурджиев сказал: «Если ты будешь практиковать учение, которое я тебе дал, то однажды сам увидишь, что каждый обладает неисчерпаемым источником силы. Это была неотложная критическая ситуация, поэтому я перелил себя; иначе ты, безусловно, умер бы. Но я знаю, это почти как колодец: ты можешь вычерпать воду... если ты проделаешь это быстро, колодец опустеет — но лишь на несколько минут, потому что множество потоков прибывают и наполняют колодец. Скоро он наполнится снова. Тебе требовалось так много, что я не мог давать постепенно, мне пришлось перелить себя целиком».

Вы все обладаете такой силой. Она не имеет отношения ни к кому другому; она имеет отношение к вашим корням в сущем. Чем больше вы осознаете свои корни в сущем, тем более могущественными вы становитесь.

Эта сила не равнозначна никакому другому источнику энергии — она не материальная, не электрическая, не атомная, не ядерная. Она духовная. Это совершенно иное измерение, которого наука еще не касалась. Но все мистики мира жили в нем, танцевали в нем и отдавали эту силу своим ученикам без всякого ограничения — потому что чем больше вы отдаете, тем больше сущее приносит ее вам из незримых источников.

Человек очень похож на дерево. Как у дерева есть в земле корни, которых вы не видите, так человек имеет незримые корни в сущем.

Как только вы осознаете свой сокровенный центр, в то же самое мгновение вы осознаете свою необъятную силу. И сила эта никогда и никому не может нанести никакого вреда. Эта сила бывает только благословением. Да Хуэй говорит об этой силе.

Чувства — это проявления собственного ума. В самом деле, ум человека и чувства — это единый феномен. Чувства — это двери ума, связывающие его с миром. Глаза, уши, нос, руки, все тело — все ваши шесть чувств есть не что иное, как ваши шесть связей с сущим.

Ум постоянно собирает информацию, энергию, питание от всех этих чувств. Ум — это лишь ваше седьмое чувство и ничего больше: или, другими словами, это центральный пульт. Все, то что поступает от каждого органа чувств, попадает в ум. *Чувства — это проявления собственного ума.*

Если ты можешь понять таким образом все, тогда это называется знанием того, что нет ни себя, ни других. Если вы сможете осознать свой ум, его чувства и быть при этом просто наблюдателем, две вещи исчезнут: *Я* и *другие Я* — я и ты.

Один из великих еврейских мыслителей нашей эпохи, Мартин Бубер, работал всю свою жизнь только над одной темой. Этой темой был диалог, а его главная и самая существенная книга на эту тему называется «Я и Ты». Он говорит: «Высший опыт — это диалог между *Я* и *Ты*».

Он очень красноречив, потрясающе разумен — безусловно, это один из величайших гениев нашей эпохи, — но он не мистик. Он по-прежнему ведет речь в терминах дуальности: я и ты. То, что он предлагает, замечательно: что должен быть диалог. Ибо обычно, даже если вы любите кого-то, диалога нет: есть беспрерывный конфликт, есть попытки доминировать, но нет попыток понять друг друга.

Есть у меня один друг, профессор. Его врачи устали... его жена, его дети — все устали от его пьянства. Врач пришел ко мне и сказал: «Мы перепробовали все способы, но ваш друг просто неспособен бросить свою привычку пить. Он готов умереть, но не бросить пить».

Тогда я пошел навестить его. Прежде чем я увидел его — он был в ванной, — его жена сказала мне: «На днях я прочла в газете обо всем том вреде, который наносят себе пьяницы. Я зашла в спальню... потому что у него все еще продолжалось похмелье. Я растормошила его: смотри, говорю, сколько опасностей у пьяниц, сколько всяких нарушений происходит в организме...

Он выслушал, и я была счастлива, потому что он сказал: "Довольно так довольно — завтра я прекращаю это". А со следующего дня он перестал покупать газету, но пить продолжал — зачем иметь дело с газетами, которые вызывают такое беспокойство?»

Какой же тут возможен диалог? Никто, похоже, никого уже не слушает: говорит каждый, но у всех у них — только монолог.

Поэтому тезис Мартина Бубера сам по себе хорош: человечеству было бы лучше, если бы люди могли прийти к пониманию, могли воспринимать точку зрения другого, смогли становиться на его место. Такова единственная возможность для воцарения спокойствия в мире. Но он не понимает, что даже диалог, хоть сам по себе он вещь прекрасная, не принесет спокойствия в мир.

Только одна вещь может принести спокойствие в мир — когда *Я* и *Ты*, *Я* и остальные *Я* — все исчезнут. Чувство возникает из единства, единого сознания, единого бытия. И оно *может* возникать, потому что такова реальность.

Если ты можешь понять таким образом все, тогда это называется знанием того, что нет ни себя, ни других. Небеса и ад находятся только в сердце человека и нигде больше. Поскольку каждый из нас считает себя отделенным от каждого другого, мы создали ад. Если мы можем идти к гармонии, к глубокому согласию друг с другом, тогда сама эта земля и есть лотосовый рай.

Когда ты начинаешь осознавать постепенное накопление силы среди огорчений повседневной деятельности — знай, это и есть тот путь, которым человек достигает буддовости. Но из-за того, что вы непрерывно конфликтуете с другими, вы теряете свою силу. Если все конфликты исчезнут — то есть если вы поймете и почувствуете единство с сущим, — тогда вы будете сохранять свою силу без всяких усилий, потому что не с кем больше бороться, нет способа разрушать свою силу в ненужной борьбе. Вы будете сохранять столько силы, что, даже если вы вовлечены в ежедневную деятельность, вы обретете буддовость, где бы вы ни были.

Это потрясающее прозрение Да Хуэя. Теперь он не ведет речь от ума; теперь он высказывает такие вещи, которые может сказать только человек опыта.

Когда ты видишь это так, как оно есть на самом деле, практикуй в соответствии с реальностью и поступай в соответствии с реальностью.

Вот где человек истинного опыта отличается от ваших так называемых моралистов, пуритан, слуг народа, религиозных лидеров.

Человек опыта не имеет десяти заповедей, нет у него никаких фиксированных моральных концепций, нет у него готовых идей и идеалов добра и зла, правильного и неправильного. Он просто поступает в соответствии с гармоничной реальностью; он не попадает в диссонанс с ней. Вот и все, что ему нужно делать: он сохраняет бдительность, чтобы не попасть в диссонанс, чтобы оставаться всегда в созвучии. В созвучии с реальностью — вы правы; в тот момент, когда вы теряете созвучие с реальностью, вы заблуждаетесь.

Это совсем другой подход к морали. Он не говорит: «Ты не должен делать этого, ты должен делать то». Никаких «должен» и «не должен». Самый простой принцип: ты не должен попадать в диссонанс с реальностью. Будь в созвучии с ней, и ты автоматически будешь на верном пути. *Когда ты видишь это так, как оно есть на самом деле, практикуй в соответствии с реальностью.*

Вы когда-нибудь замечали, что слово «в соответствии» означает то же, что и «согласно»? Не думаю, что вы станете размышлять над этим. *Практикуй в соответствии с реальностью* означает: оставайся в согласии с реальностью, действуй в согласии с реальностью. Запомните одну вещь: будьте в согласии с сущим, и ваша жизнь станет радостью, блаженным экстазом, непрерывным танцем; ваша жизнь станет вечной весной.

...Только если ты достиг этой ступени, ты можешь сказать, что нет небес, или ада, и тому подобные вещи. Юн Цзя сказал: «Нет ни людей, ни будд. Вселенная подобна пузырю в океане, все мудрецы подобны вспышкам молнии». Если бы Юн Цзя не достиг этой ступени, как смог бы он сказать это? Но, при всех этих словах, много есть таких, кто заблуждается...

Понять такого человека, как Юн Цзя, который был мастером Да Хуэя... Всегда легко неверно понять человека, подобного Юн Цзя. Трудно — почти невозможно — понять его, поскольку нет главной опоры для понимания. Вы не располагаете никаким опытом того, о чем он говорит, и каковы бы ни были ваши способы понимания, им противоречат эти утверждения. Он говорит: «Нет ни людей, ни будд». Обычно мы понимаем так, что люди спящие — это человеческие существа, а люди бодрствующие — это будды. Однако Юн Цзя говорит даже нечто большее. Он говорит: «Нет ни людей, ни будд, но лишь формы осознания». Одну форму мы называем человеком, другую форму мы называем буддой — но реальность состоит из единой энергии, единой силы, единого осознания.

Вы можете наделать из одной и той же глины множество игрушек различных очертаний — но реальность внутри у них одинакова. Все они — глина. Все сущее состоит только из сознания; даже скалы — это не что иное, как сгущенные, глубоко спящие, храпящие будды. Если вы прислушаетесь поближе, вы можете услышать их храп. Они на самом деле спят — спят так глубоко, что вам не разбудить их — они в коматозном состоянии. Но, по существу, различия нет.

По существу, мы созданы из одного и того же вещества. Человеческое вы существо, скала, дерево или будда — все это лишь формы. Человек окончательно пробужденный будет знать, что все формы — это только формы и ничего больше. Реальность внутри них одинакова, одна и та же.

Но таких людей, как Юн Цзя, обязательно понимают неправильно. Поэтому Да Хуэй и говорит: *Но, при всех этих словах, много есть таких, кто заблуждается.* Как можете вы согласиться, что между скалой и буддой нет различия?

В самом деле, через триста лет после смерти Гаутамы Будды, когда была создана первая его статуя, скульптор, который сделал это, выполнил ее специально из чисто-белого мрамора. На вопрос, почему он выбрал белый мрамор — ведь есть много других оттенков мрамора и много других видов камня, — он ответил: «Белый мрамор и Гаутама Будда, сидящий в безмолвии, имеют какое-то сходство: одна и та же красота, одна и та же мягкость, одна и та же грация».

Глядишь на некоторые великолепные статуи, и так и кажется, что статуя вот-вот раскроет глаза...

В Аджанте буддийские монахи сделали нечто совершенно удивительное. Они изрезали целую гору и сделали в ней большие пещеры; несколько пещер такие же большие, как эта аудитория, так что пятьсот человек могут очень легко сидеть в медитации в одной пещере. В каждой пещере есть скульптура Будды, а в последней пещере — скульптура Будды в момент, когда он лежит и готов отойти в вечный сон. Эта прекрасная статуя лежащего Будды настолько жива, что так и чувствуешь — в любой миг он может пробудиться.

Человек, который создал первую статую, отметил, что в мраморе есть нечто очень схожее, потому что в его мягкости, в его красоте присутствует нечто от качеств Гаутамы Будды. Наверное, сам он не был просветленным существом, иначе он сказал бы, что в статуе Гаутама Будда крепко спит, а в Гаутаме Будде статуя пробудилась. Такова единственная разница — большой разницы нет.

Мистическое утверждение такого рода можно понять лишь тогда, когда у вас начнутся определенные переживания, когда у вас возникнут моменты согласия с реальностью, моменты глубокой гармонии и единства. Тогда не только эти утверждения, но и миллионы других станут сразу же ясны вам.

Я говорил о сотнях мистиков, и — вы будете удивлены — я никогда не читал тех людей раньше. Например, этот Да Хуэй: я не знаю, что он скажет завтра, я не знаю, чем он закончит; я просто продолжаю отзываться на его изречения, по мере того как их приносят мне. Но я не должен читать Да Хуэя и другие материалы, касающиеся его жизни, его трудов, его поучений. Этим занимается ученый: он исследует все, что только сможет найти, относящееся к Да Хуэю.

Мой подход — подход мистика, а не ученого.

Это очень странный подход, потому что никто другой до меня никогда не делал подобного; это беспрецедентно.

Мистиков не интересуют другие мистики; они пришли домой, теперь они хотят отправиться в вечный сон — о чем беспокоиться? Ученые, которые не имеют никакого опыта, остаются работать над смыслом изречений и поступков мистиков. У этих бедных ученых нет ничего, кроме библиотек, других книжек; нет у них никакого собственного опыта. Поэтому все, что они делают, — как бы ни было это талантливо, как бы ни было красноречиво, — остается в основе своей ошибочным. Только мистик имеет право говорить что бы то ни было о другом мистике.

Я мог вести речь о сотнях мистиков без всякого затруднения, по той простой причине, что это мой собственный опыт, а я уважаю свой опыт. Если я обнаруживаю, что какой-то мистик допустил ошибку в своих утверждениях или, возможно, ошибка допущена людьми, которые записали их, — тогда я беспощаден, и не имеет значения, кто он такой.

У меня есть собственный критерий. Я осуждаю все противное моему критерию, и если это не слиток золота в двадцать четыре карата, то я так и говорю. Это обижает многих людей, но они не понимают, что важна преданность истине, а не личностям. Все можно принести в жертву — всеми святыми и всеми мистиками можно пожертвовать, — но нельзя пожертвовать истиной.

...Именно будучи огорченным, ты должен внимательно исследовать и выяснить, откуда возникает огорчение. Сейчас он подходит все ближе к приемам медитации. Это один из приемов: вы чувствуете печаль или злость, и он говорит: вы можете сделать это медитацией. Не боритесь с этим, не пытайтесь отвлечь свой ум на что-то другое. Не отправляйтесь в кино из-за того, что вам очень тоскливо. Не старайтесь подавить свое чувство. Это великолепная возможность для медитации.

Понаблюдайте, откуда возникает гнев. Идите до самых корней. Идите до самых корней, туда, откуда приходит печаль, — и величайший сюрприз состоит в том, что она не имеет никаких корней.

И тем временем, пока вы разыскиваете корни, ваши эмоции начинают исчезать; они видят: «Это странный человек — он разыскивает корни!» А все эти огорчения, эмоции, настроения, чувства — все они лишены каких-либо корней. Это всего лишь облака, окружающие ваш ум.

Итак, если вы принимаетесь разыскивать корни, ваши эмоции начинают рассеиваться: «Это неподходящий человек, он не под впечатлением от нас. Он какой-то странный; вот мы здесь — а он разыскивает корни!» Вместо того чтобы тосковать, вместо того чтобы гневаться, вместо того чтобы страдать — поиски корней!

Всякое настроение, всякая эмоция, всякое чувство начинает исчезать, если вы разыскиваете корни. Если ваше осознание уходит глубоко в поиски, тогда эмоция пропадает, и небо вашего внутреннего существа будет абсолютно ясным и чистым. Да Хуэй дал вам простую медитацию. Испытайте ее — и вы будете изумлены.

Если тебе не удается доискаться первопричины его происхождения, то откуда же появляется прямо сейчас тот, кто огорчен?

Скорее всего, вы не в состоянии остаться безучастными и просто быть чистым научным исследователем. Вас может захватить эмоция — и тогда вы не сможете обнаружить самое дно, откуда эти облака возникают. Поэтому Да Хуэй предлагает еще один метод: коль скоро вы не можете найти источник, то постарайтесь узнать, что это за парень, который становится несчастным. Разверните свое осознание и сфокусируйте его на личности, которая гневается, а не на страдании или гневе. Это еще один прием: метод тот же самый, и цель та же самая — лишь объект изменяется.

В ту минуту, когда вы разворачиваетесь, чтобы поглядеть, кто же этот парень, кто этот молодец, который гневается?.. вы не можете делать обе вещи сразу, потому что вы и есть этот молодец. Вы можете либо сердиться, либо разыскивать этого молодца; вы не можете делать и то и другое одновременно. Либо вы можете сердиться, либо заниматься поисками того, кто сердится, — а если вы в поисках, то не обнаружите этого молодца. Снова небо чистое и ясное.

Вопрос не в том, что вы делаете; суть дела в том, что ум должен приходить снова и снова к состоянию полного безмолвия, к ничто.

Как раз когда ты огорчен — это существующее или несуществующее, пустое или реальное? Он просто дает вам другие приемы, схожие друг с другом. Вы сердитесь. Он говорит: «Теперь начните осознавать: реален этот гнев или вы просто играете? Существует он или не существует?» Смысл этого приема в том, чтобы вызвать сдвиг, разрыв между вами и гневом.

Гнев реален?

Вы на самом деле сердиты?

Вы никогда не задавали таких вопросов.

Когда вы сердитесь, вы становитесь настолько вовлеченными, вы настолько под впечатлением, что утрачиваете себя в гневе. Если вы начинаете спрашивать: «Реален ли этот гнев?»... Цель этого вопроса — сохранить небольшую дистанцию. Только тогда вы можете увидеть, реально это или нет. Со всех точек зрения, с этого угла и с того угла, сзади и спереди, спросите: «Реален ли этот гнев?»

Но гнев не может оставаться, если вы разглядываете его отовсюду. Гнев может оставаться, лишь если вы отсутствуете. Это разыскивание реальности гнева делает вас присутствующим, бдительным и осознающим, — а это и есть конец всей игры. Гнев постепенно исчезает, как дым.

Поэтому какой метод подойдет вам — такому нужно и следовать. Или вы можете попробовать все методы в разное время — потому что весь день наполнен проблемами: то вы несчастны, то вы сердиты, то вы печальны, то вам скучно, то вам тоскливо, иногда вы переживаете огромную любовь, а иногда огромную ненависть. Вы — это такой себе базар, где лавки открыты двадцать четыре часа в сутки, изо дня в день.

Так что перед вами великолепная возможность: пользуйтесь всеми методами для всевозможных случаев. Вы можете изобрести и собственные методы. Запомните единственное: вы должны создать дистанцию между эмоцией, чувством — и собой.

Воспользуйтесь любым методом, создающим дистанцию, и вы будете изумлены: гнев, который терзал вас так сильно, просто исчезает, потому что вы начинаете искать его корни, или начинаете искать личность, которая гневается, или начинаете рассматривать все аспекты гнева. Вы вообще забываете того, на кого был направлен ваш гнев; все ваше внимание сфокусировано теперь на реальности или нереальности гнева самого по себе. Это испытанные, абсолютно эффективные методы трансформирования вашего ума в не-ум.

Исследуй до тех пор, пока твоему уму будет уже некуда двигаться. Если ты хочешь размышлять, то размышляй; если хочешь плакать, то плачь. Просто продолжай плакать и размышлять. Когда ты возбуждаешь себя до точки, где привычная энергия любви и аффекта в кладовой сознания истощена, тогда, естественно, это подобно воде, возвращаемой к воде: ты отдаешься своему изначальному существу...

Среди множества методов, которые я изобрел... Когда я сам раньше проводил лагеря, там был один метод, когда каждый день все участники лагеря садились рядом и каждому позволялось делать все, что ему захочется, — ограничений не было, лишь бы не мешал ничьей другой работе.

Все, что вы хотели сказать, вы могли говорить; если вы хотели плакать... если вы хотели смеяться, вы смеялись — и так целая тысяча человек... Это было забавное зрелище!

Вы не можете даже представить себе тех людей — серьезных людей, — вытворявших такие глупые вещи! Кто-то строит рожи, высовывая язык как можно дальше, — а вам известно, что это полицейский комиссар.

Одного человека я не могу забыть, потому что он обычно сидел передо мной каждый день. Это был очень богатый человек из Ахмедабада, а поскольку весь его бизнес проходил на фондовой бирже, он был беспрерывно у телефона. Как только начинался наш час медитации, через две или три минуты он хватался за телефон. Он мог набирать телефонные номера, приговаривая: «Алло!» И иногда его лицо озарялось, словно он услышал ответ: «Покупайте это».

Это могло тянуться целый час, он снова и снова звонил туда, звонил сюда, а время от времени поглядывал на меня и улыбался: «Что за бессмыслицу я делаю!» Но я должен был сохранять абсолютную серьезность. Я никогда не улыбался ему. Тогда он снова начинал звонить: «Никто не обращает никакого внимания, каждый занят своей собственной работой!»

Эти тысяча человек делали такое множество вещей... и ведь эти вещи беспрерывно продолжались у них в умах. То была прекрасная возможность для них вывести все наружу. То была целая драма.

Джаянтибхай обычно был ответственным по лагерю в Маунт Абу, и вот как-то один из его ближайших друзей снял с себя всю одежду. То-то был сюрприз! Джаянтибхай стоял рядом со мной и не мог поверить глазам. То был очень серьезный человек, очень богатый; что же это он вытворяет перед тысячью человек? А серьезный человек принялся толкать машину, в которой я приехал, — это была машина Джаянтибхая. Мы находились в горах, и как раз впереди начинался тысячефутовый обрыв, а он, совершенно голый, толкал туда мою машину.

Джаянтибхай спросил меня: «Что делать? Он же разобьет машину; я и не думал никогда, что этот человек так настроен против моей машины. Мы ведь близкие друзья с ним».

Тогда я сказал ему: «Толкай ее с другой стороны; иначе он неминуемо...»

Так он задержал машину... Но его друг обежал вокруг машины и закричал: «Убирайся с дороги! Я всегда ненавидел эту машину...» Дело в том, что у него не было импортной машины, а это была импортная машина, которую Джаянтибхай держал для меня. Я приезжал в Маунт Абу три или четыре раза в год, поэтому он держал ту машину только ради меня.

Его друг, должно быть, подсознательно ревновал, так как не имел импортной машины. Тогда несколько человек бросились на помощь, понимая ситуацию. Когда он увидел, что столько людей препятствуют ему, он просто из протеста вскарабкался на дерево передо мной. Голышом он забрался на верхушку дерева и принялся раскачиваться. Это было опасно: он мог свалиться вместе с деревом на скопление людей. Джаянтибхай спросил меня: «Что делать?»

Я сказал: «Он твой друг. Оставь его и не беспокойся. Отодвинь людей в стороны, и пускай себе делает все, что хочет. Теперь он не разобьет машину. Самое большее, у него будут множественные переломы».

Как только люди отодвинулись, он успокоился и молча сидел на дереве. Медитация закончилась, но он все еще сидел на дереве, и Джаянтибхай сказал: «Теперь слезай. Медитация окончена». Словно пробудившись ото сна, он огляделся вокруг и увидел, что он голый! Он спрыгнул с дерева, бросился к своей одежде и спросил: «Что произошло со мной?»

Вечером он пришел повидаться со мной и сказал:

«Это была очень опасная медитация! Я мог бы убить себя или кого-то еще. Я мог бы разбить машину, а ведь я большой друг Джаянтибхая, и я никогда не думал... Но, очевидно, все это было во мне.

Я ненавижу, что ты всегда приезжаешь на его машине, и я ненавижу, что он достал импортную машину, но это было совершенно бессознательным во мне. А что я делал на дереве? Очевидно, я нес в себе столько насилия — мне хотелось убить людей».

Та медитация была чрезвычайно полезной. Она расслабляла людей за один час настолько, что они говорили мне: «Кажется, что голова освободилась от тяжелого груза. Мы и не ведали, сколько всего носили в уме». Но для осознания этого не было иного пути, кроме неограниченной экспрессии.

Это был только небольшой эксперимент. Я велел участникам продолжать его: скоро вы придете ко многим другим вещам, и однажды вы приблизитесь к той точке, где все исчерпано. Помните только: не мешать никому, не быть разрушительным. Говорите все, что хотите сказать, кричите, бранитесь — браните все, что пожелаете, — и истощите все то, что вы накопили.

Но это странный мир. Правительство Раджастана приняло резолюцию на своей ассамблее, что я не имею права проводить лагеря в Маунт Абу; члены правительства услыхали обо всем, что происходило там, — люди, которые были в полном порядке, доходили почти до безумия, начинали вытворять невероятные вещи. А эти политики с их ассамблеями понятия не имеют о человеческом уме, о его подавлениях, о том, как истощить их, как сжечь их. Я был вынужден прекратить ту медитацию, потому что в противном случае они не позволяли мне проводить лагеря в Маунт Абу.

То, что говорит Да Хуэй, и есть в точности та моя медитация. *Если ты хочешь размышлять, то размышляй; если хочешь плакать, то плачь. Просто продолжай плакать и размышлять. Когда ты возбуждаешь себя до точки, где привычная энергия любви и аффекта в кладовой сознания...* — вот то самое, чего западная психология еще не осознает — эту кладовую сознания. Это совсем как подвал вашего ума.

На санскрите это называется *Алайя Вигьян* — дом, хранилище, куда вы прячете, как в подвал, все то, что хотели бы сделать, но не можете из-за социальных условий, культуры, цивилизации. Но спрятанное скапливается там и воздействует на ваши поступки, на вашу жизнь самым причудливым образом.

Прямо оно не может посмотреть вам в лицо — вы загнали его в темноту; но и из темноты оно продолжает оказывать влияние на ваше поведение. Это опасно — опасно удерживать все такие подавленные желания внутри себя.

Возможно, что это те самые вещи, которые обретают свое выражение, когда человек сходит с ума. Безумие есть не что иное, как все эти подавленные желания, пришедшие к той точке, где человек больше не может их контролировать.

Но сумасшествие разрешено, а медитация — нет; а медитация есть единственный способ сделать вас совершенно нормальными.

Не давая возможности сумасшествию оставаться где угодно внутри себя, очистив кладовую сознания, вы почувствуете такую чистоту, такую свежесть, как будто вы только что приняли некий внутренний душ.

... тогда, естественно, это подобно воде, возвращаемой к воде: ты отдаешься своему изначальному существу — без огорчений, без мыслей, без горя или радости. «Войдя в мир, оставь мир полностью».

Да Хуэй говорит: «Вы вошли в мир. Не оставляйте его неполностью, иначе вам придется входить снова». Таков закон реинкарнации. Это одно из великих достижений восточных мистиков. Завершите свою жизнь... а жизнь завершается только просветлением. После этого не бывает уже ни рождения, ни смерти. Но если вы оставляете этот мир неполностью, оставляете без завершения, вам придется возвращаться снова и снова. Миллионы раз вы возвращались; сколько же еще вы собираетесь повторять одну и ту же рутинную работу?

Разве бывает отец, который не тревожился бы, когда его сын умирает? Если ты пытаешься подавить такие чувства насильно, не отваживаясь плакать или размышлять об этом, тогда это намеренно противоречит естественному порядку, отрицает присущую тебе природу: это подобно попыткам перекричать эхо или маслом погасить огонь.

Это абсолютно совпадает с моей идеей о том, что ничто не должно быть подавлено, все должно быть выражено. Если вам хочется поплакать, плачьте; в этом нет вреда, это в полном согласии с природой. Если вам хочется сделать что-нибудь такое, что возникает в вас как огромный порыв, — сделайте это, потому что однажды сделав, вы освобождаетесь от этого.

Если в каждый миг мы делаем все естественно, мы не накапливаем в кладовой сознания никакого хлама, никакой чепухи.

А если ваше сознание ясно, чисто, невинно — то недалек тот миг, когда вы взрываетесь в сияющем великолепии. Именно это называют просветлением, или пробуждением, или самореализацией.

— Хорошо, Маниша?
— Да, Мастер.

21

ПОНИМАНИЕ

Возлюбленный Мастер,

Понимание прямо там, где ты есть

Если ты хочешь изучать этот путь, ты должен понять прямо там, где ты есть. Как только ты полагаешься на малейшие знания, ты упускаешь сцену прямо там, где стоишь. Когда ты целиком постиг сцену прямо там, где ты есть, тогда все виды знаний — все без исключения — суть вещи прямо там, где ты есть.

Патриарх сказал так: «В тот самый миг, когда говоришь о знаниях, сами эти знания и есть ум. А этот самый ум и есть знания».

Поскольку знания есть прямо сейчас, то если прямо сейчас ты не переходишь к другому моменту, а избавляешься от своих знаний прямо там, где ты есть, тогда ты складываешь руки и разгуливаешь вместе с патриархами. Если же ты все еще не можешь быть таковым, то не заблуждайся со своими знаниями.

ПОНИМАНИЕ

Да Хуэй каждый день учится языку мистиков. Небольшие шероховатости все еще есть, но это лишь остатки старой привычки. Он пришел к новому опыту, но еще не очистил свой прежний язык. Он справится с этим... потому что если человеку удалось испытать истину, то он не может жить дальше со знанием, словами и языком, накопленными до того, как он стал просветленным. Несколько дней они еще тянутся по инерции, однако все то, что он старается высказать теперь, уже не от интеллекта. Интеллект никогда не высказывается таким способом.

Интеллектуальный подход является чисто вербальным и пустым. Опытный подход невербален — но он так полон, так чреват необъятными смыслами, значениями и указаниями для вашего будущего роста...

Сегодня утром сутра такая: *Понимание прямо там, где ты есть*. Ум никогда не там, где *вы* есть. Он всегда блуждает, бегает по всем направлениям. Даже если вы сидите в позе лотоса с закрытыми глазами, как Гаутама Будда, это не значит, что вы медитируете — может быть, вы размышляете о всевозможном хламе и мусоре. Ваш ум не изменяется только оттого, что ваше тело неподвижно или что вы сидите в определенной позе.

Это послужило причиной больших недоразумений у тех, кто следовал пути. Ваша телесная поза не изменяет ваш ум; зато если ваш ум изменяется, то автоматически изменяется и телесная поза. Видя это снова и снова, огромное большинство искателей начинают не с того конца. Поскольку тело видимо, а ум или не-ум — невидимы, то логическое размышление приводило к заключению, что, сидя в определенной позе, вы достигнете определенного состояния ума. Это не так — но миллионы последователей йоги не могут расстаться с этим ошибочным представлением.

Если вы двигаетесь к не-уму, в полном молчании, то ваше тело обязательно становится спокойным, недвижимым. Тело несет ваши напряжения, а когда вы расслаблены внутри, тело обязательно отразит ваше расслабление; однако обратное не верно. Вы можете выкручивать свое тело причудливыми позами, надеясь на приход просветления... Я еще никогда не видел ни одного просветленного йога — а я разыскивал их, заглядывал в Гималаи и по всей стране. Они совершенны в своей гимнастике. Они могли бы присоединиться к любому цирку и производить большое впечатление своей техникой исполнения — но внутри они очень обычны, они пребывают все в том же неведении, в той же неосознанности.

Итак, по моему мнению, если изменяется внутреннее, то внешнее последует этой перемене. Внешнее не существенно, это лишь тень внутреннего, так что, если вы меняете внешнее, внутреннему нет необходимости изменяться.

Да Хуэй говорит: *понимание прямо там, где ты есть*.

Не имеет значения, где вы — на базаре, работаете плотником, доктором или хирургом. Какой бы ни была ваша профессия, какой бы ни была ваша деятельность, понимание должно прийти к вам посреди мирского шума и гама. Вам не надо бежать в горы, в Гималаи, чтобы обрести понимание. Гималаи не могут дать его вам, но они могут дать нечто такое, что будет держать вас в заблуждении всю вашу жизнь.

В глуши Гималаев вечное безмолвие — снега, которые никогда не таяли. Холод там такой сильный, что нет даже птиц. Все абсолютно безмятежно... эта безмятежность Гималаев притягивала веками, потому что в обстановке такой безмятежности, безмолвия и спокойствия вы начинаете чувствовать, что сами умолкаете. Но это молчание не настоящее; это только отражение безбрежных окрестностей.

Многие люди, ушедшие в Гималаи, боялись возвращаться в мир. Я спрашивал их: «Чего вы боитесь? Вы достигли молчания; теперь мир не может отобрать его». Но они знают лучше. Время от времени, когда их навещают люди, самые тривиальные вещи лишают их покоя. Кто-то, путешествуя в Гималаях, приходит к пещере йога, но не касается его стоп, — и тотчас в нем возникает гнев. Все это — только *возможность*, которую он упускает; он не обрел ничего.

Да Хуэй прав. Не ходите никуда. Понимание должно быть достигнуто там, где вы есть. Тогда вы можете положиться на него; оно будет с вами везде, где будете вы. Ничто не сможет нарушить его, потому что вы обрели его посреди всех беспокойств.

Если ты хочешь изучать этот путь, ты должен понять прямо там, где ты есть. Ваше тело в одном месте, ваш ум бродит по всему миру. Это не путь искателя. Ваш ум должен быть там же, где и ваше тело.

Например, сейчас вы здесь. Ваше тело безусловно здесь; но только в том случае, если вы входите в глубокое безмолвное сопричастие со мной и ваш ум совершенно спокоен, восприимчив, без своих собственных идей, без предубеждений, он, ваш ум, тоже будет здесь сейчас. Если вы можете оставаться в этом состоянии от мгновения к мгновению, просветление недалеко. Оно может случиться в любой момент. Оно приходит, когда ваше тело и ум пребывают в такой гармонии, в настоящем, в этом моменте... и тогда вы даете возможность своему высшему потенциалу взорваться.

Но пути ума чрезвычайно причудливы, неуловимы, изворотливы. Он начинает делать цель из просветления — а ведь просветление не есть цель. Он начинает рассуждать терминами амбиций: просветление становится его амбицией, — а амбиция требует времени, амбиция требует будущего, амбиция требует завтрашних дней. Поэтому вы, быть может, и сидите молча в медитации, но ум ваш далеко — разыскивает просветление.

ПОНИМАНИЕ

Это не отличается от любой другой амбиции — амбиции денег, амбиции власти, амбиции престижа. Не имеет значения, что является объектом вашей амбиции; всякий объект вашей амбиции уводит вас от вашего просветления. Ничто не может вести вас *к просветлению*, потому что просветление — это ваша природа.

Совершенно пьяный человек, шатаясь, кое-как добрался посреди ночи домой, но никак не мог определить — его это дом или чей-то чужой. Выглядит вроде бы похожим... но он не уверен. Он постучал в дверь, и его старушка-мать открыла. Снова та же проблема: старушка вроде бы похожа на его маму — но только похожа. Он упал к ее ногам и принялся упрашивать: «Помогите мне найти мой дом. Помогите мне найти мою маму. Она же ждет меня».

Собралась толпа, и все потешались: вот странно, он уцепился за ноги своей матери и упрашивает ее помочь ему разыскать маму: та, дескать, должна знать его дом, потому что живет где-то тут по соседству.

Потом подъехал еще один пьяный на воловьей упряжке и сказал: «Не теряй времени попусту. Залезай ко мне в телегу, я отвезу тебя домой к твоей матери».

Тут уже заволновалась мать, забеспокоились соседи, уговаривая его: «Если ты сядешь в эту телегу... этот человек, похоже, напился еще сильнее тебя; куда бы он ни поехал, он будет увозить тебя прочь от твоей матери и от твоего дома, потому что вот твой дом и вот твоя мать».

Нечто сходное случается с человеческим умом. Он не может успокоиться, где бы он ни был. Он всегда разыскивает правильное место, правильный опыт, но он не может быть *здесь*. Разумеется, как он может быть здесь? Тысячелетия беспрерывного приучивания к тому, что вы грешник, привели к глубинному бессознательному ощущению, что такой, как вы есть, вы неправы. Где бы вы ни были, вы не на том месте, где следует быть.

Все религии преуспели только в одном: они отвергли вас, ваше место, ваше время, вашу жизнь. И все они наделяли вас великими амбициями — амбициями небес. Странно, что никто не скажет этим религиям: «Вы все против жадности; но небеса — это же не что иное, как крайняя жадность. Вы все против страха, вы все желаете, чтобы мы были бесстрашными, — но что такое ваш ад и адское пламя?»

Удерживая вас между адом и небесами, они отняли реальность вашего существа, экзистенциальный статус вашего местопребывания. Избегая ада, вы спешите ухватиться за небеса. Вы гонитесь, но то, за чем вы гонитесь, внутри вас. Если вы перестаете гнаться, отбрасываете все амбиции жадности, власти, престижа и просто расслабляетесь в своей обыденности — тогда, в это самое мгновение, это же самое тело — Будда, а это же самое место — лотосовый рай. Вот что говорит Да Хуэй:

Если ты хочешь изучать этот путь, ты должен понять прямо там, где ты есть. Все уже есть — где бы вы ни были, все сущее сосредоточено там.

Как только ты полагаешься на малейшие знания, ты упускаешь сцену прямо там, где стоишь. Это говорит человек огромных знаний, отлично знакомый с писаниями.

Как только ты полагаешься на малейшие знания, ты упускаешь сцену прямо там, где стоишь, — потому что знания уводят ваш ум и создают ширму между вами и реальностью, словно облаком закрывая ваши глаза. Вы направляете свой интерес к этим знаниям и забываете свою реальность, свое присутствие, свое *здесь и сейчас.*

Когда ты целиком постиг сцену прямо там, где ты есть, тогда все виды знаний — все без исключения — суть вещи прямо там, где ты есть.

Вам не надо беспокоиться. Если вы можете обнаружить себя в настоящий момент, вы обнаруживаете не только свое существо, вы к тому же обнаруживаете всех будд прошлого, настоящего и будущего — поскольку это тот же опыт, та же музыка, тот же танец. Найдя это внутри себя, вы становитесь современны всем буддам всех времен.

Патриарх... Под патриархом люди дзэна подразумевают Бодхидхарму. Он был их главным источником, от которого остальные учатся искусству быть реальными, подлинными, искренними; от которого люди учатся осознанию. Он был тем человеком, который представил миру величайший дар Индии, передал искусство *дхьяны* Китаю.

Патриарх сказал так: «В тот самый миг, когда говоришь о знаниях, сами эти знания и есть ум. А этот самый ум и есть знания».

Поскольку знания есть прямо сейчас... Вот то, о чем я уже говорил, — его интеллектуальное прошлое все еще омрачает его речь. Например, в начале сутры он говорит: *Если ты хочешь изучать этот путь...* Это язык учителя, но не язык мастера. Что общего у мастера с изучением? Мастер обычно говорит «Если ты хочешь *следовать* этим путем...» Здесь Да Хуэй опять заблуждается: хотя то, что он говорит, справедливо, его речь все еще несет на себе печать его прошлого.

Поскольку знания есть прямо сейчас... Вместо «знаний» человек, который пришел к собственному существу, употребит слово «познавание» или «Знание» — но не «знания» — и различие велико: эти слова происходят от одного и того же корня, и я бы очень хотел, чтобы вы отчетливо понимали это: познавание и Знание — всегда в настоящем; знания — всегда из прошлого. Знания означают, что познанное стало частью вашей памяти, то есть умерло; оно больше не живет, оно больше не дышит, в нем больше не бьется сердце.

ПОНИМАНИЕ

Например, когда вы любуетесь солнечным закатом и вас переполняет его красота, — в такой момент есть познавание. Вы не говорите себе: «Как прекрасно!» — потому что даже слова «как прекрасно» будут нарушением, будут уводить вас от настоящего. Если вы просто стоите перед заходящим солнцем, со всеми красками, простирающимися над горизонтом, тенями, отражениями в океане, это так чарующе, что у вас почти останавливается дыхание. Вы в состоянии благоговения. Те несколько мгновений — это *познавание*, это Знание. Завтра вы расскажете кому-то, какой прекрасный солнечный закат вы видели вчера — это будут знания. Это будут только слова.

Я уже рассказывал вам о Лао-цзы. Он выходил по утрам гулять в горы. Старый друг обычно сопровождал его, и однажды этот друг предложил: «У меня в доме гость, и он тоже хочет пойти на утреннюю прогулку».

Лао-цзы сказал: «Я не возражаю, только сделай так, чтобы он не начал разговаривать. Знание должно оставаться Знанием, оно не должно превращаться в мертвые знания».

Друг сказал: «Я позабочусь об этом».

Он убедил своего гостя, что это замечательная возможность — побыть утром два часа в обществе Лао-цзы. «Это редкостно и неоценимо, но при том условии, чтобы ты не разговаривал».

Гость сказал: «Это не проблема. Я буду хранить полное молчание».

И они отправились. Было еще темно, и когда они достигли вершины горы, восходило солнце. Защебетали птицы, деревья стали пробуждаться ото сна... повсюду цветы — дикие цветы раскрыли свои лепестки, воздух наполнился благоуханием. Тот человек забыл, что говорить недопустимо, — да он не считал это большой речью. Он просто сказал: «Как прекрасно».

Лао-цзы недовольно посмотрел на своего старого коллегу и друга... Когда они вернулись домой, он сказал ему: «Пожалуйста, не бери своего гостя завтра снова, потому что он слишком говорлив», — а ведь за два часа тот сказал лишь два слова: «Как прекрасно!»

Лао-цзы сказал своему другу: «Был я, был он, был ты, было солнце, было птичье пение, был аромат цветов — нет необходимости ничего говорить. Я тоже осознавал... я не говорю, что это не было прекрасно; я говорю, что, называя это прекрасным, вы сводите всю его многообразную красоту к двум заурядным словам. Вы превращаете Знание в знания».

Очень тонкое различие. Знание, познавание — это живое, струящееся переживание, еще вибрирующее в вашем сердце. Знания же — из прошлого. Это может быть просто минувшая минута. Знания — часть памяти; познавание — часть осознавания.

Поэтому когда он говорит: *Поскольку знания есть прямо сейчас...* — то на самом деле он подразумевает: «Поскольку *познавание* есть прямо сейчас»

— потому что знания никогда не бывают прямо сейчас. *Если прямо сейчас ты не переходишь к другому моменту, а избавляешься от своих знаний прямо там, где ты есть, тогда ты складываешь руки и разгуливаешь вместе с патриархами* — с буддами, с пробуждёнными.

Это самый непосредственный подход к сущему. Вам не надо молиться Богу, вам не надо верить в Мессию, вам не надо верить в святую книгу, вам не надо проходить через витиеватые дисциплины. Вам нужно просто в этот самый момент быть бдительными, осознающими. Тогда, что бы ни происходило вокруг вас, вы прислушиваетесь к этому, но не превращаете это в знания. Вы не говорите: «Птицы поют» — вы слушаете песню. Вы получаете удовольствие от песни, вы впитываете ее своим существом, но не сводите ее к словам.

Если это становится вашим способом жизни, стилем вашего существования, тогда в любой момент, как только вы будете абсолютно созвучны, — ваша тотальность присутствует здесь и сейчас, — взрыв произойдет обязательно. Посмотрите на прекрасные деревья, но не говорите, что они прекрасны. Разве смотреть не достаточно? Разве необходимо вводить речь? Разве нельзя наслаждаться красотой вокруг себя прямо, без всякого языка? Попытайтесь.

У вас тысячи возможностей каждый день. Даже в базарной суматохе будьте бдительны, не выносите никакого суждения... это одно из самых удивительных переживаний — что даже шум базара не беспокоит вас. Напротив, в нем, похоже, есть своя собственная красота, своя собственная жизнь. Сидите вы или работаете, рубите дрова или несете воду из колодца, будьте бдительны ко всему, что происходит вокруг вас, не сводите это к знаниям. Если можете, избегайте слов и знаний, которые подобны пыли в глазах: они не позволяют вам видеть то, что есть.

А то, что есть, — это единственное подлинное имя Бога. Это не цель где-то еще; это всегда доступно, просто вы не доступны этому.

Таким образом, весь процесс дхьяны, чань или дзэн — это просто ваше умение сделать себя доступными сущему, которое всегда доступно вам. Лишь встреча, знакомство с реальностью, в которой вы существуете, — такой простой, такой очевидной, — и вам не удастся отыскать даже следов всех ваших страданий, огорчений и мук. Это были ночные кошмары, а вы были спящими; вот почему они происходили. Теперь вы пробудились, и все эти кошмары исчезли.

Если же ты все еще не можешь быть таковым, то не заблуждайся со своими знаниями. Это прямо для тех, кто не может разглядеть очевидное, кто не может делать простое. *Если же ты все еще не можешь быть таковым, то не заблуждайся со своим знанием.* По крайней мере, если вам не по силам полный процесс — а полный процесс означает отбросить знания и стать осознающим, — если вы не можете стать осознающими, то, по крайней мере, отбросьте знание. Это в огромной степени поможет вам стать осознающими.

Если вы не можете видеть прямо сейчас, то, по крайней мере, удалите пыль из своих глаз. Это поможет ясно разглядеть все то, что вам доступно. А доступно так много, что только идиоты могут идти в храмы, мечети, церкви и синагоги. Любой хоть немного разумный человек найдет свой храм везде, где сам находится.

Все сущее есть не что иное, как храм, святая земля.

Когда Моисей встретил Бога на горе Синай, он, как только приблизился к Богу, услыхал крик. Он задрожал, потому что там не было никого, лишь зеленый куст, и изнутри куста вырывались огромные огненные языки, — но куст оставался зеленым. Крик исходил от куста: «Моисей, сними свою обувь. Ты на святой земле».

Я всегда удивлялся, почему Моисей не спросил: «Разве есть земля, которую можно назвать несвятой? Неужели только эта земля вокруг куста святая?» Но, возможно, Моисей был так взволнован... и людям не выпадает спорить, когда они наталкиваются на Бога, — это опасно... и Он закричал так громко — Моисей мог забыть обо всем на свете. Но всякий раз, когда мне попадалась эта история, у меня возникал единственный вопрос: как это он мог допустить разделение между святой землей и несвятой землей. Если все сущее — сплошная божественность, тогда в каждом месте, где бы вы ни были, вы на святой земле.

Нанак вел себя намного лучше, чем Моисей. Он шел к святому месту мусульман, Мекке. Время было вечернее, и его ученик, Мардана, приготовил ему постель. Они устали от долгого путешествия, а утром им предстояло пойти в храм и увидеть Каабу. Но одну вещь они сделали неправильно: они легли ногами в сторону Каабы. Кто-то сообщил главному священнику, что прибыли эти двое. Их слава шла впереди них. «Этот мастер — человек великого понимания, и его ученик настолько слился с мастером, что они почти единое целое — трудно сказать, что их двое; но они поступили дурно, улегшись ногами в сторону Каабы».

Мусульмане во всем мире... да не может быть и речи о том, чтобы лечь ногами в сторону Каабы; даже могилы их покойников устроены таким образом, что головами они лежат в сторону Каабы.

Главный священник рассердился не на шутку. Он пришел с несколькими людьми и сказал Нанаку: «Мы слышали, что ты мастер, но мы не видим понимания мастера. Ты укладываешься ногами в сторону святой Каабы».

Нанак ответил: «Нет ничего проще. Разверните мои ноги туда, где, по-вашему, Бога нет; а там, где Бог есть, всюду одинаково. Так сделайте милость — я как раз ложусь; возьмите мои ноги и переложите их туда, где, как вы знаете, Бога нет».

Я думаю, это был исторический инцидент — поскольку этого оказалось достаточно для главного священника, чтобы извиниться и сказать Нанаку: «Сожалею... я не могу найти такого места, где нет Бога. И конечно, ты прав: куда бы ты ни положил свои ноги, они показывают в сторону Бога. Этого не избежать никак. Прости меня».

Но эта история имеет метафорическое окончание. Священник оказался настолько темным, что вызвал своих людей и они стали разворачивать по кругу ноги Нанака, — и все застыли в изумлении: насколько они поворачивали ноги Нанака, настолько же перемещалась и Кааба в том же направлении. Это, очевидно, уже мифология, потому что Кааба — просто камень. В этом мире даже люди настолько тупы и мертвы, что нельзя поверить, чтобы камень оказался разумнее.

Но у этой метафоры все тот же смысл... в конце концов, они уловили идею. Они передвигали Нанака по всему кругу, и Кааба перемещалась туда, где были его ноги. Так, может быть, и не происходило, но верно то, что где бы ни оказывались его ноги, — там был Бог.

А почему Моисей забыл об этом? Если сущее божественно, тогда каждый миг и каждый дюйм его — тоже божественны. Нет необходимости строить соборы и большие храмы — это делают люди темные. Те, у кого есть глаза, найдут это бескрайнее звездное небо, эту прекрасную землю — величайший храм Божий. Если вы смотрите на все сущее как на святое место, естественно, вашим действиям нет нужды быть молитвой и ритуалом. Все, что требуется от ваших действий, это бдительность и осознанность в настоящий момент.

Бог доступен с любой стороны; просто вы не здесь. Он стучится к вам в дверь, но вы ушли куда-то, вас никогда нет у себя в доме! Возможно, вы совершенно забыли, где ваш дом, — и вы не сообщили Богу свой новый адрес. Это будет очень затруднительно, поскольку каждый миг вам придется сообщать Ему свой адрес — он непрерывно изменяется.

Но если вы можете расслабиться прямо сейчас...

Прислушайтесь: начался дождь. Теперь деревья будут безмерно счастливы, они будут плясать под дождем. Можете вы найти какое-нибудь более драгоценное мгновение?

Дожди услыхали меня.

Все сущее так прекрасно. Если вы можете отбросить свои знания, свой ум и просто влиться в здесь и сейчас... это и есть великий принцип всех пробужденных.

— Хорошо, Маниша?
— Да, Мастер.

22
СВИДЕТЕЛЬСТВОВАНИЕ

Возлюбленный Мастер,

Различающее сознание и мудрость

Постоянно вычислять и строить планы, течь вместе с рождением и смертью, пугаться и волноваться — все это настроения различающего сознания. Все же люди, изучающие путь в наши дни, не узнают этой болезни и просто появляются и исчезают среди нее. В поучениях это называется — действовать согласно различающему сознанию, а не согласно мудрости. Таким образом они затемняют вид основного фундамента, свое изначальное лицо.

Но если вы можете отбросить все это разом — то есть не рассуждать и не вычислять, — тогда вот эти самые настроения различающего сознания есть утонченная мудрость истинной опустошенности; и невозможно достичь иной мудрости. Если бы было нечто достигнуто и нечто постигнуто помимо этого, то оно не было бы правильным. Это подобно тому, как заблуждающийся человек называет Восток Западом, а когда он достигает просветления, то Запад становится Востоком — и не существует иного Востока.

Эта утонченная мудрость истинной опустошенности подобна великой пустоте: пустота не подвержена загромождению вещами, не мешает она также появлению и исчезновению всех вещей внутри нее.

В сутрах этого вечера Да Хуэй поднимает самые фундаментальные вопросы, касающиеся медитации. Прежде чем мы сможем обсуждать сутры, необходимо понять некоторые вещи. Первое понятие — о вашем мыслительном процессе, который Да Хуэй называет различающим сознанием; другими словами — это ваш ум.

Ум постоянно вовлечен в мышление, в суждение, в оценку. Вся его функция, похоже, состоит в том, чтобы удерживать вас вовлеченными в мысли, которые есть не что иное, как мыльные пузыри, — возможно, даже в мыльных пузырях больше субстанции, чем в ваших мыслях.

Ваши мысли почти как письмо на воде... мысль не оставляет никакого следа на вашем уме. Ваш ум почти как небо: летят птицы, но они не оставляют никаких отпечатков в небе. Небо остается неизменным — до прилета птиц и после того, как птицы улетели.

Осознать это — значит выйти в другое измерение своего сознания, за пределы различающего сознания. Различающее сознание состоит лишь из мыслей. За его пределами — сознание, которое состоит лишь из наблюдения, — не мышление, но просто свидетельствование, просто смотрение... ни за, ни против, ни одобрение, ни осуждение — просто смотрение, точно как смотрит новорожденное дитя.

Понаблюдайте за новорожденным: у него есть глаза, у него есть сознание. Он осматривает все вокруг, он видит все краски, цветы, свет, людей, их лица, — но узнает ли ребенок зеленый цвет как зеленый? Отличает ли он женщину от мужчины? Понимает ли, что это — прекрасно, а то — уродливо?

Он обладает неразличающим осознанием. Он просто видит все, что есть, но не имеет суждения по этому поводу. Не может иметь — его еще не ознакомили с цветом под названием зеленый, под названием красный. Для того чтобы он научился различению, потребуется некоторое время.

Фактически все наше образование есть не что иное, как создание различающего сознания в каждом человеке. Каждый человек рожден с неразличающим сознанием — его можно назвать свидетельствующим сознанием. Он рождается с тем, чего мудрец достигает в конце жизни. Это очень таинственное явление — что то, что мудрец обретает в конечном итоге, у ребенка есть с самого начала.

Не случайно различные мудрецы, различные мистики всех времен осознавали тот факт, что финальное озарение, просветление — не что иное, как возвращение собственного детства. То же самое сознание, которое было у вас в первый момент после рождения, должно быть обретено снова. Это не что-то новое, чего вы достигаете; это нечто древнее, вечное, что вы переоткрываете заново.

Вы потерялись в мире... у вас есть все возможности заблудиться, потому что миру необходимы все виды различений, суждений, оценок, идея добра и зла, правильного и неправильного — все виды «должно» и «не должно». Мир по необходимости нуждается в них и обучает им каждого ребенка. Ребенок все больше и больше теряется в языке, в словах, в мыслях — и в конце концов приходит к той точке, откуда он уже не может найти дорогу назад домой.

Иисус говорит: «Пока не родитесь снова, не постигнете царства Божьего». Что он имеет в виду, когда говорит: «Пока не родитесь снова...»? Это очевидно, и смысл ясен: пока вы не посмотрите на мир и сущее снова как ребенок...

В этом основной смысл медитации: помочь вам выбраться из ума, помочь вам выбраться из различающего сознания и проложить дорогу, по которой вы могли бы войти в свидетельствующее сознание.

Существует только две возможности для вашего сознания: либо оно будет чистым небом, либо оно будет облачным небом; либо вы будете сознанием без всякой мысли, либо вы будете сознанием, наполненным снующими мыслями, чувствами, настроениями, эмоциями.

Когда вас наполняет умственное движение, вы не можете знать, кто вы есть; вы слишком связаны, вы слишком заняты. Когда движения нет, вы настолько раскованны, настолько расслабленны, что невозможно избежать познания себя. Ничего не осталось узнавать — поэтому познание разворачивается на себя. Познающий и познаваемое больше не разделены.

Это состояние — где познающий и познаваемое становятся единым, а сознание есть просто чистый свидетель — Да Хуэй называет мудростью. Чтобы понимать его, помните, что он не пользуется словом «мудрость» в обычном смысле.

Есть два смысла, в которых это слово используется в просторечии: вот человек, который испытал все виды неудач и успеха, бедность, богатство, мирские переживания; эта богатство мирскими переживаниями считается мудростью — и такого человека зовут мудрым. Естественно, это должен быть человек старый.

Переживания требуют времени. Потому-то во всех культурах и обществах старых людей уважали и чтили за их мудрость. Это одно значение мудрости, которое совершенно выходит из употребления и устарело.

В прошлом это было естественно: человек старший знал больше молодого, поскольку был только один путь познания — реальный опыт. Если ваш отец был плотником, он безусловно знал больше, чем вы. Вы должны были учиться у своих старших. Знания передавались из поколения в поколение. Человек старший был всегда более знающим, чем младший; вот почему в прошлом не было разрыва между поколениями.

Но сегодня ситуация становится иной. Когда образование становится все более и более универсальным, можно знать больше, чем ваши старшие. Фактически же не только можно — дело *всегда* обстоит так. Отец, доктор наук, посылает своего сына в университет, чтобы сын стал доктором. Когда сын возвращается... отец опытен в своей профессии, но сын знает больше, чем отец, ему известны самые последние исследования, новейшие разработки, абсолютно неведомые отцу. Отец окончил университет по медицине, возможно, лет тридцать назад. За тридцать лет почти все переменилось. То, что годилось тридцать лет тому назад, больше не годится; то, что считалось научным, становится абсурдным и ненаучным.

Такова новая ситуация, которой человечество смотрит в лицо: молодой человек знает больше, чем более старый. Не случайно почтение к старшим людям исчезает. Старшие невероятно озабочены, почему так происходит; они не видят, что ситуация изменилась.

Когда-то было невозможно молодому знать больше, чем знают старшие; теперь же старому невозможно идти наравне с молодым. Молодой будет знать самые последние достижения, и разрыв между ними будет по крайней мере двадцать или тридцать лет. Научный прогресс движется с такой скоростью, что, как говорят ученые, они не могут писать большие книги ни по какой теме, потому что ко времени готовности книги к публикации она устаревает — ее вообще уже нет смысла публиковать.

Поэтому сейчас в науке вместо больших томов ученые пишут доклады. Они сразу же или зачитывают те доклады на конференциях, или публикуют их в периодике. Они не могут ждать долго, потому что если они промедлят, то кто-то другой где-то еще обязательно откроет что-нибудь еще лучшее.

Когда-то Альберта Эйнштейна спросили: «Если бы вы не открыли теорию относительности (а от нее зависит вся атомная энергетика и все развитие ядерных вооружений), — как вы полагаете, мог ли бы кто-то другой открыть ее? И если бы кто-то другой мог открыть ее, сколько времени потребовалось бы на это?»

Альберт Эйнштейн рассмеялся и сказал: «Не больше трех недель. Если бы я был нерасторопен, то какой-нибудь другой парень опубликовал бы свое исследование». И оказалось, что немецкий ученый уже открыл теорию относительности, — но он просто был лентяй. Он открыл ее *прежде* Альберта Эйнштейна, но не опубликовал. В мире было по крайней мере двенадцать человек, работавших в том же направлении, и все они достигли бы месяца через два-три той же точки, до которой первым добрался Альберт Эйнштейн.

В научной среде, которая теперь является единственной действительной средой знаний, все движется так невероятно быстро, что разрыв между новым поколением и старым поколением становится все больше и больше. Скоро они будут не в состоянии понимать язык друг друга. Это уже происходит: отцы и сыновья сидят рядом и больше не спорят, потому что отцы считают, что у их детей странные идеи, а дети думают: «Бедный старик! Он до сих пор повторяет давным-давно устаревшие истины».

А если они так думают, то какой же возможен диалог? Они уже теперь думают плохо друг о друге, они пришли к своим выводам без всяких дискуссий, без всякого разговора, без всякого диалога. И разрыв становится все больше и больше.

Из-за этого разрыва исчезает тысячелетняя традиция уважения к старшим, потому что ее фундаментальное, основное положение больше не действительно. Та же самая ситуация складывается между студентами и профессорами: профессор знает меньше, чем студент. Если студенты достаточно разумны, то они всегда могут узнать больше, чем профессора. Только глупые и посредственные студенты все еще знают меньше, чем их профессор. Если студенты отправятся в библиотеку и как следует ознакомятся с последними разработками в любой сфере знания, они опередят своих профессоров лет на двадцать или тридцать.

Та же самая проблема ощущается в каждом учебном заведении, в каждом университете. У студентов нет того уважения, которое у них всегда было в прошлом, — у них и не может быть его. В прошлом это было естественно: учитель всегда знал больше. Сегодня лишь посредственный студент знает меньше учителя. Разумный студент, безусловно, знает больше, чем может себе позволить учитель... Учитель слишком сильно привык к старым идеям, ходившим еще тогда, когда он был студентом, — им, может быть, уже за полвека.

Я вспоминаю свою учебу в университете. Профессор психологии обычно ссылался на имена, которые были значительными пятьдесят лет назад. Теперь вы найдете те имена лишь в Британской Энциклопедии, как историю; они стали абсолютно неуместными — столько воды утекло по Гангу, столько свежих взглядов родилось... Я был просто в смятении. Похоже, к тому времени, когда человек выходит из университета, он перестает читать: ведь все читают только ради экзамена, — а теперь не предвидится больше никаких экзаменов. Они и так постарались как следует. И если они стали золотыми медалистами, если они достигли высшего класса, они скоро будут профессорами в том же колледже, в том же университете; теперь для них нет необходимости читать.

Мое предложение индийской комиссии по образованию: каждого профессора нужно ежегодно посылать по крайней мере на двухмесячные курсы переподготовки — в противном случае он не сможет удержаться на уровне растущих знаний. Это еще одно значение мудрости: знание и его количество; как много вы знаете; насколько хорошо вы информированы.

Но то, как Да Хуэй и мистики понимают мудрость, вещь совершенно иная. Она не является ни прошлым знанием старого типа, которое приходит от опыта, ни новым знанием, которое приходит от образования. Это знание, которое приходит из трансформации, совершившейся внутри вас, результат перехода от различающего сознания к свидетельствующему сознанию. Свидетельствующее сознание есть мудрость, и вы не должны путать смысл этих слов.

Да Хуэй говорит: *Постоянно вычислять и строить планы, течь вместе с рождением и смертью, пугаться и волноваться — все это настроения различающего сознания. Все же люди, изучающие путь в наши дни, не узнают этой болезни...*

Для людей пути, для людей, которые хотят медитировать и вступить в свое сокровенное существо, в единственный реальный храм Божий, этот вид знания, этот вид ума, этот тип сознания является болезнью. Он препятствует вашему вхождению внутрь, становится барьером и вовлекает вас в несущественные сферы жизни, в обыденное. Он будет удерживать вас в неведении по самому фундаментальному вопросу: «Кто есть я?» Он даст вам узнать все на свете, кроме самого себя, — а какой смысл знать весь мир, если вы не знаете самого себя?

В момент смерти все ваше знание мира рассеется в воздухе. Только одна вещь уйдет с вами, и эта единственная вещь постоянно игнорировалась — ваше самопознание, ваша самореализация. В сущности, это единственное неведение — не ведать самого себя.

Но даже величайший ученый, величайший философ, величайший мыслитель думает о далеких звездах, думает о загадочных вещах — вроде: «Какова скорость света?» — и работает день и ночь, чтобы ухитриться расщепить атом, и никогда не задумается ни на миг: «Кто же это существо внутри меня? Как устроено мое сознание?»

Безусловно, различающий ум, *различающее сознание* есть величайшая болезнь, потому что оно будет держать вас в невежестве до самого момента смерти. Тогда вы, конечно же, осознаете, что занимались тщетными упражнениями. Вы знаете так много — и все-таки не знаете, кто же вы есть. Внезапно все ваше знание оказывается бесполезным, вся ваша сила бесполезна, все ваши деньги бесполезны, весь ваш престиж бесполезен. Единственную вещь, которая была бы полезной, вы игнорировали всю жизнь, — а теперь времени уже нет.

Смерть приходит так внезапно, даже не постучав в ваши двери, — она не даст вам ни малейшего предупреждения. Она всегда подходит так тихо, что вы не слышите ее шагов, вы пойманы врасплох. Это такой шок, что большинство людей становятся бессознательными перед смертью. В том, чтобы терять сознание, нет необходимости, но уж очень силен шок: «Я растратил всю свою жизнь...»

Кто-то всю свою жизнь работает, выясняя, сколько разновидностей насекомых живет на земле, сколько существует видов комаров. Для него это, оказывается, важные вопросы. У таких людей нет времени посидеть молча хотя бы несколько минут и отстраниться от различающего сознания, которое от ума, и стать просто свидетелем — что является не-умом, безмолвием, умиротворением, безмятежностью, чистым пространством — совершенно спокойным, без движения.

В этом спокойствии приходит мудрость, а мудрость означает самореализацию. Никакое другое значение мудрости не применимо на пути искателя.

Все же люди, изучающие путь в наши дни, не узнают этой болезни и просто появляются и исчезают среди нее. Люди приходят и уходят. Люди рождаются и умирают, так и не зная, кто же родился и кто умер. Вы рождаетесь без имени и умираете без имени, а все то, что существует между рождением и смертью, исчезает, словно написанное на воде.

Сколько людей жило здесь до нас? — миллиарды и миллиарды людей... и вы не находите никакого следа, что они хотя бы существовали. Они тоже любили, они думали, что великие вещи происходят с ними. Они тоже имели врагов, они тоже сердились, тоже грустили, у них тоже бывали счастливые мгновения. Они тоже знали неудачу и боль от нее; они тоже знали успех и радость от него. Они знали все то, что знаете вы... и когда вы переживаете подобный момент, вы считаете его очень важным.

Подумайте только о тех миллиардах людей, которые всегда полагали, что, когда они влюблялись, это было чем-то уникальным, чего никогда не случалось прежде и чего не случится снова. Но все они исчезли, не оставив и следа. Существовали они или нет, сражались они или нет, любили они или нет — не составляет никакого различия. Солнце продолжает вставать, луна продолжает двигаться, звезды продолжают свои пути. Сущее остается абсолютно незаинтересованным, как будто все то, что вы считаете таким значительным, есть только игра.

Но вот одна из самых важных вещей, которые стоит помнить: каков бы ни был ваш опыт, он был опытом миллиардов людей; так что не слишком беспокойтесь об этом, не поднимайте слишком много шуму по этому поводу, не очень-то застревайте на этом. Не будьте одержимы этим — оно исчезнет, и вы исчезнете, и все утихнет, как будто ничего не случилось.

Благодаря такому пониманию мистики говорили вам, что мир и его переживания — не более чем сновидения, так что не принимайте их слишком близко. Сохраняйте дистанцию; не затеряйтесь в своих сновидениях.

Если вы можете сохранять дистанцию со своими сновидениями, вы узнаете единственную реальность, которая остается навсегда, которая не имеет ни рождения, ни смерти: это ваше чистое сознание, это ваше божественное сознание. Можете дать ему любое имя, это не важно. Это природа будды внутри вас, или это бог внутри вас.

ПОНИМАНИЕ

В поучениях это называется — действовать согласно различающему сознанию, а не согласно мудрости. Те люди, которые действуют в жизни согласно своим различающим умам, являются духовно больными, они страдают тяжелым заболеванием.

Случилось так, что Гаутама Будда пришел в Вайшали, один из величайших городов тех времен. Прежний король Вайшали уже умер, и к власти пришел его сын; он был молод и так же глуп, как и положено молодым людям. Его старый премьер-министр, который был премьер-министром и у его отца, сказал ему: «Гаутама Будда подходит к городу, и ты должен выйти и встретить его у городских ворот».

Молодой человек возразил: «Чего ради? Он просто нищий, а я великий король. Если он хочет увидеть меня, он может попроситься на прием. Но ты даешь мне странный совет, чтобы я шел встречать его — король будет встречать нищего?»

Премьер-министр заявил: «Тогда, пожалуйста, прими мою отставку».

Король сказал: «Ты столько делаешь из такого пустяка. Почему ты должен уйти в отставку?»

Премьер-министр ответил: «Я не могу работать у человека, который так невежествен и так духовно болен. Это унизительно. Я работал у твоего отца, и твой отец выходил встретить Гаутаму Будду и коснуться его стоп. Ты только король — он был тоже королем, но он был выше этого. Он нищий не потому, что не смог быть королем; он нищий потому, что он отрекся от королевства. Либо ты должен выйти и встретить его, либо, пожалуйста, прими мою отставку, потому что я не могу работать у человека, лишенного мудрости».

Молодой человек не мог позволить себе лишиться этого старика, поскольку тот был опытен; молодому человеку пришлось стать королем, но у него не было знаний, чтобы управлять делами. Старик был ему почти как отец, поэтому он сказал: «Я пойду».

А история очень красивая... Когда король — этот молодой человек — отправился встретить Гаутаму Будду со своим старым премьер-министром, Гаутама Будда сказал: «Тебе не было необходимости приходить. Я только нищий, а ты великий король. Если бы я захотел увидеть тебя, я мог бы прийти сам».

Молодой человек поверить не мог, что Будда в точности повторял его собственные слова, и старый премьер-министр тоже не мог понять. Старый премьер-министр обычно выходил к Гаутаме Будде с прежним королем. Теперь он обратился к Гаутаме Будде:

«Ты вызвал большую суматоху в наших умах, потому что этот диалог уже произошел между мною и молодым королем. Он молод и не понимает, как следует принимать человека мудрого.

Я сказал ему: человек мудрый может быть нищим для тех, кто не понимает, для тех, кто не имеет внутреннего зрения, чтобы видеть. Но те, у кого есть внутреннее око... Человек, реализовавший себя, завоевал не только этот мир; он завоевал и тот мир также — он завоевал внешнее, и он завоевал внутреннее. Его королевство вечно. Твое королевство — лишь сновидение: как ушел твой отец, так уйдешь и ты. Но королевство Гаутамы Будды останется, останется на вечные времена. Вот так мы поговорили, но он не соглашался идти».

И Гаутама Будда сказал: «Посмотри на его лицо — я разглядел его нежелание. Я разглядел, что это ты привел его, что он не шел. Я разглядел, что, хоть он и пришел встречать меня, он все еще видит меня нищим, а себя королем. Поэтому просто чтобы утешить его — как если бы он сделал мне одолжение, — я должен был сказать эти слова: "Ты — великий король; тебе не нужно встречать или принимать нищего". И в самом деле, я — нищий: у меня нет ничего, кроме себя самого. У тебя есть все, кроме себя самого: твоя собственность велика, твои владения велики, естественно. Моя собственность немногочисленна. Фактически, кроме самого себя, у меня и нет ничего».

Но это и называется мудростью. И эта мудрость является величайшим блаженством и экстазом в мире. Если вы можете найти хоть несколько минут и заглянуть в себя... В мирской суете все же бывают мгновения, когда вы можете заглянуть внутрь себя, как бы заняты вы ни были. Нет ни одного человека в мире, который не может найти хоть немного времени, чтобы посмотреть на свое собственное существо. И в конце вы обнаружите: лишь те моменты были реальными, которые вы посвятили поиску самих себя, а все остальное было нереальным.

Все остальное исчезло; остались только те несколько мгновений, которые вы провели с собой. Друзья ушли, любимые ушли, все ушло или уходит. Но те несколько мгновений, которые вы провели с самим собой, в своем уединении, по-прежнему с вами. Даже смерть не может отнять их у вас. Они есть ваше единственное сокровище.

Люди, которые следуют различающему уму, растрачивают великую возможность обнаружить высшее и интимное — это не две разные вещи. Высшее *есть* интимное. А те, кто озабочен вещами, хоть какими ни на есть ценными, раньше или позже будут раскаиваться.

Иисус говорил своим ученикам снова и снова: «Покайтесь!» — и я не думаю, что христиане понимают, что он имел в виду. Вдруг он начинает говорить о раскаянии... Что такое покаяться? Люди думают, наверное, что он говорит: «Покайтесь в своих грехах!» — но на самом деле он говорит: «Покайтесь за все то время, что вы растратили на накопление ненужного хлама, на накопление информации». Покайтесь за все это... и единственный способ быть подлинно кающимся — это делать нечто такое, что ведет вас к бессмертному элементу в себе, к источнику самой вашей жизни.

Таким образом они затемняют вид основного фундамента, свое изначальное лицо. Мы никогда не встречаемся с нашим изначальным лицом. Мы так скованны, так заняты тысячью и одной вещью, что не остается времени, не остается энергии, да и желания не остается. У миллионов людей, возможно, само стремление узнать себя и не возникало. Все они подражатели: из-за того, что другие люди гоняются за деньгами, они тоже гоняются за деньгами; из-за того, что другие люди честолюбивы, они тоже честолюбивы; из-за того, что другие люди делают это, они тоже делают это.

Женщина говорила своему мужу: «Ты видел, наши соседи приобрели новый автомобиль?»

Тот сказал: «Да, вижу, он стоит в их гараже».

Женщина сказала: «Тогда решай: либо привезешь домой новый автомобиль, либо нам придется менять соседей — как тебе дешевле, — но этого я не потерплю. Так что предоставляю это тебе: либо найдешь кого-то другого, так чтобы глаза мои не видели этого автомобиля, который стоит здесь постоянно, либо достанешь автомобиль еще лучше для нашего гаража. Давай, за дело».

Люди беспрерывно проживают свои жизни в подражании, состязании, зависти... Кому охота беспокоиться по поводу своего изначального лица — да и что с ним делать, изначальным лицом? Но лишь те люди узнали нечто стоящее, лишь те жили жизнью в ее подлинном смысле, кто разыскивал свое изначальное лицо.

Безусловно, вы должны выйти из этой колеи зависти, состязания, подражания, иначе они не оставят вам никакого времени. Кто-то чем-то занимается, кто-то другой делает что-то еще, а все ваше занятие — подражать каждому: у одних лучше одежда, у кого-то лучше дом, у кого-то лучше сад. Говорят, трава всегда зеленее по другую сторону изгороди, и это верно: она *выглядит* зеленее.

Один человек очень хотел продать свой дом, потому что появились дома более красивые, и ему захотелось приобрести что-то получше. Он вызвал агента, и агент сказал: «Это не трудно, не беспокойтесь».

Агент поместил объявление с описанием дома в таких замечательных выражениях: «Если вы желаете чудесное место... с озером прямо позади вас» — то было не озеро, а просто дождевая лужа, где собралось по меньшей мере миллионов пять комаров, — «а за озером прекрасная горная гряда. Восход солнца здесь так прекрасен, что можете искать по всему свету и вам, пожалуй, не найти столь красивого восхода. И прекрасный сад...»

Этот человек прочел объявление и сказал: «Вот дом, который я хочу». Там не было адреса, только телефон агента. Он тотчас же позвонил по этому номеру: «Я действительно заинтересован, сколько бы это ни стоило. Цена не играет роли; приезжайте немедленно, и мы договоримся».

Но агент возразил: «Вот странно! Вы же там живете, это ваш дом».

Тот воскликнул: «Боже мой! Вы — поэт! Вы описали его с такой красотой, а меня замучил этот дом... с комарами... и вы назвали это озером! А те горы, которые за тысячи миль, вы поместили "за домом"!»

Но так оно и бывает: вы под впечатлением от чьего-то дома, а он под впечатлением от вашего дома; вы под впечатлением от чьей-то жены или мужа, а он умирает за вашей женой, он готов пожертвовать всем. Ему невдомек, чем обеспокоены вы.

Но это подражающий ум держит вас скованным. И единственная проблема в том, что ему удается сохранять вас неосознающим самого себя. Если бы не это, в мире не было бы ничего неправильного. Я не против этого мира, и Да Хуэй не против этого мира. Он не требует, чтобы вы отвергали его; он всего лишь добивается от вас понимания того, что все, что вне вас, преходяще, что оно не имеет высшего значения.

Подумайте: двадцать лет тому назад вы были влюблены в кого-то. В то время вы были готовы на все, — а теперь это не имеет значения вообще.

Был у меня друг, который полюбил бенгальскую девушку. Я видел многих влюбленных, но он был из ряда вон. Он любил так сильно, что поехал в Бенгалию и прожил там два года, чтобы выучить язык и настоящее бенгальское произношение. Он одевался как бенгалец, говорил как бенгалец... но девушку это не интересовало. И после таких стараний, когда он сделал девушке предложение, она просто отказала, прибавив: «Я испытываю сильное отвращение к вам». Естественно, это было уже слишком.

Он был сын доктора. Он пришел домой, закрылся у себя в комнате и сообщил всему дому: «Не пытайтесь открыть дверь. Я намерен умереть в своей комнате».

Он был единственным сыном своего отца, и отец спросил: «Но скажи же нам, в чем дело. Ты захотел уехать в Бенгалию на два года, и мы устроили это. В чем теперь проблема? Куда ты хочешь поехать? Можешь ехать...»

Он сказал: «Не хочу я никуда ехать. Я хотел жениться на девушке и ради нее ездил в Бенгалию. Даже с бенгальским произношением и в бенгальской одежде я получил отказ».

Девушка жила возле моего дома, и только потому, что она жила возле моего дома, он подружился со мной! Это было его счастье, потому что та девушка заходила ко мне домой посидеть в саду, почитать или взять у меня книги. Это была удача для него; таким образом я узнал о его существовании.

Все соседи упорно пытались переубедить сына доктора: «Мы найдем девушку лучше. Твой отец богат, ты единственный сын, нет проблем. Мы устроим все что угодно... Если хочешь бенгальскую девушку, вот тебе вся Бенгалия! Мы найдем бенгальскую девушку во что бы то ни стало — только не делай никаких глупостей». Они боялись, что он может взять яд из отцовской аптечки или еще что-то выпьет, словом, сделает что-то глупое. Но он не отзывался, он совершенно затих. Тут все перепугались очень сильно, потому что на стук он не отвечал.

Отец прибежал ко мне и сказал: «Он заходил к вам, возможно, вам удастся сделать так, чтобы он заговорил. Мы беспокоимся: может быть, он без сознания, или в коме, или принял яд, и мы боимся, потому что он предупредил нас: "Не пытайтесь открывать дверь, иначе найдете мое мертвое тело". Поэтому мы не можем взломать дверь, вдруг он сделает что-то... мы в замешательстве».

Я пошел туда и сказал: «Ничего страшного». Я постучал в дверь и спросил: «Арджун — его звали Арджун, — ты хочешь совершить самоубийство?»

Он отозвался: «Да».

Я сказал: «Тогда это не тот способ. Пойдем со мной, и я устрою для тебя замечательное самоубийство!»

Он спросил: «Что?»

Я сказал: «Открывай дверь и садись ко мне в автомобиль, и я устрою это, потому что знаю подходящее место для совершения самоубийства».

В Джабалпуре, всего в тринадцати милях от моего дома, есть одно из самых красивых мест в мире — мраморные скалы. На протяжении двух миль прекрасная река, Нармада, протекает между двумя горными цепями из чистого мрамора. В ночь полнолуния все это становится абсолютно сказочным — и не подумаешь, что это может быть на самом деле. Высоко полная луна, белый мрамор с обеих сторон отражается в реке, совершенная тишина...

Это настолько невероятно, что когда я привел туда одного из моих профессоров... а это был старик, он побывал повсюду в мире. Он был профессором в Америке, в Англии, на Гавайях; всю свою жизнь он был как кочевник с большой квалификацией, и всегда был готов отправиться в любой университет, куда угодно. Я настаивал, что ему следует приехать и посмотреть, а он говорил: «Я повидал весь мир, что там может быть еще особенного?»

Я сказал: «Не говорите так, пока не увидите того, что я собираюсь показать вам».

В конце концов он согласился, с неохотой. Я отвез его туда, и когда он увидел ту картину, он не мог поверить своим глазам. Он сказал: «Подведи лодку ближе к скалам. Я хочу коснуться их, потому что не могу поверить, что они реальны. Это выглядит почти как страна грез». Он прикоснулся к скалам и лишь тогда смог поверить, что они были реальными, что я не испытывал на нем никакого магического трюка.

Итак, я отвез Арджуна к себе домой и сказал ему: «Лучшее место — мраморные скалы. Там есть прекрасный водопад... так что отдохни, вот все, что тебе хочется лучшего из еды — пообедай как следует, и мы пойдем поспим. Будильник поставим на три часа, и в три часа отправимся. Я должен отвезти тебя туда, а когда тебя не станет, мне нужно будет возвращаться к своим обычным делам».

Он не сводил с меня изумленных глаз. Наконец он вымолвил: «Что ты за друг такой? Каждый говорит мне: «Не совершай самоубийство. Такие вещи бывают. Это дело самое обычное: один влюбляется... и если другой не соглашается, не нужно переживать. На свете полно красивых девушек, и та девушка не Клеопатра. Не о чем переживать: мы найдем девушку получше». Каждый старается уговорить меня не совершать самоубийства. Ты странный парень: ты предлагаешь мне точный план!»

Я сказал: «Если уж делать что-то, то надо это точно планировать. Чтобы добраться туда, потребуется час, потом я попрощаюсь с тобой, и ты прыгнешь. Я подожду и увижу, что ты прыгнул, а потом займусь своим делом. Я поеду назад».

Потом я заказал все угощения, которые ему нравились, — бенгальские сладости, все бенгальское, — но даже во время еды он непрерывно глядел на меня.

Я спросил: «Отчего ты все так смотришь на меня?»

Он сказал: «Мне просто удивительно, что же ты за друг такой?»

Я ответил: «Я именно такой друг, какой должен быть: друг в нужде, это и есть настоящий друг! Если ты хочешь совершить самоубийство, я готов помочь; если ты хочешь жить, я готов помочь. Я не вмешиваюсь».

А когда прозвенело три часа, он сразу же положил руку на будильник.

Я схватил его руку на будильнике и сказал: «Не надо».

Он сказал: «Но ведь слишком холодно».

Я сказал: «Холодно или нет — тебе ехать только в одну сторону. А мне надо будет еще возвращаться и жить. Подумай же и обо *мне*!»

Тут его вдруг прорвало: «Не желаю я совершать самоубийство!»

Я сказал: «Вот странно. Мы уже все распланировали, и в последний момент ты решаешь отказаться! Ты что же это?»

Он сказал: «Но я не хочу совершать самоубийство».

Я ответил: «Подумай о девушке».

Он сказал: «Не волнует меня никакая девушка».

Я сказал: «Тебе следовало сказать мне об этом раньше. Я потратил деньги на обед».

Он предложил: «Я оплачу все это».

Я сказал: «Тогда все в порядке. Так ты действительно решил не совершать самоубийства? Так никогда больше не упоминай об этом! Жизнь будет трудной, так что не обвиняй меня. Не говори мне: «Почему ты не настоял?» Я настаивал! Жизнь не будет устлана розами — можешь не надеяться. Она будет всевозможными мучениями, бедами и страданиями. Ты женишься и заведешь дюжину детей — и тогда уж не вини меня! Еще есть время: пойдем. Мой автомобиль наготове... а прыжок займет всего одно мгновение — и ты свободен от всех страданий».

Он сказал: «Но я не желаю! Я хочу домой».

Я сказал: «Если ты хочешь домой, можешь взять рикшу и отправляться, потому что я не собираюсь возить тебя такой холодной ночью. Я иду спать; уходи и ищи себе дорогу сам».

Он встретился со мной через двадцать лет, когда я опять приехал в Джабалпур, и он сказал: «Ты оказался прав; я женился и попал в беду. Ты загадочная личность... У меня уже семь детей, и я знаю — потому что ты сказал так — их будет двенадцать. Я взял такую женщину, о которой молю Бога, чтобы не досталась даже моему врагу. Она стерва. И я всегда думаю про ту ночь — как могло бы быть прекрасно, если бы я прислушался к твоему совету...»

Я сказал: «Еще ничего не потеряно. Я могу и сейчас устроить все это».

Он спросил: «Что ты имеешь в виду?»

Я ответил: «Все то же: те мраморные скалы все еще здесь, тот водопад все еще здесь, ничто не изменилось. Я подъеду на автомобиле, и в три часа...»

Он снова посмотрел на меня и сказал: «А как же моя жена и дети?»

Я сказал: «Это вообще не твоя проблема. Раз уж ты прыгнул... то это их проблема. Чего тебе беспокоиться об этом? Они же мучают тебя».

Он произнес: «Даже через двадцать лет ты, оказывается, преследуешь меня. Ты по-прежнему придерживаешься того же мнения?»

Я ответил: «Я буду его придерживаться до твоего самого последнего вздоха, поскольку ты просто собираешься страдать. Этих двадцати лет ты мог бы избежать».

Он сказал: «Это верно — если бы я послушался».

Но я сказал: «Я по-прежнему готов, а ты не слушаешься».

Он возразил: «Возникли сложности. Мой отец умер, моя мать умерла. Теперь все дело на мне».

Я заверил: «Все исчезнет в тот самый момент, когда ты прыгнешь, а если ты не в силах прыгнуть, я подтолкну тебя!»

Он заявил: «Лучше не разговаривать с тобой вообще».

С тех пор я бывал в этом городе еще несколько раз. Я приходил к его дому, и он был у себя, но кто-нибудь выходил и отвечал мне, что его нет. А я передавал тому, кто выходил: «Скажите ему... пойдите и скажите ему, что я по-прежнему готов, когда бы он ни пожелал избавиться от своих страданий». В этом и состоит все мое дело: избавлять людей от их страданий, освобождать людей.

В последний раз я просто оттолкнул мальчика, который разговаривал со мной, — его мальчика — и вошел. Он притаился внутри, и я сказал: «Выходи! Тебе нечего беспокоиться, я не намерен забирать тебя».

Но он ответил: «Я не хочу больше разговаривать, потому что ты опять поставишь тот же самый вопрос, и возникнет желание... вдруг это как раз то, что надо было сделать. Теперь же я обеспокоен, ведь у меня столько детей — их уже не семь, а девять».

Я сказал: «Вот сделаешь двенадцать, тогда я приду. Заканчивай работу — и страдай, как тебе только захочется».

Он спросил: «А нет ли какого-нибудь другого пути, кроме самоубийства?»

Я сказал: «Есть, но ты же никогда не слушаешь. Я бываю в этом городе вот уже двадцать лет, постоянно обучая людей медитации. Но ты был связан своими заботами — ты был готов умереть. Ты женился на лучшей, более красивой и более образованной женщине, и ты страдаешь с ней. Дело не в этой женщине или там мужчине — ты страдал бы с кем угодно».

Немедитативный ум обязательно страдает в любой ситуации: богатство, бедность, неудача или успех — безразлично. Для немедитативного ума страдание это судьба. Только для медитативного ума, который приходит, чтобы узнать свое изначальное лицо, свое подлинное существо, страдание исчезает, как будто его никогда и не существовало. Впервые новый мир раскрывает ему двери: мир блаженства, мир экстаза; вы рождены, чтобы открыть этот мир; найти его — ваше право от рождения.

Но вы мечетесь повсюду в поисках радости, счастья, блаженства, и — никогда не заглядываете внутрь себя. Все то, что вы разыскиваете во внешнем мире, уже есть внутри — в самом сокровенном алтаре вашего существа.

Такова единственная истина, и для нее нет исключений. Еще никто из заглянувших внутрь не вышел обратно со словами, что все эти мистики, мудрецы говорят о чем-то таком, чего не существует. Без всякого исключения, каждый, кто вошел, возвращался с абсолютным подтверждением.

Но если вы можете отбросить все это разом — то есть не рассуждать и не вычислять, — тогда вот эти самые настроения различающего сознания есть утонченная мудрость истинной опустошенности; и невозможно достичь другой мудрости. Само ваше существо — коль скоро оно свободно от различий, свободно от мыслей, эмоций, коль скоро оно становится пустым небом — и есть единственная мудрость.

Если бы было нечто достигнуто и нечто постигнуто помимо этого, то оно не было бы правильным. Можно сказать с абсолютной уверенностью: единственная мудрость есть мудрость не-ума, безмолвного пространства. Кроме этого нечего больше достигать. Если кто-то говорит, что есть, — он не прав; либо его обманули, либо он пытается обмануть других людей.

Да Хуэй абсолютно прав: нет другой мудрости, нет другого просветления, нет другого пробуждения, кроме простого безмолвного пространства внутри вас... никакого волнения, ни малейшего движения мысли — точно озеро безо всякой ряби, небо без всяких облаков.

Значит, вы прибыли домой. Нечего больше добиваться, нечего больше достигать. Даже мысль о достижении чего-то еще никогда не возникает у человека мудрого.

Это подобно тому, как заблуждающийся человек называет Восток Западом, а когда он достигает просветления, то Запад становится Востоком — и не существует иного Востока. Он говорит, что это похоже на человека, который считает в своем неведении, ошибочно, что два плюс два это пять. Когда он становится бдительным и осознающим, он узнает, что два плюс два это четыре. Он не будет уже ни у кого спрашивать: «Что случилось с пятью?»

Великого психоаналитика спросили: «Мы слышали так много о психозах и неврозах, но так и не знаем разницы между ними». Спрашивавший человек был журналист, притом эксперт по психологическим вопросам. Он сказал: «По-моему, очень трудно понять, что такое психоз, а что такое невроз. В чем различие?»

Психоаналитик отвечал: «Разница очень небольшая, очень незначительная, почти неуловимая. Она заключается в следующем: психопат считает, что два плюс два — пять; невротик считает, что два плюс два — четыре, но озабочен, *почему* четыре».

Различие очень незначительное, поистине, *самое* незначительное. Один абсолютно уверен, что два плюс два это пять; другой осознает, что это четыре, но очень сильно обеспокоен: *почему* четыре — почему не пять? Быть может, второй уже на пути к первому. Расстояние совсем невелико — возможно, еще один шаг, и он успокоится и заявит, что два плюс два это пять. Пожалуй, вторая стадия лучше: по крайней мере ему легко. Знать, что два плюс два — четыре, да еще и переживать из-за этого, действительно, более хлопотно.

Просветленный человек просто приходит к знанию, что два плюс два равно четыре — и у него не бывает беспокойства. А бывает полное спокойствие и расслабление: все вещи таковы, как они есть. У просветленного человека не бывает предположения, что вещи должны быть иными. Он в абсолютной гармонии с ними, как они есть. Это согласие с сущим как оно есть — величайшее из возможных благословений для человеческого существа.

Эта утонченная мудрость истинной опустошенности подобна великой пустоте: пустота не подвержена загромождению вещами, не мешает она также появлению и исчезновению всех вещей внутри нее.

Эту последнюю часть очень важно понять, потому что многие становятся одержимы идеей, что не должно быть ни мысли, ни эмоции, ни чувства — что только тогда можно быть просветленным. Это верно, что достичь просветления можно, только выходя за пределы всех мыслей, чувств, эмоций; но если уже вы просветлены, тогда нет никаких затруднений. Тогда вы — бескрайнее небо; что угодно может пересечь его, не оставив ни царапины. По небу могут пройти облака, и они не будут никакой помехой.

Человек, который достиг просветления, может использовать мысли, может использовать слова, может выразить посредством речи то, чего он достиг. Это, может быть, и не будет совершенным — оно не может быть совершенным, — но он может пользоваться своим умом так искусно, как это вообще возможно. Выход за пределы ума не означает, что вы не можете пользоваться своим умом.

На самом деле именно тогда вы можете использовать свой ум как слугу — потому что хозяин прибыл домой. Теперь ум слуга, сердце слуга, тело слуга, и хозяин может пользоваться всем этим так, как он хочет. Им больше не помыкают слуги; его уже не тащат каждый в свою сторону. Он абсолютно свободен. Ни ум, ни тело, ни сердце — ничто не может диктовать ему свой образ жизни. Он за пределами любого диктата от кого угодно. Он хозяин своей собственной судьбы, и это величайшая радость существования.

— Хорошо, Маниша?
— Да, Мастер.

23

ТАК БЛИЗКО

Возлюбленный Мастер,

Так близко

Именно потому, что это так близко, вы не можете разглядеть эту истину собственными глазами. Когда вы открываете глаза, она поражает вас, а когда закрываете глаза, в ней тоже нет недостатка. Когда вы открываете рот, вы высказываете ее, а когда закрываете рот, она появляется сама собой. Но если вы пытаетесь воспринимать ее, напрягая свой ум, — вы уже промахнулись на восемнадцать тысяч миль.

Это такая радость — видеть, как Да Хуэй подходит все ближе и ближе к реальности, к истине и к своему пробуждению. Всего один шаг — и прежнего Да Хуэя больше не будет; а новый Да Хуэй естественно заговорит на языке всех без исключения пробужденных. Эта сутра — одна из самых важных среди тех, с которыми мы сталкивались до сих пор.

Величайшая трудность с человеческим умом заключается в том, что все с самого начала доступное он склонен забывать, считать само собой разумеющимся. Нет разрыва между вами и вашей истиной, потому что вы и *есть* истина. Это такой потрясающий феномен, — но его продолжают упускать по той простой причине, что любой поиск уводит вас прочь от него, любой вопрос дезориентирует вас, любой ответ оказывается неверным.

Если бы истина была отдельной от вас, все было бы очень легко. Если бы истина была далеко от вас, вы достигли бы ее давным-давно; если бы истина была трудной, почти невозможной, она послужила бы вызовом вашему эго. Для эго не может служить вызовом то, что уже есть в наличии: тут дело не в каком-то достижении. Если бы истина была где-то на Эвересте, то тысячи Эдмундов Хиллари отправились бы к Эвересту. Если бы истина была на Луне, миллионы уже потянулись бы туда.

Есть древняя притча... Бог создал мир, и сначала он так и жил в этом мире, на базаре. Однако жизнь его стала кошмаром — ни единого мгновения покоя. Люди стояли в очереди целый день, будили его и ночью, у иных было столько жалоб, столько всего было не так... Они приносили все новые предложения — как надо все изменить, как все переделать — и так обо всем и каждом.

Мука стала невыносимой, и он спросил у своих ближайших ангелов: «Что делать? Эти люди убьют меня. Кто-то приходит и говорит: «Послушай, завтра не должно быть дождя, потому что я собираюсь на рыбалку» — и сразу после него приходит женщина: «Завтра мне совершенно необходим дождь, потому что сегодня я посеяла семена, и если завтра пойдет дождь, они хорошо взойдут». Вот что мне здесь предпринять? И это только один пример».

Можете себе представить положение бедного Бога. Он был так сыт — по горло — человеком, что больше уже никогда ничего не создавал, после того как создал человека. Не то чтобы его творческая способность исчерпалась с сотворением человека: он мог бы создать еще многие вещи, но человек — это было слишком! Бог раскаивался — зачем ему понадобилось создавать человека? Без человека жизнь была мирной, тихой — деревья, звери, птицы. Все они радовались без всякого страха смерти, без всяких религий, без всяких философий, без всяких теологий, без всяких войн. Все было совершенно спокойно, — но в тот день, когда он создал человека, он совершил свою первую и последнюю ошибку. Поэтому он и спросил: «Что же мне теперь делать?»

Кто-то предложил: «Отправляйся на Эверест».

Он сказал: «Ты не знаешь... я же предвижу будущее. Скоро Тенсин и Эдмунд Хиллари доберутся туда, а если они найдут меня там, то будь уверен — проложат дороги, построят аэродромы, пустят автобусы, а может, и поезда доберутся, будут приземляться самолеты — и та же беда начнется снова».

Кто-то сказал: «Тогда тебе лучше перебраться на Луну».

Но он ответил: «Ты не видишь будущего. Для меня прошлое, будущее и настоящее — все доступно одновременно. Скоро они доберутся и до Луны. Это только вопрос времени, — а в вечности существования несколько лет или несколько сотен лет не значат ничего. Дайте мне такую идею, чтобы им никогда до меня не добраться!»

И старый ангел, который все это время слушал, шепнул ему на ухо: «Тогда есть только одно место. Начни жить в самом человеке; это единственное место, куда он не побеспокоится заглянуть. Он будет рыскать по всему свету, на далеких звездах — но не заглянет внутрь себя».

Когда первый русский астронавт возвратился — это был первый человек, который приближался к Луне, летал вокруг Земли, исследовал, привез фотографии оттуда, — первый вопрос, заданный ему в России, был: «Вы видели там Бога?».

И он сказал: «Я не видел никого. Там нет даже воды, там нет ни единого дерева — никому невозможно жить там. Жизнь не может там существовать. Воздух сильно разрежен — кислорода одна восьмая часть от того, что на Земле, так что я не вижу никакой возможности для жизни. Бога там нет».

Этот человек был Юрий Гагарин. В Москве создали музей в память Юрия Гагарина, первого человека, который приблизился к Луне. Музей увенчали надписью: «Мы искали всюду, мы даже заглянули на Луну — Бога там нет!»

Быть может, старый ангел был прав: «Они будут искать тебя всюду. Начни жить в самой сокровенной сути человека».

И с той поры Бог пребывал в покое.

Разумеется, с тех самых пор *вы* не бываете в покое, потому что даже высказывание недовольства приносит большое облегчение — а вам теперь некому высказать его. В церквах, синагогах, храмах люди по-прежнему пользуются все тем же надоедливым приемом, который они называют молитвой. Они по-прежнему внушают Богу: «Делай вот так! Не делай иначе!»

Во время Второй мировой войны Германия молилась: «Да будет победа за немцами», — а Англия молилась: «Да будет победа за англичанами». Но теперь все эти молитвы исчезли в пустом небе; там нет никого, кто бы слушал их.

Два генерала после Второй мировой войны беседовали в парижском ресторане. Немец спросил: «Что же такое случилось? Пять лет мы все побеждали и побеждали, а потом вдруг наступил крах».

Английский генерал улыбнулся и сказал: «Друг мой, вы не понимаете. Война — это еще не все... Вот мы молились Богу непрерывно. Наши армии молились Богу перед каждым наступлением, каждое утро».

Немец сказал: «Думаете, мы делали иначе? Мы тоже все время молились».

Английский генерал рассмеялся и спросил: «На каком же языке вы молились?»

«Конечно, на немецком».

Английский генерал сказал: «Теперь все ясно. Бог не понимает немецкого, он понимает только английский!»

Несмотря на то что он исчез внутри вас, вы все глядите на небо. Оно пустое, бесконечно пустое, а вы молитесь Богу... вы не заглянете даже на миг внутрь себя.

Даль таит в себе огромную притягательность. Она бросает вызов вашему эго. Она сделает вас величайшим человеком, первым человеком, который достиг пика Эвереста, первым человеком, который прогулялся по Луне, первым человеком, который прогулялся по Марсу, — но я не вижу никакого смысла в этом. Какой в этом смысл? Первый, или второй, или третий... человек, постоявший на Марсе несколько минут, выглядит просто глупо. Но люди стараются достичь звезд.

Даль обладает потрясающей магнетической силой, особенно для эго, потому что она сулит вам великое достижение. Психология эго вся умещается в мире достижения: добиться чего-то. Истина есть уже внутри вас; вы не можете достичь ее, вы не можете утратить ее, потому что это само ваше существо. Вот почему миллионы людей так никогда и не интересовались ею — какой смысл? Вы не можете ни лишиться, ни обрести ее — она уже тут.

Испокон веков, постепенно, становилось само собой разумеющимся, что нечего открывать внутри. И это верно: там нечего открывать. Нечего достигать, потому что у вас внутри уже целое царство Божие — вы не можете добавить ничего к нему и не можете ничего отнять. Но ваше эго сводит вас с ума, увлекая вас во все закоулки мира. Эго не интересуется тем, чем вы уже обладаете, потому что это не является великим достижением.

Вот сутра Да Хуэя: *Именно потому, что это так близко, вы не можете разглядеть эту истину собственными глазами. Даже сказать: «Это так близко»* — неправильно; это и есть *вы*. Близость тоже означает некую дистанцию. Когда вы хотите видеть что-то, вам требуется определенная перспектива. Если вы поставите зеркало прямо перед своим носом, вы не увидите ничего; вы должны держать его немного поодаль от себя, тогда вы увидите свое лицо. Но истина ближе чего угодно. Действительно, слово «ближе» уже дает понятие расстояния. Вот почему я говорю, что Да Хуэю недостает лишь одного шага. Еще один шаг — и он исчезнет.

Истина — это *вы*.

Он почти достиг конца своего паломничества: *Именно потому, что это так близко, вы не можете разглядеть эту истину собственными глазами. Когда вы открываете глаза, она поражает вас, а когда закрываете глаза, в ней тоже нет недостатка.*

Когда вы открываете глаза, то в действительности это истина открывает свои глаза, а когда вы прислушиваетесь — это истина прислушивается своими ушами. Тот, кто постиг, знает, что сам искатель и есть искомое. В этом-то и есть затруднение: паломник сам является целью паломничества.

Есть суфийская история об Ал-Халладже. Он был бедным человеком, но очень искренним в своем поиске. Мусульмане считают, что если вы пойдете к их священному месту, Каабе, хотя бы однажды в жизни, то этого уже достаточно для вашего освобождения. Поэтому он собрал денег, продал свой дом, свою землю, всю мелочь, какая только у него была, — и деревня устроила ему хорошие проводы.

Но как раз за деревней, под деревом, сидел великий мастер, Джуннаид. Ал-Халладж и понятия не имел, кто это такой, а Джуннаид сказал: «Послушай, куда это ты идешь?»

Ал-Халладж ответил: «Я хотел спросить у тебя, каким путем мне идти. Я иду к Каабе». Ал-Халладж взглянул на этого человека более внимательно. Он весь излучал сияние — это не был обычный человек.

Джуннаид сказал: «Забудь вообще про Каабу. Я — здесь. Сделай семь кругов вокруг меня, так, как ты сделал бы это, если бы добрался до Каабы, и положи все свои деньги передо мной. Не трать их зря!»

Этот человек говорил столь повелительно, что бедный Ал-Халладж отдал ему все свои деньги и сделал семь кругов. Тогда Джуннаид сказал: «Я обнаружил истину внутри себя. В Каабе есть только камень; я — живая истина! Твое паломничество осуществилось, но остался всего еще один шаг...»

Ал-Халладж спросил: «Что же это за шаг?»

Тот сказал: «Это тот шаг, когда ты начинаешь делать круг вокруг самого себя. Все-таки моя истина есть «моя» истина. Ты будешь благословен, почувствуешь себя великолепно, испытаешь экстатические моменты, но все же это моя истина. Ты должен научиться обходить вокруг самого себя».

Ал-Халладж спросил: «Это оказывается самым сложным делом. Как можно обойти вокруг самого себя?»

И Джуннаид сказал: «Просто покружись... покружись на одном и том же месте семь раз, и везде, где есть ты, есть истина».

Ал-Халладж никогда не покидал Джуннаида. Он говорил: «Дай мне место у твоих стоп. Я испытываю такое осуществление и удовлетворение, сам не знаю почему; я так расслаблен, и не знаю почему. Я никогда не бывал в таком прекрасном пространстве. Позволь мне сидеть у твоих стоп».

И Ал-Халладж оказался величайшим учеником Джуннаида — таким великим, что он сам стал мастером. Сегодня положение таково, что Джуннаида помнят только благодаря Ал-Халладжу; не будь его, Джуннаида уже давно забыли бы.

Ал-Халладж был распят за то, что провозгласил: «Ана'л хак — я истина». В этом состояло его преступление, — но это реальность. Однако никакая религия не хочет, чтобы вы знали реальность, потому что весь их бизнес обанкротится. Тогда кого будут волновать священные писания? Кого будут волновать церкви и организации? Индуисты, мусульмане, христиане, иудеи — кому они будут нужны?

Если вы нашли свою истину внутри себя, то больше нечего находить во всем сущем. Истина функционирует через вас. Когда вы открываете глаза, это истина открывает свои глаза. Когда вы прислушиваетесь, это прислушивается сама истина.

Это потрясающая медитация. Если вы поймете механизм, вам не нужно ничего делать; чем бы вы ни занимались, это становится истиной.

Вы прислушиваетесь — это истина; вы спите — это истина отдыхает; вы разговариваете — это истина разговаривает; вы молчите — это молчит истина.

Это одна из самых простых медитационных техник. Мало-помалу все приходит в порядок согласно этой простой формуле, и тогда нет необходимости в технике. Когда вы излечились, вы отбрасываете медитацию, вы отбрасываете лекарство. Тогда вы живете как истина — бодрый, лучистый, довольный, счастливый, с песней внутри. Вся ваша жизнь становится молитвой без слов, или, лучше сказать, молитвенностью, милостью, красотой, которая не принадлежит нашему светскому миру, лучом света, приходящим в темноту нашего мира из-за его пределов.

Когда вы открываете рот, вы высказываете ее, а когда закрываете рот, она появляется сама собой.

Даже мистики, которые предпочитали оставаться молчаливыми, были услышаны, и люди шли к ним. Их молчание было таким громким — возможно, громче, чем могли бы быть их слова. Хоть они и жили в пустынях или в горах, люди находили дорогу к ним.

Нечто незримое соединяет всех нас в единую сеть, и стоит засиять какой-то точке, и вот уже вся сеть трепещет. Те, кто более чуток, почувствуют больше; те, кто менее чуток, почувствуют меньше; те, кто интеллектуален, чувствуют это, но интерпретируют таким образом, что упускают суть.

Вы видели паутину? Коснитесь ее в любом месте, и вся паутина ощутит ваше касание; она задрожит каждой своей фиброй.

Да Хуэй прав: «Даже когда ваш рот закрыт, она говорит». Хотите вы, чтобы кто-нибудь слушал вас, или нет, люди из отдаленных мест начнут двигаться к вам. Иначе было бы практически невозможно разыскать молчаливых мистиков.

История гласит, что, когда Иисус родился, трое мудрецов с Востока прибыли в Иудею выразить свое почтение новорожденному дитяти. Говорят, что фактически вот как Иисус получил свое имя: когда первый мудрец входил на конюшню, где родился Иисус, — дверь была небольшая, ее делали для ослов, а не для людей, — он ударился головой о дверь и воскликнул: «Иисус!» Мария сказала Иосифу: «Вот, кажется, самое подходящее имя для мальчика».

Это мифологическая история. Она гласит: «Звезда указала путь и вела их» — как же иначе им отыскать этого маленького ребенка? Они были старыми, времени ждать у них не было, и они прошли тысячи миль. Они дождались, а звезда указала дорогу и остановилась прямо над конюшней. Это мифологический, а может быть, поэтический способ выражения, но в этом есть некая истина; это не просто фабрикация, красивая история.

Во-первых, все три мудреца прибыли с Востока. Возможно, Запад не мог быть настолько чутким, чтобы понять Иисуса, да еще в то время, когда тот был еще ребенком. Его не понимали, даже когда ему было тридцать три — когда его распяли, — и его не поняли даже сегодня! Ему поклоняются, но такое поклонение просто социально; половина мира христианская, но это всего лишь политика.

Знаменательно, что все три старика прибыли с Востока. Мое понимание таково, что свет этот не был звездой, сиявшей перед ними и ведшей их в то место. Восток имеет свои собственные объяснения, которые Запад никогда не мог понять. Светом был третий глаз тех троих старых мудрецов — его тоже называют «звезда», — и он вел их в верном направлении.

Звезды так не движутся; звезды описывают окружности, они не могут перемещаться по прямой. И звезды далеки — пусть даже звезда и остановится точно над конюшней — вам не удастся вычислить, где же эта конюшня; ведь та звезда настолько удалена, что конюшню можно было бы искать где угодно на земле.

Христиане не сумели объяснить, что это за звезда. Они приняли это буквально — что настоящая звезда указывала путь; они не понимают, что звезды очень велики. Наше Солнце не сможет вести вас. Если оно слишком приблизится, то сожжет всю Землю; оно должно оставаться на том отдалении, где оно есть.

Звезды удалены на миллионы световых лет; безусловно, то была вовсе не звезда. Это была звезда, которая сияет в вашем третьем глазу, у вас между бровями, и наполняет все ваше существо светом; она обладает магнетическим притяжением к человеку, который однажды станет просветленным или который, возможно, уже стал просветленным.

История о Гаутаме Будде такая же: великий святой прибыл из Гималаев. Он не выходил в мир вот уже пятьдесят лет, но его смерть приближалась, и в это время родился Будда. Ему об этом не сообщал посланник, никто и не знал, что этот человек будет Буддой, но у старика была абсолютная уверенность. Такая же звезда провожала и его. Он немедленно отправился туда, потому что не был уверен, что ему удастся добраться вовремя; он мог умереть в пути. Но он добрался, а так как во всей стране его знали как одного из самых мудрых людей, отец Гаутамы Будды коснулся его стоп и спросил: «Зачем вы так беспокоились? Путешествие утомительно; вам стоило лишь прислать послание, и я бы приехал. В чем причина?»

Тот сказал: «Нет, я должен был прийти. Я хочу увидеть ребенка, который родился в твоем доме».

Отец поверить не мог этому, но человек тот был весьма почитаемый, и он даже не посмел спросить его зачем. Он подумал, что, быть может, тот хочет благословить дитя; дитя принесли, и старик со слезами радости коснулся стоп младенца. Отец воскликнул: «Что вы делаете?»

Старик сказал: «Меня уже не будет здесь, когда он станет просветленным; мои дни окончились. Но он станет великим просветленным существом; а я буду счастлив от прикосновения к его стопам. По крайней мере, я первый касался его стоп — миллионы будут касаться их, миллионы соберутся вокруг него, но я первый узнал его, первый увидел его. Ты можешь видеть только дитя; я вижу его внутренний свет, так же как могу видеть и свой собственный внутренний свет».

Если вы видите собственный внутренний свет, вы начинаете видеть свет везде, где он существует. Тогда время и пространство больше не являются препятствиями.

Но если вы пытаетесь воспринимать ее, напрягая свой ум, — вы уже промахнулись на восемнадцать тысяч миль. Истину, которая внутри вас, истину, которая есть вы, нельзя обнаружить вашим умом. Ум — это самая низкая способность. Высшее может видеть низшее, но низшему не дано видеть высшее.

Функция ума — познавать предметный мир, ум — совершенно подходящий механизм для этого. Но у него нет способа заглянуть внутрь себя, заглянуть за пределы себя; у него просто нет средств, чтобы выполнить такую задачу. Это только механическое устройство, усовершенствованное миллионами лет эволюции. Ни один человек за всю историю не мог сказать, что узнал истину благодаря уму. Те, кто узнавал, узнавали ее тогда, когда ум был совершенно спокоен, не функционировал... не было волнующихся мыслей, как будто бы ум был отложен в сторону. Ум — не лестница к вашему существу; это стена, а не мост.

Суть религиозности заключена в единственной вещи — трансценденции ума. Сразу все двери вашего сокровенного существа начинают открываться сами собой, и все тайны жизни и сущего становятся доступны вам. Когда эта истина узнана, известна, вы можете пользоваться умом — лишь как транспортным средством, которое предназначено и обучено для фрагментарной передачи. Кое-что можно передать: несмотря на то, что слова не абсолютно точны — они не могут быть точными и не для этого служат, — они могут указать. По крайней мере, они могут дать некоторые намеки.

Существовало два типа святых, мудрецов: один, я говорил вам, это *архаты* — те, кто хранил молчание; чтобы найти их, требуются чуткие люди. И есть *бодхисаттвы* — они сами прилагают все усилия, чтобы достичь восприимчивых людей. Нельзя сказать, кто поступает лучше; они просто следуют собственному внутреннему свету. Тут никто не выше, чем другой.

Мир так причудлив: порой если истина подходит к вашей двери и стучится, сам факт ее прихода к вашей двери может стать барьером. Обратное тоже верно: если вы продолжаете поиски, стучитесь в дверь истины, и кругом тишина... пожалуй, вы более восприимчивы к молчаливому, к его присутствию, нежели к бодхисаттве, который бегает за вами, который прилагает все усилия, чтобы его услышало возможно большее число людей. Но оба они помогают — каждый своим уникальным способом.

Вы обладаете способностью, вы просто не осознаете ее.

Самый ценный и самый знаменитый бриллиант в мире — Кохинор. Слово «кохинор» означает свет мира. Этот бриллиант был преподнесен британскому королю того времени сикхским королем Пенджаба, Ранджитом Сингхом, в знак дружбы. Он и сейчас в короне британской королевы, но это такое уникальное произведение искусства, что оно не используется, а хранится в музее, для того чтобы люди могли его видеть.

У Кохинора невероятная история. Он был найден в штате Хайдерабад, в маленькой деревушке под названием Голконда. У одного бедняка было небольшое поле над речкой в Голконде. Однажды он нашел этот Кохинор: он был втрое больше, чем теперь, — так много ушло на обработку и шлифовку, что только одна треть осталась, две трети было удалено. Он так сверкал в речном песке, что человек подумал: вот хорошая игрушка будет для детей — и он принес домой Кохинор, и его дети играли им.

По чистому совпадению, странствующий саньясин прибыл в Голконду и попросился к этому бедняку на ночлег. Бедняк был совершенно счастлив: хоть он и отдал свою еду, а сам остался голодным, это великое благословение, что человек, который оставил все ради поисков истины, постучался в его дверь.

Когда саньясин поел, перед тем как ложиться спать, они разговорились. Странствующий саньясин был неисчерпаемым источником информации, потому что исходил всю страну из конца в конец. Он сказал бедняку: «Гляжу я на твои вещи, на твою маленькую лачугу, поношенную одежду, и мне грустно. Я знаю места... если ты продашь здесь свою землю и дом, то за эту же цену ты сможешь найти по крайней мере в четыре раза больше земли. Тогда твоя жизнь станет богаче».

Так вот, человек продал все, но дети взяли с собой ту игрушку, Кохинор. А по пути какие-то ювелиры увидели детишек, несущих такой большой бриллиант, что у них перехватило дыхание. Они поверить не могли, они никогда не представляли себе, что такой большой бриллиант может существовать.

Ювелиры спросили у него цену, а он сказал: «Вопрос не в цене — это же просто игрушка для моих детей. Можете дать все, что вам захочется, и берите ее». Но дети заупрямились, они не отдавали ее. Поэтому, в конце концов, бедняк заявил: «У нас нет ничего другого вместо детской игрушки. Не мешайте им», — и он уехал.

Но к тому времени, когда он добрался до места, о котором говорил саньясин, цены поменялись. Саньясин видел, что цены самые низкие в той части страны, несколькими годами раньше. Поэтому вместо того, чтобы устраиваться там, бедняк возвратился домой, а Низам из Хайдерабада — король штата Хайдерабад — прослышал о бриллианте, которым играют дети. Он навел справки, и выяснилось, что то был лучший бриллиант во всем мире, высочайшего качества, чистейшей воды, без единого изъяна. Купите его за любую цену — все равно это будет дешево.

Конечно, король приобрел его, дал человеку несколько тысяч золотых монет, и бедняк был очень счастлив. Король приобрел и его поле — потому что там, где был обнаружен Кохинор, в той части поля должны быть и другие бриллианты. Это поле и стало Голкондой — одним из величайших бриллиантовых рудников; и поле того бедняка и та маленькая речка дали почти все знаменитые бриллианты мира — их были тысячи. А семья бедняка владела той землей веками, из поколения в поколение, но не ведала о ее сокровищах.

Вы тоже обладаете Кохинором от самого начала вечности. Но вы не ювелир — вы не можете оценить, что несете внутри себя. Гаутама Будда — это и есть не кто иной, как ювелир, который может сразу увидеть, что вы носите потрясающе ценный Кохинор в себе. Если вы начнете искать его с помощью ума, вы ничего не найдете. Его можно найти, лишь когда ум совершенно стихает.

Вот что такое медитация. Тишина ума: какому методу вы последуете — не важно. Тишина ума, и вы в великом удивлении — быть может, величайшем удивлении, — потому что нет ничего больше, чем это. Вы найдете свою истину, вы найдете свой дом, вы найдете свою вечность. Вы найдете все то, о чем грезили, сожалели, о чем печалились и тосковали, потому что то, что вы просили, было внутри вас, а вы разыскивали повсюду.

Да Хуэй прав: *Но если вы пытаетесь воспринимать ее, напрягая свой ум, вы уже промахнулись на восемнадцать тысяч миль.* Самое незначительное напряжение ума — и вы уже вдали от себя; нет волнения ума — и вы точно там, где вам необходимо быть.

Начинайте осознавать свое грандиозное сокровище.

Религия не для того, чтобы делать вас бедным, религия для того, чтобы сделать вас богатейшим человеком в мире. Но ваши богатства не будут от мира; они будут священными, они будут божественными. Благословенны те, кто способен познать самого себя, потому что без этого жизнь остается адом, и нет дороги к выходу.

Жан-Поль Сартр написал замечательную небольшую книжку, в которой изображается ад. Называется книжка «Нет выхода». Там у них нет мучений старого типа — адского пламени и тому подобного; все удобства, кондиционер воздуха, все то, что может понадобиться, вполне доступно. Единственная проблема в том, что там нет выхода.

И вот они торчат в этом помещении с кондиционером, много незнакомых людей — и уйти некуда, и делать нечего; все нужды удовлетворяется даже без требования. Стоит только пожелать, и вы получаете это — так обычно изображались небеса! Только пожелайте, и у вас уже есть это, — но там нет выхода.

Это кошмар с кондиционером! Вы не можете выйти; каждый сидит на прекрасном диване — но просто сидит, и все. Люди уже по горло сыты друг другом без причины... просто все время у всех на виду, уединиться невозможно, и беспрерывно возникает проблема: «Что же дальше? Ведь мы не можем выбраться...»

То, что он описал, — кошмар с воздушным кондиционером, потому что там нет выхода... Сам того не зная, он изобразил ваш ум. Вы тоже заперты в своем уме со всеми видами грез, воображений, проектов, идеологий — и нет способа выбраться.

Медитация — это не способ выбраться из ума. Медитация говорит: «Просто наблюдайте ум — и вы снаружи. На самом деле, вы всегда были снаружи». Ваше пребывание внутри ума — это ваша ошибочная идея. Как только вы остановите функционирование ума, сразу же ошибочная идея исчезнет и вы обнаружите себя снаружи, на свободе. Теперь все небо доступно вам — ваша свобода, ваша вечная жизнь, это безбрежное, прекрасное сущее всегда в вашем распоряжении, готовое осыпать вас всеми возможными благословениями.

Просто небольшой трюк... это на самом деле даже и не техника, просто трюк. Вы не в уме — но вы думали, что вы в уме, — вот ваша беда.

Вы, очевидно, помните какой-нибудь кошмар: это пояснит вам, как развивается такая ситуация. В кошмаре вы хотите открыть глаза и не можете; вы хотите пошевелить руками и не можете. Нет выхода! — а кошмар становится таким сильным... например, у вас на груди стоит лев, или вас сбросили с горы в кромешную тьму, и вы не можете даже разглядеть дна... Когда доходит до самой полной интенсивности, сама эта интенсивность пробуждает вас.

Вам не удается проснуться, если кошмар слабенький; вы не можете выйти из него. Но если он очень интенсивен, тогда сама эта интенсивность будит вас — и внезапно кошмара уже нет. Вы никогда не бывали под лапами у льва, вас не сбрасывали ни с какой горы; вас не давил бульдозер — ничего такого не происходило. Это был только сон, но вы думали, что вы в нем. Вы были не в нем; даже когда он происходил, вы были вне его. Это был только фильм, проходящий перед вами. *Вы* были вне его.

Стереофильмы не завоевали рынок. Кажется, всего один или два фильма было сделано, потому что производство и выпуск их слишком дорого стоят, слишком трудны, — словом, не получилось.

Когда-нибудь лучшая технология обязательно возродит их... Но я посмотрел первый фильм, и меня изумила одна вещь. Из-за того, что фильм стереоскопический, люди там точно такие же, какими бывают люди: человек мчится на лошади, и весь кинозал уступает дорогу. Люди на этой половине кинозала бросаются в ту сторону, другая половина бросается в другую сторону — потому что лошадь влетает внутрь кинозала. Будучи трехмерной, она выглядит точно как лошадь.

Человек швыряет оружие — и каждый прячет голову, потому что оружие выглядит так, словно оно вылетает из экрана. Каждому известно, что это кино, и каждый смеется после такого своего испуга, прекрасно зная: «Это фильм, а мы вне фильма — ничто не может вылететь из киноэкрана». Может быть, это только стереокино... но в тот момент, когда лошадь мчится так быстро, вы вообще забываете о кино — и главным вопросом становится спасение собственной жизни.

Вы снаружи: ум — это только ваше убеждение, что вы в нем. Это убеждение должно быть сломлено — и способ сломить это убеждение, я уже рассказывал вам, очень прост. Просто наблюдайте — и лишь наблюдая, внезапно вы оказываетесь вне его, потому что наблюдатель не может быть внутри; он должен стоять снаружи и смотреть на весь объект.

И в то мгновение, когда вы идентифицированы с наблюдателем — который есть ваша настоящая индивидуальность, — ум утрачивает всю свою власть над вами. Ум больше не волнуется, вы достигли истины.

Эта небольшая сутра очень важна. Скорее всего, Да Хуэй высказал ее, когда постиг — не через свою интеллектуальную проницательность, а через медитацию, то есть экзистенциальную истину. Это может быть поворотным пунктом от интеллектуала к просветленному существу.

— Хорошо, Маниша?
— Да, Мастер.

24

НЕИЗБЕЖНОЕ

Возлюбленный Мастер,

Неизбежное

Всякий раз, когда вы встречаетесь с чем-то неизбежным на фоне повседневной суеты, вы постоянно наблюдаете себя, не прилагая усилий для медитации. Эта неизбежность сама по себе и есть медитация: если вы двигаетесь дальше и прилагаете усилия, чтобы наблюдать себя, вы окажетесь очень далеко от этого состояния.

В тот момент, когда вы переживаете что-то неизбежное, не напрягайте свой ум, а подумайте о наблюдении себя. Патриарх сказал: «Когда не возникает установления различий, свет пустотности сияет сам по себе». Еще мирянин Пан сказал:

> В ежедневной деятельности без
>   установления различий,
>   я сам естественно гармонизирован.
> Не захватывая и не отвергая, нигде
>   не выступая за или против.
> Кто считает малиновое и пурпурное
>   почетным?
> Не бывает ни капли грязи
>   в горах.
> Духовные силы и чудеса
>   действуют,
>   когда носишь воду и собираешь
>   дрова на костер.

Лишь когда вы не можете сбежать, внезапно вы избавляетесь от мешка (иллюзии), и, не долго думая, вы захлопаете в ладоши и громко рассмеетесь.

Неизбежное... это одна из самых важных проблем для каждого медитирующего.

Есть вещи, которые будут исчезать по мере того, как ваша медитация углубляется. Все то, что является ложным, будет уходить, все то, что иллюзорно, больше не будет существовать; все то, что вы проектировали, ожидали или грезили, не будет обладать реальностью. И все-таки там останется нечто такое, что не будет ни вашей мечтой, ни вашей проекцией, ни созданием вашего ума: вот это и называется неизбежным. Другими словами, реальное будет оставаться — уйдет только ложное.

Медитирующий должен научиться двум вещам: первое, быть достаточно способным, достаточно сильным, чтобы позволить ложному исчезнуть. Но это не слишком большая проблема. Каждое утро, когда вы просыпаетесь, вы позволяете снам исчезнуть. Вы не жаждете их, сколь бы сладостными они ни были, вы даже не задумываетесь над ними. Всего через две или три секунды вы начинаете забывать, а спустя несколько минут их как будто бы и не существовало вовсе. Вы не плачете из-за того, что в вашем сне кто-то умер, и не очень-то печалитесь из-за того, что в своем сне вы обанкротились. Все, что случилось во сне, в момент вашего пробуждения становится бессмысленным.

Как только ложное познано как ложное, проблема немедленно исчезает. Теперь возникает другая проблема, которая гораздо больше, гораздо глубже: остается реальное. До сих пор — из-за того, что вы заблудились в иллюзорном, вы не осознавали реального. Внезапно вы начинаете осознавать реальное; теперь вы должны применить терминологию реального.

Мир остается снаружи — тот же самый мир, те же самые люди, несмотря на то, что ваших проекций там не будет. Вы считали кого-то безмерно прекрасным, кого-то — великим мудрецом, кого-то — самой религиозной личностью: если это были ваши проекции, они исчезнут, но человек, которого вы считали прекрасным, или религиозным, или просветленным, останется. Теперь вам придется иметь дело с его реальностью. А единственный способ справиться с реальностью — это создавать полную гармонию с реальным. Вы не можете уклониться от этого, это неизбежно, нет способа рассеять это.

То, что можно было рассеять, вы рассеяли; почти девяносто процентов вашего мира будет рассеяно, и эти девяносто процентов были вашей проекцией. Но десять процентов — не ваша проекция, и вы должны быть с этим в полной гармонии.

Да Хуэй делает самое замечательное утверждение. Быть в гармонии обычно означает быть за, не быть против. Но Да Хуэй делает гармонию чем-то гораздо более глубоким — не быть ни за, ни против. Даже в том, чтобы быть за, есть некоторая натянутость: вы все-таки думаете о себе как об изолированном, что вы движетесь *вместе* с потоком, больше не сражаетесь с потоком. Но вы *есть*, а само ваше бытие — это сопротивление. Уже той идеи, что вы двигаетесь вместе с потоком, довольно для нарушения гармонии.

Да Хуэй дает чрезвычайно важное указание, и только человек, который пришел к этому опыту, способен сделать такое утверждение. В противном случае все очень просто, спросите кого угодно: двигаться вместе означает быть в гармонии, а двигаться против — это быть в диссонансе.

Но Да Хуэй говорит: «Даже двигаться вместе — это диссонанс, — очень неуловимо, очень скрыто, но вы сохраняете себя в изоляции. Настоящая гармония — это не выступать ни за, ни против. Позвольте реальности обладать вами. Отдайтесь тому, что неизбежно, — и вы найдете необъятный покой».

Эти сутры важны для каждого медитирующего на пути. *Всякий раз, когда вы встречаетесь с чем-то неизбежным на фоне повседневной суеты, вы постоянно наблюдаете себя, не прилагая усилий для медитации.*

Пункт первый: ваша медитация должна быть безо всякого усилия с вашей стороны, потому что все усилие от ума, а для ума нет пути достичь медитации. Так что, если вы совершаете какое-то усилие, само ваше усилие есть барьер для достижения того пространства, которое вы хотите достичь.

Медитация — это просто чистое понимание того, что вы можете наблюдать ум, не совершая никакого усилия; и запомните: наблюдение — это не усилие, наблюдение — это ваша естественная способность. Усилие есть нечто такое, что вы должны *делать*; наблюдение есть нечто такое, что вы не должны делать. Оно уже и так есть. Это само ваше дыхание, это сама пульсация вашего сердца, просто вы никогда не смотрели на это.

Да Хуэй говорит, что медитация должна быть без всякого усилия и что это — точка согласия между всеми медитирующими в мире. Усилие будет по-прежнему нарушать медитацию и привносить ум, поэтому с усилием нет и медитации, — только ум. Нет усилия, — нет ума... и спонтанное осознавание, что это не является вашей работой. Вы просто обнаруживаете его как свою внутреннюю природу.

Вот это и есть первая вещь насчет медитации. И он хочет напомнить вам вторую вещь: ваша медитация не должна быть чем-то таким, на что вы откладываете один час ежедневно по утрам или, как это делают мусульмане, пять раз на день. У различных религий разное особое время для медитации, — но эта идея иметь особое время для медитации означает, что вы оставляете время, где вы будете оставаться немедитативными.

Один час медитации и двадцать три часа немедитации... вы думаете, есть какая-нибудь надежда на то, что медитация победит в конце? Те двадцать три часа смоют все то, что, как вы полагаете, сделано вами в медитации.

Во-вторых, человек, который находится двадцать три часа в немедитативном состоянии, — как он может вдруг стать медитативным на один час? Это невозможно. Это подобно человеку, который болеет двадцать три часа и вдруг на один час становится совершенно здоровым, а потом снова заболевает, как будто бы это в его собственных руках — всякий раз, как он решает, что пора становиться здоровым, он выздоравливает, а когда приходит время болеть, он заболевает.

Медитация — это ваше внутреннее здоровье. Двадцать три часа в день болеть, духовно болеть — сплошной гнев, ненависть, зависть, конкуренция, насилие — и вдруг за один час вы становитесь Гаутамой Буддой, — как вы ухитритесь проделать это? Такое невозможно.

Все религии обманывали людей. Поскольку людям хочется иметь что-то духовное, они давали игрушку — один час делайте это, и вы проделаете медитацию, — но они и не рассматривали психологию этого. Это просто не в природе вещей, вы не можете проделать это таким образом. Вы либо медитативны двадцать четыре часа в сутки, либо немедитативны двадцать четыре часа в сутки, — выбор за вами. Но вы не сможете поделить свою жизнь на две части — в храме быть медитативными, а в лавке, на работе оставаться немедитативными.

Гаутама Будда и люди, которые поняли его, испокон веков настаивают на медитации, которая происходит при каждом действии и тогда, когда вы ничего не делаете. Она следует за вами, словно тень. Она протекает внутри вашего сознания, словно подводное течение. Вы можете быть хоть на базаре, хоть в храме — вы можете быть где угодно, а ваше внутреннее безмолвие остается ненарушенным, необеспокоенным. Это и есть единственная истинная медитация.

Итак, первое, — не должно быть усилия, должно быть пробуждено лишь понимание. Если есть гнев, наблюдайте. Не делайте никакого усилия оттолкнуть его, оставайтесь зрителем, как будто вмешиваться в это — не ваше дело. Если есть ненависть, наблюдайте. А это очень тонкие облака; если вы сможете просто оставаться внимательными, через несколько минут они пропадут. Они пропадут сами собой.

Не толкайте их, потому что чем больше вы толкаете их, тем больше вы признаете их реальность. Чем больше вы толкаете их, тем больше вы опускаетесь к их стандарту. Чем больше вы толкаете их... у них есть странная привычка. Вы видели насекомых? — вы отбрасываете насекомое, а оно тотчас же разворачивается и бежит к вам. Очень странное понятие: доступен весь мир, но оно не пойдет больше никуда. Оно принимает вызов: «Кто ты такой?..» Любое мелкое насекомое — любой таракан — отбросьте его прочь и понаблюдайте, что произойдет: он немедленно возвращается с огромной устремленностью.

Та же ситуация и с вашим умом. На самом деле, ум таракана и ум, который есть у вас, не очень-то различаются. Их основная структура одна и та же. У них ум чуть поменьше, поминиатюрней; ваш — немного побольше, но у них есть те же способности, что и у вас.

Ученых очень сильно озадачивало то, что везде, где есть человек, всегда бывают и тараканы, и *vice-versa**: везде, где есть тараканы, всегда бывает и человек. Они просто никогда не жили врозь; они — это древнейшие коллеги в сущем. Человек считается способным адаптироваться к любой ситуации — холод, жара, дождь — и тараканы обладают той же самой способностью.

Даже когда человек отправился к Луне, в ракете нашли тараканов. В этот странный рок не могли поверить. На Луну собирались и как следует готовились, проходили долгую тренировку, а тараканы отправились без всякой тренировки. Но они справились; они вернулись с людьми в той же ракете без всякой тренировки. Они оказались гораздо выше! Они не тренировались, и они справились с ситуацией, с которой никакой таракан до них никогда не имел дела.

Вы не представляете себе... ситуация была очень новая: нет гравитации, и тараканы летали. Люди по крайней мере могли пристегнуться к своим креслам, но у тараканов не было ремней, так что они действительно летали, — и впервые. Они не смутились отсутствием гравитации; они утратили весь свой вес, но не стали поднимать никакой суматохи по этому поводу. На Луне нет кислорода, но тараканы прекрасно справились и с этим. Они обладают миниатюрным умом, но того же самого образца, что и человеческий.

В тот момент, когда вы делаете какое-нибудь усилие отбросить свою ментальную начинку, она просто бросается к вам назад. Можете попробовать. Сядьте на пять минут и попытайтесь не думать об обезьянах, а потом посмотрите, что происходит. Обезьяны всего мира заинтересуются вами. А вы даже не говорили им; вы просто сидели в своей комнате с той идеей, что вы не думаете об обезьянах, — но и этого довольно. Это было обращением по радио ко всем обезьянам, и, что бы вы ни делали, они будут там до тех пор, пока вы не скажете: «Теперь пять минут истекло. Сейчас, если хотите, можете оставаться, если не хотите оставаться, дело ваше. Меня это больше не интересует». Они уйдут... но если вы желаете, чтобы они ушли, это вступает в противоречие с их гордостью.

Всякая отдельная мысль, всякая отдельная эмоция, чувство, по-видимому, обладают своим собственным эго. Вот отчего люди, которые пытаются сражаться с ними, терпят поражение. Не сражайтесь, просто наблюдайте. Нет вреда в том, что они здесь. Гнев не может причинить никакого вреда до тех пор, пока вы не отождествлены с ним, — тогда вы, возможно, и сотворите нечто, способное повредить кому-то. Гнев, сам по себе, не может ничего; он

---

* Лат. «наоборот».

абсолютно бессилен, — это просто идея. Позвольте ему быть, и наблюдайте, наблюдайте радостно, и посмотрите, сколько же он сможет продолжаться без вашей поддержки. Он не протянет и нескольких минут. Он пройдет.

Медитация должна быть только внимательностью, тогда возможно проводить ее двадцать четыре часа в сутки. Даже когда засыпаете, будьте внимательны. До последнего момента, когда вы видите, что сон захватывает вас, — темнота продолжает расти, тело расслабляется и подходит точка, когда вы вдруг от бодрствования переходите в сон, — наблюдайте до такого момента. И первым делом утром, когда вы пробуждаетесь по окончании сна, немедленно начинайте наблюдение; скоро вы будете в состоянии наблюдать даже в то время, когда вы спите. Внимательность станет лампой, которая продолжает гореть день и ночь внутри вас.

Это единственная реальная медитация. Все остальное, о чем рассказывали вам как о медитации, просто игрушка для забавы, — обманывать вас, что вы занимаетесь чем-то духовным. С этой медитацией вы столкнетесь с неизбежным. Все иллюзорное исчезнет.

Но не все в сущем иллюзорно. То, что не иллюзорно, является неизбежным, а что вы поделаете с неизбежным? Возможно, вы никогда и не думали об этом.

Эта неизбежность сама по себе и есть медитация.

Если вы продолжаете наблюдать даже неизбежное, то сможете увидеть ясно, что то, что исчезает во время наблюдения, иллюзорно; то, что становится еще более ясным, более кристально ясным, то, что скрывала туча ваших иллюзорных грез, желаний, теперь становится абсолютно ясным...

Да Хуэй говорит: *Эта неизбежность сама по себе и есть медитация.*

В тот момент, когда вы видите, что это и есть реальное, нет и вопроса — быть с этим или выступать против него. Реальное безбрежно, необъятно; на самом деле, мы просто капли в океане реального. Не бывает вопроса для нас: идти или не идти с ним — наблюдая молча, вы увидите глубокую гармонию, возникающую между вами и реальным. Так что медитация делает две работы: первая — она устраняет нереальное и вторая — она создает гармонию с реальным.

Если вы двигаетесь дальше и прилагаете усилия, чтобы наблюдать себя, вы окажетесь очень далеко от этого состояния. Нет необходимости двигаться дальше. Вы подошли к такому месту, где может произойти слияние. Двигаться дальше опасно. Вы можете начать снова вносить через заднюю дверь мысли, проекции; все то, что вы отвергли у передней двери, начнет вноситься через заднюю дверь.

Необходимо запомнить, что в тот момент, когда вы сталкиваетесь с чем-то таким, что становится в медитации яснее, правильнее, более основательным, тогда пора позволить гармонии произойти. Не нужно обдумывать, что делать с этим. Вы не должны задумываться над ложным, потому что ложное исчезает с медитацией; не должны вы думать и о реальном, потому что реальное становится до того кристально ясным, до того определенным, до того категорическим, что у вас не бывает сомнения. Нет необходимости продолжать. Пора, подходящий момент дать слиянию произойти.

В тот момент, когда вы переживаете что-то неизбежное, не напрягайте свой ум, а подумайте о наблюдении себя, потому что это будет движением вспять. Патриарх сказал: «*Когда не возникает установления различий, свет пустотности сияет сам по себе*».

Так что не успокаивайте ум снова, не начинайте задумываться, реальное это или нереальное, не привносите различение опять, потому что вместе с различением возвращается ум. Просто запомните симптомы: то, что нереально, пройдет немедленно, точно так, как сновидения исчезают утром, когда вы пробуждаетесь.

Во сне вам, может, приснился дворец; когда вы проснулись, дворца, конечно же, тут нет, только ваш старый бедный дом. Нереальное исчезло, а реальное — которое было совершенно забыто благодаря нереальному — прояснилось. Когда вы были во дворце, вы даже не удивились, что же произошло с домом. Он был совершенно скрыт иллюзией.

Когда вы встречаете реальное, то запомните одну вещь: Бодхидхарма говорит: «*Когда не возникает установления различий, свет пустотности сияет сам по себе*». Подождите... не принимайтесь будоражить свой ум снова, что является вашей старой привычкой. Есть все возможности того, что у вас будет искушение расшевелить свой ум. Если вы не будоражите свой ум, — «*свет пустотности сияет сам по себе*».

Мирянин Пан сказал — и он высказал потрясающе красивые вещи, — *В ежедневной деятельности без установления различий, я сам естественно гармонизирован. Не захватывая и не отвергая, нигде не выступая за или против. Кто считает малиновое и пурпурное почетным? Не бывает ни капли грязи в горах. Духовные силы и чудеса действуют, когда носишь воду и собираешь дрова на костер.*

Важно каждое предложение мирянина Пана: *В ежедневной деятельности без установления различий*, — оставаясь просто молчаливым и делая все то, что требуется сделать, — *я сам естественно гармонизирован*. Поскольку нет различения, нет и барьера, чтобы помешать гармонизации. Нося воду, рубя дрова или готовя пищу, вы не устанавливаете различий между деятельностью и вашим сознанием. Возникает совершенно новый вид деятельности — из гармонии. Вы действуете в гармонии, и не важно, какого рода эта деятельность...

Одного из величайших танцоров, Нижинского, ученые расспрашивали снова и снова: «Мы не можем поверить в это. Как вам удается?» — потому что его танец был чудом. Когда он приближался к пику своего танца, он совершал такие затяжные прыжки, которые было невозможно согласовать с гравитацией. Даже те люди, которые состязались на Олимпийских играх по прыжкам в длину, не смогли бы прыгнуть так, как обычно прыгал Нижинский.

Нижинский прыгал так высоко, что это было просто невозможно согласовать с законами науки. В соответствии с его весом и силой гравитации он должен был бы прыгнуть только так, и не более, — есть определенный предел, — но он побил все рекорды. Это было первой проблемой для ученых.

Вторая была даже еще трудней. Когда вещи падают, они падают со скоростью; гравитация притягивает вещи быстро. Вы видите ночью то, что вы называете падающей звездой. Звезды не падают — звезда слишком велика. Если бы они падали, с нами было бы покончено давным-давно. Наша планета так мала, что, даже если звезда пройдет, не задев нас, с нами будет покончено — уже ее тепла будет довольно, чтобы сжечь все живое.

То, что продолжает падать, — и число немалое, по крайней мере шесть тысяч звезд падают каждый день, двадцать четыре часа по всей Земле, — это не звезды, это мелкие камни. Камни эти произошли из-за того... ученые представляют, что какое-то время тому назад — около двух миллионов лет назад — большая звезда прошла рядом с Землей, и вследствие своего прохождения она вытащила Луну.

Луна была частью Земли, но гравитация звезды была такова, что то место, где теперь существует Тихий Океан, когда-то было заполнено веществом, которое теперь является Луной. Она была вырвана. Звезда двигалась далеко, но, поскольку звезда движется со световой скоростью, она вытащила большой кусок, который стал Луной. Когда такой большой кусок вытянут из Земли, миллионы мелких кусочков Земли тоже уйдут в небо за пределы двухсотмильной сферы гравитации.

Те миллионы каменных кусочков и Земля по-прежнему скитаются по пространству. Всякий раз, как они случайно сближаются и попадают в пределы гравитации — что бывает, если они приблизятся на двести миль, — Земля тотчас же притягивает их назад. Но сила, с которой они притягиваются, такова, что нагревание при трении о воздух сжигает их. Вы видите свет при их сгорании, — это просто трение от скорости их падения.

Большинство из них исчезают в воздухе, они никогда не попадают на Землю. Некоторым удается попасть, если они достаточно велики, — это камни другого рода. Благодаря тому что они существовали в пространстве вне пределов земной гравитации вот уже два миллиона лет, они проявляют иные характеристики.

В Мекке, то, чему мусульмане поклоняются как Каабе, — это большой камень, упавший с неба. Такие камни можно узнать — они изменили характеристики, — и их называют астероидами.

Таким образом, когда вещь падает, она падает с большой скоростью, — однако Нижинский падал совсем как перышко, покачиваясь медленно то туда, то сюда, — не по прямой линии воздействия гравитации. Это было почти волшебство, и Нижинский не был в состоянии объяснить это, потому что это не было чем-то проделанным им самим. В конце концов, он признал вот что: «Всякий раз, как я пытался сделать это, я терпел неудачу. Как только я полностью забываю себя, — когда танцор забыт и один танец остается, — это происходит. Не одни вы поражены, я тоже поражен. Я не проделывал этого; меня уже не было, там был только танец».

Медитирующий естественно гармонизируется. Вся его деятельность является своего рода танцем, он един с нею. Неся воду, он не отделен от воды, которую несет; рубя дрова, он не отделен, он просто рубит. Каждое действие больше уже не того прежнего качества, где вы были делающим.

Теперь делающий исчез, осталось только делание.

И поскольку остается лишь делание, — танцора больше нет, только танец остался, и возникает естественная гармония, — нет захвата. Несмотря на то что это огромная благодать, нет желания ухватить ее, нет страха, что «я могу ее утратить». Человек до того наполнен и осознающ, что, естественно, нет необходимости захватывать это. Это ваша собственная природа. Вы захватываете другие вещи; вам не нужно захватывать свою собственную природу.

Не захватывая и не отвергая, нигде не выступая за или против — все эти вопросы за и против принадлежат уму. Когда ума тут больше нет, вы ни за, ни против: вы просто есть, — и происходит естественная гармонизация.

Это не ваше делание.

Кто считает малиновое и пурпурное почетным? Пан буддист — точно так же, как Бодхидхарма буддист и Да Хуэй буддист, — а в буддизме пурпурный и малиновый цвета традиционно признаны священными цветами.

Пан говорит: *Кто считает малиновое и пурпурное почетным? Не бывает ни капли грязи в горах.* Всего того, что помешало бы вашему зрению, всего того, что помешало бы вашей ясности, больше не существует, — нет даже и капли грязи во всех горах.

Кого интересует, что святое, а что нечестивое? — потому что ума, который обычно различал, больше нет.

Духовные силы и чудеса действуют — и никак не иначе, чем — *когда носишь воду и собираешь дрова на костер*. Так что, поклоняетесь вы в храме или собираете дрова для костра, все это одно и то же, потому что оба проделаны в глубокой гармонии и медитативности. Оба обладают одним и тем же ароматом, одной и той же музыкой и одним и тем же танцем.

Лишь когда вы не можете сбежать, внезапно вы избавляетесь от мешка (иллюзии), и, не долго думая, вы захлопаете в ладоши и громко рассмеетесь.

Он говорит, что в тот момент, как кто-то становится просветленным — просто когда вы не можете сбежать, просто когда вы настолько едины с реальностью, что некуда бежать, когда вы никак не можете отделиться от океана сущего, — внезапно вы избавляетесь от мешка — иллюзии. Вы отделены только мешком, и это тоже иллюзорно — всего лишь идея. *И, не долго думая, вы захлопаете в ладоши* — и не задумываясь над тем, что вы делаете, вы захлопаете в ладоши и громко рассмеетесь.

Я расскажу вам небольшую историю, чтобы пояснить это. Двое монахов, мастер и ученик, шли через лес. Уже становилось поздно. Они сбились с пути, и старик, мастер, все время спрашивал: «Сколько же еще надо, чтобы добраться до следующей деревни? Опасно оставаться темной ночью в этой лесной глуши — здесь дикие звери». И он все время прижимал свою сумку.

Юноша, его ученик, немного забеспокоился: что случилось со стариком? — ведь они много раз сбивались с пути, и много раз им приходилось останавливаться в лесу, однако тот никогда раньше не боялся диких зверей. Он и смерти-то не боялся, — это что-то новое. И почему это он продолжает прижимать свою сумку снова и снова? Похоже, он старается нащупать что-то в сумке...

Целый день они шли, и наконец, на закате солнца, они остановились у источника принять небольшой душ, отмыть всю грязь со своих тел, а потом перекусить, прежде чем солнце зайдет.

Мастер передал сумку ученику и велел ему: «Острожно с ней». Это тоже было ново. Он уже много раз передавал ему ту сумку во время их странствий, но никогда еще не говорил: «Осторожно!».

На это ученик ответил: «Да, я буду осторожен», — он заглянул в сумку и обнаружил два слитка золота. «Теперь мне понятно, в чем дело», — подумал он. Пока старик мылся, ученик забросил те два золотых слитка в ущелье тысячефутовой глубины и положил в сумку два камня примерно такого же веса.

Старик быстро покончил со своим мытьем, и первое, что он произнес, было: «Дай мне сумку». Он взял сумку, ощутил тяжесть и был удовлетворен. Они съели свой ужин, а тем временем солнце село, тогда они двинулись дальше. Но по-прежнему вокруг не было никаких признаков деревни, и старик очень сильно всполошился.

Через две мили от источника юноша сказал: «Теперь, мастер, перестань тревожиться».

Старик спросил: «Что означает твое "перестань тревожиться"? Какая тревога?»

Ученик сказал: «На самом деле я бросил твои тревоги в ущелье возле источника».

Старик тотчас же открыл свою сумку и вынул те два камня. Он воскликнул: «Боже мой! Ты вышвырнул два таких слитка золота?!»

Ученик сказал: «Да, потому что они в первый раз заставили тебя испугаться. А самое удивительное — это то, что вот уже две мили, хоть опасаться было не за что, ты попрежнему опасался. Уже иллюзии того, что золотые слитки в сумке, довольно, чтобы заставить тебя бояться». Он все время держался за сумку и чувствовал...

Все наши иллюзии — наша дружба, наша семья, наше общество, наши деньги, наша власть — исчезают внезапно в тот момент, как вы видите, что сбежать некуда, теперь капля упала в океан.

И в этот же момент, не раздумывая, вы начинаете хлопать, и ваше существо разражается громким смехом: «Я и есть океан. До сих пор я думал, что я капля, и тревожился понапрасну, что если я волей случая упаду в океан, это будет моей смертью. Теперь, упав в океан, я обнаружил прямо противоположное. Это моя вечная жизнь».

Пора капле захлопать в ладоши и как следует рассмеяться.

Для любого, кто становится просветленным, первое правильное действие — захлопать и как следует рассмеяться.

Если вы можете проделать это, даже не будучи просветленным, кто знает, — а вдруг вы станете просветленным? Так попытайтесь!

— Хорошо, Маниша?
— Да, Мастер.

25

ДВА ПРОБУЖДЕНИЯ

Возлюбленный Мастер,

Два пробуждения

В старину почтенный Ень Ян спросил Чжао Чжоу: «На что это похоже, когда не приносится ни единой вещи?» Чжоу сказал: «Отпусти это». Ень Ян спросил: «Поскольку ни одной вещи не принесено, что же отпустить?» Чжоу сказал: «Если не можешь отпустить, подними это». При этих словах Ень Ян стал возвышенно просветленным.

Еще: Монах спросил древнего досточтимого: «На что это похоже, когда ученик не может справиться с чем-то?» Досточтимый древний сказал: «Это похоже на меня». Монах спросил: «Учитель, почему вы тоже не можете справиться?» Досточтимый древний сказал: «Если бы я мог справиться со всем, я бы отобрал эту твою неспособность справляться». При этих словах монах стал возвышенно просветленным.

Просветление этих двух монахов именно там, где вы заблудились; эти два монаха задавали свои вопросы в точности оттуда, где у вас сомнения. «Феномен рождается от установления различий и гибнет тоже из-за установления различий. Смойте все феномены различения — у этой драмы нет рождения или уничтожения».

Дзэн во многом отличен от других традиций мистиков. Но одна вещь, которая выделяется, очень уникальна — эти странные, небольшие диалоги: просто перечитывая их, вы не сможете понять, как такие небольшие диалоги могут принести кому-то просветление.

Во-вторых, сам дзэн не дает объяснений. Такова одна из причин того, что живая традиция просветления не охватила весь мир. Я бы хотел, чтобы вы поняли эти небольшие диалоги, которые по-видимому не значат ничего, но в определенных обстоятельствах, вызванных другими методами дзэна, могут принести пробуждение. Диалоги вспоминают испокон веков; и люди на пути дзэна наслаждаются ими безмерно. Но для посторонних они остаются просто проклятием, потому что так и не оговорен контекст, и ссылка на то, что произошло пробуждение, никогда не обсуждалась.

За этими небольшими диалогами долгая дисциплина медитации, понимания — возможно, годы и годы работы. Но внешнему миру известен лишь диалог. Вам не известны люди, которые дискутируют друг с другом; они — не обычные люди. Пробуждение возможно, лишь если у них есть фон, способный придать малой частице диалога — которая сама по себе ничто — огромную значительность.

Но когда вы читаете их, вам не верится, как же эти диалоги могут сделать кого-то просветленным, — ведь вы читаете их, и вы не становитесь просветленными! Что-то упускается в вашей перспективе.

Я постараюсь дать вам весь контекст и пояснить не только слова диалога, но также и индивидуальности, занятые в этих небольших диалогах. Лишь тогда вы увидите то, что это не пустяки, — они очень оптимальны. Те люди достигли последней точки; эти диалоги просто маленький толчок. Они были почти готовы... можно сказать, что даже и без этих диалогов они стали бы просветленными, — может, неделей позже. Эти диалоги сократили не больше одной недели до того, как им суждено было стать просветленными.

Сейчас дзэн становится модным во всем мире, о нем столько написано. Но до сих пор я не натолкнулся ни на кого... а я просматривал почти все, что написали о дзэне люди, у которых не было никакого просветления, но на которых произвела впечатление красота людей, следовавших дзэну. Они превозносят вещи, которые не дают смысла — почти бессмыслицу, — и не обладают способностью передать вам фон.

Запомните, все зависит от фона: есть долгие годы подготовки, долгие годы ожидания, стремления, долгие годы молчаливого терпения, медитаций. Этот диалог приходит на вершине, в самом конце. Если вы можете понять весь процесс, то это объяснит вам, как диалог может принести кому-то просветление.

Без знания всего процесса дзэн будет оставаться просто развлечением для мира. То, что для людей дзэна является просветлением, снижается до простого развлечения. Эти диалоги — еще не весь процесс. Это совсем как айсберг: малая часть видна над морем — одна десятая всего айсберга, — а девять десятых внизу. Пока вы не поймете те девять десятых, эта одна десятая не даст вам никакого понимания.

В старину, — говорит Да Хуэй, — *почтенный Ень Ян спросил Чжао Чжоу: «На что это похоже, когда не приносится ни единой вещи?» Чжоу сказал: «Отпусти это». Ень Ян спросил: «Поскольку ни одной вещи не принесено, что же отпустить?» Чжоу сказал: «Если не можешь отпустить, подними это». При этих словах Ень Ян стал возвышенно просветленным.*

Если вы так и останетесь в пределах этого маленького эпизода, вы не сможете объяснить, как он может вызвать великое просветление. Первое: в контексте всего подхода дзэн, в глазах Гаутамы Будды, Бодхидхармы, Да Хуэя мир есть не что иное, как *пустота*. А когда они используют слово «пустота», у них есть для него свое собственное значение. Это не то обычное значение, которое вы можете найти в словаре.

Если убрать все из вашей комнаты — всю мебель, фотографии со стены, люстру и все остальное — ничего не оставить, любой скажет: «Эта комната пустая». Таково обычное значение этого слова. Но из перспективы Гаутамы Будды эта комната пуста от вещей, но наполнена пространством. На самом деле, когда здесь были вещи, они загромождали пространство. Само слово «комната» подразумевает пространство. Так что теперь она переполнена пространством, — нечем загромождать, нечем смешать и преградить пространство.

Пространство не есть вещь негативная, — как звучит слово «пустота». Все в мире происходит из пространства и все исчезает в пространстве. Пространство оказывается резервуаром всего, что есть...

Как говорят ученые, несколько лет назад они обнаружили черные дыры в пространстве. Эта самая изумительная история, которую может поведать наука. Они сами испытали замешательство, но что они могут поделать? Они натолкнулись на несколько мест в пространстве... как только любая звезда, даже самая большая, входит в ту область, вы больше не сможете увидеть ее: она становится просто чистым «ничто». Притяжение этих нескольких мест до того огромно, что все то, что приближается к ним, немедленно втягивается в черную дыру и исчезает из мира. Каждый день множество звезд продолжает исчезать в черных дырах — такова была основная идея.

Но потом, конечно, ученые задумались: если есть черные дыры, должны быть и белые дыры тоже. Если все продолжает исчезать в черных дырах, однажды все должно будет исчезнуть. Но каждый день рождаются новые звезды — откуда они приходят? Это все еще предположение, гипотеза, что место, откуда они приходят, следует называть белой дырой.

Мое собственное понимание таково, что черная дыра и белая дыра — это лишь две стороны одного и того же явления; они нераздельны. Это совсем как дверь: вы можете войти, можете выйти. С одной стороны двери написано: «Толкать»; а с другой стороны написано: «Тянуть». Черная дыра уничтожает; это смерть.

Не одни вы устаете и стареете, сейчас говорят, что даже металл устает; даже машине не годится работать двадцать четыре часа в сутки. Вы создаете слишком сильное напряжение в металле. Ему требуется небольшой отдых, чтобы прийти в себя; в противном случае он скоро уже не будет действовать. Даже машины стареют, совсем как люди.

Звезды стареют, точно как и все остальное. Когда звезда или планета становится слишком старой и не может больше удерживать свою целостность, она исчезает в черной дыре. Приходит ее смерть. Это уничтожение[*]. Функция черной дыры в том, чтобы рассеять все составляющие планеты или звезды, — они возвращаются к своей изначальной форме.

Изначальная форма — это просто электричество, просто энергия, так что материя переплавляется в энергию. Энергию нельзя видеть, вы не можете увидеть ее. Вы когда-нибудь видели электричество? Вы видели побочный продукт электричества, например вашу лампочку, но вы не видели самого электричества. Когда оно проходит по проводу, вы видите что-нибудь? А если лампочку убрать, — электричество по-прежнему есть, — но разве вы видите его?

Энергию нельзя увидеть. Энергия невидима, так что, когда вся эта масса огромной звезды или планеты отступает в изначальный источник, она становится чистой энергией. Вот почему вы не можете увидеть ее, — она исчезла. Возможно, это время для долгого отдыха. А отдохнув, основные составляющие могут опять собраться вместе, могут опять сформировать новое тело и выйти во Вселенную с другой стороны черной дыры, — которая является белой дырой.

Это сегодня самое важное в умах физиков. Это означает, что Вселенная беспрерывно обновляется таким же самым образом, как и каждая индивидуальность рождается, стареет, умирает, а потом где-то еще рождается в новой форме — свежей, молодой. Это и есть процесс омоложения.

Сущее, само по себе, наполнено пространством. Пространство выглядит пустым для нас, — но оно не пустое, это потенциал, чтобы вещам случаться. Все происходит из него — так как же вы можете назвать его пустым? Назовете вы материнское чрево пустым? Оно обладает потенциалом давать

---

[*] Ошо использовал англ. понятие *de-creation* — процесс, обратный *creation* — созиданию (уничтожение).

рождение жизни. Оно представляется пустым, потому что его потенциальность еще не была трансформирована в действительность.

Гаутама Будда был первым человеком, использовавшим слово «пустота» в смысле пространственности, безграничного пространства. Все есть лишь форма, а вещь, которая создает форму, невидима. Только форма видна, а энергия, создающая ее, незрима.

Дзэнский ученик медитирует непрерывно на пустотности сущего, на пространственности сущего. Все формы пусты, форма не обладает самостью, «я». Только сущее обладает «я». Все остальное лишь грезы, длящиеся несколько лет, — а в вечности времени нечего хвастать несколькими годами, они вообще не имеют значения. Медитирующий беспрерывно продолжает и продолжает постигать природу и вкус «ничто».

Однажды он поймет, что все то феноменальное, которое появляется, исчезнет... сегодня оно есть, завтра оно может пропасть — ничто не вечно. А если что-то не вечно, оно не реально.

Углубление в эту медитацию изменит всю вашу жизнь. Приходит гнев, а вы знаете, что это просто форма энергии; вы не обращаете внимания на человека, разгневавшего вас. Медитирующий обращает все свое внимание *на сам гнев*. Эта форма исчезает, а ту энергию, что содержала форма, поглощает медитирующий. По мере того как вещи продолжают исчезать — печаль, напряжения, несчастье, страдание, — вы становитесь все более и более сильными, потому что все превращается просто в форму энергии. Вот в этом состоянии попытайтесь понять первый эпизод.

Ень Ян спросил Чжао Чжоу: «На что похоже, когда не приносится ни единой вещи?» Это совсем обычное. Оба они адепты — один уже стал просветленным, другой как раз на грани, — а это знак почтения, преподнести что-то в подарок мастеру.

Но Ень Ян спросил: *«На что это похоже, когда не приносится ни единой вещи?»* Он не принес никакого подарка мастеру и спрашивает самого мастера: «На что это похоже, как это чувствуется, когда приходят к мастеру без единой вещи в подарок?» *Чжоу сказал: «Отпусти это».*

С точки зрения логики, это совершенно абсурдный ответ. Если вы ничего не принесли, что же здесь отпускать? Но тут есть нечто — и это не абсурд. Ень Ян спрашивал: *«На что это похоже — как это чувствуется, — когда не приносится ни единой вещи?»*. А когда Чжоу говорит: *«Отпусти это»*, — он говорит отпустить все, на что бы это ни походило. Он не предлагает отпустить что-нибудь; между ними обоими понятно многое. Как же вы можете отпустить что-то, чего вы не приносили? Но ведь вы чувствуете нечто — отпустите то чувство, избавьтесь от него.

Поскольку все вещи — это пустые формы, вы никогда не приносите ничего, — приносите вы их или нет. Это всегда *ничто* — либо потенциальное *ничто*; либо актуальное *ничто*; но это *ничто*. Так что не беспокойтесь об этом. Что бы вы ни чувствовали, нет необходимости обсуждать это; просто отпустите это, освободитесь от этого.

Ень Ян спросил: «Поскольку ни одной вещи не принесено, что же отпустить?» Не то чтобы он не понимал; тот вопрос, что он задает, не вашего сорта. Он — человек медитирующий, и он точно понимает, что подразумевает Чжоу под словами: *«Отпусти это»*. Но он дразнит мастера; он хочет, чтобы тот сказал что-то неправильное, так что он сможет схватить его за горло.

Он поднимает вопрос, на котором любого можно поймать. Это старый розыгрыш в традиции дзэна. *«Поскольку ни одной вещи не принесено, что же отпустить?»* Он делает логическое утверждение, зная совершенно прекрасно, что подразумевает мастер, когда он говорит: *«Отпусти это»*. Но вам не победить мастера.

Чжоу сказал: «Если не можешь отпустить, подними это», — но он остается в своем состоянии чистого *ничто*. Он не сдвигается ни на вершок. Хотя ученик и старается подтолкнуть его высказать что-то ошибочное, — просветленного человека, пробужденное сознание нельзя перехитрить ничем. Вы можете это пробовать под любым углом — и есть тысячи историй, в которых ученики пытались одурачить мастера. Но никому еще не удавалось. Если кому-то и удается, это значит, мастер еще не мастер, он претендент.

Поэтому когда он спрашивает: *«Что же отпустить?»* — он делает логическое утверждение, и он пытается доказать, что то, что высказывает мастер, это абсурд. Но мастера нельзя сдвинуть из его состояния бытия. Он говорит: «Ладно, — *если не можешь отпустить, подними это»*.

Ситуация остается той же. Тот же вопрос можно задать снова: «Если я не принес ничего, как же мне поднять это?» Но Ень Ян понимал, что этого было довольно. Вам не перехитрить мастера, делая утверждение, которое не согласуется с его переживанием *«ничтойности»*. Нечего поднимать и нечего отпускать, кроме того чувства, которое вы несете. Либо отпустите это... либо если не можете отпустить, то поднимите. Что же еще можно сказать?

Это абсурдное утверждение, которое выглядит абсурдным для любого постороннего, внезапно включает в ученике, который как раз на грани просветления, тот же свет, то же самое понимание, — что нечего нести, нечего отпускать, нечего поднимать, — вы только чистая осознанность в океане *ничто*.

Выслушав это от мастера Чжоу, он движется прямо, как стрела, к своему существу. *При этих словах Ень Ян стал возвышенно просветленным.*

Мне хочется дать вам еще один пример, который более ясен и который поможет вам понять предыдущий пример.

Один великий король, Прасенджита, современник Гаутамы Будды, собирался встретить Гаутаму Будду у главных ворот города. Он владел очень ценным бриллиантом, который был уникален; все короли этой страны завидовали такому бриллианту. Он раздумывал: «Что было бы подобающим подарком для Будды, пришедшего в мой город? Я отдам этот бриллиант...»

Его жена уже долгое время была последовательницей Гаутамы Будды, еще до того, как она вышла замуж за Прасенджиту. На самом же деле Прасенджита отправлялся лишь по настоянию своей жены: «Это драгоценный момент, не пропусти его». В глубине души он хотел продемонстрировать миру свою щедрость, свое эго, пожертвовав этот великолепный бриллиант.

На поверхности это было одно — он так вежлив, так хорош, так скромен, что преподнес великолепнейший, самый ценный подарок. Но в глубине его бессознательного это было нечто другое: тысячи монахов будут там — десять тысяч монахов обычно двигались с Гаутамой Буддой, куда бы он ни отправлялся, — и вся столица будет встречать его. Так что это будет хороший шанс продемонстрировать свое богатство, свою силу, свою щедрость.

Его жена поняла это по его глазам. Она сказала: «Послушай, для Гаутамы Будды это лишь камень; не думай, что это произведет на него впечатление. Вот что я чувствую: в нашем дворцовом пруду есть прекрасный цветок лотоса — тебе нужно взять его. Это будет означать для него намного больше, чем мертвый камень».

Он сказал: «Я возьму и то, и другое и посмотрю, ты окажешься права или же я».

Он отправился туда со своей женой. Он был королем, так что он, конечно, был во главе целой толпы людей, которые пришли встречать Будду. Он преподнес ему бриллиант со словами: «Я не очень богат, но у меня есть один из самых драгоценных бриллиантов, и я жертвую его тебе».

Будда произнес: «Брось это».

Он поверить не мог этому, но перед тысячами людей, когда Будда сказал: «Брось это», — он не мог даже сопротивляться или сказать «нет». Ему пришлось бросить камень. Он подумал, что, наверное, его жена была права: «Для Будды это лишь камень; для *тебя* это самая драгоценная вещь».

Тогда он протянул другой рукой цветок лотоса, и Будда произнес: «Брось это».

Он подумал: «Боже мой, моя жена тоже ошиблась!» — и он бросил лотос.

Теперь дарить стало нечего. Совсем с пустыми руками он стоял там... и Будда произнес: «Брось это!» Теперь это было уже слишком! Если ничего не осталось, что ему бросать?

И Махакашьяпа рассмеялся. Махакашьяпа был прародителем дзэна. Он действительно был основателем, но так как он никогда не разговаривал, все, что о нем время от времени упоминается, — это его смех.

Прасенджита взглянул на Махакашьяпу. Тот сам был сыном великого короля, отрекся от своего королевства и последовал за Гаутамой Буддой. Прасенджита спросил: «Махакашьяпа, почему ты смеешься?»

Тот сказал: «Я смеюсь, потому что ты не понимаешь, что говорит Будда. Чтобы понимать его, требуется глубокий опыт медитации. Он не предлагает бросать бриллиант или бросать лотос; все это просто ложное. Брось самого себя! Если ты не бросишь себя, ты не бросишь ничего. Упади к его стопам!»

Это было уж слишком. Прасенджита и не думал об этом. Он принес подарки... он не был последователем Будды, — это его жена была. Но теперь, когда столько народу вокруг, было бы неудобно не поклониться.

Он коснулся своей головой стоп Гаутамы Будды, и на этот раз засмеялся Гаутама Будда. Он сказал: «Ты же притворяешься, что бросил, но не бросаешь! Здесь не надо притворяться. Или будь подлинным, или не делай этого. Теперь подними свой бриллиант и свой лотос и убирайся. Если ты не можешь бросить себя, то нет другого подарка, который ты можешь принести мне.

Пока не подаришь самого себя, никакой подарок неприемлем. Только любовь может быть подарком. Только глубокое позволение может быть подарком. Только слияние с тем, кто прибыл, может быть подарком. Все подарки слишком уж обычны: даже приносить их — это показывать свою глупость».

Слушая его, глядя на него — внезапно он увидел Будду в первый раз. Вокруг него ощущалось поле энергии... он никогда еще не бывал безмолвным, и вот в первый раз он чувствовал безмолвие — и тысячи людей совершенно безмолвны, как будто там не было никого.

Прасенджита коснулся стоп Гаутамы Будды второй раз, и Гаутама Будда сказал: «Теперь правильно, это исходит от самого твоего сердца. Теперь я могу принять твой подарок».

У заурядной личности возникнет вопрос: «Что за подарок?» — потому что бриллиант был отвергнут, лотос был отвергнут... и теперь Будда принимает подарок. Для заурядного ума ничего больше не передано; но в восприятии просветленного все *произошло*.

Прасенджита больше не тот же самый человек. Он не возвратился домой. Он сказал своей жене: «Я в недоумении: ты так долго была ученицей Гаутамы Будды; почему же ты тогда выходила замуж, почему ты все еще во дворце? Когда твой Мастер ходит босоногим под жарким солнцем по всей стране, ты должна быть с ним, ты должна заботиться о нем. Можешь возвращаться домой

— колесница готова, — но я бросил себя, я отдал себя в подарок. Я не пойду домой».

Жена и не думала о такой возможности. Она была ученицей, но это не означало... Однако теперь, когда муж не пошел... она тоже поднялась к высшему состоянию сознания. Она сказала: «Тебе не победить меня; я принадлежу тому же роду воинов, к которому принадлежишь и ты. Поражение просто неприемлемо. Смерть — приемлема, но поражение — нет. Я тоже намерена остаться. Колесница может возвращаться пустой».

Это бросание поможет вам понять диалог между Ень Яном и Чжоу. Чжоу говорит: «Не неси никакого напряжения. Если ты ничего не принес, это не важно. Когда ты приносишь что-то, тогда это тоже не важно. Так что отпусти это. Все это чувство, что ты ничего не принес, всю эту вину, всю эту неловкость — отпусти это».

Но когда Ень Ян спрашивает: «Если я ничего не принес, то как же мне отпустить это?» — Чжоу тогда говорит: «Дело твое. Подними это». В тот же самый момент, подобно внезапной вспышке молнии, Ень Ян смог *увидеть*, что тот подразумевает: он не говорил про какую-нибудь вещь; он говорил про напряженный ум. Либо отпусти его, либо, если ты не можешь — это досадно, но все в порядке, — подними его.

В нем взошло прямое понимание. *Ень Ян стал возвышенно просветленным.*

Если вы видите всю подоплеку — как действует медитация, как действовали мастера медитации... И помните, Чжоу не сказал бы этого любому и каждому. Несомненно, состояние Ень Яна ясно для Чжоу. Когда вы перед мастером, он знает, *где* вы находитесь. Видя, что лишь небольшая мысль препятствовала тому войти в великое *ничто*, он ответил таким образом — иначе он не стал бы. Если бы перед ним был профессор, ученый, логик, он не сказал бы так. Это было бы бессмысленно; другой человек не был бы готов к этому.

Вот почему я все время говорил вам: я не отвечаю на ваши вопросы, я отвечаю *вам*. Вопрос тут ни при чем; *моя цель — спрашивающий, — не его вопрос.* Поэтому возможно, что один и тот же вопрос может быть задан разными людьми, и я могу ответить по-разному, потому что спрашивающий — другой. Разные люди могут выразить вопрос одним и тем же способом, одними и теми же словами; но разные люди не могут задать один и тот же вопрос, поскольку такие разные индивидуальности обладают разными состояниями сознания. Я должен отвечать их сознанию, а не чепухе, исходящей из их умов.

Это создает проблему любому, кто хочет разобраться, что такое моя философия. Он скоро отправится в сумасшедший дом, потому что он найдет так много ответов на один и тот же вопрос, что обязательно сойдет с ума, чокнется! Это не философия; это не последовательная логическая система. Это сокровенная — от индивидуальности к индивидуальности — передача энергии, света.

Еще: *Монах спросил древнего досточтимого: «На что это похоже, когда ученик не может справиться с чем-то?» Досточтимый древний сказал: «Это похоже на меня».* По отношению к уму это странно — мастер, говорящий: «И я такой же». Ученик не может справиться, — это понятно. Но мастер, говорящий *«это похоже на меня»*, — ведет вас в измерение, которое не от логики, а от самого сущего. *Монах спросил: «Учитель, почему вы тоже не можете справиться?» Досточтимый древний сказал: «Если бы я мог справиться со всем, я бы отобрал эту твою неспособность справляться». При этих словах монах стал возвышенно просветленным.* Поначалу монах спрашивает как бы о ком-то другом, но мастер может прямо видеть, что тот хочет задать вопрос о самом себе, но недостаточно смел, чтобы спросить.

Тысячи раз я сталкивался с людьми, приносящими вопрос наподобие: «У моего друга такая проблема», — и я говорил им всегда: «Пришлите лучше своего друга, — и он сможет сказать, что у его друга эта проблема. Если вы не можете даже признать, что это *ваша* проблема, вы не заслуживаете никакого ответа. Вы не достоверны даже в своем вопросе».

Он говорит: *«На что это похоже, когда ученик не может справиться с чем-то?»* На пути время Мастера не должно расточаться на других; в эти редкие моменты вам следует спрашивать о себе. На самом деле он спрашивает: «На что это похоже, когда я не могу справиться с чем-то?» — но он боится.

Досточтимый древний сказал: «Это похоже на меня». Теперь все становится еще более обескураживающим. Первое, — спрашивающий не раскрывает свое сердце, но полагает, что все, сказанное мастером, будет применимо и к нему тоже. И вот что отвечает мастер: *«Это похоже на меня».*

В этом нет смысла. *Монах спросил: «Учитель, почему вы тоже не можете справиться?»* Все в порядке — для ученика, для последователя, но для вас?.. Вы — Мастер, вы уже прибыли, почему вы не можете с чем-то справиться?

И досточтимый древний ответил: *«Если бы я мог справиться со всем, я бы отобрал эту твою неспособность справляться».* Если я не могу отобрать ее, это просто означает, что я сам не справляюсь, я не настоящий мастер. Как же я могу быть настоящим мастером перед фальшивым учеником? Я могу открыть свою реальность лишь тому, кто является подлинным по отношению ко мне. Он схватил этого человека и говорит: *«...я бы отобрал эту твою неспособность справляться».*

Очевидно, это был внезапный шок — монах спрашивал о ком-то другом, а мастер отвечает *ему*. Этот внезапный шок остановил функционирование ума. Что-нибудь внезапное — и ум не может справиться. Он может справиться только со старым и несвежим, прекрасно известным ему; он может повторять, как попугай, старые ответы. Но что делать сейчас? — мастер захватил его с поличным, на обмане.

Молчание, шок — но шок и молчание помогли чрезвычайно...*При этих словах монах стал возвышенно просветленным.*

Просветление этих двух монахов именно там, где вы заблудились; эти два монаха задавали свои вопросы в точности оттуда, где у вас сомнения. «Феномен рождается от установления различий и гибнет тоже из-за установления различий. Смойте все феномены различения — у этой драмы нет рождения или уничтожения».

Этот путь, эта алхимия дзэна не имеет ни рождения, ни уничтожения. Это одна из наиболее прямых передач от мастера к ученику. Она не пускается в долгое многословие, не обсуждает ненужные проблемы. Дзэн сводит все к самому существенному; он отсекает все то, что не было необходимым.

Дзэн похож на телеграмму. Вы обращали внимание, что, когда вы пишете письмо, оно становится все длиннее и длиннее. Легко начать письмо, но трудно закончить его. Когда вы посылаете телеграмму — всего десять слов — это сконденсированное послание. Ваше письмо в десять листов не возымеет такого эффекта, как эти десять слов телеграммы. Чем больше сконденсирован смысл, тем больше он поражает. Чем более размазан смысл, тем менее он впечатляет.

Дзэн верит в самое существенное. Вокруг него нет вздора, нет ритуалов, в которых потерялись другие религии, нет песнопений, нет мантр, нет писаний — просто небольшие эпизоды. Если у вас правильное осознавание, они поразят вас прямо в сердце. Это самое сконденсированное и кристаллизованное учение, — но необходим человек, подготовленный к нему. А единственная подготовка — это медитативное осознавание.

Вы не можете изучать дзэн в университетах. Это будет трудно просто потому, что студенты не имеют медитативного осознавания, и у вас нет книг по дзэну, которые могут придать осмысленность тому, что выглядит абсурдным.

Вы будете поражены тем, что во многих дзэнских университетах изучают дзэн по моим книгам, потому что мои книги по крайней мере делают попытку придать абсурду видимость разумности. Я стараюсь придать контекст, правильную подоплеку, потому что я говорю с людьми, которые не рождены в дзэнской традиции. Сами по себе дзэнские книги очень фрагментарны.

Я никогда не бывал в Японии, и, вероятнее всего, правительство Японии не позволит мне приехать туда. Но во многих университетах... в Японии при дзэнских монастырях есть прикрепленные к ним университеты, где дзэнские монахи могут учиться. Просто удивительно, что их традиция... они имеют почти двенадцативековую историю с великой литературой, живописью, поэзией, — однако все это фрагментарно. Никто не пытался дать больше, чем просто вывод; никто не давал всего контекста.

Это было самое странное: когда я был арестован в Америке, первая телеграмма с протестом президенту прибыла от дзэнского мастера из Японии: «Это совершенно безобразно для вашей страны — арестовать человека, который не совершал никаких преступлений и который не может совершать никакие преступления. Хоть мы и не знаем его лично, мы учимся по его книгам в нашем университете. Он понимает дзэн настолько ясно, что просто невозможно, чтобы такой человек не достиг того же пространства, что и Гаутама Будда. Вы арестовали Будду. Пожалуйста, немедленно освободите его, или это станет приговором вам и вашей стране навсегда». Тюремщик сейчас же пришел ко мне и показал телеграмму. Копия была послана мне и президенту Соединенных Штатов.

Как раз сейчас проводят большой фестиваль саньясинов в Японии. Все остальные тоже приглашены, и тысячи людей собираются вместе; больше всего будет монахов — людей, которые медитируют, но где-то застряли, — людей, которые читали, но не могут найти правильное объяснение.

Все абсурдные утверждения представляются абсурдом только мирскому уму. Раз вы поднялись над своей мирской посредственностью, раз вы можете ясно видеть, абсурдность исчезает. И не только абсурдность исчезает — ее исчезновение будет исчезновением и вашего собственного эго тоже. Ваш ум тоже исчезает вместе с ней.

Эти небольшие диалоги и истории сослужили стольким людям в достижении просветления, — на что великие писания не были способны. Великие писания создавали только ученых. В дзэне нет места для ученых. Например, что делать ученому с этими двумя историями? Но ученый совершенно непринужденно чувствует себя с Ведами, с Гитой, с Библией, с Талмудом, с Торой. Ему очень легко, потому что то — десятистраничные письма, а это — телеграммы, — безотлагательные, прямые, не дающие вам никакого объяснения, а дающие просто саму суть, аромат тысяч цветов. Вы просто должны быть достаточно алертны и медитативны, чтобы впитать их.

Если вы можете впитывать их, во всей мировой литературе нет ничего более значительного, чем дзэнские эпизоды. Они уникальны во всем. Это небольшие зарисовки, и лишь наблюдая их, вы попадете в такой покой, какого и не помышляли получить от Пикассо. Посмотрев Пикассо, вы получите такие кошмары... но, наблюдая дзэнскую живопись, — она очень проста, — вы обретете огромный покой, нисходящий на вас.

Есть великолепные стихи, — но не того же значения, что и небольшие хайку дзэна. Я всегда любил Басё, одного из мастеров хайку. Его небольшие хайку говорят так много, что даже целому тысячестраничному священному писанию не высказать — все это до того прозаичное. Вот маленькое хайку Басё:

Древний пруд...
А когда вы слушаете хайку, вы должны наглядно представлять его себе. Оно так невелико, что это не вопрос понимания, это вопрос вхождения в него. Древний пруд... почувствуйте древний пруд, представьте его.
Древний пруд.
Прыгает лягушка.
Бултых.
И хайку завершено.
Но он сказал так много: древний пруд, древние деревья, древние скалы вокруг... там должна быть тишина... и лягушка прыгает туда. На мгновение тишину нарушает всплеск. И вновь тишина восстанавливается... быть может, даже глубже, чем прежде.
Что он хочет сказать этим хайку? Он говорит: Это древний мир... и ваше существование просто всплеск, небольшой звук в тишине. А потом вы исчезли, и тишина углубляется. Таким способом он делает весь мир эфемерным, грезоподобным — нет ничего основательного в нем, кроме огромной тишины. Та огромная тишина и есть сама ваша сущность. Это также и сама сущность всей Вселенной.

— Хорошо, Маниша?
— Да, Мастер.

26
БЕССЛОВЕСНОЕ

Возлюбленный Мастер,

Нет второй личности

Мастер Чжан Цзин сказал: «Предельная истина бессловесна». Нынешние люди не понимают этого: они насаждают практику других вещей, считая их достижениями.

Они не знают, что внутренняя природа никогда не была смыслом объектов, что это врата тончайшего, чудесного, великого освобождения, осознающего все, не окрашивая и не препятствуя.

Этот свет никогда не прекращался: с прошлых эпох до нынешних он был ровным, никогда не изменяясь. Тончайшее озарение духовного света не зависит от развития и утонченности.

Из своего непонимания люди улавливают лишь формы вещей — это совсем как при растирании глаз искусственно вызывается появление оптических иллюзий.

Нет второй личности... Этим небольшим утверждением Да Хуэй говорит, что все сущее — одно. А поскольку нет второй личности, мы не можем даже сказать, что это есть одно.

Это нужно понять... потому что в тот момент, когда мы говорим «один», — возникает «два». Потом следуют все числа.

В Индии мы разработали окольный путь говорить «один», — не прямой. Мистики этой страны никогда не говорили, что мир, сущее — одно; они всегда говорили: «Это не два, это недуально».

Может показаться, что нет разницы — однако тут есть некая логическая проблема. Если вы говорите «один», — это подразумевает целую серию номеров, все числа. Если вы говорите «не два», — вы не говорите «один», — однако вы обозначаете «один», не называя его, обозначаете единство.

Вот почему Да Хуэй тоже говорит таким же образом: *«Нет второй личности».* Он мог бы сказать просто: «Есть только одна личность», — но он хорошо обученный логик, интеллектуал первой степени; потому он тоже очень ясен, чтобы не совершить никакой ошибки, когда он высказывает что-нибудь об истине. А сейчас он как раз в состоянии сказать что-то об истине.

Один из великих логиков нашего времени, Людвиг Виттгенштейн, написал книгу по чистой логике. Это был странный человек, соприкасавшийся с мистической стороной, но никогда ничего не говоривший о ней. Лишь время от времени, описывая логику, он давал определенные указания, выявляющие, что он осознавал наличие в сущем намного большего, чем просто логика. В этой книге — «Трактат» — он говорит: «Не следует говорить ничего о том, что невыразимо».

Я написал ему письмо. Я был студентом и написал ему в письме: «Если вы правдивы, то не должны были говорить даже этого. Вы говорите: "Не следует говорить *ничего* про невыразимое", — но вы уже высказываете о нем что-то. Вы говорите: "Это невыразимо". Вы уже даете некое указание».

Мой профессор логики сказал: «Вы замучили меня, теперь взялись мучить людей вдали. Он живет в Германии... не ваше это дело — изводить людей».

Я сказал: «Я не извожу его, я просто говорю, что если он действительно подразумевает это, то ему следует устранить это предложение».

Он был одним из лучших умов. Даже его собственный учитель, Бертран Рассел, признавал его лучшим логиком, чем он сам. Но он так и не ответил мне, потому что ответить мне означало бы, что ему пришлось убрать то предложение из книги. У этого нет логической защиты. Что бы вы ни сказали, вы говорите что-то. Даже если вы говорите: «Ничего не может быть сказано об этом», — вы все же говорите кое-что об этом. Так что у логики есть свои тонкости.

ДА ХУЭЙ

Да Хуэй — это прекрасно обученный профессиональный логик, однако любой логик — если он подойдет к самому экстремуму собственного логического мышления — обязательно подходит к точке, у которой логика должна остаться позади, потому что логика заканчивается, а сущее продолжается. Но тогда вам придется заговорить другим языком.

Вместо того чтобы попросту сказать: «Есть только одно сущее, потому только одна личность», — в случае чего он знает, что совершит логическую ошибку, — он использует тот же прием, которым пользовались веками в этой стране. Он говорит: «Нет двух сущих, нет двух личностей». Он показывает одно, но не высказывая ничего об этом, просто отрицает дуальность, но не утверждая единство, — потому что в тот момент, когда вы утверждаете единство, вы утвердили все множество чисел.

Это не что-то философское; теперь его утверждения становятся все более и более экзистенциальными.

Все мы — часть океанического целого.

Наша разделенность — иллюзия.

Кроме нашей разделенности не бывает другой иллюзии, и благодаря разделенности есть проблемы всех сортов: враги, друзья, гнев, ненависть, любовь — все проблемы амбиций, борьбы, завоевания, доминирования, становления кем-то особенным.

Но в тот момент, когда вы постигаете, что нет ничего такого, что отделяет вас от чего угодно в сущем... не только от человеческих существ, но и от диких зверей, деревьев, птиц, звезд — все они часть органического целого. И я подчеркиваю слово *органическое*, потому что бывает целое двух родов.

Один — это механическое целое, например, ваш автомобиль, или ваш велосипед, или ваша пишущая машинка. Они обладают определенным единством, но оно механическое — вы можете разобрать их на части. Вы можете отделить каждую часть своего автомобиля: это не означает, что автомобиль умер, это просто означает, что вы должны сложить все те части опять вместе. И если вы делаете это, то это не будет означать, что автомобиль возвращается к жизни, — это не воскресение! Автомобиль не обладает никакой жизнью, это лишь механическое целое. Можете разбирать по частям, можете собирать части вместе: автомобиль — это не более чем полная сумма его частей.

Органическое целое отличается в том смысле, что оно больше, чем полная сумма своих частей. Если вы разобрали его на части, исчезает нечто невидимое. Тогда вы можете упорно стараться сложить все части опять вместе, но вы не вернете его к жизни снова. Хоть у вас снова и есть скелет, но скелет — это не то, чем был человек. Вы просто разобрали по частям и не заметили никакой пропажи. Но чего-то незримого для глаз больше нет. Вы можете идеально собрать все части вместе, но это будет лишь труп.

Механическое целое — вещь мертвая. Органическое целое — это живой феномен. Вот почему я подчеркиваю, что сущее есть *органическое* целое. Мы все — одно; нет другого.

Мастер Чжан Цзин сказал: *«Предельная истина бессловесна».* Почти невозможно сказать что-то об истине, не совершая ошибок. Сколь бы разумно вы ни попытались выразить ее, тем не менее вам придется совершить ошибки, потому что просто нет возможности перевести предельное переживание в слова.

Чжан Цзин прав, когда говорит: *«Предельная истина бессловесна»,* — но он также и ошибается. Если она действительно бессловесна, тогда зачем называть ее «предельной» и зачем называть ее «бессловесной», — это ведь тоже слово; вы используете два слова — «предельное» и «бессловесное». Несмотря на свою попытку показать нечто истинное — у вас доброе намерение, — сама природа языка такова, что вы не сумеете ухитриться *не* наделать ошибок. Потому многие мистики и оставались безмолвными.

Истина бессловесна, это верно, — но не говорите этого. Говоря это, вы противоречите сами себе. Я предпочел бы немного окольный путь, — сказать так: «Где заканчиваются слова, вы вступаете в истину», — или: «Когда вы в абсолютном безмолвии, все, что вы переживаете, есть истина». Но вы не можете ничего сказать об этом. Сама природа языка не позволяет этого.

Коль скоро понятно то, что истина становится доступной для вас, когда вы в абсолютном безмолвии, как можете вы ухитриться привести то, что приходит в безмолвии, к низшему уровню языка?

Язык — это мирское; он был изобретен для мирских целей, для базара. Но для храма языка нет. В храме вы должны молчать. Совершенно правильно пользоваться языком, когда вы разговариваете о вещах, но в тот момент, как вы выходите за пределы вещей, вы должны попросту оставить язык позади.

Так что замысел у Чжан Цзина верный. Он — тот человек, который понимает, что говорит. Но я хочу, чтобы вы понимали одну вещь: все то, что высказывалось об истине, обязательно исполнено недостатков и изъянов. Вот наименее ошибочное утверждение: *Предельная истина бессловесна. Нынешние люди не понимают этого: они насаждают практику других вещей, считая их достижениями. Они не знают, что внутренняя природа никогда не была смыслом объектов, что это врата тончайшего, чудесного, великого освобождения...*

Мистики всегда осуждали своих современников — само собой, ведь те были людьми, которые неверно понимали их. Никто не осуждает мертвых, потому что никто не знает, понимают они вас или нет, слушают они вас или не слушают и знают ли они о вас хоть что-нибудь. Так что о мертвых ничего нельзя сказать. Но со своими современниками, живыми людьми, все мистики испытали эту проблему — то, что те не понимают.

Нынешние люди не понимают этого...

Да Хуэй не самый древний; только тысяча лет прошло с его времени. Но в Риг Ведах, которые являются древнейшими писаниями в мире, вы найдете то же утверждение: «Нынешние люди не понимают».

Гаутама Будда две тысячи пятьсот лет назад говорит то же самое. И, к несчастью, я должен сказать то же самое: нынешние люди не понимают. Это представляется постоянной ситуацией. Мистику предопределено быть неверно понятым, и, возможно, ситуация будет оставаться такой же в будущем, потому что все люди на свете не могут стать мистиками...

Очень хотелось бы, чтобы все в мире стали мистиками, искателями истины, но это слишком большая надежда. Даже самая оптимистическая личность не может представить, что весь мир однажды будет способен понять таинственный опыт духовной реализации.

Чжан Цзин прав: нынешние люди не представляют, что предельная истина бессловесна. Они продолжают задавать вопросы о ней — и есть люди, которые отвечают им. Есть мыслители, которые размышляют об истине. Это одна из самых невозможных вещей в мире: как можете вы *думать* об истине? — либо вы знаете ее, либо не знаете. Слепой, думающий о свете, — что может он думать? Разве есть какая-нибудь возможность? Он не может думать даже о темноте, что уж говорить о свете?

Я думаю, многие люди в мире никогда не учитывали того факта, что слепые люди живут не в темноте. Считается само собой разумеющимся, что слепой человек, бедный парень, живет в полной темноте, потому что у него нет глаз. Но вы не помните о том, что для того, чтобы видеть темноту, необходимы глаза. Как же вы увидите темноту без глаз? Я могу понять... когда вы закрываете свои глаза, вы видите темноту — поскольку у вас есть глаза. Слепой человек не закрывал своих глаз; у него нет глаз вообще.

Вы думаете, глухой человек живет в полном безмолвии? Тогда это было бы на самом деле счастьем, — ведь это и есть то, что разыскивают все мистики, — полное безмолвие. Если глухой человек живет в полном безмолвии, тогда проблема очень проста — зачем же продолжать заниматься ненужными медитациями, упражнениями йоги и делать всевозможные выкрутасы? Оставьте все это для цирка; просто сходите в госпиталь и удалите себе уши — и будьте в полном безмолвии!

Но вы не будете. В тот момент когда ваши уши исчезнут, вы не сможете услыхать ни шума, ни тишины. В тот момент когда ваши глаза исчезнут, вы не сможете увидать ни света, ни темноты. Так как же можете вы думать?.. Но все мировые мыслители делают одно и то же: люди задают вопросы, а великие мыслители находят ответы, — и все они сидят в одной и той же лодке. Ни спрашивающий не знает, что спрашивает, ни отвечающий не знает, что отвечает.

Истина — это переживание, не концепция. Это не что-то такое, над чем вы размышляете, обдумываете, а потом приходите к заключению. Это не ваше заключение.

Истина — это нечто такое... вы открыты, вы умолкаете, вы становитесь восприимчивы, вы становитесь бессловесны... весь ваш ум приходит к полной остановке, и тогда то, что остается, и есть истина.

Быть омытым таким переживанием — это быть преображенным в новое существо. Это истинное воскресение. Истинное потому, что теперь вы никогда не умрете, теперь вы никогда не узнаете смерти. Теперь вы всегда будете знать, что такое жизнь, вечная жизнь. И это не будет только вашей жизнью. Это будет просто жизнь как таковая — не моя, не ваша.

Я тоже капля в том же самом океане, в котором капля и вы. В тот момент, когда капля падает в океан, вся разделенность исчезает.

...осознающего все, не окрашивая и не препятствуя. Этот свет никогда не прекращался... В тот момент, когда вы выходите за пределы слов и за пределы ума, вы узнаете нечто такое, что может быть обозначено как свет — ближайшей вещью к этому является наш опыт света, — но это гораздо больше.

Кабир говорит: «Как будто тысяча солнц взошли вокруг», — но даже и тысяча солнц будет только количественным различием. Одно солнце или тысяча солнц... различие не качественное, так что я позволю себе возразить ему.

Все, что можно сказать, — это то, что в нашем обычном опыте свет подходит ближе всего, чтобы стать метафорой такому переживанию. Но этот опыт качественно иной — не просто больше света — *больше, чем свет*. Это нечто такое, что может быть представлено светом в нашем обычном повседневном мире, — но даже свет, или любовь, или красота — все это просто метафоры, поэтические представления. Но настоящий опыт — качественно иной.

...осознающего все, не окрашивая и не препятствуя. Этот свет никогда не прекращался... Здесь Чжан Цзин, говоря: «Этот свет никогда не прекращался», — пытается указать качественное различие. Всякий известный вам свет зависит от горючего: вы зажигаете свечу, она горит целую ночь, но утром гаснет. Топливо закончилось, это зависело от топлива.

Ученые говорят, что наше Солнце дает свет всей Солнечной системе, нашей солнечной системе. Есть миллионы солнечных систем; есть миллионы солнц, и каждое солнце имеет свою территорию планет и лун — это солнечная система. У нашего Солнца своя солнечная система, и оно давало свет этой солнечной системе по крайней мере десять миллионов лет. Нашей Земле четыре миллиона лет, но даже солнце, огромный источник света, с каждым днем ослабевает. Количество, как бы ни было велико, должно закончиться однажды — хоть и говорят, что это не очень скоро.

Я слышал, на научной конференции ученый говорил: «Согласно моим расчетам...» — и ученые были не согласны с расчетами. Очень трудно подсчитать, сколько же еще энергии есть у Солнца. Все это вывод. Один ученый зачитывал научный доклад о том, на сколько же еще хватит нашего солнца, и он сказал: «По-моему, оно просуществует четыре биллиона лет, и не более этого. Такой максимальный предел я могу дать Солнцу; больше, чем на это, у него не может быть энергии».

Женщина, сидевшая перед ним, задрожала, тогда он забеспокоился, что с ней. Он спросил: «В чем дело, леди?»

Она сказала: «Повторите, что вы говорили, — сколько еще просуществует Солнце?»

Он сказал: «Оно просуществует по крайней мере четыре биллиона лет».

Она сказала: «Тогда все в порядке. Я боялась, что вы назвали четыре миллиона».

«Но для вас-то какая разница? Вы не проживете даже сорока лет, — сказал ученый пожилой женщине. — Вам не нужно беспокоиться, это не случится при вашей жизни. Вы уже давно скончаетесь».

И тогда, продлится это четыре миллиона лет или четыре биллиона лет, не составит никакого различия! Может, оно и не составляет никакого различия, но одно определенно: это не слишком отличается от свечи. Ваша свеча горит одну ночь, солнце горит биллионы лет, — но у обоих есть начало и есть конец. Так что это свет того же порядка, что и ваша маленькая свеча, которая горит всю ночь, а утром гаснет. Однако — *Этот свет никогда не прекращался*. Свет, который переживаешь, когда ум останавливается, это свет, который был всегда, вечный — без начала и без конца. Он не зависит ни от какого горючего. И это создает огромное различие, — качественное различие: он не зависим ни от какого горючего, он автономен. Благодаря автономности он будет продолжаться вечно.

И вступить в такой свет... это не похоже на обычное вхождение. Это почти слияние, таяние. Как лед тает в воде, вы таете в этом свете.

С прошлых эпох до нынешних он был ровным, никогда не изменяясь. Тончайшее озарение духовного света не зависит от развития и утонченности.

Этот духовный свет и есть то, что мы подразумеваем под просветлением. Тот, кто увидел этот свет, увидел окончательный исток самой жизни. Просто видя его, он *становится* им — потому мы зовем его просветленным. Теперь его сокровенное существо соединено с окончательным.

БЕССЛОВЕСНОЕ

Это переживание просветления не зависит от развития. Оно не зависит от того, что вы делаете, — практикуете вы позы йоги или декламируете определенные мантры, читаете ли определенные священные писания, или поститесь, или занимаетесь бессмыслицей любого иного рода. Оно не зависит от того, что вы делаете, — оно уже тут. Это не вопрос культивирования и не вопрос целеполагания. Оно недалеко от вас, так что дело не в том, чтобы отправляться на поиски этого. Оно внутри вас.

Нужно прекратить любые поиски, лишь тогда вы найдете его. Все амбиции нужно разрушить; все желания, все стремления, все цели должны исчезнуть. Вы просто сидите, здесь и сейчас, — даже в своих мыслях... лишь сидите молча, спокойно, неподвижно, никуда не спеша, — расслабленные, полностью центрированные... и внезапно это все тут.

Вместе с переживанием осознанности, что оно всегда было тут. Оно не зависит ни от какого вашего действия. Никакая молитва не поможет, никакое поклонение огню не поможет, никакое чтение писаний не поможет. Помогает разве что прекращение всякой активности тела, и ум всего несколько мгновений пребывающий внутри себя, здесь и сейчас, просто пребывающий дома... и он взрывается с такой потрясающей силой, что то, что люди видели в Хиросиме и Нагасаки, — это всего лишь далекое эхо. Это был огромный свет, согласно свидетельствам, как будто само солнце спустилось в Хиросиму — до того он был ярким.

Но тот свет, что внутри вас, гораздо более необычен — качественно, — потому что у него есть много аспектов, которых нет у другого света. Любовь — это один из его аспектов, красота — это один из его аспектов, милость — это один из его аспектов, благодать — это один из его аспектов. И этот свет не горячий, он прохладный.

Вам не нужно никуда идти, не нужно искать его. Не культивируйте ничего; то, что вы разыскиваете, уже здесь — только вы не можете видеть его — вы держите его у себя за спиной. Просто развернитесь и загляните внутрь.

Из своего непонимания люди улавливают лишь формы вещей — это совсем как при растирании глаз искусственно вызывается появление оптических иллюзий. Вы можете, растирая себе глаза, вызвать иллюзии. Например, есть одно солнце или одна луна, но вы можете растереть себе глаза и увидеть три луны — все это зависит от вас.

Один человек привел своего сына в пивную. Он был хорошо известным пьяницей в той округе, и его сын уже подошел к тому возрасту, когда он захотел обучить его, как можно напиться без вреда. Оба они взялись за питье, и после нескольких стаканов отец сказал сыну: «Погляди на тех четверых человек, сидящих рядом, за другим столом...»

Сын сказал: «Четверых? — Там сидит только один человек».

Отец воскликнул: «Боже мой! Я уже прозевал предел. Но ты все же можешь усвоить поучение: прежде чем зайти в пивную, оглядись кругом, смотри как следует, и как раз перед тем, как один человек начинает раздваиваться, — это и есть время остановки. Я уже прозевал, мне надо было... один человек выглядит как четверо! А ты что делал? Ты пил или нет?»

Мальчик боялся, поэтому он не стал пить. Он просто притворился — отец напивался, а он делал вид, — просто посмотреть, что случится. Он сказал отцу: «Пошли домой. Ты уже перешел свой предел. Ты видишь в удвоенном количестве!»

Я слыхал о другом пьянице, которому путь домой преградил телеграфный столб. Он пытался изо всех сил, и так и этак, но столб все время вставал перед ним и он ударялся об этот столб. Он воскликнул: «Это уже слишком. Я никогда не видел столько столбов прямо перед моим домом».

В конце концов полицейский, наблюдая за ним, почувствовал жалость, подошел к нему и спросил: «В чем дело?»

Тот сказал: «В чем дело? Меня окружают телеграфные столбы, куда бы я ни двинулся, я тут же ударяюсь о столб».

Полицейский сказал: «Подожди, я попробую вывести тебя. Ты и впрямь окружен множеством столбов».

А тот человек сказал: «Еще сегодня вечером, когда я выходил, там был один столб, как всегда. Откуда же взялось столько столбов?»

И человек... полицейский проводил его к дому. Так как он всегда являлся домой поздно, жене это надоело и она вручила ему ключ: «Возьми ключ и, когда приходишь, не беспокой меня, тихонько открой дверь, иди к себе в спальню и засыпай. Хватит уже борьбы и ссор; мы сделали достаточно, и это ни к чему не привело. На самом деле, чем больше я борюсь, тем больше ты пьешь».

Он упорно старался, полицейский видел это, но обе его руки тряслись, так что ключ не попадал в замок. Жена выглянула из окна и спросила: «В чем дело, ты потерял ключ?»

Он сказал: «Нет, я не потерял ключ. Кажется, что-то не в порядке с замком. Если можешь, брось мне другой замок, может, я смогу открыть его».

Полицейский сказал: «Не глупи. С замком все в порядке, и даже если тебе удастся открыть другой замок, это не поможет. Могу я помочь тебе?»

Тот сказал: «Ты можешь помочь. Придержи этот дом хоть на миг, — здесь, кажется, происходит большое землетрясение. Дом шевелится, а из-за дома шевелится замок, — я двигаю ключом... мне не удается вставить его в замочную скважину».

Не одни пьяницы видят много вещей. Даже в нашем обычном опыте мы видим много вещей, которых нет. Вы видите красивую женщину или красивого мужчину и вступаете в брак, а через неделю не видите никакой красоты, вы просто не желаете видеть той женщины вообще — и она тоже не желает видеть вас. Любовь превращается в ненависть за неделю. К выходным любви конец — вы подошли к самому концу. Это пять рабочих дней, поэтому за два выходных дня вы находите кого-то другого.

Что происходит, когда вы видите столько красоты? Разве вы ведете себя иначе, чем пьяница? Есть тут красота или это вы проецируете ее? Не ваше ли это вожделение создает красоту? Постарайтесь понять: это вы проецируете красоту, вот почему красота заканчивается, когда ваше вожделение осуществилось. Тут никогда и не было ничего, это во-первых. Вам удалось вообразить ее, но это ваша биологическая страсть дала вам иллюзию.

И то же самое верно для бедной женщины: она смотрела на вас, словно вы были Александром Великим, а через семь дней она обнаруживает вас третьесортной мышью, безо всякой ценности. Вы оба попали в ад, и оказывается, вам теперь трудно избавиться друг от друга.

И это не дает вам никакого опыта: если вы как-то сможете удрать от этой женщины и эта женщина сможет удрать от вас, — вы немедленно влюбитесь в другую женщину, а она влюбится в другого мужчину. Одну и ту же историю можно повторять всю свою жизнь, и вы по-прежнему не будете осознавать, что это ваши проекции.

Человек, который осознает, может видеть только реальность. В противном случае, все, что вы видите, есть ваша собственная идея; вы видите то, что вы желаете увидеть. Если вы видите реальность, тогда не бывает крушения, потому что реальность остается такой, как есть. Но ваши проекции не могут оставаться.

Пьяница — просто совершенный пример всех ваших опытов... и не только символ, но почти точно тот же случай. Теперь ученые говорят, что, если вам введут немного больше гормонов, то, что вы видите вокруг себя, тотчас станет другим. Например, вы видите женщину как безобразную. Если вам ввести чуть больше гормонов, делающих вашу мужественность более витальной, тотчас же безобразная женщина начнет выглядеть как Софи Лорен: «Боже мой, откуда здесь взялась Софи Лорен!»

Те гормоны воздействуют на ваши глаза, вашу чувствительность; они принуждают ваш ум видеть то, чего нет. Любую любовную связь можно разрушить без всякого затруднения.

У одного из моих студентов была большая любовь. Всякая любовь бывает большой; нет смысла говорить «большая любовь». Это был очень интеллигентный студент, а отец девушки был военным, полковником, который заявил, что если заметит мальчишку возле своего дома, то застрелит его. А он был опасным человеком, за ним были известны вещи похуже этого. Так что тот не мог даже пройти рядом с домом девушки.

Чем больше ему препятствовали, тем больше его ум проецировал, мечтая беспрерывно. Он спросил меня: «Что делать? — ведь тот старый полковник такой идиот, он может выстрелить. Целый день он продолжает чистить свое ружье. Я смотрю издалека, чем он занимается, но всякий раз, как вижу его, он чистит ружье, как будто он только это и делает».

Он был отставником... и просто по старой привычке, — ему больше нечего было делать. Было известно, что он опасный тип. Можно предупредить кого-то, чтобы не приближался, но этот человек мог бы застрелить его на месте. Он сказал ему: «Если я увижу тебя возле моего дома, тогда, чем бы это ни грозило, я застрелю тебя».

Я сказал: «Я знаю одного врача. Самое лучшее для тебя — это пойти к врачу».

Он спросил: «Что может врач поделать с этим?»

Я сказал: «Ты проделаешь одну вещь. Врач уберет некоторые гормоны у тебя или даст тебе антигормоны».

Он воскликнул: «Боже мой, что же тогда произойдет?»

Я сказал: «Что произойдет? Твоя большая любовь исчезнет. Старому полковнику нет нужды зря тратить патрон. Нет необходимости. Пускай чистит свое ружье».

Он сказал: «Прежде я считал странным его, — однако вы, кажется, еще более странный. Что это за совет вы даете мне?»

Я ответил: «Таков единственно верный совет. Это не что иное, как гормоны. Сколько раз ты видел девушку?»

Он сказал: «Не много. Из-за него это очень трудно».

Я сказал ему: «Проконсультируйся у любого врача или же профессора биохимии в университете. Это простое явление, тут нет ничего особенного. Это лишь гормональное влечение. Но ты попал в замешательство; ты считаешь, что у тебя любовь. Это гормоны разыгрывают с тобой свои шуточки».

Все ваши чувства находятся под воздействием вашей биологии, физиологии, ваших гормонов, вашей химии, и вашу жизнь окружают всевозможные иллюзии. Только человек реализовавшийся видит вещи как они есть.

Вы не можете видеть вещи такими, как они есть. Вы можете видеть вещи лишь такими, какими вы хотите видеть их или, быть может, какими ваша физиология, ваша биология, ваша химия заставляют вас их видеть. Коль человек выходит за пределы ума, он выходит также и за пределы биологии, за пределы физиологии: все это части его ума.

Познание света из-за пределов, познание истины, бытие истиной и слияние в единое органичное целое — все это произойдет внутри вас. Никто другой не будет знать об этом, — но неожиданно ваше восприятие мира переменится. Ваши властолюбивые амбиции исчезнут, ваши денежные амбиции исчезнут; ваши иллюзии о красоте исчезнут. Вы увидите красоту совершенно иным образом. Вы увидите жизнь не в окружении смерти.

Весь этот мир будет оставаться тем же самым, но для вас он не будет больше тем же, потому что вы изменились. Ваша перемена, ваша трансформация будет изменять весь мир. Вы увидите вещи в новом свете.

Не будет привязанности; не будет желания захватить; не будет алчности; не будет зависти. А когда всего этого яда больше нет, ваша жизнь становится полной безмерной благодати, потрясающей радости... сплошным светом, который начнет лучиться от вас, который будут чувствовать те, кто восприимчив к нему. Он может включать то же переживание и в других. Он может стать цепной реакцией.

Вот как это переходило от мастеров к ученикам. Это не передавалось через слова; это передавалось через присутствие, через энергию. Все, что необходимо на пути ученика, — это открытое сердце, без ожиданий, без предубеждений — лишь простое, безмолвное, открытое сердце. И если мастер — человек просветленный, его огонь может положить начало вашему собственному внутреннему пламени; его огонь может зажечь вас, воспламенить.

Вот как испокон веков от мастеров к ученикам передавался свет, передавалась истина. Они говорили, но их речь была только сетью, чтобы ловить ваши умы. Вашим умам нужны слова, а если они смогут поймать ваши умы, тогда существует возможность, что вы начнете подходить все ближе и ближе. Тогда и без вашего осознания в любой момент огонь от сердца мастера может перескочить на вас. Тогда будет уже поздно, вы не сможете сделать ничего. Это произошло.

Теперь все, что вы можете делать, — это предоставлять огню перескакивать на других. Нет пути сбежать от этого огня, потому что, на самом деле, это ваш собственный огонь; он был просто задавлен горами мусора. Благодаря вашему доверию, благодаря вашей любви, благодаря тому, что вы обладаете безусловной верой и открываете свое сердце без всякого страха, огонь мастера может сжечь весь ваш мусор и ваш собственный огонь может начать существовать так, как это должно быть.

Коль скоро вы узнали свой собственный огонь, свой собственный свет, свое собственное цветение, жизнь — это такая удовлетворенность. Только одна вещь остается после этого, — и это постоянная благодарность, признательность. Я называю это единственной молитвой. Она не имеет слов, лишь чувство глубокой признательности к сущему.

— Хорошо, Маниша?
— Да, Мастер.

27

ПРОСТО БЫТЬ

Возлюбленный Мастер,

Кто там на пути?

Когда мастер Жуй Ень постоянно пребывал в своей комнате, он обычно звал себя: «Хозяин!»

И сам себе же отвечал: «Да?»

«Будь бдительным!»

«Буду».

«Впредь не попадайся на обманы людей».

«Не попадусь».

Разбудите себя прямо здесь и посмотрите, что это такое. Пробуждающий — это не кто-нибудь другой, он именно тот, кто может узнать серость и тупость. Он — ваша собственная подлинная индивидуальность. Это дает мне лекарство в соответствии с заболеванием, не имеющее другой альтернативы; кратко указывающее вам дорогу, чтобы вернуться домой и успокоиться, вот и все. Если же вы застреваете на мертвых словах и говорите, что это и есть на самом деле ваша подлинная индивидуальность, тогда вы подтверждаете сознательный дух как свое «я», — а у всего этого еще меньше общего с ним. Это и есть то, что я говорил прежде по поводу зависимости от входящих серости и тупости. Просто рассмотрите, кто же тот, кто может познать серость и тупость так, как это есть на самом деле. Взгляните прямо сюда, не разыскивайте трансцендентное просветление. Наблюдайте и наблюдайте; внезапно вы громко рассмеетесь. За пределами этого нет ничего, что можно сказать.

Кто там на пути? Никого больше, кроме вас самих. Вы сами блокируете, стоите на пути своего собственного просветления. Никто больше не может блокировать путь, потому что путь внутри. Он доступен только вам и единственно вам. Но как же вы блокируете путь?

Это не ваша истинная индивидуальность — ведь это и есть цель, — а ваша ложная личность, в которую вы начали верить как в реальную... Вы верите, что имеете определенное имя, вы верите, что имеете определенную касту, определенную профессию, определенную религию, определенную национальность, — но когда вы родились, было у вас что-нибудь из этих вещей? Вы просто были, без всякой личности. Вы были, но не было идеи «я», не было эго.

Эго и блокирует путь.

Вся наука медитации — это как убрать эго, — и тогда вам даже не нужно путешествовать по пути. Коль скоро эго больше нет, — не только эго пропало, но и путь исчезает тоже.

Неожиданно вы узнаете... вы — это оно; *вы* и есть сокровище, которое вы разыскивали прежде. Но вы утратили свое сокровище, забыли о нем из-за того, что так сильно увлеклись поисками, исследованиями, открытиями. Естественно, всякий поиск, всякое исследование, всякое открытие бывает снаружи.

Внутри нет пространства для перемещения; там достаточно пространства только для того, чтобы быть неподвижным, непоколебимым, безмолвным.

Такова ваша реальность.

Поэтому первое, что Да Хуэй говорит в этой сутре, — это никогда не попадаться на обман священников, религиозных систем и теологий, которые рассказывают вам, как обрести просветление, как обрести осознавание, — ведь это самое *как* и есть проблема. Чем больше вы пробуете разные техники и методы, тем больше вы питаете свое эго. Это очень ясно, когда касается слов, писаний, философских систем. Это *самое* ясное, — а чем больше вы питаете эго, тем больше вы блокируете путь.

Вы должны быть так же невинны, как новорожденное дитя, у которого есть сознание, но нет эго. Оно не знает, что оно есть. Хоть мы и знаем, что оно есть, и оно само *чувствует*, что оно есть, однако концептуальная идея эго, «я есмь» — далеко. Его сознание подобно чистому небу без облаков.

Коль скоро вы начинаете собирать вещи снаружи, чтобы создать себе личность... любая созданная личность фальшива, поскольку вы не есть то, что вы делаете: вы — это не ваша профессия; вы — это не ваши эмоции, не ваши мысли; вы — это не ваш престиж, не ваша власть, не ваша респектабельность. Все это компоненты вашей ложной личности — потому-то ваше эго и стремится постоянно ко все большему и большему. Его желание все большего и большего нескончаемо. Из-за того, что это ложный феномен, вы вынуждены постоянно заботиться о его подпитывании, так что у вас не остается времени даже взглянуть, кого же вы питаете. Вы питаете своего величайшего врага.

Все это общество — поддержка для эго. Тогда проблема становится огромной: ваш отец требует от вас быть кем-то в мире, ваша мать требует от вас быть кем-то в мире, ваши учителя требуют от вас быть кем-то в мире. Все уводит вас прочь от себя, в направлении ложной личности.

Очень редко сталкиваешься с человеком, который не требует от вас быть кем-то в мире. Если вы можете найти человека, который не требует, чтобы вы были кем-то в мире, он ваш мастер.

Вы должны понимать ясно, что вам нужно возродиться. Последнее время вы были слишком малы, слишком беспомощны. Вы не ведали путей мира, и вы верили в своих родителей, своих учителей, своих священников и любили их, нисколько не сомневаясь, поэтому они и сумели устроить фальшивую личность для вас.

Я остановился в доме у друга. У него был один-единственный сын; он был очень богат, и сын очень подружился со мной, потому что я обычно выслушивал весь его вздор, его болтовню. Все говорили ему: «Замолчи, выйди и поиграй!»

Мы с ним очень сблизились, и я спросил его однажды: «Кем ты собираешься стать в жизни?»

Он сказал: «Думаю, я сойду с ума».

Я спросил: «Кто подал тебе такую идею?»

Он сказал: «Это проще простого: моя мама требует от меня стать врачом, мой отец требует от меня стать инженером, один дядя хочет, чтобы я был политиком, другой дядя хочет, чтобы я продолжил в нашей семье бизнес... И если я должен стать всем этим, естественно, я думаю, произойдет только одна вещь: я сойду с ума. Никто и не спрашивает у меня; вы — первый, кто спрашивает: «Кем ты хочешь стать?» У них есть свои идеи, а они навязывают свои идеи мне. У всех у них власть; они ссорятся между собой, никому нет дела до меня. Я даже не участник обсуждения, — а они решают мою судьбу».

Я сказал: «Если ты так бдителен, никто не может свести тебя с ума. Запомни одну вещь: кем бы ты ни хотел стать, не сходи с этой позиции — никакого компромисса. Настаивай, что это и есть то, кем ты хочешь стать».

И он задал фундаментальный вопрос: «Но я не знаю, кем именно я хочу стать».

Я сказал: «Это очень легко найти, потому что на самом деле вся идея становления кем-то — это идея создания ложной личности. Ты — сущность, ты уже там, где ты хочешь быть. Это время — время детства — самое драгоценное, когда ты можешь быть безмолвным, когда ты можешь быть внутри себя более легко, поскольку нет множества препятствий, множества мыслей, дел, проблем, тревог, забот».

Ребенку так легко двигаться в медитацию, но никакое общество до сих пор не ставило себе правилом, что вначале каждого ребенка следует ознакомить с медитацией, а потом предоставить ему его собственное понимание того, что он начинает чувствовать, — того, что он есть. Тогда такая *бытийность*, такая сущность продолжает расти, цвести, становиться плодоносной.

Но странное бедствие произошло с человечеством, и бедствие состоит в том, что люди, которые любят вас, не понимая этого, — но с самыми добрыми намерениями, — пытаются делать что-то, не считаясь с вами. Они не видят, что вы уже сущность, сами по себе, и ваша сущность должна расти согласно своей собственной спонтанности.

Если они действительно любят осознанно и алертно, тогда они будут поддерживать вас в том, кем вы хотите стать, — даже если вы хотите просто стать музыкантом, или художником, или танцором, или флейтистом — без большого шанса стать мировой известностью, без большого шанса оставить свое имя вписанным золотыми буквами в книги по истории. Я просто уже слышал об этом... Я заглядывал во многие исторические книги, и я не встречал ничьего имени, записанного золотыми буквами. Раз человек умер, кому заботиться? Конечно, если бы историю писали мертвые, они бы вписали по крайней мере *свои* имена золотыми буквами.

Подумайте, сколько миллионов людей жили до вас и растворились в воздухе, не оставив никакого следа. Все они упорно старались быть кем-то, и все они были несчастными; все они жили жизнью, полной огромных мучений. Коль скоро вы хотите стать кем-то... что неестественно для вас, — вы вызываете к жизни огромное напряжение, которое будет следовать за вами всю вашу жизнь, подобно тени. И по мере того как дни проходят, напряжение будет становиться все больше и больше.

Люди спрашивают меня: «Как нам жить без напряжений?» Один из министров по образованию когда-то пришел ко мне, потому что был до того напряжен, до того встревожен... и кто-то предложил ему увидеться со мной. Он сказал мне: «Я хочу избавиться от всех этих тревог и напряжений».

Я ответил: «Это нетрудно. Но запомните, тогда вы не сможете быть главным министром».

Он спросил: «Почему?»

Я сказал: «Вы не понимаете простую арифметику жизни. Все ваши тревоги о том, как стать главным министром. Я знаю вас: сперва вы были просто рядовым сотрудником, и ваши тревоги были о том, как стать заместителем министра. Вы стали заместителем министра, тогда ваши тревоги были — как стать министром. Теперь вы стали министром, ваши тревоги — как стать главным министром. Вы думаете, что это конец дороги?»

Он сказал: «Нет, это не конец дороги. Я могу видеть и дальше этого. Коль скоро я главный министр, мне хотелось бы войти в центральный кабинет».

Я сказал: «Тогда вначале проделайте все эти вещи. Когда вы станете премьер-министром, вы или сойдете с ума... Самое вероятное, к тому времени, как вы станете премьер-министром, вы будете глубоким стариком.

Но с этими амбициями вы не сможете быть без напряжений; а если вы действительно хотите быть без напряжений, без тревог, без мучений, тогда избавьтесь от этой безумной гонки стать кем-то более важным, более могущественным. Тогда будьте всем тем, чем вы являетесь, и расслабление придет очень легко».

Напряжения — это наши гости, мы сами пригласили их. Расслабление — это наша природа. Мы не должны приглашать его. Вам не нужно расслабляться; вы должны просто перестать приглашать напряжения, и расслабление начнется само собой. В самом вашем существе, в каждой клеточке вашего существа будет расслабление. Это расслабление — начало медитации.

В этом расслабленном состоянии никто не препятствует пути. Вы стоите перед храмом своего существа, и двери открыты. Они никогда не были закрытыми — сущее не может быть так жестоко. Коль скоро вы не стоите на пути...

Рабийя аль-Адабийя была женщиной-суфи, самой уникальной. Мужчина не предоставлял женщинам никакой возможности расти в духовном измерении. Лишь немногие женщины бежали из-под рабства мужчины, очень немногие; их можно сосчитать на десяти пальцах, и Рабийя должна быть на самой вершине. Она отправилась на базар за овощами и увидела знаменитого религиозного человека, Хасана, стоящего на коленях перед мечетью — снаружи, там где люди оставляют обувь, поскольку он говорил, что не был достойным войти в храм Божий. Годами он молился пять раз в день перед мечетью, и его единственная молитва была: «Отец, открой двери, впусти меня! Сколько мне ждать?»

Рабийя слыхала это уже много раз, когда приходила и уходила, и она не смогла противиться искушению: она крепко стукнула Хасана по голове. Это очень нерелигиозно. Когда кто-то молится, вы не должны беспокоить его, — а это не было обычным нарушением.

Хасан прямо подскочил и воскликнул: «Рабийя, ты что, рехнулась?!»

Она сказала: «Я не рехнулась. Двери всегда открыты! Что за вздор ты постоянно вымаливаешь у Бога? Открой двери, впусти меня... кто тебе мешает? И кто дал тебе идею, что двери закрыты? Я говорю тебе, двери открыты! Ты сам и есть тот, кто стоит на пути. Если ты действительно хочешь войти, ты можешь войти в этот же миг. Единственное предварительное условие состоит в том, что ты должен быть как невинное дитя, — и прямо сейчас ты можешь войти в храм. Но как религиозный святой, с огромным религиозным эго, благочестивым эго...»

Благочестивое эго — это самое отравленное эго. Кто-то эгоистичен из-за того, что у него так много денег — но все же он знает, что смерть отберет все это. Кто-то хвалится тем, что он президент страны. Он знает, что к следующим выборам уже будет истощен, — если еще останется в живых, потому что, самое вероятное, его убьют до того.

В Америке двадцать процентов президентов были убиты — и это самая цивилизованная страна. Либо их убивают, либо бросают в уборную и сливают воду. Так что, даже если вы президент или премьер-министр, это не имеет значения; в глубине души вы знаете, что скоро будете сброшены со своего трона. Я всегда удивлялся, почему трон назван троном, — возможно, это и есть то место, откуда людей можно турнуть[*]. Кто бы ни назвал его так, это, очевидно, был человек большого понимания.

Но человек, который имеет религиозное эго, — самый отравленный, потому что он полагает себя *святее-чем-вы*, выше всех остальных, у него есть духовность, которая пойдет с ним за пределы смерти. Эго всех остальных и личности останутся позади, по эту сторону смерти; только святой может заявить: «Мое эго отправится за пределы самой смерти». Он и не называет это эго; он называет это смирением, скромностью, религиозностью. Он дает этому красивые названия, наряжает это как можно красивей.

Но даже если у вас есть идея о самом себе как духовном, вы не невинны. У ребенка нет идеи, что он духовен. Возьмем ребенка, новорожденное дитя за критерий: он *есть* — и однако же у него нет идеи никакого эго. Это даст вам понимание того, что вы тоже можете просто *быть*: если ребенок может делать это, что за проблема для вас?

Без любого эго вы тоже можете просто быть.

Это «просто быть» — и есть то, что я зову медитацией.

Не декламирование какого-то дурацкого имени или какой-то глупой мантры... это не медитация. Это хорошо для обезьян, но не для человека. Обезьяны не могут усидеть, не жуя что-то; если они не смогут достать ничего другого, то возьмут жевательную резинку. Люди, которые беспрерывно повторяют мантру, делают не что иное, как используют слово, язык в качестве жевательной резинки — и по дешевке, поскольку за жевательную резинку вам надо что-то уплатить. Жевательная резинка продолжается долго, но все же приходит к концу, а ваша мантра всегда тут — когда бы вы ни пожелали жевать, вы начнете жевать.

Медитация не имеет ничего общего с мантрами и декламированиями. Медитация — это просто чистое сознание вернувшегося ребенка — рай вернулся снова. Он был однажды вашим, но вы утратили его, вы забыли его.

---

[*] Игра слов: по-английски *thron* — «трон»; *trown* — «сбросить». — *Прим. перев.*

Из-за того, что он был вашим, вы стали разыскивать его по всему миру, избегая лишь того, что было у вас в самом сердце. Вы были рождены только с сознанием, а все остальное вы насобирали после этого. Что бы вы ни насобирали в уме после своего детства, отложите это в сторону — и вы не будете больше стоять на пути. Вот это простое понимание, — и вы обнаружите двери храма своего существа открытыми.

Никто не препятствует вам осуществлять себя.

А осуществить себя — это осуществить Бога.

Тут нет разницы.

Да Хуэй рассказывает замечательный дзэнский эпизод: *Когда мастер Жуй Ень постоянно пребывал в своей комнате, он обычно звал себя: «Хозяин!»*

И сам себе же отвечал: «Да, сэр?»

«Будь бдительным!»

«Буду».

«Впредь не попадайся на обманы людей».

«Не попадусь».

Его ученики очень сильно расстраивались, ведь это был великий мастер и у него были тысячи учеников. Это было первым, что он делал, когда просыпался утром, прежде чем встать с кровати. Сначала он звал: «Хозяин!» — а потом говорил: «Да, сэр». — «Оставайся бдительным». — «Буду оставаться». — «Не попадись на обманы людей и все их ожидания». — «Не буду». После проведения этого диалога с самим собой он вставал с кровати.

Его учеников немного смущало это. Если узнает кто-то другой, как им объяснить? Будут говорить: «Ваш мастер безумен. Зачем вы транжирите свою жизнь и свое время с этим безумцем?»

В конце концов они набрались храбрости и спросили мастера Жуй Еня: «В чем секрет? Ранним утром вы начинаете, днем время от времени вы повторяете это, и когда отправляетесь спать, то снова... Мы слышали много мантр, много декламаций, но эту просто составляли вы же сами. Вы задаете вопрос, и вы отвечаете на вопрос — мы очень сильно смущены».

Жуй Ень сказал: «Вам нет нужды смущаться. Я просто хочу удостовериться, что я не стою на пути. Когда я говорю: «Хозяин», — я взываю к своей сущности. Мое тело — это слуга, мой ум — это слуга, моя сущность — которая бессмертна — вот хозяин. А когда я говорю: «Хозяин», — и приходит ответ: «Да?..» «Будь бдительным», — потому что это и есть весь наш процесс медитации, — оставаться бдительными, не забывать о бдительности. Чем бы вы ни занимались, подводное течение бдительности должно продолжаться. Решимость снова и снова возникает во мне: «Буду». И не попадусь на обманы людей».

ПРОСТО БЫТЬ

Люди все время морочат вас — возможно, не сознательно, возможно, они не хотят обмануть вас, но они бессознательны и поступают почти как сомнамбулы во сне.

Люди подают вам идеи. Кто-то говорит вам: «Вы так прекрасны», — и действительно, трудно отрицать его идею, она так осуществляет эго. Возможно, он с умыслом называет вас прекрасным; возможно, это начало, чтобы обмануть вас, уговорить вас на что-то.

Прежде я знал человека — весь город считал его безумным, но я наблюдал его совсем близко. Он был одним из разумнейших людей, с какими я сталкивался, а его здравомыслие было таково, что никто не мог обмануть его. Если вы говорили ему: «Вы очень красивы», — он отвечал: «Подождите, определите красоту, что вы подразумеваете под красивым? Вы должны убедить меня. Я не позволю вам уйти так легко — с какой целью вы называете меня красивым?» А это очень трудно — определить красоту, почти невозможно.

Если кто-то говорил ему: «Вы очень разумны»... та же проблема. Лишь по одному пункту он никогда ни с кем не спорил. Если люди говорили ему: «Вы безумец!» — он обычно отвечал: «Вот это совершенно верно, я безумец. От безумца вы не можете ждать ничего: вы не попросите: можно мне занять у вас денег? В тот же момент, как вы произнесли *безумец*, вы поставили меня вне общества, вы сделали меня индивидуумом. Теперь вы не можете манипулировать мною».

Он был профессором, но за его странное поведение его вышвырнули из колледжа. Я заходил к нему, когда был студентом. Мне очень нравился этот человек. До чего замечательно он играл на флейте; я обычно просто входил и садился, и я никогда ничего не спрашивал и никогда ничего не говорил. Однажды он посмотрел на меня и сказал: «Кажется, вы разумнее, чем я».

Я спросил его: «Что вы подразумеваете под разумностью?»

Он сказал: «Правильно, абсолютно правильно. Вы уловили суть. Я никогда не спрошу ничего и никогда не скажу ничего. Вам всегда — добро пожаловать; не нужно проходить ни через какой социальный ритуал. Можете запросто приходить и отдыхать, расслабляться».

Мы подружились. Он жил в бедности, но был безмерно счастлив. Он говорил: «Я всегда хотел быть флейтистом, никогда — профессором. Просто мои родители заставили меня... но, спасибо Богу, сотрудники колледжа выгнали меня. Теперь я абсолютно свободен, а так как люди считают меня безумным, никто не беспокоится обо мне. Я играю на моей флейте, пишу песни...»

Он перевел на хинди стихи Омара Хайяма. Существует по меньшей мере дюжина переводов на хинди стихов Омара Хайяма — некоторые сделаны великими поэтами, — но никто даже и не приближается к нему. А он жил безвестной жизнью. Это я настоял на том, что его книгу нужно опубликовать.

Он говорил: «Кто будет слушать меня? Я безумец».

Я сказал: «Не беспокойтесь. Я обращусь к издателям и вначале не буду упоминать ваше имя. Пусть сперва посмотрят рукопись — потому что есть столько переводов, но ваш перевод — это не только перевод, а и своего рода улучшение».

Я прочитал Калила Джебрана, я прочитал Омара Хайяма. Он интересовался этими двумя людьми, и понемногу, как только выдавалось время, переводил их. А я сказал ему: «Никакой перевод не приближается к вашему, и, слушая ваше пение Омара Хайяма, я ощущаю порой, что, возможно, настоящий Омар Хайям не имеет того качества, той поэтичности, ведь он не был безумным человеком; он был математиком». Сейчас математику нечего и надеяться написать великие стихи. Это противоположные полюса, поэзия и математика — что у них общего?

Наконец я убедил издателя... потому что он тоже был изумлен и все время спрашивал, кто же переводчик. Когда же он абсолютно убедился, что это был лучший перевод, тогда я назвал ему имя. Он сказал: «Боже мой, прежде я считал его безумцем».

Я сказал: «В этом сумасшедшем мире быть здравым — это и есть быть безумным. Он вовсе не сумасшедший, но он наслаждается тем, что люди забыли про него. Теперь никто ничего не ожидает от него, никто не предполагает, что он должен поступать определенным образом. Он обрел свободу, будучи осужден как безумец. Он совершенно непринужден сам с собой, он продолжает делать свое дело, и он безмерно счастлив».

Этот человек вскоре умер. Возможно, из-за бедности он не смог лечиться — у него был туберкулез, — но он умирал до того умиротворенно и до того радостно... напевая песню Омара Хайяма. Я присутствовал во время его смерти. Последние слова песни, которую он пел... на хинди, так же как и по-английски или по-арабски, тело называется «земля». Слово «human» (человеческий) происходит от «humus», а «humus» означает грязь. Слово «adami» или «adam» тоже происходит от грязи.

Песня, которую он пел, и умер во время пения, была такой: «Когда я умру, не хороните мое тело на кладбище. Земля в моем теле принадлежит кабаку, — он был пьяницей, — так что, пожалуйста, устройте моему телу могилу в кабаке. Я умру, но те, кто будут жить... если они прольют лишь несколько капель вина на мою могилу, это вполне удовлетворит меня».

Вы не назвали бы его святым, вы не назвали бы его религиозным — он и не был, — но он жил жизнью, полной простоты, потрясающей красоты. Он никогда никому не вредил, и в его глазах было сияние, потому что он знал нечто такое, чего другие люди не знают.

Ваше эго — это не вы.

Вы — по ту сторону себя.

Если вы алертны, вы просто будете двигаться за пределы — потому что осознавание не есть способность ума и для эго нет возможности быть осознающим. Если вы алертны и осознающи — единственное, что может осознавать внутри вас, — это «Хозяин», — ваша сущность.

Мастер Жуй Ень абсолютно прав, напоминая себе и напоминая своим ученикам: «Но не забывайте ни на миг, кто хозяин внутри вас». Если хозяин — ум, вы живете в иллюзиях; а если хозяин — ваше сознание, все иллюзии остались далеко позади. Вы пришли к постижению реальности.

Разбудите себя прямо здесь и посмотрите, что это такое. Не говорите: «Я попробую когда-то»; не говорите: «Я попробую завтра», — ведь завтра неопределенно. У вас нет никакой власти над будущим. Если вы привыкаете откладывать, завтра станет сегодня и снова вы будете откладывать на завтра. Это станет вашей привычкой, механической привычкой. Если вы понимаете, тогда: *Разбудите себя прямо здесь и посмотрите, что это такое.*

Это не вопрос практики, дисциплины, прохождения через ритуалы — все такие вещи требуют времени. Но чтобы осознавать, времени не требуется. Вот единственный вопрос: Вы готовы испытать осознание? — потому что это нарушит многие вещи в вашей иллюзорной жизни. Если вы готовы, тогда вот он этот момент — не следующий момент. Потом посмотрите на реальность вокруг себя: те же самые деревья будут выглядеть зеленее, эти же цветы будут выглядеть безмерно психоделичными, эти же самые лучи солнца наполнят вас экстазом.

Что же касается внутреннего мира... если вы осознаете, вы осознаете свое бессмертие, вы осознаете свою божественность, вы осознаете то, что жизнь продолжается, — что рождение и смерть — простые эпизоды в долгом, вечном странствии жизни.

Всякий страх пропадает, и внезапно ваша жизнь обретет легкость, необремененность. Вы будете идти, но походка ваша будет обладать качеством танца. Вы будете говорить, но разговор ваш будет обладать качеством безмолвия. Тогда все, что бы вы ни делали, приобретет иное качество. Может, вы делали то же самое прежде, и вот вы делаете ту же вещь снова; посторонние, может, и не заметят того, что произошла огромная перемена, но для вас она, безусловно, будет видимой.

Жил в Индии один мистик, который был гончаром, — его звали Гора. Даже после просветления он продолжал заниматься гончарным делом, как занимался и прежде, но теперь его работа приобрела совершенно иное качество. Теперь он чувствовал, что изготавливал свои горшки ни для кого иного, как для Бога. Прежде он делал горшки таким образом, что они вскоре ломались, бились, — чтобы снабжать своих клиентов новыми горшками. Теперь же он делал горшки с такой заботой, с такой любовью, что они обычно не ломались, как это было с его прежними горшками.

Его ученики сказали: «Теперь у вас уходит больше времени на изготовление».

Он ответил: «Само собой. Теперь каждый приходящий ко мне покупатель — это переодетый Бог. Он, может, и не знает этого, зато я знаю. Я не могу обманывать Бога... и я бы очень хотел, чтобы мой горшок служил Богу как можно дольше, поэтому я буду делать его так хорошо, как только сумею».

Даже короли приходили на его собрания. Богатые люди тоже были его последователями, и все они говорили: «Гора, лучше, чтобы ты сейчас перестал заниматься этой работой. Мы можем обеспечить тебя всем, что тебе необходимо».

Он отвечал: «Это не вопрос бизнеса; это моя молитва, это мое богослужение».

Человек просветленный делает всю свою жизнь молитвой, богослужением. Все то, чем он занимается, качественно иное — там есть благодать. Это приходит не просто как товар на продажу, это частица искусства... и покупатели — больше не обычные человеческие существа. Для человека осознающего все сущее становится божественным. Он не может повредить даже дереву. Из этого осознавания и происходит жизнь ненасилия.

Махатма Ганди пытался прямо противоположным образом. Он пытался *практиковать* ненасилие, что идет вразрез со всей наукой медитации. Вы не можете практиковать ненасилие. Вы можете принудить себя быть ненасильственным, но подспудно вы останетесь насильственным, и это будет проявляться в мелочах. Он так никогда и не смог достичь ненасилия, которое приходит естественно к медитирующему, потому что никогда ничего не знал о медитации. Все то, что он знал о религии, было самым заурядным религиозным занятием людей, масс в их бессознательности. Его религия была только молитвами к Богу.

Когда вы не знаете, существует ли Бог, как же может ваша молитва быть подлинной? И какая молитва? Либо вы будете восхвалять Бога — но тут нет слов, чтобы воздать ему хвалу, — либо вы будете просить каких-то изменений в своей жизни, просить, чтобы какие-то вещи были даны вам. Молитва не может быть попрошайничеством, молитва не может походить на совет Богу: «Делай все, как я желаю...»

Молитва тоже приходит из медитации, но такая молитва бессловесна — чистое благодарение, признательность. И она не адресована какому-нибудь особому Богу как личности, потому что нет никого, подобного личности, сидящей где-то высоко на небе, выслушивая ваши молитвы.

Медитирующий узнает, что Бог растворен во всем сущем. Лучше не называть его Богом, а назвать это просто качеством божественности. Он испытывает благодарность к реке, к океану, к луне, к солнцу, к звездам — и это просто чувство в его сердце. Его нельзя донести к устам через слова, поскольку океан не понимает никакого языка. Не понимает и прекрасный солнечный закат или звездная ночь... но все они понимают язык безмолвия и благодарности.

Пробуждающий — это не кто-нибудь другой, он именно тот, кто может узнать серость и тупость.
Кто внутри вас? Реальный, бессмертный, вечный, божественный... он — тот свидетель, который может увидеть тупость и серость. Кто может наблюдать все облака, проходящие на экране ума? — мысли, эмоции, настроения...
Наблюдатель — это ваша подлинная сущность. *Он — ваша собственная подлинная индивидуальность.* Наблюдатель — ваша подлинная индивидуальность, — и никакое иное удостоверение личности, которое вы носите; никакой иной паспорт, который вы носите... все они произвольны.

Подлинная индивидуальность только одна — и это от свидетельствования себя — того, кто видит. Он не деятель. Это не означает, что ничего не происходит вокруг свидетеля; вещи происходят — но они случаются спонтанно, без всякого усилия, без всякого напряжения, безо всякого обдумывания, просто спонтанно. Точно так цветут цветы, поют птицы и растут деревья... все происходит вокруг свидетеля спонтанно.

Это дает мне лекарство в соответствии с заболеванием, не имеющее другой альтернативы — и тут нет другой альтернативы, запомните. Свидетеля нельзя заменить ничем больше. Вот почему я говорю снова и снова: в мире нет религий. Не может быть... ведь если сама природа я не имеет альтернативы, то как же у вас могут быть альтернативные религии?

Свидетель один; это не христианин, не индуист, не мусульманин, не иудей... это также не теист, не атеист...
Это чистая ясность зрения.
Это просто чистое сознание.
Это совсем как отражающее зеркало.
Разве попадались вам зеркала христианские, католические, индуистские, мусульманские? Зеркало — это просто зеркало; у него зеркальная функция, оно отражает.

Ваша истинная индивидуальность совсем как сознание, которое обладает способностью отражать и отвечать. Все то, что исходит от вашего сознания, всегда свежо, всегда спонтанно, всегда грациозно, всегда искренне, всегда верно реальности. Оно в согласии с сущим. Между вами и целым потрясающая синхронизация.

Кратко указывающее вам дорогу, чтобы вернуться домой и успокоиться, вот и все.

Да, — это и есть все!

Если же вы застреваете на мертвых словах и говорите, что это и есть на самом деле ваша подлинная индивидуальность, тогда вы подтверждаете сознательный дух как свое я, — а у всего этого еще меньше общего с ним. Это и есть то, что я говорил прежде по поводу зависимости от входящих серости и тупости. Просто рассмотрите, кто же тот, кто может познать серость и тупость так, как это есть на самом деле.

Вначале удалите свое эго с дороги; тогда остается только сознание. Теперь пусть сознание познает себя. Потому что ничего больше не осталось познать, а сознание обладает способностью познавать, оно может стать «самопознанием».

Вот что подразумевает Сократ под словами: «Познай себя». Я сделал небольшое дополнение к высказыванию Сократа, поскольку, по-моему, оно представляется неполным: «Познай себя, ибо это единственный путь быть собой». Итак, познать себя и быть собой... и вы приходите домой... и тут нет иной альтернативы.

Взгляните прямо сюда, не разыскивайте трансцендентное просветление.

Это самое содержательное утверждение Да Хуэя. Он говорит вам, что даже поиск трансцендентного просветления станет барьером. Любой поиск уводит вас прочь от себя. Не разыскивайте ничего, чтобы вы могли оставаться внутри себя.

Трансцендентное просветление представляется иным, чем деньги, или власть, или престиж... люди считают поиск трансцендентной медитации или трансцендентного просветления иной вещью, чем поиск мирских объектов. Это не так.

Вопрос не в объекте, вопрос в поиске, а поиск — один и тот же. Что вы ищете — не имеет значения; всякий поиск ведет вас прочь от себя.

Не ищите, не разыскивайте. Усядьтесь внутри себя — без желания, без амбиции — идти некуда. Расслабьтесь в самом центре своего существа. Это и есть трансцендентное просветление, — но вы можете добраться туда, лишь если не ищете этого.

Наблюдайте и наблюдайте; внезапно вы громко рассмеетесь. За пределами этого нет ничего, что можно сказать.

Последнее слово, что может быть сказано: «Наблюдайте и наблюдайте, смотрите и смотрите». Тогда вы увидите полную нелепость своей жизни: то, чем вы занимались, было столь же глупым, как и собака, пытающаяся поймать собственный хвост. Порой вы могли видеть это — собаку все больше и больше интригует этот феномен: странно — он же так близко... а когда она пробует прыгнуть, — естественно, хвост тоже отпрыгивает и дистанция остается той же самой. Собака доходит почти до бешенства, ведь ей невдомек, что это ее же собственный хвост.

Коль скоро вы безмолвно осознающий, вся ваша жизнь будет выглядеть нелепой. Вы не делали ничего иного, кроме погони за собственным хвостом, — который всегда был вашим; не было нужды гоняться за ним. Поэтому последнее, что мы слышали от мистиков, — это внезапный громкий смех. После этого — абсолютное безмолвие и безмятежность. Этот смех — последняя вещь, и за пределами этого есть бесконечное, вечное, чтобы переживать... но это уже за пределами слов, ничего не может быть сказано об этом.

Но если вы были способны посмеяться над своей собственной нелепостью, это доказывает, что вы стали наблюдателем, отделенным от своего ума, от своего тела. Теперь вы можете легко понять, что то, чем вы занимались до сих пор, можно делать только в бессознательности.

Я слышал... Мужчину внезапно разбудила его жена и сказала: «Я слышу, мой муж возвращается. Я расслышала сигнал его автомобиля, он только что припарковался». Парень нагишом вскочил и спрашивает: «Что делать?» Женщина сказала: «Прыгай в окошко». Была холодная ночь, шел дождь. Он выпрыгнул из окна, и только тогда сообразил: «Что за ерунда?! Я же муж!» Но просто старая привычка... он, очевидно, спал с другими женщинами. Жена, очевидно, спала с другими мужчинами.

Если вы наблюдаете жизнь, она нелепа, и если вы можете смеяться над собой, то это последняя пограничная линия. По ту сторону этого начинается бессловесное переживание безмолвия. Но смех человека наблюдающего также имеет и другое качество: вы всегда смеетесь над другими, он же смеется над собой. Смеяться над другими немного жестоко — в этом скрыто некое насилие, — но смеяться над собой — это великое пробуждение.

Да Хуэй передает свои переживания так ясно, насколько это возможно, чтобы перевести их в слова. Я согласен с ним категорически, что каждый просветленный человек смеялся. То была пограничная линия при движении от этого мира к миру запредельному. Прежде чем двинуться за пределы, он должен был смеяться — просто по той причине, что он смог увидеть, как вся его жизнь не заслуживала ничего, кроме смеха. До сих пор он занимался этим так серьезно, потому что он почти спал; однако по пробуждении вся серьезность — это фальшивка. Он занимался вещами, которые теперь не сможет делать, даже если захочет... они иррациональны, они нелогичны, они неразумны.

Начать наблюдением, прийти к великому смеху... и выйти за пределы. Это является сущностью всей религии.

Миру необходима религия, но ему не нужны *религии*. Что к тому же и нелепо. У вас есть одна наука, и вы никогда не спрашиваете, христианская это наука, или индуистская, или мусульманская. По поводу объективного мира у вас есть одна наука, а по поводу внутреннего мира... у вас триста религий в мире. Это же нелепо.

Человек осознающий приходит к пониманию того, что необходима религиозность, а религии больше не нужны.

— Хорошо, Маниша?
— Да, Мастер.

28

БЕЗДУМЬЕ

Возлюбленный Мастер,

Не «удерживание ума неподвижным», а бездумье

Хоть вы, может, и не вполне знаете, ошибаются или же правы учителя из различных мест, если ваша собственная основа крепка и подлинна, яды ошибочных доктрин не смогут повредить вам, включая и «удерживание ума неподвижным», и «забвение забот». Если вы всегда «забываете заботы» и «держите ум неподвижным», не разбивая ум рождения и смерти, тогда обманчивые влияния формы, ощущения, восприятия, воли и сознания найдут свой путь и вы неизбежно будете делить пустоту надвое.

Отпустите и сделайте себя бескрайним и обширным. Если вдруг возникают прежние привычки, не используйте ум для их подавления. Времени у них столько же, как и у снежинки на раскаленной плите. Для тех, у кого проницательный глаз и умелая рука: один прыжок — и они берут препятствие.

Лишь тогда они узнают сказанное ленивым Жуном: «При пользовании умом не бывает ментальной деятельности». Искаженный разговор загрязнен именами и формами, прямой разговор без сложностей. Без ума, но действующий, всегда действующий, но несуществующий — насчет бездумья я скажу, что это уже неотделимо от обладания умом. Это не те слова, которые говорят, чтобы обмануть людей.

Было долгое непонимание этих двух вещей: *удерживания ума неподвижным* и *бездумья*. Многие люди принимали их за синонимы. Они кажутся синонимами, но в действительности они так далеки, как только могут быть далеки вещи, и нет способа навести мост между ними.

Поэтому давайте сначала попытаемся найти точные значения этих двух понятий, потому что вся эта сутра Да Хуэя сегодня вечером интересует нас с точки зрения понимания их различия.

Различие самое деликатное. Человек, который удерживает свой ум неподвижным, и человек, который не имеет ума, будут выглядеть в точности одинаковыми снаружи, потому что человек, удерживающий свой ум неподвижным, тоже безмолвен. Под его безмолвием огромная суматоха, но он не позволяет ей всплывать. Он под сильным контролем.

Человеку с *не-умом*, или бездумьем, контролировать нечего. Он лишь чистое безмолвие — ничего подавленного, ничего дисциплинированного — только чистое пустое небо.

Поверхность бывает самой обманчивой. Нужно быть очень бдительным по поводу внешности, ведь оба они выглядят одинаковыми снаружи — оба безмолвны. Эта проблема не возникала бы, если бы неподвижного ума было достичь нелегко. Его *легко* достичь. *Не-ума* достичь нелегко; это не дешевка, это величайшее сокровище в мире.

Ум может разыграть игру быть безмолвным; он может разыграть игру быть без всяких мыслей, эмоций, — но они просто подавлены, совершенно живые, готовые вскочить в любой момент. Так называемые религии и их святые впали в заблуждение неподвижного ума. Если вы продолжаете сидеть молча, пытаясь контролировать свои мысли, не допуская своих эмоций, не допуская никакого движения внутри себя, понемногу это будет становиться вашей привычкой. Это величайший обман в мире, какому вы можете подвергнуться, потому что все в точности одно и то же, ничего не изменилось, но выглядит это, как будто бы вы прошли через трансформацию.

Состояние не-ума или бездумья прямо противоположно неподвижному уму — оно выходит за пределы ума. Оно создает такую дистанцию между вами и умом, что ум становится далекой звездой, удаленной на миллионы световых лет, а вы — просто наблюдатель. Когда ум недвижим, вы — контролер. Когда ума нет, вы — наблюдатель. Это различные уровни.

Когда вы контролируете что-то, вы в напряжении; вы не можете быть без напряжения, поскольку то, что под контролем, постоянно старается восстать против вас, то, что порабощено, желает свободы. Ваш ум — раньше или позже — взорвется местью.

Мне нравится история... Жил в деревне человек очень гневливый и агрессивный, до того яростный, что убил свою жену по какому-то пустяку. Вся деревня опасалась того человека, потому что он не знал аргументов, кроме насилия.

В тот день, когда он убил свою жену, сбросив ее в колодец, проходил джайнский монах. Собралась толпа, и джайнский монах сказал: «Этот ум, полный гнева и насилия, приведет тебя в ад».

Положение было таким, что человек сказал: «Я тоже хочу быть столь же безмолвным, как и вы, но что я могу поделать? Когда гнев овладевает мною, я почти бессознателен, — и вот я убил свою любимую жену».

Джайнский монах сказал: «Единственный способ успокоить этот ум, который полон гнева, насилия и ярости, это отречься от мира». Джайнизм — это религия отречения и, в конце концов, отречения даже от одежды. Джайнский монах живет голым, потому что ему не позволяется владеть даже одеждой.

Тот человек был очень заносчив, и это стало вызовом для него. Перед всей толпой он тоже сбросил свою одежду в колодец, где была его жена. Деревня не могла поверить этому; даже джайнский монах немного испугался: «Он что, ненормальный?» Тот человек опустился к его стопам и сказал: «Тебе, может, потребовались десятилетия для достижении стадии отречения... я отрекаюсь от мира, я отрекаюсь от всего. Я — твой ученик, посвяти меня».

Его звали Шантинатх, а «шанти» означает «умиротворенный». Так часто бывает... если вы видите безобразную женщину, самое вероятное, ее зовут Сундербай, что значит «прекрасная женщина». В Индии у людей странная манера... слепому человеку они дают имя Найян Сукх. Найян Сукх значит «тот, чьи глаза дают ему огромное удовольствие».

Джайнский монах сказал: «У тебя замечательное имя. Я не буду менять его; я сохраню его, но с этого момента ты должен помнить, что умиротворенность должна стать твоей истинной вибрацией».

Тот человек занялся самодисциплиной, укротил свой ум, долго постился, истязал себя и скоро стал более знаменитым, чем его мастер. Гневливые люди, заносчивые люди, эгоистичные люди могут делать такие вещи, которые от людей спокойных потребуют времени. Он стал очень знаменит, и тысячи людей приходили к нему, чтобы только коснуться его стоп.

Через двадцать лет он оказался в столице. Человек из его деревни приходил туда с какой-то целью и подумал: «Будет хорошо сходить туда и посмотреть, какая трансформация произошла с Шантинатхом. Слышно столько историй — что он стал совершенно новым человеком, что его прежнее я пропало, и новое, свежее существо возникло в нем, что он на самом деле стал умиротворенным, безмолвным, спокойным».

Поэтому этот человек отправился туда с великим почтением. Но когда он увидал Муни Шантинатха, видя его лицо, его глаза, он не мог поверить, что там было какое-нибудь изменение. Тут не было никакой благодати, которая неизбежно лучится от ума, ставшего безмолвным. Эти глаза были все так же эгоистичны — на самом деле они сделались еще более отчетливо эгоистичными. Человеческое присутствие было куда более уродливым, чем прежде.

Тем не менее этот человек приблизился. Шантинатх узнал этого человека, который был его соседом, — но сейчас признавать его было ниже его достоинства. Человек тоже увидел, что Шантинатх узнал его, но притворился, что не узнал. Он подумал: «Это выдает многое». Он приблизился к Шантинатху и спросил: «Можно мне задать вам вопрос? Как вас зовут?»

Естественно, сильный гнев возник в Шантинатхе, ведь он знал, что этому человеку было прекрасно известно его имя. Но все же он сохранил контроль над собой и сказал: «Мое имя Муни Шантинатх».

Человек сказал: «Прекрасное имя, — но моя память очень коротка, вы не могли бы повторить снова? Я забыл... какое имя вы назвали?»

Это было уже слишком. Муни Шантинатх носил посох. Он взял посох в руку... он забыл все — двадцать лет контролирования ума — и сказал: «Спроси еще, и я покажу тебе, кто я. Ты забыл? — я убил свою жену, я — тот самый человек».

Лишь теперь он понял, что произошло... он понял, что за один момент бессознательности двадцать лет ушли на помойку; он не изменился вообще. Но миллионы людей чувствовали в нем великое безмолвие... да, он стал очень контролирующим, он подавлял себя — и это оплачивалось. Столько уважения и неограниченный почет для него — столько чести, даже короли приходят коснуться его стоп.

Ваши так называемые святые есть не что иное, как животные под контролем. Ум есть не что иное, как долгое наследие всего вашего животного прошлого. Вы можете контролировать его, но ум под контролем — это не пробужденный ум.

Процессу контролирования, подавления и дисциплинирования обучают все религии, и благодаря их ошибочному учению человечество не продвинулось ни на один дюйм — оно остается варварским. В любой момент люди начинают убивать друг друга. Для утраты себя не требуется ни единого мгновения; они совершенно забывают, что они человеческие существа и от них можно было бы ожидать чего-то намного большего, чего-то лучшего. Было очень немного людей, которым удалось избежать этого обмана — контролировать ум и верить, что они достигли безмолвия.

Достижение не-ума связано с совершенно другим процессом: я называю его предельной алхимией. Он состоит только из одного элемента — из наблюдения.

Гаутама Будда шел по городу, когда подлетела муха и села к нему на лоб. Он беседовал со своим другом, Анандой, и, не прерывая разговора, просто смахнул муху рукой. Потом вдруг до него дошло, что это движение его руки было бессознательным, механическим. Поскольку он сознательно беседовал с Анандой, рука отогнала муху механически. Он останавливается, и, несмотря на то что теперь уже мухи нет, он снова взмахивает рукой сознательно.

Ананда спрашивает: «Что ты делаешь? Муха уже улетела...» Гаутама Будда отвечает: «Муха улетела... но я совершил грех, потому что проделал это в бессознательности».

Английское слово *грех*... только Гаутама Будда употребляет его в правильном значении. Слово *грех* берет начало из корней, которые означают забывчивость, неосознанность, ненаблюдательность, делание вещей механически, — а вся наша жизнь почти что механична. Мы продолжаем заниматься делами с утра до вечера, с вечера до утра, наподобие роботов.

Человек, который хочет войти в мир безмолвия, должен научиться только одной вещи. Единственный шаг — и путешествие окончено. Этот единственный шаг состоит в том, чтобы делать все, наблюдая. Вы двигаете своей рукой, наблюдая; вы открываете свои глаза, наблюдая; вы гуляете, вы делаете свои шаги алертно, осознанно; вы едите, вы пьете, но никогда не позволяете механичности овладевать собой. Это и есть единственный алхимический секрет трансформации.

Человек, который может делать все совершенно сознательно, становится светящимся феноменом. Он весь из света, а вся его жизнь — это сплошное благоухание и цветы. Механический человек живет в темных норах, грязных норах. Ему неведом мир света; он подобен слепцу. Человек наблюдающий — это действительно человек с глазами.

Да Хуэй понемногу проникает в более глубокие секреты внутренней трансформации. Он говорит: «*Хоть вы, может, и не вполне знаете, ошибаются или же правы учителя из различных мест, но если ваша собственная основа крепка и подлинна, яды ошибочных доктрин не смогут повредить вам...*»

Он говорит, что бесполезно думать, кто прав, а кто ошибается. Есть тысячи доктрин, сотни философий, и если вы продолжаете искать истину в словах, вы заблудитесь в джунглях, где не сможете отыскать путь. Все, что вам известно, — это как достичь прочной основы внутри себя.

...включая и «удерживание ума неподвижным», и «забвение забот». Если вы всегда «забываете заботы» и «держите ум неподвижным», не разбивая ум рождения и смерти, тогда обманчивые влияния формы, ощущения, восприятия, воли и сознания найдут свой путь и вы неизбежно будете делить пустоту надвое.
Отпустите и сделайте себя бескрайним и обширным...

Вопрос не в контролировании себя изолированными от сущего, — вопрос в том, чтобы позволить себе стать бескрайним — настолько же бескрайним, как само сущее. И в наблюдательности вы становитесь безграничны: это единственная вещь внутри вас, которая не имеет границ.

Взгляните на свое наблюдение, свидетельствование. Оно беспредельно.

Нет начала, нет конца... оно бесформенно.

Эта абсолютная неподвижность ума и есть на самом деле *не-ум*, или безмолвие. Это не контроль, это не дисциплина; вам не надо изо всех сил давить на свой ум и сохранять его безмолвным. Нет, его тут просто нет. Дом пуст. Тут некому контролировать и некому быть под контролем. Все заботы по контролированию исчезли в простой наблюдательности. Эта наблюдательность обширна. Коль скоро вы испробовали ее немного, она продолжает расширяться до самых пределов Вселенной.

Если вдруг возникают прежние привычки, не используйте ум для их подавления. Времени у них столько же, как и у снежинки на раскаленной плите.

Он напоминает вам, что, даже когда вы двигаетесь по пути наблюдения, иногда могут оживать прежние привычки. Но не надо беспокоиться; они подобны снежинкам на раскаленной плите, они исчезнут сами собой, просто наблюдайте. Не надо беспокоиться, не надо волноваться, не надо переживать.

Иногда будет гнев, иногда будет желание, иногда будет амбиция, но им не расстроить вашего наблюдения. Они придут и они уйдут, не оставив следа на вашей подобной зеркалу чистоте. Но вам нужно запомнить только одно: не начинайте воевать с ними, уничтожать их, разрушать их, отбрасывать их. Для ума это самое естественное, — если происходит что-то ошибочное, вскочить и уничтожить это. Такова единственная вещь, которую вы должны осознать, потому что это то, что никогда не позволяет человеку выбраться за пределы ума. Вернутся прежние привычки, — а прежние привычки очень старые, они возникли много-много жизней назад. Ваше осознавание очень свежее и очень новое; ваша механистичность древняя, так что очень естественно, что она будет возвращаться.

Кто-то оскорбляет вас — вы не должны гневаться, но вы вдруг обнаруживаете возникающий гнев. Это не усилие, это просто старая привычка, старая реакция. Не воюйте с ней, не пытайтесь улыбнуться и скрыть ее.

Пронаблюдайте ее, — и она будет приходить и будет уходить... подобно снежинке на раскаленной плите.

Для тех, у кого проницательный глаз и умелая рука: один прыжок — и они берут препятствие.

Лишь тогда они узнают сказанное ленивым Жуном: «При пользовании умом не бывает ментальной деятельности». Если человек изучил искусство наблюдения, он может также пользоваться и своим умом, однако у него не будет ментальной деятельности.

Я разговариваю с вами, и я использую свой ум, потому что нет другого способа. Ум — это единственный способ выразить любое сообщение словами; таков единственный доступный механизм. Но мой ум абсолютно безмолвен, там нет ментальной деятельности: я не думаю, что мне говорить, и я не думаю, что я сказал. Я попросту откликаюсь на Да Хуэя спонтанно, без привнесения себя в это.

Это как будто бы вы пошли в горы и крикнули, а горы вторят эхом: горы не занимаются никакой ментальной активностью, они попросту отзываются эхом. Когда я говорю про Да Хуэя, я просто горное эхо.

«При пользовании умом не бывает ментальной деятельности». Искаженный разговор загрязнен именами и формами, прямой разговор без сложностей. Без ума, но действующий... Это странное переживание, когда вы можете пользоваться умом без всякой ментальной деятельности... *Без ума, но действующий, всегда действующий, но не существующий.*

С самого своего детства я любил безмолвие. Пока мне это удавалось, я мог просто сидеть молча. Естественно, моя семья полагала, что я не пригоден ни для чего — и они были правы. Я, безусловно, доказал непригодность ни к чему, но я не сожалею об этом.

Это доходило до того, что я, бывало, иногда сидел, а моя мать могла подойти и сказать что-то вроде: «Кажется, нет никого во всем доме. Мне нужен кто-то сходить на базар за овощами». Я сидел перед ней и мог сказать: «Если увижу кого-то, я скажу...»

Считалось, что мое присутствие не значило ничего; был я там или нет, это не имело значения. Раз или два они попытались, а потом обнаружили, что «лучше его не трогать и не обращать никакого внимания на него», — потому что утром меня посылали за овощами, а вечером я приходил и спрашивал: «Я забыл, за чем вы посылали меня, а сейчас базар закрыт...» В деревнях овощные базары закрываются вечером, и продавцы возвращаются в свои деревни.

Моя мать сказала: «Это не твоя вина, это наша вина. Целый день мы прождали, но, во-первых, нам не следовало просить тебя. Где ты был?»

Я ответил: «Как только я вышел из дому, как раз рядом было очень красивое дерево *бодхи*» — тот вид дерева, под которым Гаутама Будда стал пробужденным. Это дерево получило имя дерево бодхи — или, по-английски, дерево *бо* — благодаря Гаутаме Будде. Неизвестно, как его называли до Гаутамы Будды; очевидно, у него было какое-то название, но после Будды оно стало ассоциироваться с его именем.

Там было прекрасное дерево бодхи, и оно было таким соблазном для меня. Под ним всегда бывала такая тишина, такая прохлада, никто не беспокоил меня, так что я не мог пройти, не посидев под ним хоть немного. И такие моменты покоя, я думаю, порой могли растягиваться на весь день.

После нескольких разочарований они решили: «Лучше не беспокоить его». И я был безмерно счастлив, когда они согласились с тем фактом, что меня почти не существует. Когда никто и ничего не ждет от вас, вы впадаете в безмолвие... Мир принял вас; теперь от вас ничего не ждут.

Когда я иногда опаздывал домой, меня обычно разыскивали в двух местах. Одно было под деревом бодхи, — а поскольку меня стали искать под деревом бодхи, я начал взбираться на дерево и сидеть на его вершине. Они подходили, озирались вокруг и говорили: «Кажется, его здесь нет». Я и сам кивал; я говорил: «Да, это верно. Меня здесь нет». Но меня вскоре обнаружили, потому что кто-то заметил, как я карабкался, и сказал им: «Он обманывал вас. Он всегда здесь, большую часть времени просиживает на дереве», — поэтому мне пришлось уходить немного дальше.

Прежде там было мусульманское кладбище... Теперь люди обычно не ходят на кладбища. Конечно, каждому придется пойти однажды, но, за исключением этого случая, людям не нравится ходить на кладбища. Поэтому то было самое тихое место... ведь мертвые не разговаривают, они не создают неприятностей, они не задают ненужных вопросов, они даже не спрашивают вас, кто вы, им не нужны рекомендации.

Я обычно сидел на мусульманском кладбище. Это было большое место, со множеством могил, с деревьями, очень тенистыми деревьями. Когда мой отец узнал, что я сидел там, он сказал: «Это уж слишком!» Он пришел однажды, нашел меня и сказал: «Ты можешь начать сидеть на дереве бодхи или под деревом бодхи, и никто не будет мешать тебе. Это уж слишком, это опасно — и, по сути дела, когда кто-то идет на кладбище, ему следует принять омовение и сменить свою одежду. Ты просиживал здесь целый день, а иногда ночью, и когда ты приходишь домой, мы не знаем, откуда ты приходишь».

Это обычно, что когда вы возвращаетесь с кладбища... Обыкновенно никто не пойдет туда, пока не отправят и не придется идти; так что, с неохотой, отправляются. С кладбища люди обычно идут прямо к реке для омовения, смены одежды, и только потом они входят в дом. Поэтому мой отец сказал: «Я не знаю, сколько же ты занимался этим».

Я сказал: «С тех пор, как ты помешал мне на дереве бодхи. Мне пришлось найти какое-то место...» И я рассказал ему: «Даже ты будешь получать удовольствие время от времени. Когда ты устал и слишком напряжен, приходи сюда — мертвецы не мешают никому».

Он сказал: «Не рассказывай мне про мертвецов — и особенно на мусульманской могиле...»

Мусульмане бедны; у них грязные могилы. В дождь иногда показывается мертвое тело. Грязь смыта, и вы видите мертвое тело — чья-то голова показывается, чья-то нога показывается. Он сказал: «Никогда не предлагай мне ходить туда. Уже сама идея, что однажды я окажусь в таком положении, — с головой, выглядывающей из могилы, — до того ужасает меня... ты странный мальчик!»

Я сказал: «Что же тут не так? Бедняга умер, он не может ничего поделать. Идет дождь, он же не прикроется зонтиком, что ему делать? Если одна его нога показалась, что же ему делать? Он не может подобрать ее — если же он подберет ее, тогда тоже будет беда, поэтому он хранит молчание и позволяет вещам быть как они есть».

Любовь к безмолвию и любовь быть отсутствующим помогли мне так потрясающе, что я могу понять, когда он говорит: *всегда действующий, но несуществующий — насчет бездумья я скажу, что это уже неотделимо от обладания умом. Это не те слова, которые говорят, чтобы обмануть людей.*

Да Хуэй говорит: «Я не пользуюсь этими словами, чтобы обмануть кого-нибудь; я не стараюсь демонстрировать свое знание; я не претендую на то, что я более знающий, чем вы. Я высказываю эти слова, чтобы просто поделиться своим опытом: *не-ум* и ум могут существовать вместе. Тут не нужно использовать подавляющие методы, только чистое наблюдение... и понемногу ум лишается всего своего содержания. Он становится не-умом».

Поэтому безмолвие и ум нераздельны. Безмыслие — это и есть ум без всякого содержания, без всякой мысли. Это совсем как зеркало, не отражающее ничего.

Это безмолвие, эта способность быть зеркалом, не отражающим ничего, есть величайшее блаженство, которое сущее предоставляет человеку. И отсюда продолжается раскрытие — тайны за тайнами... нет вопросов, нет ответов, но потрясающие переживания... животворящие, осуществляющие, дающие удовлетворенность голодной душе, которая скиталась жизни и жизни.

Пора прекратить это блуждание. Чтобы прекратить это блуждание, есть простой метод — начинать наблюдать свой ум, свое тело, свои действия. Заняты вы чем-то или не заняты, к одной вещи вы должны быть алертны — к тому, что вы наблюдаете. Не теряйте наблюдателя — тогда не имеет значения, христианин вы, или индуист, или джайн, или буддист.

Наблюдатель — это никто.

Это просто чистое сознание.

И только это чистое сознание может создать новое человечество, новый мир, где люди не будут противопоставляться друг другу по дурацким признакам. Нации, расы, религии, доктрины, идеологии — все это просто игры для детей, не для зрелых людей. Для зрелых людей есть только одна вещь в сущем — это наблюдение.

Монах отправляется распространять послание Гаутамы Будды. Сам он еще не просветленный; вот почему Гаутама Будда зовет его и говорит ему: «Помни, я должен сказать это, потому что ты еще не просветлен... ты красноречив, хорошо говоришь, ты можешь распространять послание. Может, ты еще и не готов сеять зерна, зато тебе, может, удастся привлечь хоть немногих людей прийти ко мне, — но воспользуйся этой возможностью также и для своего собственного роста».

Монах спросил: «Что мне делать, как мне воспользоваться этой возможностью?» И Будда сказал: «Есть только одна вещь, которую можно делать при каждой возможности, во всякой ситуации, — и это наблюдение. Иногда ты обнаружишь, что люди раздражены, гневаются на тебя, потому что ты задеваешь их идеологии, их доктрины, их предрассудки. Оставайся молчаливым и наблюдающим. У тебя могут быть дни, когда ты не сможешь достать пищи, потому что люди против тебя, они не дадут тебе даже воды. Наблюдай... наблюдай свой голод, наблюдай свою жажду... но не раздражайся, не досадуй. То, чему ты будешь учить людей, менее важно, чем твое собственное наблюдение.

Если ты вернешься ко мне наблюдающим, я буду безмерно рад. Скольких людей ты направишь, не важно; скольким людям ты расскажешь, не важно. В конечном итоге имеет значение лишь то, пришел ли ты домой, обнаружил ли ты сам прочную основу свидетельствования. Тогда все остальное не важно».

Только такая медитация бывает; все другие медитации есть вариации одного и того же феномена. Поэтому эта сутра Да Хуэя — одна из самых фундаментальных.

— Хорошо, Маниша?
— Да, Мастер.

29

ВЕРА

Возлюбленный Мастер,

Единая таковость

Чтобы взяться за это великое дело, вам нужна решительная воля. Если вы наполовину верите и наполовину в сомнении, согласованности не будет. Досточтимый древний сказал: «Изучение пути подобно добыванию огня. Вам нельзя останавливаться, когда вы добились дыма: только со вспышкой пламени возврат домой завершен». Хотите знать, где это завершается? Там, где миры себя и миры других — как единая таковость.

Вера

Будда сказал: «Вера может навсегда разрушить корень несчастья; вера может сфокусировать вас на добродетелях буддовости».

Он сказал также: «Вера может превозмочь многочисленные дороги заблуждения и показать путь непревзойденного освобождения».

Если вы непосредственно верите в то, что этот ум и впрямь обрел просветление изначально, и разом забываете все свои взгляды, тогда эти дороги заблуждения сами по себе являются маршрутом просветления, по которому человек ускользает от рождения и смерти.

Единая таковость... это особое измерение, раскрытое Гаутамой Буддой. До него никто и никогда не говорил о *таковости*. Она вмещает в себя так много, что ее надо понять во всей полноте. Если вы поняли таковость во всей ее полноте, больше ничего не остается понимать.

Таковость означает быть легким с сущим. Деревья зеленые, а розы красные — что вы можете поделать? Бывают убийцы и бывают святые. Если вы не различаете, если вы просто принимаете тот факт, что это есть так, — одно дерево высокое, а другое низкое, сущее допускает всякое разнообразие, выражает себя различными путями, если вам легко со всем этим, со святым, с грешником, — вы обрели буддовость.

Если в вас нет осуждения к грешнику и нет восхищения перед святым, вы превзошли обоих — вы пришли к единой таковости. Мир двух, мир дуальностей отпал от вас.

А в тот миг, когда мира двух, мира дуальностей больше нет, где вы? Где ваш ум? Где ваше эго? Все они погибли от одного удара меча. Внезапно все сущее становится частью вашей пульсации, а ваша пульсация становится пульсацией всей Вселенной. Тогда начинают петь птицы — и это не птицы, а вы. Тогда деревья стоят в молчании — это не деревья, а вы. Тогда солнечные пики Гималаев и приливные океанские волны больше не объекты; они — сама ваша субъективность.

Это состояние Будда называет *единая таковость*. Тут не нужен никакой Бог; тут не нужен какой-то моральный кодекс, тут не нужно никакое ощущение правильного и неправильного. Кто вы, чтобы решать? — вы здесь, просто чтобы радоваться и соединиться в танце. В этом танце грешник такая же часть, как и святой. Только представьте мир без грешников, — и он будет до того скучным, до того иссушенным, просто нескончаемой пустыней.

Жизнь как она есть... далекая кукушка, зовущая вас, — это ваше собственное сердце. Это не только теория, но и переживание, — вы начинаете танцевать с ветром, когда деревья танцуют, вы расцветаете вместе с цветами, когда они раскрывают свои лепестки, когда поет кукушка — это ваша собственная песня. Тогда не бывает вопросов разделения: правильное — это правильное, а значит, есть неправильное.

Предельное переживание сознания в том, что вся эта драма требует противоречий. Если вы уберете дни, ночи сильно обеднеют. Если вы уберете ночи, дни станут очень утомительными. Они предстают перед нашим умом как противоречия, но в существовании они являются дополнениями. Это просто часовой маятник, движущийся от одной крайности к другой. Видя святого и грешника как два пункта, между которыми маятник продолжает движение, вы отбрасываете всякое восхищение перед святым и вы отбрасываете всякое осуждение грешника. Вы просто наслаждаетесь красотой обоих.

Уже самого их существования довольно, чтобы наполнить вас огромной благодарностью.

Это переживание единой таковости является величайшим вкладом Гаутамы Будды. И Да Хуэй входит все глубже и глубже в Гаутаму Будду — больше не как интеллектуал, но как тот, кто уже получил опыт. Хоть на миг позвольте единой таковости овладеть вами... Все становится настолько безмятежным, настолько безмолвным, все становится настолько радостным, что нет слов для выражения этого. Это невыразимое переживание и есть предельная религиозность.

В этой утренней сутре Да Хуэй говорит о двух вещах: единая таковость и вера. Это два наименования для одной вещи. Это не вера христианина. Слова изменяют значение с изменением своего контекста. Слова не имеют своего собственного смысла; их смысл происходит от их контекста.

Для христианина, мусульманина или индуса вера есть не что иное, как другое слово для верования, а в веровании нет ничего, кроме подавленного сомнения. Позади каждого верования есть подавленное сомнение. Чтобы подавить сомнение, вы верите все больше и больше... но сомнение уходит все глубже и глубже в ваше бессознательное.

Вера в мире опыта Гаутамы Будды не есть верование. Она не имеет ничего общего с доктринами и философиями, теологиями и идеологиями. У нее есть что-то общее с доверием, что-то общее с любовью, что-то общее с непринужденностью пребывания в мире, каким бы он ни был.

Есть древняя история про дзэнского монаха... Каждую ночь король обходил свою столицу, переодевшись, чтобы посмотреть, все ли в порядке или же была какая-то неприятность, о которой ему не сообщили. Кто в беде? — если он мог что-то сделать, он хотел знать это прямо, а не через множество посредников и бюрократов.

Его всегда озадачивал очень красивый, очень молчаливый молодой человек, все время стоявший под деревом. В какое бы время ночи он ни шел, этот человек всегда стоял там молча, точно мраморное изваяние. Естественно, возникло любопытство, и в конце концов он не смог устоять перед искушением спросить этого человека, что тот караулил. Он не заметил, чтобы у него что-нибудь было... фактически, он стоял обнаженным.

Юноша рассмеялся и сказал: «Я караулю самого себя; у меня нет ничего другого. Но караулить самого себя — быть алертным, осознающим и пробужденным — это величайшее сокровище. Ты имеешь многое, но у тебя нет такого часового».

Король был озадачен, но заинтригован красотой этого человека и вескостью его слов. Каждую ночь они немного разговаривали, и понемногу возникла большая дружба. Обнаженный монах никогда не спрашивал: «Кто ты?»

Юноша сказал: «Если бы тебе было известно кто ты, ты бы не задавал все эти вопросы. Я не хочу унижать тебя — я просто принимаю, кем бы ты ни был. Я никогда не спрашивал деревья, я никогда не спрашивал зверей, птиц, я никогда не спрашивал звезды — почему я должен спрашивать тебя? Это прекрасно, что ты есть, и мне совершенно легко с тобой и со всем этим».

Вопрос — это неудобство, это напряжение; он возникает в глубине от страха. Хочется знать другого, потому что другой может обернуться врагом, может обернуться безумцем. Другого нужно сделать предсказуемым, тогда чувствуется непринужденность. Но можете ли вы сделать кого-нибудь предсказуемым?

Юноша сказал: «Ничто не может быть предсказуемо. Все продолжает движение во все большие тайны, и я совершенно раскован; все, что случается, это радость. Каждый миг так сладостен и так благоухает, — я люблю каждого... я просто люблю. Я не знаю никакого другого способа связи с сущим».

Это и есть вера: не знать другого способа связи с сущим, кроме любви, кроме всецелого приятия — единой таковости.

Король был очень впечатлен. Он отлично знал, что человек, который отверг мир, отверг даже свою одежду, и холодными зимними ночами молча стоит, одинокий, просто обязан отказаться от его приглашения, — простой расчет любого человеческого существа. И он сказал: «Я полюбил тебя так сильно, что целый день ожидаю, когда же наступит ночь и я продолжу свой обход. Я всегда опасался, что однажды тебя может не оказаться здесь. Я хочу, чтобы ты был поближе ко мне. Можно мне пригласить тебя во дворец? Я устрою все так, как ты захочешь». Не последовало даже ни единого момента колебания, и человек сказал: «Это хорошая идея».

Король был шокирован. От святого ожидается, что он отвергнет мир, он не может возвращаться к миру — такой святой заслуживал бы чести и почета в его глазах. Но человек сказал: «Великолепная идея! Я могу отправиться с тобой сейчас же. Мне нечего нести с собой, не нужно никаких приготовлений».

Король засомневался — возможно, его одурачили. Возможно, этот человек не святой; он только прикидывался и, очевидно, ждал этого момента. Но теперь было очень сложно забрать приглашение назад. Так что он уныло, с неохотой, был вынужден вести этого человека, которого он так сильно желал, так сильно любил — его компанию, его присутствие, его глаза, каждый его жест... Он предоставил ему лучший дворец, где обычно останавливались его гости, — другие короли и императоры.

Он надеялся, что святой скажет: «Нет, мне не нужны эти золотые кровати и мраморные дворцы. Мне, нагому монаху, больше созвучны деревья, ветер, холод, зной». Однако вместо этого тот человек очень заинтересовался. Он сказал: «Великолепно. Вот подходящее место!»

Король не спал целую ночь, хотя монах прекрасно проспал всю ночь в окружении такой роскоши. С этого утра престиж монаха в уме короля понижался с каждым днем, потому что тот питался изысканной пищей, он больше не был обнажен, он пользовался самыми великолепными одеяниями. Он не беспокоился по поводу женщин — самые прекрасные женщины прислуживали ему, и он был совершенно непринужденным, как будто ничего не произошло. Он выглядел точно так же, как когда был обнаженным под деревом.

Но это было уже слишком; это стало раной в сердце короля, — его на самом деле дурачили, обманывали. Как же теперь избавиться от этого человека? Он не святой... Однажды он спросил его: «Я носил вопрос в уме много-много дней, но никак не осмеливался задать».

Человек сказал: «Знаю — не много-много дней, а с того самого момента, как я принял твое приглашение».

Король снова был шокирован. Он спросил: «Что это означает?»

Тот сказал: «Я увидел с того самого момента перемену в твоем лице, в твоих глазах. Если бы я отклонил твое предложение, ты бы уважал меня, касался бы моих стоп. Но я не отклоняю ничего. Мое принятие тотально. Если ты приглашаешь меня, это совершенно прекрасно. Когда я сказал, что дворец подойдет, — это не дворец подходит, подхожу я, где бы я ни был. Я был к месту, стоя обнаженным под деревом; я на месте в этих царских одеждах, окруженный прекрасными женщинами, всей этой роскошью. Естественно, я понимаю, ты, очевидно, очень озадачен. Ты выглядишь уныло, прежнего тебя уже не видно. Можешь задавать мне вопрос, хотя вопрос мне известен».

Король сказал: «Если ты знаешь вопрос, тогда вот вопрос, который я хочу знать: какая разница между мной и тобой?»

Юноша рассмеялся и сказал: «Я отвечу, но не здесь, потому что ты не поймешь этого. Мы поедем утром на прогулку, и в нужном месте в нужный момент я отвечу».

Итак, оба они отправились верхом на хорошую утреннюю прогулку, — а король все ждал и ждал. Было замечательное утро, но он не получал удовольствия от утра; только юноша наслаждался. Наконец король произнес: «Вот эта река — граница моей империи. Дальше реки мне нельзя заходить; она принадлежит тому, с кем мы враждовали на протяжении столетий. Мы проскакали мили, и теперь времени вдоволь. Жара усиливается, близится полдень».

Человек сказал: «Да, это мой ответ — вот твои одежды, вот твой конь» — и он слез со своего коня, снял одежду. Он сказал: «Я отправляюсь на ту сторону реки, потому что не имею никаких врагов. Эта одежда никогда не была моей, и этот конь никогда не был моим. Всего один небольшой вопрос: "Ты идешь со мной или нет?"»

Король сказал: «Как я могу пойти с тобой? Мне нужно заботиться о королевстве. Дело всей моей жизни — борьба, сражение, честь — позади меня в королевстве. Как же я могу идти с тобой?»

Человек сказал: «Это и есть разница. Я *могу* уйти — у меня нет ничего во дворце, мне нечего терять, ничто не принадлежит мне. Пока это было в моем распоряжении, я наслаждался *таковостью* этого. Теперь буду наслаждаться дикими деревьями, рекой, солнцем».

Король как будто бы пробудился от кошмара, опять смог увидеть, что заблуждался. Тот человек не обманывал его; это был подлинно реализованный человек. Он попросил: «Я прошу прощения у тебя. Я касаюсь твоих стоп. Не уходи, иначе я никогда не прощу себе этого».

Юноша сказал: «Для меня тут нет проблемы. Я могу вернуться, но ты по-прежнему начнешь сомневаться, так что лучше позволь мне уйти. Я просто стану на другом берегу реки, вон под тем прекрасным деревом. Когда захочешь прийти, придешь — хотя бы к другому берегу — и увидишь меня. У меня нет проблемы вернуться, но я не вернусь, потому что не хочу нарушать твои ночи и дни и вызывать напряжения и тревоги».

Чем больше тот выражал нежелание, тем больше король испытывал сожаление, досаду и вину по поводу того, что он сделал. Но молодой монах сказал: «Ты не смог понять меня, потому что не понимаешь переживание таковости: где бы ты ни был, ты в глубоком отношении любви со всем тем, что есть. Тебе не нужно изменять никого, тебе не нужно изменять ничего, тебе нужно изменять себя. Все так, как оно должно быть; это самый совершенный мир.

Это и есть моя вера, это не мое верование. Дело не в том, что я верю в то, что это так; дело в том, что я *переживаю* то, что это так».

Поэтому *вера* в мире Гаутамы Будды и его учеников обладает совершенно другим измерением, другим значением. Это не верование. Верование всегда в представлении — Бог, небеса, ад, определенная теология, определенная система идей. Верование от ума, а вера — от всего вашего существа. Верование заимствовано, вера — ваше собственное прямое переживание. Вы можете уверовать в Бога, но не можете иметь веру в Бога. Вы можете иметь веру в деревья, но не можете уверовать в деревья.

Вера экзистенциальна, переживаема на опыте.

Поэтому оба эти слова имеют громадное значение для всех тех, кто не ищет, как обременить себя большим знанием, большей информацией, но воистину ищет, как преобразить весь свой подход к сущему.

Чтобы взяться за это великое дело... Да Хуэй прав, называя это «великим делом». Всем вам известны малые дела — вы зовете их любимым делом, — но вы не знаете великого дела. Нет ничего ошибочного с малыми делами; они подобны лестнице. Продолжайте иметь все больше и больше малых дел, и однажды у вас будет великое дело. Любя этого человека, любя того человека, любя эту ситуацию, любя ту ситуацию — внезапно вы раскроетесь: «Зачем скупиться? Зачем выбирать? Почему не любить безвыборно?»

Когда любовь в малых количествах приносит столько радости — целый океан, все сущее, безо всякой жалобы, без всякого недовольства, без всякого желания изменить, просто так, как все есть, — вы внезапно обретаете великое любимое дело. Да Хуэй абсолютно прав, называя это великим делом. Но чтобы получить опыт этого великого дела, от вас не требуется уверовать; в вас предполагается обладание решительной волей. Вы можете видеть, как меняются пути.

Верование означает сдачу своей воли какому-то спасителю, какому-то посланнику, какому-то пророку, какому-то Богу. Но великое дело требует огромной воли с вашей стороны, чтобы избавиться от всех идей и всех верований, — фактически, избавиться от самого вашего ума, чтобы вы могли стать открытыми во все измерения сущего, доступными всем переживаниям — а они бесконечны.

Требуется решительная воля, чтобы вы не носили заимствованное знание, чтобы не оставались обусловленными своими родителями, своими учителями, своими священниками; решительная воля, чтобы вы вычистили всю эту чепуху из своего сердца, и оставались точно такими, какими вы были рождены, — малое дитя без ума, но абсолютно сознательное, без языка, но замечательно чистое. Малое дитя видит деревья, но не может сказать, что они зеленые; видит прекрасную луну, но не может сказать, что она прекрасна. Слова не встают между ним и сущим. Для него потребуется какое-то время, чтобы создать вокруг себя стену из слов, языка, концепций, идеологий, философий, религий. Чем величественнее и больше становится стена, тем в большем заточении он находится: каждое человеческое существо — это заточенное великолепие.

Огромная воля требуется, чтобы отбросить все то, что вы знаете, — ибо это не *ваше* знание — и быть лишь простым и невинным. Внезапно, в долю секунды, происходит трансформация... вы впадаете в великую связь, единую таковость и веру. Эта вера без имени прилагательного; это просто полнота веры.

Если вы наполовину верите и наполовину в сомнении, согласованности не будет. Если вы наполовину верите и наполовину в сомнении, вы не станете едины с этим великим делом, с этим сущим. Вы же всегда строите дом одной рукой и разрушаете его другой. Посмотрите на свою жизнь: вы заняты малым делом — забыв о великом деле! — даже в своих малых делах вы создаете это одной рукой и разрушаете другой.

Это установленный психологический факт, что любовь никогда не бывает одна, она всегда вместе с ненавистью, — вы ненавидите того же самого человека, которого любите. И они продолжают чередование: утром вы ненавидите, вечером вы любите.

Но дело такого рода — приближение и отдаление — процесс нескончаемый. Это не принесет вам удовлетворенность, не принесет вам веру, доверие и блаженство. Да, это будет приносить вам, время от времени, некоторые проблески, но это также принесет вам и много кошмаров. Потом все это перемешивается, и люди оказываются в смятении. Их кошмары и их сладостные мгновения, их золотые мгновения — все смешалось, загляните в любой ум — и вы обнаружите этот беспорядок. Они неспособны рассортировать его.

На самом деле, нет способа рассортировать его. Либо бросайте его, либо забирайте — это единственная альтернатива. Однажды каждый отбросит это, — потому что сколько же еще вам жить в аду, сколько же еще истязать себя? Малое дело не бывает осуществляющим; вы рождены со способностями для великого дела.

Требуется решительная воля — не верование, не знание, но абсолютная решимость, что вы будете самими собой, что вы отшвырнете прочь все то, что обременяло вас, что вы будете наги, как новорожденный, и будете смотреть на сущее непредубежденным взглядом.

Возможность соединения существует. Вы *были* соединены. В материнском чреве вам было легко — то был целый мир для вас. Девять месяцев вы испытывали вечность полного покоя, блаженства, — нет напряжения, нет беспокойства, нет тоски, лишь танец сердца. Как только вы родились, вы разъединились со своей матерью, и с той поры разъединение все продолжается и продолжается беспрерывно во имя образования; во имя того, чтобы сделаться цивилизованными, культурными, вы продолжаете становиться все более и более разобщенными с сущим.

Зигмунд Фрейд прав, когда говорит, что все религии есть не что иное, как поиски еще одного чрева. В его утверждении есть великая истина. Порой он шокирует, и он сильно шокировал своих современников, когда сказал, что всякое желание мужчины проникнуть в тело женщины — это не что иное, как бессознательная попытка найти чрево, которое он потерял, — хотя таким путем его не найти.

Теперь вам нужно большее чрево... и сущее доступно, но вы не знаете, как войти в него. Вы находитесь в беспорядке от столь многих ненужных помех, что не знаете, как войти в сущее. Единственный путь — это отбросить все эти помехи — помехи, которые поддерживаются вами.

Досточтимый древний сказал: «Изучение пути подобно добыванию огня. Вам нельзя останавливаться, когда вы добились дыма: только со вспышкой пламени возврат домой завершен».

Огромная воля требуется, чтобы продолжать добывать огонь, хотя долгое время ничего не происходит. Но однажды вы заметите признаки дыма: не останавливайтесь, дым — это не огонь! Пока не вспыхнуло, пока вы не добились пламени, — не останавливайтесь; продолжайте добывание до того момента, пока вы сами не превратитесь в пламя.

Таково завершение вашего паломничества. Это и есть великое дело. *Хотите знать, где это завершается? Там, где миры себя и миры других — как единая таковость.*

Хотите знать, где это завершается? — это завершается, когда собственные миры и миры других целиком растворились внутри великой таковости, когда есть только океаническое сознание, выражающее себя в различных формах.

Все это сущее — братство.

Святой Франциск обычно путешествовал на своем осле, и людей очень сильно озадачивало то, что он звал своего осла «Брат-Осел». Много раз они говорили: «Это выглядит нехорошо; люди смеются над этим».

Он говорил: «Но осел никогда не смеялся, а я обращаюсь к ослу, не к людям. И у нас определенное братство».

В тот день, когда он умирал, его последние слова были обращены к ослу, не к последователям, которые прибыли издалека. Он сказал ослу: «Брат, я ухожу. Ты служил мне всю свою жизнь с такой глубокой любовью, что это навсегда останется в моей памяти, где бы я ни существовал. И ты открыл мне дверь великого братства. Будучи в созвучии с тобой, я почувствовал созвучие и с другими животными, с деревьями».

Есть очевидцы, что святой Франциск сидел в лесу, а дикие звери подходили к нему, обнимались с ним. Птицы подлетали и садились ему на плечи, а когда он проходил возле океана или какой-нибудь реки, всевозможные рыбы выпрыгивали на радостях, принимались плясать в воде. Это видели столько людей, что это не может быть мифом; есть очень много записей других людей, которые видели эти вещи. И всякий раз, как его спрашивали: «В чем секрет этого?» — он говорил: «Не знаю. Я знаю только одну вещь: в тот день, когда я стал просто братом моему ослу, внезапно все сущее стало братством».

Так вот, чтобы узнать, где эта полнота, ищите простое указание, что вы впали в глубокую *таковость*.

За всю мою жизнь я никогда не чувствовал, чтобы что-нибудь было неверно. Все до того замечательно подобрано в этой драме, что без чего угодно жизнь могла бы стать чуть менее богатой.

Когда меня посадили в тюрьму в Америке, шериф первой тюрьмы оказался человеком весьма разумным. Он тотчас же узнал меня. Когда он отвел меня в камеру, он не смог сесть на стул; он уселся на пол и сказал: «Мне невозможно сидеть на стуле перед вами». И спросил: «Вы не чувствуете, что что-то где-то пошло не так? Это не может быть частью вашей судьбы».

Я сказал ему: «Это *должно* быть частью моей судьбы. Ничто не идет неправильно; ничто и никогда не идет неправильно. Это и есть вся религия, которой я учу: все то, что происходит, правильно».

Через двенадцать дней, когда я покидал последнюю тюрьму, шериф сказал: «Странно, вы выглядите лучше, чем когда попали в тюрьму».

Я сказал: «Это оттого, что я наслаждался этим так сильно, это было столь новым переживанием. Если бы я не побывал в тюрьме, что-то в моей жизни осталось бы незавершенным. Это сделало меня богаче».

Он сказал: «Глядя на вас, покажется...» И я сказал ему: «Если вы хотите обогатить жизнь своих президентов и вице-президентов, предоставьте им тот же опыт. Они действительно нуждаются в этом!»

Но ни на миг я не чувствовал неудобства с сущим. У меня нет никакого храма, у меня нет никакой мечети, я не хожу ни в какую церковь, у меня нет никакой системы верования, но я жил так тотально, я могу назвать жизнь столь великим даром, что никакой благодарностью не выразить этого.

Будда сказал: «Вера может навсегда разрушить корень несчастья...» Все ваши несчастья сводятся к простому выражению, ничего больше: вещи не таковы, какими они должны быть. У вас должна быть должность получше, больше признания, вы должны быть богаче, ваше тело должно быть более красивым, вы должны иметь дом получше, жену получше, мужа получше... У вас миллионы жалоб, и все эти жалобы в вашем уме создают ваше страдание.

Будда прав, когда он говорит: «Вера может навсегда разрушить корень всех несчастий»... Вера в его смысле — принятие ситуации, какой бы она ни была, без всякого недовольства, зная, что это и есть то, как хочет этого сущее. А если так хочет сущее, это должно быть правильным, поскольку вы не можете быть мудрее, чем само сущее. Очевидно, вы каким-то образом нуждаетесь в этом; очевидно, какой-то части внутри вас это необходимо, чтобы сделать вас завершенным.

«...вера может сфокусировать вас на добродетелях буддовости». Через дверь веры, доверия, любви, таковости вы входите в двери буддовости.

Мне вспоминается еще один будда, Сократ. Его жены было довольно, чтобы сделать кого угодно просветленным, так что тут нет заслуги Сократа, что он стал просветленным; вся заслуга принадлежит его жене. Он все время учил — ученики из далеких мест собирались у него дома, — и его жена, естественно, обижалась, что он никогда не уделял ей внимания, у него не было времени.

Однажды она готовила чай для него, как вдруг пришли несколько учеников и он увлекся глубоким спором. Его жена до того разгневалась, что выплеснула горячую воду ему в лицо; половина его лица так и осталась обожженной, — но он не прервал диалога со своими учениками.

Ученики были в шоке! Они поверить не могли этому: «Боже мой, его лицо обожжено, а он совсем не обеспокоен этим!» Они уже почти забыли вопрос, который обсуждался, но он продолжал. Они сказали: «Мы позабыли, что за вопрос был. Сперва проясни нам одну вещь: твоя жена чудовище, у тебя сожжено лицо».

Сократ сказал: «Она — мое испытание огнем. Я безмерно благодарен ей. Она сделала все, чтобы взбудоражить меня, рассердить меня, но мое существо осталось непотревоженным. Я в большом долгу перед ней. Все, чем я стал, без нее было бы невозможным. Мое спокойствие, мое безмолвие, мое понимание, мое принятие любой ситуации — все это благодаря ей».

Если вы смотрите на жизнь — а это путь искателя, — тогда вы превращаете каждое несчастье в ступеньку, каждый кошмар — в ситуацию пробуждения.

«Вера может превозмочь многочисленные дороги заблуждения и показать путь непревзойденного освобождения».

Чувство единства с сущим... [Снаружи донесся звук барабана.] Вот кто-то идет со своей обезьяной и барабаном!..

Жизнь так богата и так невероятно прекрасна. Если вам удается релаксировать с нею, вы достигли пути непревзойденного освобождения, вы достигли самого окончательного, за пределы которого никто никогда не выходил. И это так просто: все, что вам необходимо, — это научиться искусству приятия, таковости, а из этого возникнет вера. С возникновением веры все двери сущего открыты перед вами, приглашают вас.

Религиозные люди всего мира разрушили реальный и подлинный смысл религии. Создавая ритуалы, молитвы, изваяния, церкви, синагоги, они ввели в заблуждение все человечество. Ничто из этого не нужно; это все хлам. Все, что требуется, — это маленькое пламя любви ко всему, без всяких условий, без всяких ожиданий — и все, что приносит жизнь, принимать с благодарностью.

Совсем простое — вот реальный религиозный опыт. Нет нужды в священных писаниях. Вам не надо никуда ходить. Где бы вы ни были, вы можете вызвать переживание таковости и расцвести в цветок веры, который автоматически становится ароматом буддовости.

Да Хуэй прошел долгий путь. Это было замечательным опытом, — видеть, как интеллектуал, человек знаний преображает себя в человека невинности, веры, таковости. Он прошел от ума к не-уму.

Хорошо, что и мы путешествовали вместе с ним, со всеми его слабостями, которые являются и нашими слабостями тоже. Но безусловно также и то, что, если *он* смог достичь буддовости, все остальные тоже смогут достичь буддовости.

Все вы, по существу, носите окончательное дитя, окончательную невинность. Лишь немного воли, немного смелости, — и вы прибыли домой.

— Хорошо, Маниша?
— Да, Мастер.

30

РАДИКАЛЬНОЕ

Возлюбленный Мастер,

Быть радикальным

Теперь, когда вы взялись за это дело, вам надлежит стойко укрепиться в радикальности и сесть, выпрямившись, в комнате, чтобы получить реальный опыт и пробудиться в течение своей жизни. Это подобно переходу через мост, сделанный из одной доски, с ношей в двести фунтов: если ваши руки и ноги соскользнут, вам не уберечь даже свою собственную жизнь, а спасти других — и подавно. Когда приходили монахи, ищущие путь, Му Чжоу обычно говорил: «Дело ясное: прощаю вам тридцать ударов».

У Е из Фэнь Яна говорил вопрошающим: «Нет ложного мышления!» Стоило Лу-цзы увидеть монаха, входящего в ворота, как он тотчас же разворачивался и садился лицом к стене.

РАДИКАЛЬНОЕ

Проблема с каждой пробужденной душой всегда была одной и той же: перед пробуждением проблема заключалась в самом факте пробуждения. После пробуждения это снова пробуждение, которое приходит проблемой — как выразить его?

Испытать что-то — это одно дело, а выразить — совершенно другое. Возможно почувствовать себя легко с сущим, в глубокой таковости, но как высказать это? Возможно услышать этот прекрасный вечер, танец дождя и молчаливую радость деревьев, но как высказать это?

Слова так бедны, а жизнь так богата. Жизнь так огромна, а слова так малы. Почувствуйте этот момент, и вы сможете увидеть его необъятность, его потрясающую красоту, его великолепие, его безмолвие, его песню. Сердце чувствует это. Существо осыпают цветы. Вся Вселенная до того поэтична. Это всегда поэзия, никогда не проза. Были бы у вас глаза и восприимчивость, — жизнь всегда радостна. И глубочайший источник жизни внутри вас.

Все усилие искателя — это достичь источника, пребывающего внутри, источника, который вечен, неизмерим, бессмертен. Но затем возникает проблема... глубокое побуждение, непреодолимое стремление разделить это. Все мастера, все те, кто стали пробужденными, упорно направляют свои силы разными путями — рациональными, иррациональными. Они даже обратились к абсурду, лишь бы дать вам намек.

Да Хуэй — перед лицом той же ситуации. Он прибыл домой, и теперь он хочет пригласить всех тех, кто по-прежнему блуждает во тьме. Он хочет отправить приглашение, но где слова? Он старается изо всех своих сил. Этим утром он дал вам два слова. Одно было *великим делом таковости* — переживанием жизни как она есть, без привнесения своего ума, — и второе слово было *верой*. Вера — это естественный результат переживания таковости. Это, несомненно, великое дело.

Теперь он попытается в этих последних сутрах, в течение еще нескольких дней, под различными углами подойти к этому великому делу снова и снова. Никогда не известно, что проникнет к вашему сердцу. Здесь можно мало что сказать, зато можно многое показать. Несомненно, все возможные виды усилий уже предпринимались различными учителями, соответственно их уникальности. Да Хуэй будет описывать и попытки других мастеров тоже.

Вот сегодняшняя вечерняя сутра: *Быть радикальным*. Обычно люди никогда не бывают радикальными. Они всегда тепловаты, туда-сюда, бесцветны, равнодушны, всегда мыслят разделенной сущностью: *Быть или не быть?* Человек, который разделен, делает один шаг вперед и тотчас же делает другой шаг назад. Он остается почти на том же самом месте, где был всегда, несмотря на то, что он делает все усилия двигаться.

Я слыхал о малыше... должно быть, день выдался дождливым, как сегодня. Этот малыш всегда опаздывал в школу, и у него всегда наготове было какое-то оправдание. В тот день оправдание было совершенно ясным — было очень дождливо.

Малыш сказал учителю: «Прежде чем вы спросите, я сегодня могу ответить на вопрос. По крайней мере, сегодня предлог совершенно ясен. Дорога к школе до того раскисла и скользит, что вы не поверите мне, учитель: я делал шаг вперед, и соскальзывал на два шага назад!»

Учитель сказал: «Если это верно, то как же ты ухитрился добраться сюда?»

Мальчуган сказал: «Я начал идти по направлению к дому, тогда наконец мне удалось добраться до школы».

Каждый человек в поиске. Быть может, лучше сказать, что каждый человек *и есть* поиск, устремление к чему-то; он не понимает, чего именно, но чего-то недостает, что-то не завершено, что-то не заполнено. Существует промежуток, и этот промежуток не дает покоя; он требует заполнения, и пока он не заполнен, вы никогда не почувствуете, что вы действительно есть.

Георгий Гурджиев написал книгу: «Встречи с замечательными людьми». Один из его учеников спросил у него: «Каково определение замечательного человека?»

Он сказал: «Замечательный человек *есть*. Заурядный человек все еще пытается обнаружить, где он, есть он или нет. Замечательный человек — это тот, кто нашел».

Каждый есть поиск, голод, желание, жажда, стремление — стремление познать себя и стремление познать через себя всю прекрасную Вселенную. Безусловно, одной из самых важных вещей должно быть: *Быть радикальным*. Не бегите во всех направлениях; оставайтесь однонаправленными, оставайтесь кристаллизованными.

Жизнь не велика, а время движется быстро. Если вы продолжаете лишь размышлять и никогда не предпринимаете твердого шага в направлении трансформации, в направлении осознания, в направлении кристаллизации, это не произойдет само собой. Это не может случиться в беспорядочном уме. Даже если вы спрашиваете человека в последний момент, когда он умирает: «Вы уверены, что можете сказать нам, кем вы хотели быть в своей жизни?» — 99,9% людей будут не в состоянии ответить на это.

Гертруда Штайн, женщина потрясающего гения, одна из величайших женщин во всей истории, умирала. Ее самые близкие, интимные друзья сидели в молчании, как вдруг она открыла глаза и сказала: «Каков же ответ?» Друзья были шокированы, потому что вопрос не был задан, как же вы можете спрашивать, каков ответ? Но они не могли перечить умирающей женщине. Огромная тишина опустилась на них, но кто-то умудрился спросить у нее: «Вы спрашиваете, каков ответ, — но вы не задали вопроса. Каков же вопрос?»

Гертруда Штайн рассмеялась и сказала: «Ну, ладно, тогда скажите мне, каков же вопрос?» И это было ее последним заявлением. Она умерла.

В этом небольшом эпизоде содержится жизнь миллионов людей. Они не знают, каков вопрос, и уж конечно, они не знают каков ответ. И по-прежнему они рыщут по всем местам, во всех направлениях.

Быть радикальным — значит обладать решимостью найти самого себя, чего бы это ни стоило.

Обладать жизнью без знания ее почти равно тому, чтобы не обладать ею. Жить и не знать, что это такое, очень унизительно. Любить и не знать, что это такое, непростительно.

Когда Да Хуэй говорит: «Быть радикальным», — он подразумевает: поместите каждую йоту своей энергии, вложите все в единственную стрелу, и тогда, возможно, вам и удастся прийти домой. Может, вам и удастся обнаружить то, что упускается. На самом деле, в тот момент, когда вы абсолютно радикальны, однонаправлены, единодушны, с неразделенным сердцем, — то сама эта радикальность и есть прибытие. Вам не нужно никуда ходить. В этой тотальности, в этой интенсивности цветок распускается.

Теперь, когда вы взялись за это дело... мне очень нравится то, что Да Хуэй постоянно пользуется словами: «это дело».

Теперь, когда вы взялись за это дело, вам надлежит стойко укрепиться в радикальности и сесть, выпрямившись, в комнате, чтобы получить реальный опыт и пробудиться в течение своей жизни. Это подобно переходу через мост, сделанный из одной доски, с ношей в двести фунтов: если ваши руки и ноги соскользнут, вам не уберечь даже свою собственную жизнь, а спасти других — и подавно.

Здесь каждый момент рискован, ибо каждый момент может обернуться смертью. Вы все переправляетесь по доске с громадной ношей на себе; лишь небольшого промаха довольно — и вы пропали. Вы должны быть бдительными, настолько алертными, что никакой иной энергии не остается в вас, — все превратилось просто в пламя осознания.

Однажды случилось... Великий воин пришел домой и был возмущен, застав в спальне свою жену со слугой. Он был воином, а у воинов свои способы. Он сказал слуге: «Единственным наказанием для тебя должно быть то, чтобы я обезглавил тебя прямо сейчас. Но, будучи воином, я не могу делать так. Выходи, бери меч и воспользуйся шансом: ты должен будешь сразиться со мной».

Несчастный слуга сказал: «Лучше отруби мою голову, ведь ты же великий воин, а я не знаю даже, как держать меч. Зачем ты делаешь из меня посмешище?»

Но воин был настойчив. Он сказал: «Если тебе нужно несколько дней, чтобы научиться, я могу послать тебя к лучшему учителю. Учись... но ты должен будешь сражаться. Тот, кто победит, получит мою жену».

Слуга знал, что его хозяин не изменит своего мнения. Он отправился к учителю, и учитель сказал: «Не беспокойся и не пытайся научиться, потому что твой хозяин тоже мой ученик. Я знаю его, что касается фехтования, даже мне не победить его. Он вошел гораздо глубже в это искусство. Забудь про учебу. Учеба опасна: если ты знаешь чуть меньше, с тобой покончено».

Человек спросил: «Тогда что же ты предлагаешь?»

Учитель сказал: «Я предлагаю одну вещь. Бери этот меч; вот таким образом его надо держать. Ступай и немедленно потребуй, чтобы твой хозяин выходил на бой! Безусловно, ты рискуешь жизнью, но сейчас нет другого пути. Поэтому делай все, что ты захочешь делать: меч в твоих руках; бей своего хозяина любым способом, который придет тебе на ум. Таким путем ты будешь более радикальным, поскольку твой ум не будет разделен размышлением, что правильно, что неправильно и какой шаг я должен предпринять, а какого шага я должен избегать? Лучше быть невеждой в такой ситуации.

Только одну вещь тебе следует помнить: ты рискуешь жизнью, поэтому будь радикальным! А поскольку ты не знаешь ничего, то и нет ничего ошибочного, — все правильно. Я пойду вместе с тобой, чтобы судить».

Воин был изумлен, что тот возвратился так скоро — обучение занимает годы — и этот его мастер тоже был с ним. Мастер сказал: «Я пришел посмотреть на удивительное явление: бой великого воина с человеком, который не знает даже, как держать меч. Но хочу предупредить, чтобы ты был осознающим, алертным, поскольку он будет радикальнее тебя. Из-за того, что ты больше полагаешься на свою выучку, на свое знание, ты не будешь опасаться за свою жизнь; ты почувствуешь безопасность и уверенность, которых в нем нет. Он абсолютно небезопасен; потому будь бдительным и радикальным, ибо он намерен быть радикальнее тебя. Ты же будешь полагаться на свое знание».

И, как только они начали, воин стал бояться. Слуга наносил ему удары, как безумный, ничего не разбирая, а он пятился, лишь бы спасти себя; он никогда не встречал ни одного воина, проделывающего такие вещи, как проделывал слуга. У каждого воина была определенная дисциплина, но у этого невежды не было ничего!

В конце концов он дошел до изгороди — слуга прижал его к изгороди — и воин сказал: «Подожди! Я не хочу терять жизнь из-за неверной жены. Забирай ее. Но я изумлен: великим воинам не удавалось победить меня, а ты настолько перепугал меня, — потому что наносил удары и так, и этак. Я и поверить не мог — что, этот человек сходит с ума или же уже сумасшедший?»

То был вопрос жизни и смерти для слуги. То не был вопрос жизни и смерти для воина — это и создавало разницу.

В мире есть только два типа людей: те, кто понимают, что каждый момент жизни — это риск, потому они что-то делают; и те, кто совершенно не осознает того, что смерть может поразить в любой момент и отнять все их будущее — все их мечты, все их воображение, все то, что они предполагали делать завтра.

Смерть делает только одну вещь: она отнимает ваше завтра.

Человек, который приступил к этому поиску, сам оставляет завтра; он не ждет, чтобы смерть отняла это. У него нет завтра. У него есть лишь этот момент, и он должен сосредоточиться в этом моменте, не удерживая ничего позади. В этой кристаллизации и состоит великое событие просветления.

Теперь, когда вы взялись за это дело... Несомненно, вы здесь, так что эти слова действительно адресованы вам; они не адресованы кому-то воображаемому. Быть со мной означает, что вы взялись за это великое дело, что вы больше не просто обычное человеческое существо, а искатель, что вы готовы рискнуть всем, чтобы обнаружить тайну сущего.

...вам надлежит стойко укрепиться в радикальности. Делайте все, как будто времени не осталось, как будто это последний момент, чтобы сделать это; так что делайте полностью, совершенно, без отсрочки, не говоря: «Нечего спешить. Что-то можно сделать сегодня, что-то можно сделать завтра».

Не живите в рассрочку. Это означает: будьте радикальны. Это значит, не будьте американцем!

Не живите в рассрочку; живите тотально сейчас, как будто бы завтра не существует. Оно на самом деле не существует, это лишь наша идея, это наша лень. Это наше нежелание пойти на риск сейчас же, тотально. Мы говорим: «Что за спешка?» — мы находим тысячу и одну отговорку для откладывания, в особенности — великого дела.

Гаутама Будда умирал, и прибежал человек. Будда проходил через его деревню тридцать раз за свои сорок два года скитаний; его деревня была своего рода перекрестком. Будда проходил рядом с его домом и останавливался за деревней тридцать раз, — а этот человек всегда откладывал. Он хотел увидеть Будду, он столько слыхал о нем, но все время незначительные предлоги... пришел клиент, и он занят у себя в лавке; болеет жена, и ему надо идти к врачу, или еще что-то.

Как вдруг однажды он услыхал, что Гаутама Будда был за его деревней и сказал своим ученикам, что собирается оставить свое тело: «Если у вас есть что-нибудь спросить, можете спрашивать. Грядущие поколения не должны говорить, что Будда не ответил на вопрос, который пришел в голову одному из его учеников. Вот уже сорок два года я отвечал вам, но, возможно, какие-то вопросы еще все-таки есть. Прежде чем я оставлю тело, мне нужно ответить на все».

Ученики сказали со слезами на глазах: «Ты ответил даже больше, чем мы спрашивали или хотели спросить. Мы не хотим тревожить тебя. Ты можешь тихо оставить свое тело. Это неподходящий момент для любого вопроса или ответа; это неподходящий момент для общения через речь. Мы просто хотим помолчать, глядя на твое исчезновение в универсальном сознании».

Он спросил трижды — таков был заведенный им порядок... Много раз его спрашивали: «Почему ты спрашиваешь трижды?» Он говорил: «Даже трех раз недостаточно, люди до того глухи». Он снова сказал: «Я все еще спрашиваю; если у кого-то есть какой-нибудь вопрос, не скрывайте, не стесняйтесь», — но снова и снова ему говорили, что нет никаких вопросов.

Тогда Будда сказал: «Теперь я войду в четыре стадии. Первая стадия медитации, в которой оставляют тело; вторая стадия, в которой оставляют ум; третья стадия, в которой оставляют сердце; и четвертая стадия, в которой оставляют «я», и капля исчезает в океане».

На этом он закрыл свои глаза... Как тут прибежал этот человек из деревни, со словами: «У меня есть несколько вопросов!»

Люди сказали: «Не глупи. Тридцать раз Будда бывал возле твоего городка, где же ты был?»

Он ответил: «Иногда бывал клиент, иногда — гость, иногда жена болела, иногда я вступал в перепалку с кем-то — пустая обыденность, я знаю. Мне было глупо откладывать, но, услыхав, что Будда оставляет тело, я уже не могу откладывать».

Но Ананда, главный ученик Будды, сказал: «Теперь молчи. Он уже вошел внутрь. Он сомкнул свои глаза, и это совсем не по-джентльменски... теперь ожидай какой-то другой жизни. Когда ты найдешь какого-то другого будду, тогда задавай свои вопросы. Ведь твои вопросы не очень важны, потому что, если ты откладываешь их вот уже тридцать лет, они не могут означать многого. Они не приоритетны в твоей жизни».

Когда смысл, значение жизни становится приоритетом, все остальное становится вторичным: вы вступили в великое дело.

А Будда как раз оставлял свой ум. Он возвратился, открыл глаза и сказал: «Ананда, мне не хотелось бы стать увековеченным в том, что, когда я еще был жив, кто-то пришел с вопросом, а я не ответил. Пусть этот человек подойдет. Я только что вышел за пределы ума; для меня не слишком хлопотно вернуться, ведь это происходило всю мою жизнь. В тот момент, когда я говорю с тобой, я должен подойти к уму. В тот момент, когда я не разговариваю с тобой, я выхожу из него. Тут нет проблемы. Не принимай это всерьез».

У того человека в голове было множество вопросов, но ситуация была такая, что он забыл все. Он попросту сказал: «Прежде я думал, что у меня много вопросов, но, глядя на тебя, мне хочется задать тебе только один вопрос: "Что мне следует спросить у тебя?" Времени не так много... ты уже вошел в лодку, а сейчас ты вышел обратно. Я не могу растрачивать твое время на ненужные вещи; скажи мне, какой именно вопрос?»

Гаутама Будда сказал: «Это заслуживало возвращения. Ты — человек, который, быть может, и не был очень алертным в жизни, который, может, и не реализовал свой потенциал, но в этот момент ты проявил свой чистый разум. Вопрос только один: ты — вопрос и ты — ответ. Ты в своей неосознанности — это вопрос; ты как осознание — это ответ».

И, говорят, тот человек стал просветленным. Ситуация была такая... Будда возвратился. Там находилось десять тысяч монахов со слезами на глазах, и тишина повсюду вокруг. Будда сконденсировал всю свою философию: «Ты как неведение — вот вопрос, и ты как алертное осознание, ты как сознание — вот ответ».

А как становятся сознательными? Просто через радикальность, через тотальность в каждом действии. «Будьте так алертны, — говорит Да Хуэй, — как будто вы переправляетесь *через мост, сделанный из одной доски, с ношей в двести фунтов: если ваши руки и ноги соскользнут, вам не уберечь даже свою собственную жизнь, а спасти других — и подавно».*

В такой ситуации вы станете абсолютно осознанными. Вы будете просто осознанием, и ничем больше. Просто чистота, сияние... это и есть просветление, великое дело. Ваш поиск пути — это в действительности не что иное, как поиск осознания, напоминает вам Да Хуэй.

МУ Чжоу однажды сказал: *«Дело ясное: прощаю тебе тридцать ударов».* Теперь дзэн обладает своими собственными особыми методами, не развитыми никакой другой традицией. Му Чжоу — это один из великих мастеров, который обычно бил учеников своей тростью, когда те приносили ответ к медитации над коаном. Их просили медитировать на коан. Коан — это головоломка, не имеющая ответа, а им велели обнаружить ответ, — «и когда найдете его, приносите».

Естественно, всякий ответ был ошибочным. Звук хлопка одной ладони... ну какой же ответ будет правильным? Так что Му Чжоу и не ждал их ответов. Он обычно просто бил их, приговаривая: «Возвращайся, твой ответ был неверным. Медитируй снова; найди верный ответ».

Он был известен как безумный мастер — хотя бы из великодушия ему следовало выслушать ответ бедного ученика. Ученик медитировал день и ночь напролет и находил какой-то ответ — он слышал ветер, пролетающий в вершинах сосен, и музыка... он слышал звук бегущей воды, и он думал: «Быть может, вот оно!» — и он тотчас же бежал к мастеру с большой надеждой, рассказать ему, что он слыхал звук хлопка одной ладони. Но мастер был на самом деле суровым надсмотрщиком! Он обычно бил его еще до того, как тот произносил хоть одно слово.

Многие другие мастера говорили Чжоу: «Это уж слишком! Можешь бить... но хотя бы выслушай его ответ».

Но Чжоу говорил: «Уже выслушивать их ответы — это давать указание, что может быть правильный ответ. Я хочу сделать это абсолютно ясным для них, что все ответы неправильны. От того, что они снова и снова получают удары, однажды ученика осеняет, что, возможно, и нет правильного ответа, возможно, нет ответа вообще... и тогда он не придет, потому что теперь какой смысл? Тогда он будет сидеть под деревом, наслаждаясь, у мастера в саду».

А когда мастер видит, что некий ученик не приходит уже много дней — ученик должен был отчитываться, что он нашел за эти двадцать четыре часа, — тогда Чжоу отправлялся поглядеть на ученика и обычно находил того хихикающим под деревом. Он мог подсесть к ученику и похихикать тоже, а мог сказать: «Вот ты и нашел это!»

Это и есть тот человек, который сказал однажды... Он дал ученику знаменитый коан: «Что такое звук хлопка одной ладони?» А ученик, вместо того, чтобы выйти, взял трость мастера и крепко стукнул его. Это была ситуация, в которой Чжоу сказал ему: *«Дело ясное: прощаю тебе тридцать ударов*, — в противном случае, если бы ты ушел и медитировал, ты мог бы получить тридцать ударов. Ты сделал правильную вещь. Я спрашивал у тебя нечто абсурдное».

Но какой же смысл спрашивать абсурд? Смысл в том, что ум приходит к остановке, лишь когда сталкивается с абсурдом; если он может разрешить проблему, он продолжает функционирование. Когда он не может разрешить ее тем или иным путем, он упорно пробует все двери, и все закрыто, — возникает понимание, что нет способа, — ум останавливается.

В этой самой остановке и есть ответ. В этой остановке безмолвие, трансценденция... покой, что превосходит понимание.

У Е, еще один мастер, *говорил вопрощающим: «Нет ложного мышления!»* Это было его единственное учение. Он был приглашен императором ко двору для произнесения проповеди по какому-то торжественному случаю. Он прибыл с тысячью своих учеников. Была полная тишина. Приглашение получили все воины, самураи и придворные, королевы, принцы и богатые люди столицы. У Е взошел на платформу, оглядел все вокруг и сказал: «Нет ложного мышления! Проповедь окончена», — и он сошел вниз.

Император глядел... весь двор был шокирован: «Что же это за проповедь такая?» Но ученики У Е смеялись от души, потому что уже знали, что это и будет проповедью. Это была единственная проповедь, которую они слыхали каждый день. Ежедневно, без исключения, с огромной серьезностью У Е приходит и говорит: *«Нет ложного мышления!»*

Он был простым человеком. Фактически, он сконденсировал всю философию Будды в простом утверждении: нет ложного мышления. А если вы начнете рассматривать суть дела, — любое мышление ложно. Нет ложного мышления означает, что нет мышления; нет ложного мышления означает пуститься в глубокое безмолвие, стать не-умом.

Его ученики постепенно поняли, поскольку они медитировали. Но ежедневно бывала проповедь, — и он приходил с огромной серьезностью. Даже его старые ученики порой ожидали, что, возможно, сегодня он собирается сказать что-то еще. Но за всю свою жизнь, насколько мне известно, — он был единственным последовательным человеком — он никогда не говорил ничего другого.

Да Хуэй упоминает еще одного мастера — Лу-цзы. *Стоило Лу-цзы увидеть монаха, входящего в ворота, как он тотчас же разворачивался и садился лицом к стене.* Странное поведение! — кто-то приходит к вам, и в тот момент, как он входит в дверь, вы немедленно разворачиваетесь и начинаете смотреть на стену!

Но у Лу-цзы было много просветленных учеников. Таким было его учение: не говоря ни слова, он говорил: «Сядь и смотри на стену». Глядя на стену, сколько вы сможете продолжать думать? — вам наскучит. Одна и та же стена... может, вы рисовали это много раз в своем воображении, но вы знаете: все это воображение. Мысли будут приходить и проплывать, как облака в небе, но вы знаете, что небо всегда пустое. Облака не оставляют никаких следов, и понемногу стена становится просто экраном без картинок на нем, без мыслей на нем.

Метод Лу-цзы напоминает мне Бодхидхарму. Он, очевидно, научился — во всяком случае, идее обращения лицом к стене — от Бодхидхармы, своего древнего мастера, который девять лет непрерывно... Бодхидхарма даже не беспокоился обернуться сначала лицом к вам, а уж потом поворачиваться к стене; он обычно сидел только лицом к стене — девять лет непрерывно! И он известил, что повернется, только когда придет тот, кто тотален в своем поиске; он находился там не для заурядных учеников, но лишь для редчайших искателей, которые были тотальными.

Однажды пришел человек и, ничего не говоря, отрубил мечом свою левую руку, бросил ее к стопам Бодхидхармы и сказал: «Это только начало. Либо ты повернешься, либо я отрублю себе голову».

Бодхидхарма повернулся немедленно. Он сказал: «Вот ты и пришел. Нет нужды рубить себе голову. Ты дал достаточное доказательство того, что ты искатель, который действительно готов рисковать».

Это и был тот человек, которого Бодхидхарма в конце концов избрал своим преемником; он имел мужество, он имел право быть преемником. На вопрос, почему он глядел на стену девять лет, Бодхидхарма сказал: «Смотреть на людей причиняет боль, потому что они будды и не знают этого; они будды, и они несчастны. Глядя на них, чувствуешь такую досаду и сожаление о них, — и нет способа, которым вы можете помочь им.

Смотреть на стену хорошо, поскольку стена — не потенциальный будда. Не нужно беспокоиться по поводу стены. Во всяком случае, тот, кто может понять меня, сумеет понять, даже несмотря на то, что я обращен лицом к стене... он может хотя бы сесть рядом со мной и повернуться лицом к стене».

И действительно, многие ученики так и делали. Мастер демонстрирует путь: что вам еще надо? — садись рядом и смотри. Смотри на стену — понемногу мысли исчезают, мышление останавливается, ум испаряется, а то, что осталось, и есть ваша подлинная реальность.

Не обнаружив эту подлинную реальность, вы никогда не почувствуете полное и целое, у вас никогда не будет такого чувства, что вы — часть огромной, величественной, таинственной Вселенной. А вы не только часть... вы также и целое. Вам нужно лишь исчезнуть внутри целого, — тогда вы в деревьях, и вы в дождях, и вы в облаках, и вы в небе, и вы повсюду.

Лишь представьте себе идею: «Я — одно с сущим», — это так успокаивает, так освобождает, что, даже если вы захотите стать несчастными, вы не сможете. Я пытался, и я потерпел неудачу. Сидя один в своей комнате, я пытался много раз быть несчастным, — потому что люди продолжают говорить мне, как они несчастны, и я тоже хотел распробовать, что это за несчастье.

Но, откровенно говоря, я постоянно терпел неудачу. Я пробовал раздражаться, пробовал всевозможные вещи, — но если вы реализовали свое единство с сущим, тут не на кого сердиться, не с кем сражаться, некому завидовать. Такое состояние — это, безусловно, великое дело.

Послушайте приглашение Да Хуэй! Станьте частью великого дела. В этом паломничестве отсюда и сюда будьте радикальными; нерешительность не сработает. И тогда даже за одно мгновение можно стать просветленным — потому что человек *уже просветлен*.

Вам только нужно собраться. Вы распались на части: ваша рука лежит здесь, ваша нога лежит там, кто-то играет в футбол вашей головой. Вам надо просто сложить себя. А если вы собраны, больше достигать нечего. Но вы сами продолжаете раскалывать себя, разделять себя.

Я слыхал... вора привели в суд. Он был знаменитым вором, и судья спросил: «Ты такой опытный человек. По какой причине ты вошел в дом, оставался там целую ночь, ничего не украл, и все же схвачен?»

Тот сказал: «Это странная история. Сначала я хочу попросить вас об одной вещи: если хотите, можете отправить меня на виселицу, только не выносите мне приговор иметь двух жен».

Судья отвечал: «Но такого наказания, как иметь двух жен, не существует».

Вор сказал: «Это очень хорошо. А произошло вот что. Я вошел в дом, а у этого человека две жены. Одна жена живет в полуподвале, а другая жена на первом этаже. Обе они тащили этого человека по лестнице, и это была такая грандиозная драма, что я совершенно забыл, зачем приходил. До чего жалко!

Кое-как одна женщина затаскивала его наверх, и как только он достигал верха лестницы, другая подходила и начинала стягивать его вниз. Так продолжалось всю ночь, — и я не мог сбежать, потому что я был в доме, а все эти трое не спали, и я не мог ничего украсть, поскольку зрелище было таким забавным».

Но если вы поглядите на себя, — знаете ли вы, сколько жен у вас, сколько мужей у вас? В скольких местах вы оставили свои части? Сколько желаний, сколько амбиций? Вы разрубили себя на кусочки. Вы поступаете с собой как мясник.

Все учение пробужденных людей просто в одном: будьте целостны. Соберитесь. Обнаружьте все свои части и кристаллизуйтесь. Станьте едины.

В этом единстве ваша реализация, конец мира тьмы и начало мира света, истины, блаженства... и намного большего, чему нет слов для выражения.

— Хорошо, Маниша?
— Да, Мастер.

解說

31

ОСВОБОЖДЕНИЕ

Возлюбленный Мастер,

Освобождение

В нашей семье неуловимое чудо действительно не передается. Не помогло бы, даже если бы небо стало моим ртом, а трава, деревья, гальки и камни — все осветилось бы, чтобы помочь мне изложить истину. Таким образом, мы считаем, что эта вещь не может быть передана и не может быть изучена: она требует собственной реализации и просветления.

Припомните слова прежних дней: «В принципе, это внезапное просветление — воспользуйтесь просветлением, чтобы удалить все. В этом случае феномены не устраняются внезапно, а истощаются постепенно». Гуляете вы, стоите, сидите или лежите, вы обязаны не забывать! Кроме того, вы не должны искать особого превосходства или необычайных чудес.

Мастер Шуэй Лао спросил у Ма-цзы: «Каков истинный смысл прихода с Запада?» Тут Ма-цзы свалил его пинком ноги в грудь: Шуэй Лао оказался возвышенно просветленным. Он поднялся, захлопал в ладоши, громко рассмеялся и сказал: «Как необычно! Как замечательно! Немедленно, на кончике волоска, я понял коренной исток мириад состояний концентрации и бесчетных неуловимых смыслов». Затем он поклонился и удалился. Впоследствии он рассказывал на собрании: «С того времени, как я получил пинка от Ма-цзы, — и до сих пор — я не переставал смеяться».

ОСВОБОЖДЕНИЕ

Прошлой ночью был проливной дождь*. Я всегда хотел знать, откуда могла прийти эта фраза. Есть только один возможный источник, и это басня Эзопа. Кошка, очень счастливая, шла себе мимо, улыбаясь, и собака спросила ее: «В чем дело?»

Та сказала: «Прошлой ночью мне снилось, что шел дождь из крыс!»

Собака сказала: «Послушай, глупая кошка. Ты не разбираешься в психологии снов. Я тоже была здесь прошлой ночью и могу засвидетельствовать, что шел дождь, — но дождь из кошек, не из крыс».

Это кажется достаточно точным. Собакам может сниться дождь из кошек, но пословица такая: «Шел дождь из кошек и собак». Кому бы это могло присниться насчет собак?.. За исключением этого маленького эпизода у Эзопа, во всей мировой литературе нет упоминания, но, кажется, почти во всех языках эта пословица как-то укоренилась. Одно определенно: при любых корнях — или без корней — эта пословица очень выразительна.

Дождь прошлой ночью был безмерной радостью... не только для земли — пересохшей, ждущей его, — но и для деревьев, и для вас всех. Эти малые переживания могут высвободить в вас предельное переживание... просто их красота, великолепие, нежданное, непредсказуемое. Внезапно вы окружены таким потрясающим покоем, безмолвием — и не пустым, но полным песен и танцев, — и все сущее радуется.

Когда продвигаешься глубже по пути, когда освобождаешься из тюрьмы собственного ума, обыкновенные переживания начинают приобретать необычайные краски. Лишь поглядел молча, и обыкновенный цветок становится удивительным переживанием. Какое чудо, что маленький цветок может существовать, прекрасно разукрашенный, со своим небольшим ароматом, со своей индивидуальностью. Величайший философ не может постичь смысл мельчайшего цветка.

Но мистик — это не философ; его не волнует постижение смыслов, мера смыслов, раздумье над вещами. Он просто рад им. Когда дождь, он танцует, он берется за руки с дождем. Когда деревья радуются, становится свежо, начинаешь чувствовать ту же свежесть. Только одна вещь необходима, и это предлагает сегодняшняя утренняя сутра...*Освобождение.*

Да Хуэй хочет сообщить вам простую вещь: вы — тюрьма, вы — заключенный и вы — тот, кто заключил себя в тюрьму. Вы разыгрываете игру сами с собой. Одна ваша часть функционирует как тюремщик, еще одна часть функционирует как тюрьма, а ваша сокровенная суть сдавлена между этими двумя частями. Вы становитесь заключенным; и это не кто-то другой делает вас заключенным.

---

* Англ. *It rained cats and dogs.* — Что-то вроде «Идет дождь из кошек и собак».

Было бы великим бедствием, если бы человеческое сознание было заключено в тюрьму кем-то другим. Тогда свободы не было бы в ваших собственных руках; тогда свобода была бы в чьих-то других руках. Замечательно, что вы сами заключаете в тюрьму свое существо, следовательно, освобождение может произойти немедленно. Это только вопрос небольшого понимания, всего немного разумности.

Эта сутра очень красива. Она гласит: *«В нашей семье...»* Кого Да Хуэй упоминает как «наша семья»? *Вы* включены в нее, так же как и все те, кто включен в это великое дело искания, поиска, пытаясь проникнуть в тайны сущего. Они могли быть в прошлом, они могут быть в будущем, — но они составляют единственную семью, достойную называться семьей.

Бывает физическая, биологическая семья: ваши родители, ваши братья, ваши сестры, ваши мужья, ваши жены, ваши дети, — но это очень поверхностный феномен, случайный. Есть более глубокая семья, которая не имеет ничего общего с вашими биологическими началами, но связана с вашим предельным поиском. Она духовна. Она не случайна — это очень существенно.

Коль скоро вы становитесь осознающими, вы внезапно будете изумлены, что все будды прошлого, все будды будущего и все будды настоящего составляют одну семью, потому что их опыт один и тот же, их истина одна и та же, их жизнь окружена одним и тем же ароматом. Они никоим образом не отличаются друг от друга. Если вы столкнулись с одним буддой, вы столкнулись со всеми. Он содержит их всех; он представляет их всех.

Да Хуэй очень красиво говорит об этом как о семье... *В нашей семье неуловимое чудо действительно не передается.* Каждому в семье известно об этом. Каждый в семье переживал это, но остался совершенно молчаливым по этому поводу, ибо знать предельное — это также одновременно знать, что оно невыразимо. Те, кто пытаются выражать его, — это те, которые не знают. Это же чудо: те, которые знают, не пытаются выразить его, а те, которые не знают, пытаются выражать.

Невежды очень красноречивы; они говорят вещи о Боге, о небесах и об аде, а те, кто знают, совершенно молчаливы в отношении тайны жизни. Вы можете узнавать, испытал человек что-то или нет, по его молчанию относительно предельных вопросов. Может, он и укажет, может, даст несколько намеков, может, создаст средства, с помощью которых вы тоже сможете пробудиться к переживанию, — но он не будет говорить ни единого слова.

Из-за этого в дзэне странные пути передачи. Истину всегда передавали; ее никогда не высказывали. Это больше напоминает жест руки, больше напоминает улыбку на губах, больше напоминает моргание глаз... но это никогда не слово.

В нашей семье неуловимое чудо действительно не передается. Не помогло бы, даже если бы небо стало моим ртом, а трава, деревья, галька и камни — *все осветилось бы, чтобы помочь мне изложить истину. Таким образом, мы считаем, что эта вещь не может быть передана и не может быть изучена: она требует собственной реализации и просветления.*

Это должно быть понято как самое фундаментальное: если вы готовы, открыты, восприимчивы, алертны, — вы получите ее. И вы получите ее странными путями, которые не имеют ни логической связи, ни причинной связи.

Многие интеллектуалы мира, которые узнали о дзэне в прошлом столетии, поначалу просто смеялись над безумием этих людей, ибо там нет смысла для их здравомыслящих умов. Кто-то бьет вас, и вы становитесь просветленным... ум не может верить этому. Тут не оказывается причины, почему определенный удар разрушает все ваше невежество.

Даже сегодня, когда дзэн изучается на Западе в огромном масштабе; это становится одним из универсальных явлений. Но сама идея изучения направлена против него: вы не можете изучать дзэн. Вы можете *иметь* его, но вы не можете получить его от кого-то другого. И простая причина состоит в том, что вы уже получили его. Вопрос лишь в забывчивости.

Полезно будет напомнить вам... Возможно, в жизни каждого бывают моменты, когда вы знаете, что определенное имя, определенная личность, определенное лицо странно знакомы. Во всех языках существует выражение «это прямо на кончике моего языка». Тогда кто же мешает вам, почему вы не говорите? Вам прекрасно известно, это здесь, но требуется некое освобождение — возможно, удар и сделает это. Вы только забыли — быть может, хороший удар поможет вам перестать вспоминать это, потому что попытка вспомнить что-то делает ваш ум напряженным, и чем больше вы стараетесь вспомнить, тем напряженнее вы становитесь.

Напряжение означает сужение ума. Он делается до того узким, что ничего не может пройти через него. Хороший удар — и ум раскрывается... ведь вы забыли, как старались припомнить что-то, — и внезапно то, что «было у вас на языке», больше не секрет; теперь вы знаете это совершенно хорошо. Нечто подобное происходило при передачах на более высоком и глубоком уровнях.

Но дзэн — это не предмет изучения. Нет способа сделать его темой изучения в университетах; это будет очень глупо. Нет способа разыскать кого-то, у кого он есть и кто сможет дать его вам. Не то чтобы люди, которые имеют его, были скупыми или не щедрыми — как раз напротив. Они самые щедрые люди; если бы они могли дать его вам, их бы не волновало, хотите вы его или нет, они дали бы его вам.

Но сама природа этого переживания такова, что оно не приходит снаружи; оно случается внутри вас. Люди, которые пережили его, постоянно ищут возможность создать ситуацию для вас, чтобы то, что спит, стало пробужденным. Раз вы понимаете это, дзэн не будет выглядеть безумным, иррациональным. Он, несомненно, будет выглядеть суперрациональным — за пределами способностей ума.

Таким образом, мы считаем, что эта вещь не может быть передана и не может быть изучена: она требует собственной реализации и просветления.

Это становится все труднее, потому что индуисты, мусульмане, христиане, иудеи создали очень сложную ситуацию для миллионов людей. Они давали людям идею, что вы будете освобождены спасителем, это будет дано вам посланником; все вы должны только и делать, что верить и ждать. Иисус вызволит вас — или Мухаммед, или Кришна.

То, что я хочу указать, очень ясно: идея, будто кто-то другой, неважно кто — Иисус, Моисей, Кришна или Мухаммед... та идея, что кто-то другой проделает это в ваших интересах, абсолютно ошибочна. Но эта идея превалирует, и очень легко принять ее, очень просто плениться ею, ибо кто-то другой берет на себя ответственность.

В этом мире люди очень легко готовы передать ответственность кому-то другому. Они думают, что, отдавая ответственность, они свободны от ноши. Они совершенно не правы. Ответственность — это свобода, и в тот момент, когда вы передаете ответственность кому-то другому, вы также передаете и свою свободу.

Вот уже две тысячи лет прошло, а христиане ожидают прихода спасителя. Говорю вам, он никогда не придет, по той простой причине, что то, что он обещал, он не может вам предоставить. Кришна обещал, что придет, но странно, что никого не удивляет, почему же эти люди не избавили человечество, пока сами были здесь. Какой смысл откладывать это на будущее, до следующего раза, когда они придут?

Люди так же сильно страдали, как и теперь, люди были в таком же сильном невежестве, как и теперь, — тогда что за причина была откладывать? Иисус мог бы вызволить весь мир, Кришна мог бы сделать просветленным каждого. Но это была очень тонкая игра: они взяли ответственность — и помогли вам оставаться заключенными, пока они не возвратятся. Продолжайте молиться... однажды Он придет.

Это отняло не только вашу ответственность, но и вашу свободу. Это отняло саму вашу индивидуальность и вашу уникальность.

Я люблю Гаутаму Будду просто за то, что он первый человек за всю долгую человеческую историю, который отказался брать ответственность по вызволению кого угодно. Он оказывается самым отважным человеком — потому что так легко собрать последователей, если вы берете ответственность, а вместо того, чтобы брать ответственность, он говорил, что ни для кого другого нет способа вызволить вас.

Пусть это глубоко погрузится в ваши сердца.
Только вы сами способны пробудиться.
Потому что только вы сами способны заснуть.
Никто другой не ответствен за ваш сон.

Как же может кто-то другой отвечать за ваше пробуждение? Все те, кто обещали вызволить вас, унизили вас; они поставили вас ниже человеческих существ. Это не совпадение, что Иисус продолжает называть себя пастухом, а вас овцами. Я иногда удивляюсь, почему ни единый человек не встал и не сказал: «Это очень оскорбительно». Не то чтобы люди не чувствовали этого, но это было очень дешево, а «парень берет ответственность — вот и хорошо, — так что нам не потребуется беспокоиться об этом. Мы сможем крутиться в своей обыденности, а он возьмет заботу о нашей духовности». Это был хороший шанс избавиться от всего дела.

Это кажется болезненным... но я не могу говорить ничего такого, что не истинно. Все эти люди поступали скорее как бизнесмены; их больше интересовало приобретать все больше и больше клиентов.

Гаутама Будда оказывается единственным человеком, который не заинтересован низвести вас до овцы. Напротив, всю свою жизнь он настаивал только на одной вещи: вы совсем как я; различие очень невелико. Когда-то я спал, сегодня я пробужден. Сегодня вы спите, завтра вы можете пробудиться, — а если вы разумны, вы сможете пробудиться в этот самый момент.

Один Будда оказывает почтение индивидуальности, человеческим существам — никто больше никогда не оказывал. Он отрицал Бога по той простой причине, что Бог не может быть принят. Уже само принятие Бога как создателя уничтожает всю красоту человечества. Тогда вы просто марионетки в руках Бога, который оказывается капризным. Без причины он сотворил вас, и без причины он может разобрать вас.

Будда удалил Бога полностью из взглядов людей, которые понимали его: Бог и человек не могут существовать вместе. Сосуществование невозможно, поскольку Бог — это, по существу, диктаторская концепция, абсолютный диктат... и человек не может поднять свою голову свободно, если есть Бог. Вы могли слышать, как люди говорят, что без воли Божьей даже листочек не сдвинется. Тогда все это существование становится тюремным заточением, огромным концлагерем, а Бог становится Адольфом Гитлером, в миллион раз увеличенным.

Гаутама Будда, вместо того чтобы вести речь о гипнотическом вздоре, берет экзистенциальную проблему непосредственно: проблема — это ваше освобождение. А это просто, потому что освобождение находится в ваших собственных руках: вы просто позабыли, кто вы есть. Если только рассказать вам, кто вы есть, — вы не поймете, и опасность состоит в том, что от рассказывания вам, кто вы есть, вы можете стать попугаем...

В Индии вы обнаружите всю страну полной попугаев. Каждый говорит о душе, просветлении, нирване. Все они повторяют прекрасные утверждения из писаний. Будда также не хочет сделать вас попугаем; потому он и говорит, что нет способа дать вам истину, по той простой причине, что вы уже имеете ее.

Поэтому все, что можно делать, — это как-то создавать ситуации, чтобы пробудить вас, и, если потребуется, дать вам хорошую оплеуху в нужный момент. Чья попало оплеуха не сработает, — только от мастера, — и только ученик, который трудился на пути годы или, быть может, жизни, подходит к точке прямо на пограничной линии, где маленький толчок... и он достиг другого берега. Так что есть практики в буддизме, но те практики не дадут вам истину. Они только доставят вас к той точке, где потребуется проницательный сострадательный мастер для создания средства, которое освободит вас.

Вы видели маленьких птенцов? Они смотрят, как их родители летают вокруг, и они тоже трепещут своими крылышками. Но они пугаются — естественно, они ведь никогда не летали — и они не могут поверить в безопасность выхода из своего уютного гнезда. Бескрайнее небо... и нет опыта полета — несмотря на то, что они способны летать, у них есть крылья, и они будут рады лететь в небе под теплым солнцем.

В конце концов родителям тех маленьких птенцов приходится толкать их. Это и есть средство — таково дзэнское средство. Но родители должны ожидать, пока их крылышки не окрепнут достаточно; они делают многие вещи, которые, по-моему, оказываются точно тем же, что дзэнский мастер делает для ученика. Мать будет летать перед ними, показывая, что если она может летать, — почему же они не могут? Птенцы трепещут своими крылышками, чтобы обрести уверенность, познакомиться с тем фактом, что у них тоже есть крылья, — это правильно!

Но чтобы прыгнуть... Они приближаются к самому краю своего гнезда, они взвешивают все за и против. Есть великое стремление прыгнуть, но есть также и страх, потому что они идут в неизвестное. Кто знает — они могут упасть прямо на землю и кончено. Мать перебирается на другое дерево, и оттуда она начинает звать их: «Давайте!» — это непреодолимо. Они пытаются, но какая-то незримая граница мешает им.

Когда родители видят, что сейчас те полностью способны, только страх мешает им, — однажды, не сообщая им — внезапно, дзэнский толчок!.. Конечно, вначале они порхают как попало, но теперь они знают, что, хотя они и не летают как следует, они могут держаться в воздухе. Тогда мать начинает звать их с отдаленных деревьев. Сперва они добираются до самых близких деревьев, потом они начинают добираться к дальним деревьям, а потом однажды они уходят навсегда в бесконечное; они никогда не возвращаются. Тогда у них все небо.

Я всегда считал, что дзэнские средства передачи, очевидно, происходят от таких источников. Дзэнские монастыри находятся в лесах; и какой-то гениальный мастер мог увидеть ситуацию с вытолкнутой птичкой. Тут нет логического смысла. Вы не можете убедить птичку интеллектуально, а толчок — это не рациональный путь.

Припомните слова прежних дней: «В принципе, это внезапное просветление». В принципе, бывает только внезапное просветление. На практике, в реальности, маленькая птичка должна вырастить сильные крылья, ожидать подходящего момента и должна быть под защитой надлежащего мастера. Любая спешка может быть фатальной.

Если кто-то пробуждается прежде, чем наступит его время, до своей зрелости, такое просветление может быть опасным. Он может оказаться не в состоянии выжить, этого может быть слишком много. Он был еще не в состоянии вместить это, впитать это, наслаждаться этим. Так что, в принципе, Да Хуэй прав; это внезапное просветление.

Интеллектуалы всего мира спрашивали: «Если оно внезапно, то почему этого не происходит с нами? Почему тогда кто-то должен медитировать годами, если оно внезапно?» Они не поняли того, что, *в принципе*, оно внезапное. Когда оно произойдет, оно произойдет внезапно — но, прежде чем оно произойдет, требуется определенная зрелость. Это означает, что просветление, само по себе, внезапно, однако подготовка его постепенна.

Да Хуэй приводит к потрясающему синтезу две конфликтующие школы. Одна говорит — оно постепенно, другая говорит — оно внезапно, — и они продолжали борьбу веками, споря друг с другом. Они не могут видеть, что постепенность и внезапность не есть неизбежно противоположное, что постепенность может быть подготовкой для внезапности, что обе могут быть частями синтетического процесса... *воспользуйтесь просветлением, чтобы удалить все. В этом случае,* — но, в действительности, — *феномены не устраняются внезапно, а истощаются постепенно.* Это требует времени, разного времени для разных людей. В соответствии с их любовью, в соответствии с их доверием, в соответствии с их стремлением, в соответствии с их влечением, в соответствии с их готовностью рисковать всем, элемент времени будет разным.

Махакашьяпа был первым, кто стал просветленным среди учеников Гаутамы Будды, и он был самой молчаливой личностью. Он никогда не задавал вопросов, никогда даже не приближался к Гаутаме Будде. У него было собственное дерево, и он обычно сидел под своим деревом; стало известно, что то место было резервировано для Махакашьяпы. Он не разговаривал, не задавал вопроса... он просто сидел под деревом, неподалеку от Гаутамы Будды.

Среди десяти тысяч учеников каждый задавал вопросы, и многие спрашивали Махакашьяпу: «Почему ты не спрашиваешь?» Тот обычно просто улыбался...

Однажды Гаутама Будда вышел с цветком лотоса в руке, — и тот день был началом дзэна. Предполагалось, что Будда, как обычно, проведет лекцию, но вместо того, чтобы проводить лекцию, он сидел при полном молчании десяти тысяч учеников, просто глядя на лотос. Шли мгновения... люди начали беспокоиться. Что случилось? Во-первых, он никогда не приходил раньше с чем-нибудь в руке; во-вторых, кажется, он совершенно забыл, для чего пришел. В-третьих, странно, что он продолжает глядеть на этот лотос. Это прекрасно... но это же не значит, что вы должны продолжать все глядеть и глядеть, вечно. Прошли часы, и люди на самом деле разволновались. Что-то надо было делать... и в этот самый момент Махакашьяпа рассмеялся.

Гаутама Будда взглянул на Махакашьяпу, подозвал его ближе и сказал: «Этот цветок принадлежит тебе. Позаботься о нем». Это и есть первая передача без слов.

Люди смотрели в изумлении: «Что произошло?» Во-первых, смеяться в присутствии мастера без всякой причины невежливо, не учтиво. Во-вторых, не было над чем смеяться. В-третьих, что же было передано? Все то, что могли увидеть люди, — это цветок лотоса. Но Махакашьяпа стал первым дзэнским мастером. Его редко упоминают в буддийских писаниях, потому что он редко говорил. И поскольку он воспринял передачу без слов, никто не знает, что же он получил.

Потом, в конце концов, понуждаемый другими учениками — старшими, более известными, — Махакашьяпа сказал: «Я не получил, я лишь признал. В том великом безмолвии, когда вы все забеспокоились, я начал успокаиваться. Мое молчание стало углубляться до той точки, когда я вдруг увидал, насколько же нелепо искать истину, ибо я *и есть* истина. В этот самый момент я не смог удержаться и рассмеялся. Цветок достался мне как подтверждение: Твой смех означает, что ты раскрыл свои крылья в небе. Ты освобожден».

Когда человек приходит к мастеру, у него столько мусора, который мастеру приходится удалять постепенно, поскольку для него это мусор, а для ученика это знания. Для мастера это цепи; для ученика это украшения. Так что это требует времени... мастер продолжает выбрасывать мусор, а ученик продолжает собирать его обратно и прятать его поглубже, куда мастер не может добраться, — до той поры, пока нет признания того, что мастер и ученик стоят в одном и том же месте. Тогда делать будет нечего, лишь маленький толчок...

Гуляете вы, стоите, сидите или лежите, вы обязаны не забывать!.. Обязаны не забывать что? — просто *обязаны* не забывать. Просто оставаться алертными и сознающими, — не что-нибудь особенное, не какой-нибудь объект, но просто алертными, как будто бы должно произойти нечто грандиозное, вы не знаете что; как будто бы великий гость собирается прийти, и вы стоите у своей двери в ожидании. Вы не знаете, кто придет... вы не знаете, придет он или нет. У вас нет никакого подтверждения, — но очень алертно вы стоите у двери, не зная для чего. Чистое осознавание...

Кроме того, вы не должны искать особого превосходства или необычайных чудес. Величайшая помеха на пути в том, что вы можете найти особые качества, сверхъестественные силы, чудеса, мистические переживания, — и вы сошли с пути. Помните и не ищите особое превосходство или сверхъестественные чудеса.

Мастер Шуэй Лао спросил у Ма-цзы: «Каков истинный смысл прихода с Запада?» Это особый способ задавания вопроса: «В чем истинный смысл прихода Бодхидхармы с Запада?» — потому что для Китая Индия — это Запад. «Какова была особая причина прихода Бодхидхармы в Китай?» Другими словами, вот вопрос: «Что он пришел передать?» У него заняло три года, чтобы добраться так далеко, и девять лет, чтобы передать. Что же это было?

Тут Ма-цзы свалил его пинком ноги в грудь: Шуэй Лао оказался возвышенно просветленным. Он поднялся, захлопал в ладоши, громко рассмеялся и сказал: «Как необычно! Как замечательно! Немедленно, на кончике волоска, я понял коренной исток мириад состояний концентрации и бессчетных неуловимых смыслов». Затем он поклонился и удалился. Впоследствии он рассказывал на собрании: «С того времени, как я получил пинка от Ма-цзы, — и до сих пор — я не переставал смеяться».

Помните, что мастер Шуэй Лао — это не обычный ученик; он уже признанный великий мастер, хотя он всего лишь великий учитель. Но различие очень тонкое и может быть известно только тем, кто за пределами мастера и учителя. Сам он был известен как мастер... и он был не *просто* учитель; он постепенно подходил все ближе и ближе к тому, чтобы быть мастером, но ему требовался последний толчок. Его крылья трепетали... он ожидал, как раз на грани взлета в небо.

Мастер Шуэй Лао спросил у Ма-цзы... Ма-цзы — один из самых странных мастеров в собрании странных мастеров дзэна. Шуэй Лао задает простой вопрос: «Почему Бодхидхарма пришел в Китай? Что это за особая передача, которую он должен был вручить?» *Тут Ма-цзы свалил его пинком ноги в грудь: Шуэй Лао оказался возвышенно просветленным.*

Инциденты вроде этого приводят интеллектуалов в замешательство. Что произошло? Ма-цзы продемонстрировал ему, что Бодхидхарма пришел убить ваше эго, освободить вас от страха смерти. Он пнул его ногой в грудь, свалил наземь. Это было так странно и так внезапно, этого не ожидали. Он задал простой, обыденный вопрос; любой интеллектуал мог бы объяснить, почему

Бодхидхарма пришел в Китай — распространять буддизм, распространять послание великого мастера. Но никто и подумать не мог, что Ма-цзы сделает так по отношению к бедному вопрошавшему, и это было так внезапно, так непредсказуемо... но это только для нас внезапно и непредсказуемо; Ма-цзы смог разглядеть готовность этого человека, зрелость... что тот нуждается лишь в небольшом толчке, что этот момент нельзя упускать. Пинок в грудь и повергание его наземь могут полностью остановить функционирование его ума, — ведь это было так неожиданно и странно. В такой остановке ума — освобождение. Внезапно, и гусь снаружи! Шуэй Лао стал просветленным!

Он поднялся, захлопал в ладоши, громко рассмеялся и сказал: «Как необычно! Как замечательно! Немедленно, на кончике волоска, я понял коренной исток мириад состояний концентрации и бессчетных неуловимых смыслов». Затем он поклонился — с глубоким почтением — и удалился. Впоследствии он рассказывал на собрании, — он сам стал великим мастером — «С того времени, как я получил пинка от Ма-цзы, — и до сих пор — я не переставал смеяться». Как же можно перестать смеяться? Это великое дело настолько нелепо!

Это совсем как собака, которая зимним утром на теплом солнышке тихо сидит, глядя на свой хвост, как вдруг ей приспичило поймать его. Она пытается по-всякому, и чем больше она пытается, тем более вызывающим это становится, потому что хвост тут же отскакивает. Чем скорее она прыгает, тем скорее хвост отскакивает — и расстояние остается тем же. Стоя рядом, вы будете смеяться: «Глупая собака! Хвост принадлежит ей; нет необходимости хватать его — и не таким способом...»

Ваше просветление принадлежит вам.

Нет необходимости искать и исследовать.

Вы — это оно. Это не достижение.

Это только признание — отсюда и смех.

Естественно, люди, не приученные к дзэнской традиции, будут шокированы таким поведением. Если я вдруг ударю Манишу здесь и сейчас, — хоть она еще и не готова, — но если я ударю, разве вы поймете? Вы подумаете: «Этот человек сошел с ума». Вы подумаете: «Мы уже и так знали, что он был сумасшедшим; теперь он перешел все границы». А с завтрашнего дня те, кто сидят впереди, будут оставаться алертными: в любой момент...

И это таки произойдет, потому что я не намерен оставлять этот мир, пока не сделаю больше просветленных людей, чем Гаутама Будда. Я наблюдаю, кто растит крылья, кто готовится быть битым — так что не удивляйтесь. А когда кто-то получает удар, радуйтесь происходящему! Этот человек стал просветленным.

Но люди, которые не в глубоком резонансе с дзэном, не будут способны понимать это — индуисты или мусульмане, христиане или иудеи, — поскольку нет ничего подобного этому во всей их истории. Вся их история это, более или менее, просто интеллектуальная гимнастика.

Дзэн абсолютно экзистенциален. Мастер там не только обучает вас определенным доктринам; он должен освободить вас из тюрьмы, которую вы сами создали. Любые произвольные необходимые целесообразные методы, — его не беспокоит то, что люди будут думать о них, — он воспользуется ими. Никогда не бывало существ более сострадательных, чем дзэнские мастера. Это великое сострадание Ма-цзы; а иначе кого это интересует? Он же мог просто ответить на вопрос, и все было бы кончено. Он предпринял такое большое усилие — ударил этого человека, свалил его наземь. И тут не только сострадательность Ма-цзы...

Шуэй Лао тоже отличается огромным пониманием. Если бы такое произошло с тем, кто не был готов, он мог бы затеять драку или разозлиться, заявляя: «Это же полный абсурд! Я задаю вопрос, а ты бьешь меня». Однако он принял удар точно так же, как Махакашьяпа принимал цветок лотоса, — даже еще красивее: *«Как необычно! Как замечательно!»* — и, с великим благоговением, *он поклонился и удалился.*

Нет другого вопроса... все разрешилось. Его вышибли из гнезда, теперь его крылья раскрылись в небе. Теперь он может перелететь на солнце. Теперь нет больше никаких границ. И Шуэй Лао вспоминал это событие всю свою жизнь — даже когда стал великим, уважаемым мастером, — говоря: «Величайшей вещью в моей жизни был пинок, который Ма-цзы дал мне. Я не переставал смеяться с той поры».

Нечто незримое для глаз, очевидно, произошло в тот момент. Когда Ма-цзы подошел и стукнул его, пожалуй — самое вероятное, — он вышиб его из его тела, и Шуэй Лао, очевидно, свидетельствовал всю эту сцену, стоя снаружи своего собственного тела — одно из самых острых, сладостных, удивительных переживаний: вы освобождены.

Ваше тело — это ваша тюрьма.

Ваш ум — это ваша тюрьма.

Да Хуэй правильно назвал эту сутру — «Освобождение».

Готовьтесь и будьте готовы. Это совершенно иной мир, чем в дни Ма-цзы, но мне хочется сделать то прекрасное время и те прекрасные истории современными снова. Но все это зависит от вас. Если вы постепенно выбрасываете весь свой мусор, становясь более алертными, не забывая ни одно мгновение — гуляя, сидя, работая, лежа — постоянное подводное течение вспоминания, тогда недалек тот день, когда я начну сбивать людей с ног. Тут нет нужды действительно валить кого-то наземь, ведь между мною и Ма-цзы прошло много времени, и я принял более утонченные методы! Он в чем-то примитивен.

Я наношу удары и пинки собственного производства, поэтому не ожидайте от меня удара в грудь. Тут нет необходимости... я разработал более тонкие методы, — но вы должны быть готовы, на всякий случай.

— Хорошо, Маниша?
— Да, Мастер.

32

БЕССТРАСТИЕ

Возлюбленный Мастер,

Освобождение

Однажды Гу Шань подошел к Сюэ Фэну. Фэн знал, что обстоятельства для того созрели, поэтому он внезапно встал и крепко сжал его со словами: «Что это?». Когда он отпустил Гу Шаня, тот был полностью просветленным — он даже забыл свой постигающий ум и только взмахнул поднятой рукой, ничего больше. Фэн спросил: «Ты не выразишь какой-нибудь принцип?»

Покинув пристанище пятого патриарха, Хуэй Нэн путешествовал на юг уже два месяца и добрался до гряды Да Ю. Его преследовал прежде бывший генералом монах Хуэй Мин в сопровождении нескольких сот человек — он хотел завладеть мантией и чашей (символика права наследования патриархов). Мин первым настиг его. Шестой патриарх бросил мантию и чашу на скалу и сказал: «Эта мантия означает веру. Как же можно взять ее силой?» Мин попытался поднять мантию и чашу, но был не в состоянии сдвинуть их. На это он сказал: «Я пришел за дхармой, не за мантией». Патриарх произнес: «Поскольку ты пришел за дхармой, ты должен успокоить все свои побуждения, не давать подняться ни единой мысли, — и я объясню тебе». Помолчав, он спросил: «Не думая о добре и не думая о зле, прямо сейчас скажи, каково твое настоящее лицо?» При этих словах Хуэй Мин стал возвышенно просветленным. Еще он спросил: «Помимо сокровенных слов и смысла, попавших в цель мгновение назад, нет ли какого-нибудь дополнительного сокровенного послания?» Патриарх сказал: «Если бы оно было сказано тебе, то не было бы сокровенным. Если ты оглядишься вокруг и поразмыслишь, — сокровенное в тебе». Мин сказал: «Хоть я и был у Хуан Мэя, я никогда по-настоящему не всматривался в свое собственное лицо. Теперь, получив от тебя урок, я подобен человеку, пьющему воду, который знает сам, холодная она или теплая».

«Просто знай, как быть буддой: не беспокойся, что будда не знает, как говорить».

С древних времен люди, обретшие путь, — поскольку они сами полны — предлагали в дар свой избыток, чтобы отвечать тем, кто уже готов, и принимать всех. Они подобны чистому зеркалу в оправе, яркому самоцвету на ладони; когда приходит чужой — появляется чужой, а когда приходит свой — появляется свой. И это не намеренно: если бы это было намеренным, то людям можно было бы дать реальную доктрину. Ты же хочешь быть чистым.

Да Хуэй все еще продолжает о смысле освобождения. Вопрос до того фундаментальный, что, как бы часто он ни повторялся, он никогда не будет высказан полностью.

Есть вещи, на которые вы можете только указывать, а указание всегда допускает неверное истолкование — и, наиболее вероятно, *будет* неверно истолковано, — ведь указание — это только стрелка. Если вы не знаете, как смотреть в том направлении, если вы не осознаете, что стрелка указывает на нечто за пределами ее самой, для вас есть все возможности уцепиться за саму эту стрелку.

Из-за такой сложности идеи, которые были высказаны для свободы человека, способствуют его заключению. Что такое ваши церкви, ваши храмы и ваши синагоги, как не тюрьмы вашей души? Что такое ваши святые писания? Они подразумевались как стрелки, указывающие за пределы слов, но даже так называемые ученые люди цепляются за слова и забывают совершенно, что эти слова — только стрелки; они лишь указывают в направлении чего-то бессловесного — чего-то такого, чего они не могут выразить, но могут указать направление. Они только пальцы, указывающие на луну.

Следовательно, нужно снова и снова стучать по вашему обусловленному уму с различных аспектов, — в чем же смысл освобождения. Да Хуэй дает вам несколько примеров того, как освобождение происходило. А происходило оно абсолютно иррационально; для него не было необходимости произойти — помимо того, что ученик был зрелым, и прозренье мастера было настолько ясным, что он не упускал момента. Он наносил удар, давал оплеуху, кричал, делал что-то, и вдруг случалось раскрытие — облака исчезали.

Однажды Гу Шань подошел к Сюэ Фэну. Фэн знал, что обстоятельства для того созрели. Беременная женщина знает, что она беременна, и когда ребенку девять месяцев, мать знает, что пришло время принимать нового гостя в мир. От ребенка нет указаний, но созревание само имеет свое собственное воздействие. Когда манговые рощи на Востоке наполняются созревшими манго, вы, проходя улицей, внезапно осознаете, что весь воздух насыщен сладостью манго.

Ученые почти полвека исследовали пчел, полагая, что тем известен определенный тип языка. Самое интригующее — это вычислить, каким же типом языка пользуются пчелы; это раскроет потрясающе новую сферу коммуникации. Пчела пролетает мили в определенном направлении без всякой на то причины, — но она находит место, где цветут цветы, и она летит прямо к тем цветам, как будто следует карте.

Как только она нашла цветы, она возвращается и танцует определенным образом перед всем роем пчел, которые наблюдают этот танец. В танце есть все указания — в каком направлении, как далеко вы найдете цветы, — и вдруг тысячи пчел начинают двигаться в том направлении, без единой неудачи, не разлетаясь ни в каком другом направлении.

В танце этой пчелы есть указания, которые еще не расшифровали. Уже полстолетия велась работа, но это очень сложно, потому что мы знаем язык, но не знаем, как танцевать... а один и тот же вид танца с небольшими различиями может дать разные значения. Если цветы еще не готовы, танец будет почти тем же, но со столь незначительным различием, что лишь пчелы могут расшифровать его; ученым не удавалось... То, что там есть разница, несомненно, ведь ни одна пчела не летит в том направлении; они будут ждать, а назавтра снова полетит пчела-разведчица.

Определенные пчелы — это пчелы-посыльные, почтальоны. Пчелы имеют иерархию, есть солдаты, есть почтальоны, есть рабочие и есть королева — и все они заняты работой разного рода. Если существует опасность... тот же танец, но с незначительным отличием.

Между мастером и учеником происходит нечто такое, что, когда ученик созрел, *он* знает, что созрел, и его мастер знает, что тот созрел. Пора позволить ему прорыв. Есть тысячи потрясающе прекрасных историй. Эта — очень проста, но и очень выразительна.

Фэн знал его обстоятельства. Если вы осознаете, как же вы упустите это знание? Фэн знал, что Гу Шань созрел... *поэтому он внезапно встал и крепко сжал его со словами: «Что это?».* Это и было раскрытием: *Когда он отпустил Гу Шаня, тот был полностью просветленным.* Ничего особого не произошло; просто мастер знал, ученик знал, что нечто приблизилось к кульминационному пункту. И мастер сжал ученика крепко и сказал: «Что это?» Это не вопрос, на который отвечают; это вопрос, который раскрывает новое измерение в ученике. *Когда он отпустил Гу Шаня, тот был полностью просветленным — он даже забыл свой постигающий ум.* Переживание было до того грандиозным, великолепие было до того переполняющим, что он даже позабыл оказать почтение мастеру или высказать подходящие слова для выражения своей признательности. Он просто взмахнул своей поднятой рукой. Взмах рукой — это немое выражение того, что: «Я уловил! Ты достал меня в один миг — это случилось!».

Он только взмахнул поднятой рукой, ничего больше. Фэн спросил: «Ты не выразишь какой-нибудь принцип?» Но там полное молчание, история закончилась. На вопрос мастера: «Ты махнул рукой, это хорошо. Но не выразишь ли ты некий принцип того, что ты понял, испытал?» — ученик не ответил. Ответа нет! Он, очевидно, стоял перед мастером, сам будучи ответом, — его безмолвие, его радость, его внезапное раскрытие... Его безумный жест — взмах рукой — просто указывает, что это за пределами ума и за пределами его постижения... какой принцип? — есть только безмолвие и нет принципа.

Это нечто редкостное; только дзэнская история может оканчиваться таким образом. Мастер задает вопрос, а ученик остается молчаливым — это и есть ответ. Если бы он заговорил, то мог бы получить хороший удар, потому что его говорение показало бы, что он упустил что-то, что ему не удалось раскрыть себя полностью, что он по-прежнему оставался в уме.

Но его молчание показывает, что теперь нет вопроса, нет ответа; нет принципа, нет философии. Нет ни тебя, ни меня, — но лишь полная безмятежность, вечное безмолвие, которое никогда не нарушалось.

Это не выдумки; выдумки не заканчиваются таким образом. Это действительные происшествия. Мастер понял это молчание. Ничего не сказано, но все услышано.

Второй инцидент... просто, чтобы дать вам различные аспекты, из разных дверей.

Покинув пристанище пятого патриарха, Хуэй Нэн путешествовал на юг уже два месяца и добрался до гряды Да Ю. Его преследовал прежде бывший генералом монах Хуэй Мин в сопровождении нескольких сот человек — он хотел завладеть мантией и чашей (символика права наследования патриархов). В дзэне каждый патриарх передает свою мантию и чашу преемнику, — и, естественно, тут громадная конкуренция, человеческие слабости, завистливость...

Этот человек, Хуэй Мин, был скорее ученым, во всяком случае, гораздо более культурным человеком. Он отрекся от поста генерала и стал учеником; он практиковал уже долгое время. Но мастер выбрал своим преемником очень странного человека, Хуэй Нэна. В его монастыре было по меньшей мере двенадцать тысяч монахов, и ни один не подумал бы, что Хуэй Нэн станет преемником.

Единственное достижение Хуэй Нэна состояло в том, что с тех пор, как он пришел — двадцать лет назад, — он готовил рис для двенадцати тысяч монахов с раннего утра и до поздней ночи. За двадцать лет он не делал ничего другого. Он никогда еще не бывал ни на каких лекциях мастера, никогда не читал никакого писания — на самом деле, он был неграмотным. Он был деревенщиной, — однако человеком огромной решимости.

В день своего посвящения Хуэй Нэн спросил мастера: «Что я должен делать?»

Мастер сказал: «Ступай в столовую, готовь рис и никогда больше не приходи ко мне», — и тот никогда больше не приходил. Безмолвно ожидающий двадцать лет... потому что мастер уже сказал: «Если понадобится, я приду к тебе. Но ты больше никогда не должен показываться мне на глаза. Просто готовь рис с утра до ночи, потом иди спать; снова готовь рис, потом иди спать».

Можете представить, — двадцать лет только готовить рис и идти спать, — его ум затих. Медитации не понадобились. Он никогда не ходил ни на какую лекцию — времени не было. Никто не разговаривал с ним, поскольку считалось, что он относился к низшей категории — просто бедный деревенщина, который ничего не знает, — и он никогда не спрашивал ни о чем ни у кого. Люди проходили мимо него, как будто его тут и не было. Его принимали как нечто само собой разумеющееся.

Для мастера настал день покидать свое тело, и он сказал: «Прежде чем я оставлю тело, я хочу выбрать себе преемника. Вот способ, с помощью которого я хочу сделать выбор: любой, кто знает верный ответ, должен прийти ночью и написать его на моей двери; если ответ правильный, он получит мою мантию и мою чашу».

Этот экс-генерал, Хуэй Мин, безусловно, был самой важной персоной из всех последователей мастера, и все думали, что он и будет победителем. Поэтому он подошел ночью и написал на двери: «Не-ум, вот ответ». Но он очень боялся мастера — боялся, что, если это найдут неправильным, ему зададут хорошую трепку, — так что он не подписал этого. Он подумал: «Если это верно, то я объявлю, что написал это; если это неверно, тогда лучше помалкивать».

Утром, когда мастер проснулся, то спросил: «Кто этот идиот?» Услыхав это, Хуэй Мин сбежал из монастыря — вдруг кто-то сообщит мастеру — потому что некоторые уловили эту идею... они подстерегали того, кто напишет. Фактически, стало общеизвестно, что это был Хуэй Мин!

Двое монахов после еды проходили мимо Хуэй Нэна и спорили между собой: «Мастер слишком суров. Ответ кажется правильным: не-ум — это вся философия Гаутамы Будды. Что большего можно сказать?» Люди совершенно забыли даже то, что Хуэй Нэн умеет говорить; за двадцать лет он не сказал никому ни одного слова. Он просто занимался своей работой — шел спать, просыпался, начинал снова свою работу. В тот день, слушая этих двух монахов, говорящих, что ответ кажется правильным, а мастер слишком суровым, он рассмеялся. Те двое монахов остановились и спросили: «Почему ты смеешься?»

Он сказал: «Тот, кто написал так, идиот». Это было в точности то же, что уже сказал мастер: «Что это за идиот испортил мою дверь?». Те монахи не могли поверить этому, но сообщили мастеру, что человек по имени Хуэй Нэн, которого отослали двадцать лет назад в столовую, высказал точно то же самое: «Тот, кто это написал, идиот».

Мастер сказал: «Я знаю. Он единственный человек... я надеялся, что он подойдет и напишет ответ. Но я совершенно забыл, что, во-первых, он не честолюбив; во-вторых, он не умеет писать, он неграмотный; в-третьих, я же сам запретил ему: "Когда наступит время, я сам приду к тебе. Ты должен оставаться на работе, которую я дал тебе, и никогда не показываться на глаза"».

Среди ночи вошел мастер, разбудил Хуэй Нэна, дал ему чашу и свою мантию и сказал: «Теперь беги, потому что ты простой парень. Тут большая конкуренция, и тут опасные люди — тот человек, Хуэй Мин, был генералом, он воин. Они будут пытаться отнять мантию и чашу, поэтому скройся как можно подальше».

Хуэй Нэн сказал: «Но я не знаю ничего. Кроме того, я не совершил никакого преступления. Зачем тебе делать меня своим преемником? Почему меня нельзя оставить жить спокойно? Ты можешь найти... столько людей стремятся, хотят стать преемником, почему ты беспокоишь меня?»

Но мастер сказал: «Вот причины, почему я беспокою тебя: человек, который не заинтересован вообще, — это подходящий человек. Человек, у которого нет амбиций, — достоен. Человек, который может отказаться от высочайшей ступени в традиции дзэна — быть патриархом, — это мастер из мастеров...»

Хуэй Нэн все еще старался убедить его: «Позволь мне готовить рис и не тревожь мой сон! Я устал, а утром должен начинать свою работу снова, — только подумай о двенадцати тысячах монахов и их рисе...»

Мастер сказал: «Прекрати все это! Если люди дознаются, что я выбрал тебя, они убьют тебя. Бери эту чашу и эту мантию и беги прочь, потому что завтра утром я умру, а перед этим я хочу, чтобы ты был за много миль отсюда». Вот как Хуэй Нэн был избран преемником.

Странные люди... и странные у них истории, но огромной значимости. Этого Хуэй Нэна преследовал Хуэй Мин, генерал, с тысячами людей, чтобы схватить того и силой отнять чашу и мантию — с тем, чтобы Хуэй Мин мог объявить мастером себя. Такова подоплека этой истории.

Мин первым настиг Хуэй Нэна, — а там было к тому же много других преследователей. *Шестой патриарх бросил мантию и чашу на скалу и сказал: «Эта мантия выражает веру, как же можно взять ее силой?»* Веру нельзя забрать насильно. Вера растет лишь в атмосфере любви. Вера — это высочайшее цветение; она не может быть отнята силой.

«Вот мантия, а вот чаша. Но помни, — *эта мантия выражает веру*, — а ты только генерал — ты знаешь пути силы, ты не знаешь путей любви. *Как же можно взять ее силой?* Если ты можешь взять ее силой, бери».

Мин попытался поднять мантию и чашу, но был не в состоянии сдвинуть их. Это может показаться вымыслом, но из глубочайшего опыта моего собственного «я» я не считаю это вымышленным. У меня есть свое собственное объяснение, почему это произошло... Хуэй Нэн был человеком спокойным и молчаливым, человеком без всяких желаний, а когда такой человек говорит, то говорит авторитетно, его слова — чистая энергия. И когда он произнес: «Эта чаша и эта мантия представляют веру, а вера не может быть взята силой», — уже само его утверждение могло ослабить Хуэй Мина.

Хуэй Мин знал прекрасно, что не обладает верой, — он знает только, что такое сила. Это, очевидно, и ослабило всю его волю. Это не чудо; это простой психологический факт. Он попробовал поднять... но, очевидно, он пробовал, прекрасно зная, что не смог бы поднять этого.

Есть место возле прекрасной реки Нармады, где был храм Шивы. Снаружи каждого храма Шивы — его телохранитель, бык; бык восседает снаружи храма. Прямо под быком в том храме есть ярус — это древний храм, — там небольшое пространство, через которое вы можете пройти... но только если у вас есть вера.

Я отправился туда с другом, который был профессором, — полным сомнений, хоть он был и не слишком толстым. Когда я предложил ему: «Попробуй пройти через это небольшое пространство под быком», он сказал: «Не вижу никакой проблемы. Я ведь не толстяк, я пройду».

Я сказал: «Ты не сможешь пройти, потому что если ты не имеешь веры... Вопрос не в том, толстый ты или худой; я видел толстяков, проходивших там, и видел худых, которые застревали».

Он возразил: «Все это вздор, я покажу тебе». Но даже когда он говорил это, в глубине души он дрожал. Собралась толпа, которая нагнала еще больше страха, и он застрял посередине. Он закричал: «Помогите мне!»

Я сказал: «В вопросах веры никто не может помочь. Попробуй свою логику, попробуй свое здравомыслие, попробуй свои аргументы». А люди смеялись! Они смеялись, поскольку он был очень худым, — почему он застрял? Он совсем утратил всю свою волю. Он прекрасно знал, что не имел веры, не имел доверия, был полон сомнений — он *есть* сомнение, и больше ничего. Он прекрасно знал в глубине своей души, что не смог бы пройти.

Мне пришлось вытаскивать его — конечно, сзади, — «потому что, — сказал я, — спереди я не могу, ибо не могу идти против правил». Так что я вытащил его за ноги назад. Он выглядел очень странно.

Он сказал: «Я вижу, что пространства достаточно, — как вдруг вышло что-то изнутри меня. Я просто утратил свою волю».

Я сам прошел через то небольшое пространство, а я был по меньшей мере вдвое тяжелее профессора.

Бывают вещи, которые могут выглядеть как выдумки, если вы не понимаете человека и его психологию. По-моему, это не вымысел, это исторический факт. Так, очевидно, и произошло. Слова Хуэй Нэна, очевидно, создали атмосферу, климат, — так что Хуэй Мин утратил свою силу воли. Он пытался, но у него не было силы. Он вдруг обессилел.

Мин попытался поднять мантию и чашу, но был не в состоянии сдвинуть их. На это он сказал: «Я пришел за дхармой, не за мантией». Патриарх произнес: «Поскольку ты пришел за дхармой, ты должен успокоить все свои побуждения, не давать подняться ни единой мысли, — и я объясню тебе». Помолчав, он спросил: «Не думая о добре и не думая о зле, прямо сейчас скажи, каково твое настоящее лицо?»

Когда нет движения мысли, желания, побуждения — в такой момент есть вы в своей изначальной чистоте. И знать настоящее лицо — это знать все.

При этих словах Хуэй Мин стал возвышенно просветленным. Еще он спросил: «Помимо сокровенных слов и смысла, попавших в цель мгновение назад, нет ли какого-нибудь дополнительного сокровенного послания?» Патриарх сказал: «Если бы оно было сказано тебе, то не было бы сокровенным». Потому что слова создают дистанцию.

Сокровенное — это не сообщение.

Сокровенное — это передача от сердца к сердцу...

В молчании, в любви, в покое.

Ничего не сказано, ничего не услышано, но все понято... это и есть сокровенное.

«Если бы оно было сказано тебе, то не было бы сокровенным. Если ты оглядишься вокруг и поразмыслишь, — сокровенное в тебе», — оно не вне тебя. Ты — это самое сокровенное для себя; никто не может быть ближе к тебе, чем ты сам. Как бы близко кто-то ни подошел к тебе, такая близость — все еще дистанция. Только ты по-настоящему близок к себе.

Мин сказал: «Хоть я и был у Хуан Мея, я никогда по-настоящему не всматривался в свое собственное лицо», — он признал, что хоть он и провел в монастыре годы обучения, самодисциплины, у него никогда не было никакого реального прозрения, — «Теперь, получив от тебя урок, я подобен человеку, пьющему воду, который знает сам, холодная она или теплая».

«Просто знай, как быть буддой: не беспокойся, что будда не знает, как говорить».

С древних времен люди, обретшие путь, — поскольку они сами полны — предлагали в дар свой избыток, чтобы отвечать тем, кто уже готов, и принимать всех. Они подобны чистому зеркалу в оправе, яркому самоцвету на ладони; когда приходит чужой — появляется чужой, а когда приходит свой — появляется свой. И это не намеренно: если бы это было намеренным, то людям можно было бы дать реальную доктрину. Ты же хочешь быть чистым.

Это и есть два пути... либо ты хочешь быть чистым, либо ты хочешь быть умным. Сколь бы умными вы ни стали, вы будете оставаться невежественными; и вы можете ничего не знать, но, если вы чисты — зеркало без всякой пыли, — вы отразите саму сущность сущего.

Есть удивительная история. Перед тем как Хуэй Нэн умер, через много лет после этого инцидента, он выбрал Хуэй Мина своим преемником. То, чего Хуэй Мин не смог добиться силой, он получил, став нечестолюбивым, медитативным. Когда Хуэй Нэн спросил его: «Вот и пришло для меня время уходить, — ты, Хуэй Мин, так стремился быть патриархом, — можешь взять чашу и мантию, которые ты не мог забрать всей своей силой. Ты готов сейчас?»

Хуэй Мин сказал: «Я больше не заинтересован. Тут есть много других».

Неграмотный Хуэй Нэн стал одним из величайших дзэнских мастеров благодаря своей простоте, благодаря своей невинности. Он привлек множество учеников с большими достоинствами, и у него было много последователей, из которых можно было выбрать себе преемника. Но сначала он сказал Хуэй Мину: «Ты желал так сильно; я хотел отдать все тебе в тот же момент, но это было не в моей власти: ни я не мог отдать, ни ты не был способен взять. Но теперь я вижу, ты созрел».

Говорят, Хуэй Мин ответил: «Странная игра. Когда я хотел этого, то не мог получить; теперь у меня нет ни малейшего желания, а ты предлагаешь это мне... Не мог бы ты найти кого-то другого?»

Хуэй Нэн сказал: «Вот признаки подходящего преемника».

Дзэн — это путь бесстрастия. Тут нечего обретать, тут нет цели для достижения. Просто расслабьтесь, будьте раскованны, и вы обнаружите, что всегда были там, где вы хотели быть. Вы никогда не покидали Эдемского сада. Христианская история неправильна.

Я рассказывал о христианской истории со стольких разных точек зрения... это прекрасная история, и, несомненно, обладает огромным потенциалом. Надо запомнить также и тот аспект, что, где бы вы ни были, вы по-прежнему в Эдемском саду. Это даже не в Божьей власти — вышвырнуть вас — куда он вышвырнет вас? — потому что Эдемский сад повсюду. Я всегда удивлялся, почему это ни один христианский теолог не поднял вопрос за две тысячи лет: Бог выгнал Адама и Еву из Эдемского сада, — но *куда* он выгнал их? Разве есть что-то снаружи сущего?

Все — внутри, нет ничего вне. У реальности нет границ — вас нельзя вышвырнуть из реальности. Это же такой простой факт: вы по-прежнему в Эдемском саду, вы просто уснули.

Ваш сон состоит из вашего ума, ваших желаний, ваших грез, ваших амбиций, ваших побуждений. Однажды вы отбросите всю эту чепуху, внезапно пробудитесь и обнаружите себя в Эдемском саду. А Эдемский сад не принадлежит Богу, это не его монополия. Он принадлежит каждому, всякой живой сущности, потому что Бог — это лишь коллективное наименование для всего сознания, которое существует в мире; Бог — не какая-то персона.

Христианская история сделала Бога очень уродливым. Если мне придется писать эту историю заново, то первые инструкции, которые я дам Адаму и

Еве, — и эти инструкции я даю вам — будут: «Ешьте плод мудрости, ешьте плод вечной жизни». Вы принадлежите предельному сознанию, вы принадлежите бессмертию.

Вы *есть* будда.

Вас нужно лишь встряхнуть.

Дело тут не в том, что от вас требуется много послушаний, — стучать в двери, просить и молить: «Боже, Отец, пожалуйста, открой дверь. Я никогда не буду есть плод, я никогда не посмотрю на него». Вы сидите под деревом. Откройте глаза — и мудрость ваша, и вечная жизнь — ваша. И это не два дерева...

Эта история неправильна по многим пунктам. Первое: Бог, который является отцом, не может отвращать вас от вечной жизни и не может препятствовать вам быть мудрыми. Во-вторых, мудрость и вечная жизнь не являются двумя; они — два аспекта одного и того же переживания.

Я заявляю вам: вот это и есть Эдемский сад. Если вы хотите поспать чуть дольше, тут нет беды. Так или иначе, в спешке нет необходимости. Хороший сон; лишь прекратите грезить... и вы пробудитесь. Это грезы продолжают удерживать вас спящими. Другими словами, я могу определить медитацию как негрезящее сознание.

— Хорошо, Маниша?
— Да, Мастер.

33

БЕЗМЯТЕЖНОСТЬ

Возлюбленный Мастер,

Безмолвное озарение

Старый Пан сказал: «Решись опустошить все, что существует: не делай реальным то, чего не существует». Реализуйте эти два утверждения — и задача всей вашей жизни по обучению завершена.

В наши дни есть порода бритоголовых чужаков, чьи собственные глаза не чисты, которые просто учат людей остановиться, успокоиться и прикинуться мертвыми. Даже если вы остановитесь и успокоитесь подобным образом, — до той поры, пока тысячи будд не появятся в мире, — вам по-прежнему не удастся остановиться и успокоиться: вы приведете свой ум в еще большее смятение и беспокойство. Они учат людей «удерживать ум неподвижным», «забывать чувства» в соответствии с обстоятельствами, практиковать «безмолвное озарение». Пока они продолжают и продолжают «озаряться» и «удерживать ум неподвижным», они без конца наращивают свой беспорядок и подавленность. Совершенно утратив целесообразные средства патриархов, они инструктируют других неправильно, уча людей поступать впустую и расточительно с рождением и смертью; более того, они учат людей не беспокоиться по поводу такого положения дел. «Просто продолжайте приводить все в спокойное состояние таким способом», — будут говорить они. «Если вы остановили чувства, как только те пришли, и не порождаете мысли, — в таком случае это уже не неведомое безмолвие, оно алертное, бодрственное и совершенно чистое». Учение такого сорта еще более пагубно и ослепляюще для человеческих глаз.

Сказать, что когда человек успокаивает ум до той точки, где он ничего не знает и не осознает, подобно земле, куску дерева, черепицы или камню, — это уже не «неведомое безмолвие» — это точка зрения, рожденная ошибочным и слишком буквальным пониманием слов, которые вначале были полезным средством для избавления от оков.

Учить людей размышлять в соответствии с обстоятельствами, остерегаться и не допускать появления никаких дурных восприятий — это опять интерпретация, созданная в угоду тупому эмоциональному сознанию.

> *Все вышеперечисленные болезни — не дело рук учеников, — все
> они возникают из-за неправильных инструкций слепых учителей.*

Человек всегда был несчастным — не без причины. Причины эти — его собственного изготовления; потому и возможно освобождение. Но очень немногие люди испытали абсолютную свободу.

Есть тысяча и одна причина тому бедствию, которое произошло с человечеством. Это совсем как огромный сад из тысяч розовых кустов, где лишь время от времени на кусте распускается цветок, а остальные тысячи кустов просто остаются бесплодными. Они обладают тем же потенциалом, но что-то в их структуре пошло не так.

Да Хуэй старается здесь показать несколько фундаментальных ошибок, которые были сделаны человеком — и продолжают делаться им, — ошибок, которые препятствуют его собственному росту.

Большинство причин, которые разрушили ваше достоинство, вашу гордость, вашу славу, ваше великолепие — дело рук так называемых учителей. В том, чтобы учить, есть тонкая эгоистическая радость, потому что в тот момент, когда вы учите кого-то, ничего не говоря, вы становитесь выше: вы знаете, а другой не знает. Это создает большие неприятности для человеческих существ.

Так много фальшивых учителей продолжают появляться... быть может, это величайшее преступление в мире, — обучать вещам, которых вы не испытали. Но что такое ваши епископы, кардиналы и папы, имамы и шанкарачарьи? — лишь длинная линия лжеучителей. Они не знают, что говорят. Может быть, они и ссылаются на правильные писания, может, их слова и исходят из правильных источников, но не источники и не писания — сам говорящий является окончательным критерием того, истинно или ложно то, о чем он говорит.

Один великий мастер, Наропа, неоднократно говорил следующее: «Не слушайте того, что я говорю, — слушайте меня! Не важно, что я говорю; значение имеет лишь то, чем я являюсь».

Подлинный учитель говорит из спонтанности, из опыта, из осознавания, из своей собственной реализации. Лжеучитель весьма учен; ему известны все писания, он цитирует их превосходно и может с легкостью морочить людей. На самом деле, очень трудно не быть обманутым такой личностью, поскольку вы не знаете, как судить. Он говорит правильные слова, но его правильные слова совсем как грампластинка. Вы не можете сделать грампластинку своим мастером; все говорится абсолютно верно, но внутри никого нет. Это лишь мертвая пластинка.

Ваша память — это тоже мертвая грампластинка. Учителя обучают через память; мастера обучают через осознавание, разум; потому-то и можно найти несовместимости и противоречия у мастеров — они на самом деле непременно найдутся. Это можно использовать как критерий: если некто непрерывно последователен, он не может быть мастером. Он только механически повторяет заученное.

Мастер должен отзываться каждому мгновению, а каждое мгновение — иное. Мастер никогда не отвечает на вопрос; он всегда отвечает *вопрошающему*, — а вопрошающие различны. Мастера не интересует, созвучно ли то, что он говорит, писаниям, традиции, обычаю — или против. Вся его единственная забота — это реальная личность, с кем он встречается... ничто больше не имеет значения.

Но лжеучителя не прекращались и никогда не прекратятся. Так легко быть ученым; так трудно быть мудрым. Любого идиота можно выучить; все, что ему требуется, — это хорошая система памяти, хороший биокомпьютер. Но подлинный мастер — это редкостное цветение; и человек должен усвоить несколько указаний, благодаря которым он сможет определиться, чтобы избежать ложного и прислушаться к подлинному.

Вот первая вещь: лжеучитель всегда повторяет чьи-то слова; он совсем не имеет ничего собственного. Все его утверждения взяты в кавычки. Вторая вещь: лжеучитель, каким бы он ни был красноречивым, ученым, способным, не будет в состоянии практиковать то, что он проповедует. Взгляните на человека, вместо того чтобы смотреть на его слова, и вы увидите несоответствие.

В одной деревушке жили двое братьев, двое близнецов. Один был врачом, а другой — священником, и у всей деревни всегда были сложности узнать, кто есть кто. В городок пришел незнакомец. Он увидел их обоих и не мог поверить своим глазам. Они не были в точности подобными, но на них была одинаковая одежда, одна и та же прическа, и было почти невозможно различить их. Он приблизился к одному из них и спросил: «Есть ли способ различать между двумя? Только вы можете сказать...»

Этот брат оказался врачом, и он сказал: «Да, есть только один способ: он проповедует, а я практикую!» Лжеучитель только проповедует. Если вы взглянете на его практику, то будете очень сильно разочарованы; он постоянно расходится со своими собственными утверждениями.

В третьих, — и чтобы увидеть это, потребуется чуть больше разума и осознавания, — лжеучитель всегда нерешителен. Он и сам не уверен, верно или нет то, что он говорит, поскольку все это — заимствованное. Но истинный учитель — это абсолютный авторитет. Он подразумевает то, что он говорит, и он говорит только то, что подразумевает.

Учитель только служит устами для всех тех добрых вещей, которые он вам рассказывает. Вы не обнаружите никакой исконной свежести; он смердит мертвыми трупами, очень древними трупами. Подлинный мастер обладает свежестью, новизной. Вы можете продолжать слушать его вечно, но никогда не почувствуете его несвежим, ибо это всегда исходит от изначального источника.

Рассмотрим вещи, которые Да Хуэй хочет указать вам: *Старый Пан сказал: «Решись опустошить все, что существует: не делай реальным то, чего не существует». Реализуйте эти два утверждения* — *и задача всей вашей жизни по обучению завершена.*

С мастерами вы будете всегда находить что-то невиданное, потому что вы не знакомы с их миром; он нехоженый. С учителями вы будете находить очень знакомые вещи, которые уже знаете — вы слышали их. В каждой церкви одна и та же проповедь, в каждом храме одна и та же лекция; вся атмосфера наполнена старыми и обветшалыми утверждениями.

С реальным мастером вы всегда обнаружите что-то невиданное, какой-то дикий цветок, не выросший в обычных повсеместных садах. Его вкус, его аромат, его цвет, его форма — все будет обладать новизной.

То, что говорит мастер Пан, совершенно уникально. Никто никогда не говорил: *«Решись опустошить все, что существует».* Он делает два утверждения. И в тех двух утверждениях — говорит Да Хуэй — вся ваша религия завершена: *«Решись опустошить все, что существует: не делай реальным то, чего не существует».*

Но люди делают прямо противоположное: они продолжают создавать нереальное — то, чего не существует. Что вы знаете про Бога? Тем не менее миллионы людей каждый день молятся вымыслу. Это патология. Что вам известно про небеса и ад? Однако они глубоко вошли в вашу психологию: вы алчете небес, страшитесь ада, — а все это вещи несуществующие.

Пан говорит: «Не создавайте того, чего не существует; а что касается того, что существует, — опорожни свой ум от всей привязанности к нему, от всего ослепления им». Ваша ослепленность — это ваши оковы; если вы не ослеплены тем, что существует, и не создаете в воображении богов и духов, — что остается?

Простое безмолвие...

Чистая безмятежность...

Невозмутимое, непотревоженное сознание.

Это и есть оно!

Следовательно, старый Пан прав. В двух простых предложениях он сконденсировал все учения пробужденных людей. Есть тысячи писаний, но этих двух утверждений достаточно; все остальное — это просто ненужная фабрикация обманутых людей для обманутых людей. Люди могут интересоваться столь глупыми вещами — вы не поверите...

Христианские теологи средневековья столетиями вели спор в великих трактатах. Вы не поверите, что за идиоты были эти теологи. Их проблемой было: сколько ангелов может уместиться на острие иголки. Почему их это беспокоило? — но это стало такой большой проблемой, словно их жизнь зависела от того, ангелом больше или меньше может уместиться там. Это вымышленные ангелы — и зачем этим вымышленным ангелам стоять на кончике иглы?

Но это был очень серьезный вопрос, и три или четыре века его обсуждали почти беспрерывно великие теологи, философы. Если вы заглянете в историю религий, то обнаружите такие глупости, что вы не сможете поверить, что это наше наследие, что это старые источники наших так называемых великих религий.

Уже две тысячи лет христиане доказывали и утверждали, что Иисус был рожден девственницей — Марией. Какое это имеет значение? Даже если он и родился от Девы Марии, он может быть не прав. Всего лишь родившись от девственницы, вы не становитесь правы; на самом деле, более вероятно, что с самого начала вы не правы. Но даже сегодня папа утверждает, что это их фундаментальный принцип. Чем же будет христианство, если три вымысла удалить? Один — это девственное рождение Иисуса, которое можно вычеркнуть без всякого опасения.

Мать привела одну молодую девушку к врачу, который был их старым другом. Она очень сильно беспокоилась, потому что стало очевидно, что девушка была беременной, по меньшей мере на седьмом или восьмом месяце, — не было необходимости ни в какой проверке. Все же врач провел осмотр и сказал: «Мне жаль, но ничего нельзя сделать. Теперь уже слишком поздно; аборт опасен. Девушка беременна».

Но мать возразила: «Как это может быть? Ведь я никогда не давала ей ни шанса...» А девушка сказала: «Я даже не коснулась руки мужчины. Как же я могу быть беременной?» Врач посмотрел на них обеих, а потом пошел к окну и уставился в небо. На мгновение наступила тишина. Тогда мать спросила: «Что вы там делаете?» Он сказал: «Я поджидаю трех мудрецов с Востока. Если верно то, что она даже не дотронулась до мужской руки, и вы утверждаете... тогда чудо случилось снова: она — мать-девственница. Вам надо радоваться. Почему же у вас такой несчастный вид?»

Всего несколько дней назад папа снова утверждал... некоторые христианские мыслители испытывают неудобство по поводу этого девственного рождения, но он утверждал, что это «один из наших величайших столпов». Другой столп — это то, что Иисус — единородный Сын Божий. Никто не знает про этого парня, Бога, — а кроме собственного утверждения Иисуса тут нет иного свидетельства, или какого-нибудь доказательства. Но все христианство полагается на утверждение Иисуса. Ни тогдашние мыслители, ни тогдашняя литература даже не позаботились упомянуть, что Иисус — это Сын Божий, и не только Сын, но Единородный Сын. Это замечательно:

вымыслы создают сыновей и дочерей! А мы не имеем свидетельства их собственного существования...

И что же такого замечательного в Иисусе, что он должен быть единородным Сыном Божьим? Почему не Гаутама Будда, почему не Бодхидхарма, почему не Махакашьяпа, почему не Да Хуэй — почему не вы? Вам необходимо лишь немного смелости и немного безумия, и вы можете провозгласить: «Я — единородный сын Божий». Доказательства не требуются, потому что даже Иисус не предоставил никаких доказательств.

И третье: троица из Бога-Отца, Иисуса-Сына и Святого Духа. Этот святой дух — престраннейший малый, с каким вы можете столкнуться. Святой дух и есть тот тип, от которого бедная дева Мария понесла, — и тем не менее он святой. Тогда что означает нечестивый?

И странно... столетиями сами христиане утверждали то, что это выглядит странным — эта троица, — потому что в ней нет женщины. Она выглядит незавершенной; она не выглядит как завершенная семья. Что же неправильного в признании Марии, которой поклоняются католики, частью этой иерархии? Однако женщина не может быть допущена на столь высокий пьедестал. А преступный дух может быть допущен.

Как раз на днях итальянский саньясин говорил мне, что хочет записать — он коллекционирует мои утверждения, — что я думаю насчет незаконнорожденных детей. Я сказал ему: «Не бывает незаконнорожденных детей, бывают только незаконнорожденные родители». Как может ребенок быть незаконнорожденным? И кто такие незаконнорожденные родители? — не обязательно те, которые не состоят в браке. Любой ребенок, который не рожден в любви, делает родителей незаконнорожденными. Состоят они в браке или нет, это не важно, — но ребенок, безусловно, никогда не бывает незаконнорожденным.

Этот незаконнорожденный тип — святой дух — часть божественной троицы; он часть Бога. Таковы три фазы Бога, — но женщина не может быть допущена.

Это и есть три основы, три столпа христианства. Если вы уберете эти три, все двухтысячелетнее сооружение исчезнет, словно мыльный пузырь. Но что такого великого во всех этих идеях? Тех, кто учил таким идеям, можно назвать только лжеучителями, уводящими человечество с правильного пути. Вы не можете задать вопрос им; своим вопросом вы вынесете себе приговор. И так обстоят дела не только с христианством; такое же положение со всеми религиями. Религия должна быть очень простым, чистым, невинным делом. Ее не следует усложнять ненужными суевериями, глупостями.

Старый Пан дал вам всю религию в двух небольших утверждениях: «Опустоши себя от всякой привязанности, от всякого ослепления, от всяких амбиций относительно того, что существует». И «не создавай вымыслов». Ничего больше не требуется.

Таков подлинный мастер, приводящий сущностную, чистую безмятежность вашего существа в созвучие с блаженством сущего.

Вы — одно с этим безмолвием... и как удивительно это... и как замечательно. Разве потребуется вам что-то еще для того, чтобы радоваться, плясать и петь?

Религия, чтобы быть подлинной, должна интересоваться трансформацией человека, а не этими глупыми идеями; реальны они или нереальны — не имеет значения.

В наши дни... и, к несчастью, несмотря на то, что прошли тысячи лет после Да Хуэя, «наши дни» по-прежнему продолжаются. *В наши дни есть порода бритоголовых чужаков...*

Я хочу подчеркнуть слово «чужаки». Человечество может быть поделено таким способом очень легко — свои и чужаки (англ. — *insiders* и *outsiders*). Своих очень немного — тех, кто знает внутреннюю фабулу, внутреннюю тайну. А чужаков миллионы, тех, которые просто находятся снаружи (*outside*) от самих себя, никогда не пытаясь разобраться, что же это заставляет их тикать, что такое их жизнь, что такое их сознание, что такое их любовь... простые вопросы.

Чужаки интересуются далекими звездами, квазарами, удаленными галактиками... настолько удаленными, что нет возможности для Земли когда-либо приблизиться к ним, поскольку обнаружили, что Вселенная расширяется. Это точно как шар, который продолжает становиться все больше, больше и больше, а все видимые вам звезды отодвигаются от некоего центра, который наука еще не смогла локализовать. Но есть некий центр, от которого все эти звезды разбегаются с огромной скоростью.

Прежние дурни интересовались Богом, Святым Духом, девственным рождением, а новых дурней интересуют галактики, удаленные на миллионы световых лет. Они изменили свои объекты, но не изменили своего взгляда: они по-прежнему глядят наружу. Чужой — это тот, кто всегда глядит вовне. Он никогда не бывает дома.

Религия — это, по существу, опыт того, кто внутри. Он закрывает глаза и вступает в глубины своего существа, в безмолвия своего сердца и, наконец, в таинственный источник жизни, — всей жизни, всего сознания.

Такова единственная удовлетворенность, единственное осуществление, единственная реализация. Впервые нет больше никаких проблем, нет больше никаких вопросов. Вы не знаете ничего, но ваша познавательная способность абсолютно чиста. Вы — это просто чистое зеркало без всякой грязи.

В наши дни есть порода бритоголовых чужаков, чьи собственные глаза не чисты, которые просто учат людей остановиться, успокоиться и прикинуться мертвыми. Большинство религий учили вас отвергать мир, что отрезает вашу оставшуюся жизнь. «Становись все более и более мертвым, и ты будешь подходить все ближе к Богу». Это очень странный бог...

Бог может быть синонимичным с жизнью, тогда это имеет какой-то смысл. Но Бог, синонимичный со смертью?.. Но это именно то, что наделали ваши святые: они сделались ископаемыми. Несмотря на то, что они дышат, они мертвы к жизни во всех отношениях. Они изъяли всю свою восприимчивость, свою любовь, свою радость; они стали зажатыми.

Так что Да Хуэй прав: *Даже если вы остановитесь и успокоитесь подобным образом, — до той поры пока тысячи будд не появятся в мире, — вам по-прежнему не удастся остановиться и успокоиться: вы приведете свой ум в еще большее смятение и беспокойство.* Эта сокрушительная, отравляющая идея отвергания мира, отвергания удовольствий, отвергания тела, отвергания всего того, что может сделать вашу жизнь немного более сочной, немного более музыкальной, немного более поэтичной, — и просто пребывания подобно камню... и все же внутри ваш ум окажется в еще большей суматохе.

Есть замечательная история из жизни Муллы Насреддина. Он рубил дрова, а его осел стоял рядом; он нагрузил осла дровами и отправился домой. Но он испытывал сильную усталость — был жаркий день, а тень дерева была соблазнительной, — так что он позволил себе немного отдохнуть.

Откуда ни возьмись его окружила стая волков. Мулла решил, что лучше притвориться мертвым, потому что известно — волки не едят мертвые трупы. Они любят свежую пищу; их не интересуют консервы! Поэтому он перестал дышать, но краешком глаза следил за ослом, потому что тот был проблемой: сам-то он притворяется мертвым, но осел ведь дурак... и волки взялись за его осла.

И вот, при виде этого внутри него поднялась огромная суматоха, — но он все еще притворялся мертвым. В конце концов он забылся и сказал: «Ладно, убивайте моего осла, я ведь умер. Если бы я был жив, я показал бы вам, что значит нападать на моего осла!» — это продолжалось в его уме и выскочило у него изо рта! Чисто случайно туда пришли люди, и он был спасен. Но я хотел рассказать вам эту историю, потому что он притворялся мертвым, хотя и не был. Все ваши святые притворяются мертвыми; они не мертвы. Как это может быть? Но все религии уважали этих мертвых людей. И, благодаря этому почтению перед мертвыми людьми, в качестве дополняющего выносится приговор живым людям. Быть живым, полностью живым, петь и плясать, радоваться удовольствиям существования — становится грехом, согласно всем религиям. В сконденсированном виде: жизнь есть грех, а смерть есть добродетель.

Мой собственный опыт прямо противоположный, противоположный всем этим религиям. Жизнь — это добродетель, и чем более вы живы, тем более добродетельны; чем более вы восприимчивы, тем более религиозны; чем больше измерений имеет ваша жизнь, тем она духовнее. Оставьте этот старый стиль святости идиотам, потому что они не могут делать ничего другого; но они могут исполнять такую святость в совершенстве. Мое собственное понятие таково, что все ваши великие святые — это совершенные идиоты. Они не поняли даже азбуки тайн жизни, и они попали в капкан лжеучителей.

Они учат людей «удерживать ум неподвижным», «забывать чувства» в соответствии с обстоятельствами, практиковать «безмолвное озарение». Они пользуются прекрасными словами, поскольку все эти слова доступны в тысячах писаний, но они не знают, что никто *не может* удержать ум неподвижным. Либо вы имеете ум, либо не имеете его. Неподвижный ум — это противоречие в терминах.

Один знаменитый американский рабби, Джошуа Либман — не знаю, жив он еще или нет — написал книгу «Покой ума». Я был студентом в университете, когда мне попалась эта книга. Я написал ему в письме: «Даже заглавие вашей книги терминологически противоречиво. Покой ума — это просто абсурд. Когда ума нет, есть покой; когда ум есть, покоя не бывает. Следовательно, *покой ума* — это попросту одурачивание людей. Но, возможно, вы сами считаете...»

Его книга раскупалась миллионами, ведь каждому нужен покой ума — и до чего дешево, в бумажной обложке! Но мне никогда еще не попадался человек, который достиг покоя ума от чтения книги рабби Джошуа Либмана. У меня была привычка писать письма людям, но, к несчастью, никто из них не отваживался ответить. Быть может, им удавалось разглядеть суть, и лучше было промолчать.

Эти люди, которые велят другим: «Удерживай ум неподвижным»... Кто же удержит ум неподвижным? Вы не можете принудить ум к неподвижности. Ум должен быть трансцендирован, — и в трансценденции ума, в реализации того, что вы не есть ум, — внезапно неподвижность, покой, штиль, тишина.

Пока они продолжают и продолжают «озаряться» и «удерживать ум неподвижным», они без конца наращивают свой беспорядок и подавленность. Совершенно утратив целесообразные средства патриархов, они инструктируют других неправильно, уча людей поступать впустую и расточительно с рождением и смертью; более того, они учат людей не беспокоиться по поводу такого положения дел. «Просто продолжайте приводить все в спокойное состояние таким способом», — будут говорить они. «Если вы остановили чувства, как только те пришли, и не порождаете мысли, — в таком случае это уже не неведомое безмолвие, оно алертное, бодрственное и совершенно чистое». Таковы глубочайшие реалии жизни.

Вы можете достичь определенного состояния контролируемого безмолвия, вынужденного безмолвия, но оно будет мертвым. Оно будет похоже на летящую птицу, что выглядит так красиво. Вы ловите ее и сажаете в золотую клетку; может быть, вы думаете, что птица та же самая, — это не так. По-видимому оно так, но птица в полете и птица — та же птица — в клетке — это два разных существа.

У летящей птицы целое небо... она обладает душой, индивидуальностью, красотой. Та же самая птица в клетке просто мертва. Она утратила свое небо, утратила свою свободу, утратила свою индивидуальность, — а что она обрела? Для птицы золотая клетка не значит ничего; золото или сталь — просто одно и то же.

Во имя религии люди старались втиснуть себя в клетку дисциплины и предписаний в надежде обрести великое озарение, алертность, осознанность, просветление. Это невозможно. Если вы хотите осознавать, вам надо начинать с осознавания. Если вы хотите быть свободны, вам надо начинать со свободы. Чем бы вы ни хотели быть, — ваш первый шаг есть указание на ваш последний.

Найти реализацию... Вы не можете сделать это, порабощая себя доктринами, предписаниями, моралью в надежде, что все это даст осознанность, окончательный расцвет вашему существу.

Это правда, что, если произойдет окончательный расцвет осознанности, вы будете высокоморальны, но у такой морали будет совершенно иной оттенок. Она будет вашей собственной, — не Моисея, не Ману, не Конфуция. Она не будет зависимостью, она не обременит, она не будет заповедью, — что вам *должно* делать. Вы просто будете радоваться, делая так. Это не будет обязанностью. Это будет просто вашей радостью.

Я слышал, что, когда Бог создал мир, он отправился к вавилонянам и спросил: «Хотелось бы вам иметь заповедь?»

Те спросили: «А какую заповедь?»

Он сказал: «Не прелюбодействуй».

Они сказали: «Прости нас, — что за смысл жить без прелюбодейства. Поищи кого-то другого!»... Он отправился к египтянам, он обошел все вокруг, и никто не был готов принять заповедь — я думаю, все они были правы. Заповеди не могут быть от кого-то другого, в противном случае они поработят вас. Они должны возникнуть из вашего собственного понимания; тогда они уже не заповеди (приказания), — это сущая радость.

Но бедняга Моисей попал в беду. Будучи евреем, он задал неправильный вопрос. Когда Бог спросил: «Моисей, детка, ты хотел бы получить заповедь?»

Моисей спросил: «А сколько она стоит?» Он не спрашивал, какая это заповедь! — он спросил цену!

Бог ответил: «Задаром!»

Моисей сказал: «Тогда возьму десяток!» Если это даром... И под теми десятью заповедями за четыре тысячи лет евреи были раздавлены.

Вам, безусловно, необходима мораль, но она должна возникнуть из вашей собственной любви, из вашего собственного благоговения перед жизнью. Она должна быть вашей собственной; она требует вашей подписи. Она не может быть слепым верованием, она не может быть обязанностью, которую вас обусловили исполнять. Она должна быть вашей свободой. Подлинно религиозный человек *аморален*; у него нет готовой морали. На каждое мгновение он отзывается любовью и благоговением, — а это и есть его мораль.

Учение такого сорта еще более пагубно и ослепляюще для человеческих глаз. Когда учителя принимаются говорить об озарении, просветлении, неподвижном уме, они используют красивые слова, чтобы заключить вас в тюремную камеру. Что вам необходимо — так это свобода от всех тюрем.

Прошлое беспрерывно творило тюрьмы за тюрьмами. Вам необходимо освободиться, и только вы можете предоставить себе этот дар. Я могу лишь дать вам знать, что у вас есть способность, — вот это и есть функция мастера. Он может лишь дать вам знать про ваш потенциал, про ваши возможности, а потом оставляет за вами ваше собственное решение.

Сказать, что когда человек успокаивает ум до той точки, где он ничего не знает и не осознает, подобно земле, куску дерева, черепицы или камню, — это уже не «неведомое безмолвие» — это точка зрения, рожденная ошибочным и слишком буквальным пониманием слов, которые вначале были полезным средством для избавления от оков.

Лжеучителя собирают слова, прекрасные слова. Они хорошие коллекционеры, но они не знают контекста, потому что контекст не присутствует в писаниях. Контекст всегда присутствует в живом мастере.

Учить людей размышлять в соответствии с обстоятельствами, остерегаться и не допускать появления никаких дурных восприятий — это опять интерпретация, созданная в угоду тупому эмоциональному сознанию.

Все вышеперечисленные болезни — не дело рук учеников, — все они возникают из-за неправильных инструкций слепых учителей.

Это будет великий день в истории человека, когда он возьмет на себя хотя бы такую ответственность: *осознать, что учить чему-то такому, чего он сам не переживал, — отвратительно, преступно; это величайший грех.* Если лжеучителя исчезнут из мира, будет громадная революция, потому что люди, которые пойманы в сети лжеучителей, — это действительно искатели, но они не знают, куда идти, не знают, как рассудить... и их можно простить, ведь они только исследуют и ищут.

Найти живого мастера — это величайшее благословение. Это самая трудная вещь, поскольку живого мастера будет осуждать весь мир, так что вас обескуражит осуждение. Лжеучителей будут ценить, уважать, почитать; само собой, вы подумаете, что если весь мир почитает, уважает, — значит, это именно те люди, у которых вы должны учиться. Все это с точностью до наоборот: подлинный мастер был всегда осуждаем современниками.

Поэтому всякий раз, как вы обнаружите человека, осужденного единогласно всеми, — он обладает чем-то; иначе почему весь мир взбудоражен им? Когда мир ценит, почитает, удостаивает чести и наград, — берегитесь! Это лжеучитель. Он в чести, потому что служит кровным интересам общества.

Если вы можете сохранять этот небольшой критерий, всегда можно найти надлежащего мастера. Но без такого мастера самые простые вещи станут очень сложными; вещи, которые могут произойти сейчас же, не происходят в течение жизни. Остерегайтесь тех, кто в чести!

Если кто-то осужден, и осужден единогласно, такой человек несет истину в мир, который живет всеми сортами лжи. Будьте с ним! Рискните! И ваша награда будет потрясающе грандиозной.

— Хорошо, Маниша?
— Да, Мастер.

34

ПРОСВЕТЛЕНИЕ

Возлюбленный Мастер,

Просветление: Ключ

Некоторые усаживаются молча, с закрытыми глазами под черной горой, внутри призрачной пещеры, и принимают это за пребывание по другую сторону изначального будды, — за явление, предшествующее рождению их родителей, — они также зовут его «безмолвием еще до озарения» и считают, что это и есть чань. Эта компания не разыскивает неуловимое, чудесное просветление: как полагают они, просветление опускается до вторичного. Они считают, что просветлением морочат людей, что просветление — выдумка. Поскольку сами они никогда не пробуждались, они не верят, что кто-то пробудился.

Тут дело такого рода, как распространение учителями ложного слуха, который велит ученикам: «Сохраняйте неподвижность». Когда спрашивали: «Что за вещь сохранять? Кто этот неподвижный?» Они говорят: «Неподвижный — это основа». Однако они не верят в существование просветленного: они говорят, что просветленный — это боковая ветвь, и ссылаются на Ян Шаня.

Монах спросил Ян Шаня: «В наши дни люди достигают просветления или нет?» Ян Шань сказал: «Хоть просветление и не отсутствует, все же оно опускается до вторичного: не рассказывайте грез дуракам». Тогда они понимают это буквально, как реальную доктрину, и говорят, что просветление вторично.

Такие люди вряд ли представляют себе то, что сам Гуэй Шань обращался к бдительным ученикам; в самом деле, это очень убедительно: «Просветление есть стандарт исследования предельной истины от начала до конца».

Куда же дели эти слова такие лжеучителя? Невозможно, чтобы Гуэй Шань нес последователям сомнения и ошибки, опуская их до вторичного.

ПРОСВЕТЛЕНИЕ

Просветление — это, безусловно, ключ, но почти все традиции против него — и есть причина, почему они против. Самая фундаментальная причина в том, что, если просветление — реальность, Бог становится нереальностью. Если ваше собственное озарение окончательно, тогда ничто не может быть выше него. Тогда собственное сознание человека становится высшей реальностью.

Религии и традиции, верующие в Бога, не могут допустить просветление. Оно идет против всех их вымыслов. Их вымыслы могут существовать только в темноте, не на свету. Чтобы сохранить в живых свои вымыслы, чтобы сохранить свои грезы реальными, они не дают человеческим существам пробудиться. Вы не услышите о просветленных христианских мистиках, вы не услышите о пробужденных иудейских мистиках. Фактически, просветление — это альтернатива Богу.

Все то, что относится к ритуалистическим религиям, подвержено опасности от просветления, потому что просветление не имеет ритуала, не имеет молитвы, не имеет писаний. Оно так тотально верит в вас, его уважение к человечеству так абсолютно и неизменно... Это естественно, что все священники будут против него, ведь вся профессия священников зависит от вымыслов, а просветление разрушает вымыслы.

Все теологии сфабрикованы умом, а просветление — это трансцендентный выход за пределы ума. Все то, что принадлежит уму, — это кошмар. Где существуют ваши боги? Где ваши небеса, ваш ад? Где ваши ангелы и ваши духи? Все они составляют сущность, называемую умом.

Просветление есть величайшая революция, какую вы можете представить себе, из-за того, что она разрушает все вымыслы, все ритуалы, всех богов, все традиции, все писания. Оно оставляет вам только сущность сознания вашего собственного существа. Его вера в сознание до того тотальна, что нет необходимости ни в чем другом.

Это не высказывалось так ясно, как я выражаю это... Я хочу сделать абсолютно ясным то, что сама идея просветления против всех религий. Или, другими словами, только подлинная религия за просветление. Все остальные религии — это часть базара; это торговые фирмы, эксплуатирующие человеческую беспомощность, эксплуатирующие человеческую слабость, эксплуатирующие человеческие ограничения.

Религии нанесли столько вреда человеку, что это беспримерно. Ничто иное не было настолько опасным. Всеми возможными путями они препятствовали человеку даже услышать слово «просветление»: вы должны понять, что воздевать свои руки к небу глупо — там некому отвечать на ваши молитвы, еще никогда не было ответа на молитву.

Все ваши боги — это ваши собственные творения. Вы лепите их и никогда не задумываетесь над тем, что продолжаете поклоняться вещам, которые вы же и создали. Христианская Библия гласит: «Бог создал человека по своему образу и подобию». Истина же прямо противоположна: человек создал Бога по своему образу и подобию. И потом — окончательная дурость — вы поклоняетесь своему собственному образу. На самом же деле, если бы вы были хоть немного разумны, то могли бы просто купить зеркало и поклоняться.

Все ваши боги есть не что иное, как ваши собственные отображения. Нет нужды ходить в храм или церковь; вы можете просто держать небольшое зеркало. Возможно, дамы в этом смысле разумнее всех, — они продолжают снова и снова глядеться в зеркало, — они веруют в зеркало.

Но все ваши боги — это то же самое, все ваши ритуалы созданы ушлыми священниками. Ни одно из ваших писаний даже не является первоклассной литературой; все это третьеразрядные вклады. Но лишь потому, что они святые... Кто делает их святыми? — люди, у которых есть свои кровные интересы...

Это длинная цепь от Бога к пророкам, к мессиям, к святому писанию, к церкви. Но единственная реальность во всей этой долгой череде вымыслов — это священник, и все его усилия испокон веков были направлены на то, чтобы эксплуатировать вас. И не только эксплуатировать — эксплуатация возможна лишь при выполнении определенных условий: вас нужно заставить испытывать вину. Странные способы были изобретены, чтобы заставить вас почувствовать вину. Индуисты говорят, что вы страдаете, вы несчастны не из-за собственной глупости, не из-за своей бессознательности, не из-за своей немедитативности, не из-за того, что вы не делали усилия стать просветленными, а из-за злых деяний, совершённых вами в миллионах прошлых жизней. Теперь вы не можете уничтожить их; обратного пути нет. Таково бремя, которое вы должны нести, и под этим бременем вы утрачиваете свое достоинство, всю свою гордость. Все, что вы можете делать, — это молить Бога помочь вам, спасти вас.

Христиане — поскольку у них нет идеи многих, многих жизней, но лишь одна жизнь — не могут воспользоваться той же стратегией. Они нашли свою собственную стратегию: индуист страдает из-за миллионов прошлых жизней; христианин страдает благодаря Адаму и Еве, давным-давно, в самом начале ослушавшихся Бога. Идея до того натянутая... Каким образом могу я быть в ответе, если Адам ослушался Бога?

Но христианство продолжает утверждать, — а христианство представляет половину человечества, — что вы были рождены во грехе, потому что ваши прародители, Адам и Ева, ослушались Бога. Вы рождены грешниками; потому вы и несчастны. И вы будете оставаться несчастными, пока не раскаетесь и пока вас не простят. Только сын Божий, Иисус, может спасти вас. Он будет ходатайствовать за вас; он будет вашим адвокатом. Вы должны лишь уверовать в него, и в последний день суда он выберет людей, верующих в него, и попросит Бога простить их. Остаток человечества падет в вечный ад.

Это были великие стратегии, чтобы привести людей в лоно христианства... поскольку это единственный способ спасти свое будущее — иначе надежды нет. Каждая религия каким-то способом отнимала вашу красоту, ваше величие, разрушала саму идею того, что у вас есть хоть какое-то достоинство, какое-то значение, какой-то смысл, что вы обладаете какой-то собственной потенциальной возможностью освобождения.

Просветление — это восстание против всех традиций, против всех священников, против всех религий, поскольку оно провозглашает, что нет ничего выше, чем сознание человека. И человек не страдает от того, что какой-то глупец в прошлом ослушался Всевышнего Бога; человек не страдает из-за миллионов жизней злых деяний. Человек страдает по той простой причине, что не знает себя. Его невежество в отношении самого себя — это единственная причина его страдания, горя, мучения.

Просветление приводит все к очень простому и научному выводу. Оно точно указывает, что все то, что вам необходимо, — это научиться искусству осознавания.

Да Хуэй прав, утверждая, что просветление — это ключ, единственный ключ, открывающий все реальности, все благословения и все потенциальные возможности, которые скрывались внутри вас. Вы — это зерно: просветление есть не что иное, как обнаружение подходящей почвы и ожидание прихода весны. Просветление является такой радикальной точкой зрения.

Это не еще одна религия.

Это — единственная религия.

Все остальные религии ложны.

Да Хуэй говорит: *Некоторые усаживаются молча, с закрытыми глазами под черной горой, внутри призрачной пещеры, и принимают это за пребывание по другую сторону изначального будды, — за явление, предшествующее рождению их родителей, — они также зовут его «безмолвием еще до озарения» и считают, что это и есть чань. Эта компания не разыскивает неуловимое, чудесное просветление: как полагают они, просветление опускается до вторичного.*

Это слово — «вторичное» — нужно понять, потому что оно имеет контекст, а без контекста вам не удастся уловить смысл. Гаутама Будда сказал: «Переживать просветление — это первичное, а что-нибудь сказанное о нем — сколь бы красноречивым это ни было, сколь бы разумно оно ни выражалось — опускается до вторичного, до несущественного. Существенно переживание; выражение несущественно. Но таково одно из великих несчастий человечества, что даже величайшим истинам предназначено быть неправильно понятыми людьми. То, что говорит Будда, — это одно; то, что люди слышат, — это совсем другое. Есть школа, которая называет просветление вторичным, утверждая, что сам Гаутама Будда сказал это. Не беспокойтесь об этом. Несомненно, Гаутама Будда сказал так, но он не говорил, что просветление вторично. Он сказал, что говорить что угодно о нем — это сбиваться с пути... даже само слово «просветление», — и вы отошли далеко от переживания.

А вы знаете, в вашей обычной жизни бывают ситуации... Когда вы видите прекрасную розу, разве это одно и то же — переживать красоту розы и говорить, что она прекрасна? Может ли слово «прекрасная» вместить ваше переживание розы? Вы испытываете любовь, но возможно ли через слово «любовь» высказать точно то, что вы переживаете в безмолвиях своего сердца? Любовь, которую вы испытываете, и слово «любовь» — не синонимы. Слово — это даже и не эхо вашего подлинного переживания. И это обычные реалии: красота, любовь, благодарность.

Просветление — это предельное переживание единства с целым. Нет способа высказать это. Лао-цзы всю свою жизнь отказывался сказать что-нибудь об этом: «Можете говорить обо всем, но не упоминайте предельное переживание»... Ведь он не может лгать, а говорить что-нибудь о предельной истине — это ложь.

Гаутама Будда был прав, но он не принимал во внимание глупых людей, которые всегда в большинстве. Он никогда и не думал, что будут школы, цитирующие его, заявляя, что просветление вторично; реальная вещь — это поклоняться, реальная вещь — это молиться. Гаутама Будда отрицал... Его последние слова были: «Не делайте моих изваяний, потому что я не хочу, чтобы вы были поклоняющимися, я хочу, чтобы вы были буддами. А будда, молящийся перед каменной статуей, — это просто нелепость».

Но таково невежество человека, что первыми человеческими изваяниями оказались статуи Гаутамы Будды. Изваяния были, но то были вымышленные боги. Гаутама Будда — это первое историческое лицо, чьи статуи были созданы, — и созданы в таком огромном масштабе, что даже сегодня у него больше статуй, чем у кого-либо еще в мире. А бедный парень говорил: «Не делайте моих статуй, потому что я не учу вас поклоняться, я учу вас пробуждаться. Поклонение не поможет; это попросту бесполезная трата времени».

Но священник заинтересован в поклонении; потому и слова Будды не приняты во внимание, и священники стали делать статуи. Были созданы ритуалы, а он боролся сорок два года беспрерывно против ритуалов, против храмов, против писаний. В точности то, против чего он боролся, было сделано впоследствии, — и сделано с самыми добрыми намерениями людьми, которые думали, что служат человечеству, людьми, которые считали себя последователями Гаутамы Будды.

ПРОСВЕТЛЕНИЕ

Это удивительная история. Каждого мастера без исключения предавали его же собственные люди разными способами. Предательство Иуды было самым заурядным, поверхностным. Но предательство тех, кто создал статуи Будды, создал храмы Будды, создал писания от имени Будды, возвращая назад все то, против чего этот человек беспрерывно боролся сорок два года... Через заднюю дверь может войти что угодно.

Эти люди говорят... а их много, и из многих различных сектантских идеологий. В мире есть тридцать две буддийские секты, и все они полагают, что учат в точности тому, что сказал Гаутама Будда. Но есть лишь немногие, про кого можно сказать, что они поняли Гаутаму Будду, ведь единственный путь понять его — это стать им, стать пробужденным существом.

За исключением этого нет пути понять Будду. Вы не можете изучать его по писаниям и не можете убеждать его своими молитвами. Вы можете быть в его компании, только пробудившись таким же образом, как он. На тех же залитых солнцем пиках сознания вы будете способны понять его. Другими словами, в тот день, когда вы поймете себя, вы поймете послание этого самого необычного человека, который ходил по Земле.

Священники старались перетолковать его, исказить его, интерпретировать его в своих собственных интересах. *Как полагают они, просветление опускается до вторичного. Они считают, что просветлением морочат людей...* Факт состоит в том, что только просветление не морочит людей. Кроме просветления все, что именуется религией, морочит людей.

...Что просветление — выдумка... И я говорю вам снова: только просветление является окончательной реальностью. Все остальное, кроме этого, выдумка.

Все ваши боги, все ваши мессии, все ваши пророки есть не что иное, как ваше собственное воображение, ваша собственная проекция. Они осуществляют определенные нужды в вас, но это больные нужды. Они снабжают вас образами отца-покровителя.

Не удивительно то, что люди называют Бога «отец», потому что каждый ощущает себя в мире одиноким, беззащитным. Смерть всегда ходит рядом с вами; она может схватить вас в любой момент. Жизнь до того небезопасна и ненадежна, что вам нужна какая-то страховка, какая-то гарантия. Бог входит ловко; он ваш отец. В беспокойные времена вы всегда можете положиться на него, хоть он никогда не помогал никому.

Даже Иисус на кресте молится. В конце концов, он разволновался и закричал в небеса: «Отец, зачем ты оставил меня?» Но он по-прежнему продолжает выглядывать, надеяться, что Бог прибудет на белом облаке спасти его, с ангелами, играющими на своих арфах, поющими «Аллилуйя!» Но ни одно белое облако не появляется.

Иисус может быть взят как величайший пример всех тех, кто верит в вымыслы. Он уверовал слишком сильно... Небо не отвечает за его убеждения, и если небо не исполняет его ожиданий, только он ответствен — никто больше. Он имел громадную веру, но не был просветленным; он не доверял. Он верил в Бога; он безумно верил, что был единственным Сыном Божьим.

Уже сами идеи показывают, что человек был немного невротичным. Вместо того чтобы помочь ему и предоставить нужное лечение, там оказались идиоты, которые распяли его... но распятие — это не лечение. Тогда идиоты одного вида распяли его, а идиоты другого вида в своем воображении воскресили его. Теперь половина человечества следует человеку, который был душевнобольным.

Но почему он был в состоянии повлиять на стольких людей? Причина не в том, что он имел великую, убедительную философию — у него вообще не было философии! Причина в том, что человечество в большинстве тоже невротично. Оно чувствует, что очень хорошо верить в Иисуса Христа, верить в Бога; это создает защиту — лишь в вашем уме. Вы будете обмануты, в конечном итоге будете разочарованы, но разочаровываться во время смерти бессмысленно. Тогда уже не остается времени сделать что-нибудь еще.

Люди, говорящие, что просветление морочит людей, люди, говорящие, что просветление выдумка, — это люди, о которых Да Хуэй говорит: *Поскольку сами они никогда не пробуждались, они не верят, что кто-то пробудился.*

Это как слепые, которые не верят, что есть свет, — и нет способа убедить их. Даже величайшему логику не под силу убедить слепого человека, что есть свет, потому что свет — не аргумент, но переживание. Вам требуются глаза — вам не требуются великие философские доказательства. Если вы глухи, музыка не существует для вас. Если вы калека, вам больно, что кто-то другой может плясать. А если искалечено большинство — как в случае с просветлением... Если время от времени бывает танцор, а миллионы людей искалечены, они не могут поверить в то, что он реален. Может, он греза, может — иллюзия, может — магический трюк, — но он не может быть реальным. Их собственный опыт не подтверждает его реальности.

Пробужденные обнаруживали себя совершенно одинокими в мире, где каждый способен стать танцором, но люди выбрали оставаться калеками, оставаться слепыми. Люди могут эксплуатировать вас, только если вы слепы, если вы искалечены, если вы глухи, если вы немы.

Эти паразиты — ваши пророки, эти паразиты — ваши священники.

Просветление — это восстание против всех этих паразитов.

Тут дело такого рода, как распространение учителями ложного слуха, который велит ученикам: «Сохраняйте неподвижность». Когда спрашивали: «Что за вещь сохранять? Кто этот неподвижный?» Они говорят:

ПРОСВЕТЛЕНИЕ

«Неподвижный — это основа». Однако они не верят в существование просветленного: они говорят, что просветленный — это боковая ветвь, и ссылаются на Ян Шаня.

Монах спросил Ян Шаня: *«В наши дни люди достигают просветления, или нет?»* Ян Шань сказал: *«Хоть просветление и не отсутствует, все же оно опускается до вторичного: не рассказывайте грез дуракам».*

Теперь этих великих мастеров неизбежно понимают неправильно. То, что они говорят, абсолютно верно, и нет способа усовершенствовать это — они высказывают это так прекрасно. Ян Шань не отрицает просветление, но также и не утверждает, что оно существует, ибо этот феномен настолько велик, что его нельзя вместить ни в какое позитивное утверждение.

В тот момент, как вы делаете позитивное утверждение, это уже опустилось до состояния второстепенного, несущественного. Но кто же тогда поймет его? — только человек его собственной категории; в противном случае его неизбежно поймут неправильно.

Он говорит: *«Хоть просветление и не отсутствует...»* Он мог бы сказать: «Просветление существует», — вот это он и говорит, но он осознает, что, высказывая что-нибудь позитивно, он внесет ограничения. Все позитивные слова ограничены; потому, по необходимости, пробужденные пользовались негативными — ничто, никто, — поскольку у ничто нет границ.

Вы когда-нибудь думали про ничто? Его красота в том, что у него нет границ; в противном случае оно станет чем-то. Это ничего, поскольку не имеет границ. Это не означает, что его *нет*: это просто означает, что оно очень велико, безгранично. Но понять то, что ничто — не есть отрицание... это способ указания на то, что нельзя высказать никаким позитивным словом.

«Хоть просветление и не отсутствует...» Ян Шань не будет говорить, что оно присутствует, но он может сказать: *«Хоть просветление и не отсутствует, все же,* — потому что высказать даже это — значит пойти против предельного переживания и его невыразимости, — *все же оно опускается до вторичного: не рассказывайте грез дуракам»,* — поскольку дураки могут принять грезы за реальное.

С дураками лучше помолчать; по крайней мере, они не смогут понять неправильно. Но бывают великие дураки, которые могут понять неправильно ваше молчание... В мире есть столько сортов идиотов; их категории неистощимы.

Я слышал... Человек умирал от СПИДа, а его дружки-гомосексуалисты утешали его: «Каждый, кто родился, должен умереть». И один из них сказал: «Во всяком случае, ты должен радоваться, что твои результаты позитивны».

В его уме слово «позитивный» имеет некую ценность: радуйтесь, что вы умираете от позитивного СПИДа, не от какой-то негативной болезни.

Тогда они понимают это буквально, как реальную доктрину, и говорят, что просветление вторично.

Такие люди вряд ли представляют себе то, что сам Гуэй Шань обращался к бдительным ученикам; в самом деле, это очень убедительно: «Просветление есть стандарт исследования предельной истины от начала до конца».

Куда же дели эти слова такие лжеучителя? Невозможно, чтобы Гуэй Шань нес последователям сомнения и ошибки, опуская их до вторичного.

Я расскажу вам странную историю. Вы можете знать, что повсюду в Индии люди похваляются, что это страна Гаутамы Будды. Но даже те люди, которые похваляются, не знают того, что брамины написали про Гаутаму Будду.

Конечно, этот человек был очень харизматичен... Его учение было негативным: у него не было бога, он не верил в ваше утешение, он был не тем человеком, чтобы просто давать вам ложное умиротворение. Он называл лопату лопатой. Он был очень прагматичным и абсолютно преданным истине. Он отрицал, что *Веды* святые, — что было шоком для всей страны, поскольку страна верила в *Веды* веками. Это древнейшие писания мира. Но Будда был до того выразительным, его личность была таким большим аргументом, его присутствие было так убедительно, что, хоть там и было много таких, кто хотел поспорить с ним, они молчали, потому что не отваживались.

Уже после его смерти индуисты-священники написали очень странную и очень уродливую историю в одной из индуистких Пуран. Перед ними стояла дилемма: что делать с Гаутамой Буддой? Человек не верит в Бога — и вы не можете доказать, что Бог существует. Он не верит в *Веды*, — в то, что они несут что-нибудь священное, — и вы не можете доказать это. Он не верит в ваши ритуалы — он называет их глупыми. Он против всякого рода духовенства; ему не нужен никто, стоящий между индивидуальностями и сущим, — тут должна быть прямая встреча и общение — нет посредника между, нет комиссионных агентов.

Влияние этого человека было огромным. Брамины не могли сказать, что он ошибался, ведь тогда им пришлось бы доказывать это. Не могли они и проигнорировать его, потому что всю страну переполняло его присутствие. Но священники — род лукавый. Они создали святое писание — выдумали историю, — что, когда Бог создавал мир, он создал небеса и ад и поручил дьяволу смотреть за адом. Но проходили тысячелетия, и никто не попадал в ад, потому что люди были невинными, никто не совершал никакого греха; каждый отправлялся на небеса — и дьяволу надоело сидеть одному.

В конце концов он отправился к Богу и сказал: «Что это за глупость такая? Зачем Ты создал ад? — только для меня? Я там присматриваю, но где

ПРОСВЕТЛЕНИЕ

же люди? Тысячи лет ожидания — и ни единого клиента. Я хочу уйти в отставку. Можешь назначать кого-то другого».

Бог увещевал его: «Не беспокойся. Вернись. Я буду рожден как Гаутама Будда и обучу людей ошибочной идеологии, — тогда они начнут попадать в ад автоматически».

История гласит, что с тех пор — после Гаутамы Будды — ад переполнен. На самом деле, многие люди даже должны ожидать снаружи в очереди.

Видите, какая хитрость? Они признают, что у Гаутамы Будды божественное влияние, они соглашаются, что он повлиял на миллионы людей, но ухитрились приплести идею, что кто бы ни следовал Гаутаме Будде — хоть тот и является одной из божественных инкарнаций — попадет в ад. постепенно они убедили людей.

После смерти Гаутамы Будды, всего за пятьсот лет, в Индии не осталось ни единого буддиста. Кто же последует за человеком, каким бы замечательным тот ни был, если конечным результатом будет попадание в ад?

Положение стало до того странным, что в мемориальном храме, где Гаутама Будда стал просветленным, — его почитатели воздвигли прекрасный храм рядом с деревом бодхи, под которым он сидел, когда стал просветленным, — не осталось даже одного буддиста, чтобы заботиться о нем.

Этот мемориальный храм находился во владении браминской семьи уже почти две тысячи лет. Даже сегодня храмом владеет браминская семья. Они не верят в Будду, но не было другого пути... буддистов не осталось. Даже дерево, под которым Будда стал просветленным, было уничтожено индуистами — и это так называемые религиозные люди. Дерево, которое существует сегодня, — не первоначальное дерево; это одна из ветвей первоначального дерева.

Было просто совпадением, что король Ашока отправил свою дочь, Сангхамитру, которая стала саньяси Гаутамы Будды, в Шри Ланку распространять послание. Он послал с ней ветку дерева бодхи. А дерево бодхи — это удивительное дерево, в некотором смысле, это вечное дерево, оно никогда не умирает, если вы не уничтожите его, потому что от каждой ветки продолжают расти новые корни. Это дерево своего собственного вида. Те новые корни уходят в землю, так что вокруг дерева вырастает много молодой поросли. Дерево может стать таким большим, что тысячи человек рассядутся под ним, потому что оно продолжает и продолжает разрастаться своими новыми побегами. Даже если умрет старое первоначальное дерево, его потомки по-прежнему будут жить.

Так что Сангхамитра привезла эту ветвь на Шри Ланку и там ее посадила. Сангхамитра, очевидно, была великой, впечатляющей женщиной; она обратила всю Шри Ланку в буддизм. Первоначальное дерево было уничтожено, но сразу же после того, как Индия стала свободной, теперь уже ветв... т дерева из Шри Ланки привезли назад. Теперь на том месте, где долж... о быть первоначальное дерево, растет его потомок.

...уддистов убивали, сжигали заживо. Те, кто могли, бежали из Индии — во... как Китай стал буддийским, Корея стала буддийской, Тайвань стал б... ийским, Япония стала буддийской, Бирма стала буддийской, Таиланд стал ...дийским. Весь Восток обратился к Гаутаме Будде, кроме его собственной ...ли. Индия осталась совершенно без всякого влияния Гаутамы Будды. ...ежние священники возвратились, *Веды* опять стали святыми. Старые, ...ессмысленные ритуалы опять стали важными.

В мире бывали люди, которые могли бы трансформировать человечество, но тут столько паразитов, которым не хочется, чтобы вы стали просветленными, потому что ваше просветление означает уничтожение их профессии.

Просветление — это сама сущность человеческого достоинства, человеческого величия. Это, безусловно, ключ, как говорит Да Хуэй. Это золотой ключ. И для кого угодно в мире, для тех, кто действительно хочет быть религиозным, нет другого пути, кроме просветления.

— Хорошо, Маниша?
— Да, Мастер.

35

РАЗРЫВ

Возлюбленный Мастер,

Обращение к собранию (часть первая)

Хотите обрести подлинную единую таковость ума и объектов? Потребуется резкий, полный отрыв: обнаружьте то внутри своего черепа, что занято ложным мышлением, возьмите восьмое сознание и отсеките одним махом.

Разве не читали вы высказывание мастера Ень Тоу: «Как только что-то считается важным, оно становится гнездом»?

Все вы, люди, целиком проживали свои жизни, выясняя этот вопрос, — да так ничего и не достигали, сидя в своих гнездах, не в состоянии выйти, совершенно не осознавая своей ошибки. Те, кому вскружили голову слова и фразы древних, принимают забавные слова и тонкие фразы за свое гнездо. Те, кто наслаждается вербальным смыслом писаний, принимают эти писания за свое гнездо.

У всех этих людей есть то, что они считают важным, и здесь лежат их слепые увлечения. Им недостает способностей великих людей силы, чтобы отступить на шаг и признать свою ошибку, и они думают о том, что считают важным, как о сверхъестественном, как о чудесном и тонком, как о спокойствии и безопасности, как об окончательном, как об освобождении.

Тем, кто увлечен такими мыслями, даже если в мире появится Будда, это не поможет. Ничего не считая важным, естественно, вы полны сухожильной силой, избавлены от желаний и зависимости и — вы хозяин дхармы.

Каждый человек создает себе определенную психологическую безопасность, не осознавая того факта, что его безопасность — это его тюрьма. Человека окружают все виды небезопасности; отсюда естественное желание создать защиту. Эта защита становится все сильнее и сильнее, по мере того как вы становитесь все более бдительны к опасностям, среди которых живете. Ваша тюремная камера уменьшается; вы начинаете жить в такой защитной броне, что сама жизнь становится невозможной.

Жизнь возможна только в небезопасности.

Вот нечто очень фундаментальное, что следует понимать: жизнь по самой своей сути есть небезопасность. Защищая себя, вы в то же время разрушаете саму свою жизнь. Защита — это смерть, потому что только те, кто лежит мертвый в своих могилах, абсолютно защищены. Никто не сможет навредить им, ничего дурного не может случиться с ними. Для них больше нет смерти — все это уже случилось. Больше ничего не произойдет.

Вам нужна безопасность кладбища? Не ведая того, каждый старается достичь ее. У всех разные пути, но цель одна и та же. Через деньги, через власть, через престиж, через социальное положение, через принадлежность к стаду — религиозному, политическому, — будучи частью семьи, нации, чего вы добиваетесь? Стоит неизвестному страху окружить вас, как вы начинаете создавать как можно больше перегородок между собой и страхом. Но те же самые перегородки будут мешать вам жить.

Если вы это поняли, то поймете и смысл саньясы. Это — принять жизнь как небезопасность, отбросить всякую защиту и предоставить жизни овладеть вами. Это опасный шаг, но тем, кто способен предпринять его, воздастся безмерно, ибо только они и живут. Остальные просто выживают.

Есть различие между выживанием и жизнью. Выживать — значит только влачиться — влачиться от колыбели к могиле. Когда же наконец могила? В промежутке, между колыбелью и могилой, чего бояться? Смерть несомненна — и терять вам нечего, вы пришли с пустыми руками. Ваши страхи — это лишь представления. Вам нечего терять: однажды все, что у вас есть, обязательно исчезнет.

Если бы смерть была неопределенной, то была бы какая-то реальная ценность в создании безопасности. Если бы вы могли избежать смерти, тогда, естественно, было бы совершенно разумно создавать перегородки между собой и смертью. Но вам не избежать ее. Да Хуэй говорил в своих предыдущих сутрах: «Принятие неизбежного есть одна из основ прихода к озарению». Смерть есть; от принятия этого теряется весь страх — ничего нельзя тут поделать. Если поделать ничего нельзя, то зачем беспокоиться?

Хорошо известен факт, что солдаты, идущие на поле битвы, дрожат. В глубине души они знают, что не все возвратятся вечером. Кто вернется, кто не вернется — неизвестно; но есть возможность того, что сами они не вернутся домой. Однако психологи заметили странный феномен: как только они попадают на фронт, все их страхи проходят. Они начинают сражаться прямо-таки играючи.

Коль скоро смерть принята, то где ее жало? Раз они знают, что смерть возможна в любой момент, то могут забыть о ней вовсе.

Я бывал со многими военными людьми — у меня было много друзей, — и странно было видеть, что они — самые радостные люди, самые расслабленные. В любой день может прийти вызов: «Прибыть в часть!» — но они играют в карты, играют в гольф, они поют, они пляшут, они получают удовольствие от жизни сполна.

Один из генералов приходил ко мне. Я спросил его: «Вас готовят почти каждый день к смерти, и все же... как вы ухитряетесь быть счастливыми?»

Он сказал: «Что же еще делать? Смерть несомненна».

Коль скоро признаны несомненность, неотвратимость, неизбежность — тогда, вместо того чтобы рыдать, плакать, жаловаться и влачиться к могиле, — почему не плясать? Почему не использовать большую часть времени, которое вам отпущено между колыбелью и могилой? Почему не проживать каждый миг с такой тотальностью, что, если следующий миг так и не наступит, недовольства все равно нет? Вы можете умереть радостно, потому что жили радостно.

Но лишь очень немногие люди поняли внутреннюю работу своей собственной психики. Вместо того чтобы жить, люди начинают защищаться. Та же самая энергия, которая могла бы стать песней и танцем, направляется на накопление — больше денег, больше власти, больше амбиций, больше безопасности. Та же самая энергия, которая могла бы быть потрясающе прекрасным цветком любви, становится просто заточением в браке. Брак безопасен — по закону, по социальной конвенции, по вашему собственному понятию респектабельности и по тому, что скажут люди. Каждый боится кого-то другого... поэтому люди так и продолжают притворяться.

Любовь исчезает; она не в ваших руках. Она приходит как дуновенье, и она уходит как дуновенье. Те, кто бдителен и осознает, танцуют с дуновеньем, наслаждаются его глубочайшим потенциалом, довольствуются его прохладой и благоуханием, а когда оно уходит, не сожалеют и не печалятся. То был дар неведомого, он может прийти снова. Они ждут... он приходит снова и снова. Они постепенно научаются глубокому терпению и ожиданию.

Но большинство человеческих существ испокон веков делало совсем противоположное. Боясь, что дуновение уйдет, они закрывали все двери, все щели, через которые можно ускользнуть. Это и есть их обустройство безопасности. Это называется бракосочетанием. И вот они шокированы: когда все окна и двери закрыты, когда они законопатили даже маленькие щели —

вместо замечательного, прохладного, благоуханного дуновенья у них только застойный мертвый воздух.

Каждый чувствует это, — но требуется отвага, чтобы признать, что они сами разрушили красоту дуновения, заточив его. В жизни ничего нельзя захватывать и заточать. Надо жить в открытости, давая происходить всем видам переживаний, будучи полностью удовлетворенным, пока они продолжаются, благодарным, — но не опасаясь за завтра.

Если нынешний день принес замечательное утро, прекрасный восход, песни птиц, восхитительные цветы, зачем беспокоиться по поводу завтра? Ведь завтра будет другое сегодня. Может, у восхода будут иные краски, может, птицы немного изменят свои песни, может, будут дождевые облака и танец дождя, — но это все обладает своей собственной красотой, у всего свой собственный источник силы.

Хорошо, что вещи всегда изменяются, что каждый вечер не один и тот же, что каждый день не точное повторение предыдущего. Нечто новое... это и есть то самое волнение и восторг жизни; иначе человеку будет очень скучно. И те, кто сделал свою жизнь совершенно безопасной, скучают. Им скучно со своими женами, им скучно со своими детьми, им скучно со своими друзьями. Скука — переживание миллионов людей, хоть они и улыбаются, чтобы скрыть ее.

Фридрих Ницше справедливо сказал: «Не думайте, что я счастливый человек. Я улыбаюсь, чтобы предотвратить слезы. Когда я улыбаюсь, я занят, так что мне не до слез. Если бы я не улыбался, слезы появились бы обязательно».

Людей обучили совершенно неправильным отношениям: скрывайте свои слезы, всегда сохраняйте дистанцию, держите других, по крайней мере, на расстоянии вытянутой руки. Не давайте другим слишком приближаться, потому что вдруг тогда они узнают ваше внутреннее страдание, вашу скуку, вашу боль; вдруг они узнают вашу болезнь.

Все человечество больно, по той простой причине, что мы не позволяем небезопасности жизни быть нашей истинной религией. Наши боги — это наша безопасность, наши добродетели — это наша безопасность, наше знание — это наша безопасность, наши отношения — это наша безопасность. Мы растрачиваем свою жизнь, занимаясь накоплением соглашений по безопасности. Наши добродетели, строгости — не что иное, как попытка обеспечить безопасность даже после смерти — создание банковского счета на том свете.

А тем временем потрясающе прекрасная жизнь ускользает из ваших рук. Деревья так красивы, потому что им неведом страх опасности. Дикие животные такие величественные, потому что они не знают, что существует смерть, существует небезопасность. Цветы могут танцевать под солнцем и дождем, потому что они не озабочены тем, что произойдет вечером. Их лепестки опадут, и точно так же, как они появились из неведомого источника, они снова исчезнут в том же самом неведомом источнике. Но тем временем, между этими двумя пунктами — появлением и исчезновением, — у вас есть возможность выбора: либо плясать, либо отчаиваться.

Да Хуэй говорит, что люди ходят в церкви, храмы и мечети не оттого, что они религиозны, а оттого, что они трусливы. Из-за того, что они не могут жить, они ищут способы защитить себя.

Обычно я останавливался в Сурате, у друга в доме. Друг этот принадлежал к удивительной мусульманской секте, а Сурат — это их штаб-квартира. Я не мог поверить, что разумные люди способны на... Это очень богатая и очень интеллигентная община, люди сплошь образованные. За разговором с ним я узнал, что в их обществе, когда кто-то умирает, его друзья и семья дают деньги священнику высокого ранга. Порой священнику дают десятки тысяч рупий — как представителю Бога: человек отправляется в паломничество, и о его душе нужно позаботиться после смерти.

Священник пишет письмо Богу, рекомендательное письмо: «Об этом человеке следует позаботиться. Прошу обеспечить ему хорошее место на небесах» — очевидно, соответственно пожертвованиям. Такое письмо кладут в карман покойного, покойного кладут в могилу, а деньги, разумеется, кладут в карман священника.

Я спросил друга: «Ты думаешь, что деньги каким-то неисповедимым образом попадают к Богу?»

Он сказал: «Такова вера».

Я повел его ночью на их кладбище к новой, свежей могиле. Мы вскрыли ее, и он сказал: «Это большое святотатство».

Я сказал: «Я не принадлежу к твоей религии, не беспокойся — вся ответственность на мне». И я вытащил письмо из кармана покойника. Я сказал: «Письмо здесь. Парень забыл взять письмо. Что же теперь ему делать?» Личная характеристика... в двадцатом веке! Мы все еще дикари.

И я встретился с самим священником. Это хорошо образованный человек, имеет докторскую степень по литературе. Я сказал ему: «По крайней мере, это ваша обязанность — будучи человеком интеллигентным, образованным — не вводить людей в ложную безопасность. Люди отдают сбережения всей своей жизни, чтобы обеспечить спокойное место на том свете, но они не жили *здесь*!»

Он не смог отрицать этого: «Это не хорошо, — но я лишь представитель давнего наследия. Мой отец был священником, мой дед был священником. Это наша семейная профессия».

Я сказал: «Возможно, это ваша семейная профессия, но в ней больше преступления, чем профессии. Вы же интеллигентный человек, вы должны разоблачить это лицемерие».

Но он сказал: «Я обдумывал это много раз. Что касается меня, я уже очень богат — века накоплений... Я могу разоблачить это, рассказать, что все деньги идут в карман священника, — но я останавливаю себя, потому что это дает людям огромное утешение и чувство безопасности. Я не хочу нарушать их утешение и их безопасность».

Я могу понять его соображения; и я не думаю, что он старался защитить себя. Он был искренним. Но таковы наши утешения, получаемые различными путями от всевозможных религий, всевозможных священников, всевозможных политиков. Каждый из них делает вашу жизнь безопасной — и каждый из них разрушает вас.

Подлинно религиозный человек просто отбрасывает идею безопасности и начинает жить в полной небезопасности, ибо такова природа жизни. Вам не изменить этого. То, чего вы не можете изменить, примите — и примите с радостью. Не нужно зря биться головой о стену; пройдите через дверь.

Да Хуэй в своих последних сутрах дает вам свою точку зрения. *Хотите обрести подлинную единую таковость ума и объектов? Потребуется резкий, полный отрыв...* Эти слова стоит запомнить: *Потребуется резкий, полный отрыв.* Потребуется прекращение того способа, каким вы жили до сих пор. Вы должны перестать жить по логике страуса.

Страус — очень логичное животное. Как только страус завидит любого врага, охотника, он сует свою голову глубоко в песок. Не глядя на врага, он чувствует полную безопасность. На самом же деле он оказывается в еще большей опасности. Если бы он смотрел на врага, у него были бы какие-то шансы на спасение или, по крайней мере, на попытку. Когда же он стоит так — головой в песок, с закрытыми глазами, — он абсолютно уязвим.

Это стало стилем многих людей — стиль страуса. При появлении опасности они игнорируют ее; они не глядят в ее сторону. Они верят, что, если не смотреть туда, она исчезнет.

Вы смотрели когда-нибудь сознательно на смерть? Вы ходили когда-нибудь на кладбище посидеть там и подумать о людях, которые лежат в своих могилах? Нет... вы пойдете только однажды и только в одну сторону — вы не возвратитесь. Почему кладбища, места кремации и погребения, устраивают в стороне от города, от дорог? — чтобы вы никогда не натыкались на них. На самом деле, кладбища нужно устраивать прямо посреди города, так чтобы вы наталкивались на них несколько раз в день, чтобы не забывали, что люди, спящие в тех могилах, тоже когда-то жили совсем как вы, и однажды вы тоже будете лежать в точно такой же могиле.

Небезопасность должна стать абсолютно очевидной. В такой ясности заключена возможность принятия; тут нет другого пути. Вам не убежать, так что не тратьте времени на бегство.

То же самое время нужно использовать для познания более глубокой жизни, которой неведома смерть; более глубокой любви, не эфемерной, любви, у которой нет ничего общего со слепым увлечением любого рода, любви, которая совсем как биение вашего сердца — не адресована никому в частности. Не любить кого-то, а просто любить, быть любовью — вот вечное.

Но в нашем способе жизни требуется резкий и полный обрыв. Наш стиль жизни основан на малодушном, трусливом отношении к жизни.

...обнаружьте то внутри своего черепа, что занято ложным мышлением, возьмите восьмое сознание и отсеките одним махом.

Под *резким, полным отрывом* Да Хуэй подразумевает, что если вы достаточно умны, то изменитесь сразу. Вы не станете говорить: «Я буду изменяться постепенно, медленно, часть за частью». Вы не станете говорить: «Перемена требует времени». Вы скажете: «Я видел это; теперь вопрос об изменении не стоит. Я изменился».

Есть одна буддийская история... Некая женщина, принцесса, глубоко любит философию Гаутамы Будды. Гаутама Будда пришел в этот город. Она только что вернулась с беседы; она полна великими идеями, о которых говорил Гаутама Будда. В древние дни в Индии был обычай... это был знак любви, но, похоже, он стал со временем частью рабства женщины: она омывала водой тело своего мужа.

Она сказала: «Кстати, — поскольку ее ум был еще полон Гаутамой Буддой, — мой брат подумывает стать последователем Гаутамы Будды».

Ее муж рассмеялся. Он сказал: «Вот так забавно. Подумывает? Сколько же лет он подумывает?»

Женщина ответила: «Насколько мне известно, он думает об этом уже около пяти лет».

Мужчина сказал: «Он никогда не станет... он будет продолжать думать. Человек, который может раздумывать пять лет, может раздумывать и пятьдесят».

Это не предмет для раздумий; либо вы понимаете, либо нет. Это резкие квантовые скачки. В то мгновение, когда вы видите на дороге змею, вы не раздумываете — отойти вам или отскочить, — вы делаете что-то быстро, сразу.

Когда вы видите дом в огне, вы не садитесь на пять лет обдумывать, что делать. Когда вы увидели, что загорелся дом, вас даже не беспокоит, хорошо ли вы одеты. Если вы принимали душ, вы выскочите через окно ванной голышом. Тут не время для социального этикета. Не имеет значения, происходит это в Пуне или где-то еще: когда горит дом, вы не думаете о полицейском комиссаре! Даже мысль эта не приходит вам в голову.

Мужчина сказал: «Твой брат просто смакует идею, что однажды он станет последователем и, возможно, обретет блаженное состояние буддовости.

Однако могу сказать тебе, что этого не произойдет. Такие вещи происходят сразу».

Естественно, жена обиделась, потому что ее брата раскритиковали. Чтобы защитить своего брата, она сказала мужу: «Ты можешь сделать то, что говоришь? Ты можешь сделать это сразу? Ведь ты тоже слушаешь Гаутаму Будду».

Мужчина не ответил; он вдруг выскочил через окно ванной. Женщина спросила: «Что ты делаешь?»

Он сказал: «Не беспокойся».

Она сказала: «Возьми хоть одежду!..»

Он сказал: «Сразу значит сразу».

Люди на улице глазам поверить не могли: принц бежал голый. Они спрашивали его: «Что произошло?»

Он отвечал: «Я порвал со своей прошлой жизнью!»

Он примчался к Гаутаме Будде голышом. Гаутама Будда сказал: «По крайней мере, ты мог бы как-то одеться».

Он сказал: «Ситуация была такова, что мне пришлось сделать это сразу. Посвящай меня сейчас же!»

Следом за ним бежала жена, за ней следовала вся семья: «Что ты делаешь? Это же был только шутливый спор».

Мужчина сказал: «Сказано — сделано».

И этот человек, благодаря своей смелости и внезапному пониманию, стал одним из просветленных учеников Гаутамы Будды. Его звали Шарипутта. Это один из самых любимых персонажей в буддийской традиции. Безусловно, это был человек достойный любви и уважения.

Да Хуэй предлагает и вам тоже — *резкий, полный обрыв* вашего стиля жизни, который является не чем иным, как утешением, защитой, безопасностью, сохранностью, гарантией, страховкой.

Разве не читали вы высказывание мастера Ен Тоу: «Как только что-то считается важным, оно становится гнездом?» В то самое мгновение, когда вы подумаете, что нечто — деньги, знание, власть — является важным, оно тут же становится уютным гнездышком, и вы начинаете жить в этом гнездышке. Вы становитесь узником.

Человек амбиции не может быть свободным человеком. Человек желаний не может вкушать красоту свободы. Его желания — это его цепи. И что бы ни стало важным — Ен Тоу прав: эта самая вещь и становится вашими кандалами.

Ничто не должно быть более важным для вас, чем ваше собственное сознание. Что угодно, став более важным, чем ваше сознание, создает вам тюрьму; вы становитесь вторичным. Вы унижаете себя, вы опускаетесь в своих же собственных глазах.

Все вы, люди, целиком проживали свои жизни, выясняя этот вопрос, — да так ничего и не достигали, сидя в своих гнездах, не в состоянии выйти, совершенно не осознавая своей ошибки.

Ошибка в том, что вы сделали что-то более важным, чем ваше собственное существо, вы поместили что-то выше, чем вы сами. Возможно, это бог... Не ставьте ничего как цель, не помещайте ничего выше себя. Вы предельны — ничто не может быть выше, чем вы. Вы должны исследовать себя — ведь в то мгновение, когда что-нибудь становится важным для вас, вы перестаете исследовать себя; вы начинаете гоняться за тем, что для вас важно, — чем бы это ни было.

Те, кому вскружили голову слова и фразы древних, принимают забавные слова и тонкие фразы за свое гнездо. Что такое ваши так называемые ученые люди? — пандиты, рабби, великие ученые. Слова, красивые слова становятся настолько важными для них, что они позабыли самих себя. Слова стали всей их жизнью; они продолжают копить все больше и больше красивых цитат, выражений — но что такое они сами? — просто заточенные в писаниях.

Те, кто наслаждается вербальным смыслом писаний, принимают эти писания за свое гнездо.

Не имеет значения, что это такое, — возможно, это деньги; возможно, это даже просветление — если вы делаете его далекой целью, неким объектом достижения, то вы уже промахнулись. Просветление не является чем-то таким, чего можно добиться; оно случается с вами тогда, когда вы находитесь в настроении не-достижения, когда для вас нет ничего важного, когда нет алчности, нет желания, нет амбиции — даже амбиции просветления. Тогда внезапно вы обосновываетесь внутри себя, не идете никуда, потому что каждое желание уводит вас прочь от вас.

Когда некуда уходить, ваше сознание концентрируется в самом центре вашего существа... и — взрыв. Этот взрыв и есть просветление, но вы не можете сделать его целью. Этот взрыв и есть освобождение, но вы не можете сделать его целью.

У всех этих людей есть то, что они считают важным, и здесь лежат их слепые увлечения. Им недостает способностей великих людей силы, чтобы отступить на шаг и признать свою ошибку, и они думают о том, что считают важным, как о сверхъестественном, как о чудесном и тонком, как о спокойствии и безопасности, как об окончательном, как об освобождении.

Человек — очень способное к самообману животное; он может ухитриться одурачить самого себя. Он может называть свою тюрьму дворцом, он может называть свои кандалы украшениями, он может называть заимствованное знание своим опытом. Не велико преступление обмануть кого-то другого, но обманывать самого себя — это безусловно тягчайшее преступление.

Тот, кто не может обмануть себя, не может обмануть и никого другого; а тот, кто может обмануть даже себя, обязательно обманет всякого другого.

Тем, кто увлечен такими мыслями, даже если в мире появится Будда, это не поможет. Те, кто слепо увлечен, гоняются за определенными порождениями собственного ума; даже если они и встретят Будду, они не узнают его, потому что для того, чтобы узнать Будду, требуется невинный ум — неамбициозный. Вы можете узнать его, лишь если у вас есть нечто того же самого качества. Если же в вас нет никакой готовности, как вы сможете распознать предельную осознанность? Вы обойдете ее.

Тысячи будд уже случилось, и миллионы людей прошли мимо них, даже не оглянувшись. Они так увлечены, их глаза настолько заполняет собственная алчность, что они не способны видеть отчетливо. А будду можно увидеть лишь в том случае, если в ваших глазах нет пыли, если ваше зеркало чисто.

Ничего не считая важным, естественно, вы полны сухожильной силой, избавлены от желаний и зависимости и — вы хозяин дхармы.

Очень простыми словами он высказал вам великое приглашение. Вы — самое важное звено в сущем; никогда не помещайте ничего выше себя, ибо тогда оно станет вашей зависимостью, вашим гнездом. Навсегда уясните для себя, что величайшая вещь трепещет в вашем собственном сердце. Она должна быть разведана, исследована, пережита, — но этот «Кохинор» внутри вас.

В то мгновение, когда ваши глаза фиксируются на чем-то другом, вы уже низвели себя до чего-то второстепенного, — но вы первостепенны.

Случилось так, что я должен был присутствовать в суде, потому что я публично высказался и чьи-то религиозные чувства оказались задетыми. Не представляю себе, как это чьи-то религиозные чувства могут быть задеты; должно быть, они очень слабы; должно быть, у них нет глубоких основ. А то, что я говорил, тот человек даже не понял.

Я пересказывал небольшой инцидент из жизни Махатмы Ганди. Обычно Махатма Ганди слушал индуистское писание, Рамаяну — историю Рамы; а Ачарья Винобха Бхаве, ученый специалист по санскриту, читал ее. Дошло до того места в истории, где Ситу, жену Рамы, похитил, увел насильно его враг. Не находя другого способа, Сита применила небольшую хитрость, чтобы оставить какие-то знаки на пути, так чтобы Рама смог узнать, куда враг увел ее; она стала выбрасывать свои украшения. Она была королевой — Рама был король, — поэтому у нее было много украшений огромной ценности, и она потихоньку выбрасывала их всю дорогу.

Рама нашел путь, но тут возникло затруднение. Его брат, Лакшмана, был с ним. Рама сказал: «Я не могу узнать эти драгоценности». Причина была очень проста, он объяснил ее: «Замечаешь драгоценности только тогда, когда на саму женщину не стоит смотреть. Сита так прекрасна, что, когда я вижу ее, я совершенно забываю смотреть на что-нибудь другое, поэтому я и не узнаю эти украшения. Лакшмана, может быть, ты узнаешь их; ты ведь всегда сопровождаешь Ситу».

Лакшмана сказал: «Тебе придется простить меня. Я могу узнать только те драгоценности, которые она обычно носила на ногах».

И вот этот инцидент: Махатма Ганди спросил Винобу Бхаве: «В чем дело? Почему это он не может узнать?..» И Виноба Бхаве дал такое объяснение: поскольку Лакшмана соблюдал безбрачие, он не мог видеть лица Ситы. Но так как жена старшего брата приравнивается к матери, то Лакшмана должен был каждый день, по утрам, касаться стоп Ситы, поэтому он мог узнать и те украшения, которые были надеты на ее стопах.

На Махатму Ганди это произвело очень сильное впечатление — такое сильное, что, хотя до этого случая Виноба Бхаве не имел титула «ачарья» («великий учитель»), Махатма Ганди присудил ему этот титул, подразумевая: «Ты — великий учитель, потому что я не смог бы додуматься до этого; а ты обладаешь очень глубоким прозрением».

Я выступал в Ахмедабаде, и я сказал: «Виноба Бхаве — сам подавленный человек, пытающийся соблюдать безбрачие, иначе я не вижу никакой проблемы. Почему вам нельзя смотреть на прекрасную женщину, если вы можете смотреть на прекрасный цветок, если можете смотреть на прекрасную луну? Красота — никакая не проблема; проблема в вашей подавленной сексуальности. Вы боитесь увидеть лицо, потому что знаете, что если увидите лицо, то будете увлечены».

И я сказал: «Виноба Бхаве ошибался, и Махатма Ганди ошибался, приняв объяснение. Это следует объяснить болезнью».

Махатма Ганди уже умер. Я сказал суду: «Я не сделал никакого собственного утверждения. Я просто сказал, что утверждение Винобы Бхаве выдает его собственную психику; оно ничего не говорит об этом инциденте. А если оно говорит что-нибудь об этом инциденте, тогда Лакшмана был тоже сексуально подавленным. Но я не говорю этого — это простой вывод из того, что сказал Виноба. Виноба жив, и — если суд согласен — его следует вызвать. Я готов обсудить этот вопрос».

Но суду и так было ясно: это же так просто — если вы не подавлены, то вам незачем так бояться смотреть на женщину, которая для вас почти мать. А человек, чьи религиозные чувства были задеты... Дело было прекращено, но тысячи людей толпились вокруг здания суда. Тот человек очень боялся выйти из здания суда, — потому что люди могли задать ему хорошую взбучку, — и он потребовал у судьи полицейской защиты.

Я сказал судье: «Это я нуждаюсь в полицейской защите, потому что задел чувства индуистов, — а люди вокруг здания суда все индуисты. Чего бояться этому человеку? Безусловно, он знает, что взялся за это дело только ради того, чтобы досадить мне, — и люди снаружи ждут минуты мести».

Но я все же сказал судье: «Дайте ему защиту». И я сказал тому человеку: «Запомните, никогда не позволяйте своим религиозным чувствам так легко расстраиваться».

Религиозный человек не может чувствовать обиду. Даже если что-то и сказано против его религии, он рассудит так: а вдруг это правильно? Если это правильно, он изменится; у него будет смелость, чтобы изменить себя. Если же это неправда, — то кого она волнует? И он проигнорирует это.

Почему же религиозных людей так легко задеть? По всей Индии против меня открывались дюжины дел в различных судах — по простой причине: ранены чьи-то религиозные чувства. Зачем же вам лелеять в себе религиозные чувства, которые так легко ранить? Нет, это не религия; это их безопасность, их утешения. А поскольку я высказал нечто такое, что отнимает утешение, безопасность... это задевает.

Это как будто я убрал защитную повязку, прикрывающую их рану. Не я создал рану, я просто заставил их осознать ее. Они должны благодарить меня, а не злиться, потому что, если рану открыть солнцу, воздуху, появится возможность исцелиться. Но невозможно даже само признание того, что они живут в воображаемой безопасности.

Я часто ездил в свой город, и вот я узнал, что мой старый школьный учитель, который очень любил меня, при смерти. Я поехал к нему, но его жена сказала: «Пожалуйста, не беспокойте его. Вы беспокоили его слишком сильно; всякий раз как вы приходите, он не может спать несколько ночей. А это самый критический момент: он уже при смерти».

Я сказал: «Тогда мне нельзя уйти. Дайте мне побеспокоить его в последний раз! Потому что у него все еще есть время, чтобы понять». Он всегда боялся, что я могу разрушить его безопасность. Он совершал поклонение индуистскому изваянию Ганеши, божеству-слону. Я уже говорил ему: «Ваша статуя Ганеша кажется больше похожей на карикатуру, чем на бога. Разве вам не видно, что это выглядит какой-то шуткой?» Тело человека, голова слона, и такое громадное брюхо, что Ганеша не может увидеть собственных ног, а венец этого — он едет верхом на мыши! Я сказал: «Какой-то практичный шутник наверное, придумал это, а вы продолжаете ежедневно совершать поклонение...»

Он ответил: «Не расстраивай меня! Я старый человек, а когда ты говоришь такие вещи, они входят в мой ум, и тогда мое поклонение нерешительно — ведь я же вижу, что ты прав. Этот грузный человек не должен сидеть на мыши; он мог бы подыскать какое-нибудь другое средство передвижения. И такое громадное брюхо...»

Но пожизненная безопасность... потому что, как полагают индуисты, Ганеша — самый покровительствующий бог: во всех затруднениях он будет вашим спасителем. Так вот, когда я прорывался мимо его жены, я сказал: «Уйдите с дороги. Я должен повидать его».

И как только он увидел меня, он закрыл глаза. Он сказал: «Прости меня, не говори ничего. Дай мне умереть спокойно».

Я сказал: «С этой самой целью я и пришел. Если вы сможете отбросить весь ваш вздор, то сможете умереть спокойно!»

Он сказал: «Ты опять за свое! Все, чего я добился, это, по-твоему, вздор, и у меня нет никаких разумных доказательств этого. Но сейчас не время спорить; дай мне умереть с верой в то, во что я всегда верил. Ты приводил меня в смятение всю мою жизнь. Я люблю тебя, и я знаю, твой замысел правилен; но к несчастному старику тебе следует проявить немного сострадания».

Я сказал: «Вот за этим я и пришел. Мне даже пришлось оттолкнуть вашу жену с дороги. Время все еще есть. Если вы сможете резко, одним махом отбросить все свои верования и, ни во что не веруя, умирать тихо и спокойно, возможно, последние мгновения вашей жизни станут крещендо, высочайшим пиком сознания. Не упускайте эти мгновения».

И вы не поверите: он закрыл глаза, закрыл и свои уши тоже. Он не был готов слушать меня, ибо наступил час взывать к Божьей помощи — смерть стоит у одра.

Люди всю свою жизнь проживают в психологических тюрьмах. Подлинная религиозная революция — это резкое освобождение из своей тюремной камеры. Никто не загораживает путь. Вы сами — творец тюрьмы, и если вы достаточно смелы, то можете и вырваться оттуда.

Знать жизнь в ее небезопасности — значит знать жизнь в ее безмерной красоте, в ее подлинности. Знать жизнь в ее небезопасности, без всякого страха — значит превзойти смерть, ибо жизнь никогда не умирает.

Все, что умирает, это не жизнь; это только дом, в котором жила жизнь. Пламя жизни продолжается вечно. Из-за своих гарантий, утешений и верований вы остаетесь незнакомы с величайшим сокровищем. Вы живете в страдании, вы умираете в страдании.

Возможно жить в безмерном блаженстве и умирать танцуя, чувствуя себя легко в сущем.

— Хорошо, Маниша?
— Да, Мастер.

36

СОСТРАДАНИЕ

Возлюбленный Мастер,

Обращение к собранию (часть вторая)

Будда сказал: «Может возникнуть желание раскрыть это посредством сравнений, но в конце не оказывается сравнения, которым можно пояснить это. Назвать это широким и бескрайним — значит ограничивать его, не говоря уже о желании войти в это широкое и бескрайнее царство с ограниченным умом. Даже если бы вам и удалось войти таким образом, то это напоминало бы вычерпывание океана ковшом: хоть ковш и полон, сколько в него уместится? Однако же вода в ковше — прежде чем попасть туда — была тождественна безграничной воде (в океане). Подобным же образом, оттого что ваш мир такой большой и что вы испытываете удовлетворение от него, этот безграничный мир адаптируется к вашей емкости и наполняет ее. Это не значит, что воды в великом океане — всего столько».

Поэтому Будда сказал: «Это как великий океан: не имеет значения, комары или титаны пьют его воду, — он наполняет их всех».

СОСТРАДАНИЕ

Вот извечная проблема: те, кто узнал, наталкиваются на непреодолимую пропасть между своим опытом и своей способностью выражать его. То, что они узнали, так огромно, что все сказанное будет ограничивать его, а ограничивать безграничное — непростительно. Если они ничего не говорят, то и тогда они высказывают нечто. Они говорят, что ничего нельзя сказать.

Но это переживание так славно, так животворно, так наполняет, что говорить, что об этом ничего нельзя сказать, — значит проявить отсутствие сострадания по отношению к тем, кто не благословен этим переживанием. Если вы не выскажете хоть чего-нибудь, сколь бы оно ни было ограниченным, — миллионы так и не осознают, что их потенциал был во все небо, а они остались ограниченными в маленьком мире. Они никогда не раскрывали своих крыльев в небе, потому что никогда не думали, что за пределами клетки существует еще что-нибудь.

Позволять людям оставаться в неведении о своей способности летать и о беспредельности неба — это, безусловно, бесчеловечно. Такова дилемма: если вы говорите что-то — это не верно, а если вы не говорите чего-то — это тоже не верно. Вы *должны* высказать что-то, сколь бы это ни было незначительно. Это может подать кому-то намек; пусть это не утолит жажду, но может подтолкнуть на поиск.

Может, это и не утолит жажду, но оно может заставить вас осознать, что вы жаждете. Даже осознать свою жажду — уже великое начало, ибо человек не может оставаться жаждущим, если он сознает, — он отправится разыскивать и исследовать все возможные пути. А океан жизни не далеко. Мы в нем, мы часть его.

В мире было два типа мистиков. Один Гаутама Будда назвал *архатами*. Они выбрали молчание. Они абсолютно преданы истине и не пойдут на компромисс ни в коем случае. Они не выскажут ничего такого, что не является абсолютно верным, они не выскажут ничего лишь приближенно истинного, поскольку приближенно истинное есть не что иное, как ложь. Они не дадут примера, потому что не существует ничего подобного их переживанию, нет возможности как-то сравнить.

Видя такую ситуацию, можно понять, почему они избрали молчание.

Но была еще одна категория пробужденных людей, просветленных, которые *пытались*, хотя их попытки были не очень успешными. Они и не могут быть успешными — в силу самой их природы. Но даже если один человек из миллиона пробудился благодаря усилиям *бодхисаттвы* — второй категории просветленных людей, — то усилие стоило того.

У архатов есть свой ответ на это. Они говорят, что если один человек из миллиона становится пробужденным, слушая бодхисаттву, значит, такому человеку было предопределено стать просветленным, и не важно, говорил бы бодхисаттва или нет.

Я был в затруднении. Нельзя отрицать того, что говорят архаты. А они говорят, что человек не становится пробужденным оттого, что слушает вас, ибо все, что бы вы ни говорили, есть лишь отдаленный намек; он никого не может сделать просветленным. И они в определенной степени правы — потому что и рядом с *ними*, сидя в безмолвии, люди также становились просветленными. Ничего не говорилось, ни на что не указывалось, — но лишь присутствие архата, его безмолвие, его покой оказывались заразительными. Каждый, кто восприимчив, доступен, открыт, чувствовал нечто такое, чего не говорилось, — и двигался по пути. И не только двигался... многие достигли высшей цели.

Следовательно, у архата тоже есть основания сказать, что нет необходимости говорить что бы то ни было. Те, кто может понять, поймут даже ваше молчание, а те, кто не может понять, не поймут никогда; можете годами разговаривать с ними — они останутся глухими. Можете рассказывать им о свете — они не откроют глаза. Можете попытаться увлечь их красотой высшей цели, но они будут по-прежнему откладывать путешествие.

Однако и бодхисаттва имеет собственное мнение — и, возможно, оба правы. Бодхисаттва говорит, что есть люди, которые как раз на грани: лишь небольшой толчок — и они трансформируются; лишь небольшое указание — палец, показывающий на луну, — и они в состоянии увидеть. И во всяком случае, даже если никто не поймет, все же стоит сделать попытку; по крайней мере, это показывает, что вы не безразличны к огромному человечеству, которое бредет наощупь в темноте. Вы поступили по-человечески, вы сделали все возможное. Если никто не слышит этого, если никто не слушает этого — это их дело; но они не могут винить вас. Они не смогут пожаловаться, что вы знали и все же молчали, что вы должны были сделать попытку пробудить их.

Эти две категории мудрых конфликтовали столетиями, и обе были так уверены в своей правоте, что ни один архат не был обращен бодхисаттвами и, наоборот, ни одного бодхисаттву не обратили в архаты.

Я понимаю это так: ни одного обращения не произошло потому, что в обоих этих подходах было нечто абсолютно истинное. Один абсолютно предан истине; другой абсолютно предан любви, состраданию. И оба значимы — истина и любовь равнозначны.

Я думаю, не нужно никакому архату становиться бодхисаттвой и никакому бодхисаттве — становиться архатом. Возможно, оба необходимы. Возможно, нужно петь песни о том, чего нельзя высказать; и возможно, нужно оставаться молчаливым, настолько молчаливым, что само молчание становится магнетической силой. Возможно, оба служат огромную службу человечеству: один — предпринимая разнообразные попытки, через язык, через поступки, пение, танец; а другой — оставаясь абсолютно сосредоточенным, но доступным каждому, кто постучится в его дверь.

Я не вижу конфликта, как его видели испокон веков. Те, кто видит конфликт, это только ученые люди; они — ни архаты, ни бодхисаттвы.

Мне вспоминается великий мастер, Ма-цзы. Его монастырь был как раз напротив другого монастыря, глубоко в горах, и другой мастер был совершенно антагонистичен к методам и учению Ма-цзы. Один из учеников Ма-цзы переживал трудные времена с мастером, потому что Ма-цзы обычно колотил, давал взбучку...

Было известно, что однажды Ма-цзы вышвырнул ученика через окно и прыгнул на него сверху. Ученик получил несколько переломов, а Ма-цзы, сидя у него на груди, спрашивал: «Дошло?» И самое странное заключается в том, что до ученика таки дошло! Он никогда больше не задавал вопросов! Что и доказывает, что, очевидно, до него дошло; и с тех пор он стал совершенно молчаливым.

Другой мастер был очень сердит на Ма-цзы: «Что это за штуки он вытворяет? Похоже, он сумасшедший!»

Однажды пришел ученик, который медитировал над коаном. Он приходил уже много дней подряд и получал взбучку. В дзэне есть сотни коанов — причудливых головоломок. Он медитировал над известным коаном: «Звук хлопка одной ладони». Ма-цзы говорил: «Как только обнаружишь этот звук, приходи ко мне».

Ученик медитировал в ночной тиши, он услышал, как ветер проходит по веткам сосен, — и вскочил. Он воскликнул: «Вот оно!» Звук тот был так приятен — и, конечно, очень музыкален, — что он отправился к мастеру и сказал ему, что это звук ветра в ветвях сосны... Мастер стукнул его как следует и сказал: «Не приноси мне никаких идиотских ответов, ступай назад и медитируй».

Так продолжалось и дальше. Как-то он услышал кукушку, зовущую в ночи... так мелодично, так неодолимо, так трогательно, что он позабыл обо всех взбучках и отправился к мастеру снова. В конце концов, он устал. Он уже принес все возможные звуки, и никакой ответ не был принят, каждый ответ был забракован. В его уме возникла идея: «Возможно, это не мастер — по крайней мере, для меня. Я не говорю, что он не мастер, но, по крайней мере, он не для меня. Попробую-ка я его оппонента, который живет по соседству». И он отправился туда.

Мастер спросил у него: «Ты — ученик Ма-цзы, почему же ты приходишь ко мне?» Ученик описал все, что происходило месяцами: он приносит новые звуки, а получает только взбучку. Терпению есть предел, и он пришел сюда в поисках истины, а не слушать звук хлопка одной ладони. «Все зря, я только время потерял; я перебрал почти все звуки, а он продолжает меня бить. Я пришел к вам. Примите меня своим учеником».

Тот мастер никогда никого не бил, однако он задал этому ученику такую трепку, что взбучка Ма-цзы показалась совсем легкой! Мастер сказал: «Ты идиот! Возвращайся назад, твой мастер очень сострадателен. Он только бьет тебя — но тебя убить мало! Возвращайся».

Ученик взмолился: «Боже мой! Я разыскивал истину... сначала эти люди наговорит о просветлении, а когда вас захватит их идея, тогда они вытворяют всевозможные странные штуки с вами. Всем же было известно, что этот человек всегда против Ма-цзы, и никогда среди его приемов не было битья. Почему же он применил это ко мне? Но, безусловно, если мне придется выбирать между ними двумя, Ма-цзы лучше».

Он возвратился, и Ма-цзы спросил его: «Где ты был?»

Тот рассказал ему все. Он сказал: «Меня избили очень сильно. Ты бьешь деликатно, но тот человек совершенно безумен; он хотел убить меня!»

Ма-цзы сказал: «Он очень сострадателен».

Ученик сказал: «Это странно. Вы же враги, вы ссорились годами. Все, что говорит один, противоположно другому, — но оба вы заодно, когда доходит до убийства несчастного ученика!»

Ма-цзы сказал: «Я никогда не говорил, что он ошибается, он никогда не говорил, что я ошибаюсь; мы просто разные. Он архат; он просто живет в молчании, и любой пришедший должен сидеть в молчании с ним. Проходят годы, и другой тоже становится поглощенным, переполненным безмолвием мастера. Но очень немногие люди способны вынести такое долгое ожидание. Я прилагаю все усилия, чтобы сократить путь для тебя. Я бодхисаттва. Я верю в возможность сделать что-то, чтобы привести тебя к истине. Все эти приемы, все эти учения не имеют отношения к истине, но они имеют отношение к *тебе*. Задача в том, чтобы разрушить твое цепляние за ум; задача в том, чтобы победить твой ум. В тот день, когда твой ум будет побежден, в тот день, когда ты освободишься из клетки ума, наша работа будет завершена; тогда ты узнаешь, что такое истина. Ни один из нас двоих не может дать ее тебе. Но все же мы разные; архат никогда не сделает никакого усилия; я же прилагаю все возможные усилия».

Очень трудно утверждать, что одна категория просветленных людей должна исчезнуть. Что касается меня, то я думаю, что обе они равнозначны и обе обогащают сущее.

Да Хуэй говорит, что истина так огромна, что даже назвать ее огромной — уже ограничить. Она океанична, но даже назвать ее океаном — значит придать ей границы. Все слова терпят крах, нет достаточно большого слова. Нет возможности ни для какого сравнения; нет ничего достаточно близкого для сравнения или примера.

Он цитирует Гаутаму Будду: *Будда сказал: «Может возникнуть желание раскрыть это посредством сравнений, но в конце не оказывается сравнения, которым можно пояснить это».*

Например, Иисус Христос говорит, что Бог есть любовь. Это, возможно, лучшее из сравнений. В человеческом опыте любовь занимает место огромной значимости; в своей чистоте, возможно, любовь сможет дать вам намек на то, что происходит с человеком, который становится реализованным, который узнает божественность сущего. Но даже и любовь не является подходящим сравнением, согласно Гаутаме Будде. Она прекрасна, но просветление далеко за ее пределами. Любовь — это прекрасный цветок, но это лишь цветок, преходящее; утром он расцветает, вечером вянет. Он был прекрасен, когда он был, но он не вечен, он не обладает бессмертием. Он красив и нежен, и можно наслаждаться его танцем на ветру.

Это поэзия — сравнить любовь с Богом или просветлением, — но это не истина. У человека нет опыта, который может пояснить то, что выходит за пределы человеческого ума. Это же просто, это арифметика: то, что за пределами человеческого ума, безусловно, не может быть сравнимо ни с каким опытом ума.

Вы, наверное, слыхали древнюю притчу о лягушке, которая вышла из океана — у нее было религиозное паломничество. По пути ей попался маленький колодец, и, просто чтобы отдохнуть немного, она прыгнула в него. Она обрадовалась, обнаружив там другую лягушку, и они начали говорить друг с другом. Колодезная лягушка спросила у нее: «Откуда ты идешь?»

Пришелица отвечала: «Это очень трудно описать. Ты уж прости меня, потому что я из такого места, которое за пределами твоего понимания. Ты никогда не покидала этот колодец, а я пришла из океана».

Колодезная лягушка определенно оскорбилась; такого от гостей не ожидают. Она подпрыгнула на половину колодца и спросила: «Твой океан такой величины?»

Океанская лягушка оказалась в большом затруднении. Она сказала: «Пожалуйста, оставь ты это дело. Океан так велик, что нет способа измерить его твоим колодцем».

Колодезная лягушка прыгнула во всю длину колодца и спросила: «Такой величины?»

И океанская лягушка ответила: «Зря ты вынуждаешь меня на недоброту по отношению к тебе, но я не могу сказать такую глупость, что этот твой маленький колодец можно сравнить с беспредельностью океана».

Это было уже слишком для колодезной лягушки. Она сказала: «Убирайся! Ты рассказываешь об этом океане, лишь бы унизить меня».

Вот так же люди ума всегда реагировали на людей медитации. Людей, никогда не бывавших за пределами своего ума, всегда оскорбляют медитирующие, потому что медитирующие ведут речь об океане... и тут нет сравнения, если вы жили только в уме. Если вы вышли за пределы ума, нет необходимости ни в каком сравнении — вы сами знаете это. Вы либо знаете это, либо нет. Нет способа пояснить тому, кто никогда не выходил за пределы ума.

«Назвать это широким и бескрайним — значит ограничивать его, не говоря уже о желании войти в это широкое и бескрайнее царство с ограниченным умом. Даже если бы вам и удалось войти таким образом, то это напоминало бы вычерпывание океана ковшом: хоть ковш и полон, сколько в него уместится?»

Однажды Гаутама Будда шел лесом, стояла осенняя пора. На деревьях было полно сухих листьев, и Ананда, встретив его одного, сказал: «Я всегда хотел знать, но перед другими не отваживался спросить. Скажи мне правду: ты поведал нам все, что знаешь, или придержал еще несколько тайн?»

Гаутама Будда набрал полную пригоршню листьев с земли и сказал Ананде:

«Я поведал вам вот столько — ты видишь эти листья в моей руке. Но то, что я знаю, так же велико, как все листья в этом огромном лесу. Дело не в том, что я хочу скрыть что-либо, но это просто невозможно! Рассказать даже о нескольких листьях достаточно трудно, поскольку это оказывается выше твоего понимания. Тебе известны мысли, но ты никогда не испытывал безмыслия. Тебе известны эмоции, но ты никогда не знал состояния, в котором всякие эмоции отсутствуют — как если бы все облака на небе изчезли».

«Поэтому я стараюсь изо всех сил, — продолжал он, — но больше, чем ты знаешь, невозможно передать словами. Если бы я мог дать тебе понимание хотя бы того, что в жизни есть намного больше, чем вмещают слова; если бы я мог убедить тебя, что там есть нечто большее, чем известно твоему уму, — этого было бы довольно. Тогда зерно было бы посеяно».

Без этого все усилия великих философов мира напоминают *вычерпывание океана ковшом.*

А между прочим, такой инцидент зарегистрирован. Платон, один из величайших греческих философов, отец западной философии, гулял по берегу и увидел, как обнаженный человек черпает из моря воду сложенными ладонями и выливает ее в небольшое углубление, сделанное им в песке. Платон наблюдал за ним; он не знал, что тот другой человек был не кто иной, как Диоген.

Диоген, по греческим преданиям, был большим чудаком. В дзэнском мире его бы приняли с огромной радостью; он пришелся бы в самый раз. Но в греческой традиции рассудка, логики, философии он был лишь чудаком. Это была первая встреча Платона с Диогеном, поэтому Платон не знал, с кем имеет дело. Платон спросил у него: «Что ты делаешь?»

Диоген ответил: «Я решил опустошить море».

СОСТРАДАНИЕ

Платон сказал: «Ты, очевидно, безумен. Это же невозможно. Просто выбирая воду руками, даже за миллионы лет ты не сможешь опустошить море».

Диоген сказал: «Моя работа сделана. Я хотел продемонстрировать тебе, что даже если ты будешь размышлять об истине миллионы лет, то не найдешь ее. Твоя попытка найти истину посредством ума в точности такая же самая, как и моя попытка опустошить море, вычерпывая руками воду из него».

Платон был сильно шокирован, но ему нечего было возразить этому человеку. Он только поинтересовался: «Ты Диоген? Я давно хотел встретиться с тобой».

Когда-то в своей школе во время занятий Платон определил человека как «двуногое животное». Когда об этом услыхал Диоген, он поймал чайку, ощипал на ней все перья и отослал с учеником в академию Платона: «Я посылаю образец к твоему определению. Это человеческое существо — двуногое животное». После этого Платону захотелось встретиться с этим человеком... и вот теперь Диоген снова разбил вдребезги весь его философский подход к сущему!

Философия — это не более чем чайная ложка. Вы можете наполнить ее водой из моря...

Будда прав, когда он говорит: «*Хоть ковш и полон, сколько в него уместится? Однако же вода в ковше — прежде чем попасть туда — была тождественна безграничной воде (в океане). Подобным же образом, оттого что ваш мир такой большой и что вы испытываете удовлетворение от него, этот безграничный мир адаптируется к вашей емкости и наполняет ее. Это не значит, что воды в великом океане — всего столько*».

Поэтому Будда сказал: «Это как великий океан: не имеет значения, комары или титаны пьют его воду, — он наполняет их всех».

Посмотрите на океан... Ежедневно миллионы рек впадают в него, но океан остается тем же самым. Эти миллионы рек, вливаясь в океан, почти не изменяют его. А все тучи, которые проливают дождь по всей земле, наполняются от океана. Солнечные лучи забирают океанскую воду облаками пара. И в конце концов ничего не изменяется — океан остается таким же, как и был. Добавьте миллион рек к нему или отберите ту воду, которую дождевые тучи выливают на землю, — он остается одним и тем же.

В Упанишадах есть очень странное, но очень верное утверждение: высшее столь совершенно, что, даже если вы вычтете из него целое, оно по-прежнему будет оставаться тем же самым; и если вы можете прибавить целое обратно к нему, оно не станет больше — оно будет оставаться все тем же. Все подобные изречения имеют своей целью подчеркнуть, что мы — часть сущего и что сущее бесконечно и беспредельно во всех измерениях. У него нет границ.

Как только вы выбрались из своего ума, вы внезапно осознаете собственную беспредельность, неограниченность, океаническое сознание. Нет слов, способных описать это. Вы можете переживать это, но не можете объяснить. Вы можете обладать этим, но не можете ничего о нем сказать. Только ваше молчание может послужить маленьким указанием на громадную ширь сущего, жизни, сознания.

Просветление — это лишь усилие, попытка дать себе осознать свою беспредельность, свою вечность.

Вы — это все прошлое.
Вы — это все настоящее.
Вы — это все будущее.

То мгновение, когда человек узнает это, — самое благословенное мгновение. Вы осуществили свою судьбу, вы пришли домой; теперь нет ничего больше за пределами этого. Это единственное богатство, это единственная победа. Все остальное — мирское; лишь это переживание священно.

И чтобы преисполниться этой святости, много не требуется с вашей стороны — лишь молчаливый ум, умиротворенное сердце, бессловесность, лишенная раздумий безмятежность. Внезапно вы больше уже не капля; в одно мгновение вы стали самим океаном. Чтобы узнать океан, есть только один путь... стать им.

Да Хуэй приближается к концу своего путешествия. Он начинал как интеллектуал, но он оказался удачливым интеллектуалом: он не заблудился в словах, теориях и аргументах. Он сумел выбраться за пределы ума, и теперь он дает нам изречения, которые относятся к запредельному, которые являются не доводами, но лишь намеками для тех, кто в поиске.

Все путешествие Да Хуэя значительно, ибо это путешествие каждого, кто идет от неведения к невинности, от ума к бездумию, от темноты к предельному свету.

Это *ваше* путешествие.

Дорога вместе с Да Хуэем, шаг в шаг, будет для вас громадной помощью: мне не встречалась никакая другая книга, которая бы описывала *весь путь* трансформации. Все подобные книги появлялись после просветления; люди говорили только после того, как они узнавали. Это — особый случай: мы начинаем с учителем, а заканчиваем с великим мастером.

— Хорошо, Маниша?
— Да, Мастер.

37

ЭТО МГНОВЕНИЕ

Возлюбленный Мастер,

Обращение к собранию (часть третья)

Не вспоминайте того, что я говорил, и считайте это правильным. Сегодня я говорю так, но завтра скажу иначе. Когда вы так — я не так; когда вы не так — тогда я так. Где найти место моего обитания? Если я и сам не знаю, то как может кто-то другой обнаружить, где я нахожусь?

Это живые врата: вы сможете войти, лишь когда умертвите свою выдуманную «реальность». И все же студенты полагают, что оказывают почтение Будде, соблюдая писания и самодисциплину тела, речи и ума как свое пропитание — и надеясь обрести реализацию. Какое это имеет значение? Они подобны дуракам, устремившимся на запад с тем, чтобы взять что-то на востоке: чем дальше они идут, тем больше удаляются; чем больше спешка, тем больше задержка. Это врата великой дхармы — необусловленной, незагрязненной, без свершений. Если в вас возникает малейшая мысль о том, чтобы достичь этого переживания, — значит, вы удаляетесь в противоположном направлении. Как можете вы надеяться на это, если пытаетесь положиться на какие-то мелкие, надуманные свершения?

Это не навязанное действие: дхарма в сущности своей именно такова. Не соблазняйтесь чудесами других людей — чудесное вводит людей в заблуждение.

Сегодня утром дождик такой замечательный.

Завтра... завтра всегда неизвестно; оно может быть солнечным, тучи могут исчезнуть.

Сегодня утром кукушка поет не переставая, назавтра она может пропасть. Такова жизнь. Вы не можете требовать неизменности, постоянства, чтобы все всегда оставалось одним и тем же.

Наблюдая жизнь, вы узнаете истинную тайну, а также осознаете, что ум не функционирует в соответствии с жизнью. Ум верит в постоянство; ему нужен один и тот же дождь каждое утро. Ум не в состоянии справляться с неведомым, со спонтанным, с вечно обновляющимся сущим.

Несоответствие между умом и жизнью — вот и вся проблема. Либо вы слушаете ум... и тогда живете в страдании, потому что жизнь не намерена исполнять запросы ума. Неосуществленная, несчастная ваша жизнь будет становиться просто долгой, растянутой трагедией. Но, кроме вас, винить некого. Вы послушались не того советчика; вам следовало прислушаться к жизни, а не к уму.

Ум — это маленький механизм, хороший для повседневных дел, хороший для базара, но если вам нужно вступить в огромность сущего, ум абсолютно бесполезен. Однако вы привыкли к уму, и даже когда вы разыскиваете истину, или любовь, или высший смысл, вы продолжаете тащить свой старый ум, который является абсолютной помехой; это не помощь на пути.

Если вы прислушаетесь к жизни, а не к уму, — вещи очень просты. Вы никогда не скажете жизни: «Ты противоречива. Вчера дождя не было, а сегодня ливень. Вчера было жарко, а сегодня холодно». Вы просто принимаете жизнь как она приходит — тут нет другого варианта. Это одна из тех неизбежностей, о которых Да Хуэй рассказывал прежде. Это неизбежное.

Ребенок станет молодым человеком, молодой человек постареет, старик умрет. Человек понимающий просто принимает все это течение, перемены, без всякого сопротивления, ибо знает: таковы вещи. От ваших ожиданий они не изменятся. Ваши ожидания только вызовут расстройства у вас самих.

Всю жизнь мне говорили: «Вы сказали то-то несколько лет назад; теперь вы говорите нечто другое. Ваша философия противоречива, вы непоследовательны».

И их шокировало, когда я отвечал им: «Да, вы правы. Но это не довод против меня, это комплимент. Это значит, что моя философия в ладу с жизнью. Она изменяется... климат изменяется, сезон изменяется. Иногда это листопад, и деревья стоят голые; на фоне неба у них есть своя красота. А иногда это весна, и деревья так зеленеют листвой и готовы осыпать своими цветами любого, кто случится поблизости. Не требуется представление, не требуется знакомство; друг и недруг — с обоими обращение одинаковое».

С самого детства я наблюдал в своей деревне с возвышенности реку: во время дождя она становилась такой огромной, как будто это было целое море. Летом она сокращалась до маленького ручья. Я говорил людям: «Вы же не скажете реке, что ее поведение очень непоследовательно. Вы никогда не задаете вопросов цветам; вы никогда не спрашиваете птиц, почему это они не поют сегодня, что случилось. Однако вы продолжаете спрашивать о философиях, идеологиях — последовательны они или не последовательны».

Раз и навсегда, одним махом, вы должны отбросить идею последовательности. Это побочный продукт выучки вашего ума. Ум не может быть непоследовательным — а жизнь непоследовательна. Я не ответствен за это, и вы тоже. Никто не ответствен за это; оно просто происходит, чтобы так быть. И это прекрасно.

Да Хуэй говорит великие слова. Ни один философ не способен на такое изречение — только мистик, который отложил свой ум в сторону, смотрит прямо в сущее и начинает осознавать его постоянно меняющееся течение. Изменяется все, за исключением изменений. Единственная неизменная вещь в мире — перемены. И в ту минуту, когда вы просите вещи не изменяться, вы создаете страдание для себя.

Да Хуэй говорит: *«Не вспоминайте того, что я говорил, и считайте это правильным».*

Мистицизм не академичен, это не обычная школа. Он принадлежит запредельному, высшему и таинственному. Если вы живете рядом с живым мастером, вы должны научиться этому. Нет необходимости вспоминать то, что он сказал вчера. Вчера было вчера; — сегодня это сегодня.

Живой мастер отвечает реальности в текущем мгновении; он никогда не беспокоится, согласуется это со вчерашним днем или не согласуется. Единственная его забота — истинно ли это в данный момент, соответствует ли его ответ этому моменту. Если соответствует, то нет нужды волноваться из-за того, что он сказал вчера или позавчера.

Вот где философ и мистик расходятся. Философы остаются последовательными; они избегают непоследовательности. Их единственный страх — совершить ошибку, высказать то, что расходится со сказанным прежде. Но именно из-за этой последовательности они остаются невеждами относительно тайн сущего, остаются заточенными в своем уме. Им никогда не узнать дождь, солнце, луну, деревья, играющих детей. Вся великая драма потрясающей красоты так называемым философам недоступна.

Но довольно странно, что именно эти люди и доминируют над умом всего человечества. Хотя причина естественна: они могут доминировать над умом, поскольку ум любит последовательность, а философы — последовательный народ.

Да Хуэй говорит: *Не вспоминайте того, что я говорил, и считайте это правильным...* День миновал, утверждение устарело. «Правильное» относится к настоящему. Никогда не сопоставляйте мертвые трупы с живыми людьми; никогда не сопоставляйте увядшие цветы с цветами, которые цветут сейчас, иначе попадете в замешательство. Выбраться из такого замешательства очень трудно, почти невозможно. Хорошо помнить об этом с самого начала: *Не вспоминайте того, что я говорил.*

Учителя постоянно говорят студентам: «Помните то, что я говорю вам». Только мастер может сказать ученикам: «Забудьте все, что я сказал вам. Когда это было необходимо, когда это было ответом на что-то актуальное, это было сказано, и вы услыхали и впитали это. Теперь нет необходимости вспоминать его. Оно стало частью вас».

Память никогда не становится частью вас. Вот почему после университетов ваши так называемые золотые медалисты, ваши так называемые отличники просто изчезают в мире; никто и не слышит о них. Что произошло? Они были такими выдающимися в университете. Они должны были бы зажить замечательной жизнью после университета; они должны были бы отличиться среди людей; они должны были бы оставить свой след в жизни. Но никто и не слыхивал о них; а причина такова, что в университете память — это все. Они хорошо умели помнить.

В жизни просто помнить бесполезно. Жизни требуется нечто большее и нечто лучшее — разумность, спонтанность, созвучие со всеми переменами, которые происходят каждое мгновение. Человек, застрявший в своих воспоминаниях, далеко отстает от жизни. Вот что случается с вашими так называемыми учеными. Они многое знают в писаниях, но они не знают ничего о жизни.

Не вспоминайте того, что я говорил, и считайте это правильным. Сегодня я говорю так... — потому что сегодня — это сегодня. Его никогда не было прежде, и его никогда не будет снова. Оно абсолютно ново и свежо. Это не повторение, но это также и не продолжение. Жизнь идет внезапными прыжками от мгновения к мгновению.

Видите этот дождь? Внезапно он начинается, внезапно прекращается, внезапно он усиливается и без всякой причины утихает снова.

Сегодня я говорю так, но завтра скажу иначе. Да Хуэй знает одну вещь твердо: завтрашний день не будет таким же. Естественно, он может говорить с уверенностью — *завтра скажу иначе...* — «и если вы собираете все то, что я говорю, вы будете обескуражены. Вы будете озадачены: что же правильно, а что неправильно?»

Что касается мистиков, то их изречения не следует рассматривать так, как вы рассматриваете утверждения философов. Посмотрите на мистика: его изречения — это лишь ответы изменяющейся жизни. Вы должны понять, что мистик всегда в мгновении; он никогда не оглядывается назад, он никогда не заглядывает вперед. Ощущение этого приблизит вас к мистику.

Я слышал древний рассказ... Один человек, будучи совершенно пьяным, зашел вечером в лавку сладостей, чтобы купить конфет. Он дал купюру в десять рупий, но лавочник сказал ему: «У меня нечем разменять. Завтра придешь за сдачей, сейчас у меня нет. Или забирай свои десять рупий, а завтра заплатишь, или оставь десять рупий, а завтра заберешь сдачу».

Пьяница сказал: «Я никуда не гожусь, я могу забыть эти десять рупий где-нибудь. Держи их у себя, я завтра заберу».

Но и в хмельном угаре он все же подумал: «Мне бы надо хорошенько запомнить название лавки, лицо этого человека, точное расположение — ведь завтра утром я протрезвею и придется вспоминать. Я должен засечь какую-то особую примету, чтобы этот человек не обманул меня».

Он огляделся вокруг. Он не смог заметить ничего, кроме быка, лежавшего перед лавкой. Он решил: «Это подойдет. Лавочник мог бы подменить знак; его отец или брат, если они будут сидеть здесь завтра, могут просто отказаться, заявив, что меня не было здесь прошлым вечером, — но они не подумали про быка, который лежит там так тихо».

Счастливый, он ушел, а на следующее утро явился за своими деньгами. Но бык лежал перед салоном парикмахера. Пьяница воскликнул: «Боже мой! Всего из-за нескольких рупий ты переменил знак; ты изменил даже свою профессию — сделался парикмахером лишь ради нескольких жалких рупий!»

Парикмахер сказал: «Что за чепуху ты несешь! Я был парикмахером всегда».

Пьяница сказал: «Тебе не обмануть меня. Погляди на быка; он по-прежнему лежит тихо там, где я оставил его вчера вечером».

Пьяница вел себя как философ, отыскивающий определенную последовательность. Реальность же иная. Бык может менять места; он не обязан постоянно лежать перед лавкой сладостей — он может лежать где угодно. Жизнь все время изменяется.

Мистик предан жизни — а не собственным изречениям. Такие изречения — как старые газеты. Он остается бдительным от мгновения к мгновению, он остается бдительным по отношению к ученику, к его изменениям. Ваши вопросы могут быть теми же, что и раньше, но мастер может ответить иначе, потому что вы уже не тот. А вопрос не важен; важны вы.

Когда вы так — я не так... Живя с мастером, нужно быть гибким, не догматичным. Все, что бы ни сказал мастер, не является окончательным изречением — никакое изречение не может быть окончательным. Так что не принимайте это за окончательный ответ, потому что завтра все переменится, и тогда вы окажетесь в затруднении.

Вашему уму хотелось бы оставаться с прошлым, потому что оно стало близким, приспособилось к изречениям. А теперь это новое изречение расстраивает ум и нарушает его постоянный поиск последовательности.

Да Хуэй говорит: *Когда вы так — я не так; когда вы не так — тогда я так. Где найти место моего обитания?* Если я и сам не знаю, то как может кто-нибудь другой обнаружить, где я нахожусь?

У мистика нет философии как таковой. Вы будете удивлены, узнав, что в Индии у нас нет никакого эквивалентного слова для обозначения философии. Слово, которым Индия пользовалась сотни лет и которое теперь становится синонимом философии, — *даршан*.

Даршан имеет совершенно иной смысл. Даршан означает ясность зрения, способность видеть; у него нет ничего общего с философией. Философия буквально означает любовь к знанию, любовь к мудрости. Даршан означает — видеть реальность и откликаться соответственно. Философия — от ума, даршан — от медитации.

Это живые врата... — понимание того, что жизнь изменяется, вы изменяетесь, все изменяется. Не цепляйтесь ни за что, не будьте фанатичны; не будьте фундаменталистом-христианином, не будьте индуистом. Как можете вы быть индуистом? Пять тысяч лет назад были написаны ваши священные писания; за пять тысяч лет бык переместился! Быки непредсказуемы, это очень свободные, прекрасные животные. А вы по-прежнему держитесь за мертвое писание и считаете себя индуистом, мусульманином, христианином, коммунистом.

Принадлежать прошлому — даже ближайшему прошлому, вчерашнему — неправильный подход. Не принадлежать ничему, но оставаться доступным всему, что жизнь несет вам, — это и есть живые врата. Тогда каждый миг — это волнение, каждый миг — это открытие, каждый миг — это вызов. С каждым мгновением вы должны расти, потому что вам приходится учиться отвечать так, как вы еще никогда не отвечали. Вы становитесь зрелым.

Все фанатики, фундаменталисты, фашисты остаются недоразвитыми. Они живут в прошлом, которого больше нет. Они совершенно слепы по отношению к реальности. Они продолжают видеть вещи, которые исчезли со сцены, и они не способны — они действительно избегают — смотреть на то, что становится реальным.

Вы сможете войти, лишь когда умертвите свою выдуманную «реальность». Пока вы не научились искусству в каждое мгновение умирать для прошлого, вы, на самом деле, не живете. Прошлое становится все тяжелее и тяжелее, потому что оно растет с каждым днем. А ваше будущее так хрупко, так мало, и прошлое не дает вам жить в настоящем. Оно тянет вас вспять.

Это как если бы вы, будучи фундаменталистом, настаивали: «Я всегда буду пользоваться моим детским бельём». Это был бы феномен!

Я слышал о человеке, который пошел к портному заказать себе хороший костюм. Через несколько дней он собирался отпраздновать женитьбу — «так что сделайте его как можно красивее». Костюм был готов, человек примерил его и не мог глазам поверить: один рукав пиджака длинный, другой рукав короче; одна штанина длинная, другая короткая... Он спросил: «Что же это вы натворили?»

Портной сказал: «Ничего страшного. Тот рукав пиджака, который короче... ну, вы просто втянете руку!»

Тот ответил: «Хорошее дело, все время держать руку втянутой. А как же другая рука?»

Портной сказал: «Вытяните вторую руку подальше; то же самое вам следует сделать и с ногами».

Представляете себе? А портной приговаривает: «Это такой прекрасный костюм. Я трудился над ним день и ночь, а вы недовольны какими-то пустяками!»

На том бедняга и ушел. Когда молодая пара появилась на людях, одна женщина сказала: «Посмотрите на этого беднягу. Он, кажется, парализован или искалечен. Что с ним случилось? Одна рука короткая, другая — длинная; а как он ходит!..»

Но мужчина сказал ей: «Забудь о нем, посмотри лучше на костюм — он действительно красивый. А что было делать портному? Для такого урода он сшил лучшее, что только возможно».

Почти каждый в этом мире — христианин, индуист, джайн, буддист, мусульманин, иудей — все надевают пиджаки и испытывают огромные мучения. Одну руку приходится втягивать, другую — держать вытянутой. Человек не важен, важны доктрины, философии, идеологии. Не они для человека, а человек для них; он должен соответствовать.

Всякая идея, приходящая из прошлого, калечит ваше сознание. Вы должны научиться искусству умирать для всего, что прошло, и жить в настоящем тотально, без времени. И когда настоящее движется, вы тоже движетесь, потому что настоящее уже становится прошлым — умрите для него.

Всегда помните, что свежее, настоящее должно быть тотально живым, а все, что мешает, нужно отбросить. Не беспокойтесь относительно последовательности, иначе для того, чтобы быть последовательным, вам придется всю жизнь надевать белье, которое вы носили в детстве. В этом случае вы не сможете быть непоследовательными; вам придется быть последовательным, как бы вы ни мучились — а мучиться вы будете. Тесное белье искалечит всю вашу жизнь. Вы не сможете ходить, не сможете сидеть, не сможете разговаривать; вам все время придется считаться с бельем. Но все остаются в таком же психологическом положении.

Золотые врата Да Хуэя — это, безусловно, золотые врата. *Вы сможете войти лишь когда умертвите свою выдуманную «реальность».* И все же студенты полагают, что оказывают почтение Будде, соблюдая писания и самодисциплину тела, речи и ума как свое пропитание — и надеясь обрести реализацию. Какое это имеет значение? Они подобны дуракам, устремившимся на запад с тем, чтобы взять что-то на востоке: чем дальше они идут, тем больше удаляются; чем больше спешка, тем больше задержка.

Он высказал здесь несколько вещей... Прежде всего, оставайся свежим и чистым; постоянно удаляй пыль, которая естественно накапливается с течением времени.

Одного дзэнского мастера, Риндзая, его собственный мастер отправил к другому мастеру. Такова была традиция дзэн, что иногда мастера отправляли своих учеников к другим мастерам — чтобы ученики не привыкали к определенному пути, определенному стилю; чтобы не становились фиксированными, а оставались гибкими. Естественно, у каждого мастера свой стиль; мастера дзэна — самые уникальные люди.

Ученик пошел к другому мастеру — и был сильно озадачен. То, что он услыхал там, почти противоречило тому, что он слышал от собственного мастера. Он спросил нового мастера: «Что мне делать? Я пришел от мастера — он послал меня; и я привык к определенному образу жизни, определенному образу мышления, а здесь все совершенно иначе».

Мастер сказал: «Забудь своего прежнего мастера и забудь все, чему ты научился там. Один из величайших принципов обучения — искусство забывания. Ты слышал, что обучение — это искусство запоминания, но ты сможешь запомнить новое, только если забудешь старое. Вот и забудь старое! Пока ты здесь, будь здесь!»

Через год или два он привык к новому мастеру, и, после того как он уже совсем освоился, расслабился и конфликт изчез, мастер сказал: «Теперь возвращайся к своему прежнему мастеру».

Ученик сказал: «Странное дело. Мне потребовалось два года, чтобы забыть того парня, — а теперь возвращаться снова...»

Мастер сказал: «Ты уже не найдешь того парня, потому что за два года он, конечно, изменился».

Ученик сказал: «Это очень трудно. Если он изменился, то мне придется учиться снова. Я должен буду забыть тебя».

Мастер сказал: «Само собой! В этом и состоит вся цель обмена учениками — так они становятся гибкими и все более способными умирать для старого и всегда воскрешать себя к новому».

Когда ученик прибыл, он был поражен: все изменилось. И он сказал своему прежнему мастеру: «Теперь мне будет очень трудно. Сперва я привык к твоему старому стилю; как только я освоился, ты расторможил меня, отправил меня к другому человеку. Как только я освоился там, тот человек швыряет меня назад к тебе. В глубине души я надеялся, что, быть может, не таким уж сложным делом будет вернуться к старому стилю, в котором я уже жил; но теперь переменился ты. Ты говоришь вещи, которых никогда не говорил прежде; ты делаешь вещи, которых никогда не делал прежде. Ты выглядишь почти другим человеком. Что же мне теперь делать?»

Мастер сказал: «Забудь их обоих — твоего старого мастера и нового мастера. Теперь ты здесь со мной. Я не тот же самый человек, хоть я выгляжу тем же. Столько воды утекло в Ганге...»

Я вспоминаю старого Гераклита, чье изречение не принималось особенно серьезно в греческой философской традиции, потому что оно шло против всеобщей тенденции. Он уникален и одинок. Он говорит: «Нельзя вступить в одну и ту же реку дважды» — ведь река беспрерывно течет.

Если я когда-нибудь встречу Гераклита — а я думаю, что встречусь с ним однажды, потому что в этой вечности люди обязательно снова и снова натыкаются на старых приятелей, — я скажу ему: измени свое изречение. Оно было великим, когда ты дал его нам, но в нем есть изъян. Ты говоришь: «Нельзя вступить в одну и ту же реку дважды». Я хочу, чтобы ты сказал: «Нельзя вступить в одну и ту же реку даже единожды», — ведь даже пока вступаешь, река течет. Когда нога касается поверхности, вода снизу течет; когда нога посредине, вода над и под ней течет; когда нога достигает дна, все, что выше, утекает... никак не войти в одну и ту же реку даже единожды!

Такова же природа жизни. Все беспрерывно возобновляется; только ум — вещь мертвая, он остается одним и тем же. Следовательно, ум не имеет резонанса с жизнью. Если ум христианина, или индуиста, или мусульманина зафиксирован — это ископаемое, это мертвое. Он не может жить в настоящем; он по-прежнему разыскивает ответы в прахе сожженных тел, которые не обладают больше никакой жизнью.

Золотые врата достижимы лишь для тех, кто всегда жив к новому, кто открыт — и кто радостно, без неохоты, счастлив сбросить прошлое и оставаться необремененным.

И второе, что говорит Да Хуэй: вся ваша жизнь движется к будущему, а весь ваш ум движется к прошлому. Вы в дихотомии; вы в очень странном конфликте, как будто одна нога движется назад, а другая нога движется вперед. Вы неизбежно испытываете огромное мучение. Вы не можете ни отступить, ни двинуться вперед; вы так и застрянете; вы останетесь парализованными.

На мой взгляд, все фанатики — люди парализованные. Они считают себя убежденными, они думают, что они верующие люди, но в действительности их психология парализована. У них нет никакого контакта с живыми источниками, которые вокруг них; они не современны. Очень редко можно обнаружить современника. Кто-то пришел к полной остановке тысячу лет назад. Он так и висит там с Хазратом Мухаммедом, с Иисусом Христом, с Кришной, с Буддой — а жизнь покинула все те места.

Жизнь — здесь, в это самое мгновение.

И Да Хуэй делает очень важное утверждение: *Чем дальше они идут, тем больше удаляются* — ибо если вы отступаете назад, а жизнь движется вперед, вы оказываетесь все дальше и дальше от реальности. *Чем больше спешка, тем больше задержка...* — спешить в неверном направлении опасно!

Я слыхал анекдот... Три профессора стояли на перроне. Поезд уже был подан, а они затеяли дискуссию. Один отъезжал, а двое пришли проводить его. Вот поезд дал свисток, дежурный выставил флажок, но они так увлеклись своей дискуссией, что ничего не слышали. Лишь когда последний вагон поезда покидал перрон, они заметили это. Все трое бросились бежать; двоим удалось догнать поезд, а один отстал.

Все это наблюдал носильщик. Он подошел к отставшему и сказал: «Жаль, что вы не успели».

Профессор сказал: «Вы еще не все знаете. Те двое приятелей пришли проводить меня, но из-за спешки они вскочили в поезд, идущий не в том направлении!»

Чем больше спешка, тем больше задержка. Свое направление должно быть очень ясным. Направление может быть либо к прошлому — таково направление большей части человечества... Их золотая эра миновала. А небольшая часть человечества, меньшинство, ожидает золотой эры в будущем: коммунисты, социалисты, фабианцы и все разновидности анархистов рассчитывают, что золотая эра должна наступить в будущем.

Но прошлого уже нет, а будущего еще нет: обе команды понапрасну движутся в направлениях, которых не существует. Одно когда-то существовало, но его больше нет, а другое даже еще и не начало существовать.

Единственный правильный человек — тот, кто живет от мгновения к мгновению, чья стрела направлена на настоящее мгновение, кто всегда здесь и сейчас; где бы он ни был, все его сознание, все его существо вовлечено в реальность того, что здесь, и реальность того, что сейчас. Таково единственно верное направление. Только такой человек может войти в золотые врата.

Настоящее — это золотые врата.

Здесь-сейчас — это золотые врата.

Это врата великой дхармы — необусловленной, незагрязненной, без свершений. Если в вас возникает малейшая мысль о том, чтобы достичь этого переживания, — значит, вы удаляетесь в противоположном направлении.

Это очень важные изречения. Во-первых, настоящее — это золотые врата, и вы можете быть в настоящем, только если вы не амбициозны: нет свершений, нет желания достичь власти, денег, престижа, даже просветления, — ибо все амбиции ведут вас в будущее. Только неамбициозный человек может оставаться в настоящем.

Во-вторых: *Если в вас возникает малейшая мысль о том, чтобы достичь этого переживания, — значит, вы удаляетесь в противоположном направлении.* Если вы думаете пережить опыт настоящего момента, то вы уже упустили суть — ведь настоящий момент так невелик, что, если вы задумываетесь, как бы получить этот опыт, — вы уже вошли в свой ум. Обдумывание, размышление... а тем временем настоящий момент промелькнул.

Человек, который хочет быть в настоящем, должен не раздумывать — он должен просто увидеть и войти во врата. Переживание придет, но переживание не должно быть преднамеренным.

Как можете вы надеяться на это, если пытаетесь положиться на какие-то мелкие, надуманные свершения?

Это не навязанное действие... Вы не можете заставить себя быть в настоящем; это приходит через понимание, не насильно. Вам нужно просто увидеть, что прошлого нет. Вам нужно просто понять, что будущее еще не наступило. И между ними двумя — золотые врата.

Войдите туда без размышления, без желаний, без достигающего ума — исследуйте, посмотрите, что скрывается в настоящем. Невинно, словно дитя, войдите в него.

Это не навязанное действие: дхарма в сущности своей именно такова. Не соблазняйтесь чудесами других людей — чудесное вводит людей в заблуждение.

И вот последнее изречение: не задумывайтесь о других людях, о том, что собой представляют их свершения.

Пришел к Рамакришне один человек. Он пробыл в Гималаях долгое время; он слыхал о Рамакришне и пришел, чтобы увидеть его. Рамакришна сидел под деревом на берегу Ганга, возле Калькутты, где он жил. Пришедший посмотрел на Рамакришну... он ожидал увидеть самого удивительного человека, — но тот был простым деревенщиной, необразованным, очень скромным.

Поэтому человек, практиковавший йогу в Гималаях, сказал: «Я прибыл издалека и очень разочарован твоим видом. Ты выглядишь совершенно обычно».

Рамакришна сказал: «Ты прав. Я совершенно обычен. Чем я могу послужить тебе, прибывшему издалека?»

Тот сказал: «Никаких услуг не нужно. Но у тебя столько последователей — скажи, по какой причине? Ты можешь ходить по воде? Я вот — могу».

Рамакришна сказал: «Ты утомлен, посиди немного, а потом, если захочешь пройтись по воде, мы позволим себе это удовольствие. Сколько же тебе понадобилось времени, чтобы выучиться искусству хождения по воде?»

Человек ответил: «Около двадцати лет».

Рамакришна рассмеялся и сказал: «Ты растратил свою жизнь. Во-первых, какой смысл? Когда мне нужно попасть на другой берег, то, поскольку я человек бедный и люди любят меня, они даже могут не взять меня в лодку, если я настаиваю на том, чтобы дать им обычную цену — две пайсы. Они отказывают. Они говорят: «Если хочешь попасть на тот берег, не говори о деньгах. Ты приходишь, и мы чувствуем благословение. Достаточно быть с тобой, пока мы пересекаем Ганг». И это стоит всего две пайсы... ты потратил двадцать лет, чтобы достичь этого? Ты поражаешь меня».

Сначала тот человек был шокирован, но потом сообразил, что сказанное Рамакришной — правда: «Какой смысл? — я сделался циркачом. Эти двадцать лет... почти треть моей жизни потрачена. И что же я такого свершил?»

Да Хуэй говорит: *Не соблазняйтесь чудесами других людей — чудесное вводит людей в заблуждение.*

Золотые врата открыты для тех, кто прост, кто скромен, кто почти никто, у кого нет великих достижений, известных всему миру, кто не получает наград и Нобелевских премий, кому нечем похвастаться... кто столь же прост, как птицы, как деревья.

Возможно, вы никогда не задумывались о том, что все сущее — деревья, облака, горы, звезды — все скромны. Высокомерия нет нигде. Только человек, постигший секрет, как быть никем, может войти в узкие врата.

Врата очень узки; если вы «кто-то», вам не войти в них. Вы должны быть почти ничем, только тогда врата настоящего доступны вам. Вы должны быть неэгоистичным, ничего не требовать, быть столь же обычным, как дождик или молчаливые деревья, столь же невинным, как новорожденный ребенок. Он оглядывает все вокруг, он сознателен, но он не требует. Он *есть*, но он не выделяется. Он не говорит: «Я — это, я — то»; он не обладает сертификатами, степенями и чудесными силами.

Вот одна из самых показательных вещей: вы слышали христианских миссионеров и христианских епископов, толкующих о чудесах Иисуса, но вы никогда не слышали ничего подобного о Гаутаме Будде, о Махавире, о Рамакришне. Фактически, если вы уберете все чудеса Иисуса — о которых неустанно славословят христиане и которые сплошь вымышлены... — если все их убрать, ничего не останется от Иисуса.

Но Гаутама Будда не творил чудес. Он никогда не гулял по воде и никогда не воскрешал никого из мертвых; он никогда не излечивал никого от болезней, не обращал воду в вино — он не делал ничего. Его нельзя разрушить. Его величие не в его поступках, а в его присутствии. Его величие не в чудесах, а в его молчании, в его скромности.

Я не думаю, что Христос когда-нибудь разгуливал по воде — разумный человек не станет делать этого; подобные истории — это вымыслы, сочиненные учениками. Ни одно еврейское писание не упоминает об этом; в них даже не упоминается имя Иисуса. Можете ли вы себе представить, что сегодня кто-то ходит по воде, воскрешает мертвых, превращает воду в вино и совершает другие подобные вещи — и об этом не сообщают заголовки во всех газетах мира?

Но ни одного упоминания имени Иисуса не обнаружено ни в одном еврейском писании. А он был евреем, помните, он не был христианином; он никогда не слышал слова «христианин». Он родился евреем, он жил евреем, он умер евреем. Еврейский мальчик — ему было только тридцать три года, когда его распяли, — творящий такие чудеса... это немыслимо, чтобы в какой-то хронике его не упомянул кто-нибудь. Невозможно представить себе, что еврей, совершающий такие великие чудеса, должен быть распят. А он не высказывал ничего против иудаизма; фактически все, что он заявлял, было: «Я — долгожданный еврейский мессия».

Гаутама Будда критиковал все индусское. Если бы индуисты распяли его, это можно было бы как-то оправдать. Но Иисус не критиковал ничего; напротив, он провозгласил себя еврейским пророком, которого евреи дожидались со времен Моисея: «Он придет и освободит нас». А если этот человек гулял по воде, воскрешал мертвых, — это с очевидностью доказывало, что он был настоящим мессией: чего еще можно ожидать? Он явно единственный сын Божий, потому что ни один человек не может разгуливать по воде.

Реальность же такова: через триста лет христианские ученики создали вымышленные чудеса, потому что если этих чудес нет, тогда в Иисусе нет ничего, что может иметь хоть какое-нибудь значение. Он не медитирующий, он и не говорил, что стал просветленным, он не открыл двери ни к каким тайнам — вот и понадобились вымыслы.

Я слыхал, что один епископ и два рабби как-то поехали порыбачить на Галилейское озеро, где когда-то гулял Иисус. Епископ спросил у рабби: «Я человек новый, а вы здесь живете. Как вы думаете, Иисус действительно ходил по воде?»

Один рабби сказал: «Что говорить об Иисусе — здесь почти каждый ходит по воде».

Епископ воскликнул: «Что? Вы тоже можете пройти по воде?»

Рабби подтвердил: «Могу».

Они остановили лодку. Рабби вышел, прошел по воде несколько футов и возвратился. Епископ поверить не мог этому. Он спросил другого рабби: «Вы тоже можете... пройти?»

Второй рабби вышел из лодки, прошел несколько футов по воде, возвратился, и оба рабби сказали: «Мы даже не христиане. А ты вот христианин — сможешь ли ты пройти по воде?»

Епископ сказал: «Конечно. Если вы можете ходить, даже не будучи христианами, то, конечно, я тоже смогу». Он набрался уверенности, увидев, как ходили те двое, шагнул из лодки... и стал тонуть.

Один рабби сказал другому: «Давай скажем этому идиоту, что на той стороне нет камней. Камни с другой стороны!»

Гулять по воде можно — если известно, где камни. Однако людей больше всего интересуют всевозможные глупые вещи...

Да Хуэй говорит: «Пусь вас не волнует, чего добились другие». Это всегда сбивает людей с толку: они тоже начинают пробовать достичь тех же див, тех же чудес. А в сущем нет чуда.

В сущем есть тайны — и вы можете войти в те тайны, можете наслаждаться и получать удовольствие, можете плясать от великого блаженства. Но это не значит, что вы сможете гулять по воде, — природа не допускает исключений. Это не значит, что вы сможете превращать воду в вино, — это же преступление, не делайте такого!

Достаточно — возможно, это величайшее чудо, и по-моему, Да Хуэй тоже согласен со мной, — быть скромным, просто никем, быть нетребовательным, молчаливым, осознающим и способным войти в золотые врата, в настоящее мгновение.

Настоящее мгновение содержит все тайны сущего. Настоящее мгновение — это единственный храм Божий.

— Хорошо, Маниша?
— Да, Мастер.

38

ТРАНСФОРМАЦИЯ

Возлюбленный Мастер,

Обращение к собранию (часть четвертая)

Если бы вы были человеком, настоящим человеком Чань, то, услышав сказанное мною: «Где старые адепты, появляющиеся в мире?», — вы плюнули бы мне прямо в лицо. Если же вы не делаете этого, а приемлете вещи такими, как кто-то преподнес их, — вы уже опустились до вторичного.

Кроме того, разве не известно вам то, что сказал мастер Ло Шань: «Мистические врата не имеют доктрин, не устанавливают общих принципов. Если хочешь искать это, смотри прежде звука»? Все вы, ученики Будды: настоящий ум не фиксирован, и настоящая мудрость не связана. Даже если я дам этим двум губам говорить без конца и без перерыва, отныне и до скончания времен, — вы все же не можете зависеть от силы другого лица: в этом деле каждый и всякий вполне самодостаточен в собственном праве. Это не может быть ни увеличено, ни уменьшено даже на йоту.

Патриарх сказал:

> *Держитесь за него — и вы утратите его,*
> *И неизбежно вступите на ложные дороги.*
> *Отпустите его — и, естественно,*
> *его сущность ни уходит, ни остается.*

Верьте в эту истину единого ума: его нельзя ни схватить, ни отвергнуть. Тогда вам следует отказаться от своего тела и от своей жизни тут же. Если вы не можете отказаться от них, то только из-за собственной нерешительности, — в последний день своей жизни не вините меня.

Погода жаркая, и вы простояли много времени.

Да Хуэй издал крик и спустился со своего места.

Грустно подходить к концу сутр Да Хуэя. Это было замечательно богатое паломничество, движение шаг за шагом, когда Да Хуэй рос, когда он трансформировался, когда он начинал превращаться из интеллектуала в мистика.

Это было замечательно — просто наблюдать трансформацию от интеллекта к интуиции, от ума к медитации, из обычного человеческого существа в бессмертное... И взрыв, который произошел с ним. Мы тоже разделили немного света, просто будучи бдительными и осознающими.

Эти сутры — последние. Они завершающие: это итог всего его опыта — следовательно, они обладают огромным потенциалом.

Если бы вы были человеком... — а под человеком он подразумевает только человека медитирующего. Человек, который не медитирует, только называется человеком; невелика разница между ним и другими животными. Животные насильственны — таков и человек; животные конкурируют — таков и человек; животные завистливы — таков и человек. Животные также способны думать, хоть и не много, но все же нет никакого качественного различия.

Единственная вещь, которая создает различие, это медитация; ибо животное не выказывает способности медитировать. Даже в огромном человечестве очень редкий человек достигает высоты медитации. Потому Да Хуэй совершенно прав, когда говорит: *Если бы вы были человеком, настоящим человеком Чань...*

«Чань» — по-китайски медитация. Он говорит, что вы становитесь поистине человеком только благодаря медитативной трансформации, и он говорит это теперь из своего собственного авторитета. Он был интеллектуальным человеком; он начал свое путешествие как мыслитель. Он оканчивает свое путешествие как молчаливое безмыслие. Он, безусловно, имеет право определять человека: он и сам прошел через труднейшее испытание, он и сам показал себя человеком.

Человек — для всех тех, кто знает, — это способность выйти за пределы ума, способность стать не-умом, способность пребывать без единого движения мысли внутри вас. Коль скоро вы узнали эту огромность, это безмолвие, вы не зададите ни единого вопроса о сущем. Дело не в том, что вам известны все ответы, — вы не знаете даже одного ответа, — но все вопросы исчезли, поэтому и потребность в любом ответе тоже исчезла.

В этом состоянии нет вопросов, нет ответов — просто чистое сознание, зеркало, не отражающее ничего... Просто пребывая самим собой, никуда не ходя, оставаясь *здесь сейчас*, вы обретаете высшее блаженство, которое каждое человеческое существо разыскивало веками, из жизни в жизнь, — но продолжает упускать, поскольку поиск ведется в неверном направлении: человек всегда смотрит наружу — а сокровище внутри.

Он разыскивает в храмах, в синагогах, в церквах, а тот, кого он ищет повсюду, прямо внутри него. Если ему удается остановить все свои поиски, все свои желания, все свои хождения — хотя бы на мгновение, — революция происходит. Внезапно он больше не нищий, он больше не жаждет, не желает, не надеется, не ожидает. Внезапно он становится мастером.

Есть древняя история... Некий король совсем состарился, и был у него только один сын. Он посоветовался с великим мудрецом, к которому всегда обращался за советом и который всегда находил необычный подход к любой предложенной проблеме. Король сказал мудрецу: «Я стар. У меня только один сын, и он унаследует все. Огромное королевство я оставляю в его руках, не зная, способен ли он... Ты не предложишь какой-нибудь способ, чтобы я мог быть уверенным?»

Старый мудрец предложил нечто очень странное — и это было сделано. Принца выслали в колеснице за пределы королевства. Отобрали у него одежду, а ему сказали, что его изгоняют из королевства, и вручили ему нищенскую одежду и чашу для подаяний. Он не мог поверить этому. Он спрашивал: «Какое преступление я совершил?»

Возница сказал: «Я не знаю ничего. Я просто выполняю приказания твоего отца. Тебе не позволяется входить в королевство, в противном случае ты будешь брошен в тюрьму. Так что беги подальше отсюда». И колесница возвратилась во дворец.

Молодой человек был поражен. Это же нелепое поведение; его отец сошел с ума? Он надеялся стать королем, а стал нищим.

Но что тут поделаешь?

Вскоре он почувствовал голод, жажду, и хоть это было очень постыдным, он вынужден был просить. Он стал попрошайничать на улице, как обычный нищий.

Прошли годы; он совершенно забыл, что когда-то был принцем, он освоился. Человек имеет громадную способность адаптироваться к любым условиям, а когда что-то абсолютно неизбежно, то вам больше ничего и не остается. Как-то в полдень, под жарким солнцем стоял он перед постоялым двором, умоляя людей: «Я проголодал два дня, подайте мне что-нибудь». Несколько монет упало в его чашу для подаяний... и тут вдруг он услышал звук золотой колесницы. В одну секунду, сразу же, он вспомнил свою колесницу. Странно... она выглядела точно как та.

Колесница остановилась и тот же самый возница — хотя и очень постаревший — спустился вниз, коснулся стоп принца, вернул ему его одеяния и его корону и сказал: «Довольно! Выбрось всю эту нищенскую одежду. Сперва пойди на хороший постоялый двор, прими ванну, вымойся хорошенько, оденься как следует. Твой отец умирает, и он вспомнил тебя; он ждет твоего немедленного прибытия, потому что хочет своей собственной рукой передать тебе королевство и ключ от своих сокровищ».

Люди, у которых он побирался, собрались вокруг. Они поверить не могли своим глазам — не из-за одежд, короны, золотой колесницы, а из-за того, что лицо молодого человека тотчас же изменилось. Его глаза преобразились, его гордость вернулась; теперь он стоял перед ними с большим достоинством и величием. Нищий исчез за долю секунды.

Всего мгновением раньше это был совершенно другой человек; всего мгновение тому назад произошел разрыв. Резкость, внезапность... он и сам не мог поверить этому, потому что увидел перемену даже в своем сознании. То, как он шел, то, как сидел в колеснице, — все переменилось; то, как он смотрел на людей, — это были уже не те глаза. Лишь воспоминание — ничего другого не произошло; лишь пробуждение к тому факту, что он принц и становится наследником великого королевства, — только слова... но все изменилось.

Того же рода чудо происходит при медитации: вы внезапно узнаете, что великое королевство принадлежит вам, королевство всего сущего; что вы не нищий, который жаждал обыденного, который хотел того и другого, который надеялся получить больше власти, больше престижа. Все симптомы нищенского существования... как только вступаешь в медитацию, все эти симптомы исчезают. Внезапно обнаруживаешь, что обладаешь королевством, собственным домом, недостатка нет ни в чем — ты полон, завершен, осуществлен.

Вот по этой причине Да Хуэй и говорит: *Если бы вы были человеком — настоящим медитативным человеком, — то, услышав сказанное мною: «Где старые адепты, появляющиеся в мире?» — вы плюнули бы мне прямо в лицо.*

Это особые способы дзэн; они непонятны вне мира дзэна. Теперь Да Хуэй мастер, и он говорит: «Когда я высказывал бессмыслицу, то, если бы вы были настоящим человеком, вы плюнули бы мне прямо в лицо. Вы могли бы остановить меня».

Случилось так, что один епископ в Японии очень захотел увидеть дзэнского мастера, Линь Цзи. Он много слышал о нем, и он был уверен, что если бы пошел к нему с Библией и прочитал несколько прекрасных изречений Иисуса — в особенности Нагорную Проповедь, — то, без сомнения, смог бы обратить Линь Цзи в христианина. А обратить Линь Цзи означало бы обратить тысячи его последователей; даже японский император был одним из его учеников. Стоило отправиться в горы и выдержать утомительное путешествие.

Епископ добрался до Линь Цзи и сказал, что хотел бы прочесть несколько изречений своего мастера, что он надеется, что они понравятся Линь Цзи, и что он хотел бы узнать, что Линь Цзи думает об этом. И он принялся читать эти прекрасные изречения Иисуса. Он прочел два или три предложения, но, прежде чем он смог читать дальше, Линь Цзи сказал: «Прекрати весь этот вздор! Тот, кто сказал эти слова, станет буддой в какой-то будущей жизни, но сейчас это просто пустая болтовня. С меня довольно».

Епископ не мог поверить: это было так невежливо... Линь Цзи мог не соглашаться, но, по крайней мере, хотя бы проявил вежливость. Но люди не понимают, что дзэн не верит в вежливость; дзэн верит в подлинность. Не велика важность следовать этикету общества; куда важнее было для Линь Цзи высказать именно то, что он чувствовал и что он видел.

Линь Цзи сказал: «Эти изречения сейчас бессмысленны. Но кто бы их ни говорил — я не знаю его, и я не хочу знать его, — он станет буддой в будущей жизни. Он на верном пути, но ему долго путешествовать». В дзэне проблемы манер и этикета не существует. Все это атрибуты обычного общества.

Поэтому Да Хуэй говорит: «Если бы вы были действительно человеком медитирующим... Было много случаев, когда я говорил вздор, когда я был только интеллектуалом и высказывался так, словно я знал, — а ведь я не знал ничего. Вы хранили молчание и слушали меня, как будто будда говорил с вами. Знай вы медитацию хоть на йоту, вы плюнули бы мне прямо в лицо».

Если же вы не делаете этого, а приемлете вещи такими, как кто-то преподнес их, — вы уже опустились до вторичного.

Я объяснял вам смысл слова «вторичное». Оно имеет большое значение в терминологии дзэна. Вторичное значит заимствованное — вы уже опустились от изначального к заимствованному. Если вы человек медитирующий и, слушая ученого человека, не останавливаете его, — значит, вы уже опустились до вторичного. Вы утратили контакт с первичным источником знания.

Однако это странное поведение, несмотря на его подлинность и искренность, не выносилось за пределы дзэна.

Я полюбил дзэн, в особенности за то, что он не заботится ни о чем, кроме истинного, кроме пережитого. Он даже не позволяет никому наполнять вздором ваш ум. Очень трудно человеку, которому ничего не известно о медитации, разговаривать с дзэнским мастером. Они живут в двух разных мирах; связь оказывается невозможной.

Вы продолжаете поступать так, как этого от вас ожидает общество, а дзэнский мастер поступает так, как отзывается его сознание в данный момент. У него нет ни морального кодекса, которому надлежит следовать, ни дисциплины, а есть собственное сознание. Конечно, он странен и дик, но в этом и его красота. Это та же самая красота, которую вы видите у диких зверей — их невинность, их подлинность.

Человеческая вежливость — не что иное, как другое наименование для хитрости: вы слушаете человека, улыбаетесь, а про себя думаете: «Когда же этот идиот остановится?»

Когда-то в наш дом приходил один человек; он был другом моего деда. Я насмотрелся, как он разговаривает: он был действительно невыносим — приносит всевозможные сплетни, занимает время, а мой дед только поддакивает: «Хорошо, очень хорошо».

Я сказал однажды: «Всему есть предел. Это продолжается каждый день, и он даже не приносит новых историй. Я слышал все его рассказы по многу раз — а ты все слушаешь!»

Мой дед сказал: «Думаешь, я слушаю его? Я занят своими мыслями; просто в промежутках я даю ему стимул продолжать. Бедняге необходим кто-то, кто бы его слушал».

Я вспомнил это, между прочим, потому, что каждый нуждается в ком-то, чтобы высказаться, — не имеет значения, что ему нужно высказать. Бертран Рассел в одном из своих великих прозрений говорит: «Я вижу возможность появления в будущем мире миллионов психотерапевтов. Это станет величайшей профессией».

Она становится все более популярной с каждым днем. Единственная причина ее успеха не в том, что она помогает людям стать здоровыми; единственная причина в том, что она позволяет вам высказывать всевозможный вздор, а ученый, хорошо образованный человек слушает вас. Конечно, вы должны заплатить ему...

Я слыхал о великом психоаналитике, которого замучил миллиардер. Он нес такую чепуху и такой вздор... но он платил, и тут уж никак не выпадало останавливать его. Он платил по самой высокой расценке, какую только можно было назначить, — и нес свое час за часом... Бизнес был хороший, но очень утомительный и очень скучный.

Однажды психоаналитик сказал ему: «Из-за того, что я должен уделять вам два или три часа, я не могу заботиться о других моих пациентах. Поэтому я придумал небольшую стратегию: я буду оставлять свой диктофон, а вы продолжайте говорить; все будет записано, и в ночной тишине я смогу прослушать это. К тому же это окажется более эффективным, потому что мой ум полностью освободится от дел, рабочих забот и от других пациентов, так что я смогу уделить вам более глубокое внимание».

Миллиардер сказал: «Хорошая идея».

На следующий день он вошел, подошел к кушетке и через две минуты вышел. Психоаналитик поглядел ему вслед и спросил: «Что случилось? Куда вы идете?»

Миллиардер сказал: «Я поговорил с моим диктофоном; теперь мой диктофон разговаривает с вашим диктофоном. Я подумал: зачем мне тратить свое время? У меня тоже есть масса других дел и забот. Мой бизнес гораздо больше вашего, — а поздно вечером, в тишине, я тоже могу говорить более свободно. Это хорошее решение».

Бертран Рассел говорит, что множество людей будет связано с психоанализом лишь по той простой причине, что все будут сильно отягощены своими мыслями и ни у кого не найдется времени, чтобы выслушать их; им понадобятся профессиональные слушатели. Вот это и есть психоаналитик — профессиональный слушатель. Он не делает ничего... но даже слушание помогает: человек разгружается.

Мой дед сказал: «Не имеет значения, что он говорит и кто слушает; я занят своими мыслями... А этот бедняга не может найти себе никого».

Мой дед умер, но тот человек продолжал приходить. Отец был очень обеспокоен: «Это невыносимо; кто теперь будет слушать его?»

Я сказал: «Конечно же ты, потому что я не собираюсь слушать. Пока ты жив, будет несправедливо вынуждать меня слушать его. Сначала ты умрешь, и тогда уже, если он все еще будет жив, придется слушать мне, — но сейчас это твоя обязанность».

Отец сказал: «Ты странный. Тебе нечего делать; почему же ты не можешь просто сесть и послушать его?»

Я сказал: «Сейчас это твой долг. Твой отец умер, не мой отец. Ты получаешь все наследство, и этот человек — часть наследства».

Однажды отец был очень занят, и постучался тот человек. Отец велел мне: «Скажи ему, что меня нет дома».

Я вышел и сказал человеку: «Отец дома, он очень занят и попросил меня сказать вам, что его нет дома. Так что, пожалуйста, решайте сами. Хорошо бы вам уйти».

Он воскликнул: «Что?! Он дома, а говорит, что его нет?»

Я сказал: «Именно такова истина», — а мой отец все это слышал.

На это тот человек сказал: «Тогда я войду».

Я ответил: «Дело ваше».

Мой отец сильно разгневался на меня. Когда тот человек ушел, помучив его два или три часа, отец как следует взялся за меня.

Я сказал: «Ты срываешь злость на мне, когда на самом деле разозлен тем человеком. Твой отец — вот кто дал тебе наследство; я — никто во всем этом деле».

Он сказал: «Но зачем ты сказал, что я дома? Я же велел тебе сказать, что я вышел».

Я ответил: «Я рассказал ему правду, почему я должен врать? Ты всегда настойчиво требуешь от меня правды. «Где ты был? — спрашиваешь ты. — Не ври». Теперь запомни, никогда не говори мне: «Не ври». Порой нужно и соврать... понятно?»

Он возразил: «Тут дело другое».

Я сказал: «Это одно и то же дело. Ты все время учил меня быть правдивым, и я буду оставаться правдивым во что бы то ни стало, пока ты не скажешь мне, что можно врать, и перестанешь настаивать на истине...»

Он сказал: «Дай мне обдумать это, потому что очень трудно позволить тебе врать. Лучше уж выслушивать того человека. Не надо врать; ты должен говорить правду. Ты поступил правильно».

А я сказал: «Тебе нужно начать делать то же самое, что делал мой дед. Он никогда не утомлялся; более того, вечером он ждал его. Много раз он спрашивал меня, не идет ли тот человек. Выучи секрет».

Он спросил: «Какой же у него был секрет? Я никогда даже не приближался к ним. Я никогда не желал знакомиться с этим человеком».

Я сказал: «Секрет деда был очень прост: он никогда не слушал. Он просто давал тому выговориться. Это отнимает немного времени, но это хорошая дисциплина».

В обществе вы продолжаете терпеть людей, говорящих ложь. Вам известно, что они лгут, но вы не скажете им в лицо: «Вы лжете». Вы будете притворяться, что согласны. Общество требует от вас лицемерия, — и это трудно.

Когда вы соприкасаетесь с дзэном, лицемерие не допускается вовсе. Это единственный небольшой поток нелицемерных людей на свете. Иначе как можете вы представить мастера, говорящего своим ученикам: «Если вы считаете, что я несу вздор, вы должны плюнуть мне в лицо»? Мастера били учеников; это можно понять. Но в дзэне случается так, что ученики бьют мастеров.

Был монастырь, помещение которого имело два крыла; а у мастера жил прекрасный кот. Каждый монах... там одна тысяча монахов: пятьсот в одном крыле, пятьсот в другом крыле, и прямо посредине была комната мастера. Кот привык бродить в одном крыле, в другом крыле, и был он такой красивый, очаровательный, что в каждом крыле каждый монах старался задержать этого кота подольше. Порой возникали ссоры, даже драки, из-за того, что левое крыло хотело оставить у себя кота, а правое крыло не отдавало его.

Мастеру надоело. Однажды он созвал всех монахов и сказал: «Это пора прекратить: кот становится причиной раздора. Скажите что-то, сделайте что-то, что продемонстрирует вашу медитацию, — кто угодно, из любого крыла. Если не сможете... Может быть, все же кто-то может поступить таким образом, чтобы показать наличие медитативного прозрения, — тогда кот достанется этому человеку и его крылу. Если никто не может ничего придумать, то мне остается единственная возможность: я разрублю кота пополам и отдам каждому крылу его половину».

Монахи были в шоке. Они старались, но никто не мог найти способ показать свою медитацию — что тут делать? что сказать? — а мастера не проведешь, это уж абсолютно точно.

Поскольку никто ничего не придумал, мастеру пришлось разрубить кота надвое. Он раздал те мертвые части кота обоим крыльям. Монахи рыдали, но это было бесполезно: мастер уже дал им шанс, а они не смогли показать свою медитацию.

Тут как раз Ринзай — монах, который ходил по какому-то поручению в город, — возвратился и услышал всю эту историю. Он не мог поверить, что тысяча монахов... «И вы не смогли помешать этому старику убить кота?» Он вошел и отвесил оплеуху мастеру.

Мастер сказал: «Слишком поздно. Если бы ты был здесь раньше, кот был бы спасен».

Такое может произойти только в атмосфере дзэна. Ученик бьет мастера, а мастер принимает с благодарностью и оценивающе говорит: «Где же ты был? Если бы ты был здесь, бедный кот остался бы живым. Ни один монах не подошел и не сказал мне: "Что за вздор ты говоришь! Убить кота..." И этого было бы достаточно. Но все они промолчали, они не смогли дать никакого ответа».

Дзэн создал весьма своеобразный мир — не этикета, манер и лицемерия, а просто подлинности. То, что Ринзай бьет мастера, прямо показывает истину как он чувствует ее: «Это было абсолютно бессмысленно, убить бедного кота, это не было нужно. Сама идея была неверна, и ты нуждался в доброй оплеухе за это. Никогда не делай такого впредь».

Где угодно в мире такой ученик был бы изгнан. Но в дзэне ученик был оценен: «Где же ты был? Тебе надо было быть здесь. Ты мог бы спасти кота, ты помешал бы мне зря убить бедного кота, прекрасного кота. Это был мой кот, и я буду тосковать по нему».

Если вы слушаете нечто такое, что ощущаете своим сознанием и осознанием как вздор и глупость, вы должны что-нибудь сделать, чтобы остановить это; иначе вы и сами опускаетесь до вторичного. Вторичное означает, что вы опускаетесь из истины в мир лжи; вы опускаетесь из молчания в мир языка, общества, общественных манер.

Кроме того, разве не известно вам то, что сказал мастер Ло Шань: «Мистические врата не имеют доктрин...»?

Доктрины созданы философами; доктрины созданы теми, кто не знает. Это очень странный феномен: те, кто не знает, чувствуют рану от незнания. Она причиняет боль. Им нужно чем-то прикрыть ее, поэтому они создают доктрины — христианские доктрины, индуистские доктрины, джайнские доктрины. Такие доктрины не помогают им забыть свое невежество. Они не становятся мудрыми, они не становятся просветленными, но на какое-то время это средство помогает им забыть, что они больны, что они невежественны.

Но это опасно. Всегда лучше знать, что вы больны, потому что тогда возможно какое-то лечение. Опасно прятать свое неведение, потому что оно сохраняет вас невежественными навсегда. Чем больше вы прячете его, тем сильнее оно разрастается, как рак у вас внутри; неведение — это поистине рак души. Не прячьте его; если оно есть, признайте его, чтобы его можно было удалить, оперативно устранить.

Гаутама Будда часто повторял: «Я не философ, я врач». Можно понять, почему он настаивал, что пришел не для того, чтобы просто прикрывать ваши раны и давать вам ложные представления, будто вы знаете; он был здесь для того, чтобы исцелить вас. Для лечения необходимо признать свое неведение. Признайте для себя: «Я — невежествен, и все мое знание заимствовано» — и это будет великое начало.

Мистические врата не имеют доктрин, не устанавливают общих принципов. Всю мою жизнь меня спрашивают, каковы мои генеральные принципы — потому что каждая религия имеет собственный катехизис, собственные установившиеся доктрины, принципы, положения. Мне всегда было трудно объяснять людям, что у меня нет никаких общих принципов и не может быть — а любой, у кого они есть, ошибается, потому что жизнь непрерывно изменяется. У вас не может быть фиксированных, установленных принципов; они будут становиться вашими предрассудками, а в изменяющейся жизни ваш предрассудок всегда будет создавать дистанцию между вами и реальным. Вы будете действовать от своего предрассудка, и ваш поступок не будет адекватным, потому что не будет отвечать реальности.

Еще одна небольшая дзэнская история... Было два древних храма, очень враждебных друг к другу. Их вражда была очень древней, традиционной, и их священники не общались между собой. У обоих священников было по мальчишке — ученики, которые помогали им в богослужении, доставке продуктов с базара и в других мелочах, которые тем старым священникам трудно было делать. Оба требовали от мальчишек: «Не спрашивай ничего, не разговаривай, даже не говори "Доброе утро", если встречаешь мальчика из другого храма на пути».

Но мальчишки есть мальчишки! Они были очень любопытны, и сами же старые священники сделали их еще любопытнее. Им было одиноко с теми стариками, они хотели дружить друг с другом — и однажды, наконец, один мальчик отважился. Он стал на перекрестке, обождал, пока подойдет другой мальчик, и спросил: «Куда ты идешь?»

Другой мальчик ответил философски: «Куда ветер понесет».

Первый мальчик был сильно озадачен. Он подумал: «Мой мастер прав, что те люди очень странные. Меня постигла неудача: я хотел подружиться, а он ответом отрезал мне дорогу. Это не был дружелюбный ответ — и я не нашелся, что еще сказать человеку, который отвечает: «Куда ветер понесет».

Он рассказал своему мастеру: «Простите меня, но из любопытства я задал тому мальчику простой вопрос: «Куда ты идешь?» — а он ответил: «Куда ветер понесет». Вы были правы. Я виноват. Но мне очень стыдно, что я не смог ответить ему, потому что мне в ту минуту не удалось подыскать подходящий ответ на это».

Мастер сказал: «Я предупреждал тебя, но ты не послушал! Теперь запомни: завтра встань на том же месте; он придет, потому что ходит на базар. Спроси его опять: «Куда ты идешь?» — и если он скажет: «Куда ветер понесет», — спроси его: "А если ветра нет, ходишь ты куда-нибудь или нет?"»

Мальчик повторял это, репетировал, готовился и, достигнув к утру совершенства, прибыл на место на час раньше. Он стоял там, повторяя вопрос в уме. Это был вопрос его престижа.

Подошел другой мальчик, и первый спросил: «Куда ты идешь?»

Другой мальчик ответил: «Куда ноги понесут». Теперь вся подготовка оказалась бесполезной, поскольку ответ был неадекватен. Он растерялся — что же делать?..

Плача, он пришел к мастеру. Он сказал: «Те люди очень непоследовательны. Он изменил свой ответ. Сегодня он сказал: «Куда ноги понесут».

Мастер сказал: «Не переживай. Подготовься к следующему разговору. Завтра, когда он ответит: «Куда ноги понесут», — скажи ему: «Если бы ты родился калекой, хромым, ходил бы ты куда-нибудь или нет?» Это вопрос не только твоего престижа; теперь это вопрос престижа нашего храма, всего нашего наследия, нашей традиции».

И мальчишка старался. Он не мог уснуть всю ночь; много раз сквозь дрему он видел того мальчика. Утром он был готов, добрался до места... Другой мальчик подошел — и он спросил: «Куда ты идешь?»

А тот мальчик ответил: «Принести овощей с базара!»

Такова жизнь. Ей нельзя отвечать принципами, установленными доктринами. Вы должны быть бдительны, сознательны и отзывчивы к мгновению. Вы должны быть неподготовлены. Жизнь — не экзамены в школе, колледже или университете. Даже на мгновение она не остается той же самой.

Сегодня утром Да Хуэй говорил: «Не вспоминайте того, что я говорил вам вчера, потому что сегодня я не собираюсь говорить это». И он был прав: сегодняшнее утро было таким дождливым, а сейчас все небо переменилось. Следов дождя нет и в помине.

Жизнь постоянно меняется; следовательно, те, кто хочет быть созвучным, синхронизированным, в органичном единстве с сущим, не могут позволить себе фиксированные принципы, общие принципы, установленные доктрины, философии. Они могут иметь только бдительное и сознательное бытие. Тогда на любую ситуацию они будут реагировать соответственно, — но не соответственно какому-то принципу, а соответственно ситуации, в которой они оказались.

Есть такое предание из жизни основателя хассидизма, Баал Шем-това... Одна женщина пришла к нему и сказала: «У меня нет ребенка. Ваш мастер благословил мою мать, и благодаря его благословению родилась я; если бы не мастер, моя мать так и осталась бы бездетной».

Баал Шем благословил ее, но благословение не помогло. Женщина все ждала и ждала. Прошли годы, и она пришла, говоря с гневом: «Тебя считают великим мастером, еще более великим, чем был твой мастер, но твое благословение не помогло».

Баал Шем сказал: «Разве я говорил, что оно должно помочь? Разве я давал тебе какое-нибудь обещание?»

Но женщина настаивала: «Тогда почему благословение твоего мастера помогло?»

Баал Шем сказал: «Твоя мать не просила ребенка... Я тогда был там. Мой мастер благословлял каждого: любого, кто приходил, он благословлял; это не было специально для твоей матери. Если ты и родилась, это только случайность. Прежде всего: твоя мать не просила, а ты просишь — вот в этом все различие. Твоя мать просто любила мастера, а мастер от своей любви привык благословлять каждого.

Но ситуации различны. Во-первых, твоя мать не просила ничего особенного — и это случайность, а не продукт благословений. Во-вторых, ты просила, — а всякий раз, когда желаешь, становишься неспособен принять благословение. В-третьих, мой мастер обычно благословлял каждого; то был просто его обычай. Я не благословляю каждого; это не мой обычай. Мой мастер был самим собой, а я — это я.

Ты просила, а я просто подумал: «Шансы пятьдесят на пятьдесят. Если я благословлю эту женщину — шансов пятьдесят на пятьдесят, что у нее может быть ребенок; зачем отказывать ей? Если у нее будет ребенок, то мое благословение сбылось — и это будет чудо. Если же мое благословение не сработает, то я знаю, как выйти из положения: я могу доказать, что это дело случая — никого еще не создавали благословениями».

Нужно жить жизнью без всякого предубеждения и без всяких доктрин, без всяких религий, без всяких философий. Только тогда можно жить невинно, чисто, спонтанно.

Следует запомнить изречение мастера Ло Шаня: *«Мистические врата не имеют доктрин, не устанавливают общих принципов. Если хочешь искать это, смотри прежде звука».*

Я рассказывал вам, что Библия гласит: «В начале было слово, и слово было у Бога, и слово было Бог». Так вот, согласно дзэну, — это чепуха, потому что слову требуется смысл; таково различие между звуком и словом. Когда вы слышите водопад, вы не скажете, что водопад говорит слова; вы скажете: «Это звук падающей воды». Звук бессмыслен. Безусловно, слово не могло быть в начале, потому что не было никого, чтобы придать ему смысл. Лучше сказать, был звук.

Такова точка зрения индуизма. Индуисты говорят: «В начале был Омкар...» Ом — это лишь звук, это не слово. Поэтому в санскритском алфавите для «ом» нет буквы — только символ. Он не входит в алфавит; это отдельный знак. В начале был ОМ... просто звук.

Но дзэн идет еще дальше. Мастер Ло Шань говорит: *«Если хочешь искать это, смотри прежде звука»* — ведь для звука необходимы по крайней мере два сталкивающихся предмета. Вот почему звук хлопка одной ладони нельзя услышать: тут не может быть никакого звука. Если вы хотите знать высшее, смотрите прежде звука. Что перед звуком? Перед звуком безмолвие...

Теперь вы видите эти три утверждения: в начале было безмолвие; в начале был звук; в начале было слово. И вы видите разницу. Слово — это самое поверхностное; звук — немного лучше; но молчание — это совершенство; если же вы не говорите и этого, то это даже еще более совершенно!

Если вы попросту храните молчание, не говоря «молчание»... если вас спрашивают, что было в начале, а вы просто храните молчание, не отвечая, — это поистине то, что нужно. А отвечая — безмолвие, звук, слово... — вы опускаетесь до вторичного.

Оставайтесь в первичном, оставайтесь в фундаментальном, оставайтесь в высшем. А высшее — за пределами звука.

Все вы, ученики Будды: настоящий ум не фиксирован, и настоящая мудрость не связана. Даже если я дам этим двум губам говорить без конца и без перерыва, отныне и до скончания времен, — вы все же не можете зависеть от силы другого лица: в этом деле каждый и всякий вполне самодостаточен в собственном праве. Вы не должны зависеть ни от кого другого; вы содержите в себе собственную истину. Вы абсолютно независимы в своей сущности. Ваша свобода абсолютна, и нет способа нарушить ее. Вы можете забыть о ней, но не можете утратить ее.

Это не может быть ни увеличено, ни уменьшено даже на йоту. Патриарх сказал... — патриарх всегда ссылается на Бодхидхарму; он был первым патриархом в Китае — *Держитесь за него — и вы утратите его...*

Уже самим держанием вы показываете, что это отделено от вас. Само ваше старание удержать выявляет ваше недопонимание, ваше невежество.

Держитесь за него — и вы утратите его,
И неизбежно вступите на ложные дороги.
Отпустите его — и, естественно,
его сущность ни уходит, ни остается.

Отпустите его — и оно есть. Оно всегда было. Истина — это самая ваша сущность, так что не нужно цепляться за нее. Вы *есть* она, вы не можете быть иными.

Верьте в эту истину единого ума: его нельзя ни схватить, ни отвергнуть. Тогда вам следует отказаться от своего тела и от своей жизни тут же. В тот самый момент, когда вы понимаете, что ваша сущность вечна, вы отбрасываете идею *моего* тела, *моего* ума, *моей* жизни. В тот самый момент, когда вы осознаете вечное в себе, вы перестаете ограничивать его *моим* и *мне*. Оно ни мое, ни ваше; оно просто есть. Мы все — часть единого органичного целого.

Если вы не можете отказаться от них, то только из-за собственной нерешительности, — в последний день своей жизни не вините меня. Да Хуэй напоминает вам своим последним изречением, что если вы не избавляетесь от своего эго, если вы не отказываетесь от своей идентификации с телом и умом, если не становитесь чистой медитацией, тогда — «не обвиняйте меня, когда придет ваша смерть». И вы будете видеть, как тело уходит, ум уходит... а вы всегда были ограничены своим телом и умом, никогда не выглядывали за их пределы.

Когда тело и ум уходят, люди теряют сознание. Шок так ужасен, что они не могут оставаться в сознании.

Только медитирующий может оставаться сознательным, потому что он знает. Еще до смерти, много раз, когда он бывал в медитации, тело лежало там, ум был там... а он был далеко вверху. Он был совершенно другим феноменом.

Человек медитирующий умирает сознательно — поэтому он и не умирает. Он умирает радостно, потому что к нему смерть приходит как свобода, освобождение от пут тела-ума... как если вдруг все стены падают и вы становитесь целым небом.

Последнее изречение Да Хуэя очень красиво и очень поэтично:

«Погода жаркая, и вы простояли много времени».

Да Хуэй издал крик и спустился со своего места.

В дзэне крик мастера имеет значение, которого не понимают больше нигде. Бывали даже мастера, которые не разговаривали вообще: они просто поднимались на платформу, оглядывали аудиторию, издавали сильный крик и возвращались снова. Их крик был такой, как будто неожиданно появился лев и взревел.

Представьте, что вы наталкиваетесь на льва, и рев... Ваш ум остановится, ваше дыхание остановится, ваше сердце замрет.

Крик мастера дзэн — это простой способ дать вам переживание безмолвия. Он пробовал многими способами, через многие аспекты, объясняя вам,

— и в конце концов он дает вам немного вкусить... Он дает вам крик. Внезапный крик... Естественно, каждый замолкает — что произошло?

А мастер ушел...

Оставляя вас в тишине...

Давая вам вкус, который он объяснял на протяжении всего пути.

Нирвано прятала за спиной палку; ей хотелось, чтобы я стукнул беднягу Нискрийю. Я сказал: «Нискрийя немец, он не поймет этого. Вместо того чтобы умолкнуть, он вскочит драться. Не следует мешать работе бедного Нискрийи».

Мне пришлось убеждать ее оставить палку: она не нужна здесь. Я могу справиться и без крика. Когда я умолкаю посреди своей речи — вы тоже умолкаете.

— Хорошо, Маниша?
— Да, Мастер.

КНИГИ ИЗДАТЕЛЬСТВА «СОФИЯ» МОЖНО ПРИОБРЕСТИ

В Киеве:

- «Эзотерика», пл. Славы, ТЦ «Квадрат»/«Світ книги», тел. 531-99-68
- «Мистецво», ст. м. «Крещатик», ул. Крещатик, д. 24, тел. 228-25-26
- «Академкнига», ст. м. «Университет», тел.: 928-86-28, 925-24-57, 928-87-44
- Эзотерический магазин в Планетарии, ст. м. «Республиканский стадион», ул. Красноармейская, д. 57/3, тел. 220-75-88
- «Эра Водолея», ст. м. «Льва Толстого», ул. Бассейная, д. 9-б, тел. 235-34-78; тел./факс 246-59-84

В других городах Украины:

- Харьков: «Здесь и сейчас», ул. Чеботарская, 19; тел. (0572) 12-24-39
- Одесса: «Книга-33», пр-т Адмиральский, 20; тел. (0482) 66-20-09

В Москве:

- ЧИТАТЕЛЬСКИЙ КЛУБ-МАГАЗИН ИЗДАТЕЛЬСТВА «СОФИЯ», ст. м. «Курская», ул. Казакова, д. 18, стр. 20, тел. 267-97-57
- «Белые облака», ул. Покровка, д. 4, тел. 923-65-08, 921-61-25
- «Библио-Глобус», ул. Мясницкая, 6/3, стр. 5, тел.: 928-86-28, 925-24-57
- «Молодая гвардия», ул. Б. Полянка, д. 28, тел. 238-00-32, 238-11-44, 238-26-86
- «Московский Дом книги», ул. Новый Арбат, д. 8, тел. 291-53-17, 290-45-07
- «Москва», ул. Тверская, д. 8, тел. 229-73-55, 229-64-83, 229-66-43
- «Помоги себе сам», Волгоградский пр-т, д. 46/15, 3-й эт., тел. 179-10-20, 179-83-22
- «Путь к себе», Ленинградский пр-т, д. 10а, тел. 257-08-87, 251-44-87
- «Букбери», ул. Б. Никитская, д. 17, тел. 789-65-02, 789-91-87
- ООО «Дом книги "Медведково"», Заревый пр., д. 12, тел. 473-00-23

В других городах:

- С.-Петербург: ООО «София», В.О., 15-я линия, д. 28, литер «Г», тел. (812) 327-72-37; «Роза Мира», ст. м. «Технологический институт», 6-я Красноармейская ул., д. 23, тел.: (812) 146-87-36, 310-51-35
- Волгоград: сеть магазинов «от А до Я», тел. (8442) 38-15-83, (8443) 27-58-21; ООО «Гермес-Царица», тел. (8442) 33-95-02
- Екатеринбург: «Итака», тел. (3432) 22-84-07; «Валео-Книга», тел.: (3432) 42-07-75, 42-56-00
- Ессентуки: ООО «Россы» ул. Октябрьская, д. 424, тел. 6-93-09
- Ижевск: «Рифма», тел. (3412) 75-22-33; «Твой Путь», ул. Кооперативная, д. 9
- Иркутск: «Продалить», тел. (3952) 51-30-70
- Липецк: «Семь лучей», ул. Терешковой, д. 7/1, тел. (0742) 34-81-24
- Минск: «Маккус», тел. 8-10-375-17-237-29-39;
- Мурманск: «Тезей», ул. Свердлова, д. 40/2, тел. (8152) 41-86-96, 43-76-96
- Нальчик: «Книжный мир», ул. Захарова, д. 103, тел. (8662) 95-52-01
- Нижний Новгород: ООО «Пароль НН», тел. (8312) 42-63-72, 46-05-13
- Новосибирск: «Топ-книга», ул. Арбузова, д. 111, тел.: (3832) 36-10-26, 36-10-27
- Пермь: ООО «Летопись», тел. (3422) 40-91-27;
- Ростов-на-Дону: «Баро-пресс», тел. (8632) 62-33-03
- Самара: «Чакона», тел. (8462) 42-96-28, 42-96-22; 42-96-29; «Твой Путь», ул. Ново-Садовая, д. 149, тел. (8462) 70-38-77
- Тамбов: ООО «Мир книг», тел. (0752) 75-77-72
- Хабаровск: «Дело», тел. (4212) 34-77-39; «Мирс», тел.: (4212) 29-25-65, 29-25-66

Литературно-художественное издание

ОШО
МАСТЕР

Перевод *Свами Дхиан Муниндра*
Редакторы *В. Трилис, И. Старых*
Корректоры *Т. Зенова, Е. Ладикова-Роева, Ма Прем Танмайо*
Оригинал-макет *Т. Ткаченко*
Художник *О. Бадьо*

Подписано к печати 25.03.2004 г. Формат 60×90/16.
Усл. печ. лист. 37,00. Зак. 9175.
Цена договорная. Доп. тираж 5000 экз.

Отпечатано в полном соответствии
с качеством предоставленных диапозитивов
в ОАО «Можайский полиграфический комбинат».
143200, г. Можайск, ул. Мира, 93.

Издательство «София»,
04119, Украина, Киев-119, ул. Белорусская, 36-А

ООО Издательский дом «София»,
109028, Россия, Москва, ул. Воронцово поле, 15/38, стр. 9
тел. (095) 261-80-19; 105-34-28
Свид-во о регистрации № 1027709023759 от 22.11.02

Отделы оптовой реализации издательства «СОФИЯ»
в Киеве: (044) 230-27-32, 230-27-34
в Москве: (095) 261-80-19
в Санкт-Петербурге: (812) 327-72-37

Книга — почтой
в России: тел.: (095) 476-32-52, e-mail: kniga@sophia.ru
в Украине: тел.: (044) 513-51-92, 01030 Киев, а/я 41,
e-mail: postbook@sophia.kiev.ua, http://www.sophia.kiev.ua